外国童话名篇精选（上）

主编 文昊

新疆美术摄影出版社

新疆电子音像出版社

图书在版编目（CIP）数据

外国童话名篇精选/文昊主编.—乌鲁木齐:新疆美术摄影出版社;新疆电子音像出版社,2009.12

ISBN 978-7-5469-0380-4

I.①外… Ⅱ.①文… Ⅲ.①童话—作品集—外国 Ⅳ.①I18

中国版本图书馆 CIP 数据核字(2009)第 219890 号

书　　名　外国童话名篇精选
主　　编　文　昊
责任编辑　于文胜
责任校对　武夫安
出　　版　新疆美术摄影出版社
　　　　　新疆电子音像出版社
地　　址　乌鲁木齐市西虹西路 36 号
邮　　编　830000　　电话　0991-7910337
发　　行　新华书店
印　　刷　三河市燕华印装有限公司
开　　本　700mm×1000mm　1/16
印　　张　45
字　　数　604 千字
版　　次　2010 年 7 月第 1 版
印　　次　2010 年 7 月第 1 次印刷
书　　号　ISBN 978-7-5469-0380-4
定　　价　89.80 元(全三册)

目 录

上

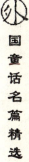

外国童话名篇精选

中

下

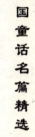

蓝色神灯

从前，在地中海的边上有一个美丽的小国家，叫蓝岛。那里的人民勤劳而勇敢，尤其是那些士兵，他们对国王很忠诚，对人民也很尊重，当王位传到十二世的时候发生了变化，新国王不但增加了赋税，还克扣士兵的俸禄。

有一个士兵为国家忠实地服务了很多年，但现在他老了，身上有好多为国家征战时受的伤。于是，国王对他说："你已经是个废人，我不需要你了！"就这样，他被赶出了军队，没有得到一分钱。

这个士兵很想另谋生路，可他老了，又有伤，没有人愿意雇用他，他只能四处流浪。

他走两天两夜，走到一个森林里，天黑了，他忽然看到一点灯光，于是向着灯光走去。

他走到了一所小房子前面，灯光就是从那里发出来的。他敲了敲门，听到一个苍老的声音问道："谁呀？"

他说："我是个好人，又累又饿，您能给我一个睡觉的地方和一点儿食物吗？"

那个声音说："好吧！但你得为我工作三天。"

老士兵答应了。门开了，一个老巫婆把他带进小屋，并给了他一些水和面包。

第二天，老巫婆要他挖园子里的地。他挖了一整天，可挖过的地方又重新板结起来，于是，他再重新挖。三天过去了，他拼命地挖但还是没有挖完。

老巫婆说:"对不起,我不能挖完这块地!"

他对老巫婆说:"那你就给我做一种简单的工作吧。"

说完,巫婆把他带到一口枯井边对他说:"井里面有一盏灯,它闪烁着不熄的蓝色火焰,你去把它给我拿上来。"然后,让他坐在一个篮子里,把他放到井里去。

井里很潮湿,可那盏灯却燃着很美的蓝色火焰。老士兵看得出神,于是,他在灯前面坐下来,找出烟斗,想休息一下。他用蓝灯的火焰点着了烟,烟圈扩散开来。忽然,一个穿着蓝衣的小矮子出现在他面前。他吓了一跳,却听见小矮子说:"先生,谢谢你救了我。我被那无恶不作的巫婆困在这里已经100年了,她想让我为她做坏事,我不肯。因为我屡次拒绝她,她就把我关起来了。你的烟斗救了我,把我身上的绳索烧开了,她再也不能束缚我了。为了感谢你,我愿意为你做任何事,从今天起你就是我的主人。"

这时候,他们听见老巫婆在上面喊:"老士兵,你快点,要不然找就杀了你。"

老士兵对蓝灯说:"那现在我们就先出去吧!"蓝灯说:"你跟在我身后,看到那些金子就尽量拿,那是老巫婆害了好多人以后得到的。"

过了不久,老士兵带着一大袋金子来到了地面上。老巫婆看到了松开绳索的蓝灯吓得怪叫一声,她拔腿就跑,可被蓝灯抓住了。蓝灯对老士兵说:"主人,我们怎么处置她?"老士兵说:"不能让她再害人了。"于是,蓝灯就把老巫婆送上了绞架。

蓝灯又对老士兵说:"主人,我住在灯里,你如果有什么命令,就把烟斗放在蓝灯上点着,我马上就会出现在你面前。"说着,就化成一缕青烟消失了。

白雪公主

从前有一位公主，长得特别漂亮，皮肤像雪一样白，嘴唇像血一样鲜红，头发像乌木那样黑。人们都叫她白雪公主。这位美丽善良的白雪公主命运非常坎坷，几次险些丧生。现在，让我们来听一听白雪公主那曲折的生命故事吧！

很久以前的一个冬天，大片的雪花从天上飘落下来，就像那白色羽毛在飞舞，一位王后正坐在乌木框的窗边缝衣服。这位王后约摸30来岁，面庞清秀，身段窈窕，文静贤淑，而且心地善良。她一面缝衣服，一面欣赏着外面的雪景，一不留神，缝针把指头扎破了，鲜血直滴，有几滴落在了雪上。鲜红的血落在雪上，十分好看，真是白里透红。她想："要是生一个孩子，皮肤像雪一样白，且白里透着红，像血那么鲜红，而头发乌黑，像乌木那么黑，那该多好啊！"不久以后，她果然生了一个漂亮的女孩，像她希望的那样，皮肤白里透红，头发像乌木那样黑。她给女儿起了一个可爱的名字—白雪公主。王后非常喜欢这个孩子，其实人人见了人人爱。但不幸的是，王后没有多长时间就去世了，白雪公主失去了爱她、疼她的母亲，多么可怜呀！

过了一年，国王又娶一个王后。这个王后也是一个漂亮的女人，但是她这个人很骄傲，爱嫉妒别人，尤其嫉妒比她漂亮的女人。她喜欢别人夸她漂亮，她希望自己是全国最美丽的女人。她有一个魔镜，那魔镜知道的事很多，不会说假话。她时常走到魔镜前面照照，总爱问："小镜子，小镜子，你说谁是全国最漂亮的女人？"镜子回答说："王后，全国最漂亮的女人非你莫属。"每当她听到这样的话，心里就非常高兴，虚荣心得到了满足。

时间如流水一般逝去。与这同时，白雪公主也渐渐长大了，越长越漂亮，到 7 岁的时候已美得惊人，超过了王后。有一天王后又照镜子，她问镜子："小镜子，小镜子，你说谁是全国最美丽的女人？"镜子回答说："在这里你是最美的，但是比起白雪公主来，你差了不知多少倍呢！"王后听了大吃一惊，气得瞪大了凶狠的眼睛，嫉妒之心猛然大增。以后，她见了白雪公主心里就难受，又恨又嫉妒，对白雪公主越看越不顺眼。白雪公主成了她的眼中钉，成了她的一块心病。她日夜不得安宁，她要让白雪公主从她的眼前消失。

有一天，她暗暗地叫来一位猎人，对他说道："我不喜欢我的女儿——白雪公主，我现在命令你把她带到森林里去杀了，然后把她的心和肝掏出来，拿回来给我看。你要把这件事做得神不知鬼不觉，不要让任何人知道。事成之后，我会重重地赏你！"王后的命令谁敢违抗？猎人只好听从，把白雪公主带走了。猎人把白雪公主带到一个大森林里，抽出刀来要杀她，白雪公主哭着说："猎人叔叔，你就可怜可怜我吧，我从小失去了母亲，现在又遭继母的暗杀。我又没有做错什么呀！你就放我一条生路吧，我要跑到很远很远的地方去，永远不回家，永远不让继母看到。"其实，猎人也很喜欢这个可爱美丽的公主，她还是个可怜的孩子呀！猎人同情地对她说："孩子，你快逃走吧！永远别回来了，王后是不会放过你的。"放走了白雪公主后，猎人的心稍稍宽慰了些，至少他没有做下没良心的事。为了给王后一个交待，他要杀死一只动物。他寻找着动物，突然，一只小野猪向这边跑来，他举起枪，把它打死了。猎人挖出野猪的心和肝，带回去给王后看。狠心的王后看到了以后发出会心的笑声，她马上叫人在上面放上盐把它们烧好，然后她竟把那心和肝吃了下去。

白雪公主怎么样了呢？那个可怜的孩子，第一次由于命运的捉弄跑到这阴森可怕的大森林里，听到近处树上的叶子沙沙作响，远处还不时传来野兽的吼声。"怎么办呢？往哪里去呢？站在这里等死吗？还是寻找个安全的地方吧！或许能够遇到善良的人呢！"她这样想着，最后决定自己寻找出路，即使被野兽吃了也不坐在这等死。于是，她狂奔起来，带着一颗充满希望的天真的心往前奔跑。她跑过尖石，越过荆棘丛，遇到过许多野兽，但她没有怕，它们也没有伤害她。她不停地向前跑呀、跑呀，一直跑到黄昏。就在这时，就在她气喘吁吁驻足休息时，她看见前面有一座小房子。她像看到了希望似地狂奔过去，走进房子里面。白雪公主发现小房子里的一切东西都很小，但很别致，并且非常干净。房子中间放着一张小桌子，上面铺着白布，上面有秩序地放着7个小盘子、7把小刀、7根小叉和7只小杯子，每个盘子里有一把小调羹。墙边并排放着7张小床，上面铺着洁白的被单。白雪公主又饿又渴，为了使这里的主人不容易察觉出来，她从每个盘子里吃了一点蔬菜和面包，从每个小杯子里喝了一小口酒，解决饥饿问题。困意袭来，两只眼睛几乎睁不开了，她想躺在床上睡觉。但那床大的大，小的小，一直到第7张床，她躺着才正好。她祷告了上帝，就睡着了。

天完全黑下来了，小房子的主人们回来了。他们原来是7个小矮人，白天出去干活，晚上才回来。他们摸进屋子里点上灯，小屋子里顿时亮了起来。当他们坐下来吃东西的时候，发现有人来过，第一个小矮人说："有人坐过我的小椅子。"第2个小矮人说："我盘子里的东西被谁吃了一点儿。"第3个小矮人说："有人吃了我的小面包。"第4个小矮人说："有人动过我的菜。"第5个小矮人说："有人用过我的小叉子。"……大家你一言我一语地说着自己的发现，最后，他们确定有人来过他们的房子，并且偷吃了他们的东西。到底是谁呢？到底是什么人呢？他们拿着7盏小灯开始检查屋子里的东西，看看有什么意外。第7个小矮人来到他的床前，不禁大吃一惊，他小声地喊过来其他6个小矮人。他们都惊讶地说："这是谁家的孩子，这么漂亮可爱，像仙女似的。"他们都很高兴，不忍心去打扰她，就让她睡在床上。7个小矮人

外国童话名篇精选

5

吃过饭后，就都睡下了。由于第7个矮人的床被白雪公主用着，所以，第7个小矮人就同他的伙伴们一起睡，他和每人睡一个钟头，总算熬到了天亮。

早晨，白雪公主从梦中醒来，一看自己在这里很惊奇，过了好一会儿才想起自己昨天的遭遇。她从床上下来，看见了7个小矮人，吓了一跳，不知如何是好，睁大了眼睛看着他们。他们非常热情地问她："你叫什么名字呢？""我叫白雪公主。"矮人们又问："你是公主，为什么跑到我们这里来了？"白雪公主见他们并没有恶意，就如实地讲述了自己的经历，从丧母到继母的迫害，从猎人给她一条生路到她狂奔了一整天，最后找到了这所小房子。矮人们为她的曲折经历深深感动了，他们说："如果你愿意照料我们，你就留下吧！为我们烧饭、铺床、洗衣服、缝补，把这屋子弄得干净、整洁就行了。"白雪公主一听，就知道自己终于找到了暂时的避难所，很高兴，她说："那好吧，我很愿意为你们服务。"于是，白雪公主有了一个住处。每天，当小矮人们出去干活时，她就在家里收拾，把屋子里的东西整理得井井有条。晚上她做好饭菜，等着小矮人们回来，日子过得很平静。白雪公主整天一个人待在家里，那些小矮人们也很不放心，他们时常叮嘱她说："你一个人在这里要小心，你那狠心的继母早晚会知道你没死，她不会放过你的。你一个人在家的时候，把门关好，别让任何人进来，千万不要和陌生人讲话。"

我们再来说王后，她吃了猎人带回来的心和肝后，又自以为是全国最美丽的女人了，非常骄傲，整天乐滋滋的。一天，她又走到小镜子前问："小镜子，小镜子，你说谁是全国最美丽的女子？"镜子回答说："王后，这里最美丽的要属你，但是在很远的地方，越过山岭，和7个小矮人住在一起的白雪公主才是全国最美丽的。"王后听了非常震惊，原来白雪公主没有死，原来猎人骗了她，原来她吃的不是白雪公主的心和肝。她觉得受到了莫大的侮辱，一股无名的怒火升起来，"我一定要除掉她！"她狠狠地嚷道。从此以后，王后又不得安宁了，她嫉妒白雪公主，她恨那个猎人。她一天不除掉白雪公主，她就一天不得安宁，整日想着如何害死她。

最后，王后想出了一个办法。她把自己的脸涂得脏兮兮的，穿上破破烂烂的衣服，把自己打扮成卖杂货的老太婆，打扮得让人一点儿也认不出来了。然后，她翻过7座山，跑到了森林里那座小房子跟前，她静静气，低声骂道："你跑不了啦，死白雪公主！"她上前敲了敲门叫喊着："卖好东西啦，你们需要什么东西吗？"白雪公主正在屋里收拾家务，忽然听到这叫卖声，很好奇，以前从来没听到过这叫卖声。于是，她从窗口朝外望，看到了一位老太婆，她问："亲爱的老婆婆，你好！你卖什么东西呀？"那老太婆说："漂亮的好东西，各种颜色的带子。姑娘，你长得这么漂亮，再配上个彩色的带子，会更加漂亮。你买一条吧，你看，多漂亮！"她说着拿出一根带子，是用各种颜色的丝织成的。白雪公主看到那带子很喜欢，并且她觉得老太婆很热情，不像是坏人。于是，她打开了门，买了那根彩带。老太婆说："孩子，不用怕，我来给你戴上。"天真的白雪公主轻易地相信了她，站在她面前，让她给自己系上彩带。但是，这位恶狠狠的老太婆一下子用带子紧紧地勒住了白雪公主，使她透不过气来。白雪公主立即倒在地上，如死了一般。老太婆说了句："见鬼去吧！最美丽的人。"说完，她迅速离开了那个小屋。

7个小矮人晚上回来了，还未进门就喊着白雪公主的名字，但没有回声。他们迅速地冲进屋子。只见白雪公主一动不动地躺在那儿，像死了一样，他们不由得大吃一惊。他们蹲下来，抱起她，看见了勒得紧紧的带子，赶快找来剪刀把那带子剪断了。白雪公主慢慢呼吸起来，渐渐醒过来了。7个小矮人的心总算放了下来，忙问她是怎么回事？白雪公主向他们讲了白天的事情，他们说："你要注意呀，你的继母知道你住在这里了，那卖杂货的老太婆就是王后变成的。我们不在的时候，你千万别给任何人开门，千万别让任何人进来。你的生命很危险！"

那狠心肠的王后回到王宫，走到镜子面前，得意洋洋地问："小镜子，小镜子，这回谁是全国最美丽的女人?"镜子回答说:"亲爱的王后，在这里你最美丽，但是越过山岭，在7个小矮人那里的白雪公主，才是全国最漂亮的女人。"王后脸上的笑容顿时消失得无影无踪，她脑袋都要气炸了。白雪公主还活着，太让她气愤了。她恶狠狠地说:"我一定要消灭她!"她随即又想出了一个坏主意，她用妖术做了一把有毒的梳子，她要用这把有毒的梳子陷害白雪公主。

王后又打扮成一个老太婆，越过7座山，来到7个小矮人那里。她又敲着门叫喊:"卖好东西了!出来看看呀，不要错过好机会。"白雪公主从窗口望着外面说:"走吧，我们不需要任何东西!昨天上过一次当，今天我不会再上当了。"老太婆说:"什么昨天?我第一次来这里。先别说要不要，看看货色总可以吧?"她拿出有毒的梳子，高高举着，让白雪公主看。那把梳子看起来很精致，很漂亮，白雪公主一眼就看上了。白雪公主忘记了受骗的教训，把门打开了。白雪公主买下了那把精致的小梳子，爱不释手，老太婆见她这么喜欢，说:"姑娘，过来我给你用梳子梳一个新发式。这梳子很好用，"白雪公主把梳子递给了老太婆，让她给自己梳头，梳子刚插到头发里，毒药就起了作用，白雪公主中毒了，失去知觉，倒在了地上，一动不动。这恶毒的老太婆哈哈大笑起来，最后说:"最美丽的女人，你这回该见阎王爷去了吧!"说完扬长而去。好容易到了晚上，7个小矮人从外面干活回来。他们见大门开着，觉得有点儿不对劲儿，因为昨天发生过一桩事，小矮人们心里都特别害怕。他们飞快地跑进屋里，果然看见白雪公主又上当受骗了，躺在地上一动不动，像死了一般。他们马上寻找暗器，一会儿，就在头发里发现了那把有毒的梳子。他们轻轻地抽出梳子，白雪公主渐渐恢复了知觉，她含泪讲述了白天的全部经过，她非常感谢他们又一次救了她的生命。7个小矮人安慰了她一番，然后又警告她，白天要非常小心，不要给任何人开门，别受别人的诱惑，需要什么东西他们给她从外面捎回家来。白雪公主听着他们那些诚恳的话，看到他们认真严肃的表情，心里感动极了！她保证以后一定听他们的话，多加小心，不再上当受骗。然后，他们高高兴兴地吃晚饭了，像没发生过什么似的。

再说那位狠心的王后，她回到家里，带着一种胜利的喜悦，冲到镜子面前，问道："小镜子，小镜子，这回我是全国最美丽的女人了吧？"但是镜子却说："不是的，亲爱的王后。在这里你是最美丽的，但是和7个小矮人那里的白雪公主比起来，你差得太远了。"听到这样说，王后知道这一次白雪公主又没死，气得咬牙切齿，浑身发抖。她疯狂地嚷道："我就是死也要把你干掉！等着吧，白雪公主！"她认真地思考着，盘算着用什么方法置白雪公主于死地。

王后来到一个秘密的房间，她在那里做了一个有毒的苹果。这个苹果一半红一半白，像女人的面颊，看起来很漂亮，让人一见就想据为己有，但是，吃下去一小块就会马上死掉。这一回，王后化装成一个勤劳善良的农妇，又去找白雪公主了。她翻过7座山来到那座小房子跟前，她敲了敲门，白雪公主从窗户里伸出头来说："你又要耍什么花招呀？你不把我害死你不肯罢休，是吗？我不会再上当受骗了，滚吧，老太婆！"对方保持了冷静，没有说话。白雪公主也很奇怪，伸出头来仔细看。原来不是老太婆，是一位看起来很和蔼、很善良的农妇，她站在那里正莫名其妙地看着白雪公主，好像听不懂她的话似的。白雪公主还是保留了一些警惕，平静地说："你有事吗？"那位农妇说："你在说什么呀，姑娘？我一点也听不懂。我是附近的一个农民，我是卖苹果的，现在快卖完了，剩下的这一个我想送给你。"说着她拿出了那个又红又白的苹果，递给公主。公主没有接，说："不，我不要，我不要陌生人的东西。"农妇说："怎么？你不相信我，怕有毒？没毒，要不咱俩一人一半。"说着把苹果一分为二，她拿起白的就吃起来，同时把红的递给了白雪公主。白雪公主不想接，但看到农妇那诚恳的样子，闻着那诱人的香气，最后她还是接过了那半个红苹果。她刚刚咬了一口，就倒在地上不动了。原来那个苹果，红的有毒，白的没毒，白雪公主又中了王后的毒计。装扮成农妇的王后脸上露出轻蔑的微笑，说："白雪公主，你就安息吧！这回谁也救不了你了，即使有 17 个小矮人也救不活你。"说完，她高高兴兴地回家了。

王后回到家里，走到镜子跟前，说："小镜子，小镜子，你告诉我，现在谁是全国最美丽的女人？"镜子回答说："全国最美丽的女人，不是别人，就是你呀！"王后听了非常高兴，那颗嫉妒的心总算安静了下来。

再来说小矮人这边。小矮人回到家中，看到白雪公主僵直地躺在地上，知道她又中了王后的计。他们连忙俯下身来，一看她已经停止呼吸了，已死去多时了。他们不肯相信这个事实，他们努力想办法抢救，仔细寻找是不是又有什么有毒的东西。但是，他们忙了半天，什么也没找到，用水和酒来洗她，也没有用，白雪公主死了，永远地离开了人间。他们把她放在尸架上，痛哭起来，哭了三天三夜。他们不想把她埋在地下，他们想时时看到她。白雪公主虽然死了，但跟活着差不多，皮肤白里透着红，很美。一个小矮人提议说："我们别把白雪公主埋在黑暗的地下了，我们做一个透明的棺材，把她放在里面，我们天天看着她。"其余的人都赞同他的想法，于是，他们请人做了一口透明的玻璃棺材，白雪公主躺在里面，他们在上面写下了她的名字。然后，他们把棺材抬了出去，放在山上，他们 7 个轮流守候着她。也许是白雪公主太不幸了，她的不幸命运感动了一切，风在呜咽，树在哭泣，有几只鸟飞来落在棺材上哭，其中有一只猫头鹰，一只乌鸦，一只鸽子，还有不知道名字的鸟。

白雪公主在棺材里躺了很长时间，但依然不改当初的容颜，样子还和从前一样漂亮。她的皮肤一直像雪一样白，嘴唇像血一样红，头发像乌木一样黑。有一天，森林里来了一个王子，他打猎路过此地，他留在 7 个小矮人家里过夜。晚上，他对 7 个小矮人说："我在山上看见了一口玻璃棺材，里面躺着白雪公主。白雪公主真是漂亮极了！听说是你们收留了她，两次救了她的命，最后是你们安葬了她，而且还日夜守候着她。我听说了这些事十分感动。我想把这棺材买下来，你们要什么，我就给你们什么，可以吗？"但是，7个矮人说："无论你给我们多少钱，即使你把世界上所有的金子都给我们，我们也不卖。"王子说："那么你们把她送给我吧！我从看到她的第一眼起，就深深地爱上了她，没有她我就不能活。我会尊敬她，我会好好地爱她，就像对我的爱人一样。"心地善良的小矮人们被他的话深深地感动了，同意把棺材送给了他。王子谢过他们，就让他的仆人把它抬走。

仆人们抬着棺材在森林里走着，突然，他们被一个树桩绊了一脚，棺材震动了一下，这一下可好了，白雪公主吃下的那口有毒的苹果，被从喉咙里震了出来，落在棺材里。白雪公主的气通了，她开始喘气了，她慢慢活过来，睁开了那双美丽的大眼睛。她不知道自己在哪里，四周都是玻璃，而且自己好像被抬着走，颤悠悠的。她推开棺材盖，坐了起来，她叫道："哎哟！我这是在哪里呀？"王子见白雪公主活了，非常高兴，他说："你和我在一起。我是王子。"白雪公主问道："我怎么会在这里？你怎么找到了我？"王子耐心地向她讲述了事情的经过，最后说："我非常地爱你，胜过世界上一切美好的东西，海枯石烂，我的心也不变。和我一起回王宫吧，我要娶你为妻。"白雪公主见王子这么善良，而且人长得也很帅，很快就喜欢上他了。她答应了他，跟他回到王宫里。他们回到王宫立即举行婚礼，王宫内外一片热闹景象。

那狠心的王后也被请去参加婚礼。她穿上非常漂亮的服装，自以为自己比王子的新娘还漂亮，她来到镜子前，说："小镜子，小镜子，你说全国最美丽的女人是谁？"镜子回答说："这里是你最美丽，但就全国而言，王子的新娘最美丽。"王后听了非常生气，嫉妒之心油然升起，真不想参加王子的婚礼了，但她那颗心却安静不下来，决定去看看那位新娘有多漂亮。她走进王宫，一眼就认出了白雪公主，她吓呆了！她想逃，但来不及了。烧得火红的鞋子放到了她面前，她不得不接受惩罚，她穿着那双鞋一直在跳，直到倒在地上死了为止。

白雪公主和王子，从此过上了幸福的生活。

外国童话名篇精选

水妖精

小弟弟和小姐姐感情非常好,他们经常在一块儿玩耍。但是,有一次他们在水井边做游戏的时候,不小心掉到井里去了。

水井的底部住着一个水妖精。水妖精见从上面掉下两个孩子来,高兴得拍着手叫道:"太好了,太好了!有人帮我干活了。"然后,对这两个孩子说:"现在,你们是我的仆人了,你们要好好为我做工。"它说完,就把他们领到井底下的洞中。

水妖精非常刻薄,它把又乱又坏的线交给女孩纺,又叫她用有洞的桶提水。水妖精叫男孩用生了锈的斧头砍树,而他们得到的食物,只有硬得像石头样的面包。而且,如果他们完不成任务,就要挨饿。

最后,两个孩子实在忍受不住了,他们趁一个礼拜日水妖精去教堂的时候,偷偷地逃出来了。但是,水妖精很快就从教堂回来了,发现孩子们逃走之后,立即去追他们。水妖精的脚特别大,腿也特别长,不一会儿就迈着大步赶上姐弟俩了。

两个孩子老远就看见了水妖精,女孩子见它追过来,就丢了一把梳子在身后,梳子变成了一座很大的梳子山,长着几千根尖齿。水妖精神通广大,很快就从梳子山爬过来了。男孩子看见水妖精快要走近了,把一个刷子扔在了身后,刷子立即变成了一个很大的刷子山,长着几千根刺。水妖精费了很大的力气,但是,到底还是爬过了刷子山。女孩子急了,把手里的小镜子丢到身后,镜子变成了一座镜子山。镜子山的山坡太光滑,水妖精根本爬不上去了。水妖精想:"我得回家取我的斧子去,然后用斧子将镜子山敲破。"于是,水妖精回去了。

等水妖精拿来斧子的时候,两个孩子早就逃远了。水妖精只好叹了一口气,又滚回水井里去了。

豆子肚皮上的黑缝

　　从前，在一个很偏僻的村庄里，有一位很贫穷的老太婆。有一天，她想吃煮豆粥了，于是，她就从菜地里摘了一小碗豆子。她先在灶里点起火，然后拿了好大一把稻草，好让火烧得更旺一些。当她把豆子往锅里倒的时候，有一颗豆子不知不觉地滑离了锅边，蹦到地上的稻草旁边去了。过了一会儿，灶里有一块烧得浑身通红的煤炭也从火里跳了下来，落到豆子旁边不远处。于是，它们三个开始闲聊起来。

　　稻草先挑起话头："朋友们，你们都是从哪儿来呀？"煤炭回答说："我幸亏从火里逃出来了，如果我再多在那儿待一会儿，我的小命儿早就没了，恐怕就只剩下灰了。好危险啊！"豆子说："我也只是侥幸没有受伤罢了，如果我没有逃出来，而被老太婆放到锅里的话，我就会被她毫不客气地煮成粥了，落到一个粉身碎骨的地步。"稻草说："我不也是很危险吗？我的所有的兄弟姐妹们都被老太婆拿到这里来，而她一下子就抓起了60多根稻草扔进火里，断送了它们的性命。幸亏我比较机灵，从她的手指之间溜了下来，才保住了小命。"煤炭说："那我们现在该怎么办呢？"豆子回答说："既然我们都非常命大，死里逃生，那么我们更应该团结起来，做好伙伴，互相帮助，一起离开这个地方，免得再遭不幸。"它的建议被另外两个同意了，于是它们3个一起去旅行。

　　不久以后，它们三个走到一条小河旁边。它们想过河，但是又没有桥，怎么办呢？它们三个想啊想啊，终于稻草想到了一个好计策，它对伙伴们说："让我躺在河上做桥梁，你们就可以从我身上走过去了。"伙伴们想了想，不错，就这么办。于是，稻草就从这边岸上伸到了那边岸上，正好构成一座小桥。煤炭是个急性子，桥梁一搭好，它就迫不及待地沿着小桥向前急走。当它走到河中心时，它听着脚下哗哗的流水声，突然害怕起来，站在桥中间不走了。伙伴们一个劲儿地催它，可它怎么也不敢往前走了。稻草身上承受不了煤炭的热量，开始燃烧，紧接着就烧成两段，沉到了河里。当然，煤炭也随之沉到河里，冒着热气，带着响声。只有豆子比较小心，留在岸边没动。当它看到两个伙伴都被河水淹死时，它再一次为自己的侥幸大笑不已，以至于把肚皮都笑破了。眼看它就要死的时候，恰好一位裁缝发现了它，非常好心地拿出来针线，给它缝好了肚皮。豆子非常感谢裁缝救了它的命，但是，它再也不敢笑了。裁缝给它缝肚皮时由于匆忙用的是黑线，所以，从那时起，所有的豆子的肚皮上都有一条黑缝。

小红帽

　　亲爱的读者，你听过小红帽的故事吗？今天我就给大家讲讲小红帽那曲折、惊险而又有趣的故事。

　　如果没听过小红帽的故事，初一看这题目还以为是关于一顶小红帽的故事呢！其实不是这样的，它是关于一个小女孩的故事。

　　在很久很久以前，有一个非常漂亮、非常可爱的小女孩，几乎是人人见了人人爱。被人爱是多么幸福啊！而其中最疼爱她的人是她的祖母。祖母疼她、爱她，有什么好吃的东西都留给她，有什么好玩的东西也给她。她也非常喜欢祖母。有一天，祖母送给她一件礼物——一顶红天鹅绒的帽子。她非常喜欢，刚拿到手就迫不及待地戴在了头上。这顶小红帽非常适合她，像是专为地制作的一样。她对这顶小红帽爱不释手，天天戴在头上，所以大家都叫她"小红帽"。

　　有一天，母亲把小红帽叫到跟前，耐心而又认真地对她说："亲爱的小红帽，现在我让你去办件事。你的祖母现在正生病，身体很虚弱，需要补补身子。而妈妈特别忙，不能亲自去看你祖母。你呢，代替妈妈去看看你祖母，祖母一定也非常想你了。你愿意去吗？"小红帽连忙说："愿意，愿意！我也很想祖母了。""那好。"母亲说，"这里呢，有一块鸡蛋糕和一瓶儿葡萄酒，你给你祖母拿去，你祖母吃了很快就会恢复健康的。趁早上天气凉快，你现在就动身吧……"母亲的话还没有说完，小红帽拿起东西就跑。母亲又把她叫住对她叮嘱一番："孩子，别着急呀！记住，到外面要老老实实、规规矩矩地走路，不要东瞧瞧西看看，更不要跑到路外面去。否则，你就会出差错的，如跌倒呀，打碎瓶子

外国童话名篇精选

呀，那样的话，祖母的东西就没了。还有，你到了祖母家里也要老老实实，不要忘记向祖母问好，不要东张西望，那样会很不礼貌的。"小红帽说："妈，我知道了，我会听话的，我一定好好表现。"说完和母亲告了别就上路了。

小红帽的祖母住在郊外的森林里，那里风景优美，空气新鲜，而且非常安静，是个度假的好去处。那里仅有一点儿不好，那就是容易遇上野兽。不过，小心防护也不会有什么事。祖母家距离小红帽家有半点钟的路程。小红帽按母亲叮嘱的那样，向祖母家里走着，不知不觉来到了森林里。可偏偏遇见了一只狼。由于小红帽年纪小，还不知道狼是非常残忍的吃人的东西，所以也没有特别在意，更不害怕。那狼主动上前打招呼："早安，小红帽。""谢谢你，狼先生。"小红帽回答道。这样就完了吗？没有。狼一定要问出个究竟来。听听他们的对话吧！"亲爱的小红帽，你这么急匆匆地要到哪里去？""我要去我祖母那里。""你裙子鼓鼓的，放的什么好东西啊？""一块鸡蛋糕和一瓶葡萄酒，这是妈妈给祖母带的。祖母正在生病，身子虚弱，需要吃点好东西补补身子。""小红帽，你的祖母家在哪里呀？离这儿远不远？"小红帽说："在森林里，不远了，还有一刻钟的路程吧。祖母家很好找的，她的房子座落在三棵大橡树下面，旁边围着胡桃树篱笆，远远就能看见。"听到小红帽如此说，一个坏主意钻进了狼的大脑。狼心里想："这个小女孩的肉一定鲜嫩，是一口难得的肥肉。那老太婆的肉虽然比不上她的，但用来充饥也是很好的。所以，我一个也不能放过，我要用计把她们都弄到手。"于是，它在小红帽身边绕了几圈，计策渐渐想出来了。然后，对小红帽说："小红帽，你怎么像小学生上学一样，只管走自己的路。你放眼望望，你仔细听听，你会知道郊外森林里有多美。你听，鸟儿在枝头唱歌，多动听啊！你看看周围的花，多美啊！千万别错过这次大好的机会，你认真观赏观赏会发现这里风光无限，不看就太遗憾了！"

听到狼如此赞美这里，小红帽睁大了好奇的眼睛望着这里的一切。

她看见太阳公公慈爱地抚摸着森林，透过树的缝隙射进一道道光柱，树木高大挺拔。再看草地上，到处开着野花，美丽极了。她被这里的美景吸引住了，妈妈的叮嘱忘在了脑后。她想："这里的鲜花这么美，如果给祖母采一束鲜花，她一定非常喜欢。现在时间还很早，采束花也不会耽误事的。"她离开大道，钻进森林里去采花。这里的野花太多了，各色各样，品种繁多，让人看了眼花。她每摘一朵，又看到前面还有更漂亮的，于是又跑上前去摘。如此反复，她渐渐地不知不觉地跑到了森林的深处。这时候，那狡猾的狼去哪了呢？狼骗走小红帽之后，去找小红帽的祖母了。按照小红帽说的，狼找到了祖母的房子。只见里面静悄悄的，狼想："莫非老太婆正在睡觉？睡觉正好，我极容易把她吞下。如果没睡也没关系，就凭她那虚弱的身子也不是我的对手。"于是狼走上前去，敲了敲门。"外面是谁呀？"祖母有气无力地问道。"奶奶，我是小红帽。我给你拿鸡蛋糕和葡萄酒来了，你吃了这些东西很快就会好的。请开开门吧！"祖母高兴地叫道："小红帽来啦！奶奶都想死你了。你揿门上的把手好了，我一点儿力气也没有，起不来，你就自己进来吧！"狼心中窃喜，揿掉把手，打开了门。它一声不吭地走进屋里，看到祖母正虚弱地斜躺在床上，微闭着眼。祖母听到响声，睁眼一看是只狼，吓得说不出话来。狼猛扑上去，一口把祖母吞进了肚子里。狼继续实行自己的下一步计划，它第二个目标就是小红帽。为了做得万无一失，它积极准备起来。它穿上祖母的衣服，戴上祖母那软边的帽子，拉上窗帘，躺在床上装病。

再来说小红帽。森林里的野花太多了，看看这个很美，看看那个也很漂亮，她采呀采呀，采集了很多。当她采到实在拿不动时才停止，这时才想起生病的祖母来，于是赶快寻找往祖母那里去的大道。她走得太远了，过了好一会儿才回到大路上。看看天色也不早了，她赶紧往祖母家里赶去。

来到祖母家，她不免有些奇怪。"大白天祖母怎么大开着门？往常门总是关得很严很紧的。"她的心跳得很厉害，走进房间，也觉得有些异样。她想："我今天是怎么回事？心里很不安。我来过这里好多次了，平常我到这里都是很愉快的。今天怎么和以前感觉不一样呢？"她走进祖母的房间叫道："奶奶，早安！"但是，没有人回答她。屋子里很暗，看不清楚。小红帽走到窗前把窗帘拉开，屋子里顿时亮了许多。小红帽看到了床上躺着的祖母，不过样子怪怪的，祖母生病了为什么用帽子盖住脸呀？她睡觉为什么不把门关严，而是敞开着呢？小红帽脑子里有一连串的问题，越想越疑惑，越想越不安起来。为了确定是不是祖母，她使劲喊道："奶奶，小红帽来看你了，你睁开眼来看看我呀！我给你带来了好东西，有鸡蛋糕和葡萄酒，我还特意从森林里给你采了一大束鲜花。奶奶，你看看呀！"小红帽说着这些话，但是不敢走上前去。狼在床上等不急了，掀开被子从床上跳了下来，对小红帽说："小红帽，我等了你好久了，你的肉一定很香，来吧，让我尝尝。"说完，一下子扑向小红帽，可怜的小红帽来不及挣扎，就被那可恶的狼给吞下去了。

狼实现了它的罪恶目的，满足了欲望。它吃得撑了，走不动了，于是倒在床上，呼呼大睡，大声地打鼾。狼真不是个好东西，吞掉了可爱的小红帽和可怜的生病的老祖母，这时候来个人就好了，趁狼睡得正香把它打死。说来也巧，有个猎人从这座房子前经过，听到鼾声想："以前怎么从来没听到老太婆打鼾，今天是不是不舒服？我得进去瞧瞧。"猎人急匆匆走进房间，来到了床前，没看到老太婆，却看见狼躺在床上睡觉。他恶狠狠地对狼说："你这个老奸巨猾的东西，我找了你好久了，你让我找得好辛苦啊！不过终于在这里遇见了你，很荣幸呀！"说着他举起了枪，准备射击，忽然想到不该这么鲁莽，老太婆可能就在狼肚子里。如果开枪射击会把老太婆也伤着了。于是他放下枪，找到剪刀，小心地剪开那睡着的狼的肚皮。果然不出他所料，他刚剪了几刀，看见一顶小红帽子。再剪了几下，一个可爱的小女孩爬了出来，只听那小女孩说："呀，里面黑死了，都快把我给吓死了。猎人叔叔，你赶紧救我祖母吧，她也在里面。"猎人继续剪着狼的肚皮，果然看到了祖母。祖母还活着，可是身子虚，加上刚才的惊吓，现在几乎不能呼吸了。小红帽气愤地拿大石头来填狼肚子，猎人也在一边帮忙。狼听到响声加上肚子的疼痛，终于从美梦中醒来了。看到这么多人，尤其看到了猎人手里那杆枪，它想逃走，可是肚子里的石头太重了，它还没完全站起来就倒下死掉了。

看到狼死了，小红帽高兴地拍着手，祖母脸上也洋溢着笑容，猎人脸上露出胜利的微笑。后来，猎人把狼皮剥下来带回了家。小红帽拿出妈妈准备的鸡蛋糕和葡萄酒让祖母吃，祖母吃了东西，身体渐渐好起来了。小红帽看到祖母好起来了，心里一块石头落了地。同时她想："如果我听妈妈的话，光走大路，不东张西望，不到森林里去，也许不会发生这么大的危险。下次我一定记着，我再也不被狼骗了。"

人善于总结经验教训，以鞭策自己以后的行动。这次在这摔倒，下次再走到这儿会小心谨慎，不会再次在这儿摔倒。有一天，母亲又让小红帽给祖母送点心去。有了上次的经历，小红帽格外的小心，按照妈妈说的走大路，不东张西望。又有一只狼主动和她说话，它也想像上只狼一样把小红帽引开，让她离开大道。但是我们聪明的小红帽哪能这样轻易再次受骗呢？她早已有了防备。这次她不理会狼，狼愿说什么说什么，小红帽只管走她的路，一路平安地来到祖母家。

见了祖母，小红帽说："奶奶！我又遇到了一只狼，狼祝我早安。当时，我看到它眼里流露着坏主意，我没有上它的当，随它怎么引诱，我没有理会。如果我像上次那样离开大路，我肯定要被它吃掉。"祖母听了也很担心，连忙说："我们快把门关上，别让狼闯进来了。"小红帽和祖母以为这回可平安了，谁知，过了一会儿，听见狼来敲门并且高声叫着："祖母，快开门，我是小红帽！我来看你了，并且拿来了你爱吃的点心。"她们两人没敢出声，更不敢开门。那狼无奈地在屋外悄悄绕了一圈又一圈，它可不甘心两手空空地回去。想来想去，终于跳上了屋顶，一个罪恶的想法在脑子里盘算着，它要在屋顶上躲着，等小红帽晚上回家时，悄悄跟在后面，在黑暗中把她吃掉。祖母听到屋顶上的声音，也猜出了狼的心思，她决定要治治这可恶的狼。祖母的房子前面有一个大石槽，她要用它来惩治狼，于是她对孙女说："小红帽，我昨天煮了许多香肠，你把桶拿来，把昨天煮香肠的水一桶一桶地倒在大石槽里。一会儿就要有好戏看了。"小红帽按着祖母的吩咐去做了，直到把火石槽灌得满满的为止。一阵香气飘上屋顶，飘到了狼的鼻子里。"什么好吃的东西？这么香！"狼想着，并且好奇地朝下面张望着。它把脖子越伸越长，身体倾斜度太大，脚底下一滑，跌落下来。狼恰好从屋顶跌落到大石槽里面，被淹死了。小红帽和祖母都非常高兴，她们无忧无虑地在屋里畅谈着。

从那以后，小红帽再也没有遇到过狼。

巨人的故事

　　从前，有一对农民夫妇，他们很想有一个自己儿子，那样他们的生活一定很快乐。直到快 40 岁了，他们才有了一个儿子。可是，儿子出生时就只有拇指那么大，但父母视若掌上明珠，每天都逗儿子玩，毕竟是老来得子嘛！儿子大概都有五六岁了，可他还是那么大，外貌也一点没有变化。农民夫妇这时也不知该怎么办了？他们下田干活的时候从来不带拇指儿子，因为儿子一点儿忙也帮不上，他是那么小，另外还怕他走失了。可是有一天，儿子对父亲说："爸爸，我想跟你出去玩，我去帮你干活，我不会给你添麻烦的。""你实在是太小了，只要钻到草丛里，我就找不到你了，那该怎么办？""不会的，爸爸，我会老老实实地坐在地边看你干活，我不会捣乱的。"儿子说。"不行，还是不行，这太危险了。"

　　儿子大哭起来，缠着爸爸一定要去田里玩。农夫没办法，只好将儿子放在口袋里带到了田里来。农夫把儿子放在田埂上，便去田里干活了。他又嘱咐了儿子好几遍，干活的时候还要不时地往田埂上看一看。还好，儿子在跟一只蚱蜢玩，没什么危险。

　　这时，从森林里走出来一个巨人，他的脚能将两条田垄踏平，他的嘴里露出白森森的牙齿。这时，正是农夫午休的时候，他还在和儿子说话，背正对着巨人。农夫吓唬儿子说："如果你再乱闹的话，就会有巨人来吃掉你，知道吗？要听爸爸的话。其实，农夫并没有见过

外国童话名篇精选

巨人，只不过要吓吓这孩子。而那个巨人就在农夫的背后。于是，巨人将拇指儿子从地上拿起来托到手里，细细地看着，什么都不说。农夫站在旁边吓得腿打哆嗦，一句话也说不出来。巨人将拇指儿子拿走了。农夫想："我将再也见不到我的儿子了。"他伤心极了！

事实上，巨人也没有什么坏心，他只是想把拇指儿子培养成一个巨人罢了。他每天都给拇指儿子喝奶，喂很多很多。这种特制的奶使拇指儿子长得又高又壮，渐渐和巨人一般高了。就这样日子渐渐过去了。巨人将他带到森林里，想看看他的力量长到了什么程度。于是，他轻而易举地将一棵碗口粗的树连根拔了起来，但再要试试粗些的就不行了。巨人不太满意，巨人将他带回到他们的住处，每天仍旧给他喝那种特制的奶。两年以后，他的个子没有长高，但是他的力量却又增大了许多，平时就能把像盆口那么粗的树拔起来。巨人觉得还是不够，继续喂他喝那种特制的奶，他的力量又大了许多。大概这样过了两年，有一天，巨人把他带到森林中找到一棵千年的老树，这棵树几个人合抱才能把它围起来。但原来的拇指儿子，现在的年轻巨人只用一只手便把它连根拔了起来，不费吹灰之力。终于，巨人认为满意，觉得他成功了，力气已经够大了。

巨人将他带到家里去见他的父母，他的父母正在田里干活，于是他们找到了田地里去。他现在已经成为一个年轻的巨人了。年轻的巨人跑到父亲面前说："爸爸，你看我已经长这么大这么高了，我再也不是那个不能干活的拇指儿子了！"爸爸说："天啊！你吓了我一跳，你不是我的儿子。你走吧，我不需要你。"

"我是你的儿子，爸爸，我来帮你干活儿吧，你去旁边休息吧！"

"不，不用了，你还是走吧！"

青年巨人不再和农夫说话，拿起铁锹就要翻土，可是这哪里能行，锹在他手里一下子粉碎，他力气实在是大。

"我要在干完活后吃东西。你回去吧，我的父亲，你让母亲做很多饭，有多少做多少，我的食量很大的。"

农夫回去，他让老婆来做饭，并把今天所遇到的事都说了一遍。青年巨人不一会儿就把地耕完了，所用的铁耙早已弯曲了，他只是用了很小的力气，不然早就折了。

农夫的妻子听完丈夫的叙述后做了很多饭，这些饭足够他们吃一个星期的。可她怎么也想不明白，他的儿子怎么会是巨人呢？

青年巨人将耙放在肩上，并且将两匹马也放在耙上，但这还不够，他还拔下两棵树，横在耙上，而他拿着这些东西就像是拿着一根稻草一样。他想两棵树可以用来当柴烧的。他到家了。母亲简直不敢相信这就是她的儿子，青年巨人有一座小山那么大，这哪是她的儿子呢？他的儿子原来只有拇指那么大。她对青年巨人说："你真是我们的儿子吗？不，你不是。我的儿子只有拇指那么大。你走吧，你快离开这里。我们不欢迎你。"但青年巨人还在干他的活儿，根本不听母亲在说什么。他将两匹马从肩上放下来，并拉到马棚中，给它一些嫩草吃。将耙放在工具箱，将那两棵树放在院子里，因为那柴房根本就不能盛下这两棵大树。

做完了一切，他对母亲说："请您将饭拿上来，我已经很饿了。"母亲无可奈何，她实在很怕这个像怪兽的巨人。她将所有的饭菜端上来，一眨眼就全部都没了，而青年巨人还说这只是尝了一尝，似乎还没有吃呢！青年巨人让再做更多的饭来，于是，母亲将一年来要吃的粮食都做成了饭，但青年巨人说："我只是吃了个半饱！""天啊！我的上帝，他要吃多少东西啊！"农夫夫妇实在没有办法，于是对巨人说：

"我们一点儿吃的东西都没有了，那是我们一年的食物，而你只吃个半饱，我们家再也没有可吃的东西了。"

"那好吧，假如你能找到我折不断的铁棍，我就离开这个家，到别的地方去！"巨人说。

于是，农夫只好去找那条足够粗的铁棍。他到铁匠铺中，打了一个300斤重的铁棒，用两匹马将它拉了回去。可是青年巨人只用一个小拇指便把它托起来，像折一根牙签一样便把它折断了。没办法，农夫又套了4匹马，这次他让铁匠做了一根1000斤重的铁棒，当马拉回来的时候，马已经累得快趴下了。但到了青年巨人的手中就像折一根小木棍一样，一下子就断了。于是，农夫套了8匹马，打了一根更粗的铁棍。但是不行，还和上次一样，一下子就被巨人弄断了。

"算了，我不再为难你了，你根本就找不到一根合适的铁棍。但我也不住这里了，我去外面找工作。我告诉你们，我确实是你们的儿子。"青年巨人说。

青年巨人走出了自己的家，走出了这个村子，到了大山的那一边去了。他不知走到了哪个村子，看到了一个铁匠铺，并听说铁匠是个极其吝啬的老家伙，是个守财奴，他就希望有人能给他干活而不收工钱。青年巨人到铁匠面前说："你们有没有工作让我做，我想做个伙计。"铁匠一看，哇！这么大的块头，打起铁来一定行，一定很有力气。于是他说："我们很需要伙计，但是你要多少钱的工钱，事先声明，我可不能给你很多钱的。"青年巨人说，我不要你的钱，只要在别人发工钱的日子里，让我踢你两脚就行！"铁匠心想："他不要钱，只踢我两脚。那好吧，只要不给他付钱，受点皮肉苦算什么呢？"于是，铁匠答应了他的要求。

青年巨人和铁匠开始干起活来，别人都在卖力地干，巨人也学着别人干起来，铁匠师傅将烧红的铁块放到铁砧上的时候，青年巨人瞄准了，拿锤子"当"的一声砸下去。铁块儿早就飞得不知哪儿去了，而那个铁砧则深深地陷到了地下，几个人用尽各种办法都拿不出来。铁匠大骂起来："你这叫干活吗？这叫浪费东西，铁块飞走了，铁砧陷到土里拿不出来。好了，我不再雇佣你了。你说，你打了这一下要多少工钱吧！"巨人说："那好吧，我只要踢你一下就行了！"于是，青年巨人抬起腿，一脚就将这个吝啬的铁匠踢得不知去向，铺里的伙计都拍手称快。青年巨人拿了一根巨大的铁棍走了。

青年巨人离开这个村庄继续往前走，他来到了另一个农庄。他去找到管事的人问："我想找份工作，你这儿是否有合适的工作呢？"管事的人一看，这真是个大块头，一定很能干。于是，管事人说："我们这里需要的是一个工头，你能行吗？你要多少工钱？我们可不能给很多钱啊！你考虑好了。"青年巨人说："我不要什么工钱，一个子儿都不要，只要在工人们发工钱的时候踢你三下就可以了。"青年巨人看出来，这个管事的也是个吝啬鬼。管事的听到不要工钱很高兴，打几下算什么，于是巨人成了工头。

青年巨人和工人们一起睡到了工房里，吃了很多饭。天刚刚亮，工人们便都起床了，他们要去森林里搬木头，大家都快走光了，剩下最后一个人，看他还不起便对青年巨人说："起床吧！该干活了！"青年巨人大叫一声："关你什么事，你先走吧，我会在你们之前干完的。"于是，他又倒下去呼呼大睡。一个钟头过去了，他还是没有去干活，于是管事的跑回来叫他起床去干活。青年巨人又大叫一声："让他们先去干吧，我会比他们都先干完的。"于是，他又倒下呼呼大睡。管事的只好自己先走了。两个小时以后，青年巨人起床了，他要让自己吃饱肚子。于是，他到屋顶上拿了满满的两筐豌豆，再加一筐玉米，都倒在了锅里煮熟了，不紧不慢地将它们全部吃光。于是，他又不紧不慢地套上马车出发了。

在森林里，他已经看到许多工人在伐木，累得满头大汗。而他却很悠闲。他赶着马车慢慢地走，走着走着看到前面有一个大坑，马车根本过不去。要是其他的工人早就绕道了，但他不必这样。他将马车停在坑的这一边，自己只轻轻地一迈就过去了。他在那边拔起两棵巨大的树就走了，又迈过了那个坑，将那些木头放到了车子上。而其他的工人套好了马车，已经将木头装上了车，准备绕过那个大坑呢！青

外国童话名篇精选

年巨人说："看，你们真慢，我不仅睡得多，而且干得比你们还要快。"巨人见马过不去这个坑，于是，青年巨人就将马从车上卸下来，将马放在车上，将木头放在自己的两腋下，而将车放在肩上，扛着马迈过了大坑。其他工人看得眼睛都直了，还愣在那里一动不动，像木偶一样。青年巨人干得真是又快又好。他将木头放在院子里，将车马从肩上拿下来。他对管事人说："你看这木头足够长足够粗，别人根本就没有砍过这么粗的木头，你好好看看吧！"管事人吃惊不小，他想，这个人确实很能干，睡了那么久，但却比别人回来早，干得快。值得好好利用一下这个人。于是，他对青年巨人夸奖了一番。直到很久后，其他人才回来。

一年的期限到了，也就是发工钱的日子到了。所有的工人都得到了工钱，青年巨人想，他的诺言也该实现了。管事的说宁愿给他更多的工钱，他不干。管事的确实很害怕，因为他看到巨人力量实在是太大了，假如被他踢上三下，他的命就没了。他请求巨人放他一马，他宁可让巨人做管事人而自己做工头。青年巨人绝不答应，一定要踢他三脚，实践诺言。巨人决不放过他，想治治这个吝啬的人。

于是，管事的乞求巨人宽限他两个星期，青年巨人没那么多心眼，就答应了。跟着，管事人召集了所有的人来商量对策，这该怎么办呢？人们都认为那青年巨人的一脚会使人粉身碎骨，决不可能活命，何况还是三脚呢！他们仔细地琢磨起来。这时管账的说："我倒有个主意，不知行不行！""快说，快说！"管事人催促着，他们于是这般那般地计谋了一番，大家都说就这么办吧，也许这样才能让他永远死去。他们打算第二天，管事人将巨人带到井边，对青年巨人说，井里的烂泥很多，让他去挖烂泥。然后人们将大石头砸下，就将他砸死了。人们觉得还可以吧，于是，他们就决定这样试试看。青年巨人下去了，并且石头也被推下去了，巨大的一块大磨盘。可巨人根本不把它当回事。当石盘砸下去的时候，他还以为是上边有谁不小心把碎沙弄了下来呢！他干完了活的时候，那个大磨盘挂在了他的脖子上。管事人和其他人惊诧得不得了，原来青年巨人只以为是小石子砸下去，他的头好结实啊！管事见没能害了巨人，于是他请求青年巨人再宽限两个礼拜。青年巨人很仁慈，他根本不知道人们在想办法害他，他在傻乎乎地等待呢！本来这里有一个磨房，那里经常闹鬼，没有一个人敢进去。但只要进去了一个人，第二天决不可能回来。不知里面会发生什么事，反正人们决不会活着回来的。管事的决定再害他一次，让他去磨米，希望那巨人永不再回来，那样他就不会挨打了。管事的给他了 8 袋麦子，那 8 袋麦子被运到了磨房里去。磨坊的老板告诉了青年巨人一切情况，告诉他晚上这里有鬼，最好别在晚上去了，否则就会死在里面的。青年巨人并不知管事的害他，所以他以无畏的胆子对老板说："亲爱的老板，谢谢你，我今天晚上必须进去，因为我必须将所有的粮食都磨完的。再说，我也不怕鬼。"接着，他开始干起活来，干得很卖力。他根本不相信有鬼这回事。快到 12 点了，他好累，于是坐下来休息一下。风吹开了门，微风轻轻地吹进来，他去关门，刚关上，又开了，索性干脆别关了，咦！奇怪，一张大桌子扭扭地进来了，并没有什么人把它搬进来，接着四面八方飞来了各种美食，纷纷摆在桌子上，有烤鹅、美酒、水果，还有奶酪、面包，很多的美食。于是又只出现了两只手，左叉右刀，只见食物不断减少。青年巨人见了，哦，快点，我也得赶紧吃，否则什么都没了。所以他也坐下来大吃特吃，吃得好开心，酒足饭饱之后，他又坐下来休息。似乎那两只手很生气，于是灯熄灭了，只听一声"叭！"原来青年巨人挨了一个响响的嘴巴。青年巨人大叫："你是谁？干吗要打我？"只听一个嗡嗡的声音："谁让你吃我的食物。我一定要打你！""叭！"又一声，青年巨人又挨了一个嘴巴。青年巨人说："你再打我，我可还手了。"青年巨人和一堆无形的空气打了起来，左一拳，右一拳，似乎那个什么东西挨了很多下拳头。就这样巨人和他斗了大半夜。不久，天亮了。磨坊的老板见到巨人还活着，实在是惊讶极了，没能有一个人能从里面活着出来的，青年巨人可是第一个。"噢，亲爱的孩子，你可救了我们的磨坊了。巫师说过，只要有一个人能从里面活着出来，我的磨坊就一切恢复正常了。谢谢你！我要报答你，你一定要接受我的一些报酬。你要什么呢？我尽我所能来满足你的要求。""我什么都不要。管事的要满足我的要求，我什么也不要你的。"老板感激极了！青年巨人将面粉背到肩上，回去了。青年巨人回去以后，他要管事的实现自己的诺言。但管事的并不想实现诺言，不想挨打。管事的来回踱着，想办法拖延，急得满头大汗，青年巨人忍无可忍飞起一脚，踢了出去。那管事的穿过玻璃，带着玻璃渣飞到了蓝天上，最后挂在了树枝上，荡啊荡的，几乎肋骨都要断了。这只是第一脚。第二脚青年巨人想给他的妻子，他妻子吓坏了，"求求你，别打我好吗？我受不了的，我是个女人，你不能打我。"青年巨人根本不听她的话，他飞起第二脚，妻子飞了出去，比管事的飞得更远、更高，她飘呀飘的，她想飞到丈夫那去但根本就不可能。只好在空中荡来荡去。

青年巨人走了，他又去找另一个村庄的另一份工作，他立志要惩罚那些吝啬贪婪的人。

大拇指漫游记

　　从前，有一个穷裁缝，他有一个长得奇特的儿子，他的儿子很小，只有大拇指那么大，各种器官倒很全，功能也健全。裁缝很喜欢这个儿子，给他起了个可爱的名字——大拇指。别看大拇指人长得小，但很勇敢，也很有志气。一天大拇指对父亲说："爸爸，我想到社会上闯闯去。"父亲虽然不放心，但认为出去闯闯是必要的，说："好的，出去闯闯吧，出去见见世面，长长本事。"父亲想得很周到，他给儿子做了一个防身武器。他把一根长的缝衣针用火漆在针端做了一个把手，说："儿子，带上这把宝剑，以备不测。路上一定要小心呀，出门在外，学会照顾自己。"大拇指说："爸爸，您和妈妈就放心吧，我会照顾好自己的。"临走，大拇指要和父母在一起吃一顿饭，他来到厨房里看看母亲在做什么好吃的？菜已经烧好了，碗都放在灶上。大拇指问："妈妈，今天您做了什么好吃的东西？"母亲说："你自己看看呀！"于是，大拇指跳上灶台，伸着脖子朝碗里望，，都是好吃的，有红烧鲤鱼、红烧鸡块、炒蘑菇、炒油菜……大拇指正聚精会神地看着，食物蒸气把他冲到烟囱外面。他有机会腾云驾雾地游了一回，最后又落到了地上。就这样，大拇指开始了他的漫游。

　　大拇指来到这个广大无边的世界上，才觉得自己原来的生活范围是那么狭小，外面的世界很大很大，也很精彩，他要借此出游机会好开开眼界。他到处流浪。他跑到了一个师傅那里做工，那活又苦又脏，而且，吝啬的师母做的饭也不好吃，舍不得做点好吃的。大拇指很不满，一天他对师母说："师母，你就大方一点儿吧，给我们做点儿好吃的东西，别让我们光吃山芋，往里面多放点儿肉那才好吃呢！如果你不给我们做好吃的，我就不在这里，走的时候我在你的门上写上：吝啬师母，舍不得让人吃好东西，光让人吃山芋。"师母生气地说："你怎么这么多事！"说着扬起手就要打他，大拇指赶紧跑到顶针箍底下，向师母做了个鬼脸。师母把顶针拿起来，要捉他，但是大拇指又跳到了抹布里。师母打开抹布寻找他，他又钻到桌子缝里。他向师母叫道："我在这里！"同时吐了吐舌头，师母过来打他，他落到了抽屉里。这回灵活的大拇指没有跑掉，师母捉住他把他扔到了门外。

大拇指继续漫游，他来到一座大森林里。走着走着，他遇到了一伙强盗，从他们的谈话中得知，他们要去偷国王的财宝。忽然，他们当中的一个人发现了大拇指，说："你们看那个小家伙，他对我们很有用。可以让他爬到钥匙洞里，帮我们把锁打开。"众人都看到了他，认为这主意不错。他们极力地劝说大拇指跟他们一起走，最后一起分赃。大拇指想了想，说："好吧，我跟你们去，我也尝试尝试。"于是，他和强盗们来到金库前。大拇指围着金库转了几圈，认真观察看，是不是有缝？最后，他终于找到了一条缝，他可以从缝里钻进去。他对他们说："你们在外面好好接着，我把银元丢给你们。"于是，他爬了进去。门前的两卫兵有一个看见了他，向另外一个说："我看见了一个很难看的蜘蛛爬进去了，要不要把它弄出来？"另一个说："一个破蜘蛛管它干什么？它又不会偷银元，我们只要看好银元就行了。"大拇指幸运地过了这一关，平安地爬到金库里，轻轻地打开卫兵头上方的窗户。大拇指把银元一个一个地丢给外面的强盗，干得很起劲儿，头上都出了汗。忽然，听到国王带着卫士来了，要检查金库，大拇指迅速躲了起来，国王进来后，看到少了许多银元，他觉得很奇怪，因为门锁得好好的，门关得也很严，一切都保卫得很好，到底是谁干的呢？国王百思不得其解。他临走的时候对两个卫兵说："你们两个要提高警惕，最近有人偷钱。"他们走后，大拇指又开始工作，他把银元弄得叮当叮当响。卫兵听到里面的响声，赶紧跑到里面去捉贼。他们进来后却什么也没看见，大拇指早已躲到一个角落里。大拇指想戏弄戏弄两个卫兵，于是说："来呀，来呀，我在这里！"卫兵循着声音走去，但什么也没找到。原来，大拇指又跳到另一个角落里，躲在一个银元下面，由于他长得小，别人一点儿也看不到他。他又叫道："到这里来捉我呀！"卫兵快跑过去，但大拇指已跑到了第三个角落里，在那里叫道："喂，我在这里。"卫兵又跑到那个角落，同样一无所获。大拇指就这样戏弄了他们很久，直到让他们累得跑不动了，他才停止。多调皮的大拇指呀！等卫兵疲倦地走开后，大拇指慢慢地把所有的银元都丢了出来。最后，他跟着最后一个银元一块儿飞出了金库，落在了地上。强盗们都很感激他，表扬他说："小家伙，你真行呀！你是一个大大的英雄，我们要选你为头目，你愿意吗？"大拇指才不想当什么头目，他出来是见见世面的，他要继续漫游，于是他谢绝了。分赃的时候，大拇指只要了一角钱，因为多了他也拿不动。

大拇指把宝剑拿好，向强盗们说了声："再见！"就走了。他在漫游途中，又陆续做了几个师傅的徒弟，但时间都不长，他觉得没意思就走了。最后，他来到一个旅馆，那里正好缺一个佣人，老板留下了他当佣人。大拇指在那里干得很好，勤勤恳恳，安守本分，深得老板的好评。但那些女佣人却很厌恶他，因为她们暗地里做的事，如从盘子里拿东西，从地窖里偷东西，都让他看见了，而且他都告诉了老板，女佣人们的日子不好过了。女佣人们警告他："等着吧，我们要让你生不如死。"大家商量如何惩治惩治这个可恶的小家伙，一时没有想出合适的方法。

一天，一个女佣人在园子里割草，大拇指正在那里跳来跳去地散心，女佣人看见了他，一股厌恶的情绪涌上心头。忽然她想出了一个坏主意，她装作没看见他，迅速地把他和草一起割下，用一块儿布包着，扔到一头母牛嘴下。那母牛看见了青草，很高兴，迅速把那草吞了下去。幸运的是，大拇指一点儿伤也没受。但是，牛肚子里太黑了，太闷了，他一点儿也不适应，里面的空气也很污浊，夹杂着青草味，很难闻。他

外国童话名篇精选

听到外面有人挤牛奶，他忙叫道："快放我出去！快放我出去，牛肚子里太闷了。"但是，挤牛奶的是一位聋子，无论他如何叫喊，都无济于事。后来，他听到老板说明天要杀掉这条牛，大拇指非常害怕。老板来栏里视察时，大拇指使劲叫喊："我在牛肚子里，快让我出去！"老板听见了喊声，但四下里看了看，没有发现任何人。大拇指又叫道："千万别伤着我，我在这里呢！"老板问："你在哪里？"他回答说："我在黑暗的牛肚子里。"老板弄不懂他的话，转身走了。

第二天一大早，那条牛就被杀了。人们把牛肉分割成许多小块，分成几类，大拇指运气好，又没有受伤害。他被分到做香肠的那一堆肉里。过了一会儿，老板派屠夫来切肉。大拇指拼命叫喊："不要切得太深，我在肉里呢！"但是因为屠夫把肉剁得叮当响，他的声音淹没在叮当声中，他的话屠夫没有听到。大拇指非常伤心，他感到自己的末日要来了，他不禁流下了眼泪，他非常想念父母。但是，事情并没有想像得那么严重，大拇指灵敏地躲过了屠夫的刀，没有伤着自己。但是，他还是被裹在一团肉里，他逃不出来。他没有别的方法使自己逃脱，还是处于被动地位，他和几块肥肉一起被塞到一根猪肠里面。大拇指好像走进了狭窄的胡同，挤压得很难受。后来日子更加难熬，因为他们又把香肠挂到烟囱里面熏，烟味很浓，很难闻。那是一个漫长的无聊的一段日子，直到冬天来了，老板要招待一个客人，那根香肠才从烟囱上拿下来。谢天谢地，烟熏火燎的日子总算过去了。接下来又是有惊无险的一瞬，当老板娘用刀把香肠切成薄片的时候，大拇指心跳得很厉害，他很紧张，尽量缩着头，怕被无情的刀砍断脖子。还好，他又成功地躲过来了。因为香肠切得很薄，大拇指使劲儿捅了一个孔跳了出来，终于结束了黑暗的生活，重新获得了自由，大拇指高兴得又蹦又跳。他呼吸着新鲜空气，沐浴着温暖的阳光，欣赏着久违了的自然风光，看着周围那熟悉的和不熟悉的人。

大拇指一面踱着步，一面思考着自己的未来。他在这里遇到了太多的不幸，他不想再待在这个伤心的地方，他又开始了自己的漫游。在广阔的世界里，他自由地游荡，欣赏山水虫鱼，了解风土民情，多么自由啊！但是好景不长，他又遇到了麻烦。他在旷野里走着，突然，被一只饥饿的狐狸一口吞了下去。大拇指痛苦地叫道："亲爱的狐狸，我这么小，你就放了我吧！"狐狸回答说："你对我来说，确实起不了多大作用，不能解决我的饥饿问题。但是我放你得有个条件？""什么条件？""你得答应，把你家院子里的鸡给我吃。""没问题，我答应你。"狐狸放了他，并且把他放在背上背他回家了。回到家中，父亲一眼就看见了狐狸背上的儿子，高兴地说："我们的宝贝儿子回来了！"儿子告诉了答应狐狸的条件，父亲毫不犹豫地把所有的鸡都给了狐狸。大拇指天真地说："爸爸，我会赔偿你的损失的。"说着他掏出了旅行途中得到的那一角钱。父亲说："爸爸没有损失什么，爸爸最爱最心疼的是我的儿子呀！那些鸡算得了什么？"

从此，大拇指和家人过着安定幸福的生活。

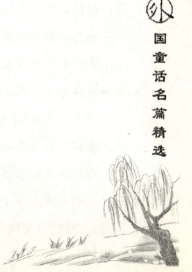

艾琳公主

　　蓝岛，是个非常美丽的国家，每年的春天那里到处都开满了可爱的蓝草花。

　　蓝岛的王宫里有个非常可爱的小公主，她在蓝草花开的时候出生，长得像蓝草花一样美丽。她还有个一样美丽的名字，叫艾琳。

　　艾琳15岁生日那天，国王忽然做了一个梦，一个穿着黑衣的女巫出现在他的面前对他说："艾琳是蓝草的精华，我要把她16岁时的心脏吃掉，我就能变得永远年轻而美丽。"国王一下子惊醒，他赶紧跑到公主的房间，发现她安详地睡着。

　　可是，他还是有些害怕，叫人赶紧造了一座塔。塔很结实，他往塔里放了很多很多的食物和用品，并让公主和两个使女住进去，然后他把塔门封住，没有人能进出。

　　他想，两年后等她17岁时，再让她出来。

　　艾琳和使女开始在黑暗的塔里生活，她们盯着塔里的钟计算着，每转两圈就过了一天。

　　终于，艾琳17岁的生日过了，她们的食物也快吃光了，可还是没有人来放她们出去。

　　她们等啊，等啊，食物很少了。使女哭了起来，说："我们会饿死在这里的，国王忘了我们了。"艾琳说："别急，我们有工具，试试把墙弄穿。"她们用切面包的刀开始挖墙上的灰泥，她们不停地挖，不停地挖。过了好久，一块石头掉下来，接着第二块，第三块……

一道阳光带着清新的空气射进来，她们高兴地继续努力，很快他们就重新回到了阳光里面。

她们飞快地沿着记忆中的路走向王宫，却发现了一片废墟。

原来女巫真的来过，她找不到艾琳于是就毁了这座王宫。

她们很绝望地往前走，终于走到了一座城市。她们又饿又累，最后碰到了一个好心的御厨师，让她们在御厨房里工作。

过了几天，厨师对她们说："我们要准备一场很大的宴会，王子快结婚了。"

王子的婚期近了，新娘子已经来了，奇怪的是，她一天到晚蒙着面纱，没有人能看见她的模样。

晚上，御厨让艾琳给新娘子送晚餐，恰好看到新娘子的面纱掉下来，艾琳吓了一大跳！她长得太丑了，一只眼睛大一只眼睛小，还闪着凶恶的光。她见艾琳看见了她，干脆就拿掉面纱，对艾琳说："明天你穿上我的结婚礼服，代替我去参加典礼，天黑的时候回来。而且，你不能把这件事对任何人说，否则我就杀了你。"可怜的艾琳有些害怕，只好答应了她。

艾琳穿上了华美的雪白礼服，戴上了蓝宝石的手镯，走进了王宫的大厅，所有的人都屏住呼吸，瞪大了眼睛。"太美了！太美了！""仙女来了啊！"赞叹的声音充满了整个大厅。国王说："我只听他父亲说她漂亮，却没见过。王儿，这就是我给你选的妻子。"

王子早就微笑着看着艾琳了，他拿出了珍贵的蓝宝石项链，说："我的女神，只有你才配戴上它。"说着，亲手把项链戴到了艾琳的脖子上。

王子牵着艾琳的手走向教堂，在教堂前的桥边，艾琳看到神圣的教堂，心里有些愧疚，于是她小声念到："天主堂的桥啊，千万莫断了，

国童话名篇精选

我虽然不是真新娘，但我心里真的很想！"

王子问她："你在说什么呢？"

"哦，没有，我只是想起一些事情。"

到了神父面前，艾琳又开始默念："天主啊，天主，别怪我糊涂，我不是真的新娘，但我的心里有苦。"

王子问："你在说什么呢？"

"哦，没什么，我只是想起一些事情。"

这时神父走过来，把她的手放在王子的手上宣布他们成为夫妻。

天黑了，他们回到王宫，艾琳赶紧换回原来的衣服，走进厨房。

新娘子重新罩上面纱，来到王子的房间。王子觉得奇怪，于是问："亲爱的，你有那么美的一张脸，为什么要遮住呢？"

"我，我……"她回答不上来，王子更觉得奇怪，说："你难道不是真的新娘子呀？"

"我当然是，她才不是真的。"她一不小心说出了真相。

"谁？"王子追问到。

"没有谁，我是真的新娘子。"

王子觉得不对，于是问："你在教堂里都说了什么呢？"

这下新娘子发愁了，于是她说："你等一下，我去问我的佣人，她一向帮我记着我说的话。"

她跑到厨房，生气的说："王子觉得你的脸美，我怎么能受得了呢，你走，走得远远的，不过在这之前要告诉我你在教堂说了什么？"

艾琳很伤心，但她只能照着新娘说的去做，她告诉新娘她说的话，就走了。

新娘对御厨师说："去把她给杀了，否则，她早晚会坏了我的事。"

新娘来到王子身边，对王子得意地说了艾琳告诉她的那些话。

王子觉出了不对，就问："我送你的蓝宝石项链呢？"

"什么？宝石项链？天哪，那死厨娘竟然不告诉我！"新娘恶狠狠地说。

王子终于明白了一切，他立刻来到御厨房却只见到厨师。好心的厨师已经放走了艾琳，他告诉王子，新娘子是个丑陋而凶狠的人。

王子赶紧派出军队到处寻找，终于找到了他心爱的人。艾琳说出了她的身世，国王又重新为他们举行了婚礼。

那丑恶的坏新娘在第二天被处死了。

在艾琳的国家里，又重新长满了漂亮的蓝草花。艾琳也过着像蓝草花般美丽而幸福的日子。

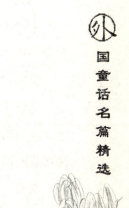

国外童话名篇精选

士兵的奇遇

有一个士兵退伍了，他很勇敢，但他却对什么都漠不关心。他除了作战打仗什么都没有学过，什么也不会做，所以他找不到工作，只能到处流浪。

他穿着军队里发的水牛皮的马靴，走起路来像过去一样威风凛凛。人们都以为他是落难的将军，于是施舍给他吃的东西，但从没有人真正收留他。

一天，他走过一个茂密的森林，看到一棵砍倒的树桩上坐着一个人，那人穿了一件猎人的外套，脚上的皮靴却又新又亮，一点不像猎人的靴子。士兵走过去，和他握了握手说："老大哥，你要到哪里去呢？"

那个人说："我也不知道该怎么走了，我迷路了。"

士兵大笑了起来说："那我们一样啊，一起走吧！"

他们拖着疲倦的身体继续向前走。

天渐渐黑了，他们仍没有走出森林。士兵向四周望了望说："猎人大哥，那边有灯光，应该是有吃的东西。"

于是，他们朝着灯光走过去。

那灯光是从一幢石头房子里发出来的，他们在门口停下来，敲门。

开门的是一个老妇人。士兵说："我们是过路的，想在这里过一夜，找点儿东西吃！"

老妇人说："不行啊，这是强盗的房子，他们一会儿就会回来。你们快点儿走吧，否则会没命的。"

猎人听到了转身要走，却被士兵拽住。士兵说："管不了那么多了，反正在森林里饿死和被强盗杀死都是死。"

老妇人见他这么坚决，只好说："你们躲到炉子的后面，等他们吃完，睡着了，我再偷着给你们些吃的。"

他们刚刚躲起来，就听见门"咣啷"一声开了，12个强盗涌进来，大声嚷嚷着："死老太婆快把吃的拿来。"

老妇人端来了3大盆烤肉，放在桌子上，强盗们狼吞虎咽地吃起来。烤肉的香味钻进士兵和猎人的鼻子，他们更饿得不得了。士兵说："管不了那么多了，我要吃那烤肉。"说着要站起来，猎人说："要送命的。"就抓住他的胳膊不让他站起来。

士兵急了，大声咳嗽起来。一个强盗走过来，看到了他们说："啊哈！坐在这里干什么呀，先生们，准备抓我们吗？想抓我们的人都得死。"说完大笑起来。

士兵看看他说："死有什么了不起，我什么也不怕。我们饿了，得吃点东西。"

强盗哈哈大笑起来："这家伙不怕死啊！有意思，就让他做个饱死鬼吧。"

说着，把一盆烤肉放在他俩面前。士兵抓起一条烤羊腿递给正在发呆的猎人说："吃吧，一会儿也好有力气。"说着，毫不客气地大吃起来，并抓起桌上的酒就喝。

强盗的头目瞪大眼睛，张大了嘴巴，吃惊得话都说不出来。这时士兵又举起一瓶酒，对头目说："朋友，祝你永远健康。"边说边走过去。强盗正要接那瓶酒，士兵猛地把酒瓶砸在他头上。那强盗立刻倒下了。士兵又大喊到："奉上帝的命令，你们这些人都应该活着，我不杀你们，把手举起来，张大嘴巴说'主啊！我错了!'"

强盗们都吓倒了，真地以为他们是神派来的，都举起手大声说："主啊，我错了。"

士兵对猎人说："快把他们绑起来！"很快，所有的强盗都被绑得结

39

结实实。

士兵和猎人大笑起来，坐下来接着吃。

第二天，士兵让猎人等在森林里，他走出森林找到了附近驻扎的军官说："我在那面森林里碰到一群强盗，你们应该去把他们绞死。"军官带一队士兵和他来到森林里。军官命令士兵们把那些强盗丢到车上说："谢谢你老兄，你真行呀！"

士兵笑着说："还有我的猎人老大哥。"那些士兵这才看到了那位猎人。

没想到那军官立刻跪下来说："陛下，原来是您，您回来了啊！"士兵说："你对谁说话，哪里有'陛下'？"

这时猎人说话了："在这里啊！我就是国王。"说着他解开猎人的外套，露出国王的衣服。

士兵大吃一惊，想到自己对"猎人"的态度，于是跪下来说："请陛下降罪，我对您不敬。"

国王握住他的手让他站起来，说："老弟！你勇敢、大胆，又救了我的命，我要奖励你呢！"

他们就这样牵着手，走在军队的前头。这时，全城的百姓都得到国王回来的通知，他们欢呼着，挥舞着手臂欢迎他们的国王和英雄。

关于小仙人的三个童话

第一个童话

从前有一个鞋匠，他心地善良，虔信上帝。他光做善事，几乎没做过坏事。他和妻子非常贫穷，过着艰难的生活。因为他们善良，所以必然会得到仙人的帮助。

鞋匠只剩下做一双鞋的皮子了。那天晚上，他切好鞋料，准备第二天工作。为了明天好好地工作，鞋匠早早地爬上了床，虔诚地祷告了上帝以后，便安安静静地睡着了。第二天早晨，他做了祷告以后，就走向工作室。他来到工作室先把地打扫了一遍，把工具都拿来。然后他坐到工作台旁边，准备拿鞋料做鞋。他不禁惊呆了，鞋料不见了，有两只已做好的鞋放在桌子上。他很惊奇，不知道是怎么回事。他拿起那双鞋仔细地观察，发现这双鞋做工精细，一针也没有缝坏而且做得非常整齐，一定出自高人之手，一定是老师傅做的。勤劳的妻子正在做早饭，收拾屋子，她听到丈夫的工作室里一片安静，没有往日那叮当的铁锤声音，很奇怪，就来到工作室来看个究竟。她听到丈夫的叙述也很觉奇怪，但他们谁也不知道是怎么回事。他们等着卖了鞋去买柴米油盐，于是就把鞋卖了。买鞋的人对那双鞋非常满意，而且穿着也很合适，所以他付的钱很多，皮鞋匠用这笔钱去买了做两双鞋的皮子。

鞋匠还是像往常一样，晚上把皮子切好，准备明天精力充沛时去做。但是，第二天早上他来到工作室一看，两双整整齐齐的皮鞋在那儿放着呢，做工一样精细，一看就知道出自同一个人的手。鞋匠又用不着

国童话名篇精选

41

工作了，只等着有人来买。这样做工精细的皮鞋不愁没有买主，而且价钱很高，足够他买4双鞋的皮。到了第二天早晨，4双皮鞋又奇迹般地出现了。以后总是如此，他晚上切好皮，第二天早上鞋早已做好了，不用他动手了。鞋匠的收入越来越多，穷苦的鞋匠变成了一个很有钱的人。他们夫妇非常感激那个帮助他们的人，他们想当面道谢，可是又不知道是谁。

圣诞节前几天的一个晚上，鞋匠切好了皮，睡觉前他对妻子说："我们要尽快知道我们的恩人是谁。今天晚上我们不睡觉了，我们注意观察是谁在暗中帮助我们，你说行吗？"妻子说："当然好了。"她点起一盏灯，他们都躲在角落里窥视。他们静静地等着，到了半夜，他们看到两个漂亮的裸体小人出现在工作室里。他们长得极为标致，无论是身材还是容貌都是恰到好处，非常好看。他们把该用的工具拿来，把鞋匠切好的东西拿来，坐在桌子前开始工作了。他们的手非常小巧，却很灵活。那些锤子和锥子之类的工具就像是在跳舞，那针线在他们手中游来游去。鞋匠看着看着，佩服得五体投地，眼睛眨都不眨一下。两个小人仿佛生来就是干这活的，一点也不用休息，既熟练，做得又好。他们用了不长时间就把一切都做好了，他们把做好的鞋放在桌子上，迅速地跑开了，转眼之间就没了踪影。

第二天早上，妻子说："是小仙人帮助我们过上好日子的，我们不应该忘记他们。我们怎样感谢他们呢？"鞋匠说："是应该好好谢谢他们，我们得想个办法。"夫妻两人想了很久，最后，都同意给他们每人缝一件小衬衫，一件小褂子，一件上衣和一条小裤子，因为他们什么也没穿，一定会很冷的。鞋匠后来又补充说："再给他们每人织一双袜子。我呢，给他们每人做一双小鞋，你说好吗？"妻子说："当然好啊，你想得更周全。"他们开始忙着给小仙人们准备礼物。晚上当把一切礼物准备好后，鞋匠没有切好皮子，他把礼物统统放到桌子上代替。然后，他们夫妻二人都躲了起来，看那两个小仙人来了以后有什么反应。到了半夜，那两个小仙人跳着进入工作室，他们没有找到切好的皮子，却发现了一些漂亮的衣服。他们都非常喜欢那衣服，他们迅速地穿上衣服，很合适而且很漂亮，他们高兴地跳起舞来，像两个天真无邪的孩子。鞋匠和妻子看了都很高兴。最后，那两个小仙人蹦蹦跳跳地走了，再也没有出现过。鞋匠一家人生活得一直很好。

第二个童话

从前，有一个穷苦人家的姑娘，长得面目清秀，她心地善良，吃苦耐劳。由于生活的逼迫，她到一个富人家里做丫头。她既勤劳又干净，每天都起得很早，打扫房子，收拾屋子，做各种家务。当主人一家人起来以后，家里已收拾得井井有条。

有一天早晨，她又和平常一样打扫着卫生，然后，把垃圾倒在门前的大垃圾堆上。她正要转身离去，发现垃圾堆上放着一封信。她把扫帚放到角落里，把信拿给主人看，因为她不认识字。

主人打开信一看，原来是小仙人的请帖，请丫头做他们孩子的干妈。丫头很惊奇，为什么小仙人请她做孩子的干妈？她不知道该怎么办才好。别人都劝她去，这种好事不能拒绝，于是她就答应了。

后来出现了三个漂亮的小仙人，他们来给丫头带路。丫头收拾收拾行李，就跟着小仙人走了。小仙人的住处在深山里，到了那里以后，丫头发现那里的一切东西都很小，虽小但很漂亮，可以说是小巧玲珑。丫头被引到一个房间，在那里，床上躺着一个产妇，样子显得很虚弱。再一看那摆设，一张乌木床；床上挂着许多珍珠，闪闪发光；那被头是用金线织成的，黄灿灿的；孩子的摇篮是象牙做的；洗澡盆是金的。丫头从来都没有看到过这么好的东西，眼都直了。丫头做了孩子的干妈，要回家去做家务。但是，小仙人们都很喜欢她，让她多住几天，盛情难却，丫头留下来了。那些小仙人都显得很高兴，替她做一切事，让她舒舒服服地生活。丫头在那里高高兴兴地住了 3 天，很享福。但穷人的孩

外国童话名篇精选

子，吃惯了苦，最后她要回家，小仙人也不再极力挽留，给她装了满满一袋子金子，然后把她送出山来。

她来到原来的主人家，就开始干活。拿起扫帚就扫起院子来。这时从屋里走出来一个陌生人说："你是谁？你要做什么？"丫头说："我是这里的丫头呀！我要做我的工作。"那位陌生人说："你是原来这里的主人的丫头吧，你原来的主人已去世了，房子都成了我们的了。"原来，丫头在小仙人那儿住了三天相当于人间 7 年。7 年过去了，这里发生了很多事，主人在这期间死了。丫头回到自己的家中，过上了幸福的生活。

第三个童话

从前有一个母亲，她生了一个漂亮可爱的孩子。孩子长得眉清目秀的，很讨人喜欢。她精心照料孩子，让他吃饱穿暖，她几乎倾尽了一个母亲的全部的爱。

有一天，一个小妖怪溜进她的家中，从摇篮里抱走了那个可爱的孩子。摇篮里被换上一个畸形儿，肥头大耳，瞪着两只呆呆的眼，只会吃饭喝水，别的什么也不会。那位母亲见了，伤心极了，哭天喊地，但这又有什么用呢？后来，她的邻居给她出了个主意。邻居太太说："你把畸形儿抱到厨房里，放在灶上，然后点上火，把水放在两个鸡蛋壳里煮。畸形儿看到这些会发笑，他一笑就完了。"母亲半信半疑，但是还是照她的话做了。她把两个蛋壳装上水，放到火上煮。那畸形儿看见了说："我活了大半辈子了，还从来没看见过人在蛋壳里煮东西。真是可笑呀！"说完他哈哈大笑起来。这时一群小妖怪把原来的孩子送回来了，放在灶上，然后把那畸形儿带走了。母亲抱着自己的孩子吻呀吻，爱不释手，她再也不让孩子离开自己了。

聪明的小裁缝

公主都是很骄傲的，这个故事中的公主也不例外，让我来说说看。国王就这么一个宝贝女儿，从小娇生惯养，没有人敢欺负她。公主也很聪明，并很喜欢用自己的聪明捉弄人。

公主渐渐长大了，长得很漂亮。漂亮，又成了她一个可以骄傲的、引以为自豪的地资本。许多邻国的王子都向她求婚，但没有一个成功。公主总是提出一些很刁钻的问题来考他们，他们回答不出来便受到公主的嘲讽，碰一鼻子灰后回去了。公主渐渐大了，还是没有王子被她接受。于是，国王便在全国张贴了一张告示：只要能猜中公主出的问题，公主便和他结婚。

全城的未婚男子都想得到公主，他们便一起行动了，城中三个裁缝也不例外。

两个较大的裁缝都很自以为是，以为自己是世界上最聪明的人，而以为小裁缝是世界上最笨的人。两个大的经常嘲讽小裁缝说："你连裁剪的活都干不好，还要娶公主吗？这简直是天方夜谭。你还是别去了，别丢人了。"小裁缝是个很乐观的人，不管他们怎么说，反正他要去见公主，他相信自己。

三个人来到了公主面前，两个大裁缝都很谦卑，又是行礼，又是作揖，小裁缝则不卑不亢地站在那里。只听公主说："我给你们出个谜语：我的头上有两种颜色的头发，你们猜是什么颜色的？"只听第一个大裁缝说："一定是黑的和白的。"第二个大裁缝说："一定是褐色和红色。"公主说："你们都猜错了，那你说该是什么颜色的？"小裁缝说："一定是金色和银色的。"公主大吃一惊，她面色苍白，差点晕倒了。公主看到这个小裁缝这么聪明，但是她并不想嫁给小裁缝。小裁缝也不气恼，他等着公主给他出题。公主却说："我也不给你出题。后院有一个小房子，里面有一只熊，你只要能跟熊过一夜，而不受什么伤害，第二天早上看到完整的你，我便嫁给你。"公主知道，那只熊杀伤力很强，只要跟它在一起的人没有一个人能活着回来。

晚上，小裁缝被送到那个熊屋中。小裁缝并不害怕它，他很勇敢地面对大熊。小裁缝从兜中拿出一只胡桃，咬开来，吱吱地吃起来。大熊刚要打那小裁缝，听见吱吱的声音，便被吸引了，猜想这是怎么回事啊？原来，大熊向小裁缝要胡桃吃：小裁缝便给了大熊一块石头，石头怎么可能咬动呢？它咬了半天都不行，但见到小裁缝吃得那么香，它便问："我为什么咬不开呢？"小裁缝接过那块石头，又从兜中悄悄地拿了一个胡桃，吱！一声就咬开了。小裁缝说："你是个笨熊，怎么咬不开呢？"于是，大熊又接过了石头还是咬不动。熊真得觉得自己很笨。熊在这件事上还是想不明白，为什么自己咬不开呢？它很纳闷。这时，只见小裁缝又从衣服里面拿了一把小提琴出来。他一边拉着，一边跳着。大熊不知不觉中也跟着美妙的音乐跳了起来，熊跳得很开心。熊便想学怎样拉琴。它向小裁缝说："你教我拉提琴吧，这音乐实在是太美妙了！"小裁缝说："那好吧，但你要用心学啊！你看左手放在弦上，按住，右手拉着这根弓子，有节奏地拉，那样就行了。你听我拉得多美妙啊！"熊说："让我来试试吧！看我拉得怎么样？"于是，大熊接过了小提琴，他像小裁缝教的那样拉起来。可是它的手实在是太大了，而且肉太多，左手把所有的弦都按住了，根本发不出美妙的音乐。怎么办啊？这时小裁缝又教了一遍。还是不行，大熊的手实在是太大了。

"其实，我觉得你能够学会拉琴。但是你的手指太粗，手掌太大，所以你现在暂时还不能拉琴的。"小裁缝说。

"那该怎么办？你告诉我吧！"大熊问。

"你该把手掌剪下去一块，那就好了。你愿不愿意呢?"

"可以，但那样我就可以演奏出美妙的音乐了吗?"

"是的。那我们就干吧!"小裁缝说。

小裁缝用一只大的老虎钳夹住大熊的掌，让它疼得不能动弹，而小裁缝自己则在旁边安心地睡去了。大熊疼得不停地叫啊，叫啊，声音很是可怕。小裁缝一大早便起来，而熊早已叫得没劲儿了。

公主第二天一早，便见到了小裁缝。公主本以为这个方法能将小裁缝杀死，但庆幸的是，小裁缝却皮肉未破，红光满面，活得很健康，看来公主只有认命了。

公主曾经说过的话，只能兑现了。其实国王很高兴，这个大年龄的公主，终于可以嫁出去了。公主和小裁缝便乘着 4 匹白马拉的车直向教堂赶去。那两个大裁缝很生气，为什么小裁缝那么笨反而得到了公主呢? 这真是太不公平了! 他们两个便跑到关熊的那个屋子中，打开了小门，里面那只大熊仍旧疼得呻吟着。他们打开了老虎钳，希望熊能将小裁缝吃掉，但熊疼得神志不清，见两个人在面前，就二话不说，上去给一人一个巴掌，将他们扇得晕了过去。而公主和小裁缝到了教堂，举行了婚礼。慢慢地公主发现原来小裁缝很可爱，很聪明的，她爱上了他，生活过得很愉快。不久，他们便生了一个可爱的小宝宝，一家三口生活很幸福。

聪明的大拇指

从前，有一对穷苦的农民夫妇，丈夫每天坐在灶火旁拨火，妻子坐在一边纺线。他们结婚多年了，一直没有孩子，家里很冷清的。一天丈夫说："要是我们有个孩子就好了，有了孩子家里就热闹了。你看咱们的邻居，有孩子多热闹，生机勃勃的，多么温馨，多么有家的气氛呀。有了孩子还可以打发寂寞的时间。"妻子说："是呀，我们是该有个孩子。只要有一个孩子，哪怕他长得丑，生得小呢，即使只有拇指那么大，我也很乐意，我们照样全心全意地爱他。"夫妻俩盼望着能有个自己的孩子。

后来，那位妻子生病了，7个月后，谁也没有想到，她生下了一个小孩。夫妻俩可高兴坏了，整天乐得合不上嘴。那孩子四肢倒还齐全，就是长得太小了，只有大拇指那么大。夫妻俩果然像他们说的那样，没有嫌孩子长得怪、长得小，很喜欢这个孩子。他们亲切地称呼孩子为"大拇指"。夫妻俩精心地照顾孩子，给孩子买各种好吃的，让他吃得饱，穿得暖。但是过了很长时间，孩子一点也不见长高，仍然和生下来一样大小。夫妻俩发现，孩子的眼里有一股灵活的神气，两只眼睛虽小却有神，他们觉得孩子一定会不同凡响。不久以后，他们发现大拇指非常聪明，而且他无论做什么事，都能做得很好。

有一天，丈夫要到森林里去砍柴，妻子在家做家务、纺线。临走时，丈夫自言自语地说："要是有个人帮我把马车赶去就好了。"本来是一句无心的话，但却被大拇指听见了。他想："我要帮爸爸这个忙。"于是，他叫道："爸爸，你砍柴去吧！一会儿我把马车给你赶去。"爸爸听了笑着说："那可不行，你还小呢，在家玩吧！马车那么大，碰着你，爸妈可要心疼了。"大拇指自信地说："爸爸，我会小心的，只要妈妈给我备好马车，把我放在马耳朵里，我就可以指挥马往哪里走了。爸爸，你就放心吧，我一定在指定的时间安全地将马车送到森林里！"看到他坚定、自信的样子，父亲不忍心打击他，便对他说："那你可要小心呀！路上别和陌生人说话。"父亲说完就走了。

　　时间到了，母亲给大拇指套好车，又叮嘱了一番，才把大拇指放到马耳朵里。大拇指叫喊着把马车赶走了。大拇指非常小心，也非常认真的指挥着马走。马也很听他的，车走得平稳，像有一个技术很高的马车夫在赶车。车子从大路上向森林走去。当车子正要拐弯时，有两个人向马车走来。他们非常奇怪，怎么只看到马车，却看不见马车夫，但又明明听到马车夫的叫喊声了。他们观察了好一会儿，也没看出个究竟来。一个人说："你看这是怎么回事？看不见人却能听见人的声音，这马车走得还很好。"另一个人说："一定有问题，说不定有什么妖怪在搞鬼。我们在后面远远地跟着，看到底是怎么回事，看马车停在哪里。"他们尾随着车子来到森林，马车停在砍柴的地方。大拇指远远地看见了父亲，大声喊道："爸爸，我成功地到达目的地了。这回你放心了吧！快把我从马耳朵里拿下来吧！我要在森林里玩会儿。"父亲显然十分惊喜，他左手把马牵住，右手把大拇指从马耳朵里拿出来。父亲说："儿子，你真行啊！我们的儿子长大了，有出息！"说着，吻了儿子一下。大拇指很有成就感，高兴地坐在一根麦秆上玩。那两个陌生人看到大拇指的时候，非常吃惊，半天说不出话来。怎么这么神奇，这么好玩！突然，其中一个把另一个叫到一边说："大哥，你听我说，这个小东西对我们来说，可是个宝物呀！"另一个说："什么宝物，不就是个小人吗?"那个人说："别看是个小人，咱们把他带到大城市里去，那里的人一定爱看。我们拿着他到处展览，我们一定可以发财的。我们把他买下来吧！"另一个人点点头同意了。于是，那两个陌生人走到农夫面前说："老哥

国童话名篇精选

咱商量个事好吗？"农夫抬头看了看那两个陌生人说："什么事？"他们
说："你把这个小人卖给我们吧，我们会好好照顾他的，让他过幸福的
生活。"父亲一听这话，气极了，对他们说："呸！给我多少钱我都不
卖，他是我们的心肝宝贝。"大拇指听那两个陌生人要买他，他并没有
害怕，他想："这样我们家可以有一笔钱了，爸爸、妈妈可以不那么整
天劳累了。"于是，他慢慢沿着父亲的衣服爬了上去，站在他的肩头上，
悄悄地说："爸爸，你把我卖给他们吧，我一定会想办法回来的。"父亲
听了大拇指的话，还是不肯卖，他不放心儿子的安全。大拇指又催促了
一会儿，父亲才决定把大拇指交给那两个陌生人，并且对他们说："你
们一定要照顾好孩子，他很懂事，很可爱。"那两个陌生人答应着离开
了，父亲得了一大笔钱。

那两个陌生人问大拇指："你要坐在哪里？"大拇指想了想说："我
要坐在你们的帽沿上。在那里，我可以望望远处的风景，累了的时候，
我可以在上面散散步。放心，我不会跌下来的。"他们按着他的话把他
放在了帽沿上，继续向前走了。大拇指向身后的父亲挥了挥手，可能父
亲没有看到，呆呆地向前方望着。大拇指高声喊道："父亲，多保重！"
父亲大声喊道："儿子，一定要小心呀！学得乖着点儿。"两个陌生人不
禁为他们的真挚感情感动着。

黄昏的时候，小家伙在帽沿上喊道："快把我拿下来，我要小便！"
帽子上坐着小家伙的那个人说："没关系，你就在上面方便吧！"大拇指
说："这样做是很不礼貌的，我不能这样做。我要下去！"那人只好把帽
子摘下来，把小家伙放在路旁的地上。大拇指在地上伸伸腿，弯弯腰，
活动了活动。然后他在土块之间跳来跳去，样子很可爱。突然他找到了
一个老鼠洞，他看到那两个陌生人在谈话，没注意他，他迅速爬进了老
鼠洞。然后他在洞里喊道："亲爱的先生们，晚安，你们回家吧，不要
带上我了，我也不跟你们走了，再见！"那两个人一听到这话，着急了，
赶紧找，最后听到大拇指在老鼠洞里说话。他们气得找来一根棍子，用

棍子去戳老鼠洞。不用担心，可爱的大拇指早已跑到深处去了。不一会儿，天完全黑了，那两个人也没找到大拇指，很生气，但有什么办法呢？只好认倒霉，两手空空地回家去了。

大拇指听到外面没有什么动静，才慢慢从洞里爬出来。怎么办呢？现在往家走吗？但是天太黑了，看不清路。再说在田野里走是很危险的，容易碰断手脚。大拇指想找一个安全的地方过夜，等第二天天亮后再走。他走了两步，被一个硬硬的东西绊倒了。他伸手摸摸，是一个空的蜗牛壳。他非常高兴，说："天助我也！今晚我可以在这里睡一宿了。"于是，他就蹲在了蜗牛壳里面。

不知过了多长时间，大拇指被谈话声惊醒了。他侧耳细听，听到两个人向这边走来。其中一个人说："我们得想个好办法，把那个富教士的金银财宝偷了来，我们要做得神不知鬼不觉。"大拇指一听是小偷，他来了兴趣，想治一治可恶的小偷。于是，他插嘴说："我可以帮助你们达到目的。"一个小偷惊讶地说："坏了，我们的谈话被别人听见了。你听见了吗？刚才有一个人说话呢。"他们站在那里仔细地听着，看周围有什么动静。大拇指接着说："你们带上我吧，我可以帮助你们。""你别光说话，你人在哪里呀？"他回答说："你们仔细地在地上找一找，注意听声音是从哪里传出来的不就知道了吗？"两个小偷仔细地找呀找呀，最后在蜗牛壳里找到了他，把他抱了起来。他们一看是个小人，就笑着说："小家伙，你说说，你怎么帮助我们？"他回答说："我身体小，灵活，我将从铁栅栏里爬进去，然后把你们所要的东西偷出来，从铁栅栏里递给你们。"那两个小偷说："这主意不错，好好干，小家伙！事情成功后，我们好好地赏你！"于是，他们带上大拇指就走了。他们来到教士的屋前，大拇指从铁栅栏进去，爬进了房间。进了房间以后，他使劲叫喊道："这里所有的东西，你们都拿走吗？"外面的两个小偷听到这样大声嚷，都很害怕，慌忙对他说："小声说话，不要把里面的人惊醒。"大拇指装作没听见，又继续嚷道："你们听见了没有？这里的东西你们是不是都要?"大拇指这样大嚷大叫把睡在隔壁的女仆惊醒了。她从床上坐起来,仔细听着。那两个小偷在外面模模糊糊看到有人醒了,吓得往后跑了一段路,一个对另一个说:"这小家伙好像在耍我们!大嚷大叫的,生怕别人听不见。"他们过了一会儿又走了回来,悄悄地对他说:"小家伙,现在老老实实地给我们递点儿东西吧!"可是大拇指又使劲儿地喊道:"你们把手伸过来,我把这里所有的东西都递给你们。"这些话被隔壁的女仆听得一清二楚,她迅速地跳下床,拿起一个大棍子,跌跌撞撞地来到门边。那两个小偷一看情况不妙,连忙逃走了。女仆什么也没看见,于是她回去点了一盏灯,想看个究竟,看看丢了东西没有。当她拿着灯过来时,大拇指早已逃了,跑到谷仓里去了。女仆认真地察看,几乎把每个角落都找遍了,什么也没找到。再说,什么东西也没丢,她以为自己刚才是做梦,就回到床上睡觉去了。

　　大拇指爬到谷仓里以后,看到有一堆稻草,他想:"在稻草上睡觉一定很舒服!"于是,他在稻草上找了一个地方睡下了。大拇指本想休息一夜,明天天一亮就回家去,谁知道又遇到麻烦事呢!世界上的灾难和困苦怎么这么多呢?天一亮,这家的女仆就起来了。她径直来到谷仓,她抱起一抱稻草就往外走。也不知为什么这么巧,女仆抱的稻草恰巧是大拇指睡觉的那一捆。他昨天也许太累了,现在还没醒,睡得很熟,也许他还做着美梦呢!女仆来到牲口栏里,把稻草扔给了母牛。直到母牛把稻草和大拇指一起吞到嘴里,大拇指才醒来。他也不知道在哪里,迷迷糊糊地喊道:"天呀!怎么好像落到碾米厂里来了?"有一种被磨擦压迫的感觉,他猛然意识到自己是在哪里了。他不免有些害怕,他小心地不让自己滚到母牛牙齿中间,以免被粉身碎骨。后来,他跟着稻草一起滑到牛胃里。这里更黑了,没有窗户,没有电灯,没有阳光和一丝风,里面闷得很。还有,稻草不断地涌进来,这里地方越来越小,大拇指被挤到一个小角落里,简直透不过气来。他拼命地喊起来:"不要再让母牛吃了,不要再让母牛吃了,我要受不了了。"女仆这时正在挤牛奶，她听见有人说话就抬起头来看，但是没看见人。她当作听错了，继续挤牛奶，可是那声音又传来："不要再让母牛吃了，我要受不了了。"那声音和昨天夜里听到的声音一模一样，女仆吓得从板凳上跌了下来，牛奶洒了一地。女仆从地上爬起来，跑到主人那里报告说："不好了，教士先生，咱们的母牛说起话来了。"教士半信半疑地来到牛栏里，看看到底是怎么回事。他在牛栏里站定，大拇指又在叫喊："不要再让母牛吃了，我要受不了了。"教士清清楚楚地听到声音是从牛肚子里发出来的，自己也吓慌了，以为是妖怪跑到牛肚子里去了。教士下令把母牛杀了。母牛被杀死了，牛胃被女仆丢在垃圾堆上。大拇指就在这牛胃里，可是不好出来，费了很大的气力才弄出一条路来。正当他伸出头来的时候，没想到新的不幸又降临到他的头上。一只饿狼正好从这儿经过，看到牛胃后，不管三七二十一，一口吞了下去。大拇指没有绝望，他想："也许我能制服狼。"他想了想，就在狼肚子里喊道："亲爱的狼先生，我知道一个好地方，那里有你爱吃的东西，你愿意不愿意听我的话？"狼说："小鬼你别骗我，快说哪儿有我爱吃的东西？"大拇指说："离这里不远的一个地方，在一间房子里，那里放着饼子、猪油、香肠，还有烧鸡。你要吃多少就吃多少，吃饱了以后，还可以拿着走。你要从厨房的阴沟里爬进去。"大拇指把他家的房子仔细讲给狼听，好让狼记清，别忘了。狼不等大拇指说第二遍，按着他说的路线找去了，天黑以后到达了大拇指家附近。深夜的时候，狼从厨房的阴沟里爬进去，在储藏室里大吃起来，吃完了香肠，吃烧鸡，还喝了半瓶子猪油，最后实在吃不进去了，它拿起两只烧鸡就想走，但是，它的身体因为吃了许多东西变粗了，没法从阴沟里挤出去了。大拇指就是想用这种方法惩罚狼，他在狼肚子里大声叫喊，好让家人听见。狼说："小家伙，你安静一点儿好不好？要是把人吵醒了怎么办？我跑不了，你也跑不了。说起来还是你让我来偷吃的，他们更不会饶你的。"大拇指说："你都吃饱了，让我痛痛快快地喊几声还不行吗？"他又使劲儿喊起来。他的喊声终于吵醒了他的父母，父亲说："我听到吵闹的声音了。"母亲说："我也听到了，好像是从储藏室里传出来的。我们快去看看！"他们俩穿好衣服跑到储藏室门前，从门缝里向里面张望。他们看见了一只狼，肚子吃得圆圆的，好像撑得走不动了。他们忙跑回去拿武器，父亲拿来了斧头，母亲拿来了长镰刀。他俩来到储藏室门口，父亲说："你留在后面把门，我到里面狠狠打它一斧头。如果它还没有死，你就砍它一镰刀，把狼肚子割破。"大拇指听出父亲的声音，大声叫道："爸爸，妈妈，我在这里，我藏在狼肚子里。"父亲听到大拇指的声音非常高兴，说："我们亲爱的孩子，终于回来了。我们都非常想你，大拇指你好吗？""爸爸，我挺好的，你们把狼打死我们就可以见面了。"父亲对母亲说："你把镰刀拿开吧，别伤到了大拇指。"他举起斧头，瞄准狼头，狠狠扔了过去。狼倒下就死了，连叫都没叫一声。他们迅速找来刀子和剪子，小心地割开狼的肚皮，把大拇指拖了出来。一家三人抱作一团，沉浸在相见的欢乐中。父亲感慨地说："儿呀，我和你妈为你操碎了心呀！我们日夜都在思念你，我多方打听，可是一点消息也没有。"大拇指说："别担心，凭我的聪明和智慧一定不会有问题的。你们看，我不是平安地回来了吗！我在外面跑了许多地方。""你都到过哪里呀？""我到过老鼠洞里，到过母牛肚子里和狼肚子里，现在这里是目的地。"父亲和母亲说："我们再也不分离了，用世界上所有的财宝来换，我们也不换，我们要永远在一起。"他们给大拇指拿来吃的、喝的，还叫人给他做新衣服，因为他穿的衣服由于在外漂泊已变得破烂不堪了。

从那以后，他们一家人过着平安幸福的生活，直到永远！

灰姑娘

　　很久以前有一个富人，他的妻子在病危之时，把她的独生女儿叫到床前说："好孩子，如果你永远忠实、善良，上帝就会时常帮助你，我也会从天上看着你、照顾你！"说完就闭上眼睛，死去了。女孩按照她妈妈的话去做，始终是忠实、善良的人，而且每天都到她妈妈的坟前去哭。可没过多久，这位富人又娶了一个妻子。

　　那女人带来了自己的两个女儿，三人一起来到富人家里。两个女儿虽然很漂亮，但心肠很坏。从此以后，那个可怜的女孩就受苦了。她们夺去了她的漂亮衣服，给她穿上一件灰色的旧褂子和一双木屐，还打发她去厨房。她在那里每天做着苦工，天还没亮就起来挑水、生火、煮饭、洗衣服。而且，那姐妹俩更想尽办法来捉弄她，她们把豌豆和扁豆倒在灰里，使她不得不拣出来。她太累了，就只能躺在灶旁的灰里。因此她总是满身灰尘，于是，她们就叫她"灰姑娘"。

　　一次，富人要进城，问三个女儿想要什么东西。并且一定会满足她们的要求。一个说要漂亮的衣服，一个说要珍珠和宝石，只有灰姑娘说："爸爸，我要在路上碰着你帽子的第一根树枝。"富人果然买回来了衣服、珍珠和宝石，并给"灰姑娘"带来了一根碰了他帽子的树枝。灰姑娘把这根树枝种在了母亲坟上，哭得很伤心，把树枝都浸湿了。于是树枝开始长大，并变成了一棵美丽的榛树。灰姑娘每天都去那棵树下哭泣祷告，每次都有一只白鸟儿飞到树上来。小鸟对她说："如果你说出一个希望，所有的鸟儿就能满足你。"

　　有一次，国王要举行一个三天的宴会，邀请国内所有年轻的姑娘来参加，目的是让他的儿子从中挑选一个未婚妻。这个消息也被那两个姐妹听到了，于是把灰姑娘叫来说："快，给我梳梳头发，擦擦皮鞋，我们要到王宫里参加宴会。"灰姑娘按她们的吩咐去做了。可她却哭了，因为她也想参加宴会。于是，她就向继母请求也让她去。继母轻蔑地说："灰姑娘，你满身灰尘，又没衣服和鞋子，还想参加什么宴会？"虽然如此，她还是不断地请求。于是继母说："我倒一碗扁豆在灰里，如果你能在两小时内把它们拣出来。就让你去。"灰姑娘就从后门来到花园中，说："乖乖的鸽子们，斑鸠们，天空中所有的鸟儿们，请你们都来帮助我，把扁豆拣出来：好的拣在碗里，坏的吞到肚子里去。"于是鸽子、斑鸠等都成群结队地飞进来，落到灰姑娘身边，低头一粒粒地啄着，把所有的好扁豆都拣到盒子里。一小时刚刚过去，它们就拣完了，飞了出去。于是，灰姑娘很高兴地去找继母，以为一定可以参加宴会了。可继母说："不行！你没有衣服，不能跳舞，会被人家嘲笑的。"灰姑娘又再三请求，继母说："如果你能在一小时之内，把两碗扁豆从灰里干干净净地拣出来，就一定让你去。"灰姑娘又来到花园说："鸟儿们求你们啦，再帮帮我吧！"于是，所有的鸟儿又都飞进来帮她拣扁豆，不到半小时，它们已经拣好了。于是，灰姑娘把碗拿给继母看。但是继母说："一切都没有用，就是不许你和我们一起去。你没有衣服，如果去了会让我们难为情。"说罢，转身和两个骄傲的女儿急急忙忙地走了。

这时，家里只有灰姑娘自己了。她又想起小鸟的话，于是，她来到那棵树底下的母亲的坟前说道："小榛树，请你摇一摇，把金银制成的衣服给我朝下抛！"鸟儿把一件金银制成的衣服和一双用金线和银丝织成的舞鞋丢下来给她，她急忙穿上它们去参加舞会。她太漂亮了，她的姐妹和继母都没认出她来，反而认为她是一个外国公主。这时，王子走过来，握住她的手和她跳舞，王子再也不愿和别的姑娘跳舞了。如果有人邀她跳舞，他就说："这是我的舞伴。"

她一直跳到晚上该回家的时候，王子说："我陪你一起去。"因为，他想看看这位美丽的姑娘是哪一家的？但是她却从他身边逃脱了，跳进了鸽房里。于是，王子找到了她父亲说："有一位不知姓名的姑娘跳进了鸽房里。"王子派人寻找，可找了半天都没有发现任何人。原来灰姑娘很快从鸽房跳出去，来到那棵树前，脱下美丽的衣服，放在坟上，鸟儿就把它拿走了，她又穿上了旧褂子，回到厨房里，坐在灰里面。

第二天，宴会又开始了，灰姑娘又来到那棵树前说："小榛树，请你摇一摇，把金银制成的衣服给我朝下抛。"鸟儿们丢下了一件比昨天还漂亮的衣服。当她走进宴会厅时，王子一眼就看到了她，并走上前来和她跳舞。晚上，当她要走时，王子跟着她，看她进哪幢房子。

第三天，父母、姐妹都出门了，灰姑娘又来到那棵树前说："小榛树，请你摇一摇，把金银制成的衣服给我朝下抛。"于是，鸟儿们又拿来了比上一件还漂亮的衣服和舞鞋。她穿着去参加舞会。王子只和她一人跳舞，如果有人邀她跳舞，王子就说："这是我的舞伴。"

到了晚上，她要回家，王子要陪她一起走。她很快又从王子身边逃脱了。但这次王子用了一个计策，叫人预先把整个楼梯涂上了柏油。因此当女孩跳下楼去时，一只鞋子被柏油粘脱了，留在了那里。第二天早晨，王子带着鞋子来到灰姑娘家里说："哪一位姑娘穿得下这只鞋子，就可以做我的妻子。"继母的两个女儿都很高兴，因为她们以为她们的脚生得很美，都抢着试穿。但大姐姐的脚趾头太大，鞋子太小。于是，母亲给她一把刀子说："把脚趾头削去吧，你做了王后就用不着走路了。"她忍痛削下脚趾穿上鞋，和王子走了。但当他们经过灰姑娘母亲坟前时，两只鸽子在榛树上叫道："快回头看，金鞋子里有血，她穿这鞋子太小，真新娘还在家里呢！"王子看看她的脚，真的在流血，于是又重新回来，让妹妹试穿。可她的脚后跟太大了，穿不进去。母亲给她一把刀子说："把脚后跟削一点儿，如果你做了王后，就用不着走路了。"女孩忍痛削去了一块儿，穿上鞋子和王子走了。可当他们走到榛树前，两只鸽子又说："快回头看，金鞋子里有血，她穿这鞋子太小了，真新娘还在家里呢。"王子看了看，她的脚正在流血，于是又重新回来，说："这个也不是真新娘，难道你们就没别的女儿了吗?"父亲说："没有，只有前妻生的一个可怜的灰姑娘，她是不可能做新娘的。"王子让父亲把灰姑娘叫到面前来。可继母说："她太脏了，不能见人。"但王子坚决要见她，她只好把灰姑娘喊出来。灰姑娘洗干净了手和脸出来，穿上新鞋子，刚一抬头王子就已经认出她了，叫道："这是真新娘!"继母和两个姐妹都大吃一惊，面孔都气白了。王子把灰姑娘扶上马，带上她，骑马走了。这时两只鸽子说："快回头来看，金鞋子没有血，不大不小，他带了真的新娘回来了。"叫罢，飞下来蹲在灰姑娘的肩膀上，一只在左边，一只在右边。

王子举行婚礼时，两个坏姐妹来，想奉承她，分享她的幸福。当新夫妇来到教堂，姐姐在右，妹妹在左，却被两只鸽子啄掉了一只眼睛，受到了应有的处罚。

三个士兵

　　从前有一个王国，在这个王国里有许多士兵，但是军饷很少，士兵不能维持生活。在一次大的战斗中，有三个士兵想逃走。一个说："如果我们被捉住了，就要被吊在绞架上，我们怎么办呢？"另一个说："那边有一大块麦田，我们可以躺在那里，没人能找到我们，而且明天军队就出发了。"他们爬在麦田里等了两天，可是军队还没有走，他们快饿死了。这时候从空中飞来一条火龙，落在这里，说："我可以帮你们逃走，如果你们给我服7年役。"他们说："我们没有别的办法，只有这样了。"龙用爪子抓着他们逃走了。那条龙是个魔鬼。魔鬼给了他们一根小鞭子，说："你们可用鞭子打响，要多少钱就有多少钱。但是7年满了，你们就是我的了。"一会儿魔鬼又说："到时候我出个谜语让你们猜。如果猜中了，你们就是自由之身了。"龙飞走了，他们带着小鞭子，到各地去旅行，过着富足的生活，但他们从不做坏事。

　　时间过得很快，7年就要到了。两个士兵愁容满面，第3个士兵却很乐观。这时，有一位老太太走过来问那两个士兵说："你们有什么烦恼事尽管跟我说吧！"他们半信半疑地告诉了老太太事情的真相。老太太说："如果你们要人帮助的话，应该派一个人到森林里的悬崖旁边的小房子里去找一个人，只要进去，就能找到答案。"两个忧愁的士兵半信半疑，坐着不动。第三个士兵起身去找那个悬崖。屋里坐着一个年纪很大的老婆婆，她是魔鬼的祖母。她问完情况之后，让第三个士兵躲在

外国童话名篇精选

她的椅子后面，听她问魔鬼的问题，因为祖母提出的问题，魔鬼必须回答。不一会儿，魔鬼来了，祖母问他："是什么谜底儿呢?"魔鬼回答：广阔的北海里有一个死了的长尾猴，那是他们的红烧肉，一条鲸鱼的肋骨，是它们的银调羹，一个空心的马脚，是它们的酒杯。"时间不长，魔鬼就走了。祖母告诉了第三个士兵，送他回去了。回来后，他急忙告诉了同伴。他们都记住了，7年的期限满了，火龙来了，但它听到了正确答案，大喊着飞走了，没有力气支配他们了。三个士兵拿着小鞭子，要多少钱，就打出多少钱来，他们生活得很愉快。

高贵的驴子

　　大家都见过驴吧！不过今天我给大家讲的这个故事中的驴可不是一般的驴，怎样不一般，大家看看下面这个故事就会明白了。

　　从前，有一个国王和一个王后，他们的国家昌盛，人民过得幸福，国泰民安，一切都称心如意，然而，惟一的遗憾是他们没有一个孩子，国王、王后整天都盼望有一个孩子，天天向上帝祈祷。

　　上帝看到国王、王后都是好人，非常虔诚，于是满足了他们的愿望，让王后生了一个小孩。不过这个孩子长得很特殊，他不像人却是一只小驴子。王后知道自己有了小孩，开始很高兴，可是当小孩生下后，她看到孩子却是一只驴，便很伤心。她生气地说："我天天都盼望有一个小孩，上帝却给了我这样一个孩子，早知是这样，我宁愿不要孩子。"说完，她便让仆人把这只驴子扔到水里喂鱼。站在一边的国王阻止了仆人，他对王后说："我们不能把他扔了，既然上帝赐给我们这样一个孩子，我们就应该让他长大，做我的继承人，统治这个国家！"

　　于是，这个特殊的孩子便活了下来，在皇宫里生活得很快乐，他依然是一只驴子的模样。这只驴子特别喜爱音乐，他想学音乐，于是便跑到皇宫一个著名的乐师那里，请求乐师教他弹琴。

　　乐师听了驴子的话，觉得很可笑。可是他不敢笑，毕竟他是这个国家未来的国王，便客气地对他说："小主人，这琴是很难学的，再说您的手指也太大了，琴弦是受不住的。"可是驴子学弹琴的决心已定，非让琴师教他弹琴。乐师拗不过他，最后只好答应教他。没想到，驴子的先天条件虽然不好，可是，他非常用心，最后他的琴弹得和乐师一样好。乐师和他的父母很是惊奇。

驴子慢慢长大了。一天，他来到了一个井边，他向井里面一照，井水便照出了自己的模样。驴子已经到了关心自己模样的年龄，他看到自己长的这个样子，很是伤心，便决定离开自己的父母，去了另外一个国家。

驴子到的这个国家是由一个老国王统治着的，这个老国王有一个女儿长得非常漂亮。他敲着这个国家的城门，看门人便让他进了城。驴子一进来便吓了看门人一跳，更让看门人吃惊的是这个驴子的琴弹得很好。于是，他便把这事报告给了国王。国王便让这只驴子来见他。驴子来到国王面前，便给国王弹了一曲。他的臣子看到驴子弹琴，便都笑了起来，国王觉得他弹得不错，便让驴子和他的奴隶坐到一块儿吃饭。但是驴子却说："我并不是一只普通的驴子，我是一只高贵的驴子，所以我要跟国王您坐一块儿。"国王高兴地答应了他的要求，当驴子坐到国王身边后，国王便笑着问他："你看到了我的漂亮女儿没有？你想不想跟她坐一块儿呢？"国王的话正说到了他的心里，因为他早就看到了国王的女儿，心里早就喜欢上了她。听了国王的问话，他便高兴地说："我愿意，我愿意。"于是，他就坐到了国王女儿身边，很温存地照顾她。

就这样，驴子在这个国家的王宫里住了下来。他非常喜欢国王的女儿，但是一想到自己的模样，便感到自卑，所以他又想离开这个国家。他找到国王，对国王说："尊敬的国王，我应该回到我自己的国家了。"国王听到驴子要走，非常舍不得让他走，就给他很多好东西来挽留他，可是驴子都拒绝了。国王灵机一动，想到了自己的女儿。他知道驴子特别喜欢自己的女儿，于是他便对驴子说："如果我把我的女儿嫁给你，你是不是会答应留下呀？"国王的话正说中了驴子的心事，他当然答应了。

很快，国王便让自己的女儿和这个驴子在王宫里结了婚。当那些参加婚礼的大臣们都走了以后，新婚夫妇便来到了新房。到了新房以后，新郎便把门插上了，然后把新房环视了一圈。当确定这里只剩下他们夫妇两个人后，他就把驴皮脱了下来，站在新娘面前的是一个非常俊美的少年，把新娘吓了一跳。然后新娘问他："你是那个会弹琴的驴子吗？你怎么变成人了？"这个少年笑着说："我就是那只驴子呀！我变成这样难道你不高兴？"新娘脸上布满了幸福的红云，她非常地高兴，真的爱上了这个少年。其实，这一切都让一个躲在屋外的仆人看到了。这个仆人是国王派来的，当仆人看到这一切时，简直惊呆了！

第二天，天一亮，少年又穿上了他的驴皮，他又变成了那个会弹琴的驴子。这对新人出来去拜见国王，国王见到他们非常高兴，他对驴子说："你又恢复了以前的活泼劲儿了！"然后他转向公主说："女儿真是对不住你，没有给你找一个如意郎君，你不会怪父亲吧？"女儿满脸幸福地对父亲说："父亲我一点儿也不怪你，我很满意，谢谢你给我找了这样一个郎君。"国王听了女儿的话，心里很是吃惊。这时，那个躲在屋外的仆人告诉了国王昨晚他看到的一切，但是国王不相信。仆人就给国王想了一个办法，他让国王今晚到新房外守着，等驴子脱下他的皮睡熟以后，让国王把驴皮丢到火里，那他就会现出原形。国王真的按那个仆人说的办了，他发现那个驴子果然变成了一个俊美的少年，国王就把那驴皮扔到了火里，并在他们的屋子外待到天亮，他要看看当那少年醒来发现没有了驴皮后会是什么反应。

天亮了，少年醒来，他发现他的驴皮丢了，他知道肯定是有人已经知道了这个秘密，便对新娘说："看来现在我只能逃走了。"新娘泪眼婆娑地挽留他，可是没有用。

当那少年刚迈出新房门时，国王叫住了他。原来国王一直在外边站着，他听到了少年和他女儿的谈话，便对少年说："孩子留下来吧，你舍得丢下你新婚的妻子吗？如果你留下来，我会把一半的国家给你，等我死后，整个国家就成你的了。"

少年对国王说："我并不是贪恋政权，这对我毫无吸引力，我只是希望开头好，结尾也好，如果那样的话，我就会留在这里。"

国王答应了他的要求，并把国家的一半交给他统治。等到国王死后，他得到了整个国家。不久，他的父亲也死了，他又得到了另一个国家，他和他的妻子在一起过着幸福美满的生活。

这个故事讲完了，大家看那只驴子是不是一只高贵的驴子，幸运的驴子？

天堂的穷人

　　天堂永远都是最公正的，总是平等对待人们，决不会偏袒任何一个人，不论他是穷人还是富人。人们都愿意进天堂，而不愿下地狱，但只有心地善良的人才会上天堂的。

　　一个很贫穷但很善良的人来到了天堂的门口，他在等待着门使开门来迎接他。穷人在门口站了很久，正在等待的时候，只见一个很富有的人也来到了天堂的大门口。一个衣着纯洁的门使打开了天堂的大门，他首先让穷人进去，因为穷人先来的。穷人到里面受到了热情的接待。善良公允的门使将他引到了一个小屋子中，他将永远在那儿住下去，将来还要承担一些工作。

　　这时只见门使又开了门。富人进来时，天堂中的乐队奏起了快乐的音乐，鼓声不绝于耳，热闹非凡。天堂中的人祝贺他来到天堂。

　　穷人觉得很气愤，为什么会是富人受那样的优待，而自己似乎是悄无声息地进来呢？他问门使：“为什么富人可以有那样的高规格待遇，而做为穷人的我上天堂来却这样平常。”

　　“其实，所有上天堂来的人待遇都是一样的，只不过那富人许久也不会来一个，而穷人却天天都有。”门使和善地说。

　　穷人明白了一切，原来富人都太坏了，只有少数富人才有资格上天堂。穷人笑了。

外国童话名篇精选

最贫穷又最富有的人

　　一个父母双亡的女孩儿，被一位靠纺线织布、缝衣服过日子的老太婆收养。老太婆勤劳又善良，总是教育这个没爹没娘的孩子要真诚老实。老太婆总是督促她辛勤劳动。慢慢地小女孩长大了，她各种活儿都会干，心灵手巧。老太婆十分高兴。突然有一天，老太婆生病了，把这个孩子叫到床前说："孩子，你今年已经15岁了。我快不行了，有些话要跟你说。等我死后，这个小屋可以为你遮风挡雨，还有家里的纺锤、梭子和缝针就留给你，你可以靠它们生活。另外，只要你信奉上帝，就可以万事顺心的，要切记我的话。"说完，老太婆就去世了。女孩伤心地哭着，为自己的身世而哭，还没有报答老太婆的养育之恩，老太婆就走了。

　　现在，女孩孤身一人住在这个小房子里，她早起晚睡，辛勤地干活，而且经常去帮助比自己困难的人。她时刻记着老太婆临死前的话，她心里一直信奉上帝，每天都要向上帝说一说当天的收获。她的工作、生活一直很顺利，不论是织布，还是做衣服，总会找到很好的销路，使她的生活能过得去，虽然贫寒一些，但并不凄苦。

　　这时，这个国家的王子在寻觅适合自己的妻子，他的愿望是要找一个既贫穷又富有的未婚妻。王子到处游走，这天，他来到姑娘所在的村庄，找来这里的村长，问道："你们这里谁是既贫穷又富有的女孩，我要娶她回宫。"本地的人就把全村最富的姑娘集合起来，也把村子里最穷的女孩召集在一起，等待着王子的选择。王子来到有钱的女孩子面前，她们打扮得整整齐齐，脸上的笑容可掬，每个人都像一朵盛开的花似的，但是神态有些做作。王子一个也没有看上，于是，他又要去看那些贫寒的姑娘。那些姑娘在哪里呢？他来到这个女孩的家门口，但是没有看见姑娘，因为姑娘坐在屋里织布呢！他隔着窗子看见姑娘红扑扑的脸，正在耐心地织着布。当她开窗子换换屋里沉闷的空气时，她从后面看见王子，但看不见他帽子上的白羽毛。

女孩又回去工作了，继续纺线。她忽然想起老太婆在活着时常说的话，于是她边织布说道："纺锤呀纺锤，快帮帮我这贫寒的灰姑娘吧，快去，快去，把求婚的人带到家里来吧！"刚说完，纺锤就从手中跳了出去，带着金黄线，顺着王子走过的路去了。姑娘高兴得脸上起了红晕，继续她的工作，梭子在织布机上来回的穿梭。

纺锤上的线刚好放完，就赶上远走的王子，王子一见到纺锤后的金线，心里一惊道："难道上帝显灵，让它作使者，把我引到我意中人那里吗？"于是他就跟着纺锤回来了。

姑娘在织布，突然手中的梭子跳开她，在门前自动织起来。难道它也有灵性吗？梭子越蹦越快，一忽儿，门前出现了一条又宽又长的红地毯，两边绣着玫瑰花和百合花，中间是金黄的底色，上面有葡萄藤，蔓延向上，充满了无限的生机。一只只小兔子活灵活现，各种姿态都有，有一只梅花鹿从树丛中探出头来，神态悠然自得，好像对大自然充满着无限的希望。

姑娘这时正在用针缝衣服，缝着缝着，针儿就从手中掉在地上，穿来穿去，把屋子的每个角落都打扫得干干净净，桌子和椅子都套上绿色的套子，窗帘也挂上了，屋里好像有一只无形的手在干活。姑娘高兴地笑了，往外一看，王子正由纺锤引导着来到她的小屋前，踏着红色的地毯，进入到姑娘的房间。房间里的一切使王子惊呆了！他默默地注视着姑娘，她真的很漂亮，面前就是自己心爱的人，她就是既富贵又贫穷的女孩。王子握着女孩的手，拉着她走向自己的马车，他们来到王宫里举行了婚礼。她成为高贵的皇后，她的纺锤、梭子、针儿都被藏在宝库里。

外国童话名篇精选

神奇大盗

　　一辆豪华的四轮马车，停在了村庄头边。这时，从车上走下来一位先生。这位先生带着黑色的礼帽，穿一身笔挺的衣服，手中挂着一根黑得发亮的拐杖。他的眼睛里闪出一丝亮光，好像这里的一切对他来说都很熟悉似的。他慢慢地走着，来到一个农户的门口。有一对农民夫妇坐在院子里，正在择白菜，为午饭做准备。他们见到阔先生进来，就连忙站起身来问："先生，我们能为你做点什么？"先生说："我不要别的，只想吃一顿乡下的饭，请你们按照自己的吃法做给我吃，就做一顿洋山芋吧！我要痛痛快快地吃上它一顿！"农民说："你们这些高贵的先生常有这样一种嗜好，喜欢吃乡下的饭，因为城里的饭吃得都腻了。乡下的粗茶淡饭可以解解腻的，但愿你能实现愿望。"老头儿就让老婆到厨房去洗洋山芋，然后把山芋捣碎，做成农民常吃的那种丸子。在妻子做饭的过程中，老汉把客人叫到园子里，"我还有活儿要干。"他在园子里挖了一些坑，然后把树苗放在坑里，再浇水，老汉汗水盈盈。客人问道："没有孩子帮你吗？"老汉苦苦地笑了笑说："唉，我曾经有一个儿子，他很不成器，既聪明又狡猾，整天无所事事，游手好闲，最后就逃走了，到现在也没有他的消息。说实话，我们是很想他的。"说着，老人就拿过一根树苗放到坑里，然后用一根木桩靠着它，把两个一块埋起来。客人见了很是奇怪问道："老人家，你为什么在小树苗的旁边立上一根树桩呢？"老人家回答说："小树苗还小，如果不借助外力管束它，它就会放任而背离本性，将来可能成不了什么材料！"客人听完说："老人家，你的儿子在小的时候是不是没有严加管教，才导致他的不争气呀?"老汉流出悔恨的老泪说:"当时,我真的很疼爱他,就由他的性子,也没有管教他。如果能回到过去的话,我会很好地教育他,让他重新做人。唉,什么都晚了,也不知道他现在怎么样了?"客人眼眶湿润了,哽咽地问道:"如果你的儿子站在你的面前,你能否认得他?"老人家说:"人的相貌是可以变的,但他有个记号,肩膀上有一颗豆子般的黑痣。"客人颤抖着手把褂子脱下来,把肩膀上的黑豆子指给老头看。老头一见,既激动又惊讶道:"天啊,你就是我的儿子啊!你真的回来了吗?"老汉颤抖地摸着儿子的脸,泪水奔涌而出,接着老汉疑惑地问道:"可你现在成了阔先生。生活得很富有,你是怎样得到这一切的呢?"儿子对父亲说:"一个人从小就能看大,我又能有什么大出息呢?我现在成为一个贼。但您不要吃惊,我是一个本领奇高的贼。只要我想要的,就一定能得到,不管它藏在哪儿。但我和普通的贼不一样,我盗的只是那些有钱而又残暴的人的东西,绝不动穷人的一草一木。有时,我也会救济那些贫苦的人。"老汉说:"孩子啊孩子,贼毕竟是贼,作贼总是没好下场的!"两人顺着小路回到家里,冲着老太婆喊道:"老婆子,你快出来,咱们的儿子回来了!"老太婆仍在厨房里忙着做饭呢,他以为老汉是想儿子想疯了。在屋子里答道:"你是在说胡话吗?儿子要是回来早就回来了,何必等到现在呢?你别做梦了!"这时,儿子跑到厨房里,跪在妈妈的身边说:"妈妈,我真的回来了,我就是离开你们这么长时间的儿子啊!"老太婆热泪盈眶,道:"真是你吗?我没有做梦吧,我天天盼、夜夜盼,都快入土的人啦,总算是把你给盼来了,我的儿啊!"母子二人抱头痛哭。老头子告诉老婆说:"咱们的儿子成了盗贼了!"老婆听见一愣,但又转忧为喜说:"唉,总算回来了,真的不容易啊!别的就什么也别说了!"

一家3口人共进午餐,很多年的漂泊生活使他觉得现在的这一刻真的很幸福。这时,父亲问道:"宫里的伯爵知道你的身份吗?如果知道他肯定会把你拴到绞架上去的!""爸爸,你放心吧,他不会把我怎么样的。我的技术高超，肯定让他心服口服。我今天还要到他那里去拜访一下呢！"晚上，儿子就去了伯爵府，伯爵见他衣着非凡，以为他是一个阔人，就客客气气地接待他。客人向伯爵说明自己的身份，伯爵面露惧色，脸色苍白，说："如果知道你是个大盗，当初就不该给你洗礼。可毕竟还是我的干儿子，我以恩惠来代替法律，要从宽处理。你自称是技艺高超的大盗，那么，我就试试你的本领，如果你不合格，我就只能成全你，把你挂上绞架了！"大盗说："好，伯爵大人，如果我办不到你要求的事儿，那么，随便你怎么处置都行。"伯爵想了一会儿说："好吧，只好得罪了。第一件事儿，你必须从我的马棚里偷走我的马。第二件，在我和妻子睡觉时，你把我们垫在床上的被单拿走，叫我们不觉得，再把我夫人手指上的戒指拿走。第三件，事情就更难了，你必须从教堂里给我把教士和司事偷走。你要好好考虑一下，这可是关乎生命的事情，不要掉以轻心呀！这三件事很不好干的。"说完，伯爵就回到自己屋里，进行严密的布置。

大盗仔细地想了想这3个难题，随后他就到附近的城里去，他向老妇买了一身衣服穿上，把脸涂上了棕色，还画了些皱纹（这就是所谓的画妆）使人完全认不出来。最后，他装了一大瓶陈酿，在里面又加上了强效的安眠片。他把这大瓶陈酿放在小筐里，步履蹒跚地向伯爵府走去。他在天黑才走到马棚前，他坐在石头上，并不断地咳嗽，像是一位病魔缠身的老太婆，他两手互相搓着，好像是很冷的样子。马棚中看马的士兵看到这可怜的老太太，就冲他喊到："老人家，过来，到这边烤烤火吧，看你冻成这个样子。"老太婆摇摇晃晃地向他们走去，并把挎着的篮子放在火堆旁，故意让士兵们看到。一个士兵说："老人家，天这么黑了，你怎么一个人出来？"他压着嗓子装着妇人的声音说："唉，我无儿无女，老汉又死得早，我就靠卖酒挣点钱。你看，今天生意又不好，还剩下这么大一瓶没有卖出去。哎，天气很冷啊！"士兵们听到表示了几分怜悯，他们说："这样吧，你的酒，我们几个买下啦，怎么样？"大盗推辞说："你们几个都是好心肠的人，我就便宜卖给你们吧！今天天气又这么冷，我老婆子给你们倒上，以便取暖。"士兵每人一碗，有一个士兵对着里面喊道："伙伴们，你们快来也喝点暖暖身子吧！"里面答应道："我们不能离开这儿，我们有很艰巨的任务在身。"大盗一听，拿着酒瓶起身来到马棚内，眼前的一幕让他惊呆了。一个士兵骑在配着鞍子的马上，第二个手里拿着辔头，第三个抓着马尾巴。大盗慢慢地走到跟前说："你们撒不开手没关系，我给你们倒上，递到嘴边就可以喝了，天气实在是太冷了。"3个人每人也喝了一大碗。不久，一个人手里的辔头掉了，他倒下去开始打鼾。第二个放了马尾巴，鼾声大作。骑在马鞍上的那个虽然坐着，但是头差不多贴在了马头上，嘴像风箱一样吹着气睡着了。外面的士兵早以睡着了，躺在地上一动不动。他见状，觉得机会来了，于是，他找了一根绳子放在拿辔头士兵的手中，把一束烂草放在抓马尾巴的士兵手中，可是第三个人怎么办呢？他不能把他推下来，怕他醒了乱喊。于是，他想了一个好办法，他解开马肚带，把几根绳子紧紧系在鞍上，把人和鞍子一块架起，然后把绳子拴在柱子上并拴牢。他马上解开了马缰绳，又担心马走路时会发出声音，就把衣服脱下来绑在马蹄上，这样就顺利地偷走了伯爵的马。

第二天早上，大盗就骑着偷来的马来到伯爵府上，这时伯爵刚刚起床："早安，伯爵，很不好意思，我把你的马偷来了，你的士兵们一定在那儿睡得很甜呢！"伯爵一愣，随后微笑着说："你第一次成功了，可是还有第二次呢！第二次恐怕没那么容易了。如果，这次让我抓到你，就别怪我了。你保重吧！"伯爵夫人夜里上了床，把结婚戒指紧紧地套在手指上。伯爵对侍卫说："把门都锁上。我夜里不睡，等那个盗贼。如果他要是从窗户进来，我就把他打死。"盗窃大王想了会儿，然后就走到绞刑架下，把挂在上面的罪犯从绳子上割下来，背到伯爵府，来到他事先准备好的通向伯爵卧室的梯子前，让死人骑在自己的肩膀上，慢慢地往上爬，等死人的头已经露出窗口，伯爵在屋子里已看到，用枪对

外国童话名篇精选

他射击。偷窃大王马上把死人扔下去，自己跳下梯子，藏在一个角落里。他趁着月光看到伯爵正顺着梯子爬下来，来到死人面前，扛起死人就向园中走去。走到后花园，伯爵就拿起铲子，在地上挖坑，他要把死人埋在那儿。盗贼见这是个好机会，于是他就悄悄地顺着梯子爬上，径直来到夫人的卧室。他装出伯爵的声音说："亲爱的太太，那个贼已死了，不管怎样，他也是我的干儿子，我不能在群众面前污辱他。我对他的父母也表示同情，我要在天亮之前把他埋在花园里，免得别人知道，就让他在地下忏悔去吧，可怜的孩子！请你把被单给我，用被单裹他的身体，也表示我对他的怜爱吧！"伯爵夫人便把被单给了他。然后又说道："夫人啊，这个孩子很可怜，他是为戒指而死的，就让他把它带到坟墓里去吧！"伯爵夫人有些不情愿，大盗假装着有些发怒道："怎么，你连这点儿慈悲心肠都没有吗？"夫人害怕伯爵，就把套在手指上的戒指递给了他。大盗带着两样东西走了，伯爵还没有干完他的掩埋工作，大盗顺利地回到家中。

第二天早上，他拿着被单和戒指来见伯爵，伯爵很无奈地笑道："你不是让我给埋了吗？怎么还活在世上，难道你是鬼吗？""伯爵，你埋的不是我，而是一名死囚犯。"大盗把昨天晚上发生的事儿一五一十地讲给伯爵听，伯爵惊讶得眼睛睁得大大的。不得不承认他的聪明、伶俐。伯爵对大盗说："还有第三件事呢，你先别高兴得太早了！下面的事儿颇有一番难度的。"大盗又在准备干第三件事儿了。虽说这件事很难，但大盗的心里已有几分把握了。天黑之后，他背上一个大口袋，又拿着一个包裹，手里还提着一只灯笼，到村头的教堂去。那口袋里装着螃蟹，包裹里是短蜡烛。等到了墓地后，他把短蜡烛粘在螃蟹的背上，然后把蜡烛点燃，让螃蟹在地上乱爬。然后他穿上一件黑色的长衣服，像一件修士衣服，把一副花白的胡子粘在下巴上。他的打扮没有人认出来，他拿着大口袋到教堂里去，走上了布道台。这时钟正好打了12下，他用又尖又大的声音叫道："有罪的人们，你们都听着，万物的末日到了，世界的末日到了。你们听着：谁要是同我到天国去，就爬到我的大口袋里，我是专管开关天门的彼得。你们看，墓地上的死人在行走，在收他们的骨骼。快，快爬到我的口袋里吧，世界就要毁灭了，你们快行动起来呀！"大呼小叫之声传遍整个村子，教士和司事离教堂最近，他们最先听到上帝使者的声音，他们看到墓地里乱走的灯光，就知道不同寻常的事发生了。他们率先跑进教堂，看到彼得显灵了，耐心又认真地听到彼得讲经布道。司事推了一下教士说："我们趁这个机会，在末日来临之前，赶快到天国去吧，否则要受到痛苦地折磨。"教士说："我也是这么想的！"于是，两人就钻进了大盗的口袋。大盗赶紧扎紧口袋，顺着讲道台的阶梯把他们拖下来，他们的头屡次在阶梯上碰撞，大盗叫道："我们正在翻山呢。"在把他们拉过水坑时，他大声叫道："我们正穿过湿的云头，这里满是仙气。"最后，等把他们俩拖上伯爵的台阶时，他又大叫道："现在我们正在上天梯，过了天梯就要进入天国了。"等他把大口袋推到伯爵的大鸽子笼里时，鸽子飞来飞去，他又说道："你们听，你们听。天使们正高兴地拍着翅膀欢迎你们呢。"然后，他便把门插好，等待明天的交差。天刚亮，他就来到伯爵府上，告诉他说："真的很抱歉，我把你的教士和司事都偷来了，把他们放在了你的鸽子笼里。这两个傻家伙以为自己在天国呢，哈哈……"伯爵来到鸽子笼一看，正如大盗所说的，两个蠢货正在口袋里享受天国的福音呢！伯爵对盗贼说："你真的好神奇，这件事你又赢了。我按规定可以饶你，但你不可以再呆在这儿了。"大盗谢过伯爵的不杀之恩，又与父母挥泪告别，就到远方去了，从那以后再也没回来过。

外国童话名篇精选

金发公主

一 布隆迪娜

从前有一个国王，名字叫贝南。大家都爱戴他，因为他很仁慈；而那些坏人又都怕他，因为他很公正。他的妻子——王后杜塞特和他一样仁慈。他们有个小公主，名字叫布隆迪娜，意思就是金发的小姑娘，因为她有一头漂亮的金色头发，所以就取了这个名字。她也和她的国王爸爸、王后妈妈一样善良可爱。不幸的是，王后在布隆迪娜出生后没有几个月就死了。国王哭得很伤心，哭了很长时间。布隆迪娜因为太小了，并不懂得她的妈妈死了，所以她没有哭，她照常笑啊，玩啊，照常吃奶，照常睡得很宁静。国王非常疼爱布隆迪娜，布隆迪娜也最爱她的爸爸。国王给她买来最好玩的玩具，最好吃的糖和最美味的水果，布隆迪娜生活得很幸福。

一天，有人告诉国王说，他的所有臣民都请求他再娶一个王后，生一个儿子来继承他的王位。国王最初拒绝了，但最后不得不顺从臣民们的强烈愿望和要求，他就对他的大臣莱热说：

"我亲爱的朋友，人们都希望我再娶一个王后，但我现在仍然为我可怜的妻子杜塞特的死非常伤心，因此我不愿意亲自去找另一个妻子。请你去替我找一个公主来做王后吧，我没有别的要求，只要她能使我的女儿幸福就行了。去吧！我亲爱的莱热，当你找到一个中意的女人以后，你就替我向她求婚，并把她带回来。"

莱热马上就动身了。他走遍所有的国家，看到许多公主，有的很丑，有的驼背，有的很凶恶。最后他来到一个国家，那个国家的国王叫蒂尔比朗，他有一个聪明漂亮讨人喜欢的女儿，外表看上去还善良。莱热觉得她这么可爱，也没有仔细打听她究竟是不是真正善良，就替贝南国王向她求婚了。其实，这个公主脾气很坏，既爱嫉妒又很骄傲，而且在她父亲外出旅行、打猎或者巡视的时候总要找麻烦，所以她的父亲早就想打发掉她了。现在，有人来向她求婚他非常高兴，立刻答应了，让莱热马上把她带到他的国家里去。

莱热带着富尔贝特——就是这个公主，还有驮着她的衣物、首饰的四千头骡子，动身回国了。

一个报信人赶在他们到达之前，报告了贝南国王。国王出来迎接富尔贝特公主，他觉得她很美丽，但好像远不及可怜的杜塞特温柔善良。当富尔贝特看见金发小姑娘的时候，她的眼光是那么凶狠，竟把三岁的小布隆迪娜吓得哭起来了。

"怎么了？"国王问道，"为什么我的温柔懂事的布隆迪娜像一个淘气的孩子似地哭起来了呢？"

"爸爸，亲爱的爸爸，"布隆迪娜叫着躲到国王的怀里，"请不要把我交给这个公主，我害怕，她样子这么凶！"

国王吃了一惊，他又看了富尔贝特一眼——她还来不及把她那使布隆迪娜怕得发抖的凶狠眼光改变过来，国王明白了，他立即决定不让布隆迪娜和新王后生活在一起，仍旧和以前一样，由奶妈和女仆专门照顾她。她就是由她们抚养长大的，她们非常疼爱她。从此以后，新王后就很少看见布隆迪娜了，但当她偶然遇到金发小姑娘时，她还是掩盖不了对她的仇恨。

一年以后，新王后也生了一个女儿，因为长了一头像炭一般黑的头发，所以取名布吕内特①。布吕内特长得也很漂亮，但比布隆迪娜差多

———————————

① 布吕内特（Brunette）：法文原意为淡褐色头发的人。

75

了。她还和她妈妈脾气一样坏，她也仇恨布隆迪娜，对她做出各式各样恶作剧的事来：咬她、掐她、揪她的头发，砸碎她的玩具，故意把她漂亮的连衣裙弄脏。但善良的小布隆迪娜从来不生气，总是找出理由来替布吕内特辩护：

"哦！爸爸，"她对国王说，不要责骂她吧，她这么小，她还不懂得打碎我的玩具会使我心痛……她咬我是咬了玩的……她揪我头发也是觉得好玩……"

贝南国王亲了亲他金发的小女儿，什么话也没有讲。但他看得很清楚，布吕内特做的这一切是出于她恶毒的天性，而布隆迪娜替她辩解是因为她秉性善良。因此他越来越疼爱布隆迪娜，越来越不喜欢布吕内特了。

王后很有心计，她也把这一切看在眼里，她更加仇恨这个天真无辜的布隆迪娜了。假如不是因为害怕国王动怒，她早就要让这个金发小姑娘成为世界上最不幸的孩子。由于国王绝对不准让布隆迪娜单独和王后在一起，加之人们都知道国王既仁慈又公正，谁违抗他会受到很严厉的惩罚，因此王后也不敢不听他的话。

二　布隆迪娜失踪了

布隆迪娜已经七岁，布吕内特也已三岁了。国王送给布隆迪娜一辆漂亮的小车子，这辆小车前面套着两只驼鸟，由一个十岁的小仆人驾驭。这个小仆人是布隆迪娜奶妈的儿子，名叫古尔芒迪莱。古尔芒迪莱也非常喜欢金发小姑娘，从她一生下来他就和她一起玩耍。布隆迪娜对他也十分好。但古尔芒迪莱有一个很坏的毛病，就是好吃，尤其喜欢吃甜的东西，一袋糖果就能使他干坏事。布隆迪娜时常对他说：

"我很喜欢你，古尔芒迪莱，但我不喜欢你这么好吃。我请你把这种叫人讨厌的坏毛病改掉。"

古尔芒迪莱吻了吻她的手，答应她改正。但是，他仍然不断到厨房去偷糕饼，到配膳室里偷糖果。由于他这样不听话和好吃，所以常常挨打。

富尔贝特王后很快就知道了人们对古尔芒迪莱的责备，她就想利用这个小仆人的坏毛病来谋害金发小姑娘。于是，她想出了这样一个计策来：

布隆迪娜经常坐着那辆由古尔芒迪莱驾驭的驼鸟拉着的小马车在花园里散步。这座花园由一道铁栅栏围着，栅栏那边是一大片蓊蓊郁郁的树林，人们把这片树林叫做香林，因为它一年到头开满永不凋谢的丁香花。但没有一个人敢走进这片树林里去，因为人们知道它是被魔力控制的，只要人一走进去就永远不能出来了。古尔芒迪莱知道这片树林可怕的特性，人们严厉禁止他把布隆迪娜的小马车赶到这边来，怕的是一不当心，布隆迪娜越过栅栏走进丁香林里去。

富尔贝特王后开始拉拢古尔芒迪莱，她装出友好的样子，每天都给这个小仆人一些新奇的糖果或甜食，使他越来越嘴馋，直到后来一天也不能离开王后给他的这些大量的糖果、糕点、甜食了。这时，她就把他喊来对他说：

"古尔芒迪莱，你是愿意得到满满一箱的糖果糕点呢，还是愿意永远吃不到它们呢？"

"永远吃不到它们！哎呀！王后，那我就要难过死了。请说吧，王后，我必须怎样才能免掉这种不幸呢？"

王后眼睛盯着他说道："你必须把布隆迪娜公主引到丁香林旁边去。"

"我不能这样做啊，王后，国王禁止我这样做的。"

"什么？你不能这样做？那么，再见吧！我什么甜食也不给你吃了，而且我还要宫中所有的人都不给你吃，永远不给你吃！"

"哎呀！王后，"古尔芒迪莱哭着说道，"请不要这么叫我痛苦吧，请命令我做另一件我能做的事情吧！"

"我对你再说一遍，你要把布隆迪娜引到丁香林旁边去，同时想法叫她下车，撺掇她穿过铁栅栏到那片树林里去。"

"不过，王后啊，要是公主走进这片树林她就永远出不来了。您知道这片树林是有魔力的，把公主送进去等于送她去死啊！"脸色变得苍白的古尔芒迪莱又说道。

"现在我对你说第三遍，也是最后一遍，你愿意不愿意把布隆迪娜引到那里去？你选择吧：要么我每个月给你一大箱不同的糖果，要么永远什么糖果点心都没有。"

"但是，我怎样才能逃得过国王对我的严厉惩罚呢？"

"这个你不要担心，只要你让布隆迪娜一走进丁香林，你马上就来找我，我会让你带着你的糖果离开这里，你的未来也由我负责。"

"哎呀！王后，请可怜可怜我吧，不要逼我去杀害我可爱的小主人吧，她一直对我那么好！"

"你又犹豫了，小坏蛋！布隆迪娜死活和你有什么相干？等事情过后，我会再叫你进宫服侍布吕内特的，我保证以后永远不会让你没有糖果吃。"

古尔芒迪莱又想了一会儿，终于决定了。咳！就为了几斤糖果他就出卖善良的小主人了！不过，当天白天和一整夜，他对干这么一件大的犯罪的事还在犹豫，但想到如果他拒绝执行王后的命令，那么今后肯定吃不到糖果了。他又想，如果向一个有法力的仙女请求，说不定有一天还能把金发小姑娘找回来的。于是他不再犹豫，下定决心服从王后的命令了。

第二天下午四点钟，金发小姑娘又要坐车去散步了。她拥抱了国王，并答应他两个钟点以后一定回来，然后就坐进她的小车子。花园非常大，古尔芒迪莱赶着驼鸟向丁香林相反方向驶去。

当车子走了很远，宫殿里的人再也不看不到他们的时候，古尔芒迪莱改变方向，逐步向丁香林的铁栅栏走去。他神色忧郁，默不作声，因为犯罪使他精神上受到很大压力，良心非常不安。

"你怎么了，古尔芒迪莱？"布隆迪娜问他，"你为什么不说话呢，是不是生病了？"

"没有，公主，我身体很好。"

"为什么你脸色这样苍白呢？告诉我你怎么了，我可怜的古尔芒迪莱，我要尽我的力量让你高兴。"

金发小姑娘的好心几乎要使古尔芒迪莱的心软下来了，但一想到富尔贝特答应给他的糖果，他的善心又打消了。

他还没有来得及答话，驼鸟已经把车子拉到丁香林边，碰上铁栅栏了。

"哎呀！多美丽的丁香花啊！"布隆迪娜叫起来，"多么好闻的香味啊！我真想采它一大把送给爸爸。古尔芒迪莱，你下车去替我挑选几枝来吧！"

"我不能下去，公主，要是我不在车上，驼鸟会乱跑的。"

"嗨，那有什么关系。"布隆迪娜说，"我一个人也会赶着它们回到宫中去的。"

"国王会责备我把您丢开的，公主。最好还是您自己去挑，自己去摘吧。"

"好的。"金发小姑娘说，"让你受责备我的心会很不安的，可怜的古尔芒迪莱。"

说着，她轻快地跳下车子，穿过栅栏的铁条，开始摘起丁香花来。

这时，古尔芒迪莱心里发慌，全身发抖，良心在责备他。他非常后悔，满心想补救，他喊金发小姑娘，叫她回来。但尽管布隆迪娜离他只有几步远，尽管她就在眼前，她却听不见他的声音，一步一步地

外国童话名篇精选

陷进这片被魔力控制的树林里了。很长时间里，他看见她还在采摘丁香花，但最后终于在他视线里消失了。

他又哭了很长时间，痛悔自己的罪行，责骂自己嘴馋，憎恨富尔贝特王后。后来，他想到规定布隆迪娜回宫的时间快到了，他偷偷地从屋后溜进马厩，随即跑到王后那里。她正在等他，一看到他面色苍白，由于良心责备两眼哭得通红，她马上猜到金发小姑娘已经失踪了。

"事情办成了吧？"她问。

古尔芒迪莱连说话的力气也没有了，只是点点头表示办成了。

"进来，"她说，"这是给你的奖赏。"

她指着一只装满各式各样糖果的箱子给他看。然后，又叫一个仆人把箱子扛起来，放在一头骡子背上捆扎好，这头骡子是过去替她运陪嫁首饰来的许多骡子中的一头。

"我委托古尔芒迪莱把这只箱子送给我父亲。"富尔贝特故意说道，"去吧，古尔芒迪莱一个月后你回来再拿另一箱。"

她说着，又把装得满满的一袋金币塞到古尔芒迪莱手里。古尔芒迪莱什么话也没有说，就骑上骡子奔跑起来。谁知道这头骡子很凶，脾气很犟，它不愿意背这么重的箱子，一下子抬起后腿尥蹶子，一下子又昂首挺胸把前腿抬得老高。古尔芒迪莱既不会骑马也不会骑骡子，连同箱子一起被骡子甩到地上，正好头撞到石头上，一下子就死了。他的罪行没给他带来一点好处，想吃的糖果还没有来得及吃就这么死去了。

没有一个人怜惜他，因为平时就没有一个人欢喜他——除了可怜的金发小姑娘。布隆迪娜她在哪里呢？我们将在丁香林里再见到她。

三　丁香林

布隆迪娜走进树林后，就开始采摘那些最漂亮的丁香花。

这么多的丁香花，这么好闻的花香，她高兴极了。她装了满满一帽子和罩衫口袋。采着采着，看到了更漂亮的，又把已经采到的倒掉，装上更好看的。

布隆迪娜忙着采花，不知不觉已有一个多钟点。她有点热，开始觉得累了，丁香花拿在手里也很沉重，她才想起应该回宫了。但她回转身时发现她已被丁香树包围。她喊古尔芒迪莱。但一点回声都没有。她心想："大概我不知不觉走得太远了，我顺着原路往回走吧！尽管我有点累了，古尔芒迪莱会听到我的声音来迎接我的。"

她走了一段时间，还是看不到林子尽头。她一次又一次地喊古尔芒迪莱，但没有人回答她。这时，她害怕起来了。

"我一个人孤单单地留在这片树林里怎么办呢？可怜的爸爸不见我回去会怎么想呢？还有可怜的古尔芒迪莱，没有我，他怎么敢回到宫中去呢？他要挨骂了，说不定还要挨打。这都怪我不好，因为是我要下车采这些丁香花的啊！我真该死，即使今天夜里我不被狼吃掉，我也要饿死渴死在这片树林里了。"

布隆迪娜倒在一棵大树下，伤心地哭起来。她哭了很长时间，最后疲乏压倒了悲伤，她把头枕在采来的那捆丁香花上睡着了。

四　金发小姑娘第一次醒来发现了漂亮的小猫咪

布隆迪娜睡了一整夜，没有任何野兽来打扰她。她也不感到冷。第二天很迟她才醒来。她揉揉眼，吃惊地发现周围都是树木，自己睡在树林里而不是睡在房间里的床上。她喊她的保姆，回答她的是一声柔和的猫叫。她又惊奇又害怕，朝地上一看，原来她的脚下有一只非常美丽的白色小猫，它正温柔地看着她，喵喵地叫着。

"啊！漂亮的小猫咪，你长得多美啊！"布隆迪娜叫起来，用手抹着它那美丽雪白的皮毛，"看到你我真高兴极了，漂亮的小猫咪，因为你会把我带到你家里去的，是吧？不过我饿得很利害，不吃点东西我简直连走路的力气也没有啊!"

她刚说完,小猫就用它的小爪子指着放在她身旁的一个小布包,喵喵地叫起来。这是一个用白细布包着的小包,她打开一看,原来里面是一些涂着黄油的面包片。她拿起一片咬了一口,发现味道美极了,就拿了几块给漂亮的小猫咪,它也嚼得津津有味。

当她和小猫都吃饱后,她弯下腰来抚摸着小猫向它说道:

"亲爱的小猫咪,谢谢你给我送来了早点。现在你能把我带到我父亲那里去吗?我不在他一定很伤心的。"

漂亮的小猫咪摇摇头,哀叫了一声。

"啊,你懂得我的话!漂亮的小猫咪。"布隆迪娜说,"那么,请可怜我,把我随便带到哪一家去吧!不然,我在这可怕的树林里即使不是饿死冻死,也是要吓死的。"

小猫看着她,它那雪白的头微微点了一下,表示懂得她的意思,站起来走了好几步,又回头看看金发小姑娘是不是跟着它。

"我在这里哩,漂亮的小猫咪。"布隆迪娜说,"我跟着你哩!不过,我们怎样才能穿过这些又浓又密的荆棘丛呢?我简直看不见路啊!"

小猫也不回答,它冲进这些荆棘丛。谁知这些荆棘丛竟自动让出一条路来给它和金发小姑娘通过。当他们一走过去,荆棘就又合拢了。布隆迪娜就这样走了一个钟点,越往前走,树林变得越明亮起来,草更加柔软细嫩了,茂密的鲜花重重叠叠,美丽的小鸟在歌唱,松鼠在枝上窜来窜去。布隆迪娜一点也不怀疑就要走出这片树林,见到她的父亲了。她被眼前的景色吸引住,一心想停下来摘一些花朵,但小猫始终在她前面不停地跑着,每当布隆迪娜显出要停下的样子时,它就忧愁地叫起来。

一个钟点以后,布隆迪娜看见一座宏伟壮丽的城堡。漂亮的小猫咪把她一直带到镀金的栅栏前。但她不知道怎么才能进去,栅栏关着，又没有门铃。这时小猫咪不见了，把布隆迪娜一个人留在那里。

五　善良的母鹿

　　漂亮的小猫咪从一个好像是专门为它开的小洞里走进去了。它准是通知城堡里的什么人去了，因为没有等到布隆迪娜叫门，栅栏就自动打开了。金发小姑娘走进院子，但没有看见一个人。这时城堡的大门又自动打开了。她进入一间全部用珍贵的白大理石砌起来的前厅，接着又走过一间又一间漂亮的客厅。她走到哪里，那里的门都像第一扇门一样自动打开。最后她在一间金碧辉煌的客厅里看见一只白色的母鹿，它斜卧在一张用精细的香草铺起来的床垫上，漂亮的小猫咪蹲在它的身旁。母鹿看见金发小姑娘就站起来向她走来，并对她说道：

　　"欢迎你，布隆迪娜，我和我的儿子美丽的小猫咪博米农已经等你好久了。"

　　当它看出金发小姑娘有点害怕的样子时，就又说道：

　　"放心吧！布隆迪娜，我们都是你的朋友，我认识你的国王父亲，我像你一样爱他。"

　　"是吗？夫人，"布隆迪娜说，"要是你认识我的国王父亲，就请你把我带到他那里去吧！我不在他身边他一定非常伤心的。"

　　"我亲爱的布隆迪娜。"善良的母鹿叹了一口气说道，"我没有能力把你送回去，你现在处在丁香林巫师的权力统治下，我自己也在他的权力之下，他的能力比我大得多。不过，我可以托一个梦给你父亲，告诉他你在我这里，让他对你的遭遇放心。"

　　"怎么？夫人，"金发小姑娘惊叫起来，"我永远见不到我的可怜的父亲了吗？我是多么爱他啊！"

　　"亲爱的布隆迪娜，我们不要为未来操心吧！好人有好报，你会再见到你的父亲的，但不是现在。等着吧！要乖乖地听话，博米农和我一定尽我们的力量使你幸福的。"

外国童话名篇精选

83

布隆迪娜叹了口气，眼泪流出来了。后来她想：善良的母鹿对我这么好，我不感谢它，相反显出和它在一起是痛苦的样子，这多不好啊！于是她努力克制自己，尽量愉快地和它们交谈起来。

"娜比舍——善良的母鹿和博米农——漂亮的小猫咪，带领她去看为她准备好了的房间。金发小姑娘的房间全用绣着金丝的粉红色绸子做的帷幔装饰着；家具上铺着白色的天鹅绒，上面用最亮的丝线绣着最美丽的图案，有各种动物，有鸟，有蝴蝶，有各式各样栩栩如生的昆虫。卧室旁边是布隆迪娜的学习室，它是用镶着一颗颗精美珍珠的天蓝色的锦缎装饰的。家具上铺着银色的波纹绸，上面钉着又圆又大的蓝宝石。墙上挂着两幅神态优雅的画像，一幅画的是一位年轻高贵的妇人，另一幅是一个可爱的青年。从他们的服装上可以看出他们都是属于王族人家的。

"夫人，这两幅画上的人是谁啊？"布隆迪娜问博娜比舍道。

"我不能回答这个问题，亲爱的布隆迪娜，过些日子你就会知道的。现在是吃饭的时候了，来吧！布隆迪娜，你一定饿了。"

布隆迪娜真的饿极了，她跟博娜比舍走进一间饭厅，里面已经准备好一顿奇怪的饭菜。地上铺着一个很大的白缎子的垫褥，这是为善良的母鹿准备的。在她面前的桌子上是一束经过挑选的新鲜美味的青草；青草旁是一个金子做的水槽，里面装满了新汲的碧清的泉水。博娜比舍对面是一只高脚的小凳子，这是为博米农准备的。它面前放着一只金盘子，盛着几条油炸小鱼和沙鸡腿，旁边是一只水晶做的大碗，里面装满新鲜的牛奶。

在善良的母鹿和漂亮的小猫咪中间，是金发小姑娘的餐具。为她安排了一张象牙雕刻的小椅子，上面用金刚石钉于钉着带有珍珠光泽的天鹅绒。面前是一只用金子镂刻成的盆子，盛着一盆味道鲜美的松鸡燕雀汤。她的杯子和饮料瓶，都是用整块水晶雕琢出来的。一小块又松又软的面包放在金调羹和金叉子旁边。餐巾是用一种人们从未见过的极细极细的麻布做的。侍候他们吃饭的是几只非常聪明灵巧的羚羊，它们服侍得既殷勤又周到，好象对布隆迪娜和它们主人的心意都能猜到似的。

这顿晚餐实在太精美了，有最细嫩的飞禽，有最珍贵的野味，有最鲜美的鱼，有最香甜的糖果糕点。布隆迪娜很饿，她把这些都吃了，觉得这些食物每样的味道都好极了。

饭后，博娜比舍和博米农把布隆迪娜带到花园里散步。她在这里尝到汁水最多的水果。当她走遍了花园，享受了散步的乐趣之后，就和她的新朋友们回到屋里。她感到有点疲倦。善良的母鹿建议她去睡觉，她愉快地接受了。

她走进她的卧室，那里有两只羚羊负责服侍她。它们帮她脱掉衣服，动作非常熟练。把她安顿睡下来后，它们就站在床边照看着她。

布隆迪娜很快便睡着了，虽然她想到了她的父亲，并因为和他分离而痛苦得哭泣。

六　金发小姑娘第二次醒来

布隆迪娜睡得很熟，当她醒来的时候，好像她已经不是睡下去时候的她了。她觉得自己长大了，智力似乎也发展了。她觉得自己受过了教育，梦里读过许多书，她还会写字、画画、唱歌，似乎还学会了弹钢琴和竖琴。

不过，她的房间还是善良的母鹿指给她看的那一间，和她昨天睡下去时一个样。

她激动不已，起来跑到一个镜子前，看到她真的长大了。我们必须承认，她确实变得十分美丽动人，比她睡下去时要漂亮一百倍。她那漂亮的金发一直垂到脚跟；她的脸色又红又白，一对碧蓝的大眼睛，圆圆的小鼻子，鲜红的小嘴，两颊的颜色像玫瑰花一般，她的身材既苗条又雅致。总之，她已成为世界上从未见过的最美的人了。

她激动极了，甚至怕起来，急忙穿上衣服，跑到博娜比舍房间——就是第一次见到它的那个房间里，找到善良的母鹿。

"博娜比舍，博娜比舍，"她叫道，"求求你快点告诉我身上发生的变化吧！昨天晚上睡觉时我还是个孩子，今天早晨醒来时却已成为大人了。这是一种幻觉呢，还是一夜之间我真的长大成人了？"

"这是真的，我亲爱的布隆迪娜，你现在已经十四岁了，你已经睡了七年了。我的儿子博米农和我，为了让你避免学习开始阶段的困难才这样做的。当你来到我这里时，你什么都不懂，甚至连字都不认识，我让你睡了七年，七年中博米农和我使你在睡梦中学习，让你受到了教育。我看出来，你还不大相信你的知识，是不是？和我一起到你的学习室来吧，你自己可以证实一下你已经学到的东西。"

布隆迪娜随着博米农来到学习室，她跑到钢琴旁边开弹起来，发现自己弹得非常好；她又去试试竖琴，也奏出动人的声音。她唱歌唱得好极了；她拿起各种画笔，发现自己作起画来得心应手，表明她确有这方面的才能；她又去试试写字，觉得和做其他事一样熟练；她翻阅一下她的书籍，想起这些书几乎都是看过的。她又惊又喜，扑到善良的母鹿身上，又温柔地亲了亲漂亮的小猫咪，对他们说道：

"啊！亲爱的，你们多么好啊！你们是我真正的朋友！你们无微不至地照料我的童年，使我身心都得到了发展，我真不知怎样感谢你们才好。我知道，我在各方面都进步了，这都是你们给我的啊！"

善良的母鹿温柔地抚摸着她，漂亮的小猫咪则轻轻地舔了舔她的手。当这最初的幸福时刻即将过去时，金发小姑娘目光低垂，嗫嚅地说道：

"我的善良仁慈的朋友们，你们已经为我做了这么多的好事了，假如我还要向你们再提出一个要求，请不要把我当作忘恩负义的人。能不能请你们告诉我，我的父亲现在怎样了？他还在为我的走失哭泣吗？自从他失去我之后，他一直很幸福吗？"

"你的愿望十分合理，难怪你要提出来，应该让你得到满足。你看一看这个镜子吧！布隆迪娜，你可以从镜子里看到自从你走后发生的一切，以及你父亲现在的状况。"

布隆迪娜抬起头来看镜子，镜子中出现了她父亲的房间，国王正神色不安地在房间中走来走去，他好像在等什么人。一会儿富尔贝特王后进来了，她告诉国王，说布隆迪娜不听古尔芒迪莱的劝阻，一定要自己驾车，结果驼鸟发怒了，朝着丁香林奔去，最后车子翻了，布隆迪娜被甩进栅栏，落到丁香林里去了。又说古尔芒迪莱由于既害怕又悲伤已经发疯，她已经把他打发回他的父母那里去了。国王听到这个消息后失望极了，他奔向丁香林，要亲自寻找他心爱的布隆迪娜。人们用了很大的力量才拦住他，没有让他冲进丁香林。他被人们带回宫中，陷入极度的伤心失望之中，不断地叫着他心爱的孩子布隆迪娜的名字。后来他睡着了，在梦里他看到布隆迪娜在博娜比舍和博米农宫中，善良的母鹿向他保证，他的女儿有一天会回到他的身边，并保证她的童年过得安宁幸福。

接着镜子黯淡下来，一切都消失了。后来又明亮起来，金发小姑娘重新看到她的父亲：他老了，头发已经苍白，满面愁容，手里拿着布隆迪娜的一张小画像，不断亲吻她，并且流下泪来。镜子里只有他一个人，既没有王后，也没有布吕内特。

布隆迪娜难过得哭了，她问道：

"为什么我的父亲身边没有一个人呢？我的妹妹和王后到哪里去了呢？"

"王后对你的死亡——因为大家都以为你已经死了啊！亲爱的布隆迪娜，然后一点也不伤心，所以国王气得把她赶回她的父亲蒂尔比朗国王那里去了。她的父亲把她关在一座塔楼里，不久，她就因为又气又恨死在里面了。至于你的妹妹布吕贝特，她变得那么坏，简直令

外国童话名篇精选

人难以忍受，所以国王去年赶紧把她嫁给了维沃朗王子，由他来负责改造她那凶狠嫉妒的脾气。他待她既粗暴又严厉，使她开始发现她的坏脾气并不能给自己带来幸福，终于变得好一点了。你总有一天会看到她，最后用你的榜样使她彻底改正过来的。"

布隆迪娜看到这些详细的经过，对善良的母鹿无限感激。她满心想问一问博娜比舍："什么时候我才能再见到我的父亲和妹妹呢？"但又怕显得急于要离开她，会让她感到自己忘恩负义，所以就决定等待另外的机会再提出这个问题。

布隆迪娜的日子过得并不感到无聊，因为整天有很多事情要做。但有时她还是有点难过，她只能和博娜比舍讲话，而博娜比舍只有在上课和吃饭的时间才和她在一起。博米农不能用言语答话，只能用一些动作表示意思。那几只羚羊虽然忠心耿耿地服侍她，也都聪明伶俐，但没有一只会讲话的。

布隆迪娜总是由博米农陪着她散步，它把她带到最美好的散步场所，把最漂亮的花指给她看。博娜比舍要布隆迪娜答应她绝不跨过花园的篱笆，绝不到林子里去。有好几次布隆迪娜问善良的母鹿为什么不能去，博娜比舍总是叹着气回答她：

"唉！布隆迪娜，不要走进这片林子，这是一片不幸的林子啊！但愿你永远不要走进去！"

有几次布隆迪娜登上林子这边的小山丘，走进那上面的一个亭子里，她看见那边有许多长得非常好的树木和一些美丽诱人的花朵，成千上百的鸟儿飞来飞去地歌唱着，好像在召唤她似的。她想："博娜比舍为什么不让我到这片美丽的树林中去散步呢？我有她的保护，跑进去还会有什么危险呢？"

每当她这样想的时候，博米农好象懂得她的心思似的，喵喵地叫着，拉她的裙子，一定要她离开这个亭子。

布隆迪娜只好微微地笑着，跟着博米农重新回到这座寂寞的花园里散步了。

七　鹦鹉

布隆迪娜睡了七年，醒来之后已快有六个月了，她觉得时间过得很慢，对父亲的思念常常使她郁郁不乐。博娜比舍和博米农似乎猜出她的心思。博米农悲伤地喵喵叫着，博娜比舍则深深地叹气。布隆迪娜很少提到这件经常萦绕在她头脑中的心事，因为她害怕使善良的母鹿生气。博娜比舍已经对她讲了三四次："只要你继续好好地听话，等你到十五岁时，你就可以见到你的父亲了。相信我的话吧，不要为未来担心，特别是千万不要打算离开我们！"

一天早晨，布隆迪娜正一个人待在那里发愁，思索着她现在奇特而单调的生活，突然有谁在窗户上轻轻地敲了三下，把她从冥想中惊醒过来。她抬起头发现原来是一只鹦鹉，它全身羽毛翠绿，只有颈项和胸脯是橙红色的。这个陌生新奇的小动物的出现使她惊奇不已，她就去打开窗户，让鹦鹉进来。当这只鸟儿用一种略带尖酸的声音对她讲话时，她简直惊奇极了！

"你好，布隆迪娜。我知道你有时候由于找不到人谈天感到烦闷无聊，我来和你聊聊吧！不过，请千万不要说出你看到过我，否则博娜比舍要拧断我的脖子的。"

"为什么呢？漂亮的鹦鹉。博娜比舍对任何人都很好的，她只是憎恨那些坏人。"

"布隆迪娜，假如你不答应我把我的来访向博娜比舍和博米农保密，我就飞走而且永远也不再来了。"

"既然你愿意这样，漂亮的鹦鹉，那我就答应你好了。我们谈谈吧，很长时间我没有和人谈天了。我看你很聪明风趣，很讨人喜欢，我相信你一定会叫我愉快的。"

金发小姑娘听鹦鹉谈天说地。这只鹦鹉拼命恭维她，说她既漂亮，又聪明，又能干。布隆迪娜简直被它迷住了。过了一个钟点，鹦鹉飞走了，答应第二天再来。一连好几天它到时候都来，并且继续阿谀奉承她，使她高兴。一天早晨，它敲敲窗户说：

"布隆迪娜，打开窗户让我进来，我给你带来了你父亲的消息，但千万不要弄出响声来，不然我的脖子就要被拧断了。"

布隆迪娜打开窗户，问鹦鹉说：

"你要告诉我关于我父亲的消息？这是真的吗？漂亮的鹦鹉。快点讲吧！他怎么了？他身体好吗？"

"你的父亲很好，布隆迪娜，只是他因为失去你总是哭哭啼啼，我答应他尽我一点小小的力量把你从这牢笼中解救出去，但只有在你的协助下我才能做到这点。"

"牢笼？"布隆迪娜诧异地说，"你大概一点都不知道博娜比舍和博米农对我做的各种好事吧？他们使我受到教育，他们无微不至地关心我，如果得知有什么办法能让我和我的父亲团聚，他们会高兴得跳起来的。走，漂亮的鹦鹉，我求求你和我一起去见见博娜比舍吧！"

"哎呀！布隆迪娜，"鹦鹉压低喉咙尖声尖气地说，"你不了解博娜比舍和博米农。他们恨我，因为我好几次从他们手中把受害者救出去了。假如你自己不把你扣留在这里的符咒去掉，布隆迪娜，你就永远不能走出这片树林，永远不要想看到你的父亲了！"

"什么符咒？"布隆迪娜问，"我不知道有什么符咒啊！再说，博娜比舍和博米农把我当作囚犯扣留在这里，对他们有什么好处呢？"

"好处就是可以为他们消愁解闷，使他们不寂寞。至于符咒，那不过是一朵玫瑰花。你必须亲手去摘这朵玫瑰花，它会把你从你现在的流放生活中解救出来，并把你送回你父亲的怀抱里。"

"花园里一朵玫瑰花也没有啊，叫我到哪里去摘呢？"

"过一天我会告诉你的，布隆迪娜，今天我不能再说下去了，因为博娜比舍就要来了。不过为了使你认识玫瑰花的效力，你不妨向博娜比舍要要看，看看她怎样回答你。明天见，布隆迪娜，明天见。"

鹦鹉飞走了，它因为在布隆迪娜心里撒下第一批忘恩负义和不听话的种子，而欢喜得心里痒痒的。

鹦鹉刚走，善良的母鹿就走了进来，她显得很激动不安。

你在和谁讲话，布隆迪娜？"博娜比舍用怀疑的眼光看了一下开着的窗子。

"没有和什么人讲话，夫人。"布隆迪娜回答道。

"我明明听到讲话的声音。"

"那大概是我在自言自语吧！"

博娜比舍不再反驳，她很伤心，眼泪在眼睛里滚动。布隆迪娜心里也不平静，鹦鹉的话使她产生了怀疑，她在重新考虑她对善良的母鹿和漂亮的小猫咪应尽的义务。她不想一想：一只母鹿能够讲话，它有能力使那些动物聪明懂事，能让一个小孩子一觉睡了七年；一只母鹿献出七年时间，孜孜不倦地教育一个不懂事的小女孩；一只母鹿住得那么富丽堂皇，生活得象一位王后，这样的一只母鹿会是一户普通的母鹿吗？她不去感谢善良的母鹿对她所做的一切，相反盲目信任这只陌生的鹦鹉。它无缘无故这么关心她，甚至冒着生命的危险来为她服务，一点也不可靠，却没有引起她的怀疑，就是因为它专门奉承她，所以她就信任它了。她不再用感激的眼光看待博娜比舍和博米农为她安排的甜蜜而幸福的生活，她决定听鹦鹉的话了。

就在这一天，她向善良的母鹿提出了这个问题：

"博娜比舍，为什么在你所有的这些花草当中，我看不见最美丽最迷人的玫瑰花呢？"

博娜比舍听了后顿时激动得浑身微微发抖，显出心烦意乱的样子。她说道：

"布隆迪娜，布隆迪娜，不要问我这个忘恩负义的花儿吧，谁碰上它它就刺谁。再也不要对我提起玫瑰花了，布隆迪娜，你还不知道这个花对你有多大的危险啊！"

博娜比舍神态是那么严肃，使得布隆迪娜不敢再问下去了。

这一天就在阴郁中结束了。布隆迪娜局促不安；博娜比舍很不高兴；博米农则愁眉不展。

第二天又到了鹦鹉来的时候，布隆迪娜跑到窗口，窗户一打开鹦鹉就飞了进来。

"怎么样，布隆迪娜，你看见了吧？当你提到玫瑰花的时候，博娜比舍多么心慌！我已经答应指一个方法给你，你可以得到一朵这种迷人的花儿。这样吧：你走出这座大花园，到林子里去，我会陪着你，把你带到一个小花园里，那里有一朵世界上最美丽的玫瑰花。"

"但我怎样才能走出这座大花园呢？在我散步时博米农总是陪伴着我啊！"

"想办法把它撑开，"鹦鹉说，"如果它不肯走，那就不管它，你走你的！"

"要是这朵玫瑰花距离很远，他们发现我不在了，那怎么办呢？"

"至多一个小时的路程。博娜比舍故意把玫瑰花栽得离你很远，目的就是使你不能摆脱她的束缚啊！"

"不过她为什么要把我像俘虏一样扣留在这里呢？像她这么有权力的人不会去找别的乐趣吗？为什么偏要花力气教育一个小孩子呢？"

"这些你以后会得到解答的，当你回到你父亲的身边时，你就知道了。要坚定，布隆迪娜！午饭以后你就设法摆脱博米农，到树林里去，我在那儿等你。"

布隆迪娜答应了。为了不让博娜比舍发现，她把窗户关上。

午饭以后，按照习惯布隆迪娜来到花园里。尽管博米农受到粗暴的拒绝，它还是喵喵地哀叫着跟着她。当走到通往花园出口的小路上时，布隆迪娜决心要把博米农撑走。

"我要单独一个人，"她说，"你滚开吧，博米农！"

博米农好像还不明白，布隆迪娜不耐烦了，她忘掉博米农一直对她这么好，竟然用脚去踢它了。

　　可怜的小猫咪挨了布隆迪娜一脚之后，痛苦地叫了一声，逃向宫殿那边去了。

　　听到这一声惨叫，布隆迪娜颤栗起来。她站住了，想把博米农喊回来，不去摘玫瑰花了，并把这一切都对博娜比舍讲出来；但一种错误的羞耻心阻止她这样做，她仍然朝着花园的大门走去，并用颤抖的手打开了门，走进树林里。鹦鹉一刻也没有耽误就来和她会合了，它说：

　　"勇敢些，布隆迪娜！再有一个钟点你就可以得到那朵玫瑰花，并重新见到你的父亲了。"

　　这些话，使布隆迪娜正要失去的信心重新坚定起来。她在小路上走着，鹦鹉从这个树枝飞到那个树枝，在前面给她引路。她以前在博娜比舍花园旁边看到的那么美丽的树林，现在却变得越来越难走了。小路上满是荆棘和石块，鸟儿的歌声听不见了，花儿也消失了。布隆迪娜感到一种说不出的惶恐不安。但鹦鹉却催她快点往前走：

　　"快些，快些，布隆迪娜，时间很快过去了。假如博娜比舍发觉你不在，来追你，她就要拧断我的脖子，你也就永远见不到你的父亲了。"

　　布隆迪娜累得气喘吁吁，手臂被划破了，鞋子也撕成碎片。她正要说明不能再走了时，鹦鹉叫了起来：

　　"我们到了！布隆迪娜，玫瑰花就在这座围墙里面。"布隆迪娜在小路的转弯处看到一处小小的围墙，鹦鹉已替她把围墙的门打开，围墙里的地面既干燥又布满石块，但就在这片土地中央颤巍巍地耸立着一株出色的玫瑰，枝上开着一朵世界上最美丽的玫瑰花。

　　她刚把花摘到手，就听见一声哈哈大笑，玫瑰花已挣脱了她的手并对她高声说道：

93

"谢谢你，布隆迪娜，博娜比舍用法力把我拘禁在这里，现在你把我解救出来了！我是你的恶神，现在你是属于我的了！"

"哈哈！哈哈！"鹦鹉也跟着笑起来，"谢谢你，布隆迪娜，现在我也可以恢复我巫师的真面目了！我简直不能相信，我竟然一点事都不费就让你决定听我的话了。我投合你的虚荣心，恭维奉承你，就这样轻而易举地使你变成忘恩负义的坏人了，你因此也失去了你的朋友——他们是我的死对头。再见了，布隆迪娜！"

说着说着，鹦鹉和玫瑰花都不见了，布隆迪娜一个人被丢在这一片茂密的树林中。

八　后悔

布隆迪娜惊得发呆，在惊恐中突然发现自己丑恶的品行：她的朋友们无微不至地关心照料她，七年里一心一意地对她进行教育，而她却对他们忘恩负义，这是多么可耻的行为啊！他们还愿意接纳她、原谅她吗？假如他们将她拒之门外，那她怎么办呢？还有，这只坏鹦鹉说过"你已因此失去了你的朋友"，这句话是什么意思呢？

她动身回到博娜比舍家中去。路这么难走，荆棘和带刺的树把她的胳膊、小腿和面孔都划破了，她还是钻过这些荆棘继续往前走。艰难地走了三个小时之后，她终于来到博娜比舍和博米农的宫殿前面了。

哎呀！这是怎么回事啊？这里本来是宏伟壮丽的宫殿，现在却成了一片废墟；原来四周长满了花草树木，现在却只有丛生的荆棘和杂草了。布隆迪娜又害怕又伤心，她真想钻到废墟底下去弄清楚她的朋友们究竟怎么了？这时一只硕大的癞蛤蟆从一堆石头下面钻出来，爬到她面前对她说：

"你找什么？不正是由于你的忘恩负义：你的朋友们才死了吗？滚开吧！你站在这里简直侮辱他们死后的名声！"

"天哪！"布隆迪娜哭喊起来，"博娜比舍！博米农！我可怜的朋友们啊，我死了也不能补偿由我造成的不幸啊！"

她哭着倒在乱石和杂草中，痛不欲生。尽管石头的棱角和荆棘的刺扎到她身上，她也没有感到疼痛。她哭啊，哭啊，哭了很久很久，最后她站起来，看一看四周，想找一个能让自己藏身的地方，但除了石头和荆棘以外，什么都没有。

"好吧！"她自言自语地说，"就让我被凶猛的野兽咬死吧，不然就让我饿死、哭死在这里吧！只要我死在善良的母鹿和漂亮的小猫咪坟墓上就行了。"

刚说完这些话，她就听见空中有个声音对她说："后悔是可以赎回罪过的！"

她抬起头，只见一只大乌鸦在她头顶上盘旋。

"唉！我的后悔是够痛苦的了，它难道能让博娜比舍和博米农复生么？"

"勇敢些，布隆迪娜！"这个声音又说道。"用你的后悔补救你的错误吧，不要让自己被痛苦压垮了！"

可怜的布隆迪娜站起身来，离开这块伤心的地方。她顺着一条小路走去，这条小路把她带到森林中一个角落，这里茂密的大树压得荆棘生长不起来，地上铺满青苔。被疲倦和痛苦折磨得筋疲力尽的布隆迪娜，倒在一棵大树底下，又哭起来。

"勇敢些，布隆迪娜，要有信心！"又有一个声音向地喊道。她只看见一只青蛙在她身边，怜悯地望着地。

"可怜的小青蛙啊！"布隆迪娜说道，"你好像很同情我的痛苦，上帝啊，我怎么办呢？现在世界上只有我一个人在这里了！"

"要有勇气和信心！"这个声音又说道。

布隆迪娜叹了一口气，她看一看四周，想找到一些果子来解解饥渴。但她什么也没有找到，于是她又流下眼泪来。

外国童话名篇精选

一阵铃铛声把她从痛苦中惊醒，她看见一头漂亮的母牛慢慢地向她走来。它走到她身边就站住了，把头低下来，让她看见它颈子上挂着一只小盆子。布隆迪娜对这意外的救助多么感激啊！她解下盆子挤起牛奶来，美美地喝了两盆。母牛示意把盆子挂回它的脖子上，布隆迪娜照它意思做了，并亲了亲它的脖子，然后忧愁地对它说：

"谢谢你，白母牛，这大概是我可怜的朋友给我送来的仁慈宽厚的援助。说不定，他们在另一个世界里看到他们可怜的布隆迪娜后悔了，希望替她减轻一点处境的困难吧？"

"后悔完全可以使人原谅你的过错。"那个声音又响起来。

"唉！我就是为我的过错哭上几年，我也不能原谅我自己，我永远不能原谅我的过错啊！"布隆迪娜说。

这时天快黑了，布隆迪娜好像听到了野兽的吼声，尽管悲伤，她还得想办法躲避这些凶猛的野兽。她看见距她几步远的地方有一间类似窝棚的简陋的小房子，是用许多枝叶交缠在一起的小灌木搭起来的。她弯腰走进去一看，只要把几根树枝提高一点，重新连接一下，它就可以成为一间非常舒服的小屋子了。她趁天还没有完全黑，动手修理布置起她的小屋子来：她搬来大量青苔，做成垫褥和枕头，又折断一些树枝插在地上。把门口挡起来。然后筋疲力尽地睡了。

她睡到第二天天大亮了才醒来。最初一刻她思想恍惚，简直不明白自己在什么地方。但悲惨的现实很快出现在眼前，她又像昨天一样呜呜咽咽地哭起来。

这时肚子又感到饿了。正当布隆迪娜担心没有东西吃的时候，她又听到母牛的铃铛声。过了一会儿，白母牛来到她身边。和昨天一样，布隆迪娜解下盆子，挤了牛奶，足足地喝了个饱，然后又把盘子挂回去，亲了亲白母牛，看着它走了。布隆迪娜满心希望白母牛到时候再来。果真是的，每一天早晨、中午和晚上，白母牛总给她送来这份简单的饮食。

布隆迪娜一直哭她的那些可怜的朋友，成天在痛责自己中度日。

"由于我不听话，"她自言自语地说，"我造成了一场无法补救的严重灾祸，它不仅使我失去了那些善良珍贵的朋友，而且使我连重新见到我父亲的唯一可能也失去了。我可怜的父亲大概还在等着他的布隆迪娜吧？而他不幸的女儿却已被恶神掌握，要一辈子孤独地留在这片可怕的森林里了！"

布隆迪娜努力找些事情做，尽量用各种办法来消磨时光。她收拾自己的小窝棚，用青苔和树叶做了一张床，又用树枝扎成一把椅子；她还利用一些细长的刺做成一些缝衣针和别针，并用从屋旁采来的大麻纤维捻成线，竟然成功地把她那双被荆棘撕成破片的鞋子修补好了。一连六个星期她就是这样度过的。她还是那样伤心——不过我们要为她说句公道话：并不是因为孤独愁闷的生活才使她一直这样痛苦的，她是真心诚意地悔恨自己的错误。假如她留在这里能够赎回博娜比舍和博米农的生命，她会心甘情愿一辈子在这森林里生活的。

九　乌龟

一天她正坐在小窝棚的门口，照例伤心地想着她的朋友和她的父亲，忽然看见一只大乌龟来到她面前。

"布隆迪娜！"乌龟用一种苍老沙哑的声音对她说，"假如你愿意让我保护你，我会使你走出这片树林的。"

"不过，乌龟夫人，你为什么要我走出这片树林呢？我的朋友们因为我的缘故死在这里了，我也要死在这里！"

"布隆迪娜，你能肯定他们确实死了吗？"

"怎么！难道会……这是不可能的！我已经看见他们的城堡变为废墟，鹦鹉和癞蛤蟆也对我说他们已经不在人世了。你大概是出于好心想安慰我的吧？唉！我不可能有希望再看到他们了。假如他们还活着，知道我因为他们的死这么伤心绝望，他们会丢下我不管么？"

"布隆迪娜，你怎么知道他们真的不管你呢？他们是被迫的啊！他们不得不服从一种比他们更大的力量。你要知道，布隆迪娜，后悔是完全可以补救过失的啊！"

"啊！乌龟夫人，假如他们真的还活着，你能够把他们的消息告诉我吗？我多么希望你对我说，我再也用不着为他们的死责备自己了；我也多么希望你对我说，有一天我能再看到他们。为了得到这种幸福，无论什么赎罪的办法我都愿意接受啊！"

"布隆迪娜，现在我还不能把你的朋友们的命运告诉你。不过，假如你有勇气骑到我的背上来，六个月之内不下去，并且直到我们这次旅行结束以前，一个问题出不向我提出，我就会把你带到一个地方。到了那里，一切你就自然全明白了。"

"你的要求我全答应，乌龟夫人，只要我能知道我亲爱的朋友的情况就行了。"

"记住，布隆迪娜，六个月内不能从我背上下来，不能对我讲一句话。只要我们一上路，你就要勇敢地坚持到底，否则，你就要永处在鹦鹉巫师和他的玫瑰花妹妹的控制下了。你不是感谢这六个星期里人家对你的帮助吗？到那时这连对你的这一点帮助也做不到了。"

"我们动身吧，乌龟夫人，我们马上就动身吧！我宁愿累死、闷死，也不愿在这里不安的伤心而死，自从你的话使我心里产生希望后，我就觉得有勇气进行你所说的这次极其艰苦的旅行了。"

"但愿你的愿望能实现，布隆迪娜。爬到我背上来吧！在这漫长的旅途中，不要怕饥渴，不要怕风雨，不要怕困倦，也不要怕任何意外，只要你坚持下去，就不用担心这些麻烦。"

布隆迪娜爬到乌龟的背上。

"从现在开始，不要讲话了！"乌龟说，"在我们到达之前，一句话都不要说，到时候我会先开口向你讲话的。"

十　旅行和到达目的地

正像乌龟对她讲的一样，布隆迪娜的旅行持续了整整六个月。光走出森林就用了三个月时间，然后又用六个星期走完一块干旱荒凉的土地。最后她看见一座城堡，它多像博娜比舍和博米农的那座城堡啊！他们又花了整整一个月的时间，才走到城堡前的林荫路上。布隆迪娜焦急不安起来，是不是她就要在这座城堡里得知她朋友们的命运呢？尽管她很想知道，但她不敢提出问题。假如她能从乌龟背上下来，只要十分钟时间她就可以走完这段距离了，然而乌龟始终一步一步慢吞吞地走着。布隆迪娜想起她不但不能讲一句话，而且也不能下来，因此尽管她心急如火，也只好捺着性子耐心等待。这时，乌龟不但不加快速度，相反倒更慢下来了，又用了十五天时间才走完这段林荫路。对布隆迪娜来说，这十五天简直像是十五个世纪啊！她眼睛一刻不停地紧盯着这座城堡和它的大门，城堡好像无人居住似的，听不到一点声音和动静。最后，在经过整整一百八十天旅行之后，乌龟终于停下来，并对布隆迪娜说道：

"布隆迪娜，现在下来吧！由于你的勇敢和听话，你已经获得我答应给你的奖赏了。从前面这扇小门里进去，向你第一个遇到的人打听好心仙女，她就是能把你朋友的命运告诉你的人。"

布隆迪娜敏捷地跳到地上，她本来以为这么长时间一点都没有活动，恐怕两条腿都要僵硬了，但现在却觉得和过去幸福地生活在她的朋友们家里时一样轻快。——那时她整天奔跑，忙着采摘花朵和追逐蝴蝶。她真心诚意地谢过乌龟以后，急忙推开乌龟指给她看的那扇门，迎面就遇到一个穿白衣服的年轻女子，这个年轻女子用温柔的声音问她找谁？

"小姐，我想见好心仙女。"布隆迪娜回答道，"请你告诉她，就说布隆迪娜公主恳切请求她接见。"

出许许多多的问题：

"那些服侍我们的羚羊现在怎么样了？"

"你已经看到过它们了，亲爱的布隆迪娜，它们就是陪你到这里来的那些年轻的女子。她们也像我们一样，被迫变成羊的样子。"

"那头每天给我送奶来的好心的母牛呢？"

"那是我们得到仙女王后的允许，派去给你送这份方便可口的食物的。乌鸦鼓励你的那些话也是来自于我们。"

"那么，乌龟也是你们派去的了？"

"是的，布隆迪娜。仙女王后被你的痛苦感动了，取消了林中恶神施加在你身上的所有魔力。但是有一个条件，就是要最后考验你一次，看你是不是听话，所以迫使你进行这次漫长而又枯燥无味的旅行，同时还要对你进行最后一次惩罚，就是使你相信我的儿子和我都死了。我曾经恳请并哀求仙女王后，无论如何免除这最后一次痛苦的惩罚吧，但她已经决定，不能更改。"

布隆迪娜尽情地听着，眼睛一刻不停地盯着这两个朋友，不断地拥抱他们。她失去他们这么长时间了，本来以为再也见不到他们的啊！这时，她想起了她的父亲。帕尔费王子猜到她的心思，告诉了仙女。

"亲爱的布隆迪娜，请准备好去见你的父亲吧！我已经通知他了，他正在等着你呢！"

布隆迪娜坐进一辆用珍珠和黄金做成的车子，仙女坐在她的右边，紧对面是帕尔费王子，他正幸福温柔地看着她。车子由四只洁白耀眼的天鹅牵引着，它们飞得这么快，没有五分钟就到了贝南国王的宫殿。

宫廷里所有的人都聚集在国王身边，大家都在等待着金发小姑娘。当车子出现时，响起了一阵震耳欲聋的欢呼声，声音大得差点儿使天鹅吓得不知所措，路都弄错了。王子高兴地提醒它们注意，指挥它们把车子停在高大的台阶下面。

贝南国王冲向布隆迪娜；布隆迪娜跳到地上，投进他的怀抱。他们互相拥抱了很久。所有的人都哭了，不过这是快乐的眼泪。

国王平静一点以后，走到好心仙女身边，温柔地吻了吻仙女的手，感谢她对布隆迪娜的保护和教育，感谢她现在当布隆迪娜长大成人后，又把她送还给他。他又拥抱了帕尔费王子，觉得他非常可爱。

一连八天，庆祝金发小姑娘的归来。八天过后，仙女打算回家了，但帕尔费王子和布隆迪娜难舍难分。后来国王和仙女商定，为了他们不再分离，国王和仙女结婚，布隆迪娜和帕尔费王子结婚，这样他们就都永远在一起了。对布隆迪娜来说，帕尔费王子和丁香林中的漂亮的小猫咪一样，永远那么可爱，永远跟在她身边。

布吕内特呢？她终于改正了自己的错误，经常来看望她的姐姐布隆迪娜。随着布吕内特逐渐变好，她丈夫维沃朗王子也变得越来越温存体贴了。他们生活得也很幸福。

至于金发小姑娘，她再也没有忧愁的时候。她生了几个女儿和几个儿子，女儿像她，儿子像帕尔费王子。大家都很爱这些孩子，在他们周围，所有的人都很幸福。

外国童话名篇精选

要揭开这个秘密！怎么揭开呢？要是我能把我父亲的钥匙弄到手就好了，只要半个钟点就行了！说不定他有一天会忘记把钥匙带在身边的……"

忽然，她听到父亲激动不安地叫她，她的冥想被打断了。

"我在这里呢，父亲，我就来。"

她走过去并注意她的父亲，发现他脸色苍白，神情沮丧，说明他非常激动不安。这使她更加惊异了。她决心装出快活和不在意的样子，好让她的父亲放心，这样才便于把钥匙弄到手。因为只要她装出不再想进那间小屋的样子，她父亲就不会老是注意钥匙，说不定有一天会把钥匙忘记带在身上的。

他们开始吃饭了。普吕当吃得很少，一句话也不说，虽然尽量装出快活的样子，但还是看得出他忧心忡忡。罗扎莉显出非常快活，非常无所谓的样子，终于使父亲象通常一样平静了。

再有三个星期，罗扎莉就 15 岁了。她的父亲答应她在她生日那天，送一件叫她惊喜的礼物给她。日子一天一天过去，只剩下 15 天就到她的生日了。

一天早晨，普吕当对罗扎莉说：

"我亲爱的孩子，我有事要出去一个小时，是为你 15 岁生日的事，你在家好好等我吧！听我的话，我的小罗扎莉，千万不要有好奇心。我看得出你在想什么，也知道什么东西在吸引你。15 天以后，你就会知道你想知道的那一切了。我走了，我的女儿，千万当心好奇心啊！"

普吕当温柔地亲了亲他的女儿就走了，不过，好像有点不放心离开她的样子。

父亲一走，罗扎莉就跑到他的房间里，看见钥匙真的忘在桌上了，她多么高兴啊！

她拿起钥匙就往花园里跑。她跑到小屋前面，忽然想起父亲叫她千万当心好奇心的话。她犹豫起来，正想把钥匙送回去，忽然听到小屋里传出一种很轻的呻吟般的声音。她把耳朵贴到门上，听到一个很小的声音在唱道：

我是一个囚徒，

孤独地呆在这个地方，

我很快就要死了，

再也走不出这个牢房！

“肯定是个不幸的人，被我父亲关在这里的！”罗扎莉心里想。

她轻轻地敲了敲门，问道：

“你是谁？我能帮你做点什么事吗？”

“帮我打开门，罗扎莉啊，求求你，帮我打开门！”

“不过，为什么你被关起来呢？你没有犯过什么罪吗？”

“唉！没有，罗扎莉，是一个巫师把我关在这里的。救救我吧！为了向你表示感谢，我会把我的一切都讲给你听的。”

罗扎莉不再犹豫了，她的好奇心占了上风，把她父亲的嘱咐丢到脑后了。她把钥匙放到锁孔里，但手发抖得怎样也打不开来。她正想放弃不开了，只听那个小声音又说起话来：

“罗扎莉，我要告诉你许多和你有关系的事情，要知道你父亲并不象他表面上那样好啊！”

听到这句话，罗扎莉用了最后一把劲，钥匙转动了，门跟着打开来。

二　恶魔仙女

罗扎莉急忙朝里面张望，这间小屋很阴暗，什么也看不见。这时只听那个小声音又在说道：

“谢谢你，罗扎莉，正是该由你把我放出来的！”

外国童话名篇精选

这个声音好似来自地面。她注意看才发现，在一个角落里有两只发亮的小眼睛正狡猾地看着她。

"我的计谋成功了，罗扎莉，你终于听任好奇心支配了！如果我不唱歌也不讲话，你就要回去，我也就失败了。现在你把我释放了，你和你的父亲也就得听凭我支配了。"

罗扎莉还没有完全弄懂这些话的意义，也不知道她的好奇心带来的严重后果，但她猜到这是一个危险的敌人，被她的父亲扣押在这里的，她想退出去把门重新关起来。

"站住！罗扎莉，你再也没有办法把我关在这间可恨的牢房里了。要是等你到了 15 岁，我可就永远出不去了。"

就在这时，小屋忽然不见了，只有那把钥匙还留在罗扎莉手里。她又惊又怕，只见身边有一只小灰老鼠正用它那对闪闪发光的小眼睛看着她，并用一种瘆人的笑声对她说：

"嘻，嘻，嘻，罗扎莉，看你害怕的样子！说真的，你叫我高兴的不得了。你这么好奇，真太可爱了！你看我被关在这间可怕的牢房里已快 15 年了。我没有办法害你父亲，我恨他，我也讨厌你，因为你是他的女儿。"

"那么，你是谁呢？坏老鼠。"

"我的好朋友，我的名字叫恶魔仙女。我是你们家的敌人。我向你保证，我和我的名字很相称。人们都讨厌我，我也讨厌所有的人。罗扎莉，从今以后我要到处跟着你！"

"放开我，坏蛋！一只小老鼠没有多大了不起，我一定会找到办法摆脱你！"

"我们走着瞧吧，我的好朋友！从现在起，你走到哪里我就跟到哪里。"

罗扎莉从屋这边跑到屋那边，每次回头看，总发现小老鼠跟在她后面跑，而且还用讥笑的眼光看着她。罗扎莉回到房里，想趁小老鼠进来时用门把它轧死，可是，当小老鼠站在门槛上时，她使尽力气门也关不上。

"坏东西，你等着吧！"罗扎莉又气又怕地叫道。

她抓起一把笤帚，正要狠狠地向小老鼠掷过去，笤帚却冒出火焰来，把她的手都烧疼了，她赶紧把它丢到地上，又一脚踢到壁炉里去，免得地板被烧坏。接着，她又端起一小锅滚开的水向小老鼠泼去，但开水倒在地上却变成鲜美的牛奶了。小老鼠一边津津有味地喝牛奶，一边说道：

"你真好，罗扎莉！把我放出来你不高兴，倒送给我这样一顿美餐！"

可怜的罗扎莉伤心地哭起来。这时，她忽然听见父亲走进来了，急得不知如何是好。

"是我父亲！是我父亲！"她对小老鼠说，"哎呀，小老鼠，我求求你，你走吧，千万不要让我父亲看见你！"

"我不走，我要躲在你的脚后面，我要看看你父亲知道你没有听他的话是什么样子。"

小老鼠刚躲好，普吕当就进来了。他看见罗扎莉脸色苍白，一副惊慌失措的样子，预感到不好，声音颤抖地问她道：

"罗扎莉，我把小屋的钥匙忘在家里了，你看见没有？"

"在这儿呢，父亲。"罗扎莉把钥匙交给父亲，脸却突然红起来。

"牛奶怎么倒在地上了？"

"是猫打翻的，父亲。"

"什么，是猫？猫能从房间里把一锅牛奶端出来泼倒在地上吗？"

"不，是我端出来时打翻的。"罗扎莉声音很低地回答，头都不敢抬起来。

"去拿笤帚来把它扫掉吧，罗扎莉。"

"笤帚没有了，父亲。"

"怎么会没有了？我出去时明明还有的嘛！"

"我把它烧坏了，父亲，我不小心，在……在……"

她停住不说了。她的父亲眼睛盯住她，然后又不安地朝屋子四周看了一眼，叹了一口气，慢慢地朝着花园中小屋走去。

罗扎莉一下子瘫在一张椅子上，呜呜咽咽地哭起来，小老鼠一动也不动。一会儿，普吕当急急忙忙进来了，脸色惊慌不安，问：

"罗扎莉，可怜的孩子，你干了些什么啊？你向致命的好奇心让步了，你把我们最凶狠的敌人放出来了！"

"父亲，原谅我吧！原谅我吧！"罗扎莉扑过去跪在父亲的脚下哭着说，"我不知道我做的是一件坏事啊！"

"不听话的孩子总要闯祸的。罗扎莉，你以为你并没有做什么坏事，实际上你却做了一件非常大的坏事，它既害了你自己，也害了别人啊！"

"那么，父亲，这只老鼠怎么会引起你这么害怕呢？要是它很坏，你就再制服它好了，为什么你不能重新把它关起来呢？"

"我的女儿，这只老鼠是一个有很大魔力的坏仙女，而我自己也是一个仙人，我的名字叫普吕当，就是谨慎仙人①的意思。现在，你既然把你的敌人放掉了，我也可以把为什么必须将你藏在家里，一直藏到十五岁的这个秘密告诉你了。

正像我刚才对你说的，我是一个仙人——谨慎仙人，而你的母亲却是一个凡人。不过，她的品德和美貌感动了仙女王后和仙人国王，他们允许我和她结婚。

我举行了盛大的婚礼。不幸的是，我忘记通知恶魔仙女了。她看到我和一个公主结婚本来已经很生气，因为她原来要把她的一个女儿嫁给我，被我拒绝了。这一下她更恨死我了，她不但恨我，也恨我的妻子和

---

① 普吕当（Prudent），法文为谨慎小心之意。

我的孩子。

　　我并不怕她的威胁，因为我自己也有一种力量，差不多和她相等，而且仙女王后又很宠爱我。恶魔仙女好几次想报复我，都被我用我的力量阻止了。但就在你出生后不多久，你的母亲生了重病，我不得已离开她一会儿去向仙女王后求助，恶魔仙女却趁我不在的时候把你母亲害死了。当我回来时，她正要对你施加魔力，把各种缺点和坏毛病灌输到你身上，幸好我赶回来了，她的恶毒计谋才未能得逞。但我到家的时候，她已把好奇心这一个缺点加到你身上了。这种好奇心注定要给你带来不幸，并且使你在十五岁的时候完全受她支配，成为她的奴隶。在仙女王后的帮助下，我用我的力量抵消了她的魔力，才免除这一极坏的结果。仙女王后为了惩罚她，把她变成一只小灰老鼠，关在你看到的那间小屋里，并且宣布，除非你自愿将门打开，否则她是不能出来的。所以罗扎莉啊，如果不是你主动将门打开，它是出不来的啊！我和仙女王后商定，除非你在十五岁以前有三次抵不住好奇心的引诱，否则她不能恢复恶魔仙女的原形。但是，如果你有三次向好奇心屈服了，不但她可以恢复恶魔仙女的原形，而且等你到了十五岁的时候，就要陷入她的魔力之中，完全受她支配。不过我们还谈妥，只要你有一次战胜好奇心这个致命弱点，你就可以永远获得自由，我同样也就永远摆脱恶魔仙女的魔力了。罗扎莉啊，我是费了很大力气才得到仙女王后这些恩典的啊！我还答应我将分担你的命运，也就是说，如果你三次听凭自己被好奇心征服，我也要像你一样成为恶魔仙女的奴隶了。所以，我决心好好教育你，不让你身上存在这个致命的缺点，免得给你带来这么大的不幸。"

　　正是因为这样，我才把你关在家里，从不让你看见外人的，甚至连一个仆人也没有。你想什么东西，我就用我的力量给你弄来。我正庆幸我获得了巨大的成功，因为再有三个星期你就满十五岁了，那时，你就可以永远摆脱恶魔仙女该死的羁绊了。但就在这时你向我提出要小屋的钥匙，虽然当时你好象并没有其它什么想法，但我还是禁不住流露出担

心的表情。我的不安刺激了你的好奇心，尽管你装得快快活活若无其事的样子，我还是看穿了你的思想。仙女王后命令我尽可能考验你一次，叫我把钥匙放在一个显眼的地方，看你能不能经得起引诱。我很痛苦，但我不得不把这该死的钥匙留在家里，放在你随手可得的地方。罗扎莉啊，你想想看，当我不得不把你一个人留在家里，以及我回来看到你脸红不安的样子时，我是多么痛心啊！你的表情已清楚地说明你没有勇气战胜好奇心，你已一次被这个致命的弱点征服了。我本来应该把所有一切都隐瞒着，只有等你到了15岁时才把你的出身和这些你已经历过的危险告诉你。但是，现在你已把恶魔仙女放出来了，我也就可以把这个秘密告诉你了。要不然，你如果再有两次经不起好奇心的引诱，你就要永远陷入恶魔仙女的魔掌了。

不过，罗扎莉啊，现在事情还有希望，只要你在15天内能克服好奇心这个坏习性，错误还来得及补救。你本来应该在15岁的时候，和我们亲戚中一个名叫格拉西欧的漂亮王子结婚的，这件事还有可能实现。

罗扎莉，我亲爱的孩子啊，即使不为我，你也要为你自己拿出勇气和决心来啊！"

罗扎莉一直跪在她父亲面前，脸埋在两只手中伤心地哭着。听到她父亲的最后几句话，她增强了勇气。她温柔地抱住她的父亲，说道：

"是的，父亲，我向你发誓，我要补救我的过失，请不要离开我，父亲。在你身边我会找到勇气的，但是如果离开你，没有你的慈爱和周到的监督，我也许就会失去勇气了。"

"罗扎莉啊，能不能留在你的身边已不是我自己能做主的了？我已处在敌人的魔力之下了。她肯定不会答应我留在你的身边的，因为那样一来我就可以随时提醒你防备她设下的恶毒圈套了。我奇怪怎么到现在她还没有出现，她一定乐意看到我这样痛心的啊！"普吕当说。

"我在你女儿脚边呢！"小灰鼠尖声尖气地说，它走到不幸的仙人面前，"我听到你对你的女儿叙述我给你们带来的痛苦，我真高兴啊，这对于我简直是一种享受！正是因为等着听你的这番话，我才没有早点出来的。现在向你亲爱的女儿告别吧！我要把她带走，我禁止你跟着她！"

小灰老鼠一边说着，一边用它的尖牙咬住罗扎莉的裙边，拖住她跟它走。罗扎莉尖声喊叫，拼命抱住她的父亲，但有一种不可抗拒的力量把她拖走了。不幸的仙人抓起一根棍子朝老鼠打去，但棍子尚未落下，小灰老鼠已把它的爪子往他的脚上一放，仙人立刻不能动了，就这样举着棍子，象一尊雕像一样停在那里。罗扎莉抱住父亲的双膝向小老鼠求饶，但小老鼠奸笑着尖声尖气地说道：

"来吧，来吧，我的小心肝！在这里是找不到什么机会能使你向你可爱的好奇心再屈服两次的。我们一起去周游世界吧，我要让你在15天内好好地见见世面呢！"

小灰老鼠拖着罗扎莉，而罗扎莉紧紧抱住她的父亲不放，拼命抵抗她的敌人发出的奇特的力量。这时小灰老鼠一声尖叫，整个房屋突然着起火来。罗扎莉还算聪明，她想如果自己让火烧死，那就失去救她父亲的一切机会了，他也就永远要处在恶魔仙女的魔力之下，反过来如果保住自己的性命，她还有机会救她的父亲。于是她喊道：

"别了！父亲，15天后再见吧！你的罗扎莉害苦你了，但是她会来救你的！"

为了不被大火吞掉，罗扎莉逃走了。她盲目地跑了一会儿，又无目的地往前走了好久，走得精疲力竭，又累又饿，简直要倒下了。这时，她看到一个老妇人坐在她的家门口，就冒险走上前去说道：

"夫人，请您帮帮我吧，我又累又饿，支持不住了，请让我在您家里住一夜吧！"

"怎么这样一个漂亮的小姑娘，一个人走路啊？跟在你身后的是个什么东西，样子像个小魔鬼？"

罗扎莉回头一看，小灰老鼠正用嘲笑的眼光看着她呢！她想把它撵走，但左赶右赶，小老鼠怎么也不走。老妇人看到这场斗争，摇摇头说道：

"好姑娘，你还是往前走吧！我是不能容纳魔鬼和它的保护人在家里过夜的。"

罗扎莉哭着继续上路了。但她不论走到哪里，人家只要听她一说，看到小老鼠一刻不肯离开她，都拒绝接纳她。后来，她走进一座森林，幸好发现一条小溪，还有大量的水果和榛子，她吃饱喝足，坐在一棵树下，伤心地想念她的父亲，又担心十五天里不知还会遇到什么事情。为了不看见这个该死的小灰老鼠，罗扎莉闭上了眼睛。这时天黑下来了，她也累得要命，瞌睡起来，不知不觉很快就睡着了。

三　格拉西欧王子

就在罗扎莉睡觉的时候，格拉西欧王子正在森林里举着火把打猎。一头鹿很快被几只猎犬追逐上了，它惊慌失措地缩成一团，躲在灌木丛里，正好靠着罗扎莉睡觉的地方。犬群和猎人随着鹿后冲上来，但忽然猎犬全部停止吠叫，安静地聚集在罗扎莉的周围。王子从马上下来，正要重新驱赶猎犬追逐猎物，走过去一看，原来有一个年轻美貌的姑娘正安静地在这里睡觉，他多惊奇啊！看看周围，什么人也没有，就是她孤身一人，好象是被人遗弃在这里似的。他走到姑娘身边仔细察看，发现她脸上有着泪痕，泪水还不断从她闭着的双眼中流出来。她衣着简单朴素，但料子却是丝绸的，表明她非常富有。她有一双又白又嫩的手，指甲是染红了的；一头漂亮的褐色头发用一只金发卡扣着；脚上穿着一双精致的鞋子，颈上戴着一条精巧的珍珠项链。这一切都说明她出身高贵。

马蹄声、狗叫声、一大堆人喧嚣嘈杂的声音，都没有把她吵醒。王子惊奇极了，呆呆地看着罗扎莉。宫里的人谁也不认识她。看她睡得这样死，王子有点担心起来，他轻轻地拉住她的手，但她依然熟睡；他又轻轻地摇了摇她的手，也没有能使她醒过来。

"我不能把这个不幸的孩子丢下不管。"王子对手下的官员说，"说不定是坏人要害她，有意使她迷路的。但她睡着了，怎样把她带走呢?"

"王子，"管猎犬的于贝尔特说道，"我们不会用树枝做一副担架，把她抬到附近的某个旅店里去吗？这样殿下就可以继续打猎了。"

"你的想法不错，于贝尔特。叫人做一副担架，我们把她放上去，不过不是抬到旅店里，而是抬到我自己的宫里去。这个年轻的姑娘必定出身高贵，她美得像天使，我要亲自照看她，她有权受到这种照顾。"

于贝尔特和官员们很快做好一副担架。王子把他自己的披风铺在上面，然后走近熟睡的罗扎莉，轻轻地把她抱起来放到披风上面。这时罗扎莉好象在做梦，她微笑着喃喃地自言自语："父亲! 父亲……我们永远得救了……仙女王后……格拉西欧王子……我看见他了……他长得多漂亮啊!"

王子听到姑娘叫出他的名字来，惊讶极了! 他再也不怀疑了，这个姑娘肯定是一位公主，被某种恶毒的魔力控制住了。他吩咐抬担架的人慢慢地走，不要惊醒她，他自己也一直跟在担架旁边。

到了王宫里，格拉西欧命令准备好一间王后用的房间。他不让别人碰她，亲自把她抱到她的旁间里。放在床上，并叮嘱服侍她的女仆，只要这个姑娘一醒来就马上叫他。

罗扎莉一直睡到第二天早晨天大亮才醒来。她看看周围，感到很吃惊，那只坏老鼠已经不在她身边，不知到哪里去了?

"我会不会已经摆脱那个可恶的仙女了?"罗扎莉高兴地想道，"现在，我是不是在某一个比她力量更大的仙女家里呢?"

她走到窗口，看见一些士兵和军官都穿着闪光发亮的制服。她越来越惊奇，以为这些人也是仙人和巫师，想去喊一个人来问问。这时，她听到身后的脚步声，转身一看，原来是格拉西欧王子。他穿着一身既高贵又雅致的猎装站在地面前，正用钦慕的眼光看着她。罗扎莉立刻就认

外国童话名篇精选

出他是梦中的王子，不由自主地叫出声来：

"格拉西欧王子！"

"你认识我，小姐？"王子惊讶地问道，"怎么回事呢？要是你认识我，我怎么能忘记你的名字和相貌呢？"

"我只是在梦中见过你，王子。"罗扎莉红着脸回答说，"至于我的名字，你不可能知道的，连我自己从昨天起才知道我父亲的名字呢！"

"那么，小姐，你的父亲名字叫什么呢？为什么他把他的名字隐瞒了这么长时间呢？"

罗扎莉于是把她从父亲处得知的一切都讲给王子听，她坦率地承认她有好奇心的毛病，以及因此带来的不幸的结果：

"王子，你想我多么痛苦啊！这个恶毒的仙女放起火来，我为了躲避不得不离开我的父亲。而这只小灰老鼠总是跟着我，我到处被人推出门外，连一个住的地方都没有，几乎冻死饿死了。但我忽然觉得困极了，一下子就睡着了，还不断在做梦。我不知怎样到这里的，我现在是在你的家里吗？"

格拉西欧把怎样发现她在森林里睡觉，以及她梦里讲的话都告诉她，然后又说道：

"罗扎莉啊，有一件事你的父亲大概没有对你讲，就是仙女王后——她是我们的亲戚——已经决定你到了十五岁的时候将要成为我的妻子。肯定是她的启示，我才产生半夜里举着火把去打猎的念头的，这样，我才能够在你迷路的森林里发现你啊！既然你再过几天就 15 岁了，罗扎莉啊，你就把我的王宫看成是你自己的吧，你现在就可像王后一样在这里支配一切。你父亲很快会回到你的身边的，那时我们就可以举行婚礼了。"

罗扎莉恳切地谢过王子，然后走进梳妆室里去。早有一些女仆在这里等候她了，她们准备了大量的衣服帽子供她挑选。罗扎莉从来没有这样打扮过，她随手拿起人们递给她的第一件衣服和帽子穿戴起来。这件衣服是粉红色纱罗做的，镶着花边；帽子也同样镶着花边，还插着几朵蔷薇花。她那美丽的栗色头发梳成辫子盘在头上，好像一项王冠。她刚打扮好，王子就来找她了，他带她去吃午饭。

罗扎莉吃得那么香，好像昨天一天没有吃饭的人一样。饭后，王子带她到花园里，让她参观他的那些花房。这些花房都很漂亮。在一间花房的最里边，有一个圆形的小亭子，长满珍贵的奇花异草，亭子中央有一个栽培箱，箱子里好像装着一棵小树，但被一块缝着的布整个包起来，只能透过布看到几个发亮的光点，闪耀着奇异的光芒。

四　圆亭中的小树

罗扎莉对这些花草赞叹不已。她以为王子就要把那层布揭去或者拉开一点来，让她看看这棵神秘的小树。谁知，王子什么也没有对她说，却准备走出花房了。

"王子，这棵包得严严的小树是怎么回事呢？"罗扎莉问道。

"这是我准备送给你的结婚礼物，但是，在你到达十五岁以前你不应该看到它。"王子快活地回答说。

"不过布里面是什么东西在闪闪发光啊？"罗扎莉固执地问。

"再过几天你就知道了，罗扎莉。我相信，我的礼物不是一般的礼物。"

"不能让我先看一下吗？"

"不行，罗扎莉，仙女王后禁止这样做。她说一定要等到你年满15岁成为我的妻子时，才能给你看，不然，会遭到巨大灾难的。我相信你是爱我的，我希望你为了爱我还是把你的好奇心克制几天吧！"

最后这句话使罗扎莉发抖了。这使她想起小灰老鼠，想起威胁着她和父亲的灾难，她的敌人恶魔仙女一定正等着引诱她呢！如果她不能克制自己，听凭好奇心发展下去，她和父亲一定要遭到更大不幸的。于是，她不再提起这棵神秘小树的事，继续跟王子一起去散步。这一整天过得都很愉快，王子把宫里的夫人——介绍给她，并且对她们大家说，罗扎莉公主是仙女王后为他选择的妻子，希望她们尊敬她。大家都觉得罗扎莉非常讨人喜爱，人人都因为有这么一个可爱的王后而欢天喜地。

第二天和以后几天，都过得像节日一样愉快。他们有时去打猎，有时去散步。王子和罗扎莉都满怀幸福地眼看着罗扎莉的生日一天天临近，到了这一天他们就可以举行婚礼了。王子盼望这一天早日到来，因为他是这么深切地爱着罗扎莉；罗扎莉盼望这一天早日到来，因为她也这么深切地爱着王子，同时她还希望早日见到父亲。除此之外，罗扎莉还热烈期望早一天知道，那个圆亭中的箱子里到底藏的是什么东西？她整天想着这件事，夜里做梦也梦到那棵小树。当她一个人的时候，就更加坐立不安，觉得如果不去花房里把这个秘密揭开，简直是一种难以忍受的痛苦。

终于熬到罗扎莉生日的前夕了，只要再等一天，罗扎莉就十五岁了。王子忙着准备他们的婚礼，因为所有他认识的善良的仙女和仙女王后都要来做客。这天上午，罗扎莉就一个人独自去散步。她一边想象着明天的幸福情景，一边情不自禁地朝着那个圆亭子走去，就这么微笑地想着想着，不知不觉地走进了那间花房，站在那株布包的小树面前了。

"明天，"她想，"我就可以知道这块布里包的到底是什么宝物了……要是我愿意，我今天不就完全可以知道这个秘密了吗？这布上有几下小洞，我指头伸进去很容易……只要把布拉开一点就行了……说到底，又有谁知道呢？我看一下就把布再合起来……反正它明天就属于我的了，我今天不妨先看它一眼。"

她看看四边，周围一个人也没有，这时她一心只想满足自己的好奇心，把王子的好意和正在威胁着她的危险通通丢到脑后了。她把指头伸进一个小洞里，轻轻地一拉，只听见一声雷鸣般的巨响，这块罩布从上到下裂开了。呈现在罗扎莉眼前的是一棵稀奇的小树：树干是珊瑚做的，叶子是翡翠做的，满树的果实都是由五颜六色的珍贵的宝石做成，有钻石，有珍珠，有红宝石、蓝宝石、乳白色宝石、黄宝石……这些果实都和真的一般大小，它们闪闪发光，照得罗扎莉眼花缭乱。就在她面对这棵举世无双的小树看得出神的时候，忽然又是一声巨响，比刚才的响声更大，罗扎莉只觉得身子被震得腾到空中，接着又被甩到一块平地上。她在那里看到王子的宫殿倒坍了，从废墟中传来一片惊恐的叫声，王子本人也从瓦砾堆里钻出来，满身血迹，衣服撕得一片一片的。他朝罗扎莉走过来，伤心地对她说道：

"罗扎莉，负心的罗扎莉啊！你看你把我害成什么样子了？不但我，连我的宫殿都毁了啊！这一次之后，我想你总不会第三次向好奇心让步了吧？它已造成了你自己的不幸、你父亲的不幸和我的不幸。别了！罗扎莉，别了！要知道我唯一的愿望就是你能够幸福啊！对一个不幸的然而却是爱你的王子，悔过是可以补救你负心的错误的！"

说着，王子慢慢地走了。罗扎莉扑在地上痛哭流涕，她叫王子，但王子不理会她，头也不回地走了，不见了。就在罗扎莉快要晕过去的时候，小灰老鼠又尖笑着出现在她面前了。

"罗扎莉，好好地感谢我吧，你看我帮了你多大忙啊！是我使你梦到这棵神秘的小树的，是我把那块罩布咬了几个洞使你容易看到的。嘿！嘿！要是没有这最后的计策，那我肯定输了，你和你的父亲以及格拉西欧王子都要从我手里逃脱了。不过，还需要再有一次小小的过失，我的小心肝，你就永远属于我的了。"

小老鼠高兴得要命，竟围着罗扎莉跳起舞来了。不过，它的恶毒话语并没有使罗扎莉生气，她想："这全是我的过错，要不是我这该死的好奇心和我对王子的忘恩负义，小灰老鼠的恶毒计谋不会成功的？如果我不好奇，我不会做出这种可耻的事来的？我必须用我的痛悔，用我的忍耐和我坚强的意志来抵抗第三次考验，不管这次考验多么大！况且只要再过几个小时我就15岁了，正像亲爱的王子说的那样，我的行动关系到他的幸福、我父亲的幸福和我自己的幸福啊！"

外国童话名篇精选

罗扎莉一动不动地站在那里，小灰老鼠想尽一切方法叫她走，但罗扎莉面对着一片废墟的王宫，就是不肯离开。

五　小首饰盒子

罗扎莉就这样站了整整一天，她觉得口渴得要命。

"难道我不应该受到这样痛苦的惩罚吗？"她想，"谁让我使我父亲和王子遭到那么大的不幸呢？我就是要这样站到明天，站到我 15 岁！"

天黑下来的时候，有一个老妇人从这里经过。她走到罗扎莉的身边，对她说道：

"好孩子，我到附近去看一个亲戚，你能帮助我看管一下这只小首饰盒子吗？不过它很重，拿着有点吃力啊！"

"完全可以，夫人。"罗扎莉温顺地回答，她是乐于帮助别人的。

老妇人把首饰盒子交给她，又说道：

"谢谢你！我的孩子，我一会儿就回来。你可不要看盒子里面的东西啊！这里面有一些你从来未见到的东西……你以后永远也见不到的……你拿着要十分当心，因为盒子很薄很脆，稍微撞一下就会碎掉的……要是打碎了，你就会看到里面是什么东西了……谁都不应该看到这里面的东西。"

说完这些话，她就走了。罗扎莉轻轻地把盒子放在身旁，仍旧站在那里回想着过去发生的种种事情。黑夜已经到来。老妇人还没有回来。罗扎莉看了一眼小盒子，奇怪极了，小盒子竟会发光，把周围地面都照亮了。

"是什么东西在盒子里发光的呢？"她想。

她把小盒子拿起来翻来复去地看，却看不出这奇怪的光是什么东西发出的。后来，她又把盒子放回地面，自己说道：

"管它里面是什么东西，它又不是我的，它是属于托付我的那个老太太的。我不去想这个事啦，不然，好奇心又要引诱我把它打开的。"

罗扎莉真的不再看它，也尽量不去想它。她闭上眼睛，决心就这样一直到天亮。

"我马上就要15岁了，我就要看见我的父亲和格拉西欧王子了。到那时候，我就再也不用害怕这个可恶的仙女了！"

"罗扎莉，罗扎莉，"身旁响起了小灰老鼠急促的声音，"我在你身边呢！我现在不再是你的敌人了。为了向你证明这一点，假如你愿意，我来让你看看这个小盒子里的东西好不好？"

罗扎莉不答理它。

"罗扎莉，你没有听见我对你说的话吗？我是你的朋友啊，求求你，相信我吧！"

罗扎莉还是不答理它。

小灰老鼠再也不能等待了，扑到盒子上想去用嘴咬盒盖子。

"魔鬼！"罗扎莉赶紧把盒子抱在怀里，"如果你敢碰一碰这只盒子，我马上拧断你的脖子！"

小灰老鼠恶狠狠地看了罗扎莉一眼，但它不敢冒犯她。它还想再找一个方法来刺激罗扎莉的好奇心，但就在这时，午夜的钟声响了。小灰老鼠绝望地尖叫一声，然后对罗扎莉说道：

"罗扎莉，钟声响了，你的生日已经到了，你已满15岁了，再也不用怕我了。从今以后，你，还有你那可恨的父亲和可恶的王子，都不再受我魔力的控制了。而我却被罚要仍旧保持灰老鼠的外形，一直到有另一个像你一样漂亮高贵的姑娘中了我的圈套为止。只有到了那时，我才能恢复恶魔仙女的原形。再见了，罗扎莉，你现在可以打开盒子了。"说完这些话，小灰老鼠就不见了。

罗扎莉不听它的话，决心把小首饰盒子完整无损地保管到白天再说。忽然，一只猫头鹰飞到罗扎莉的头顶上，从空中掷下一块石头，正好砸在盒子上，把小首饰盒砸得粉碎。罗扎莉吓得大叫一声。就在这时，她看见仙女王后站在她面前，仙女王后对她说：

"来吧，罗扎莉，你已战胜你全家凶恶的敌人了。我马上就把你的父亲还给你，不过，你还是先喝点水吃点东西吧！"

仙女王后给她一只果子，罗扎莉只吃了一口就既不渴也不饿了。这时，一辆由两条龙驾着的车子停在仙女身旁，仙女坐进去，叫罗扎莉也坐上去。

罗扎莉从惊讶中镇定下来，再三感谢仙女王后对她的保护，并问她能不能再见到她的父亲和格拉西欧王子。

"你的父亲正在王子宫中等着你呢！"

"夫人，王子宫殿不是已经毁坏了吗？我亲眼看到王子也受伤了，他因为我也遭到了不幸啊！"

"罗扎莉，这不过是一种幻象罢了，是为了儆戒你才这样做的，不然，你很可能第三次被好奇心征服了。马上你就会看到王子的宫殿了，它完好无损，和当初一样。"

就在仙女说完话的时候，车子已经停在宫殿的台阶旁边了。罗扎莉的父亲和王子以及整个宫廷里的人都在等候着她。罗扎莉扑到父亲的怀里，接着又拥抱了王子。王子好象根本记不得她昨天犯下的错误。婚礼的准备工作都已做好，马上就要举行，要一连庆祝几天，所有仙女都来参加。

从此以后，罗扎莉的父亲就跟罗扎莉和王子一起生活。罗扎莉彻底改正了好奇心的缺点。王子温情地爱着罗扎莉，罗扎莉也忘我地爱着王子。他们生了几个漂亮的孩子。罗扎莉和王子替每个孩子都请一位有能力的仙女做教母，这样可以保护他们，不至于受坏仙女和坏仙人的危害了。

雨滴项链

有位名叫琼斯的先生和妻子，住在离大海不远的地方。一个暴风雨的夜晚，琼斯先生在他家花园里，看到大门旁的冬青树突然摇晃起来。

一个声音叫着："救救我！我被树挂住了！救救我，要不然暴风雨就得下一夜。"

琼斯先生非常吃惊，走到树跟前。在树枝中间，有一个高大的男人，穿着长长的灰斗篷，留着长长的灰胡子，一双眼睛亮得出奇。

"你是谁？"琼斯先生问，"你跑到我的冬青树上做什么？"

"你没看见我被挂住了吗？快把我救下来，要不然暴风雨就得整夜地下。我是北风，我的工作是吹走暴风雨。"

琼斯先生把北风从冬青树上救了下来，北风的双手冷得像块冰。

"谢谢你啦！"北风说："我的斗篷被挂破了，不过不要紧，你帮助了我，所以我也要为你做点什么。"

"我什么也不需要。"琼斯先生说，"我妻子和我有个刚生下的小女孩，我俩是世界上最幸福的夫妇之一。"

"要是这样的话，"北风说："我来做这小婴孩的教父吧，这串雨滴项链是我送她的生日礼物。"

北风从灰斗篷底下掏出一条细细的银项链，链子上挂着三颗明光闪闪的雨滴。

国童话名篇精选

"你把项链带在女孩脖子上。"他说，"这雨滴不会把她弄湿，也不会落下来。每年她过生日的时候，我都会给她带一颗雨滴来。当她有了四颗雨滴的时候，再大的雨也不会把她淋湿。等她有了五颗雨滴，什么样的雷电也伤害不了她。等她有了六颗雨滴，最强的风也吹不走她。等她有了七颗雨滴，她就能在最深的河里游泳。等她有了八颗雨滴，她就能游过最宽阔的海洋。等她有了九颗雨滴，一拍手就能把雨停住。等她有了十颗雨滴，用鼻子一喷气，天上就能下雨。"

"别说了，别说了！"琼斯先生叫道："一个小女孩会这么多已经够了！"

"好吧，不说就不说吧！"北风说："记住，绝对不能让她把项链摘掉，不然会给她带来灾难的。现在我得走了，得去吹走暴风雨了，明年她过生日的时候，我会带着第四颗雨滴回来。"

说完，他飞上天空，推开乌云，让月亮和星星再放光芒。

琼斯先生回到屋里，把有三颗雨滴的项链戴在女儿脖子上。女孩的名字叫劳拉。

一年很快就过去了。当北风又回到海边这所小房子的时候，劳拉已经能爬了，能玩她的三颗闪闪发光的雨滴了，可她从没有把项链摘下来过。

北风给了劳拉第四颗雨滴，即使是下最大的雨，也不会把她淋湿。她妈妈可以让她躺在婴儿车里，放在花园里，过路的行人就会说："瞧那个可怜的小婴孩，放在这么大的雨里淋，她一定会感冒的！"

可小劳拉身上干干的，很是快活，她一边玩着雨滴，一边向正在飞走的北风教父挥手告别。

第二年，北风给她带来了第五颗雨滴。又过了一年，带来第六颗。再一年，带来第七颗。现在，最凶猛的风暴也不能伤害劳拉了，而且假如她掉进池塘或大河里，她也会像一片羽毛似地在水上漂浮。当她有了第八颗雨滴，就能够游过最宽阔的海洋——可是她快乐地住在家里，从来没去试过。

得到第九颗雨滴的时候，劳拉发现，她一拍手就能把雨停住。所以海边的天气往往是晴朗的。但是在下雨天，劳拉也并不是总拍手，因为她特别爱看银色的雨滴从天上往下落。

劳拉该上学了，你可以想象孩子们是多么喜欢她！他们喊着："劳拉，劳拉，请你把雨停住吧，雨停了我们就能到外面去玩了。"

劳拉总是满足他们的要求，把雨停住。

可是有个名叫梅格的小姑娘心里说："这不公平，为什么劳拉就该有那可爱的项链，还能把雨停住？为什么我就不该有？"

于是，梅格跑到老师那儿去，说："劳拉戴着一条项链。"

后来老师就对劳拉说："上学的时候必须把项链摘掉，亲爱的，这是学校的纪律。"

"可是摘掉项链会给我带来灾难的呀！"劳拉说。

"不会的，我替你把项链放在一个盒子里，妥善地保管起来，放学以后再给你。"

老师把项链放在一个盒子里了。

可是，老师放盒子的地方被梅格看到了，等到孩子们都出去玩了，老师去吃晚饭了，梅格赶快跑去把项链放在自己衣袋里。

老师发现项链不见了，又生气又难过。

"谁拿了劳拉的项链？"她问。

但没有人回答。

梅格的手插在衣袋里，紧紧地握住那条项链。

可怜的劳拉一路哭着回家去了。她顺着海边走，泪珠像雨滴一样流过面颊。

"哎呀，要是我对教父说，他送我的礼物丢了，他会怎样呢？"她哭着说。

一条鱼把头伸出海面说："好劳拉，不要哭。当海浪把我冲上沙滩的时候，你曾把我放回海里，我会去帮你找项链的。"

一只鸟儿落下来叫道："好劳拉，不要哭。当风暴把我吹到你家屋顶上，摔断了翅膀的时候，你救过我的命。我会帮你去找项链的。"

一只老鼠把头探出洞来说："好劳拉，不要哭，有一次我掉进河里，你把我救了上来，我会去帮你找项链的。"

劳拉擦干了眼泪问："你们怎么帮我找呢？"

鱼儿说："我在海底找，还要请我的兄弟们来帮忙。"

鸟儿说："我在天上飞，巡视田野，森林和道路，还要请我的兄弟们来帮忙。"

老鼠说："我在房屋里找，还要请我的兄弟们一起来，找遍全世界每一间房屋的每一个角落和壁橱。"

它们全分头去工作了。

在劳拉同她的三个朋友谈话的时候，梅格在做什么呢？

她戴着项链在雨里走，可是，雨把她浇得像只落汤鸡！她拍拍手想让雨停住，可是雨不但不理她，还比原来下得更大了。

原来，这条项链只为它真正的主人服务。

梅格很生气，可她依然戴着项链，结果被她爸爸看见了。

"你从哪儿弄来的项链？"他问。

"我在路上拣的。"梅格说。她这是撒谎！

"这项链太好了，小孩子不能戴。"她爸爸说着，把项链拿走了。梅格和她爸爸并不知道，一只小老鼠在墙洞里看见了这一切。

小老鼠跑去告诉它的朋友们，说项链在梅格家里。于是，10只老鼠同它一起返回去拖项链。可等它们赶到梅格家，项链已经不在了。

梅格的爸爸把项链卖给了一个银匠，卖了好大一笔钱。两天以后，一只小老鼠在银匠的铺子里看到了那项链，就跑去告诉它的朋友们。但它们还没来得及去拖，银匠又把项链卖给了一个商人，这商人是专为阿拉伯公主过生日采办珍贵礼品的。

一只鸟儿看到了项链，飞去告诉劳拉。

"项链在一艘船上，那艘船正在海上向阿拉伯半岛航行。"

"咱们去跟着那艘船，"鱼儿说，"我们给你带路，你跟着我们游！"

可是劳拉站在海边上，停步不前。

"我没有戴项链，怎么可能游那么远呢？"她叫道。

一只海豚说："我背着你游。在我饥饿的时候，你经常把好吃的东西扔给我。"

海豚背着她，鱼儿在前边游，鸟儿在天上飞，经过好多好多天，它们终于来到了阿拉伯半岛。

"现在项链在什么地方？"鱼儿喊着问鸟儿。

"在阿拉伯半岛的国王那里。明天他就要把项链送给公主过生日了。"

"明天也是我的生日。"劳拉说。"哎呀，我的教父要来给我第十颗雨滴，发现我脖子上没有项链的话，他会怎么说呢？"

鸟儿把劳拉领进国王的花园，她在棕榈树下睡了一夜。那儿的草都干了，花儿都枯黄了，因为天气太热，已经有一年没下雨了。

第二天早晨，公主走进花园，打开她的礼物。她得到许多可爱的东西：有会唱歌的花，有一个鸟笼，里面全是长着绿色和银色羽毛的鸟儿。有一本永远读不完的书，因为这书没有最后一页。有一只会摇猫摇篮的猫，有一件像蛛网样的银衣服和一件象鱼鳞样的金衣服。有一座由真杜鹃报时的钟，还有一艘用特大的粉红贝壳制成的船。这些

外
国
童
话
名
篇
精
选

礼物中间也有劳拉的项链。

劳拉一看见自己的项链，就从棕榈树下跑过去，喊着："哦，对不起，那条项链是我的！"

阿拉伯国王生气了："这个女孩是什么人？谁让她到我花园里来的？把她带走，扔到海里去！"

可那个漂亮的小公主说："等一等，爸爸。"她问劳拉，"你怎么知道这项链是你的？"

"因为这是我教父给我的！我戴上这项链，站在雨里不会湿，风暴不会伤害我，我能游过江河游过海洋，还能叫雨停下来。"

"那你能让天上下雨吗？"国王问。

"现在还不能。等到我教父给了我第十颗雨滴就能了。"劳拉回答。

"你要是能让天上下雨，我就把项链给你，因为我们这个国家太需要雨水了。"国王说。

劳拉很悲伤，因为没有第十颗雨滴，她就没办法让天上下雨。

正在这时，北风飞进了国王的花园。

"原来你在这里，教女！"他说，"我为了给你送生日礼物，找遍了整个世界。你的项链呢？"

"在公主那儿。"可怜的劳拉说。

北风生气了："你不应该摘掉项链！"他说。北风把手中的雨滴摔在干草上，雨滴不见了，然后他就飞走了。劳拉哭了起来。

"别哭了，"好心的小公主说，"你把项链拿去吧，我看得出来，这是你的。"公主把项链从劳拉头上套下去。就在这一刹那，劳拉的一滴眼泪恰好落到项链上，并且挂在上面，和另外九颗雨滴排在一起，成为第十颗了。劳拉笑了，她擦干眼泪，用鼻子喷了一下气，你猜怎么着？她鼻子一喷，天上就下雨了！下呀，下呀，树木伸出了枝叶，花儿展开了花瓣，它们开怀畅饮，高兴极了。

最后，劳拉拍了拍手，雨又停了。

阿拉伯国王高兴得不得了，他说："我从来没有见过这么好的项链！你能不能每年都到我们这儿来住住，给我们带来充足的雨水呢？"劳拉答应了。

后来，他们用公主那艘粉红贝壳船送她回家，鸟儿在头上飞，鱼儿在前面游。

"我真高兴找回了项链，"劳拉说，"可是我更高兴交了这么多朋友。"

梅格怎么样了呢？老鼠告诉北风，是梅格把劳拉的项链拿走的。于是北风飞来，吹掉了她家的屋顶，让雨落进去，这样她就被泡到水里了！

馅饼里包了一块天

从前有一个老头儿和一个老太太，住在一个非常寒冷的国家里。一个冬天，老头儿对老太太说：

"我说老婆子，天可真冷啊，要是你能给我做个又香又甜又热乎的苹果馅饼，那可就太好了。"

老太太说："是啊，老头子，我这就给你做。"

她把糖、佐料和苹果统统放进一个盘子里，然后拿出面粉、油和水，用来做馅饼的皮。她先把油和进面里，再倒进去一点水，揉成了一个面团。

她用擀面棍在面团上擀着。

这时候，老头儿说："你瞧窗户外头，瞧，天上下雪了。"

老太太往窗外一看，灰蒙蒙的天空上，雪片急匆匆地往地上落着。

她又接着擀面。可你猜猜发生了什么事？她刚刚看的那块天掉下来一小角，落到面团上了。这块天在擀面棍底下被压扁了，就像一件衬衣被拧紧了一样。老太太把面擀成皮，扣在馅饼盘子上，于是，馅饼里就包进了一块天！可老太太一点儿也不觉得。她把馅饼放进烤炉，不一会儿，炉子里就散发出诱人的香味。

"该吃饭了吗？"老头儿问。

"快了。"老太太说着，把勺子、叉子和盘子在桌上摆好。

"现在该吃饭了吧?"老头儿又问。

"是的。"老太太说着,打开了炉门。

你猜怎么着?那个馅饼里因为包了一块天,所以特别特别轻。它一下子从烤炉里飞了出来,飞到屋子的另一头。

"抓住它,抓住它!"老太太叫着。她伸手抓一下没抓着,老头儿伸手也没抓着,馅饼飞出大门去了,他俩一直追进了花园。

"跳上去!"老头儿喊着跳上了馅饼,老太太也跟着跳了上去。

馅饼是那样轻,载着老头儿老太太,穿过纷纷扬扬的雪花,一直向天上升去。

他们的小花猫惠斯基正蹲在苹果树上看下雪。

"快拦住我们,拦住我们!"他俩向惠斯基大声喊着,于是小猫也跳到馅饼上。可猫也太轻了,馅饼不但不落下,还继续冒雪往上飞,越飞越高了。小鸟儿朝他们唱道:

老婆老头儿带着小猫,
干嘛坐着苹果馅饼,
在高高的天上飘?

老太太答道:"不是我们飞,不是我们飘,只是因为停不了。"

他们在天上飘呀飘,看见天上停着一架用光了燃料的飞机。飞行员坐在飞机里面,冻得瑟瑟发抖。飞行员大声问:

老婆老头儿带着小猫,
干嘛坐着苹果馅饼,
在高高的天上飘?

老太太答道："不是我们飞，不是我们飘，只是因为停不了。"

"能让我上去吗？"

"当然可以了。"

飞行员也跳到馅饼上，同他们一起飘。

飘了没多远，遇到一只鸭子，它忘记怎么样飞翔，只好待在一朵云彩上。鸭子喊道：

老婆老头儿，

飞行员和小猫，

干嘛坐着馅饼

在高高的天上飘？

老太太答道："不是我们飞，不是我们飘，只是因为停不了。"

"能让我上去吗？"

"当然可以了。"

鸭子也跳到馅饼上，同他们一起飘呀飘。

飘了没多远，经过一座高山，山顶上有一头山羊忘记了下山的路。山羊朝他们喊：

老婆老头儿飞行员，

鸭子和小猫，

干嘛坐着苹果馅饼

在高高的天上飘？

老太太答道："不是我们飞，不是我们飘，只是因为停不了。"

"能让我上去吗？"

"当然可以了。"

山羊也跳到馅饼上去了。

他们飘了没多远，又来到一座大城市，城里的大楼特别高。一头不幸的大象站在大楼顶上，它很想家，在纷飞的大雪里，样子又悲伤又烦恼。大象朝他们喊道：

老婆老头儿飞行员，

鸭子山羊和小猫，

干嘛坐着苹果馅饼

在高高的天上飘？

老太太答道："不是我们飞，不是我们飘。只是因为停不了。"

大象说："你们的馅饼热又香，它使我想起了家乡。能让我上去吗？"

"当然可以了。"

于是，大象也跳到馅饼上，馅饼接着在天上飘。可大象太沉了，把馅饼压得朝一边倾斜着。

馅饼飘呀飘，把严寒和雪花甩到后边，来到了温暖的地方。下面是一片蔚蓝的大海，许多小小的岛屿散布在海上，岛上全是细细的白砂和苍翠的树木。

这时候，馅饼开始慢慢地凉了下来，它一边变凉，一边渐渐往下降落。

"咱们就降落到那可爱的小岛上去吧！"老头儿说，"这些岛上有白砂、绿树，还有那么多花儿。"

"对呀，咱们就降落到岛上去！"老太太、小猫惠斯基、鸭子、山羊、飞行员和大象都这么说。

可是，岛上的居民看见他们往下落，就举起一个大大的牌子，上面写着"没有停放馅饼的地方"。

外国童话名篇精选

133

他们又往前飞了一段，来到另一个岛的上空。那个岛上的居民也举起一个大牌子，上面写着"没有停放馅饼的地方"。

老太太说："天哪，没有一个岛会让咱们着陆了吧？"

这时候，馅饼已经凉透了，一下子落到海面上。

老头儿高兴地说："这下好了，咱们自己的馅饼成了一个非常好的岛。"

老太太说："这儿没行树！没有花！咱们吃什么？喝什么？"

太阳晒得暖洋洋的，不一会儿，馅饼岛上就长出了美丽的苹果树，树上长着绿油油的叶子，粉红色的花朵，还有红艳艳的苹果。山羊给大家挤奶，鸭子给大家下蛋，惠斯基下海去捉鱼，大象用长长的鼻子为大家摘苹果。

就这样，他们快快活活地在岛上生活着，再也没有回过家。

这全都是因为老太太烤的馅饼里包了一块天！

面包房里的猫

从前有一位上了年纪的琼斯太太，她养了一只猫，名叫莫格。琼斯太太在一个小镇里开了一家面包房，那个小镇就在两山之间的山谷下面。

每天早晨，镇上的人都还在睡觉，琼斯太太的灯就最先亮了，因为她得早起，起来烤成面包、甜面包、果酱面包和威尔斯蛋糕。

琼斯太太起床后先把炉子生旺，再用水、白糖、酵母来和面，然后把面团搁在盆里，放到火边上去发酵。

莫格也起得很早，它起来捉老鼠。等它把所有的老鼠都赶出了面包房，就想卧到炉子边上暖和暖和。可是琼斯太太不让它上那儿去，因为生面包正在那里发酵呢！

她说：“你可别坐到甜面包上，莫格。”

生面包发得很好，又光洁又大，这都是酵母的作用。酵母使面包和蛋糕膨胀起来，越胀越大。

既然不让莫格在炉子边上坐，那它只好到水池里去玩。

一般的猫都讨厌水，可是莫格不。它喜欢水，喜欢坐在水龙头边上，用爪子去打落下来的水滴，把水弄得满胡子都是！

莫格长得什么样儿呢？它的后背、身体两侧、四肢、脸、耳朵和尾巴都是桔子酱色的，肚皮、爪子都是白的。尾巴尖上有一缕白毛，耳朵上有一道白边，还长着白胡须。水打湿了它身上的皮毛，看起来象狐狸皮一样，爪子和肚皮又白又光。

琼斯太太说："莫格，你太淘气了。面团发得好好的，可你把水都甩到上面去了。快出去，到外边玩去。"

莫格觉得很委屈，耷拉着耳朵和尾巴（猫在高兴的时候都把耳朵和尾巴竖起来），走了出去，天上正下着倾盆大雨。

湍急的河水流过镇中心，河床里有很多石头，莫格蹲在水里找鱼吃。可是那段河里并没有鱼。莫格身上越来越湿，它没有在意。突然，它打了一个大喷嚏。

这时，琼斯太太开门喊着："莫格！我已经把甜面包放进烤炉了，你可以回来坐在火炉边上了。"

莫格混身都湿透了，发着亮，好象涂了一层油。它坐到火炉边上，一连打了九个大喷嚏。

琼斯太太说："哎呀，莫格，你着凉了吧？"

她用毛巾把莫格的毛擦干，喂它喝了一点掺着酵母的牛奶。人身体不舒服的时候，吃点酵母是有好处的。

她让莫格在火炉边上坐着，又动手做果酱面包了。等她把果酱面包放进烤炉，就带着雨伞去商店买东西。

可是你猜猜，莫格出了什么事？

酵母把莫格发起来了。

它在温暖的火炉边打瞌睡的时候，身体胀得越来越大。

起初它大得像一只绵羊。

后来它大得像一头驴子。

后来它大得像一匹拉车的马。

后来它大得像一头大河马。

这时候，琼斯太太的小厨房已经装不下它了，它个子太大了，根本走不出门去，把墙壁都撑裂了。

琼斯太太提着篮子和雨伞回家一看，不禁大叫起来：

"天哪！我的房子怎么了？"

整座房子都膨胀起来，歪七扭八的。厨房窗户里伸出粗大的猫胡子，大门里伸出桔子酱色的大尾巴，白爪子从卧室里的一个窗户伸出来，另一个窗户里伸出带白边的耳朵。

"喵？"莫格睡醒了，伸一个懒腰。

这一来，整座房子都塌了。

"哎呀，莫格！"琼斯太太叫道，"看看你干了些什么。"

镇上的人们看到这情况非常震惊，他们让琼斯太太搬到镇公所去住，因为他们都非常喜欢她（和她的甜面包），但是他们对莫格可不大放心。

镇长说："它要是没完没了地长，最后把镇公所也撑破了怎么办呢？要是它变得非常凶暴怎么办呢？它住在城里是很不安全的，它太大了。"

琼斯太太说："莫格是一只很温和的猫，它不会伤害任何人的。"

镇长说："那咱们等等再看吧！要是它一屁股坐在人头上怎么办呢？它饿了怎么办呢？给它吃什么呢？最好还是让它到城外去，到山上去住。"

人们都叫嚷着"嘘！滚！呸！嘘！"于是，可怜的莫格被赶出了城门。雨下得那么大，山上的水冲下来，莫格倒不怕这个。

然而，可怜的琼斯太太伤心极了，她在镇公所里又和了一块面，眼泪流进去，面团变得又软又咸。

莫格走进了山谷，这时候它已经胀得比大象还大了——几乎有鲸鱼那么大！山上的绵羊看到它走来，吓得要死，飞奔着逃命去了。莫格可没有注意到它们，它正在河里捉鱼。它捉了好多好多鱼，心里真快活。

雨下得太久了，莫格突然听到山谷上边传来洪水的咆哮声，巨大的墙向它扑来。河水泛滥了，越来越多的雨水灌进河里，从山上奔流直下。

莫格心想："我要是不把水拦住，那些好吃的鱼就都得被冲走了。"

于是，它一下子坐到山谷中间，把身体伸展开，活像一块又大又胖的大面包。

洪水被挡住了。

城里的人们听到洪水的咆哮声，害怕极了！镇长大声喊道："趁着洪水还没冲到城里，大家都跑上山去，不然我们全都得被淹死！"

于是，大家都往山上跑，有人跑到这边山上，有人跑到那边山上。

他们看到什么了呢？

喔唷，莫格在山谷中间坐着，它身后是一个大湖。

"琼斯太太，"镇长说，"你能不能让你的猫先待在那儿别动，好让我们在山谷里修一条水坝，把洪水挡住？"

"我试试吧！"琼斯太太说，"在它下巴底下挠挠，它就会老老实实地坐着。"

于是，大家轮流用干草耙在它下巴底下挠，一直挠了三天三夜。莫格高兴地呜呜叫着，叫着，它的叫声掀起了一个又一个巨浪，从洪水湖上滚滚而过。

这些天，最好的工匠们不停地在修一座横跨山谷的特大水坝。

人们还给莫格带来各种各样好吃的东西——一碗碗的奶油、奶酪、肝、腌肉、沙丁鱼，甚至还有巧克力！可它已经吃了好多鱼了，所以并不太饿。

到了第三天，水坝修好了，城市安全了。

镇长说："现在我认为莫格是一只很温和的猫，它可以同你一起住进镇公所了，琼斯太太。把这个奖章给它戴上。"

奖章上有一条银练子，可以挂到脖子上。上面刻着：莫格救了我们的城市。

从那以后，琼斯太太和莫格就快活地住在镇公所里。假如你到卡莫格小镇去，就可以看到，早上莫格要去湖里捉鱼吃的时候，警察会断绝交通请它独自通行。它的尾巴在房顶上摆来摆去，胡须碰得楼上的窗户咔嗒咔嗒响。但是，大家都知道它不会伤人，因为它是一只很温和的猫。

它爱到湖里玩，有时候把身上弄得太湿了还会打喷嚏，然而琼斯太太再也不给它吃酵母了。

莫格已经够大的了！

三只熊

　　小女孩一个人走出家门到树林里去玩儿，在树林里她迷失了回家的路，找呀找呀，来到一座小屋前。

　　小屋的门开着，她从门口向里面看了看，里面什么人也没有，便走了进去。原来这里住着三只熊。熊爸爸名叫米哈伊尔·伊万内奇，个头很大，毛蓬蓬的；另一只是熊妈妈，她的个头要小一些，名叫娜斯塔西娅·彼得罗芙娜；第三只是他们的熊孩子，小小的，名叫米舒特卡。这时候，他们都不在家，到树林中散步去了。

　　小屋有两间房：一间是餐室，一间是卧室。小女孩来到餐室里，只见餐桌上摆着三碗粥。第一只碗很大，这是米哈伊尔·伊万内奇使用的；另一只碗小一些，是娜斯塔西娅·彼得罗芙娜用的；第三只是只蓝色的小碗，这是米舒特卡的了。每只碗旁边还分别放着大勺儿、中勺儿、小勺儿。

　　小女孩拿起大勺子，从最大的碗里舀了一勺粥尝了尝，接着又用中勺子从小一些的碗里舀了一勺粥尝了尝，最后又用小勺子去吃小蓝碗里的粥。她觉得米舒特卡的粥味道最好。

　　小女孩想坐下来，这时她瞧见餐桌旁有三把椅子。一把大椅子，那是米哈伊尔·伊万内奇的；第二把稍为小一些，是娜斯塔西娅·彼得罗芙娜的；第三把更小，上面放着一个小小的蓝垫子，那是米舒特卡的。小女孩爬到大椅子上，结果摔下来了；她又爬到中椅子上坐，但感到不舒适；最后她坐到小椅子上，就笑了起来，坐在这里可舒服啦，把小蓝碗端过来放在膝头上吃起粥来。她把一碗粥全喝光了，便在椅子上摇晃着。

小椅子摇垮了，小女孩摔在地板上。她爬起来，把小椅子扶正，走进卧室去了。房间里摆着三张床：一张是大床，是熊爸爸睡的；一张是中号床，是熊妈妈睡的；一张是小小的床，是熊宝宝米舒特卡睡的。小女孩先在大床上躺了一躺，觉得床铺太宽了；躺到中号床上又觉得床铺太高；后来她躺在小床上，小床对她很合适，她睡着了。

三只熊回家了，肚子饿了很想用餐。熊爸爸端起碗来一看，就拉开可怕的嗓门吼了起来，"谁喝我碗里的粥了！"

娜斯塔西娅·彼得罗芙娜看了看自己的碗也嚷了起来，但嗓门要轻一些："谁喝我碗里的粥了！"

米舒特卡瞧见自己的小碗空空的了，就尖声尖气地叫道；"谁喝我碗里的粥了！哎呀，竟全喝光了！"

米哈伊尔·伊万内奇瞧了瞧自己的坐椅，又拉开可怕的嗓门吼道："谁坐我的椅子了，挪动地方了！"

娜斯塔西娅。彼得罗芙娜打量了一下自己的坐椅也嚷叫了起来，但嗓门要低一些："谁坐我的椅子了，它被挪动地方了！"

米舒特卡瞧见了自己的被弄垮了的椅子，尖声地高叫起来："谁坐我的椅子了！哎呀，全散了架了！"

三只熊进入内室。米哈伊尔·伊万内奇又拉开可怕的嗓门大吼道："谁在我床上躺过，把床铺弄乱了！"娜斯塔西娅·彼得罗芙娜也大嚷起来，但嗓门要低一些："谁在我床上躺过，把床铺弄乱了！"米舒特卡搬来一条小板凳爬到床上，便尖声大叫起来："谁在我床上躺过！"突然间，它看见了小女孩，于是就像有人要宰它一样，厉声地大声呼喊道；"她在这儿！抓住她，抓住她！她在这儿！她在这儿！哎哟哟，别让她跑了！"

米舒特卡想去咬小女孩。小女孩睁开眼睛，看见了三只熊，急忙向窗口跑去。窗户是开着的，她跳出窗外逃走了。

驴子和马

有人赶着一头驴和一匹马在路上走。驴子对马说:"我吃不消了,驮不动这么多东西。帮帮忙,哪怕只帮我驮一小部分也好啊!"

马没有理睬它。

由于过度劳累,驴子终于倒在地上死了。主人便把驴子身上驮的东西都放到了马背上,还加了一张驴皮。于是,马叫道:

"唉!我真命苦,多可怜,多不幸,多倒霉!当初我不帮驴子的忙,现在呢,所有的东西全压在我背上,而且还加上了驴子的皮。"

蜻蜓和蚂蚁

秋天，蚂蚁见贮藏的麦粒受了潮，便把麦粒搬到外面去晾干。一只饥肠辘辘的蜻蜓飞过来向蚂蚁讨要食物。蚂蚁问它：

"夏天你为什么不贮备食物呢？"

"没有空呀，夏天我忙于唱歌了。"蜻蜓说。

蚂蚁笑了，说道："既然夏天你忙于唱歌，那么冬天你就忙着跳舞好啦！"

外国童话名篇精选

老鼠姑娘

有个人在河边走，看见一只乌鸦叼着一只老鼠。他捡起块石头去打乌鸦，乌鸦一松嘴，老鼠便掉进河里去了。那人把老鼠从河里捞起来带回家了。这个人膝下无儿无女，他叹息道：

"唉，要是这只老鼠能变成一个小姑娘多好！"

老鼠果然变成了一个小姑娘。

小姑娘长大了，那人问她：

"你愿意嫁给谁？"

小姑娘回答说：

"我愿意嫁给世界上最强的人。"

那人就去对太阳说：

"太阳呀！我的女孩儿愿意嫁给世界上最强的。你最强，你娶我的女孩儿吧！"

太阳说：

"我不是最强的，乌云能把我遮住。"

那人对乌云说：

"乌云呀！你是最强的，你娶我的女孩儿吧！"

乌云说：

"我不是最强的，风能把我吹散。"

那人走到风的面前，对风说：

"风呀！你最强，你娶我的女孩儿吧！"

风说，

"我不是最强的，山能挡住我。"

那人走到山那儿，对山说：

"山呀！你来娶我的女孩儿吧！你是最强的。"

山说：

"大老鼠比我们强呢！它能把山咬穿！"

于是，那人找到了大老鼠，说道：

"大老鼠呀！你是最强的，你来娶走我的女儿吧！"

大老鼠同意了。

那人回到家里，对小姑娘说：

"大老鼠是最强的，它能咬穿山，山能挡住风，风能吹跑乌云，乌云能遮住太阳。大老鼠愿意娶你。"

然而，小姑娘叹息道：

"唉！现在我怎么办？我哪能嫁给大老鼠啊！"

这时，那人也叹息道：

"是啊！要是我的女孩儿再变为一只老鼠才可以呀！"

于是，小姑娘又变成了一只老鼠，嫁给了大老鼠。

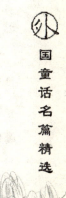

外国童话名篇精选

两个商人

一个穷商人要出远门，他把自己的全部铁器货物都寄放在富商人那里，回来后他便到富商人那里去取。

富商人已经把穷商人的货物全卖掉了，但他却说："你的铁器可倒了霉。"

"怎么啦？"

"我把铁器藏在粮仓里，那儿的老鼠多得无数，它们把铁器都啃光了。我亲眼看见它们啃来着。假如你不信，你可以去看看。"

穷商人没有和他争辩。他说："看什么？不看我也相信。我知道，老鼠向来是啃铁的。再见吧！"说完便走了。

穷商人在街上看见一个小男孩在玩，这是富商人的儿子。穷商人逗了逗小孩，把他抱起来，带回家去了。

第二天，富商人遇见了穷商人，向他诉说丢失了儿子的悲哀，并且问他："你有没有看见，有没有听说？"

穷商人说："当然看见了。昨天我从你家里出来时，看见一只鹞鹰向你的儿子扑去，把他抓走了。"

富商人听了，非常生气。他说："你这么幸灾乐祸，好不害臊啊。难道有这样的事，鹞鹰能把一个孩子抓走？"

"不，我不是在取笑你，既然老鼠能吃掉 100 普特①铁器，那么鹞鹰抓走一个孩子又有什么稀奇呢？什么事都是可能发生的啊！"

富商人这才明白过来。他说："老鼠没有吃掉你的铁货，是我把货物卖了，我加倍地付给你钱。"

"既然是这样，那么鹞鹰也没有抓走你的儿子，我把他送还给你。"

---

① 普特，俄罗斯计量单位，1 普特合 16.38 公斤。

彼得大帝和庄稼汉

彼得大帝坐着马车在树林里走，碰上了一个庄稼汉，那人在林子里砍柴。

沙皇对他说："庄稼人，上帝保佑你！"

庄稼汉说："我真需要有上帝保佑。"

沙皇问："你家人口多吗？"

"我有两个儿子和一个女儿。"

"那么，你家人口不算多，你的钱怎么花啊？"

"我的钱分三份花，一份还债，一份放债，还有一份往水里扔。"

沙皇想了一想，不明白庄稼汉说的还债、放债、往水里扔是什么意思？

庄稼汉说："还债是供养爹娘，放债是抚养儿子，往水里扔是养闺女。"

沙皇听了，说道："老汉，你真聪明。你把我领出林子吧，我找不着路了。"

庄稼汉说："你往前走，接着往右拐，再往左拐，然后再往右。"

沙皇说："这门学问我不懂，还是你给我带路吧！"

"老爷，我没工夫带路，我们庄稼人的一天工夫可值钱啦！"

"好吧，值钱，我给你钱好了。"

"你给钱的话，我们走吧。"

他们坐上单轴双轮马车走了。

路上，彼得大帝问庄稼汉道：

“你出过远门吗？”

“到过一些地方。”

“见过沙皇吗？”

“沙皇可没见过，应该见一见。”

“那好，一出林子，你就要看见沙皇了。”

“我怎么认得出来呢？”

“大家都不戴帽子，只有沙皇一人戴帽子。”

终于，他们出了林子，来到田野上。老百姓见沙皇来了，都摘下帽子。庄稼汉瞪大了眼睛，可就是没看见沙皇。

于是他问："沙皇在哪儿啊？"

彼得大帝对他说："瞧，只有我们两个人戴着帽子，总有一个是沙皇吧！"

外国童话名篇精选

水怪和珍珠

一颗贵重的珍珠落到大海里去了，它的主人回到岸上，拿了一个桶去舀海水，把水泼到陆地上。他不知疲倦地干了 3 天。

到了第四天，从海里钻出一个水怪，问他：

"你干吗要舀水？"

那人说：

"我有一颗珍珠掉到了海里。"

水怪又问道：

"你很快就停止舀水吗？"

那人答道：

"海水舀干了我才罢休。"

水怪听了，回到海里，找到那颗珍珠，把它还给了那个人。

国王的兄弟

国王在街上步行，一个乞丐走上前来向他请求施舍。

国王什么也没有给他。乞丐说："陛下啊！看来你忘了，上帝是全体众生的父亲，我们都是兄弟，应该同甘共苦啊！"

国王停下脚步，说："你说得对，我们是兄弟，应该苦乐与共！"于是国王给了乞丐一枚金币。乞丐接了金币，又说："你给得太少，和兄弟能这样同甘共苦吗？应该平分才是。你有百万金币，可只给了我一块。"

国王说："不错，我有百万金币，只给了你一块。不过，我的弟兄也跟我的钱一样多呀！"

外国童话名篇精选

公正的法官

阿尔及利亚国王巴瓦卡斯，听说国内某城有一位公正廉明的法官，他能一下子弄清案件的真相，不叫一个坏人漏网。国王想亲自去了解一下这话是不是确实可靠，便化装成一个商人，骑着一匹马前往那位法官所在的城市。当他走到城门口的时候，一个残废人过来向他乞讨，巴瓦卡斯给了他钱，正要往前走，那位残废人却拉住了他的衣服不放。

"你要干什么？"巴瓦卡斯问道，"我不是已经施舍过了吗？"

"你是施舍过了，"残废人说，"请再做一件好事，用你的马把我带到市内广场上去吧，要不，来往的骆驼和马会把我踩死的。"

巴瓦卡斯让残废人骑在自己身后，把他带到广场去了。到了广场，巴瓦卡斯勒住了马，可是乞丐不肯下去。

巴瓦卡斯说："你怎么还坐着，下去吧，我们已经到了。"

乞丐说："干吗要我下去？马是我的。你要是不肯把马好好地还给我，那咱们去找法官解决。"

人们围上来听他们两人争吵，大家都喊道："上法庭去吧，法官能给你们判明是非的。"

巴瓦卡斯和残废人来到法官那里。法庭上有很多人，法官按次传讯受审的人。在巴瓦卡斯之前，法官传讯了一个学者和一个农民到庭，他们是为了争老婆来打官司的。农民说这女人是他的老婆，而学者说这女人是他的老婆。法官听了双方的陈述，沉默了一会儿，说："把这女人给我留下，你们明天再来。"

这两人走了以后，进来的是一个屠夫和一个油贩子。屠夫浑身是血，油贩子浑身是油。屠夫手里捏着钱，油贩子拉着屠夫的手。屠夫说："我买了这个人的油，拿出钱包来准备付款，可他抓着我的手，要抢我的钱。我们就到你这儿来了。我手里捏着钱包，他抓着我的手。不过，钱是我的，他是强盗。"

油贩子说："这是假话。屠夫到我这儿来买油。我给他装满一罐油以后，他要我给他破开一枚金币。我掏出钱来，放在柜台上，他拿了钱就想跑。我一把抓住了他，并把他带到这儿来了。"

法官沉默了一会儿，说："你们把钱留下，明天再来。"

轮到巴瓦卡斯和残废人了。巴瓦卡斯叙述了事情的经过，随后法官又问乞丐。乞丐说："这全是假话。我骑着马从城里经过，他坐在地上，要我把他带走。我让他骑在马背上，把他带到了他要去的地方，可是他不想下来，而且说，马是他的。"

法官想了想，说："你们把马给我留下，明天再来。"

第二天，许多人都来听法官断案。

首先出庭的是学者和农民。

"把你的老婆领回去吧，"法官对学者说，"农民该打50棍。"学者领走了女人，农民当场受到惩罚。

接着，法官传屠夫出庭。

"钱是你的，"法官对屠夫说。然后指着油贩子，宣布："打他50棍。"

轮到巴瓦卡斯和残废人了。法官问巴瓦卡斯："你能从20匹马中认出自己的马来吗？"

"能。"

"你呢？"

"我也能。"残废人说。

"跟我来。"法官对巴瓦卡斯说。

他们来到马厩。巴瓦卡斯立刻从20匹马中认出了自己的马。

外国童话名篇精选

接着，法官又把残废人带到马厩里，叫他认马。残废人也认出了那匹马。

然后，法官上庭，对巴瓦卡斯说：

"马是你的，牵走吧！残废人该打 50 棍。"

案子断完后，法官要回家去了，巴瓦卡斯跟在他后面。

"怎么？你不满意我的裁决吗？"法官问他。

"不是的，我很满意。"巴瓦卡斯说："我只是想知道，你根据什么断定，那女人是学者的，不是农民的；钱是屠夫的，不是油贩子的；马是我的，不是乞丐的呢？"

"那女人我是这样判断的：早上我叫她来，对她说：'给我灌一瓶墨水。'她拿了墨水瓶，挺麻利地洗净了，灵巧地灌满了墨水。由此可见，这种事她做惯了。如果是农民的妻子，她就不会这样做，所以学者的话是真的。钱我是这样判断的：我把钱放在一碗水里，今天早上去看水面上有没有浮油层。如果钱是油贩子的，就会被他的油手抹脏。结果，水面上没有浮油，可见屠夫说的是真话。

"马的判断要困难一些。残废人也和你一样，从 20 匹马中间立刻认出了那匹马。不过我领你们到马厩去，不是为了观察你们认不认得那匹马，而是观察马认得谁。当你走到马跟前去的时候，它向你转过头来；而当残废人摸它的时候，它贴起两只耳朵，提起一条腿。由此我看出来，你是那匹马的真正主人。"

这时，巴瓦卡斯说：

"我不是商人，而是国王巴瓦卡斯。我来这里是想看一看，关于你的传闻真实不真实。现在我看到了，你是个聪明的法官。我要奖赏你，告诉我你想要什么？"

法官说："我不需要奖赏，能得到陛下如此称赞，这已经使我感到十分荣幸了。"

狼和农夫

一只狼被猎人们追得很紧，忽然，它碰见了一个农夫，农夫正扛着连枷和麻袋从打谷场走来。

狼说："老乡，把我藏起来吧，猎人在追我。"农夫动了怜悯心，把狼藏进麻袋里，扛在肩上。猎人们骑马赶来了，问农民有没有看见一只狼。

农夫说；"没有，没有看见。"

猎人走了，狼从麻袋里钻出来，向农夫扑去，想把他吃掉。农夫说：

"唉！你这条狼真没良心，我救了你的性命，你反而要吃掉我。"

狼说：

"前恩不记。"

农夫说：

"不对，是前恩不忘。你不信可以去问别人，谁都会说是前恩不忘。"

狼说：

"好吧，咱们一块儿往前走，遇到第一个人就问：是前恩不记还是前恩不忘？如果他说是不忘，我就放你走。如果他说，不记。我就吃了你。"

他们向前走去，遇见一匹瞎了眼睛的老母马。农夫问：

"母马，你说，是前恩不忘还是前恩不记？"

母马说：

国外童话名篇精选

"你瞧，我在主人家里12年了，给他下了12头马驹，耕田、拉车从来没停过。去年我眼睛失明了，还拉碾子。前两天我实在拉不动，就倒下了。他们打我，揪起我的尾巴，把我扔到崖下去。我清醒过来以后，勉强站起来走，连自己也不知道往哪儿走？"

狼说："老乡，你看见了吧？前恩不记。"

农夫说，"等一等，咱们再问一次。"

他们又往前走，迎面来了一条老狗，拖曳着屁股，慢腾腾地走着。

农夫说：

"狗啊，你说说看，是前恩不记还是前恩不忘？"

老狗说：

"你听着，我在主人家里住了15年，给他守家，来了生人我汪汪大叫，扑向前去咬。而现在我老了，牙也掉了，他们就把我赶出了家门，还用车杆打伤了我的臀部。瞧，我只能这样扭着屁股走动，我自己也不知道到哪儿去生活，只要远远地离开原来的主人就得了。"

狼说：

"你听见老狗的话了吗？"

农夫说：

"等我再找一个问问看。"

迎面走来一只狐狸。农夫说："狐狸啊，你说，是前恩不忘还是前恩不记？"

狐狸说："你干吗要知道这个？"

农夫说："这只狼因为后面有猎人追赶，跑来求我，我把它藏在麻袋里救了它的命，现在它却要吃掉我。"

狐狸说："这么大一只狼能钻进你的麻袋吗？我要亲眼看见才能给你们评理。"

农夫说："它整个身子都进去了，不信你问它自己吧！"

狼说："是真的。"

这时，狐狸又说："我没看见就不相信，你钻给我看看。"

狼把头伸进麻袋里去，说："就是这个样子。"

狐狸说：

"你整个儿都钻进去吧，否则我看不出来。"

于是，狼钻进麻袋里去了。狐狸对农夫说："现在把麻袋扎起来。"

农夫把麻袋扎好。狐狸又说：

"行啦，老乡！你在打谷场上是怎样脱粒的，做给我看看。

农夫高兴极了，举起连枷向狼身上打去。

他说：

"狐狸，你看看，人们在打谷场上是怎样脱粒的吧！"说着，他又朝狐狸的头上打去，狐狸被打死了，农夫自言自语道："前恩不记！"

狮子、狼和狐狸

一只生病的老狮子躺在山洞里，所有的野兽都来探望兽王，只有狐狸还不曾露面。狼得意了，抓住这件事到狮子面前去说狐狸的坏话。

狼说："狐狸根本不把你放在眼里，它一次也不来探望大圣。"

狐狸正好在这个时候来了，它听见狼说的话，心想："哼，狼啊，等着瞧吧，我会收拾你的。"

狮子看见狐狸就咆哮起来，可是狐狸却说："你先别处死我，听我说一句话。我没来是因为没有工夫，我没工夫是因为我跑遍全世界，为大王治病访医求药去了。现在我才找到了药，所以现在跑来。"

狮子问："什么药?"

狐狸说："是这样，把一条狼活剥了皮，趁狼皮还热的时候穿上……"

狮子便把狼撕烂吃了。狐狸笑道：

"老兄，你就应该叫当家的不要动恶念，应当叫他动善念才是。"

狐狸的尾巴

有人捉了一只狐狸，问道："是谁教你们用尾巴欺骗狗啊?"

狐狸反问道："怎么是欺骗呢? 我们并没有欺骗狗，只不过拼命逃生罢了!"

那人说："不对，你们用尾巴骗狗。当狗追上来，快要咬住你们的时候，你们把尾巴甩到一边去; 等到狗跟着尾巴转过去以后，你们却又朝相反的方向跑了。"

狐狸笑道："我们这样做不是为了欺骗狗，而是为了转弯。当狗追上来的时候，我们看见走直路不行了，就转弯。为了一下子转过弯去，我们得把尾巴甩到另一边，就像你们人类跑步的时候，要转变必须甩手一样。这不是我们的发明，上帝在创造我们的时候就想出这个办法来了，好叫狐狸不致被狗捉尽。"

外国童话名篇精选

国王和大象

从前，有个印度国王，他叫人把所有的盲人都聚集在一起。盲人到齐了，叫他们都去看大象。盲人到了象栏里，开始用手去摸。一个摸到象腿，第二个摸到象尾巴，第三个——尾根部①，第四个——象肚，第五个——象背，第六个——象耳朵，第七个——象的长牙，第八个——象鼻子。然后国王唤他们到面前问道："我的象是什么样子？"

一个说："你的象像一根大柱子。"这个盲人摸到的是象腿。

另一个说："象像扫帚。"这个人摸到的是尾巴。

第三个说："它像树枝。"这人摸的是像尾根部。

那个摸着象肚子的说："象像大土块。"

而摸着象腰部的人说："象像一堵墙。"

摸着象背的人说："象像一座山。"

摸着象耳朵的人说："象像一块头巾。"

摸着象头的人说："象像一座浮屠塔。"

摸着象牙的人说："象像一只犄角。"

摸着象鼻子的人却说："象像一根很粗的绳索。"

于是，盲人们争论不休，甚至互相骂起架来。

---

① 尾根部——象尾巴的上部有肉的部分。（托尔斯泰原注。）

小姑娘比大人聪明

这年复活节来的早。雪橇刚刚停止行驶，外面还铺着白雪，村里的雪水已在流淌。两座农舍之间的小巷里有个粪堆，下面积了一个水洼。两个小姑娘从两边的农舍里走出来，一个小些，一个大些。她们的母亲都给她们穿了新的无袖长裙，小的穿一条蓝裙，大的穿一条花黄裙。两个小姑娘都系着红头巾。她们在午祷结束以后，来这里互相展示自己的漂亮衣服。她们一块儿玩，想到水里去踩着玩。小的穿着一双小皮鞋，就要到水洼里去，大的对她说：

"玛拉莎，别去，妈妈要骂的。待我把鞋脱了。你也脱下鞋子吧！"

两个小姑娘脱丁鞋，提起长裙，面对面地走到水洼里去。玛拉莎走到水齐脚踝的地方，说：

"阿库莉卡，水深着呢，我害怕。"

阿库莉卡说："没关系，就只这么深，到我这儿来吧。"

两个人渐渐靠拢了。阿库莉卡又说：

"玛拉莎，你轻点走，别把水溅到我身上。"

话音刚落，玛拉莎"噗通"一脚踏进水里，泥水直溅到了阿库莉卡的长裙上。长裙被溅脏了，鼻子上、眼眶里也满是泥水。阿库莉卡看见新长裙脏了，很生玛拉莎的气，就破口大骂，而且跑过去要打她。玛拉莎看见自己闯了祸，吓得从水洼里跳出来，向家里跑。阿库莉卡的妈妈正好经过这里，看见女儿的长裙和衬衫都弄脏了，就问道：

"你这个小贱人，这是怎么弄的？"

"是玛拉莎故意溅的。"

阿库莉卡的妈妈揪出玛拉莎，在她后脑勺上拍了一巴掌。玛拉莎嚎啕大哭了，她的妈妈走出来了，骂道：

"你干吗打我女儿？"

两个女人便你一言我一句对骂起来，而且越骂越凶。男人们也怒气冲冲地跑来了，一下子街上围了一大群人。个个都在喊叫，谁也不听谁的。骂啊骂啊，这个推那个一把，那个搡这个一下，眼看就要打起来了。这时候，阿库莉卡的奶奶走到男人们中间，劝道：

"街坊们，你们这里是怎么回事啊！今天是什么日子？应该高兴才对，可你们造这样的孽。"

人们不但不听老婆子的话，反而险些把她推倒。当女人们对骂的时候，阿库莉卡擦了擦自己的长裙，又走到水洼里去了。她拾起一个石块，蹲在水边挖沟，好把水放掉。她挖着的时候，玛拉莎也过来帮她的忙，用一块木片开沟。当男人们要打架的时候，水洼里的水已经顺着两个小姑娘开的小水沟流到街上的大水沟中去了。小姑娘们把木片扔进水里，木片漂到了街上，一直漂到老奶奶给男人们劝架的地方。两个小姑娘在大水沟两旁跑着。

"抓住，玛拉莎，抓住它！"阿库莉卡喊道。玛拉莎也想说什么，可是笑得说不出话来了。

两个小姑娘跑着，看着水里的木片在一沉一浮地漂流，高兴得哈哈大笑。她们一直跑到男人们中间。老奶奶看见了，对男人们说：

"你们就不怕上帝吗？你们为了两个小妞要打架，可她们早就不计较了，又亲亲热热在一块儿玩得起劲啦，她们比你们聪明啊！"

男人们瞧了瞧两个小妞，感到很羞愧，就自我嘲笑一场，各自散开，回家去了。

"你们若不回转，变成小孩子的样式，断不得进天国。"①

---

① 此句见《圣经·新约·马太福音》第十八章第三节。

三位长老

你们祷告，不可像外邦人，用许多重复话。他们以为话多了必蒙垂听。你们不可效法他们。因为你们没有祈求，你们所需用的。你们的父早知道了（《马太福音》第6章7、8节）。

一位主教乘船从阿尔汉格尔斯克城①出发，去索洛韦茨群岛②。在同船的人中间，有一些去朝见圣徒的香客。一路顺风，天气晴朗，船行驶得很平稳。香客们有的在甲板上躺着，有的吃食物，有的三五成群地围坐在一处聊天。主教也到甲板上来了，在桥台上来回踱步。他走到船头，看见那里聚集了一群人。有个乡下人指着海上在说什么。大伙儿静听着。主教停住脚步向乡下人指的方向望去，什么也没看见，只有海水在阳光下闪闪发亮。主教又走近一些，想仔细听他在说什么。乡下人见了主教，就摘下帽子，不作声了。其他人看见了主教，也都脱帽肃立。

"别客气，弟兄们，"主教说，"我也是来听的，老乡，你在说什么呀？"

"这位渔民刚才给我们讲长老们呢！"一个商人说。他的胆子大一些。

① 阿尔汉格尔斯克城，俄罗斯联邦北冰洋沿岸的最大城市，省会中心。
② 索洛韦茨群岛，俄罗斯联邦北冰洋白海沿岸岛屿。主岛上有15世纪建的古修道院。

"讲长老什么呀!"主教问道。他走到船弦边,在一只木箱上坐下来。"也给我讲讲,我来听听,你刚才指什么呢?"

"瞧,那个小岛,"乡下人指着右前方说,"长老们就住在那个岛上祈求灵魂得救。"

"岛在哪儿啊?"主教问。

"你顺着我的手望过去。瞧那朵云,在云彩的左下方,可以看见一条地带。"

主教看了又看,海水在阳光下金波荡漾,他的眼睛不习惯,什么也看不见。

"我看不见,"他说,"这岛上住着什么样的长老?"

"都是虔诚敬神的人,"渔民说。"我很早以前就听说了关于他们的事,可一直没能见到。前年夏天,我才亲眼看见他们。"

渔民又从头讲述,他怎样出海去打鱼,怎样漂到那个岛上,连自己也不知道是什么地方。早晨他在岛上,发现了一间土坯垒的小屋,屋旁有一位长老,后来又出来两位。他们款待他饱吃了一顿,把衣服烤干,还帮他修理好小船。

"他们的模样呢?"主教问。

"一个身材矮小,弯腰驼背,年纪很老了,穿一件旧法衣,肯定有一百多岁,白胡子都泛青色,可是脸上总挂着微笑,像一个天使。另外一个身材高一些,也很老了,穿一件破呢袍,留一把大胡子,白中带黄,他力气很大,把我的小船翻转过去,就像翻一只木桶,我都来不及插手。他也总是乐呵呵的。第三个最高,银白色的胡子长及膝盖,一副愁眉不展的样子,眉毛长得挂在眼睛上,赤身裸体,只在腰间系一块草席。"

"他们跟你说话了吗?"主教问。

"他们不大作声,彼此间也很少说话。一个看另一个一眼,另一个就心领神会。我问高个子长老，他们是不是住在那儿很久了。他皱着眉头说了句什么话，好像是生气了。小个子长老连忙过来拦着他的手微笑，他的气就消了。小个子长老只说了一句'宽恕我们吧'，脸上露出了笑容。"

渔民说话的时候，船离小岛更近了。

"现在看得清清楚楚了，"商人说，"主教大人您看。"他指着前方又说。

主教一看，果然海上有一条黑线，就是那个小岛。他望了一阵，转身向船尾走去，来到舵手跟前。

"前面看得见的是什么岛?，"主教问。

"无名岛，这种岛多着呢!"

"听说有几位长老在那里祈求灵魂得救，真有这事吗?"

"说是这么说，主教大人，我可不知道是不是确有其事。渔民们说看见过。不过瞎编的事也是有的。"

"我想到岛上去看看长老，"主教说，"怎么靠岸?"

"这船不能靠岸，"舵手说，"坐小船可以，不过得请示船长。"

他们把船长请了出来。

"我想去看看长老，"主教说，"能把我渡过去吗?"

船长说："可以是可以，不过要花很多时间。再说，请容许我禀告大人，他们不值得去看。我听人说，这都是些愚昧已极的老头，什么也不懂，什么也不会说，就像海里的鱼一样。"

"我想去，"主教说，"我出钱，请把我渡过去吧!"

没有办法，船员们得到命令，重新使帆，舵手掉转船头，朝小岛驶去。人们给主教搬出一把椅子，置在船头。他坐在椅上了望。乘客们都聚集在船头，望着小岛。眼尖的人已经看见岛上的石头了，并且指着那间小土坯屋，有一个人甚至看见了 3 位长老。船长把望远镜拿出来望了一阵，然后递给主教，说："的确，在岸上一块大石头的右侧，有3个人站在那里。"

主教用望远镜望了一阵，把镜筒对准那个地方。真的，是站着3个人：一个很高，一个矮些，一个很矮，他们手拉着手站在岸边。

船长走过来对主教说："主教大人，该停船了。您一定要去，就在这里坐小船去，我们在这里抛锚等候。"

缆索放下来了，抛了锚，收起了风帆，船摇晃起来。一只小船已经下海，几个桨手跳了下去，主教也沿着小舷梯往下走。主教下去了，坐在小船里的一张板凳上，桨手打起桨朝小岛划去。没多久就到达了岸边。只见那里站着3个老人。高个子没穿衣服，腰间系一块草席；比他矮一点的一个穿一件破呢袍，最老的是驼背，穿一件破法衣，3个人手拉手站在那里。

桨手将小船靠岸，用篙子插稳。主教走上岸去。

3位长老向他施了礼，他为他们祝福，他们又向他更深地鞠躬。接着，主教对3位长老说：

"我听说诸位长老在此祈求灵魂得救，为众生向基督我主祈祷。我是基督的不称职的仆人，按照上帝的旨意在这个教区主事，教养信徒，所以想见见你们这几位主的仆人，如果我可以的话，也向你们布道。"

3位长老一声不响，你看看我，我看看你，脸上带着微笑。

"请你们告诉我，你们怎样求灵魂得救，怎样侍奉上帝的，好吗？"主教说。

中间的那位长老叹了一口气，瞟了瞟年纪最大的。高个子长老皱起眉头，也看了看年纪最大的。年纪最大的长老微微一笑，说："上帝的仆人，我们不会侍奉上帝，我们不过是侍奉自己，养活自己。"

"那你们怎样祈祷呢？"主教问。

年纪最大的长老说：“我们这样祈祷：你们是 3 个，我们是 3 个，宽恕我们 3 个吧！”

　　最老的长老刚说完，3 个长老抬眼望着天上，3 人同声说：“你们是 3 个，我们是 3 个，宽恕我们 3 个吧！”

　　主教笑了，说道：

　　“你们是听到圣三位一体①的说法了，不过你们不是这样祈祷的。敬神的长老们，我爱上你们了。看得出，你们想讨上帝喜欢，但是不知道怎样侍奉他。不能像这样祈祷，你们听我教你们。我不是按自己的意思教你们，而是按《圣经》上写的，上帝叫所有的人都那样向他祈祷。”

　　于是，主教开始向长老们讲解，上帝如何向人显明自己，向他们详细解释了圣父、圣子、圣灵。他还说：

　　“圣子降临尘世来拯救众生，他教育人人都这样祈祷。你们听着，跟着我说。”

　　主教说：“我们。”一位长老跟着说：“我们。”另一位也跟着说：“我们。”第三位长老也说：“我们。”接着主教又说：“在天上的父。”3 位长老跟着说：“在天上的父。”中间那位长老弄错了词，说得不对。那位个子最高的没穿衣服的长老也念不上来，因为胡子把他的嘴堵住了，他说不清楚。年纪最老的那位掉了牙齿的长老也说得含糊不清。

　　主教重复了一遍，长老们也重复了一遍。主教在石头上坐下来，3 位长老围着他，看着他的嘴型一字一字地学。主教教他们一直到天黑，一个字念了 10 遍，20 遍，甚至 100 遍，长老们跟着念。如果他们弄错了，主教就给他们纠正，叫他们再重念。主教一直教到他们学

---

　　① 圣三位一体乃基督教的基本教义。谓上帝本体为一神，却又包括圣父、圣子耶稣和圣灵三个位格。上帝通过圣父、圣子和圣灵的活动显示自己。

会念主祷文才停止。他们跟着主教念能念得上来，自己念也念得上来了。中间的那位长老悟性最快，他从头到尾复述了一遍。主教叫他一遍又一遍地复述，接着，另外两位也能念完全文了。

当主教起身回船上去的时候，天色已近黄昏，月亮从海上冉冉升起。主教向长老们告别，长老们向主教行跪拜礼。主教把他们拉了起来，和他们一一吻别，嘱咐他们要照他教的那样祈祷，然后坐上小船回去了。

主教坐的小船向大船划去，老远还听见3位长老念主祷文的声音。在小船靠近大船时声音才听不见，只见月光下的海岸上，就在原来的地方，站着3位老人。个子最矮的站在中间，最高的在右边，中等个儿的在左边。主教到了大船边，登上甲板。接着起锚，扬帆，大船开动了，继续航行。这时，主教走到船尾，坐了下来，眼睛仍遥望着小岛。起初，还能依稀看见长老们，后来他们便从视野中消失，只看得见小岛，最后连小岛也消失了，只有大海在月光下闪烁。

香客们都躺下睡了，甲板上静悄悄的。主教却不睡觉，独自坐在船尾，双眼望着大海，眺望那消失了的小岛所在的地方，心想着3位善良的老人。他想起他们学会念主祷文的时候是何等高兴，便衷心感谢上帝领他来帮助这几位虔诚敬神的长老，把主的话教给他们。

主教就这样静坐着，思索着，眺望着大海，望着小岛消失的远方。他的眼睛看得冒金星了，金光在水波上跳跃，时而这里，时而那里。忽然，看见在月亮投下的光柱中有什么东西在一闪一闪，发出银白色的光芒。是海鸥吗？还是一只小船上的风帆？主教仔细察视着，心里想："是一只挂帆的小船跟在我们后头吧，而且很快就要赶上来了。初看时似乎还很远，很远，现在已经很近了。船不像船，又不像帆，不知是什么跟在我们后面追，而且快赶上了。"主教分不滑究竟是什么，船不像船，鸟不像鸟，鱼不像鱼。像人，可是人太大了，而且人是不可能在海面上走的。主教站起身来，走到舵手跟前，说：

"你看看，那是什么？"

"老弟，那是什么？那是什么？"主教问。这时候，他自己已看清楚了，是长老们在海上奔跑，他们的大胡子发白，闪着银光。他们离大船渐渐靠近了，似乎大船是不动的一样。

舵手回过头来一看，吓得魂不附体，扔下船舵，大声呼喊道：

"天啦！长老们追上来了，在水上走就像走陆地一样！"乘客们听了这话，都爬起来向船尾奔去。大家看见，3位长老手拉着手跑过来，左右两边的长老在挥手，叫停船。3个人在海上奔跑如履平地，而且不用动脚。

船还没有停住，长老们已经到了船边，他们抬起头来，同声说：

"上帝的仆人，你教的祷词我们已经忘了！我们念的时候是记得的，后来停了一下没念，忘了一个字，别的就全乱了。现在我们什么也想不起来了，你再教我们一遍吧！"

主教在胸前画了一个十字，把身子弯到船弦外对长老们说：

"虔诚的长老们！你们自己的祷词也能到达上帝那里！本不该出我来教你们啊！请你们为我们这些罪人祷告吧！"

主教向长老们行了跪拜礼。长老们停住了，接着返转身。从海上回去了。一直到第二天早晨都能看见，从长老们返回的那个方向放射出光芒。

国童话名篇精选

169

父亲和儿子们

父亲教育儿子们，要他们和睦相处。但儿子们不听，父亲叫他们拿来一只笤帚，说道：

"把它折断！"

无论儿子们怎样用力折，都不能折断它。这时父亲把笤帚拆开，吩咐他们每人拿着一根笤帚条并把它折断。

儿子们很不费劲地把每根笤帚条折断了。

父亲说：

"你们也是这样：如果你们和睦相处，任何人也战胜不了你们；而如果你们争吵不和，那你们的力量也就分散了，任何人都可轻易地葬送你们。"

幽灵船

　　我的父亲在巴士拉开着一家小商店，既不贫穷，也不富有。他属于那种谨小慎微的人，生怕一不小心就会失去那么一点点财产。他切实认真地对我进行教育，没多久我就已经可以做他的帮手。正当我满18岁的那年，他做了毕生第一次较大的投机，但也因此一命归西，多半是气恼自己不该把数千个金币托付给大海吧！过后，我却很快就不得不说死了倒是他的福气，须知没过几个礼拜便传来噩耗，为我父亲装运货物的那艘船在海上沉没了。然而我年轻气盛，并没就此低头认输。我把父亲遗留下来的一切通通变卖成现钱，为的是动身去异国他乡碰一碰自己的运气。我随身只带了父亲留下的一个老仆人伊卜拉欣作为陪伴。

　　趁着顺风，我们在巴士拉的码头上了船。我们搭乘的这艘船准备驶往印度。船沿着通常的航道已经行驶了15天，船长突然来预报即将出现风暴。他满面愁容，看样子对这一带的水域不太熟悉，没法沉着冷静地应付面临的风暴。他让水手们收起所有的帆，我们的船前进得很慢很慢。夜色降临了，四周明亮而又寒冷，船长已经以为自己说有风暴是发生了错觉。可是忽然间，一艘刚才压根儿没见影儿的船飘然而来，紧擦着我们的船驶了过去，同时从它的甲板上传来一阵阵粗野的呐喊和吆喝，叫本来就担心风暴降临的我吃惊不小，我身旁的船长更是面如死灰。

　　"咱的船完了，"他失声呼叫，"是死神驾驶着那艘帆船！"

　　还没等我问他这奇怪的呼叫是何意思，他的水手已一个个十分惊慌地冲进舱来。"您瞧见他了吗？"水手们喊，"这下咱们算完啦！"

　　船长吩咐念《可兰经》中驱邪的箴言，并且亲自动手掌舵。然而没有用！风暴看着看着就咆哮起来，不到一小时，船就搁浅在礁石上了。救生艇纷纷放到水里，最后一批水手刚刚爬到艇上，船就在我们的眼前沉没了，我也就成了一个漂流在海上的乞丐。可是不幸并未到此为止。风暴越来越凶猛可怕，救生艇已没法控制。我紧紧抱住我的老仆人，我俩发誓绝不分开。天终于破晓。谁知随着第一抹朝霞的出现，我们乘坐的小艇就被暴风攫住，翻了个底儿朝天。我再也没见到那些水手。船翻时我昏过去了，等醒来已在我老仆人的怀抱里，他先逃到了翻转的船底上，然后将我也拽了上去。风暴终于平息。我们的船已经什么也没剩下，但在不远处却漂着另外一艘船，我们正被海浪推着慢慢向它靠拢。到了近旁，我认出它就是昨天夜里擦着我们的船舷驶过去的那艘帆船，就是那艘令我们的船长惊恐万状的帆船。在这艘船面前，我不禁毛骨悚然。船长说的那些后来可怕地证实了的话，这艘船阴森森的情景——我们靠近后大声喊叫，甲板上却不见一个人影——都叫我不寒而栗。然而，它却是我们的惟一生路。于是我们赞美先知，赞美先知如此奇迹般地让我们活了下来。

　　从帆船的前部垂下一条帆布。我们手脚并用一齐划过去抓它，最后终于达到目的。我最后高叫一声，船面上仍旧一片寂静。我们于是抓住帆布往上爬，年轻的我爬在前面。真是可怕呀！我爬上甲板，眼前呈现一幅何等样的惨相啊！整个甲板让血水染红了，二三十个穿着土耳其服装的尸体躺在上面，中间的桅杆前站着一个衣饰华丽的男人，手里握住弯弯的长刀，面孔苍白、扭曲，一颗铁钉穿过额头，把他牢牢钉在桅杆上面，也已经死了。恐怖拴住了我的双脚，我连气都透不过来。终于我的旅伴也爬上来了，同样被甲板上的惨相吓愣了，须知他眼前毫无生命的迹象，只有许许多多可怕的死人。我们胆战心惊地乞求着先知，然后才壮着胆往前走。每走一步我们都瞻前顾后，看有没有什么新的可怕的情况。一切仍旧是那个样子，四周除了我们俩就是茫茫的大海，别无活动的东西。我们连大声讲话都不敢，生怕那钉死在桅杆上的船长会向我们转过他那凝滞的眼睛，或者有哪个死尸会扭过脑袋来。终于，我们走到了一道通向舱房的舷梯前。我们下意识地停住脚步，你望着我我望着你，谁也不敢说出自己想干啥。

"噢，少爷，"我忠实的仆人说，"这船上发生了可怕的事情。可是，就算这舱房底下藏着许多杀人凶手，我仍要不顾一切地跟着你下去，而不愿继续呆在这上边的死人堆中间。"我和他一样想法，于是就大着胆子、怀着期待往下走。下边也是一片死寂，只有我们的脚踩得舷梯直响。我们站在舱房的门口，我把耳朵贴在门上倾听，一点声音也听不见。我推开门，舱房中一片狼藉。衣服、武器和其他各种器具四处乱放着，毫无一点秩序。船员们或者至少是船长必定是刚刚吃喝过，因为到处是食物和杯盘。我们从一个舱走进另一个舱，从一个房间走进另一个房间，到处都见到大批的绸缎、珠宝、食糖等等。面对此情景我真是喜出望外，因为船上别无他人，便相信可以把一切占为己有。可是伊卜拉欣却提醒我，咱们看样子离陆地还远着哪，没有他人的帮助，光咱俩根本没法驶拢岸边。

我们发现了大量的食物和饮料，因此美美地吃喝了一顿，然后再回到甲板上。然而，一见那死尸遍地的惨相，我们仍旧毛骨悚然。为改变这种处境，我们决定把尸体都抛下海去。然而，我们是何等骇异，我们发现他们竟然没有哪个是挪得动的。尸体一具具跟被魔法钉死在地上似的，要想搬走他们必须揭掉甲板，而这非有工具不可。还有船长同样没法与桅杆分开，就连那弯弯的长刀也无法从他僵硬的手中拽出来。整个白天我们都只能用来考虑自己可悲的处境。夜晚到了，我允许老仆人伊卜拉欣躺下睡觉，自己愿意醒着呆在甲板上，瞭望有没有救星出现。可是当月亮升起在夜空，根据星座的位置计算大概到了十一点光景时，一阵无法抗拒的睡意也向我袭来，我不知不觉地便倒在了一只立在甲板上的大木桶后边。不过，与其说是睡着了，不如说只是迷迷糊糊，因为我还清楚地听见一旁的海水在击打船帮，船帆在夜风中发出呼啦呼啦和嘎吱嘎吱的响声。突然，我觉得甲板上传来男人的脚步声和说话声。我企图坐起来看是怎么回事。然而一种无形的力量拴住了我的手脚，我连眼睛也没法睁开。可那些声音越来越清晰，我仿佛觉得有一伙快活的船员在甲板上奔走忙乎，其间还有一个有力的嗓音在发号施令，船缆和帆篷被扯上扯下的声音同样听得清清楚楚。渐渐地，我终于失去知觉，坠入了沉沉睡梦之中，梦中觉得只是还听见一阵兵器撞击的响声。等我醒来，太阳已升得老高，阳光正直射着我的脸。我惊奇地回顾四周，风暴、帆船、死尸以及我夜里听见的一切，仿佛都是一场噩梦，可等我一抬眼，又发现一切仍如昨天一样。尸体仍一动不动地躺着，船长仍死死地钉在桅杆前。我笑自己瞎做梦，爬起来去找我那老仆人。

伊卜拉欣坐在舱房中陷入了沉思。

"哦，少爷，"见我走到他跟前，他叫起来，"我宁肯躺在深深的海底里，也不愿再在这中了邪的船上过夜！"我问他如此烦恼的原因，他回答说："我先睡了几个钟头，后来醒了，就听见头顶上有人在跑来跑去。起初还以为是你，但在上边乱跑一气的至少有二十个人，而且又叫又喊。最后有沉重的脚步声走下舷梯。这一来我全没了知觉，只是断断续续地清醒一会儿；便看见上边原本钉在桅杆上的那个人坐在桌子前面，一边唱歌一边喝酒。另外一个穿猩红色上衣的汉子坐在一旁服侍着他，就是在甲板上离他不远躺着的那一个。"我的老仆人对我这么讲。

亲爱的朋友，你们可以相信我心里很不是滋味，因为看来他没有发生错觉，我不也听见死鬼们在同样地活动吗？和这样的家伙们在一起行船，令我心中怕得要死。我的伊卜拉欣这时重又陷入了沉思。"现在有啦！"他终于叫起来。原来他想起了一段咒语，一段他那见多识广、周游四方的祖父教给他的咒语，据说可以抵挡任何妖魔鬼怪。他并且讲，那袭击我们的睡魔，今天夜里也有办法降服，只要我们不住地念《可兰经》中的箴言。老人的建议很合我的心意。我们怀着恐怖的期待，迎接夜的慢慢降临。在主舱房旁边有一间小斗室，我们决定藏进里边。我们在门上钻了几个大洞，足以看清整个舱房里的一切情况。然后，我们从里边把门锁的牢得不能再牢，伊卜拉欣还在四个屋角写上先知的名字。就这样，我们等待恐怖之夜的到来。又到了约莫十一点光景，我开始瞌睡得要命。我的旅伴建议我念念《可兰经》中的祈祷文，这确实也有效。突然，甲板上看样子又热闹了起来：缆绳嘎吱嘎吱直响，脚步声此起彼伏，听得清楚有好几个嗓子在喊叫。我们这么坐了几分钟，既紧张又充满期待。突然，有人从舷梯上下来了。老人一听见立刻开始念祖父教给他的降魔驱邪的咒语。只听他念道：

你们来自高高的空中，
你们来自深深的海底，
你们在黑暗深渊酣眠，
你们从烈火繁衍生息——
真主阿拉是你们的主宰，
魑魅魍魉全听从他的旨意。

我必须承认，我并不多么相信这个咒语，因此当门猛地一下打开时，我已经毛发倒竖。走进来的，是那个我们看见钉在桅杆上的高大、气派的男人。就是这会儿，那颗大铁钉仍然正正中中穿透他的脑门儿，只是那把长刀他已经插进刀鞘。他背后跟进来另一个汉子，穿着没有他讲究，也是我在上边那些躺着的人中见过的。船长脸色苍白，大胡子漆黑，一双粗野的眼睛滴溜溜转动，巡视着整个舱房中的情况。他从我面前经过的时候，我把他看得一清二楚，可他却似乎压根儿没留意我们藏在背后的这扇小门。他俩坐到舱房中央的桌子前面，开始用一种我们陌生的语言大声交谈，或者说甚至是叫嚷。他俩越吵越响，越吵越凶，最后船长猛地捶了桌子一拳，整个舱房都震动起来。另一个家伙狂笑着一跃而起，示意船长跟着他走。船长站起身来，从鞘里拔出长刀，二人随即离开了房间。他俩走后，我们呼吸自如了一些，只是我们的恐怖仍然没到头。甲板上吵得一塌糊涂，越来越响，越来越响。听得见来回的奔跑，喊叫，狂笑，吆喝。最后竟像到了真正的地狱中，叫人觉得整个甲板连同所有的帆篷、桅杆，劈头盖脑地向我们塌了下来，再加上刀剑丁当，杀声震天——可一眨眼又重归死寂！一直过了许多个小时，我们才壮着胆爬上去，发现一切如故，没有谁的姿势有任何变动，所有尸体仍僵硬得跟木头一样。

一连数天船上都是这个情形。船一直向着东方行驶，我估计再走必定有陆地。可是，尽管白天船已前进许多海里，夜里却似乎在倒着开，等太阳出来时总又回到了老地方。对此，我们无法有别的解释，只能认为是死鬼们夜夜都在趁着顺风，满帆回航。为了防止他们这样干，我们在天黑之前，收起了所有帆篷，并用昨晚镇房门的办法将它们镇住：我们把先知的名字写上羊皮纸，还有伊卜拉欣祖父传授的咒语，把羊皮纸绑在卷起了的帆篷外面。然后我们藏在小斗室里，战战兢兢地等着看这么干的效果。夜里闹鬼的情形似乎比以前更加凶，可是瞧啊，第二天早上帆篷仍跟我们离开甲板时一样卷着。到了白天，我们也只张起必须的帆，好让大船缓缓前进，如此这般坚持了五天，我们已走了好长一段路程。

终于，在第六天的早上，在我们不太远的前方发现了陆地，于是，感谢真主和他的先知帮助我们奇迹般地获救。一整天和接着的夜晚我们都沿着海岸航行，在第七天的清晨，我们觉得眼前已出现一座城市，于是费尽力气把锚抛下海里。锚很快便触到了底。我们放下一条停在甲板上的小艇，奋力划向眼前的城市。半小时后，我们拐进了一条注入大海的河流，然后靠了岸。在城门口，我向人打听这座城市叫什么名字，了解到它是一座印度的大城，离我本来要去的地区已经不远。我们下榻在一家商队客栈，盥洗吃喝，解除充满惊险的旅程的疲惫。在客栈里，我就近打听哪儿能找到一位通达世情的智者。我明白告诉店主，我需要找的是一位懂得一些魔法的人。他领我进了一条僻静的街道，走到一幢不起眼的房屋前，敲了敲门。他叫我进去后只管打听穆赖得啦。

进屋后迎面碰见个小老头儿，灰白的胡须，长长的鼻头，他问我有何贵干。我说我找聪明的穆赖，他回答他就是。我问他该拿那些个死尸怎么办，可有什么法子从船上弄下来？他答道，那伙人看样子是造了孽，所以被镇住在船上了。他相信，只要把他们搬到陆地，震慑即可解除。而要搬他们上陆地，没有别的办法，只能将他们躺在上边的船板锯掉。他还讲不管是根据神的旨意还是法律，这艘船连同它载的所有货物都该归我所有，因为它差不多是我捡的嘛！只不过呢，我得一切严格保密，并从自己丰厚的获得中分一小部分出来送给他做酬劳。为此，他愿意带领自己的仆人，帮我一起搬运尸体。我保证好好地酬谢他，然后就和他率领五个带着锯子斧头的仆人上了路。半道上，魔法师穆赖对用《可兰经》的箴言包裹帆篷的想法赞不绝口，说我们真是太幸运啦！他讲，这实际上是我们惟一能自救的手段。

外国童话名篇精选

我们登上船时天还相当早。大伙儿立刻动手，一小时后已有四具尸体搬上了小艇。几名仆人奉命把他们送到岸边，以便在岸上将他们埋起来。仆人们回来讲，死鬼们免去了他们挖坑埋的麻烦，因为一被放到地上，尸体立刻化成了灰烬。我们继续锯掉死尸，在天黑之前已全部运上了岸。最后，甲板上只剩下还钉在桅杆上的那家伙，我们怎么也拔不出那颗长钉，用再大的气力仍不能移动他分毫。我不知该怎么办才好，总不能为搬他上岸而锯断桅杆吧？仍旧是穆赖想法解除了困境。他吩咐一个仆人马上划船去岸边，取回一罐土来。土送到后，穆赖冲着它念念有词，然后把它泼洒在死尸的脑袋上。这死鬼顿时睁开了眼睛，长长喘了一口气，额头上钉子钉的伤口开始流起血来。这时我们轻轻一拔，钉子便出来了，被钉伤的船长一头栽进一名仆人的怀里。

"谁把我带到了这儿？"他在好像恢复一点知觉后问。穆赖指着我，我走到他面前。"谢谢你，陌生的年轻人，你使我免除了长期的痛苦。五十年了，我的躯体驾着这艘船航行在海上，灵魂却受到诅咒，在每天夜里回到体内。可现在我的头触到了泥土，终于能够安宁地去见我的祖先了。"

我请求他说一说，他怎么落到了如此悲惨的境地？他于是道：

"50年前，我还是一个强壮而又体面的男子，住在阿尔及尔，对金钱的贪欲驱使我武装了一艘船，干起海盗营生来。在海上为非作歹了已经很长时间以后，一次，我带了一名想白搭船的游方修士上赞特岛。我和我的伙计都是些粗人，对这位神职人员一点也不尊重，我甚至嘲讽讥笑他。一天晚上，当他热心虔诚地指出我过的乃是一种罪恶的生活，由于我先和舵手已喝了许多酒，我便在舱房里大发雷霆。我气得要命，心想连一位苏丹也不敢指责我的话，一个穷修士却当面对我说了出来，于是冲到甲板上，一匕首戳穿了他胸脯。临死前他诅咒了我和我的船员，叫我们既活不成，也死不了，直至我们的头颅能碰着泥土。修士死了，我们把他的尸体抛进了大海，一边还嘲笑他对我们的威胁。可谁知就在当天晚上，他的话便应验了。我的一部分船员起来反叛我，结果发生一场恶斗，最后我的人打败了，我被钉在了桅杆上。反叛者同样因伤势过重而丧了命，我的船很快变成了一座大坟墓。我呢，也两眼暴突，气息奄奄，以为自己就要死去。哪知控制着我的只是一种僵硬麻木状态，到了第二天夜里我们把修士抛进海里的同一时辰，我和我的伙计们又苏醒过来，恢复了生命力，但是我们除了重演昨晚的一幕，便什么也不能做，什么也不能说。50 年来，我们就这样不死不活地航行在海上，永远也到不了陆地。白天我们总是兴高采烈，乘风破浪，希望终于能在一处礁石上把船撞碎，以使疲倦的头颅能枕着海底安息，然而事与愿违。可是现在，我可以死啦！再次感谢你，我不知名的恩人，如果财物能作为对你的报答，那就请收下这艘船，算做我心意的表示吧！"

　　说完，船长脑袋一沉，死掉了。马上，和他的水手们一样，他也化成了灰烬。我们把他的骨灰搜集进一个匣子里，埋在了岸上。然后我从城里请来一些匠人，帮我把船修理好。同时，我用船上的货物去换了另一些货物，从中获利甚丰，并雇用一批水手，大大地酬谢了我的朋友穆赖，便登船向故乡返航。不过我们有意绕一点路，在一些海岛和国家靠了岸，以便把货物运到市场上做交易。完全托先知的福，九个月后我的船驶进巴士拉的码头时，我的财产比那位垂死的船长赠送的又多了一倍。我的老乡们对我的财富和幸运惊讶莫名，只好相信我找到了有名的旅行家辛巴达曾经发现的钻石谷。我也随他们的便。只是从此以后，巴士拉的年轻人一满十八岁就得远走他乡，为的是跟我一样地去碰碰运气。我呢，生活得平静而又满足，每五年都要去朝拜一次麦加，以便在圣地感谢真主赐予我的幸福，并为我那位船长和他的伙计们祷告，求真主让他们进入天国。

第二天，商队一路平安。在到达宿营地休息以后，做客的赛里姆便对最年轻的那位富商穆莱说：

"你尽管年纪最轻，却一直乐呵呵的，肯定能给大伙儿讲一个好听的笑话。别客气啦，咱们受了一天热，让咱们舒坦舒坦好不好？"

"我自然很乐意给你们讲点什么，"穆莱回答，"让几位开心开降。不过呢，年轻人凡事都应该谦让，所以只好由上了年纪的同伴先讲啦！扎罗科斯一路上绷着面孔，沉默寡言，让他给咱们讲讲什么事情把他的生活变得这么严肃不好吗？没准儿咱们还能减轻他的苦闷，如果他有苦闷的话。要知道咱们都乐于帮助自己的弟兄，即使他的信仰和我们不同。"

被点名的是一位希腊商人，年届中年，堂堂仪表，身强力壮，可就是老绷着面孔。尽管他是个异教徒（不是穆斯林），旅伴们仍然挺喜欢他，因为他的整个外貌气质都令人信赖和尊敬。再说他仅有一只手，所以有的同伴就猜测，他也许正由于这个残疾而变得郁郁寡欢。

对穆莱表现出信赖的询问，扎罗科斯回答说：

"我很荣幸能得到你的邀请。可是我眼下并无任何苦闷，至少是没有那种你们能凭诚意帮助我减轻的苦闷。不过呢，穆莱看样子在责怪我太严肃，那我就给大伙儿讲个故事，让这个故事为我辩白辩白，我为什么会变得比别人严肃。你们看见了，我没了左手。我并非生来就没有它，而是在我一生中那些个最可怕的日子里把它给失去了。自此以后我就变得格外严肃，是对是错还是我咎由自取，诸位尽可以在听罢这则断手的故事后做出评判。"

小矮子穆克

　　从前，有一个人叫做小矮子穆克，住在我可爱的家乡尼策阿。尽管我当时年龄很小，对他却迄今记忆犹新，特别是有一次因为他的缘故，我被我父亲揍得半死。我认识小矮子穆克的时候，他已经是个老头子，但身高却只有三四尺。他身子尽管又矮又小，上面长的那个脑袋却比一般人肥大得多，因此看上去很特别。他独自住在一间大房子里，要不是中午时分有一股浓烟从他房顶袅袅升起，住在城里的人也就无从知道他是否还活着，因为他一个月才出一次门。不过，傍晚还是能经常看见他在自己的房顶上走动，而从街上望去，人家还以为只是他的大脑袋在滚去滚来呢。那时候，我和我的小伙伴都是些调皮鬼，喜欢愚弄和嘲笑别人，因此，小矮子穆克一出门来，我们就像过节一样高兴。每个月固定的那一天，我们就聚在他的门口等他。一会儿门开了，先是一个大脑袋伸出来看看，脑袋上裹的头巾当然还要大些，然后身子才跟了出来。他穿着一件退了色的短大衣，一条宽松的裤子，宽宽的腰带上挂着一把弯刀，弯刀长得让人搞不清楚究竟是穆克挂在刀把上，还是刀挂在穆克身上。他这样一露面，我们都欢呼雀跃，高兴得把帽子朝天上扔，像发了疯一样围着他不停地跳。小矮子穆克倒一本正经地冲我们点头问好，同时慢慢地朝街上走去。我们这群捣蛋鬼却跟着他，不断地叫着："矮子穆克，矮子穆克！"我们还特地为他编了一首滑稽的歌，追着他到处唱：

　　矮子穆克，穆克矮子，
　　住着一栋大大的房子，

　　四个星期只出门一次，

　　好一个能干的小矮子。

　　脑袋大得就像座小山，

　　转过脸来瞧瞧，瞧瞧，

　　捉拿我们呀，穆克矮子！

　　我们常常就这样拿他开心。而今令我羞愧的是，我不得不承认每次恶作剧都是我闹得最厉害。因为我总是去扯他的短大衣，有一次甚至从后面踩住他的大拖鞋，害得他摔了一跤。当时我觉得好笑极了！然而，当我看见穆克朝我父亲的房子走去，我却再也笑不出来。他径直走进父亲屋里，在里面呆了好一会儿。我躲在大门边，看见父亲陪着穆克出来，毕恭毕敬地搀扶着他，在门口还不断地向他鞠躬告别。我的情绪一下子糟透了，因此在外边躲了很久。后来，肚子饿得我只好回家，我这人是宁愿挨打也不肯忍受饥饿的。我耷拉着脑袋，规规矩矩地走到父亲面前。

　　"听说你嘲笑了善良的穆克？"他非常严肃地问，"我要给你讲讲这个穆克的身世，这样你以后大概就不会再去捉弄他了。不过，还是先按规矩办。"

　　这个规矩就是打我25下烟袋，而每次他都是一五一十地数得清清楚楚。说着，他取来他的长烟袋，拧下琥珀烟嘴就开始揍我，这次比以往任何一次都揍得厉害。

　　25下打完了，他就命令我，注意听他讲小矮子穆克的故事：

　　小矮子穆克原来叫穆克拉赫，他父亲是我们尼策阿地方一个有名望但却贫穷的人，几乎和他儿子现在一样离群索居。儿子是个侏儒，他感到没脸见人，也不大喜欢儿子，因此没给他受教育，就这样稀里糊涂地长大了。小穆克已长到16岁，还是个成天嬉皮笑脸的孩子。父亲却严肃古板，总是责骂他，说他早就该长大成人，却还一天傻乎乎的不懂事。

一天，穆克的父亲不幸跌了一跤，就这样离开了人间，留下小穆克一个人又贫穷又不懂事地过日子。狠心的亲戚们把可怜的穆克赶出门，因为父亲欠他们的债无法还清。他们劝穆克去世界上流浪，碰一碰自己的运气。小穆克回答同意走，只是希望把父亲的外套留给他。亲戚们满足了他的请求，但是父亲个子又高又大，穆克穿他的衣服显然不合适。不过穆克很快就想到了办法，他剪去了衣服过长的部分再穿。看来他忘了还应该把衣服裁瘦一点，所以他的穿着直到今天仍旧那样古里古怪：大大的头巾，宽宽的腰带，肥大的裤子，蓝色的短大衣，全部都是父亲的遗物。打那个时候起，他就一直这样穿着打扮。他把父亲那把长长的大马士革弯刀往腰带里一插，抓起一根小木棍当手杖就出了门。

穆克兴奋地逛了一整天，因为他是出来寻找自己幸福的呀！一瞅见地上有块碎玻璃在太阳下闪闪发光，他赶紧就捡起来藏好，相信它不久会变成美丽的钻石。一旦看到远处清真寺的圆顶像火焰一般辉煌灿烂，湖面像明镜一样熠熠生辉，他都会欣喜若狂地跑过去，相信自己已经来到神话世界。可是，唉！走近一看，幻境完全消失。随之而来的疲惫和饿得咕咕叫的肚子使他想起，他还生活在尘世！就这样，他在外面流浪了两天，又饥饿又苦恼，对能否找到幸福已经失望。地里的野果是他充饥的惟一食物，坚硬的土地成了他睡觉的床铺。第三天清晨，他从一个山坡上望见了一座大城市。半轮残月照到城墙的雉堞上，房顶上飘扬着五颜六色的彩旗，一切都仿佛在召唤他向那儿奔去。小矮子穆克吃惊地站在坡上，静静地观察着那座城市和它四周的环境。"对，小穆克会在那儿找到自己的幸福！"他自言自语，说着就不顾劳累，高高跳起。"要么在那儿，要么哪儿也没戏！"他鼓起全身的力量，朝着那座城市走去。看起来近在咫尺，他还是中午时分才走到。因为短小的腿脚已几乎不再听使唤，他不得不经常跑到棕榈树下坐着休息一会儿。终于，他来到城门，赶忙整理整理短大衣，把头巾也扎得好看一些，并且系紧腰带，让长长的弯刀挂得更加倾斜。然后，他弹去鞋上的尘土，拿起他的手杖，勇敢地走进城门。

他已转了好几条街道，却还没有一扇门敞开欢迎他，也没有谁像他想象的那样招呼他："喂，小穆克，进来呀！来和咱们一起吃喝！让你的小腿儿也歇一歇！"

他来到一幢漂亮的邸宅前，再一次满怀希望地朝上张望。这时恰好有一扇窗户打开了，一个上了年纪的妇女伸出头来，用唱歌般的嗓音叫道：

快来呀，快来！

稀饭已熬好，

餐桌已摆上，

邻居们快快来，

稀饭已熬好，

请把口福享！

邸宅的门开了，穆克看到许多狗和猫朝里面跑去。他犹豫不决地站了好一会儿，不知自己该不该接受邀请也去进餐。临了儿，他还是鼓足勇气，跨进大门。几只小猫跑在他前面，他决定跟着它们走，说不定它们比他更清楚厨房的位置。

穆克上完楼梯，就碰见刚才从窗口朝外喊的那个老太太。她满脸不高兴地盯着穆克，问他有何贵干？"你请大家来你这儿吃饭，"小穆克回答，"我正饿得难受，所以就来了。"

老太太乐了，说："你真是个奇怪的人，打哪儿来的哟？全城谁都知道，我不是给哪一个人做饭，而是喂我可爱的猫咪。有时，我也邀请周围的猫来陪陪它们，就像你刚才看见的那样。"

小穆克给老太太讲父亲死后他过的艰难日子，请求她让他今天和猫

184

儿一块儿吃点东西。小穆克老老实实的讲述打动了老太太，她允许他在家中做客，并给他很多吃的和喝的。等小穆克吃饱喝足了，老太太久久地打量着他，然后说："留下来在我这儿干活儿吧，小矮子穆克！要你干的活儿不多，我也不会亏待你。"

小穆克觉得猫粥很好吃，便同意留下来，成了阿哈兹太太的小工。他的工作很轻松，也很特别。这是因为阿哈兹太太养了六只猫，两只公的，四只母的。小穆克每天早上得给它们梳理皮毛，涂上珍贵的香膏。如果老太太出门去了，小穆克就得照料这些猫儿：把盘子端到它们面前，让它们吃东西；晚上又把它们放在丝垫上睡觉，还盖上天鹅绒毯子。家里还有几条小狗要他照应，不过没有像照料猫儿那样麻烦，因为老太太对待猫咪就像对待自己亲生儿女一样。穆克在这儿生活也很孤单寂寞，就像当年和父亲一块儿一样，因为除了老太太，他整天就只能看见猫儿狗崽。有一段时间，小穆克过得还不错，有足够的东西吃，干的活儿也不多，老太太看来对他也还满意。可是，猫儿却变得越来越调皮，只要老太太一出门，它们就像着了魔似的在房里活蹦乱跳，把所有的东西扔得乱七八糟，还打碎挡住它们路的一些漂亮餐具。然而，一听见老太太上楼的脚步声，它们马上就缩回到自己的垫子上，看见女主人进门就赶忙摇着尾巴迎上去，跟什么事也没发生一样。屋里乱得一塌糊涂，使阿哈兹太太非常生气，并且责怪小穆克。不管穆克怎样分辩，她都听不进去，她硬是相信她那些看样子温驯听话的猫儿，不相信自己这个仆人。

小穆克在这儿也没找到幸福，心里十分难过。他暗暗拿定主意，不再为阿哈兹太太干下去。前一段的流浪，让他尝到了没有钱的苦头，他决心要拿到女东家多次答应给却从来没给过的工钱。阿哈兹太太住宅里有一间房子，一年到头都锁着，穆克从没见过里面是个什么样子。但他经常听见主人在那里面搞得叮当乱响，就非常想知道她究竟藏着些什么东西。现在他考虑出走需要花钱，一下子就想到老太太的财宝很可能藏

外国童话名篇精选

在那间屋子里面。然而，屋子的门总是牢牢地锁着，他根本无法接近那些财富。

一天早上，阿哈兹太太又出门了。这时一只小狗总是来扯小穆克宽大的裤脚，好像要穆克和它一块儿去什么地方。这条狗平常老是受老太婆的虐待，只有穆克才心疼它，照料它，因而它也最喜欢穆克。穆克本来就乐意和狗一起玩，这时就顺着这小狗的意思，跟着它走去。瞧啊，小狗领他进了阿哈兹太太的卧室，走到一扇小门前。而在这之前穆克从未发现这儿还有一扇门。门是半掩着的，小狗钻进去了，穆克也跟着进去。这时他才发现，他正站在早就想进去的那间屋子里，真是喜出望外。他东瞅西瞅，看能否找到几个钱，谁料一个子儿也没有。到处放的只是一些旧衣服和奇形怪状的器皿。有一件东西特别引起了他的注意，这是个水晶玻璃制品，上面雕刻着美丽的图案。他把这器皿拿在手上，翻来覆去地细看。啊，倒霉，闯祸啦！他没注意到器皿上还有一个盖子，盖子只是松松地搁在上面，这当儿掉下去了，跌得粉碎。

小穆克吓得目瞪口呆，好一会儿动弹不得。这一来，他的命运也就注定了只有逃走，不然老太太肯定会揍死他。他决定立刻就走，不过走之前还想看一看，也许能在阿哈兹太太的财宝中找到点他路上有用的东西。突然，他看见一双硕大无比的拖鞋，尽管式样不好看，但自个儿的已经旧了，根本走不了远路；再有，他喜欢这双鞋子的码子大，希望一旦穿上这双大鞋，人们不再把他当做小孩子。因此他迅速地蹬掉脚上的旧鞋，穿上了那双大拖鞋。房角里有一根手杖，手杖顶精雕细刻着一个狮子头，穆克认为这玩意儿放在屋里也多余，便拎着它急急忙忙离开了屋子。他赶快回到自己房间，穿上小外套，捆扎好父亲留下的头巾，把弯刀别在腰带上，随后就飞快地奔出邸宅，跑出城去了。他担心老太太会派人追他，所以越跑越快，直到累得快要趴下。他这一辈子从来没跑得这么快过。是呀，他觉得根本就停不下来，似乎有一股无形的力量在拽着他朝前跑。终于，他发现，是这双大拖鞋有奇特的作用。因为这双鞋不停地朝前飞奔，同时也拖着他飞奔。他千方百计想停下来，可就是办不到。实在无奈，他只好像赶马的人那样吆喝："吁！吁！停下，吁！"这样，拖鞋总算停了下来，穆克也精疲力竭地倒在了地上。

穆克得到这双魔鞋真是心花怒放，这样，他辛苦的劳动总算挣回来一件宝物，这宝物在他寻找幸福的途中也许能派上用场啊；尽管非常兴奋，小穆克还是累得睡着了。要知道，他小小的身躯没法长时间地支撑一颗这么重的大脑袋。在梦里，那只领穆克到阿哈兹太太房里找到拖鞋的小狗对他讲："亲爱的穆克，你还不大懂得怎样使用这拖鞋哪！让我告诉你吧，你只要穿上它，用鞋后跟转三个圈，就能想飞到哪里就飞到哪里。而用那小手杖，你能找到金银财宝，因为什么地方埋有金子，手杖自己就会在地面上敲打三下；在埋银子的地面上则敲打两下。"穆克醒来后便思考这个奇怪的梦，决定马上尝试尝试。他于是穿上拖鞋，跷起一只脚，用另外一只脚的后跟打转儿。谁要是尝试过穿双大拖鞋接二连三地打转是怎么回事，那他看到穆克第一次转没有成功也就不会大惊小怪啦，更何况他脑袋又大又重，转起来总是东倒西歪。

可怜的穆克不断地摔倒，把鼻子都跌痛了。但他没被吓住，仍一次又一次地试下去，终于，他成功了。他站在鞋后跟上，像轮子似的转了起来。他希望到附近的一座大城市去，突然——拖鞋托着他一下子升上天空，像风一般穿过云层。小穆克还没明白发生了什么事，就已经降落在一个集市广场上。这儿货摊一个挨着一个，人们摩肩接踵，忙忙碌碌。小穆克夹在人群中走来走去。后来，他觉得还是到偏僻的街道去好一些，因为在集市上，时不时有人踩着他的大拖鞋，害得他差点摔倒；还有他插在腰上的长弯刀，不是碰着这个就是撞着那个，他费了好大的劲才避免挨揍。

这当儿，小穆克认真地考虑究竟该干点什么事，才能挣到钱。尽管他有一根魔杖，可以给他指出隐藏的财宝，然而，他又怎么能够马上找到埋有金银财宝的地方呢？当然，在急需的时候，他可以通过展览自己

外国童话名篇精选

来挣钱。可是他很骄傲，不屑于干这种事。终于，他想起了他的快腿。"也许，"他捉摸，"这双拖鞋能帮我挣钱糊口哪！"就这样，他决定给别人当跑腿儿。他期望这座城市的国王会需要这样一个佣人，并为此付一份好工钱。于是，他四处打听到王宫去的路。王宫门前站着卫兵，问他来干什么。他回答想找个差事，卫兵便让他去找宫中总管。小穆克找到了总管，向他谈了自己的想法，并请求在宫廷信使队里给他一份活干。总管睁大眼睛，从头到脚把小矮子穆克打量了一番，然后说："什么？凭你这双还不足一尺长的小腿儿，你竟想当宫里的神行快差？马上滚蛋吧！我在这儿要干的可不是陪着傻瓜闲扯。"可穆克向他保证，他是郑重其事地前来求职，为此愿意和宫中最快的信使赛跑。总管觉得这事可能非常好笑，就让穆克做好晚上比赛的准备，随即带他来到厨房，叫人先给小矮子饱餐一顿，他自己则去向国王禀报小穆克的情况和请求。国王是个爱热闹的人，听说总管专门留下了穆克来寻开心，非常满意。他命令把王宫后面的大草坪布置起来，好让宫内所有的人都能舒舒服服地观看比赛，并且吩咐总管照料好穆克。国王告诉王子和公主，今晚他们将会看到一场精彩的表演。他们马上又把消息转告给了自己的仆人。因此，当夜幕降临，凡是能走动的人都急不可待地来到草坪。草坪上已搭起看台，可以让大家清楚地看见那个吹大牛的小矮子儿赛跑。

　　国王和王子、公主刚在看台上坐定，小穆克就来到了草地上。他向高贵的观众们鞠了一躬，动作非常之优雅。观众们一见小矮人，就爆发出阵阵欢呼声。他们还从来没见过这样一个侏儒啊。小小的身体支撑着硕大的脑袋，身上穿一件短外套，裤子显得格外肥大，宽宽的腰带上别着把长长的弯刀，短小的脚上套着双大拖鞋——那样子太滑稽，叫人没办法不笑出来！小穆克面对满场的哄笑却面不改色。他拄着自己的小手杖，傲气十足地站在那儿等着他的对手。按照穆克的愿望，总管挑出跑得最快的信使同他较量。此人当即走过来站在穆克身旁，一块儿等着起跑的信号。依照约定，阿玛扎公主挥了挥面纱，说时迟，那时快，两个赛跑者就像离弦的箭似的穿过草地，向同一个目标飞奔而去。

一开始，对手遥遥领先，但乘着大拖鞋的小穆克紧追不舍，很快就追赶上来，并且将他抛在了身后。小穆克到了终点好一阵子，对手才气喘吁吁地赶到。观众们又惊又喜，竟然发了好一会儿呆，直到国王带头鼓起掌来，大伙儿才欢呼雀跃，兴奋地吼叫：

"赛跑冠军小穆克万岁！"

这时，已有人把小穆克带过来。他跪在国王面前，说道："至高无上的国王啊！我刚才只是小试身手。求您在您的信使队里赏我一个职位吧！"

国王却回答："不，亲爱的穆克，我要你做我的贴身信使。时刻都待在我身边。我赐你年薪一百个金币，同时准许你和我最亲近的仆人一同进餐。"

小穆克心花怒放，觉得梦寐以求的幸福终于找到。国王也特别宠爱他，总是让他去送最紧急和最机密的信件。而他也每次投递都准确无误，并且快得令人难以置信。

可是，奴仆们却不喜欢穆克。他们很不乐意看到，主子去宠爱一个除了跑得快就别无可取的小矮子而冷淡了他们自己。他们因此想方设法要陷害他，可是，由于国王对自己这位高等枢密信使——在短短的时间内穆克已提升到了这个职衔——非常地宠信，他们所有的阴谋诡计都未能得逞。

穆克对这些人搞的鬼把戏本来一清二楚，只是他心地太善良，压根儿就没想到要进行报复。反之，他倒想方设法让对方喜欢自己，使自己成为他们不可缺少的人。突然，他脑海里浮现出了他的魔杖。近来，他完全沉浸在幸福之中，竟把这件宝贝抛到了脑后。现在他想，如果找到了宝藏，这些人准会对他好些。他常听说当年敌人入侵时，现在这位国王的父亲埋藏了很多宝物，可还没来得及把秘密告诉儿子就去世了。从现在起，小穆克总是随身带着他的魔杖，希望有朝一日能走到老国王埋

国童话名篇精选

藏宝物的地方。一天黄昏，他偶然地来到国王花园里一个偏僻的角落，以前他很少到这儿来。忽然，他感觉手中的魔杖在动，并且朝地下敲击了三下，小穆克立刻明白是怎么回事儿。他随即抽出弯刀，在旁边的树上刻上了标记。然后他悄悄地溜回宫中，找来一把铲子，静静地等待天黑，以便行动。

对于小穆克来说，挖掘宝藏这事比他想象的要艰难得多。

他的臂力太小，铲子却又大又重。他大约干了两个小时，才挖了几尺深。好不容易，他的铲子总算碰到了点硬东西，听声音像是什么铁家伙，于是他挖得更加带劲儿。又挖了一会儿，终于露出一个大铁盖子。为了搞清楚这个盖子下面究竟藏着什么东西，他索性跳进了坑里。他发现真是一个装满金币的大罐子，但想捧出这个罐子却力不从心，只得从罐中取出一块块金币，拼命地朝裤兜和腰带里塞，连小外套也派上了用场。随后，他细心地埋好剩下的金币，把装满钱的小外套驮在背上。真的，要是脚上没这双神奇的拖鞋，他在原地根本甭想动，沉重的金币会把他给完全压垮。然而，没有让一个人察觉，小矮子穆克已回到房中，在沙发坐垫下面藏好了他弄到的钱。

眼看着这么多属于自己的钱，小穆克心想这下子情况会变了，他可以从宫里反对他的人中，争取到不少的保护人和热心追随者。单凭这点人们就不难看出，善良的小穆克一定没受过什么教育，不然，他绝不会以为用金钱就能获得真正的朋友。唉，要是小穆克当机立断，马上擦亮他的拖鞋，带着他包金币的小外套逃之夭夭就好啦！

小矮子穆克慷慨大方地把钱分给大家，不想倒引起其他侍从的嫉妒。厨师长阿胡里说："穆克准是个造假币的家伙！"

侍从总监阿赫迈特断言：

"穆克油嘴滑舌地从国王那里得到了好处！"

大司库阿尔哈兹是穆克的死敌，自己总想在国库里捞一把，这时便干脆讲：

"这些钱都是他偷的!"

为了弄清事实真相,他们想出了一个计策。一天,大司酒考尔舒兹垂头丧气地来到国王面前。他忧心忡忡的样子引起了国王的注意,于是,便问他是否身体不舒服。

"唉,"大司酒回答,"我失去了陛下的宠幸,是多么伤心啊!"

"你瞎说些什么呀,亲爱的考尔舒兹?"国王说,"从什么时候起,我恩泽的阳光不再照耀你?"对此,大司酒回答,国王恩赐给厂高等枢密信使那么多金币,而忠实、可怜的仆从他却一个子儿也没得到。

国王听后大吃一惊,让他详细地讲了小穆克送别人金币的情况。这个阴谋家轻而易举就让国王怀疑起小穆克来,认为他使用鬼点子盗窃了国库。事情的这一转变,正中大司库阿尔哈兹的下怀,他当然不情愿查清楚国库的账。于是,国王下令秘密监视小穆克的所有行踪,指示要尽可能在现场将他拿获。紧接着,这个不幸的白天,夜幕又已降临。小穆克扛着铁铲,悄悄溜进宫中的花园。由于他不断地赠送金币,手里的钱眼看已不多了,就想从秘密的埋藏地再取一些出来备用。谁知厨师长阿胡里和大司库阿尔哈兹正领着卫兵,在远远地跟随着他。就在他从坛子里取出钱来朝小外套中塞时,卫兵们一拥而上,把小矮子打翻在地,捆将起来,不由分说地立刻带到了国王面前。

国王从酣梦中被吵醒,心中自然不高兴,也就对他可怜的高等枢密信使小穆克毫不留情,马上开始审讯。整个坛子已从地下挖出来,连同铲子和塞满金币的小外套,——呈送到了国王的跟前。大司库阿尔哈兹上前禀报说,是穆克正在把装满金币的坛子往地下埋时,他和卫兵上前抓住了他。

国王接着问被告小穆克,事情是不是这样。还问他,他埋的金币是哪里来的?

小穆克自信无罪,便坦然回答是在花园里发现了这个坛子。再说,他也不是在埋,恰恰相反,他正想把坛子挖起来。

听了穆克的辩解，在场的人哄堂大笑。国王也觉得小矮子太放肆了，怒不可遏地吼道：

"什么？你这无耻之徒！你偷了钱，还想欺骗我，竟这么愚蠢，这么卑鄙！大司库阿尔哈兹，我要你告诉我，你能否认出这些钱是不是我国库里被盗的那些？"

这家伙回答说，他对自己掌管的事了如指掌，近一段时间国库不断被盗，丢失的比这些还要多。他敢发誓，这正是被盗走的金币。

国王一听，就命令给小穆克戴上脚镣手铐，把他关到高塔里去，同时把金币交给大司库，放回国库里。阿尔哈兹对事情如此了结心满意足，回到家中就数那些闪闪发光的金币，并在坛子底部发现了一张字条。然而，这个黑心肠的坏蛋一直也没向谁透露过此事。条子上写着：

> 敌人正像潮水般席卷我的国土，我不得已埋藏部分钱财于此。不管是谁找到了它，都得立即交给我的儿子，否则就要受到他的国王的惩罚！
>
> 国王　萨迪

关在牢房里的小穆克忧伤地想来想去，他清楚，偷了国王的东西必死无疑。但是，他又不想告诉国王小魔杖的秘密，怕的是一旦如实讲出来，他们就会抢去他的魔杖和拖鞋。他的担心并非没有道理。可遗憾的是，他的拖鞋现在没法帮助他，因为他已戴上镣铐，牢牢地锁在了墙上，哪怕他使出浑身解数，也没法站在鞋后跟上打转了。不过，第二天宣判了他的死刑，他的想法就改变了：舍去魔杖保住小命儿，总比保住魔杖丢了性命强。因此，他请求国王单独接见他，对他道出了魔杖的秘密。一开始，国王根本不相信他的话。小穆克要求当面试一试，条件是国王得免他一死。国王答应了穆克的请求，让人背着小矮子穆克埋了几个金币在地里。随后，国王命令穆克用他的魔杖来寻找那些钱。不一会儿，穆克就找着了，因为魔杖清清楚楚地在埋钱的地面上敲打了三下。这一来，国王明白大司库欺骗了他，于是按照东方国家的风俗，赐给大司库一条丝带自己去吊死。对穆克呢，国王却说："尽管我答应了免你死刑，可我觉得你不仅有魔杖这一个秘密，你跑得如此快同样是有奥秘的，如果你不把它也告诉我，我就叫你一辈子都呆在监狱里。"小穆克在高塔里已关了一夜，再也不愿尝蹲监狱的滋味，就告诉国王他的所有奥秘都在脚上的拖鞋上，但并没教给国王站在鞋后跟上打三个转的诀窍。国王想试试魔鞋，很快把它套在自己脚上，随即像疯子一样在花园里拼命奔跑。好几次他都想停下来，无奈又不知道怎样才能使拖鞋停住。小穆克呢，又不愿放弃这么一个小小的报复机会，就让国王不停地跑，跑，跑，直跑得跌倒在地，昏厥过去。

国王终于苏醒过来，对让他跑得半死不活的小穆克火冒三丈："我答应了给你生命和自由，但你必须在 12 小时内离开我的国家，不然我就下令绞死你！"小穆克的魔杖和拖鞋呢，他都让没收进了自己的宝库。

小穆克又开始像从前那样可怜地流浪。他咒骂自己太愚蠢，竟妄想在王宫中变成个大人物。幸好驱逐他的那个国家并不大，八小时后他已抵达边境。小穆克穿惯了他亲爱的拖鞋，现在光看脚走得很苦。

越过国界以后，小穆克离开了人们通常走的大道，想寻找最茂密蛮荒的森林，独自在里面隐居。对所有的人他都恨透了。在密林深处，他发现了一块看上去对实现他的决心完全适合的地方。一条清澈的小溪，沿岸长着高大阴凉的无花果树，还有一片柔软的草地，都好像在对他发出邀请。他躺下来，决心不再进食，而是在那里等待死亡。思考着死的种种可悲情景，他不知不觉就睡着了。等他再醒来时，肚子开始饿得难受。他想饿死是件挺糟糕的事，便东张西望，看什么地方能找到点吃的。

他是在树下睡着的，树上正好挂着无数鲜美成熟的无花果，他爬上树采摘了几个，吃得津津有味，随后又走到溪边饮水解渴。可一见自己

外国童话名篇精选

在溪水中的倒影，小穆克真吓坏了：他脑袋上长了两只硕大无比的耳朵，一条鼻子又粗又长！他惊慌失措地伸手一摸，妈呀，他的耳朵怕有半尺多长！

"我活该长一对驴子耳朵，就因为我像头蠢驴一样糟蹋掉了自己的幸福！"小穆克哭喊着，在无花果树下东转西转。终于又感到饿了，他只好再去摘那些果子，因为树上除了无花果，别无其他可吃的东西。吃完第二批果子，他突然想起也许可以把耳朵藏在自己的大头巾底下，这样看上去就不会太可笑，可是却觉得似乎没有了耳朵。他立即跑到溪边想看个究竟。真的啊，他的耳朵又恢复了原来的形状，鼻子也不再又大又难看了。这下他明白了是怎么回事：第一棵无花果树使他长出长耳朵和长鼻子，第二棵却治好了他。小穆克欣喜地意识到，他的好运又一次给了他获取幸福的手段。于是，他分别从两棵树上摘了好多果子，带着它们回到自己刚离开不久的那个国家。在那里的第一个小镇上，他乔装打扮得叫人再也认不出来，然后，才继续向那位国王的京城走去，也很快走到了。

其时，正逢成熟的水果还很稀罕的季节，小矮子穆克于是往宫门前一坐，因为他早就了解，厨师长总是来这里采买稀罕的水果，献上国王的餐桌。穆克还没坐多久，就看见厨师长从宫里走来了。他先将宫门前一个个小贩的货色巡视一番，最后目光才落在小穆克的提篮里。"啊，难得一见的鲜果，"他说，"陛下他一定喜欢。这整篮果多少钱？"小穆克喊了个便宜价格，两人很快成交。厨师长把提篮交给一个仆人，继续往前走。小穆克呢却赶快溜之大吉，生怕宫里的大老爷们脑袋上一出毛病，就会来抓他这个贩子去治罪。

国王在用餐时情绪好极了，不住地夸奖厨师长手艺高超，还尽心竭力地为他备办山珍海味。厨师长呢，明知自己还藏有时鲜水果，笑眯眯地欲言又止，道："好戏还在后头呢！"或者说："结尾满意，一切满意。"害得王子公主们好奇到了极点，巴不得知道他还会端上来什么好吃的东西。当他终于献上那些鲜美诱人的无花果时，在场的王室成员全禁不住长长地"啊！"了一声。

"真熟透啦，叫人馋涎欲滴！"国王嚷嚷，"厨师长，你真是好样儿的，我要特别地、大大地奖赏你！"说着，对这样的美味一贯节省的国王亲自动手分配无花果，给每位王子和公主一人两个，给妃嫔、宰相、大臣一人一个，其余的则通通揽到自己面前，开始津津有味地大吃大嚼起来。

"天哪，你的样子怎么变得这么怪，父王？"阿马尔扎公主突然叫起来。

大家吃惊地望着国王，只见他脑袋旁立着两只硕大无比的耳朵，一条长鼻子一直拖到了下巴。他们你望望我，我看看你，也同样又惊又怕：所有人的脑袋上都或多或少地增加了这样的装饰。

不难想象，王宫上下是何等地惊慌失措！立刻差人去请城里所有的医生。大夫们蜂拥而至，有的开丸药，有的让服冲剂，可是耳朵和鼻子仍旧是老样了。试着拿一位王子来动了手术，可割掉的长耳朵很快又长了出来。

穆克在藏身之处听到了事情的整个经过，断定谈判的时机已到。在此之前，他就用卖无花果的钱买了一套衣服，现在穿起来装扮成一个学者。用山羊毛做的胡须，更使他的化妆无懈可击。他扛着一小口袋无花果蹀进宫中，自称是个来为王室治病的外地名医。一开始大家很不以为然，可一当小穆克给一位王子吃了无花果，使他的耳朵和鼻子恢复了正常，所有人立刻都争着请外地的神医替自己医治。然而，国王一声不吭，拉着小矮子的手就把他领进自己房里。在那儿他打开一道通宝库的门，示意穆克跟着他进去。

"我所有的财宝都在这里了，"国王说，"随便你挑吧，但你必须治好我这个恶疾！"

这话小穆克听起来就像美妙的音乐一样。他进门时就看见他的拖鞋摆在地上，他那根小手杖也紧挨在旁边。现在他在库房中踱来踱去，做出像在欣赏国王的宝贝的样子，可是一走到那拖鞋跟前就急忙将它穿上，同时抓起小手杖，扯掉下巴上的假胡须，让大惊失色的国王看见一张再熟悉不过的面孔，认出被他放逐了的小穆克。

"你这忘恩负义的国王。"小穆克说："忠心耿耿的臣仆不得你好报，你活该变成现在这样个丑八怪。我让你永远长着驴子的长耳朵，以便你每天都回忆起小穆克！"说完，小穆克就踩着鞋后跟迅速转了三转，希望自己走得远远的。国王还没来得及喊卫士帮助，小穆克已逃之夭夭。从此，穆克就在这城里过着富足的生活，只是孤孤单单，因为他鄙视世人。他成了一位饱经世事的智者，虽然外表有些个奇特，却不该受到你嘲弄，相反倒应赢得你的尊敬。

* * *

"我父亲就是这么对我讲的。我向他表示，我很后悔自己对善良的小穆克的粗鲁行为，他于是原谅我，免去了原本想给我的处罚的另一半。我还把小穆克的奇特经历告诉我的伙伴，大伙儿都喜欢上了他，谁也不骂他啦。相反，在他有生之年，我们都敬重他，在他面前总是深深地鞠躬，就像对卡迪和穆夫提一样。"

旅行者们决定停下做一天休整，让自己和牲口养精蓄锐，以便继续前进。昨天的欢快情绪延续到了第二天，人们在以各种各样的方式取乐。可是吃过了饭，大伙儿便异口同声地冲第五位商人阿里·斯扎直嚷嚷，要他立刻尽自己的义务，给别的人也讲个故事。他回忆自己的一生经历贫乏，实在讲不出什么惊人的事情，不过他愿意讲点别的，也就是讲一个假王子的故事。

鹿金币的传说

在上施瓦本邦，直到今天，还耸立着当初最壮观的城堡——霍恩索伦堡残破的墙垣。它兀立在一座险峻的圆形山岗上，从那陡峭的山头举目眺望，可以看得很远很远。同样，邦内远远近近的人们也看得见这座城堡。而城堡的主人——勇敢的索伦家族更是威名远播，所有的德意志邦国没有一个不尊敬它、畏惧它。话说早在好几百年之前，我想当时连火药才刚发明吧，在这座城堡里生活着一位索伦后嗣，一个生性古怪的男子。也不能讲他曾残酷压迫自己的奴仆，或者他与自己的四邻老是不和，然而他那阴郁的目光、紧皱的额头和寡言少语的德性，却叫谁都不敢和他亲近。除了城堡中的仆人，很少有人听见过他啥时候像其他正常人似的好好讲过话。例如他骑着马穿过山谷，要是遇见他的人立刻摘下帽子，站到道旁，问候他："晚上好，伯爵老爷！今儿天气不错。"他听了多半嘀咕一声"废话！"或者"知道啦！"反过来，要是遇见他的人礼貌不周，或者一个农民的大车挡在狭路上，使他的马没法放开四蹄飞驰而过，他便会大发雷霆，给人家一顿臭骂，不过还从未听说他在这种情况下揍过哪个农民。但是，在那一带，人家都唤他做"索伦家的坏德性"。

"索伦家的坏德性"有个妻子，性情跟他正好相反，待人和蔼可亲得就像五月的天气一样。丈夫常常粗言恶语地得罪了什么人，总是她和颜悦色地去进行劝慰，使人家和他重归于好。对穷苦人，她也是能帮助就帮助，有时甚至甘愿冒着酷暑，或者迎着可怕的暴风雪，从陡峻的山上走下去看望穷苦的人或者生病的儿童。这时候伯爵要是碰上她，就总会埋怨：

"知道吗？这样干很蠢！"

换上其他女人，准会叫丈夫的坏性子给吓怕或者唬住，这个会想，既然我丈夫认为是干蠢事，那些穷人就与我没关系；另一个也许会出于骄傲或者愤懑，慢慢冷却掉对这个脾气如此糟糕的丈夫的感情。然而，赫德薇克·封·索伦伯爵夫人却不是如此，她一如既往地爱自己的丈夫，努力用自己那双漂亮白皙的手，抹去他那棕色的额头上的皱纹，对丈夫始终怀着热爱和尊敬，甚至婚后过了一些，老天爷赐给了她一个小伯爵，她对丈夫的爱仍然没有减少，虽然，她同时尽着一位慈母对其幼子的所有职责。三年过去了，现在封·索伦伯爵只是在每个礼拜天的午饭后，才有机会看到由保姆给他递过来的儿子。他时常久久地盯着小家伙，在大胡子底下也不知嘟囔些什么，随后便把孩子还给保姆。可是，小家伙会叫爸爸了，伯爵就赏给保姆一枚金币，对孩子却仍然没有笑脸。

可是，在小家伙三岁生日那天，伯爵却让人给他儿子第一次套上条小裤子，上身也用金丝绒和绸缎光光鲜鲜地包裹起来。随后，他吩咐牵来他的坐骑和另外一匹漂亮马驹，自己接过小男孩，在马刺丁丁当当的碰击声中走下旋转扶梯。赫德薇克夫人见了大吃一惊。平素丈夫骑马外出，她已习惯了既不问上哪儿，也不问什么时候回来，可这一次她担心儿子，破例开了口。

"你要去哪里，伯爵老爷？"她问。丈夫不吱声。

"你到底带孩子上哪儿？"她继续追问，"库诺要跟我散步去。"

"知道啦！""索伦家的坏德性"回答，一边仍然往前走，到了院子里抓起孩子的一条小腿儿往马鞍上迅速一放，用一条披巾把孩子牢牢绑住了，自己随即跃上坐骑，同时抓过儿子那匹马的缰绳，奔出城堡大门去了。

一开始，小家伙似乎觉得跟老子一道骑马下山很好玩。他不断拍手，不断笑，不断扯着马鬃，让马跑快一些。伯爵因此挺高兴，不止一次地喊道：

"你会成为一个勇敢的小伙子！"

然而到了平地上，伯爵变快跑为飞驰，小家伙的神经就受不了啦！他先是哀求父亲骑慢一点，父亲却越跑越快，越跑越快，小库诺在疾风中几乎喘不过气来，只能低声抽泣，同时越来越不耐烦，临了儿更使出全身的力气又哭又叫。

"混账！傻瓜！"父亲开始发怒，"男子汉一骑马就哭，再不住嘴看我不……"

谁知，就在他想用咒骂使儿子振奋起来的一刹那，他的坐骑却以两条后腿直立了起来，另一匹马的缰绳遂从他手中脱落了，他连忙镇定自己，驾取住自己的骏马，等它平静下来后才不无忧虑地转身去看孩子，却见那马已向城堡飞奔而去，可马背上已没了小骑手。

封·索伦伯爵平时尽管是个无情的硬汉，面对眼前的情况仍然心慌意乱。他确信孩子已被踩死在路边上，于是扯着自己的胡子号啕起来。然而他驱马四下寻找，却不见小库诺的丝毫踪影。他开始设想，那惊马可能把孩子甩进了路旁的水沟里。这当儿，他蓦地听见身后有一个孩子在呼喊他的名字，便飞快扭转马头——瞧啊，那边离大路不远的一棵树下，坐着个老太婆，正把一个小男孩搁在膝头上摇来摇去。

"你怎么弄去了孩子，老巫婆？"伯爵怒喝，"马上给我送回来！"

"别着急嘛，别着急嘛，老爷！"丑陋的老婆子笑道，"要不，您放到您那骄傲的骏马背上去的还会是不幸！您问我怎么得到这孩子的？喏，您那马疾驰而过，他只一条腿捆在马鞍上，头发掉下来已快扫到地面，我赶快用围裙把他给接住啦！"

"混账！"封·索伦伯爵不耐烦地吼道，"马上递给我！我不能下来，这马很野，可能会踢着他。"

"请赏我一个鹿金币！"老婆子卑微地乞求。

199

"蠢货!"伯爵大吼一声,扔了几个铜子儿到树底下。

"不,咱需要一个鹿金币。"老婆子继续说。

"什么?鹿金币!你自己还不值一个鹿金币哪!"伯爵性急起来,"快还我孩子,不然我叫狗咬你!"

"是吗?咱不值一个鹿金币?"老婆子冷冷一笑说,"好,咱们瞧瞧,看您的儿子值不值一个鹿金币。可那儿,那几个铜子儿请您留给您自己!"老婆子边说边把那三个铜子儿扔向伯爵,扔得那么不偏不倚,一个个正好掉进了他还捏在手上的钱包里。

对这神奇的投掷本领,伯爵惊讶得半晌说不出一句话来。可是终于,他的惊讶化作了满腔怒气。他拔出自己的火铳,扳下扳机,然后瞄准了老太婆。老太婆却不慌不忙,抱起小伯爵来亲了亲,让他正好挡在自己面前,伯爵一开枪必定先射中孩子无疑。"你是个善良、虔诚的小伙子,"老太婆说,"永远像这样吧,你不会吃亏的。"然后她放下小库诺,手指着伯爵警告伯爵说:"索伦,索伦,记住你还欠我一个鹿金币啊!"

她边嚷边拄着一条榉木拐杖,慢吞吞地走进树林,对伯爵的咒骂满不在乎。伯爵的侍童康拉德却战战兢兢地下马来,把小主人抱上马鞍,自己随即也跃身上去,策马跟随他的主子回山上的城堡去了。

这是"索伦家的坏德性"第一次,也是最后一次带自己的儿子骑着马出去散步。因为小家伙在骏马疾驰时又哭又叫,他便认为他是个孬种,不会有什么出息的,看见他就讨厌。儿子非常爱他,常常想在他膝前撒娇讨好,他却总是挥手让他走开,还大声地吼:

"去去,窝囊废!"

赫德薇克夫人甘心忍受丈夫的所有坏德性,可是丈夫对自己无辜的小儿子如此地粗暴,却深深地刺伤了她的心。有几次,心烦的伯爵为一点小错误就狠狠惩罚孩子,她见了竟吓得生起病来。如此一来二去,她终于还在盛年就逝世了。下人们乃至整个领地的居民都为她哭泣,而哭得最伤心的自然是她的小儿子。

打这时起，伯爵的心更加疏远小库诺。他把儿子交给保姆和家庭牧师管教，自己很少再过问他的情况，特别是不久以后他便续弦，娶了一位富家小姐，她刚过一年便给他生了一对双胞胎——两个小伯爵。

库诺最喜欢散步去那位曾经救他性命的老太婆那儿。她总是给小家伙讲他死去了的母亲，说她对自己做了多少多少好事。仆人和侍女常常警告库诺，叫他别老往费尔德海墨林太太也就是那老太婆家里跑，因为她是个地地道道的巫婆来着。小家伙却丝毫不害怕，因为家庭牧师在上课时说过，世上根本没有巫婆，至于传说有的女人懂得魔法，可以骑着炉叉在空中飞，飞上布洛肯山去什么什么的，也都是胡说八道。虽然在费尔德海墨林太太家，他也见过种种自己没法理解的事情，对她当初准确无误地扔回三个铜子儿的高超本领也记忆犹新，虽然她确确实实还能配制各种各样的药膏和汤药，替人和牲口治病，可他仍然不信人们在她背后传说的什么。她有一口气候锅，每当她把这口锅子吊到火塘上，就会雷雨大作，可怕之极。她教给小伯爵许多有用的知识，例如为生病的马配各种草药，替狂犬病患者煎熬药汤，调制钓鱼用的食饵，等等等等。而且没过多久，费尔德海墨林太太就成了小库诺惟一可以相处的人，因为他的保姆死了，他的后娘又对他漠不关心，不闻不问。

他的两个弟弟渐渐长大起来，库诺的日子过得比从前还要可悲。两个弟弟很幸运，在第一次骑马时没有掉下来，"索伦家的坏德性"因此认为他俩是聪明绝顶的、有出息的好小子，宠爱他们就像掌上明珠，把自己会的一切都教给他们。然而，兄弟俩并未学到多少好东西。伯爵本人不会念书写字，他的两个宝贝儿子也就不该为这档子事糟蹋时间。反过来，他俩才十岁，就已能像自己父亲那样用脏话咒人骂人，和谁都要争胜斗狠，兄弟俩也跟狗与猫一样你容不得我，我容不得你。只有当两个要一起整库诺，才勾结起来，成了朋友。

这些情况并不使他们的母亲感到苦恼，因为两个男孩相互打斗，她只认为是健康和有力的表现。然而有一天，一个仆人报告了老伯爵，尽管他仍旧回答"废话，混蛋!"却还是决定要想个办法，以防自己的儿子们在将来互相残杀。要知道在他心目中，费尔德海墨林太太是个地道的巫婆，她对他的那句诅咒威胁："好，咱们瞧瞧，看您的儿子值不值一个鹿金币!"他还时刻牢记在心里。

一天，他在自己城堡的附近打猎，突然有两座形状像城堡似的山峰映现进他的眼帘，他当即决定，就在那儿建两座城堡。在其中一座山上，他建了座沙尔克山堡，堡名用的是他小的那个双胞胎儿子的名字，因为这小子喜欢搞各种各样的恶作剧，早已被他唤做"小沙尔克"①。他建的另一座城堡一开始叫鹿金币堡，原想以此讥讽那个说他的儿子连一个鹿金币也不值的巫婆。可后来他把堡名简化成了鹿山堡。时至今日，这两座山仍然叫这两个名字，谁要去阿尔卑斯山地区旅游，不妨让人指给他看。

"索伦家的坏德性"开始时也曾考虑，要在遗嘱中注明把索伦堡留给大儿子库诺，把沙尔克山堡留给小沙尔克，把鹿山堡留给老二，可他的妻子吵吵闹闹，直到他改了遗嘱才罢休。"傻子库诺，"她这么叫可怜的男孩，就因为他不像她的两个儿子那样粗野放肆，"傻子库诺从他妈那儿继承了遗产，已经够富有的啦，凭什么还要把美丽、富庶的索伦堡分给他? 我的儿子除去每人一座城堡啥也没得着，隶属这些城堡的不就只是些林子吗?"

伯爵开导她，按照道理怎么也不能剥夺库诺的长子权益。然而白费劲儿，他老婆又哭又闹，平素谁也不怕的"索伦家的坏德性"为求安宁只好让步，对遗嘱作了修改：沙尔克山堡仍旧归小沙尔克，索伦堡却给了大的双胞胎儿子沃尔夫，库诺呢，就得到剩下的鹿山堡连同小城巴林根。

---

① 沙尔克 (Schalk)：德语，意为滑头、捣蛋鬼、恶棍、无赖，等等。

伯爵安排好后事没多久，也真病倒了。医生告诉他死期已近，他只是回答"知道啦！"家庭牧师劝他临终虔诚地办个告解，他更说"废话！"就这么怒气冲冲地继续咒骂着，他在世时是个粗暴的、罪孽深重的家伙，临终的一刻仍然难改恶习。

死者的尸骨还没来得及埋葬，她的老婆已经拿着遗嘱来找库诺，讥讽她的这个继子说，现在，该他来证明一下自己的博学，念一念在遗嘱中到底写着什么啦，也就是说，在索伦这个地区，他库诺已经一无所有。她呢，和他的两个亲生儿子享有了这份美好的产业，以及那两座从大儿子手中夺过来的城堡，真是给乐坏了。

库诺毫无怨言地遵从亡父的遗愿，但在告别霍恩索伦堡时却流下了热泪。这儿可是他出生的地方啊！这儿埋葬着他善良的母亲，住着慈祥的家庭牧师，以及他惟一的年老朋友费尔德海墨林太太。鹿山堡尽管也是一座漂亮、雄伟的城堡，但对于他却太寂寞、荒凉，住在那儿，他很快会为思念霍恩索伦堡而病倒的。

一天傍晚，伯爵夫人和那一对眼下已经十八岁的双胞胎兄弟坐在屋顶阳台上，眺望着城堡的山下。忽然，他们看见一位身材魁梧的骑士骑着马向山上走来。骑士身后跟着好些奴仆，还有一台由两头骡子驮着的漂亮轿子。母子仨讨论来讨论去，这可能是谁呀？终于，小沙尔克大叫起来：

"嘿，不是别人，是咱们在鹿山堡的尊敬的哥哥呗！"

"傻子库诺？"伯爵夫人感到惊讶，"哎，他是来邀请咱们光临他的城堡，他带来的漂亮轿子就是接我去鹿山堡用的。不不，我真没想到咱们的大少爷傻子库诺会这么好心眼儿，这么会做人。人家有礼貌咱们也该讲礼貌，让咱们下去，在城堡大门口迎接他吧！还要给他好脸看，没准儿到了鹿山堡他会送给咱们礼物，给你一匹马，给你一套盔甲，给他的母亲我一件早就希望有的首饰什么的。"

"我不稀罕傻子库诺的任何礼物，"沃尔夫回答，"也不会给他好脸

国童话名篇精选

色看。不过我想，他可能很快也会去见咱们的死老头子，这一来鹿山堡和所有一切，就归咱哥儿俩继承喽。可敬的老妈您呢，只要出个便宜价钱，便可以得到您要的首饰。"

"什么？你这无赖！"他妈急了，"你要我拿钱向你们买首饰？你就这样感谢我替你们争来了索伦堡吗？小流氓，我应该白得到首饰，不对吗？"

"白得的只有死亡，尊敬的妈妈！"她儿子笑嘻嘻地回答，"那些首饰不是比有的城堡还值钱吗？既然如此，咱俩干吗当傻瓜，把它白白挂在您脖子上？一等库诺闭上眼睛，咱哥儿俩就赶去瓜分财产，归我的那份首饰卖给您就是啦！只要您出的价比那个犹太人高，尊敬的老妈，首饰就是您的。"

母子仨就这么争论着，来到了下边的堡门前。伯爵夫人好不容易压住了有关首饰的怒火，因为库诺已经骑马走过吊桥。库诺一见自己的继母和弟弟，立刻勒住马，翻身下了马鞍，有礼貌地问候他们。要知道，尽管他们让他受了不少罪，他仍然考虑，那两个毕竟是自己的弟弟，这刁婆子毕竟是自己父亲所爱的人。

"嘿，大少爷来看我们，真太好啦！"伯爵夫人面带谄媚的微笑，声音甜甜地说，"在鹿山堡上边过得怎么样？能习惯吗？哟，还带来轿子哩！哎呀呀，好漂亮哦，皇后娘娘坐上去也不会嫌寒碜。想必堡里不久就会增加一位主妇，好坐上它去巡游整个领地了吧？""到目前为止还考虑不到这件事，尊敬的母亲，"库诺回答，"所以想接些好友去家里聚一聚，便带上了这台轿子。"

"哎呀呀，你想得真周到！"妇人打断了他，对他又是躬身，又是微笑。

"因为他已经不能再骑马远行，"库诺十分平静地继续说，"我是指约瑟夫，咱们的家庭牧师。我想接他到我的堡上，他是我的老师，我在离开索伦堡的时候，已经和他说妥了。我还要接走住在山下的费尔德海墨林太太。仁慈的主啊！她已经老得不像样子。她曾经救过我的性命，在我第一次跟先父骑马外出的时候。我在鹿山堡有的是房间，可以给她在那儿送终。"库诺说着穿过城堡的大院，去找家庭牧师约瑟夫。

沃尔夫小爵爷恨得咬紧了嘴唇，伯爵夫人气得脸都黄啦，小沙尔克反倒纵声大笑。

"不是说他要送我马吗？现在你们拿什么赔我？"他说，"沃尔夫哥哥，把他送你的盔甲给我做补偿，怎么样？哈，哈，哈，哈！他要把老牧师和老巫婆接去，真是天生的一对儿，可不？现在好啦，他可以上午跟牧师学拉丁文，下午向费尔德海墨林太太习巫术。嘿，这傻子库诺啊，真有他的！"

"他是个卑鄙至极的家伙！"伯爵夫人回答，"对此你没有什么好笑，小沙尔克。这是整个家族的耻辱。一旦传出去，索伦伯爵竟用华丽的轿子和骡马把老巫婆费尔德海墨林接去了，还让她常住在自己家里，咱们在整个领地哪还有脸见人！他这是继承了他的母亲，那贱婆娘当初就喜欢跟病人和下等人搅在一起。唉，他老子要是知道了，恐怕在棺材里也不得安宁啊！"

"是的，"小沙尔克补充说，"父亲在墓穴中照样会骂'混账！蠢货！'"

"真的哪！瞧，他和那老家伙来了，还恬不知耻地亲自搀扶着他！"伯爵夫人惊诧得叫起来，"走，咱不愿再和他照面。"

母子仨走了。库诺把他的老牧师扶到吊桥边，搀他上了轿。到了山下，他在费尔德海墨林太太的茅屋前停下来，发现她已准备好上路。只见她一手挽着个包袱，里面装满了小瓶瓶、小罐罐以及其他的器械和药水，一手拄着根竹拐杖。

事情的发展，完全出乎心怀恶意的封·索伦伯爵夫人的预料。整个领地没谁对库诺骑士的作为大惊小怪。相反，大家倒认为，他想使费尔德海墨林老婆子临死前过几天好日子，是一件值得赞许的美事，还称赞他是位虔诚的老爷,因为,他在自己的城堡里收养了年老的牧师。恼火他、鄙视他的只是他的两个弟弟和继母。可这损害的只是他们本身,因为人们普遍厌恶这一对缺少人味儿的双胞胎。他俩受到了报应,到处都在传说他们对自己的母亲怎么怎么坏,两兄弟怎么怎么老是吵嘴打斗,怎么怎么想方设法相互坑害。鹿山堡伯爵不止一次企图和两个弟弟和好,因为,他受不了他们打他的堡前经过而从不进门呆一呆,受不了他们在森林里和田野上遇见他只冷冷地招呼一声,简直比陌生人还陌生人。然而,他的尝试屡遭失败,他甚至还得忍受他们的嘲笑讥讽。一天,他想到还有一个也许能赢得他俩欢心的办法,因为他了解,他们既吝啬,又贪婪。原来,在三座城堡之间有一片池塘,几乎处于中央位置,但是仍属于库诺的封地范围。在这片池塘里,生长着在整个地区最肥美的梭子鱼和鲤鱼。那两兄弟呢,本来就喜欢钓鱼,父亲却忘了把这鱼塘划入他俩的封地,真令他们大为生气。再说他俩又太高傲,不肯瞒着哥哥去那儿钓鱼。他们更不会去好言请求他,以获得他的允许。喏,他却了解他们,知道池塘是两人的一块心病。于是有一天,他对两个弟弟发出邀请,让他们来池塘边和他聚一聚。

那是春天里一个美丽的早晨,弟兄仨从各自的城堡动身,差不多在同一时刻来到了池边。

"嘿,瞧瞧,"小沙尔克叫起来,"真有这么巧!我是七点正骑马离开沙尔克堡的。"

"我也是七点正。""我也一样。"鹿山堡和索伦堡的两位兄弟都说。

"喏,那说明池塘一定在正中央,"小沙尔克继续说,"这池水真叫美。"

"是啊,正因为如此,我才邀请你们来这里碰头。我清楚,你两个都是钓鱼迷。我呢,尽管有时同样喜欢钓钓鱼,可这池里鱼多的是,足够供给三座城堡。在它的岸边也有足够三个人垂钓的地方,即使咱们哥仨碰巧都来了。因此从今天起,我愿意让这片池塘成为我们共有的财产，你们每人都享有和我一样的权利。"

"嘿，大哥的想法好生慷慨大度，"小沙尔克冷笑着说，"真舍得给咱们一二公顷水塘，几百尾小鱼儿！那咱们该拿什么交换？要知道，只有死亡能够白捡！"

"你俩不用作任何补偿。"库诺说，"唉，我只是希望时不时地能在这池塘边儿上见到你们，和你们说说话罢了！咱们毕竟是同一个父亲养的儿子。"

"不！"小沙尔克回答，"这可不行！人多了在一块儿钓鱼，一个总把另一个的鱼赶跑，这再显而易见不过。可要是能把日子分配一下，比如你库诺礼拜一和礼拜四钓，沃尔夫礼拜二和礼拜五钓，礼拜三和礼拜六轮到我，我看这样才完全没问题。"

"就这样我也不干，"脸色阴沉的沃尔夫说，"我不接受谁的赠送，也不愿和谁分享什么。库诺，你够好样儿的，肯把池塘分给咱们。既然现在我们弟兄谁都有那么一份儿，就干脆让咱们来掷骰子分个输赢，谁赢了将来池塘就完全归他。要是我比你俩运气好，你们就每次都得问问我，看我允不允许你们来这儿钓鱼。"

"我从不掷骰子！"库诺回答，他为两个弟弟的顽固很是伤心。

"是啊，当然，"小沙尔克笑呵呵地说，"咱们这位大哥，他特虔诚，特敬畏上帝，把掷骰子看做天大的罪孽。不过呢，我倒有个建议，即使是最虔诚的隐修士也不会羞于接受的。咱们可以取来线和钩，看今天上午在索伦堡的钟敲响 12 点之前谁个钓的鱼最多，这个池塘就是谁的。"

"那我真成了傻瓜，要是我还为获得本来就有权继承的东西和人比赛的话。"库诺说，"不过，为了让你们看看我愿你们分享这份财产的诚意，我可以去取我的钓具。"

兄弟仨各自回城堡去了。两个双胞胎急忙派出他们的仆人，翻起所有青苔累累的石板挖掘蛆虫做诱饵。库诺则取出他常用的钓具，还有费尔德海墨林太太教他调和在那儿的现成饵料，第一个回到了池塘边上。

外国童话名篇精选

等两个弟弟也赶来以后，他让他们挑选去了最佳和最舒适的位置，然后，自己才甩出钓线。真叫绝啦！鱼儿们就像认得他是这池塘的主人似的，鲤鱼也罢，梭子鱼也罢，都一串一串地游来，在他的钓钩周围拥来挤去。老鱼和大鱼把小鱼们赶开，他一会儿就钓起一条。他一把钩重新扔下水，已有二三十张张大的嘴巴等在那里咬这惟一的钓钩。还不到两个钟头，他周围的地上满最漂亮不过的活鱼。于是，他停止垂钓，走到两个弟弟身边去看他们成绩如何。小沙尔克只钓起来一条小鲤鱼和两尾可怜巴巴的白鱼；沃尔夫也只有三尾鲢鱼和两条小梭子鱼。他俩都闷闷不乐地盯着池塘，因为，他们从自己的位置上也看见库诺已钓起来了那么多的鱼。当库诺来到沃尔夫弟弟身边时，这小子气冲冲地一跃而起，三两下扯断了钓线，把钓竿也折成一截一截，一股脑儿扔进池中。"我恨不得扔下去一千个钩子而不是一个，让这些畜生钩在一个个上面痛苦挣扎。"他吼道，"可正正当当永远干不好事。这必定是魔法和巫术，否则你怎么可能在一个钟头里钓的鱼，比我一年钓的还多呢？"

"可不可不，现在我想起来啦，"小沙尔克接过话头，"他跟费尔德海墨林太太，跟那个下贱的老巫婆儿，学过钓鱼来着！咱俩真是傻瓜，竟跟他比钓鱼，人家可快要当上大巫师喽！"

"你这两个坏蛋！"库诺气愤地回答，"今天早上，我可有足够的时间来认识你们的贪婪、无耻和粗鄙啦！现在就给我滚，永远别再来这里。相信我好了，你俩只要有那个被你们骂做巫婆的女人一半虔诚，一半善良，你们的灵魂就有救喽！"

"不，她还不是真正的女巫！"沙尔克嘲笑说，"那种女人有预言的本事。就像鹅变不成天鹅一样，费尔德海墨林太太也成不了预言者。她不是对老爸说过：有人将用一个鹿金币，买走他遗产的一部分吗？这就是说，他会穷困潦倒，然而事实是到临终他仍拥有一切，凡是从索伦堡的城墙上望得见的东西全是他的！去去去，费尔德海墨林太太只是个蠢老婆子，而你呢，是傻子库诺！"

说完，小坏蛋赶紧开溜，因为惧怕他大哥粗壮的胳膊。沃尔夫跟在他后面，边走边骂他从自己老子那儿学来的脏话。

库诺内心深处充满了愁闷，走回家去。现在他看清楚了，两个弟弟永远不愿与他和好。他俩狠毒的话语狠狠刺伤了他的心，他第二天就病倒啦！全靠高尚的约瑟夫牧师的安慰和费尔德海墨林太太的神奇药汤，他才逃出了死神的手掌。

可是，两个弟弟得知大哥库诺重病卧床，反而开了一次兴高采烈的宴会。酒酣耳热之后，他俩合计，一旦傻子库诺咽了气儿，谁先知道就要燃响所有的号炮，以便通知另一个人。而谁先放起炮来，谁就有权搬走库诺酒窖里最棒的那桶葡萄酒。打这时起，沃尔夫就派一个下人始终守在鹿山堡旁边。小沙尔克甚至用重金收买库诺的一名仆人，让他在主人奄奄一息的时候就火速通报。

谁知，这名仆人对自己虔诚、和善的主子比对凶恶的沙尔克堡伯爵更加忠心。一天晚上，他关切地向费尔德海墨林太太打听主人的病情，费尔德海墨林太太回答，库诺情况很好，他于是把那两弟兄的阴谋告诉了她，说他们准备放炮庆祝库诺的死。老太太一听生气极了，马上又转告了库诺伯爵。伯爵不愿相信自己的弟弟竟这么绝情狠心。她于是建议他不妨做个试验，让人散布说他已经死了，这样马上可以听见他们是不是放炮。伯爵于是叫来小弟弟想收买的那个仆人，再问了问情况，然后命令他骑马去沙尔克堡送信，说库诺他快要咽气儿了。仆人骑着马急忙下山去，途中索伦堡的沃尔夫伯爵那个探子截住了他，问他急急忙忙想去哪儿。

"唉，"他回答，"我那可怜的主人活不过今天晚上啦！所有人都对他不再抱有希望。"

"真的？就是现在？"那探子叫起来，边叫边跑到自己的坐骑旁边，纵身上去，马不停蹄地朝索伦堡方向飞奔，刚赶到城堡门边马已经倒下，他也只来得及说出"库诺伯爵快要死了"，自己就昏厥过去。霎时

<... />

间，霍恩索伦山上礼炮轰鸣。沃尔夫伯爵和他妈妈一齐庆贺的礼炮隆隆回响，炮声将给他们带来新收获：一桶上等葡萄酒，一片祖传的鱼塘，还有那些她觊觎已久的饰物。

然而，他们把沙尔克堡放的礼炮误当成了自己礼炮的回声，沃尔夫笑了笑，对母亲说："这么说小弟他也在那边安了个探子，咱们只好和他平分那桶酒，以及其余的那些遗产喽！"说完他立刻上了马，因为他疑心沙尔克会抢先赶去，在他到达之前也许已拿走某些贵重的财物。

谁知，还在鱼塘边两兄弟就碰了头，结果谁对谁都一样脸红脖子粗，因为嘛，谁都想头一个跑到鹿山堡。他俩一个字不提库诺之死，而是一边继续往前走，一边友好地协商未来的安排，解决鹿山堡到底归谁所有的问题。可就在他俩走过进入城堡的吊桥的当口，他们的哥哥却健康而精神地出现在了窗前，只是目光中喷射出恼怒的烈火。兄弟俩一见吓坏了，一开始当他是个幽灵，连忙在胸前画起十字来，可随后却见他仍然有血有肉，沃尔夫才大叫一声：

"嘿，这不正是我希望的嘛！胡扯，我竟相信你真的死啦！"

"喏，推迟发生不等于永不发生！"小沙尔克抬起头来恶狠狠地瞪了大哥一眼，说。

他大哥却以雷鸣般洪亮的嗓音回答：

"从现在起，咱们的血缘亲情已经一刀两断。你们贺喜的炮声我听得一清二楚。在我的院子里同样架着五门野炮，为了欢迎你俩已经填满了弹药。快从它们的射程中滚出去，否则便让你们知道鹿山堡的人开起炮来有多厉害。"

这话用不着说第二遍。他们从库诺的脸色看出，他这么讲是认了真的。两人于是快马加鞭，争先恐后地逃下了山。然而，大哥还是开了几炮欢送他俩，炮弹呼啸着从两人的头顶掠过，他们都只好礼貌地哈下腰。可他只是打算吓唬吓唬他俩，并无真正伤害之意。

"你到底干吗放炮?"哥哥生气地质问弟弟。

"你这傻瓜,我只是听见你的炮声,才跟着放的炮。"

"事实刚好相反,只要问问母亲就知道了!"沃尔夫回答,"是你第一个放的炮,是你让咱们蒙受这样的羞辱,你这小无赖!"

小沙尔克也不示弱,他俩走到鱼池边时,便把从"索伦家的坏德性"那里继承的所有脏话粗话,一股脑儿兜出来咒骂对方,以致在分手时彼此怀着恶毒和仇恨。

第二天,库诺立了遗嘱。费尔德海墨林太太对牧师讲:"我敢打赌,他绝没有什么好果子给那两位炮手。"可是,不管老太太多么好奇,不管她怎么不停地追问,她的宝贝儿库诺还是不肯告诉她遗嘱里写的什么,而她也永远不可能再知道了。因为一年以后,好心的老太太就离开了人世。她的药膏和汤药一点没能帮她,她没有生任何病痛,而是以九十八岁的高龄老死的。98岁哪,再健康的人到了这年纪也终归要入土。库诺伯爵为她安排葬礼,好像她并非一个穷老婆子,而是他的生身母亲。从此以后,他住在城堡里更觉寂寞,特别是过了没多久,约瑟夫牧师也随费尔德海墨林太太去了。

然而,这寂寞的感觉并未维持多久。善良的库诺28岁便辞别了人世,一些心怀叵测的人说他是让小沙尔克下毒害死的。

不管怎么讲吧,在他逝世后刚刚几小时,人们又听到了隆隆的炮声,在索伦堡和沙尔克堡各有25响。

"这一回他该信服啦!"双胞胎俩在半道上碰着,小沙尔克便说。

"可不是嘛,"沃尔夫回答,"这次他要是再复活,再站在窗口骂咱们,就像上回那样,我可已带上了把火铳,可以让他规规矩矩地变成哑巴!"

当哥儿俩走近鹿山堡时,一位他们不认识的骑士带领随从和他们走到了一起。他们以为,这也许是哥哥的一个朋友,来帮助下葬的。因此,两人装出一副伤心的样子,在此人面前唱死者的赞歌,惋惜他的英

外国童话名篇精选

211

年早逝，特别是小沙尔克，甚至挤出来了几滴鳄鱼泪。骑士却不搭他们的茬儿，一声不响地跟在一旁登上了鹿山堡。

"我说，现在该咱俩舒服舒服啦。快快拿酒来，酒窖总管，要最好的！"沃尔夫一下马，便高声喊道。

他俩沿着旋转扶梯走进大厅，沉默无言的骑士也跟着走进来。可当兄弟俩大模大样地坐到了桌旁，陌生骑士却从上衣里掏出来一个金币，把它扔到石板桌子上，使其在上面滚来滚去，同时发出丁丁当当的响声。这时骑士开了口：

"喏，这就是你们现在的遗产，可公平合理喽，一个鹿金币！"

兄弟俩吃惊得面面相觑，笑问这是什么意思。

骑士便抽出一张羊皮纸文书，上面盖满了各式各样的印章。在文书里，傻子库诺历数出兄弟俩在他生前对他的种种敌意表现，结尾则宣布了他的遗愿：他的全部遗产，除去他亡母留下的那些首饰，城堡也好，田庄也好，在他死后通通卖给威腾堡市政当局，而价钱就是——一个可怜巴巴的鹿金币！至于那批首饰，则应变卖出钱来在巴林根城建一座贫民收容院。

兄弟俩再一次惊诧莫名，不过这回没有笑，而是咬紧了牙关。要知道，他们对威腾堡无可奈何，只好忍痛舍去了那美丽的城堡、森林、田野和整个巴林根城，甚至还包括那片鱼塘，所继承到的仅仅就是那枚鹿金币。沃尔夫把它往上衣里一塞，既不说是，也不说不，就戴上自己的扁平礼帽，招呼也不打一个就傲慢地走过威腾堡的政府代表身边，翻身上马，驰回索伦堡去了。

第二天，他母亲没完没了地埋怨起他来，怪哥儿俩轻率地丢弃了遗产和首饰。沃尔夫苦不堪言，便骑马上沙尔克堡去找弟弟。

"咱们是把新分到的遗产赌博输掉好呢，还是喝酒喝掉好？"他问沙尔克。

"喝掉更好些，"沙尔克回答，"这样双方都有好处。咱们偏要去巴林根露露脸，尽管那儿的人讨厌咱们，尽管很快咱们就要蒙受将它失去的耻辱。"

"在羊羔酒店有红葡萄酒卖，即使皇上喝的也不见得比它更好些。"沃尔夫补充说。

于是，他俩并辔来到巴林根城，走进羊羔酒店，问红葡萄酒多少钱一升，随即便你一杯我一杯，一直把那个鹿金币喝完了事。然后沃尔夫站起来，从上衣里掏出那枚上面铸着一个蹦跳的鹿子的金币，往桌子上一扔，说道：

"把你的金币收好，这么多该没错儿吧！"

然而，酒店老板拿起金币来左瞅瞅，右看看，随即笑了笑说：

"没错儿，如果不是鹿金币的话。可是昨天晚上从斯图加特送来了通告，今儿个一早就以新拥有这座小城的威腾堡伯爵的名义击鼓宣布了：这种鹿金币停止使用。所以请二位给我别的钱！"

这一来兄弟俩你望着我，我望着你，一样地都脸色苍白。

"付账啊！"一个说。

"你自己没钱吗？"另一个反问。

简单讲，两人不得已欠下了巴林根城的羊羔酒店一个金币的账。

兄弟俩默默无声地、心事重重地往回走，来到了那个右边通索伦堡、左边通沙尔克堡的十字路口，这时沙尔克开了腔：

"怎么办？咱俩什么也没继承着，反而赔了，而且那葡萄酒也挺蹩脚。"

"可不是嘛！"哥哥回答，"而且那费尔德海墨林老婆子说的话真的应验了，她不是讲：'父亲的遗产将会只剩一个鹿金币吗？'眼下，咱们用它连一升葡萄酒也买不来啊！"

"废话！"沙尔克堡的堡主骂道。

"混账！"索伦堡的堡主以牙还牙。

随后，两人各走各的路，一样孤孤单单地回自己的城堡去了。

外国童话名篇精选

＊　＊　＊

"这就是鹿金币的传说。"铁匠结束自己的故事道："人人都讲真有其事，离此地不远的丢尔瓦根的客栈老板，就曾对我的好朋友讲过。我这朋友常常做人家翻越施瓦本境内阿尔卑斯山的向导，多次住进丢尔瓦根的客栈。"

客人们对铁匠的讲述报以掌声。

"这世界上什么奇闻都有。"马车夫大声感叹道，"真的，我现在才庆幸咱们没有打牌糟蹋时间，像这样的确更好。我记住了这个故事，准备明天一字不差地讲给我那伙计听。"

"在听你讲述的过程中，我也想起一个故事。"大学生说。

"噢，那快讲，那快讲！"铁匠和费里克斯异口同声地请求。

"好的，"大学生回答，"不管现在就轮到我，还是过一会才轮到我，反正我得对刚才听人家讲的有所回报。现在我想讲这个故事，的的确确曾经发生过。"

他挪正了座位，正想开口讲，客栈老板娘却放下手中的纺锤，来到了客人们的桌子旁边。

"先生们，是上床就寝的时候啦，"她说，"已经打过九点，明天还有明天的事啊！"

"嘿，那就请睡去呗！"大学生提高嗓门儿回答，"再给咱们来一瓶酒，然后就不再耽搁你。"

"才不行哪，"老板娘不耐烦地说，"只要店里啥时候还坐着客人，老板和招待就休想离开。别多讲啦，先生们，各自回房去吧。对我来说已呆得够久啦，在本店喝酒超过九点是不行的。"

"你异想天开什么，老板娘？"铁匠感到惊讶，"即使你早已睡了，咱们是否坐在这里又碍你什么事？咱们都是正派人，不会搬走你任何东西，或者不付钱就开溜。咱常常住店，可从来没有碰见像你这样待客的。"

老板娘气得眼珠骨碌碌转，说：

"你以为，我会为哪个做手艺的，或哪个仅仅能让我赚 12 小铜子儿的流浪汉，就破坏本店的店规吗？我现在最后一次告诉你们，我绝不容忍这样胡来！"

年轻铁匠还准备反唇相讥，大学生却意味深长地瞪了他一眼，同时给其他人递了个眼色，然后说：

"好好好，既然老板娘不乐意，咱们就回自己房间去。只不过咱们要些蜡烛，好找路嘛！"

"这我可办不到，"老板娘黑着脸回答，"其他几位摸黑没有问题，您嘛，这儿的一截也够了，再要咱店里没有。"

年轻的大学生端上蜡烛，站起身来。其他人也跟着离了座。两个做手艺的伙计拎起自己的包袱，准备放到他们的房间里去。他们跟在大学生身后，他为他们照亮楼梯。

一行人到了楼上，大学生立刻请他们放轻脚步，打开他的房间，招手让他们进去。

"现在已经毫无疑问，"他说，"这女人想害咱们。你们可注意到了，她是怎么急着赶我们上床，怎么不让我们保持清醒，并且不让我们四个人呆在一起，她准以为，我们现在已经躺下啦，她过一会干起自己的勾当来更轻而易举。"

"可您不认为，咱们现在还逃得出去吗？"小金匠费里克斯问，"在林子里比在这屋里获救的希望更大。"

"这屋里的窗户也钉了铁条，"大学生惊呼，他曾试图掰掉其中一根铁条，白费劲儿，"我们想逃走只有惟一一条出路，就是经过大门，可我不相信他们会放走咱们。"

"倒也不妨试试，"马车夫说，"我愿意尝试一下，看能不能走到院子里去。要是能，我再回来叫你们。"

其他人同意马车夫的建议，他于是脱掉鞋子，赤着脚朝楼梯摸索过去。他的同伴们则在房里紧张地竖起了耳朵。他已经成功地下了一半楼梯未被发觉，可是，就在他绕过一根柱头的一瞬间，他面前突然站起来一条大狼狗，把两只前爪搭在了他的肩上，狗嘴正好对着他的面孔，让他看清了它上下两排又长又利的狗牙。他一下子进退不得，因为稍稍一动，那可怕的畜生就会咬断他的喉咙。与此同时，这狗又吼又吠，眨眼间老板娘和她的长工已端着灯出现在眼前。

"上哪儿去，你？"老板娘喝问。

"我还得去车里取点东西。"马车夫浑身哆嗦着回答，就在刚刚开了的院门外，他看见好几个黑脸汉子，手里全操着火铳。

"你早先该把要拿的都拿好！"老板娘抱怨道，"法桑，过来！关上院门，雅克卜，给这人照亮到他大车跟前去！"

狼狗从马车夫肩上缩回了它那可怕的大嘴和利爪，重新横躺在楼梯的半中腰。长工关上了院门，给马车夫照着路。逃走是别想啦！可在考虑究竟从车里取什么好的时候，他忽然想起一包原准备带去附近那座城市的蜡烛。"楼上那一小截还维持不到一刻钟。"他暗忖，"灯光咱们可怎么也需要！"于是，他从车里取出两支蜡烛藏在袖筒里，再拿了一件大衣装样子，对客店的长工说准备用来夜里睡觉时盖。

他侥幸又回到了房间。他对同伴们讲了那条警惕地横躺在楼梯中央的大狼狗，那帮他晃眼看见的黑脸汉子，以及店家为了防止他们溜走所采取的种种措施，最后深深地叹了一口气说："咱们活不过今天夜里啦！"

"我不相信。"大学生回答，"我不认为这些人会那么蠢，竟为了能从我们这儿弄到一点点财物就害四条人命。不过，咱们可不能反抗。我本人的损失将最惨重。我的马已在他们手中，还是四个礼拜前花了50个金币买来的呀！我的钱包，我的衣服，我通通情愿给他们。说到底，还是命比什么都贵重。"

"您说得倒轻松，"马车夫接过话头，"您损失的那些东西很容易又添置起来。可我是阿莎芬堡的信使，车里运送着这样那样宝贝，厩里还有两匹漂漂亮亮的骏马，这是我惟一的家当！""我才不信他们会把你怎么样。"金匠指出，"抢劫公家的信使肯定会在邦里闹翻了天。可我也跟那位先生说的一样，我起誓，我宁可交出自己所有的一切，也绝不说一句话，绝不发一句怨言，绝不为了保住自己那一点点财物，去跟那些端着手枪和火铳的人对着干。"说话间，马车夫已经掏出袖管里的蜡烛。他把它们放在桌子上，点了起来。

"好啦，咱们就听天由命吧！"他说，"咱们可以再坐下来，用讲故事的办法驱赶瞌睡。"

"行啊，"大学生回答，"刚才轮到我这儿就打住了，我现在愿意给你们讲个故事。"

国童话名篇精选

赛义德历险记

在哈伦·拉希德还统治巴格达的年代，巴士拉城里住着一个名叫巴那扎的市民。他拥有一份不多不少的家产，日子过得宁静而又舒适，却不用为此去经营一家店铺，或者做个什么买卖。甚至在生了一个儿子以后，他仍然未改这老习惯。

"我这把年纪还挖空心思攒钱干吗呀？"他对邻居们说，"弄得好，不过多给我儿子赛义德留下 1000 个金币；弄不好，就少给他留 1000 个金币，如此而已。常言道，两个人有饭吃，第三个也饿不着，只要他是个好小子，将来就什么也不会缺少。"

巴那扎说到做到。因此，他也不让儿子去学做买卖或者学什么手艺，而是抓紧辅导他读一些富有智慧的书籍。他认为，除了学识渊博和孝敬老人之外，一个年轻人最可贵的品格就数矫健和勇敢了，于是，他早早地就送赛义德去学武，使他很快就在同龄的，不，甚至比他年长的小伙子们中间，也被视为一个佼佼者，特别是游泳和骑马，更没有谁能超过他的。

赛义德满了 18 岁，按照风俗和教规的要求，父亲便打发他去圣城麦加拜谒先知墓，在圣地进行祈祷和完成宗教的仪式。在动身之前，父亲再一次叫赛义德去，夸奖他的表现，给了他一些教诲，把路费交给他，然后对他说：

"还有一件事，赛义德，我的儿子！我这人素来不受老百姓中流传的那些迷信的影响。尽管为了消遣，我也喜欢听关于仙女和魔法师的故事，但却与那许许多多没有知识的人不一样，因为我压根儿就不相信他们或者别的什么精怪真能左右人的生活和行为。然而你的母亲——她去世已经 12 年，你母亲对精灵的影响却像对古兰经一般深信不疑。是的，有一天旁边没别的人，在我向她起誓除了对她的儿子你我不再对谁泄露以后，她才神秘地告诉我，她打你出生时起就与一位仙女保持着联系。我为此嘲笑她，不过我得承认，赛义德，在你妈分娩的时候确实发生了一些令我本人也感觉惊讶的事情。那天一整天都在打雷下雨，天黑得不点灯就没法看书。大约下午四点钟光景，人家告诉我妻子生了一个男孩。我急忙奔向你母亲的房间，以便看一看自己的头生儿并给他祝福。谁料，她的侍女们全都站在产房门外，我问干吗？她们回答现在任何人都不准进去。是泽弥拉，你的母亲，把她们通通喊了出来，因为她想独自一个人呆着。我开始敲门，可是没用，门仍紧紧关着。

"就在我不怎么耐烦地和侍女们一起站在门前的时候，天空却突然变得我从未见过的晴朗了。而最惊人的是，仅仅在我们亲爱的巴士拉城的上空，天穹才是一片纯净的蔚蓝，四周却仍旧乌云翻滚，电光闪烁，蜿蜒扭曲地像蛇一样伸向远方。我正出神地望着眼前的这一幕，妻子房间的门一下子开了，不过我仍吩咐侍女们留在门外，好单独走进房去，问你母亲干什么这样把自己关在屋里。一跨进门，我便觉得迎面扑来阵阵玫瑰、丁香和风信子的醉人香味，已经有些晕头晕脑。你母亲把你递给我，同时，指了指你脖子上一支用细细的金链子挂着的小小银笛，说道：'我曾经给你讲过的那位仁慈的仙女，她刚来过，是她给了你儿子这件礼物。此说来她就是那个精灵，她使天气变得如此晴朗美好，并让屋里充满了玫瑰和丁香的馥郁喽？'我笑道，颇不以为然的样子，只可惜她没有送点更贵重的东西给咱儿子，比如一袋金币或者一匹骏马什么的，而只是这支小笛儿！你母亲恳求我别说挖苦话，因为仙女容易生气，闹不好会把祝福变成灾祸呢！"

为讨她欢心，我便不再做声。由于她经常生病，从此我也没再谈这件奇怪的事，直到六年后她感到自己快死了，虽然当时她还那样年轻。

外国童话名篇精选

她把那支小银笛递给我，嘱托我在将来你长到 20 岁时交给你。要知道在这之前，我一刻也不能让你离开我身边。你母亲死了。这就是那件礼物，"巴那扎继续说着，同时从一个小匣子里，取出一支系在一条细细的金链子上的小银笛来，"不等到你满 20 岁，而是现在你十八岁时我就把它给你，因为你马上要出远门，我怕等不到你回来，自己已到你祖父和曾祖父那儿集中去啦！我看不出有什么合理的原因，非要你像你胆小的母亲希望的那样，在家里再呆两年。你是个善良、机灵的小伙子，使起兵器来不比一个 24 岁的年轻人差，因此，今天我就可以放心地宣布你成年了，好像你已满 20 岁一样。喏，安安心心地去吧，不管将来幸运还是不幸，都要经常想到你的父亲。愿老天保佑你！"

在打发走自己的儿子时，巴士拉城的巴那扎说了这么一席话。赛义德激动地与父亲告别，把金链子挂在脖子上，把小银笛插进腰带里，翻身上马，来到了出发去麦加的骆驼队集中的地方。很快就集合了八十多头骆驼和数百名骑士，于是商队出发，赛义德就这样出了他的故乡巴士拉的城门。

旅行的新鲜感和旅途中的许许多多从未见过的事物，一开始令赛义德目不暇接，颇为开心。可等到接近沙漠，周围越来越荒凉，越来越寂寞，他便产生了一些想法，不时地回忆起他父亲巴那扎在送别他时说的那番话。

他拔出小银笛来端详了又端详，最后把它放到嘴边，想试一试这小笛儿是否真的能吹出清亮悦耳的声音来。可是糟糕，小笛子不出一声。尽管赛义德鼓着腮帮，用尽浑身的气力吹呀，吹呀，仍一个音也吹不出来。最后，他闷闷不乐地把这无用的礼物插回到腰带里。不过没过多久，他的整个心思便重新集中到母亲说的那些神秘的话上。从前，他也曾听过不少关于仙女的传说，却从来不知道在巴士拉城的邻里中有谁真和精灵有过接触，人们总把有关精灵的故事放在遥远的异国和古代，因此，赛义德相信现在已不再有那类奇异的现象，要不就是仙女们已停止与人交往，不再干预人类的命运了。他尽管这样想，却也时不时地重新作出努力，希望让自己相信母亲确实有过什么神秘和非凡的遭遇。这样一来，他有时便一整天坐在马上像在做梦似的，既不参加旅伴们的交谈，对他们的歌声或者欢笑也置若罔闻。

赛义德是一个英俊的小伙子，目光刚毅、勇敢，连嘴唇都很优雅，虽说年纪轻轻，整个举止却已有一种他这个年龄的青年难得一见的高贵风度。他那么全副武装地骑在马上，显得既潇洒又稳重，自然吸引了某些旅伴的目光。骑马走在旁边的一位老先生对他产生了好感，试图问他一些问题，看看他的学识究竟怎样？赛义德铭记着要尊敬长者的教导，回答得挺谦逊，但又不失周到和聪明，使老人愈发地喜欢起他来。然而，由于年轻人一整天脑子里都装着一件事，话题很快便自然地转到了神秘的仙女之国上，最后赛义德径直地问老人，他是否相信真有仙女，真有保护人类的善良的精灵，或者迫害人类的凶恶的妖精？

老先生将了将胡须，把脑袋摇来摆去，然后说："不能否认，这样的事情的确存在，虽然我到今天为止既未见过精灵侏儒，也未见过妖怪巨人，还有仙女呀，魔法师呀，也一样没见过。"这样就说开了，老人随即给小伙子讲了许许多多奇异的事情，直讲得他晕头晕脑，不再有任何别的想法，完全相信他出生时发生的一切，诸如天气变得晴朗呀，屋里充满玫瑰和丁香甜美气息呀，都预示着巨大的幸运，而他自己呢，正蒙受着一位仁慈而强大的仙女的特别保护，还有那支作为礼物送给他的小银笛也不简单，一定是用来在危难中召唤仙女的。整夜整夜地，赛义德净梦见皇宫、宝马和精灵什么的，简直就像生活在异国真正的神仙世界。

然而可悲的是，第二天他就经历了一些事情，让他明白他睡着或醒着所梦见的一切，通通都是子虚乌有。其时，骆驼队已经缓缓地行进了大半天，赛义德仍然和老先生并辔走着，突然在远远的沙漠的边沿上，人们发现了一些黑影。有的旅伴认为那是些沙丘，有的认为那只是云朵，还有另一些人说是一支别的商队。谁料，已经历过多次旅行的老人却大叫："留神，不好！"说那是一群阿拉伯强盗正在逼近。于是男人们纷纷拿起武器，妇女和货物被聚集在了队伍的中间，所有人都做好了抵抗强盗攻击的准备。那一片黑影慢慢地在大漠上移动过来，看上去很像一大群向着远方迁徙的长腿鹭鸶。渐渐地，黑影向前移动得越来越快了，还不等分清人和长矛，强盗群就旋风似的扑来，猛烈冲击着商队。

男子汉们英勇地抵抗，可强盗的人数超过了400，已将他们团团围住，远远地就射死了许多商人，随后又用长矛发起进攻。在这千钧一发之际，一直勇敢地厮杀在最前边的赛义德突然想起了自己的小银笛，便赶紧拔出来凑在嘴边猛吹。可是马上又难过地放下了，因为小笛儿仍旧不发出一点声音。大失所望的赛义德怒火中烧，便张弓瞄准一个衣饰特别华丽的阿拉伯强盗，一箭射穿了他的胸膛，强盗身子晃了一晃，随即摔下了马。

"真主啊！你干什么哟，年轻人！"赛义德身边的老先生喊起来，"这一下咱们全都完啦！"

情况看来确实如此。强盗们一发现那人掉下马，便发出可怕的怒吼，疯了似的向商队猛冲过来，少数本来还没受伤的商人立刻死在乱刀之下。赛义德发现自己也陷入五六名强盗的包围中。多亏他的矛使得那么敏捷熟练，没有一个强盗敢于靠近。终于，一个强盗也张弓搭箭，瞄准了他，这时却被另一名强盗挥手制止了。小伙子做好抵御下一轮攻击的准备，冷不防一个阿拉伯强盗向他兜头抛来一根套绳，他拼命想扯断那绳子，结果白费力气。套绳越收越紧，赛义德成了俘虏。

到最后，整个商队非死即俘，而那帮阿拉伯强盗呢，本来也不属于同一个部落，在瓜分完俘虏和其他赃物后便分道扬镳，各奔东西。赛义德被四个武装匪徒押解着，他们经常恶狠狠地瞪着他，不断对他进行咒骂。他听出来，他射死的是个有来头的人，没准儿甚至是位王子。他面临的受奴役虐待的命运，将比死更加可怕。他因此暗自庆幸，希望已经把整个匪帮的愤怒引到了自己身上，相信到了他们的营地必定会被处死。匪徒们监视着他的一举一动，他只要东张西望，他们就举起枪矛发出警告。可有一次，一个匪徒的坐骑失蹄摔倒了，他趁机迅速扭过头，很高兴地发现了那个曾与他走在一起的老人。刚才，赛义德还以为自己这位旅伴也和许多人一样已丧了命。

终于，在远处出现了树木和帐篷。刚走近，迎面便奔来一大群孩子和妇女。他们和匪徒们稍作交谈，立刻发出阵阵惊叫，并一齐把目光转向赛义德，纷纷举起胳膊来对他发出诅咒。

"就是这家伙。"他们叫道，"就是他杀死了伟大的阿尔曼索尔，咱们最勇敢的战士！他一定得偿命，咱们要拿他的肉去喂沙漠里的胡狼！"

说着，妇女儿童们就纷纷举起木棍，攥着土块，拽着手边刚好有的其它东西，气势汹汹地向赛义德冲过来，害得负责押解的匪徒也不得不拿起武器。

"滚开，你们这些浑小子！滚开，你们这些娘儿们！"强盗们一边吼叫，一边用长矛驱散人群，"他在战斗中杀死了伟大的阿尔曼索尔，他是得偿命，不过不能让他死在娘儿们手里，而要死在勇士们的剑下。"

在帐篷中间有一片开阔地，队伍到了那儿便停下来。俘虏被两个两个地绑在一起，赃物被分别搬运进了帐篷，只有赛义德独自戴着锁链，被拖进了一顶大帐篷。帐篷里坐着一位衣着豪华的老头，神情威严高傲，一看便知道是部落的头领。押解赛义德的强盗们一个个垂头丧气，走到老头跟前。

"女人们大呼小叫，我知道准是出事啦！"威严的老头领挨个儿打量着面前的匪徒，"你们的表情已向我证实，阿尔曼索尔牺牲了。"

"阿尔曼索尔牺牲了。"众人回答，"可这儿，塞利姆，沙漠的主宰，这儿就是害死他的凶手。我们把他带了来，好由您处置他。您就决定他怎么个死法吧！是由我们在远处用乱箭射死他呢。还是驱赶着他穿过'矛巷'，或者您想绞死他，或者将他五马分尸？"

"你是何人？"塞利姆目光阴沉地瞪着俘虏。小伙子却无所畏惧地站在他面前，做好了死的准备。

赛义德简单明了地回答了头人。

"你阴险地杀死了我的儿子吧？你是从背后用箭射中了他，还是用矛刺透了他？"

"不，老爷！"赛义德回答，"我是在你的人进攻我们商队的战斗中，在光天化日之下从正面结果了他，因为，他已在我的眼前杀死了我的八个旅伴。"

"跟他讲的一样吗？"塞利姆问自己手下。

"是的，老爷，他是在公开的战斗中杀死了阿尔曼索尔。"一个手下回答。

"要是这样，他干了该干的事情，换了我们也会一样干。"塞利姆说，"他抵抗企图抢夺他自由和生命的敌人，并且杀死了他，所以快快给他松绑！"

手下们一个个惊讶地望着自己的头人，磨磨蹭蹭，很不情愿地解着捆绑赛义德的锁链。"难道杀死您的儿子，杀死伟大的阿尔曼索尔的凶手，您就不要他偿命了吗？"他们中的一个问，同时恶狠狠地瞪着俘虏，"我们真恨不得马上宰了他！"

"我不要他死！"塞利姆高声宣布，"我要带他回自己的帐篷，作为我应分得的战利品，让他做我的奴仆！"

赛义德不知道该说什么感谢老头领才好，强盗们却悻悻地离开了头人的帐篷。当他们对聚在外面等着看处死赛义德的妇女和孩子传达老塞利姆的决定时，众人便可怕地狂呼乱叫起来，发誓要为阿尔曼索尔的死进行血腥的报复，既然死者自己的父亲不打算叫凶手以血还血，以命偿命。

其余的俘虏被分到各个匪帮。有的在交了丰厚的赎金后被放了，有的则被派去当了牧羊人，还有的从前过惯了奴婢成群的生活，现在却不得不在营地里干最低贱的粗活儿。赛义德没这样倒霉。不知是因为他英武勇敢的外表呢，还是那位仁慈的仙女的神秘法力，使老塞利姆对小伙子产生了好感？人们不知道作何解释，但赛义德住在老头领的帐篷中，与其说是被当做了奴仆，不如说被当做了儿子。然而，老人对赛义德不可理解的眷顾，却给他招来了其他仆人的仇恨。赛义德到处都遇见敌意的目光，在独自走过营地时总听见周围一片骂声和诅咒声。是的，有几次胸前还嗖嗖地飞过利箭，显然都是冲着他来的，之所以没有射中他，赛义德只能归功于他时刻挂在胸前的那支神秘的笛子，相信是它给了自己保护。他经常向塞利姆抱怨有人想害死他，可老头领寻找暗算者的努力总是失败，因为整个部落看样子都已联合起来对付受到宠幸的异族青年。于是有一天，老塞利姆对他说：

"我原本希望，你也许能代替我那死在了你手下的儿子，不成啊！这既不是你的错，也不是我的错。所有人都恨得你牙痒痒的，就连我将来也不能继续保护你。要知道，他们如果秘密将你处死，让罪人受到惩罚，你和我都一样毫无办法。因此，当好汉们巡逻归来时，我会说你的父亲已经给我送来了赎金，然后就派我的几名亲信护送你出沙漠。"

"可除了您，我还能信赖任何人吗？"赛义德惊恐地喊道，"他们难道不会半路上杀死我？"

"他们必须对我起誓。从来还没谁破坏过对我发的誓言，这样你就安全啦！"塞利姆信心十足地回答。

几天后，巡逻的强盗回到了营地。塞利姆也说话算话，他赠给小伙子武器、衣服和马匹，召集起自己最善战的手下，从中挑选出五个来护送赛义德，让他们起了一个绝不杀害他的极可怕的誓，然后含泪打发年轻人上了路。

五名壮汉骑着马送赛义德穿越沙漠，一路上阴沉着脸，闷声不响。小伙子看得出来，他们都很不情愿完成这个差事，特别是其中有两个还参加过他射死阿尔曼索尔的那场战斗，更令赛义德十分忧虑。大约走了

外国童话名篇精选

225

八个小时，突然他听见强盗们咬起耳朵来，发现他们的神色越发地阴沉了。他竖起耳朵仔细听，听出来强盗们是用在进行秘密和危险的勾当时总是使用的黑话在交谈。塞利姆原打算让小伙子一直留在自己的帐篷里，所以也花了点时间教他这种黑话。然而他现在听见的，绝不是什么值得高兴的事。

"就是这儿。"一个强盗说，"在这儿我们袭击了商队，也在这儿，我们最勇敢的战友牺牲在了一个男孩手里。"

"风吹散了他的马蹄印。"另一个强盗接过话茬，"可我没有忘记它们。"

"而杀害他的家伙还活着，并且将获得自由，这不是咱们的耻辱吗？啥时候听说过有父亲不为自己被害的独生子报仇的？可塞利姆老了，糊涂啦！"

"既然做父亲的就此罢休，"第四个强盗说，"为死者报仇便成了朋友们的义务。让咱们就在此地砍死他吧！这是从古至今的公道和风俗。"

"可咱们对老头子起过誓，"第五个大声说，"咱们不允许杀死他，咱们的誓言不容破坏。"

"确实哩！"其他人应着，"我们起了誓，凶手可以离开我们，获得自由。"

"等等！"所有强盗中最阴险的一个叫起来，"老塞利姆脑瓜聪明，只是还不像大伙儿相信的那样聪明。咱们可起过誓一定要把这小子送到什么地方？没有嘛，他只要求我们起誓让他活命，咱们把命送给他得啦！就在这地方，咱们把他捆起来，把他扔在地上。"强盗这么说。他哪想到，早在几分钟前，赛义德已做好最坏的打算，还不等那人把话说完，他已勒转马头，狠狠一鞭子，马就被赶得像鸟儿一样飞驰过了沙漠。五个强盗先愣了愣，但他们已习惯追人抓人，马上便分成两组，从左右两面紧追不舍。由于更清楚在沙漠中骑马奔驰的窍门，其中的两个很快便超过了赛义德，然后转回头来直奔向他。赛义德向边上逃跑，发现前边也有两个敌人，而第五个已追至他身后。碍于不杀他的誓言，强盗们没有动用武器。在这儿他们又是向他兜头抛来一条绳套，一下将他拽下马，随即对他凶残地拳打脚踢，最后捆住他的手脚，把他扔在荒漠上炽热的沙中。

赛义德乞求强盗们怜悯，大叫着，保证给他们大笔赎金。然而，强盗们狂笑着跃上马背，一溜烟跑远了。有那么一会儿，他还倾听到他们的骏马轻捷的蹄声，但随后完全绝望了。他想起了自己的父亲，想到如果儿子一去不返，老人家将会如何伤心。他想到自己不得不早早死去，实在是可悲。因为，他断定自己只会在灼热的沙漠中饥渴而死，痛苦不堪，要不就叫一条胡狼撕碎咬烂，再没其他好下场。这时太阳越升越高，火辣辣地烤晒着他的额头。他拼命挣扎，终于站了起来，但并不因此觉得好受多少。在他挣扎的过程中，那支小笛子从衣带里滑了出来。他努力了很久，终于用嘴叼着了笛子，并且将嘴唇凑拢去，试图吹响它，可遗憾的是在这性命攸关的时刻，小银笛仍不肯效劳。他脑袋一仰，彻底绝望了。针刺一般的烈日终于夺去他的知觉，他昏倒在地上了。

过了好几个钟头，赛义德苏醒过来，听见近旁有什么声响，同时感到自己的肩膀被拽住了，于是一声惊叫，相信一定是有胡狼来到了身边，正在撕咬他。这当儿，他的双腿也已被拽住，不过却感到拽住他的不是什么猛兽的爪子，而是一个人的双手。这个人正小心翼翼地搬动他，并在和别的两三个人讲话。

"他活过来啦，"他们低声说，"他肯定把我们看成敌人。"

终于，赛义德睁开眼睛，看见正瞅着自己的是一个矮胖子，他有个眼睛小小、胡须长长的大脑袋。这人和和气气地对他说话，扶他坐起来，递给他食物和饮水，在他吃喝的时候告诉他，他是一位来自巴格达的商人，名叫卡鲁姆·贝克，做的是供妇女们用的面纱和丝巾的买卖。他刚外出做完生意，正准备回家去，却发现年轻人可怜得几乎已被沙活

外国童话名篇精选

埋。赛义德讲究的衣服和短刀上闪闪发亮的宝石引起了他的注意，他想尽一切办法来救活他，也成功了。小伙子感谢他的救命之恩。他看得十分清楚，如果不是这个人的到来，自己必然惨死无疑。因为赛义德既无办法自个儿往前走，也失去了独自徒步穿越沙漠的勇气。他千恩万谢地在商人的一头满载货物的骆驼背上占了个位置，打定主意先去巴格达，心想从巴格达也许能找到一伙旅伴，再回巴士拉故里。

旅途中，巴格达的商人给自己的旅伴讲了许多有关教民们的杰出君主，有关哈伦·拉希德国王的事迹。讲到他热爱正义，机智聪明，用一些既简单又值得称赞的方法，断明了许多稀奇古怪的案子，例如那个制绳匠的故事，那个盛满橄榄油的陶罐的故事，在巴格达真叫妇孺皆知，却也令赛义德赞叹不已。

"咱们的国王，教民的统治者，"商人继续讲，"咱们主上是个很特别的人。要是你以为他也像常人似的睡觉，那你就大错特错喽！每天在黎明前只就寝那么两三个小时，他已足够。我怎么能不知道呢？要晓得我的表兄麦索尔是他最贴身的内侍喽！我表兄他虽然守口如瓶，绝不泄露主人的秘密，却也不能不照顾近亲的面子，三天两头地做上一点儿暗示什么的，当他发现我好奇得真的快发疯的时候。是啊，哈里发不像常人似的睡觉，而是夜夜溜到巴格达的街上，很少有哪一个礼拜不撞上什么惊险的事情。您得了解，正如从那个橄榄油罐的故事里人们已经知道的，而且，也像先知的话一样千真万确，他在巡游时才不骑着骏马，带着卫士，浑身穿戴齐备，由一大帮举着火把的侍从开道呢！尽管他可以这样做，只是他不愿意这样做，而是装扮得一会儿像个商人，一会儿像个船夫，一会儿像名士兵，一会儿又像位教会法典的解释官。就这样，他四处巡游，看一切是否合理，是否正常。

"可也正因为如此，除了在巴格达，恐怕没有哪座城市的人对夜里在街上碰见的任何傻瓜都会这么客客气气，彬彬有礼。要知道，哈里发他完全可能像一个来自沙漠的肮脏的阿拉伯人，而地里长出来的木条又多的是，足以让巴格达城里城外的所有居民都尝到脚掌挨抽的滋味。"

听商人这么讲着，赛义德尽管不时地为思念自己的父亲而难过，却也很高兴能去见识见识巴格达，见识见识那位威名赫赫的国王哈伦·拉希德。

10天后，他们抵达了巴格达。对于正处于鼎盛时期的巴格达城的繁华富丽，赛义德十分惊讶，赞叹不已。商人邀请赛义德上自己家去，小伙子愉快地接受了邀请。因为眼下在杂沓的人群中，他突然意识到，在这座城中除了空气和底格里斯河的河水，还有就是在一座清真寺的台阶上过夜以外，其它任何东西看样子都不会是不花钱的。

在住下后的第二天清早，赛义德刚穿好衣服，正自个儿琢磨着他要是穿着这身漂亮的武士服到巴格达城里去走走，定会吸引不少人的目光，这时商人跨进了他的房间。他端详着英俊的年轻人，脸上露出奸笑，手指捋了捋胡须，随即说：

"从头到脚都挺漂亮嘛，少爷！可你以为你会成为什么样的人呢？依我看哪，你是个梦想家，只顾眼前不想明天。要不啊，你就有的是钱，可以过与你身上穿的这套漂亮衣服相当的生活吧？"

"亲爱的卡鲁姆·贝克先生，"小伙子窘得满脸通红，回答道，"钱我是没有，不过您也许可以借一些给我，帮助我回家去，我父亲一定会很好报答您。"

"你父亲，傻瓜？"商人哈哈大笑说，"我想，你的脑袋准让烈日晒糊涂了吧！你以为，你在沙漠里给我讲的那些故事，我会字字句句都相信吗？相信你父亲是巴士拉城的一位富商，你是这位富商的独生儿子？相信你遭到了阿拉伯强盗的袭击，在匪帮营地生活了一段时间，如此如此，这般这般？我可是一开始就对你的弥天大谎和厚颜无耻气得要命。我知道，巴士拉的所有有钱人都经商，并且和他们全部有过交易往来，肯定也会听说某个巴士拉人，哪怕他的财产仅仅只值六千金币。也就是

说，你要么是谎称来自巴士拉，要么你的老汉只是一个穷鬼。对这穷鬼
流浪到巴格达来的崽子，我才一个铜子儿也不肯借哪！还有什么在沙漠
里遭到了袭击。自从英明的哈伦哈里发把沙漠中的商道变得安全以来，
什么时候听说过还有强盗敢于进攻商队，甚至掳走人质？就算有吧，可
我一路上一点没听说过，在这世界各国的商贾云集的巴格达城，也完全
没人说起。可见又是你在撒谎，无耻的年轻人！"

赛义德脸色苍白，又气又恼，几次想打断可恶的矮怪物的话，可这
家伙叫起来声音比他大，而且两条胳膊乱舞乱挥。

"你的第三个谎言，大骗子，是关于塞利姆营地的生活。塞利姆他
可是鼎鼎大名啊，所有那些不管在啥时候见过一个阿拉伯强盗的人都没
有不知道他的。不过，塞利姆的出名是因为他残忍到了极点，可怕到了
极点，而你呢，竟敢说你杀死了他的儿子，却不曾马上被他给剁成肉
酱。是的，你真是太放肆啦，竟声称塞利姆为保护你而不顾整个匪帮的
反对，把你收留在他自己的帐篷中，后来又没要赎金就放了你，却不是
把你吊死在旁边的随便哪棵树上，真是鬼才肯信喽！须知他常把路过的
客商高高吊起来，仅仅为了看一看他们在被绞死时有怎样的表情。哦，
可恶的撒谎者！"

"可我凭着自己的灵魂和先知的胡须起誓，一切全是事实啊！"赛义
德喊道，"除此我再没什么好讲！"

"什么，凭你的灵魂起誓？"商人也叫起来，"凭你那龌龊、虚伪的
灵魂起誓，想叫谁相信呢？你呀，你自己嘴上无毛，却要凭先知的胡须
起誓？叫谁信得过喽？"

"我自然是没有证人，"赛义德继续说，"可你不亲眼看见我被捆在
沙漠里，已经奄奄一息了吗？"

"这什么也证明不了，"对方回答，"你穿得像个强盗头儿，很可能
是袭击了另一个比你更厉害的强盗，结果被他制伏了，捆了起来。"

"我真想看看，有谁能独自或者甚至两人一块儿合力打倒我，捆住

我，如果他们不是从背后偷袭，从我头顶抛来绳套。"赛义德反驳说，"你坐在市集上自然不了解，一个习过武的人，他匹马单枪能有多厉害。不过呢，你救了我的命，我还是感谢你。可您现在打算将我怎样？如果你不帮助我，我定会沦为乞丐。我可不愿意乞求任何与我差不多的人施舍，而只愿去见哈里发。"

"当真？"商人冷笑着说，"你除了咱们仁慈的主上就不愿求任何人？你这样的乞丐我看真够气派哩！哎哟哟，哎哟哟！不过呀，小少爷，你得想一想，要去见哈里发只有经过我的表兄麦索尔，我只需说上那么一两句，内侍长就会留神你这位行骗的高手。但我可怜你，看在你年轻的分上，赛义德，你可以改邪归正，可能还有一点出息。我愿意把你收留在我市集上的铺子里，让你在那儿为我干一年活儿，一年后你要是不肯留下来，我就付给你工钱，放你走路，随你上哪儿，去阿勒颇或是麦地那，去伊斯坦布尔或是巴士拉，甚至去异教徒那里我全都无所谓。我让你考虑到中午。你要同意就好，要不同意，咱就公平合理地和你算账，请你赔我为你花的旅费，包括你骑我的骆驼的费用，让你把你的衣服和所有一切全给我，然后再扔你到大街上，到那时候你就可以去乞讨，向哈里发或是向教长，在市集上或是在教堂前。"

可恶的家伙边说边走，离开了不幸的青年。赛义德望着他的背影，目光充满鄙视。这坏蛋蓄意领他出沙漠，把他骗到家里，为的是控制他，叫赛义德气得要命。他试了试能否逃走，可房间装了铁栏，门也上了锁。终于，在长时间的抗拒、犹豫之后，他还是决定暂时接受商人的提议，去他的铺子里干活儿。他看出没有更好的办法。就算他能逃脱，也没有钱回到遥远的巴士拉呀！不过他下定决心，一有机会就去请求哈里发本人保护。

第二天，卡鲁姆·贝克带自己的新仆人到了市集上的铺子里。他指给赛义德看他经营的面纱、丝巾和其他商品，分配给了年轻人一个特别的任务。这就是，赛义德得穿得像个店铺里的伙计，不能再做武士打扮，然后一只手拎着条面纱，另一只手提着条华丽的丝巾，在店门口这么一站，冲过往的男男女女大声吆喝，展示手中的商品，说出定价，引诱人们前来购买。到这时候，赛义德也明白过来，为什么卡鲁姆·贝克硬要让他干这活儿。因为老家伙又矮又丑，要是站在店前招徕客人，旁边店里的人或者过路的都会说风凉话，孩子们也会嘲弄他，妇女们会叫他稻草人。反过来，年轻的赛义德招呼起客人来彬彬有礼，展示面纱和丝巾的动作优雅灵敏，真个是人见人爱。

当卡鲁姆·贝克看出，自从有赛义德站在门前，他店里的顾客便逐渐增加，于是对年轻人和气了起来，给他开的伙食也比以前好一点，并且考虑要一直让他穿得漂亮、得体。不过，对东家的这类善意表现，赛义德却无动于衷，而是整天考虑和梦想找到返回故乡的办法。

一天，铺子里买卖格外兴隆，所有负责送货上门的伙计都被派出去了，这时又来了一位女顾客买东西。她很快挑好商品，要求派个人替她送到家里去，答应付给小费。

"过半小时我就差人把什么都给您送去，"卡鲁姆·贝克回答，"只好请您耐心地等上一会儿，要不临时找个苦力送送也成。"

"你这个老板，竟想随便叫个陌生人给自己的顾客送货？"老太太吼起来，"这样的人难道不会趁拥挤把东西拿跑吗？真跑了叫我找谁去？不行！根据市集的法规，你有责任派人把货送到我家里去，而我只能要求你也只想要求你。"

"只请您等半个小时嘛，夫人！"商人恳求，同时焦急不安地东张西望，"我所有的送货员全都派……"

"这家商店太差劲，竟然有时没有送货员，"刁钻的女人回答，"喏，那儿不是立着个无所事事的年轻人吗？来，小伙子，拿上我的东西，给我送上门去！"

"等等，等等！"卡鲁姆·贝克嚷起来，"他是我的招牌，我的喇叭，我的磁石！他可不能离开商店一步！"

"什么！"老太太不由分说地把包好的商品塞在赛义德腋下，喊道，"你是个奸商，货也是孬货，不能凭货色本身吸引顾客，竟要一个年轻力壮的人什么事不干，专门给你当招牌！走，走，小伙子，今儿个活该你挣一笔小费！"

"那就跟着见他妈的鬼去吧，"卡鲁姆·贝克对他的"磁石"嘀咕道，"可得马上给我回来。要是我继续拒绝她，这老巫婆会叫得我在整个市集名声扫地。"

赛义德跟着老太太，想不到她年纪那么大却步履矫健，很快穿过了市集和一条条街道。终于，她站在了一座华丽的邸宅前，敲敲门环，两扇大门便敞开了。她走上宽大的大理石台阶，示意赛义德跟上。最后，他们跨进一座高大宽敞、金碧辉煌的大厅，其富丽豪华是赛义德一生未见。老太太有些疲乏的样子，在厅中的一张软榻上落了座，示意年轻人放下商品，递给他一枚银币，然后让他离开。

赛义德刚走到门边，忽听一声清脆、温柔的呼唤"赛义德"，不禁一怔：这儿怎么有人认识他！回头一看，坐在软榻上的已不再是个老太太，而成了一位美丽端庄的夫人，两旁立着无数的仆人和侍女。小伙子惊讶得说不出一句话，只是把双臂抱在胸前，深深鞠了一躬。"赛义德，我亲爱的孩子，"夫人说，"尽管那些把你带来巴格达的灾难令我很遗憾，可这座城市是命运为你安排的惟一的地方，只有在这儿，你能解除在 20 岁前贸然离开家所遭到的厄运。你的小银笛还在吗，赛义德？"

"当然还在，"小伙子高兴得叫起来，立刻拔出金项链，"您多半就是那位在我出生时把它送给我的仁慈仙女吧！"

"我是你母亲的朋友。"仙女回答，"也是你的朋友，只要你一直保持善良的天性。唉，你父亲真是轻率，都怪他不照我说的办！否则你会少许多灾难。"

外国童话名篇精选

"嘿，也许命该如此！"赛义德说，"不过，请发发慈悲，让强劲的西北风驱动您的云辇，载上我，送我迅速返回巴士拉去见我父亲。此后我将耐心地在家待上六个月，直到我满20周岁。"

仙女莞尔一笑，答道："你倒是挺会说话，但是，可怜的赛义德，这不可能。你离开了父亲的家，我现在已不能为你显示任何奇迹。连从可恶的卡鲁姆·贝克手中救你出来也不能够。他可是处在你那强大的敌人庇护下的啊！"

"这就是说，我不只有一位善良的朋友，还有一个敌人喽？"赛义德问，"是的，我相信也经常感觉出了这种影响。不过，您帮我出出主意总可以吧？我该不该去找哈里发，求哈里发保护呢？他是个贤明的人，会使我免遭卡鲁姆·贝克迫害的。"

"不错，哈伦是位贤明的国王！"仙女回答，"可遗憾的是，他也只是个人。他信赖他的内侍长麦索尔跟相信自己一样，并且也有道理，因为他发现麦索尔确实忠诚可靠。然而，麦索尔又相信你的朋友卡鲁姆·贝克，也跟相信自己一个样，这可就不对啦！因为卡鲁姆是个坏蛋，虽说和他有亲戚关系。卡鲁姆很狡猾，一回巴格达就对他表兄内侍长讲了编造你的坏话，内侍长又讲给哈里发听了，所以，你现在要是进宫去马上就会给逮起来，哈里发不信赖你呗！不过有另外的办法和途径接近他，而且星象也显示出，你应该争得他的恩宠。"

"情况真是可悲，"赛义德难过地说，"这样一来，我还得给卡鲁姆那坏蛋做相当长时间的伙计。可尊敬的夫人啊，仅仅一个恩典，您大概不会不给我吧！我从小习武，最高兴的就是参加比赛，用枪矛、弓箭和短刀正大光明地和人较量。而本城的贵族青年，恰好又每个礼拜都要举行一次这样的赛事。不过只有衣饰讲究的人，而且还必须是自由民，才允许进入赛场，也就是说，市集上的帮工是不准参加的。现在，只要您能施法让我每礼拜都有一匹骏马、几件衣服和一些武器，并且让我的模样不容易被人认出来……"

外国童话名篇精选（中）

主编 文 昊

新疆美术摄影出版社
新疆电子音像出版社

“这个愿望呢，一位高贵的青年倒不妨冒险一试。”仙女说：“你的外祖父曾是叙利亚最英勇的武士，你看来继承了他的精神。记住这幢房子，你每礼拜都可以来这里取一匹马、两名骑马的侍从以及一些武器和衣服，还有一种用过以后就没有人能认出你模样的洗脸水。好啦，赛义德，再见！坚持下去，做一个聪明善良的人！六个月后银笛就会吹响，它的声音自会传进祖利玛的耳朵里。”

　　小伙子怀着感激和崇敬的心情离开自己的保护神，牢牢地记住了那幢邸宅和它所在的街道，然后走回市集。

　　当他回到市集的那一刻，正好还来得及帮助和拯救它的东家卡鲁姆·贝克。铺子已被人群团团围住，小孩子绕着卡鲁姆一边蹦蹦跳跳，一边讥讽他，老年人则冲他发出阵阵哄笑。他自己站在铺子门前，一手拎着面纱，一手提着丝巾，又尴尬，又气愤，浑身不住哆嗦。这奇特的一幕，是由赛义德走后不久发生的事引起的。卡鲁姆当时代替漂亮的伙计站到店前，大声叫卖，可没任何人愿意来买这老丑八怪的东西。临了儿，市集上来了两个男人，打算替自己的妻子采购礼品。他俩在集上来来回回挑了好几遍，这时候正好东张西望地走了过来。

　　卡鲁姆·贝克发现了，决心抓住这个机会，便吆喝：“看这儿，看这儿，二位二位！二位选购什么？漂亮的丝巾，上等货色！”

　　“老爷子，”一个男人回答，“你的货可能挺不错，不过咱们的太太很是特别，而且在本城也成了大伙儿的习惯，就是除了英俊的店员赛义德卖的，其他任何人的丝巾她们都不买。为了找他，我们已在集上转了

国童话名篇精选

半个钟头，却仍然找不着。你能够告诉我们他在哪儿吗？要是能，我们下次准买你的。"

"真主啊，真主啊！"卡鲁姆·贝克喊起来，同时满脸堆笑，"二位有先知带路，真走对了地方。你们不是想买漂亮店员的丝巾吗？喏喏，只管进来，进来，这正是他的店子。"两位顾客一个嘲笑卡鲁姆矮小丑陋的身材，笑他竟然自称是那位英俊的店员，另一个更相信是卡鲁姆有意戏弄自己，二话没说就给他一顿臭骂。这一来卡鲁姆也急啦，叫来几个邻店的老板当证人，要人家说那漂亮店员的铺子正是他这家商店。谁知，邻居们正对他这段时间以来生意特别好心怀嫉恨，根本不想管这档子事，以致那两位顾客终于对他们骂的这个老骗子认真动起手来。卡鲁姆虽也挥拳自卫，但更多的是还以叫骂，于是店前吸引来了一大群看客。城里原本很少有人不认识卡鲁姆，都知道他是个贪婪、卑鄙的守财奴，现在围观的人都认为他挨揍是活该。眼看顾客中的一个已经揪住他的胡子，这顾客的胳膊却也被抓着往地上一摔，摔得头巾掉了，两只拖鞋飞得老远。

看客们显然都希望见到卡鲁姆·贝克挨整治，这时便大声嘀咕起来，被摔倒的顾客的同伴回头一瞅，有人竟敢把他的朋友打翻在地，正准备反击，却发现面前站着一个高大英武、目光炯炯、神色果敢的青年，不禁住了手。卡鲁姆像发现救星似的赶紧指着小伙子喊道：

"喏，你们还想干什么？他就在这里，你们二位，他就是赛义德，那位英俊的店伙计！"

围观的群众哈哈大笑，因为他们知道刚才卡鲁姆·贝克被冤枉了。那个被摔倒的顾客不好意思地从地上爬起来，一瘸一拐地跟着同伴走了，面纱和丝巾一样也没有买成。

"哦，你真是店员中的明星，真是咱们市集的骄傲！"卡鲁姆一边领自己的伙计进店子，一边叫喊："真的，我说你来得真及时，我说你真敢作敢为。那小子趴在地上，就跟压根儿没长腿似的，还有还有……你要是迟到两分钟，我这辈子就再也用不着找理发匠修胡子、抹油膏啦！我怎么报答你才好呢？"

赛义德呢，纯粹出于一时的怜悯，才动了心，出了手。眼下，同情心没有了，他几乎后悔帮忙这老坏蛋免去了本该受到的教训。少了一撮胡子，他想，也许反可以使这家伙性情温和个十来天。不过呢，他仍尽量利用老头的好性子，要他作为报答，允许自己每礼拜有一个晚上自由支配，爱散步就散步，或者做任何愿意做的事情。卡鲁姆答应了，因为他清楚知道，这个被迫当他伙计的青年非常理智，在还没钱和像样的衣服时是绝不会逃走的。

没过多久，赛义德便达到了目的。在第二个礼拜三，就是城里的贵族青年们在公共广场上聚会和练武的日子。他告诉卡鲁姆，他希望自己能利用这个晚上。卡鲁姆同意了，他便走到仙女的邸宅所在的街上，一敲门，门立刻大打开来。仆人们像对他的光临早有准备，也不问他有什么要求，就领他进了一间漂亮的屋子。在屋里，他们先递给他一瓶洗脸水，用它一洗模样就改变，人家不再能认得出来。赛义德用这水浸了浸面孔，然后瞅瞅铜镜，果然几乎认不出自己了。须知，眼下他的皮肤似乎成了红褐色，长着两撇黑油油的胡子，看上去至少比实际年龄大了十岁。

随后，他们又领赛义德进第二个房间。在那儿他得到了一整套华丽的装束，即使是巴格达的哈里发本人盛装打扮起来去检阅大军，穿上它们也绝不会感觉寒碜。除了一条装饰着宝石和长长鹭翎的精工织造的头巾，一件绣着银花的红缎战袍，赛义德还得到了一副打造得极为精致的银环胸甲，让他穿起来不但贴身和动作灵活，而且坚固无比，刀枪不入。最后，还有一把剑鞘精美绝伦的宝剑，剑柄上的宝石在赛义德看来一定是价值连城。穿戴完整个装备，当他披挂齐整走出房门，一个侍从递过来一条丝巾，告诉他是女主人叫给他的，他只要用这丝巾一揩脸，脸上的胡子和红褐色都会消失。

院子里立着三匹骏马，赛义德跃上最漂亮的一匹，另两匹归了他的侍从。随后，三人喜气洋洋地驰往比武赛会的广场。赛义德华美耀眼的衣甲和兵器吸引了众人的注意，在他走进人群围绕着的场地中央时，四周传来一阵压低了的惊叹声。眼下是巴格达城最勇敢和最高贵的年轻人的盛大聚会，连哈里发的兄弟们也纵马挺枪，来到了场内。赛义德抵达时，看样子谁也不认识他，可仍旧有一位宰相的公子和他的朋友们迎上来，很有礼貌地向他致意，邀请他参加比赛，并询问了他的姓名和籍贯。赛义德自称阿尔曼索尔，来自开罗，在旅途中常听说巴格达的贵族青年们既勇敢又正直，所以不愿放过认识和结交他们的机会。青年们挺喜欢赛义德·阿尔曼索尔得体的举止和英武的外表，让人给他送来一杆枪，请他自己选定参加哪一方。因为所有的武士已一分为二，以便捉对儿比试，或一方与另一方集体厮杀。

赛义德的外表本来就已令人注目，现在人们对他的矫健勇猛越发惊叹不已。他的坐骑来往疾驰赛过飞鸟，他的宝剑左右旋舞胜似流星。他投出的标枪既远又准，就跟用强弓射出的箭矢一样。他战胜了对方最勇敢的武士，最后被公认为整个赛会的大赢家，使得哈里发的一位兄弟和那个宰相的儿子，他们本来与他同属一方，也请求和他再比试比试。结果哈里发的兄弟阿里给他打败了，大臣的儿子却一直顽强地与他拼杀，最后大家都认为还是等下一场再分胜负更好一些。

比武后的第二天，整个巴格达城都在议论纷纷，话题全集中到了那个英俊、富有和勇敢的外乡青年身上。所有见过他的人，包括那些败在他手下的勇士，无不钦佩他高贵的风度举止。在卡鲁姆·贝克的店中，当着赛义德本人的面，人们也谈论起他，并说只可惜没有任何人了解他住在哪里。

第二次，他在仙女的家中得到了一套更华丽的战袍，一些更精美的兵器。这一天，半个巴格达城的人赶到比武场，哈里发本人也在一处高高的阳台上观战。他同样十分赞赏异乡青年阿尔曼索尔，在比武结束时亲自在他脖子上挂了一枚金链系着的大金质纪念章，以表示鼓励。这样一来，赛义德第二次更辉煌的胜利就必然引起巴格达本城青年的妒忌。

"这个外乡小子！"他们私下议论，"难道能让他来巴格达把咱们的荣誉、光彩和胜利通通都抢走吗？难道能随他去别处吹嘘炫耀，说在咱巴格达的年轻精英中就找不出一个人，敢于和他一争高下吗？"如此这般，他们就决定在下一次比武时一哄而上，以五个或者六个人围攻他一个，并装得像出于偶然似的。

他们不痛快的表现，没能逃过赛义德锐利的眼睛。他发现，他们聚在角落窃窃私语，神色阴沉地朝他指指点点。他料想，除去哈里发的兄弟和宰相的公子，再没有谁对他怀有善意。而且就是他俩，也用各种问题来烦他，打听他居住何处，从事什么职业，喜欢巴格达什么，等等等等。

在年轻人当中，有一个看赛义德·阿尔曼索尔时目光最凶险，对他似乎也最存敌意。而且特别凑巧的是，此人恰好就是不久前在卡鲁姆·贝克的铺子里被拽倒在地的那个家伙，正当他准备揪掉倒霉的卡鲁姆胡子的时候。这个人一直留神打量着赛义德，眼睛里燃烧着妒火。尽管赛义德已战胜过他几次，可这也不该成为仇视的原因呀！他因此有些担心，那家伙没准儿已从他的嗓音和身材，认出了他就是卡鲁姆·贝克铺子里的那个店员，而只要一揭出真相，他准会遭到那伙人的耻笑和报复。然而，一帮忌妒者的阴谋暗算失败了，一是因为赛义德本人谨慎又勇敢，二是由于哈里发的兄弟和宰相的儿子对他表现了友好。当他俩看见至少有六个人包围着赛义德，试图将他打下马来，或者解除他的武装时，他们便策马赶去，驱散了围攻者，并警告这帮年轻娃娃，谁如果继续这么不仗义，就将谁干脆逐出比武场。于是，在随后的四个多月中，赛义德都能这样考验自己的勇气，同时赢得巴格达人的钦羡。直到有一天傍晚，在从赛场回家去的途中，他于不经意间听到了一些似乎挺熟悉的嗓音。在他前面慢慢走着四条汉子，看样子正在商量什么。赛义德轻

外国童话名篇精选

239

轻靠拢去，听清楚他们正操着在沙漠里的塞利姆匪帮讲的那种黑话，便预感到这四条汉子一定是准备进行抢劫。他的头一个念头是离开这四个家伙，但继而一考虑，他应该阻止一桩罪恶发生，便更加靠前一些，偷听他们到底说些什么？

"看门人讲得很肯定，市集右边那条街，"一个汉子说，"今天夜里他和宰相绝对会从那儿经过。"

"好！"另一个回答，"宰相咱不怕，他年纪大啦，没有多少武功。可据说哈里发却剑法很棒，我对他没把握。而且，他身后一定还尾随着十来个卫士。"

"鬼也不会有！"第三个反驳说，"谁要什么时候在夜里见过他，认出他，总发现他独自和宰相或者内侍长在一起。今天夜里，他逃不出咱们手心，只是别伤着他才好。"

"我考虑，"第一个汉子又开了口，"最好的办法是从头上向他扔套绳，杀死他不行，为他的尸体他们只会付很少一点赎金，再说咱们还没把握得到。"

"就这样，午夜前一个钟头！"四条汉子异口同声，说完就散开来，各奔东西。

赛义德被他们的阴谋大大吓了一跳，他决定立刻赶去宫里见哈里发，向他报告面临着危险。可等他跑出几条街，却突然想起仙女曾对他讲过的话，想起她告诉他哈里发对他的印象已经有多坏。于是赛义德考虑，他的陈述很可能遭到讥嘲，或者被当成是企图讨好谄媚巴格达的主宰。想着想着，他已收住脚步，心想倒不如信赖自己的好剑法，用它从强盗手里救出哈里发。

他因此没有回卡鲁姆·贝克的铺子，而是坐在清真寺的台阶上，在那儿等到完全天黑，然后再沿着市集走进强盗们说的那条街道，藏在一幢房屋的墙角后面。他在那里站了约莫一个钟头，才听见有两个人慢慢走来，起初还以为那就是哈里发和宰相，可其中一个击了击掌，立刻又从市集的方向轻手轻脚地溜过来两个。只见他们悄声合计了几句，又马上分散开，三人藏在离赛义德不远处，一人在街上踱来踱去。夜色已经很深，四周一片死寂，赛义德什么也看不见，只能依赖自己灵敏的双耳。

又过了差不多半小时，传来了朝市集走去的脚步声。街上那个强盗可能也听见了，他经过赛义德面前，朝市集溜去。脚步声越来越近，赛义德已看见几个黑黑的人影，那个强盗一拍手，埋伏着的三个强盗就同时冲了出来。遭袭击的人想必也有武装，赛义德听见了刀剑碰击的丁当声。他立刻拔出自己的宝剑，边喊"杀死你们这些伟大的哈伦的敌人！"边向强盗们扑去，第一剑就刺倒了一个，紧跟着又冲向另外两人。他们已用套绳将一个人捆住，正动手解除此人的武装。赛义德挥剑砍强盗手中的绳子，不想用力过猛却砍着了强盗，削下了他的一边手，这家伙惨叫一声跪倒在地。这时，正在和另一个人厮杀的第四名强盗转过身来，和第三个强盗一块儿进攻赛义德。可那个被套绳捆住的人刚一脱身便拔出匕首，从侧面一下刺进了进攻者的胸口。见此情景，还剩下的那个强盗便扔下长刀，溜之大吉。

赛义德没等多久，已清楚自己救的是谁。两位遭袭击者中身材更魁梧的一位走过来，对他讲："今晚的两件事都一样奇特：竟有人想害我的性命，或夺取我的自由；同时，又得到了意想不到的帮助和拯救。你知道我是何人？难道你预先了解到了这些家伙的阴谋？"

"教民们的主宰啊！"赛义德回答，"我丝毫不怀疑您就是他。今天傍晚我经过马勒克街，听见前面有几个人在说我曾经学习过的那种黑话。他们商量着要绑架您，同时杀死您的高贵的宰相。可是我已经来不及向您发出警告，我只好决定先赶到他们准备袭击您的这个地方，以便救驾。"

"谢谢你！"哈里发说，"不过此地不便久留，收下这枚戒指，带上它明天到我宫里来。到时候咱们好好谈谈你和你救驾的事，看看我怎么能最好地奖赏你。走，宰相，这地方不好逗留，他们可能会再来的。"

他一边讲，一边给年轻人戴上一枚戒指，然后拉着宰相就准备离开。可宰相请求他再停留一会儿，随即转过身来把一个沉甸甸的小包递给莫名其妙的小伙子。

"年轻人，"宰相说，"我的主上哈里发只要高兴，想叫你变成什么人就变成什么人，甚至当他的继承者，可我能做到的不多，今天能做的最好就别推到明天，所以收下这个钱包吧！它还不足以表达我的感激。不管啥时候你有怎样的愿望，都尽管放心来找我！"

在赶回店时，赛义德完全陶醉在幸福之中。然而，店里等着他的却没好事。卡鲁姆·贝克对他的迟迟不归先是感到恼火，随即便产生了担心，生怕自己的铺子会失去它漂亮的招牌。

老头子一见他便破口大骂，接着更暴跳如雷，活像是个疯子。赛义德呢，先已往钱包里瞅了瞅，发现里边全是些金币，就想他现在即使不再获得哈里发给的肯定更加丰厚的赏赐，也完全可以动身回故乡去啦，因此不屑回答卡鲁姆一个字，便直截了当地向他宣布，他在他铺子里一个钟头也不愿意再待。卡鲁姆一开始是吓了一跳，但紧接着便冷冷地笑了笑，说：

"你这个穷鬼，流浪汉，臭瘪三！我要不收留你，看你到哪儿栖身去？你打算去哪儿找饭吃，去哪儿找床铺过夜？"

"这用不着你操心，卡鲁姆·贝克老爷！"赛义德倔强地回答，"好好地保重自己吧，你再也见不着我啦！"

他说着就跑出了店门，卡鲁姆·贝克在后面望着他，瞠目结舌。第二天早上，老头子在仔仔细细考虑以后，便派几个负责送货的伙计去四处寻找逃跑的小伙子。他们找了很久都白费力气，直到最后才有个伙计回来报告，他看见赛义德从一座清真寺走出来，进了一家商队客栈。他说，从前的店员完全变了一个人，穿着漂亮衣服，腰悬长刀和匕首，头戴着华丽的头巾。

听这么一讲，卡鲁姆·贝克大声发誓道：

"他肯定是偷了我的，才有好的穿。哦，我这个倒霉鬼！"说完就跑去找警长。警长知道他是内侍长麦索尔的亲戚，所以没让他费多少口舌，便应他的要求派出几名警察跟他去逮捕赛义德。赛义德正坐在一家商队客栈前，心平气和地和他在那里找到的一个商人商谈回自己故乡巴士拉的事。几名警察突然扑向他，不顾他的反抗，把他的双手绑在了背后。赛义德质问他们有什么权力对他动武，他们回答是执行警长的指示，应他合法的雇主卡鲁姆·贝克的要求。与此同时，那矮怪物已赶过来，挖苦奚落赛义德，并伸手进他口袋，一下掏出来一大包金币，使围观的人惊讶不止。老家伙更是得意地大叫大喊：

"瞧瞧！这全部是从我店里慢慢偷的，这个坏蛋！"

众人都带着鄙夷的神色瞪着被捕的青年，大声议论："怎么搞的？还这样年轻，这样英俊，却又这么坏！送他上法庭，送他上法庭，让他尝尝脚掌挨揍的滋味儿！"说着，就拖赛义德往前走。在他身后跟了一大群来自各个等级的形形色色的人。人们边走边喊："快瞧啊，市集上最漂亮的店员偷了东家的钱财逃跑——足足有一百个金币喽！"

警长阴沉着脸，传见被捕的犯人。赛义德想要申辩，可这官僚禁止他开口，单听那小商人一面之词。他指着钱袋问卡鲁姆·贝克，这可是他被盗的金币？卡鲁姆赌咒发誓说是的。

他这样作伪证，尽管得到了金币，却失去了对他来说价值一千个金币的漂亮店员，因为警长兼法官宣判：

"根据我们至高无上的君主哈里发几天前颁布的一部法律，在市集上行窃凡超过一百个金币者，便要处以终身流放荒岛的刑罚。这个贼来得正好，刚好凑足二十名犯人的数字，明天就可以押上三桅船出海。"

赛义德非常失望，恳求法官听他申诉，允许他哪怕和哈里发只说一句话，但没得到许可。卡鲁姆·贝克也后悔自己起的誓，开始为赛义德求情。法官却回答：

外国童话名篇精选

243

"你拿到了金币该满足啦，回家去安安静静待着，再要啰嗦一句就罚你十个金币。"

卡鲁姆吓得不敢吱声了，法官手一挥，不幸的赛义德就被带下了堂。

小伙子被关进了一间黑暗潮湿的牢房，牢房里本已横七竖八地在干草上躺着19个可怜虫。

他们以粗野的哄笑欢迎新来的难友赛义德，并且对法官和哈里发发出诅咒。尽管眼前的命运险恶，尽管一想到要被流放荒岛就心里害怕，但明天毕竟可以脱离这恐怖的监狱，他从中仍得到了几分安慰。然而，他想错了，因为船上的情况并不比监牢中好一些。20名囚犯被扔进了人都站不直的底舱，他们为了占一个好点的位置而相互推挤，挥拳斗殴。

起锚了。当载着他背井离乡的帆船开始移动时，赛义德便伤心地流下了眼泪。每天他们只领到一点儿面包、水果和淡水，舱里一片漆黑，犯人吃饭时总得有人下来点上灯。他们中几乎没两三天就要死掉一个人，这水上牢房里的空气太污浊啦，赛义德只是由于年轻力壮才活了下来。

在海上已航行两个礼拜，突然，有一天巨浪汹涌，甲板上出现了异样的忙碌和跑动。

赛义德预感到是起风暴了。他因此反倒觉得心里畅快，希望死去更好。

船被剧烈地抛来抛去，终于随着一声可怕的巨响停了下来。从上面传来惊呼和惨叫，夹杂着风浪的阵阵咆哮。过一会儿又完全安静下来，但与此同时有个囚犯却发现船底进了水。他们捶打头顶上从上往下关的舱门，可是没人回应。海水往舱里灌得越来越急，囚犯们只好合力顶撞舱门，终于把门撞开。

他们爬上扶梯，但甲板上见不到一个人影。船员们全都乘小艇逃命去了。眼下多数囚犯已经绝望。要知道风暴重新变得凶猛起来，船正嘎嘎嘎响着逐渐往下沉。他们在甲板上还坐了几小时，找出船上储存的食物来最后大吃了一顿。接着风暴再起，船被吹离了它搁浅的礁石，开始分崩离析。

赛义德抱住一根桅杆，在船解体后仍然没有松手。海浪把他打过来打过去，他靠双脚划水，使身体始终保持在水面上。怀着死的恐怖，他游了约半个钟头，突然发现那拴着小银笛的金链子从衣袋里滑出来了，便想再试一试能否吹响。他一只手抱紧桅杆，另一只手将小笛儿送到嘴边，只这么一吹，一串清脆的笛音便响彻天际，四周顿时风平浪静，海面平滑得如同敷了一层油似的。赛义德舒了一口气，正四下张望是否哪儿有陆地，却觉得身子底下的桅杆在开始奇怪地膨胀和蠕动，低头一看，大吃一惊：他已不是趴在一根木头上，而是骑着一头硕大无比的海豚！不过没一会儿他便回过神来，发现海豚游得虽快，却是在平稳而从容地前进，明白自己神奇地获救得归功于小银笛和仁慈的仙女，于是，他对着苍天大声喊出自己热忱的感激。

赛义德那神奇的坐骑托着他飞快地穿过波浪，不等天黑他已看见陆地，并发现一条大河，海豚也立刻拐进这河中，随后慢慢向上游游去。赛义德想起了一些古老的神话，记得人们怎样求助于魔法。为了不饿坏自己，他拔出小银笛来猛吹，衷心希望能得到一顿丰盛的饮食。笛音刚落，海豚已静止不动，同时从海水中冒出一张桌子，而且是干干燥燥的，就像在太阳下摆了八天一样，桌上摆满了可口的饮食。赛义德大吃大喝，因为在监禁期间，他的伙食是又少又坏的呀！吃饱喝足以后，他道声谢谢，桌子便沉下去了，他用腿一蹬海豚的腹部，这家伙又继续游向河的上游。

太阳渐渐西沉，赛义德在朦朦胧胧的远方看见了一座大城市，城里清真寺的塔尖似乎很像巴格达的那些。想到巴格达他颇有不快，但却非常信赖那位仁慈的仙女，坚信她绝不会再让自己落到卑鄙无耻的卡鲁姆

·贝克手里。在河岸边离那大城市约莫一里的地方，他看见一幢豪华别墅，使他惊讶的是海豚竟托着自己径直向那别墅游去。

别墅的屋顶上，站着几位衣着华丽的人。在岸边，赛义德看见一大群仆人朝着他张望，一边还惊喜地不住鼓掌。海豚游到一段通向别墅的大理石台阶旁边，赛义德脚一落地，海豚便马上消失得无踪无影。与此同时，从台阶上走下来几个仆人，他们以主人的名义邀请年轻人上去，并且把一些干衣服递给他。他很快换好衣服，随仆人走到那三位男子站着的屋顶上。他们当中最高大英武的一位立刻迎上来，对他既友善又敬重。

"您是谁呀，神奇的异乡人？"他问，"您怎么能驯服海中的游鱼，要它向左就左，向右就右，就跟优秀的骑士驾驭自己的战马一样？您是一位魔法师呢，还是与我们一样的普通人？"

"老爷啊！"赛义德回答，"最近几个礼拜我的遭遇坏透啦！您要是高兴知道，我就讲给您听。"于是，他开始给三位贵人讲自己的故事，从他离开父亲家中的一刻一直讲到了神奇的得救。

他的讲述时常被他们的惊讶呼叫打断。他讲完了，殷勤接待他的那位主人说道：

"赛义德，我相信你说的话！可是你讲你曾在比武时赢得一条金项链，还有哈里发送过你一枚戒指，你能够把这些东西拿出来让我们看看吗？"

"这儿，在我的胸口上，我藏着这两件礼物，"年轻人回答说，"哪怕牺牲性命，我也不愿失去它们。因为，我把从强盗手中搭救出伟大的哈里发，视为无上光荣和崇高的壮举！"说着便掏出项链和戒指来，一起交给那三位贵人。

"以先知的荣誉起誓，就是他！这戒指正是我的！"魁梧英俊的男子叫起来，"宰相，咱们快拥抱他！咱们的救命恩人光临啦！"

当他俩一起拥抱赛义德时，小伙子像在做梦，不过他随即跪倒在地，说：

"饶恕我，伊斯兰教民的君主，饶恕我在御驾面前信口开河。因为我知道您并非别的什么人，正是巴格达伟大的哈里发哈伦·拉希德啊！"

"对，我就是哈伦，也是你的朋友！"哈伦回答，"从这一刻开始，你所有的不幸都要翻个个儿。随我去城里，时刻留在我的左右，做我的亲信。确实啊，那天夜里你已用行动表明，哈伦在你心目中有多重要，然而我并不认为，我的每一个亲信，都经得起这同样的考验！"赛义德谢了恩，答应要一辈子留在哈里发身边，只是在这之前他希望回去看看自己的父亲，老人家一定是非常非常牵挂他呀！哈里发认为赛义德的要求合情合理。他们随即上了马，在日落之前便回到了巴格达。哈里发指示在宫里给赛义德分配一长排装饰气派的房间，并下诏特地为他兴建一座公馆。

一听见这个消息，赛义德比武时的老对手，也就是哈里发的兄弟和宰相的公子马上赶了来。他们拥抱他，把他当成自己一样的贵族骑士，请求他做他们的好朋友。当赛义德回答："我早已是你们的朋友了哟！"同时，抽出那条在比武时作为奖品得来的项链，以帮助他们回忆往事，他们吃惊得说不出话来，因为他俩一直看见他皮肤褐黑，胡子长长的。所以，直到赛义德讲了自己为什么乔装改扮，并且叫人取来一些没锋刃的兵器和他们做了一番较量，以证明他就是勇敢的阿尔曼索尔后，他们才欢呼着重新拥抱赛义德，同时，庆幸自己有了一位如此出色的朋友。

第二天，赛义德和宰相正坐在哈里发身旁，内侍长麦索尔走了进来，说道：

"伊斯兰教民的君王啊，要是您开恩的话，我想求您一件事情。"

"让我先听听是什么事？"哈里发回答。

"宫门外候着我亲爱的表弟卡鲁姆·贝克，他是市集上一位有名的商人，"麦索尔禀报道，"他与巴士拉城的一个人有一桩奇特的官司。这人的儿子在他店里帮工，后来却偷了他的钱逃走了，谁也不知跑到了什么地方。现在那位父亲却来找卡鲁姆讨他的儿子，卡鲁姆自然交不出来。所以他希望，他请求您开恩，凭着您伟大的智慧和圣明，在他与巴士拉的那人之间断一个谁是谁非。"

"我乐意当这个裁判。"哈里发回答，"半个小时以后，请你的表弟和他的对手到法院来吧！"

麦索尔谢过恩走了，哈里发说：

"来的人正是你的父亲，赛义德，幸好我已经了解一切真相，断起案来一定会像所罗门。你，赛义德，先藏在我宝座的帷幔后面，等我唤你再出来。你，宰相，马上去传那个草率行事的坏法官，在审讯时我用得着他。"

两人都遵旨行事。当赛义德看见自己的父亲走进公堂，步履蹒跚，面容苍白憔悴，禁不住一阵心痛。反之，卡鲁姆·贝克却面带微笑，信心十足，正和他的表兄内侍长咬耳朵，叫赛义德恨不得马上从帷幔后冲出来，扑向这坏家伙。要知道，他最大的痛苦和磨难，都是此人造成的。

法庭内聚集了很多民众，谁都想听一听哈里发亲自断案。等巴格达的君王登上了宝座，宰相立刻要求肃静，并问有谁提出申诉。

卡鲁姆·贝克走到堂前，语气傲慢地道：

"几天以前，我正站在市集上我的铺子门口，就看见旁边这个人手里拿着一袋钱在店铺之间穿来穿去，边走边喊：'谁要知道来自巴士拉的赛义德的下落，这袋钱就归谁！'这个赛义德曾经在我铺子里当帮工，我于是大声回答：'过来，朋友，这袋钱是我的啦！'现在他如此仇视我，当时却是怪和气地走过来，问我了解什么情况。我回答：'您大概是他的父亲巴那扎吧？'他友好地答应是的，我于是就告诉他怎么在沙漠中发现了年轻人，救了他，帮他养好身体，带他回了巴格达。他一听满心欢喜，把钱袋送给了我。可这个混蛋，当我继续对他讲，他儿子曾替我干活儿，行为却不端正，竟偷了我的金币逃跑啦，他就硬是不信，一连扭着我吵闹了好几天,要我还他儿子,还他钱袋,两样咱都不能给他,钱是咱向他提供消息赢得的报酬,他那没教养的崽子我也没法找到。"

现在巴那扎也说话了,他细细述说他的儿子多么高尚,多么有品德,绝不可能像卡鲁姆说的那样偷人家的东西,他请求哈里发仔细调查。

"我希望,"哈里发说,"卡鲁姆·贝克,你是报了案的,像法律规定的那样""嘿,那还用说!"商人大声回答,同时笑了笑,"我抓他去见了警长兼法官。"

"带警长上堂!"哈里发命令。

让听众惊讶的是警长说到就到,好像是魔法变出来似的。哈里发问他可记得这件案子,他承认有这么回事。

"你审问过年轻人吗?他承认偷盗了吗?"哈里发问。

"没有,他甚至很顽固,坚持要向您本人进行申诉!"法官回答。

"可我却想不起曾见过他呀!"哈里发说。

"哎,干吗呢!要那样我每天都得送一大串坏蛋来见您,他们都想向您申诉。"

"可你知道,我是谁申诉都愿意听的啊!"哈里发回答,"不过,看样子他偷窃必定是已经证据确凿,所以才没有必要带他来见我。卡鲁姆,你可有证据,证明这些钱正是你被偷的钱呢?"

"证据?"卡鲁姆脸色苍白,"不,我没有证据,而您,伊斯兰教民的君王也该知道,金币这个和那个一模一样。叫我从哪儿去找证据,证明这 100 个金币恰好是我柜上少掉的哟!"

"那你究竟凭什么看出这笔钱是你的呢?"哈里发问。

"凭装钱的袋子呗!"卡鲁姆回答。

"袋子在身边吗?"哈里发刨根问底。

"在这儿哪!"卡鲁姆说着掏出钱袋来递给宰相,由宰相转呈哈

外国童话名篇精选

249

里发。

谁知宰相发出一声惊呼："我的先知啊！你说这钱袋是你的？你这狗东西！这钱袋属于我，它原本装着 100 个金币，是我把它送给了一位从危难中搭救了我的勇敢青年！"

"对此你愿起誓吗？"哈里发问。

"当然愿意，就像我愿有朝一日升天堂一样。"宰相回答，"要知道还是我女儿亲手为我缝的哩！"

"噢，噢！"哈里发嚷起来，"这么说，人家向你谎报了案情喽，法官？你为什么相信，钱袋属于这个商人呢？"

"他起过誓的呀！"法官战战兢兢地回答。

"如此说来，你发了伪誓！"哈里发冲商人大发雷霆，商人吓得脸色惨白，浑身哆嗦。

"真主啊，真主！"他连声叫喊，"对宰相大人的话，我自然不敢说啥，他是位有身份的人物嘛！可是，唉，这钱袋确实属于我，是那下贱的赛义德把它给偷走了。可惜，他现在不在场，否则我宁愿拿出 1000 个金币。"

"你到底如何处置了赛义德？"哈里发问，"说，要派人去哪儿才能带他来对证！"

"我把他流放到了一座荒岛上。"法官回答。

"哦，赛义德！我的儿子，我的儿子！"不幸的父亲哭喊着。

"这就是说，他认罪了喽？"哈里发问。

法官脸色苍白，一双眼睛溜来溜去，好一会儿才说："要是我没有记错的话——是的。""你也没有把握吗？"哈里发厉声追问，"那好，咱们就问他本人。出来吧，赛义德，而你，卡鲁姆·贝克，你首先得付 1000 个金币，因为他现在在场！"

卡鲁姆和法官以为见到了幽灵。他俩一下跪倒在地，连呼："恕罪！恕罪！"

巴那扎高兴得险些儿晕倒，一头扑进原以为已失去的儿子怀里。接着，哈里发便神情严厉地问："法官，赛义德就在这里，他认罪了吗？"

"没有，没有！"法官尖声喊着，"我只听了卡鲁姆一面之词，因为他是个体面人。""我派你当大家的裁判官，就为的是让你只听体面人的申诉喽？"哈伦·拉希德义愤填膺喝道，"我把你流放到大海里的一座荒岛上去待10年，让你在那儿好好考虑什么叫正义！还有你这混蛋，你唤醒一个垂死的人，不是为了救他，而是把他变成你的奴隶！你像说过的那样付1000个金币吧，你许诺过，如果赛义德能出庭对质。"

卡鲁姆暗暗高兴，这么便宜就了结了一场险恶的官司，正想向宽宏大量的哈里发谢恩。哈里发却继续说："为了你为那100个金币发的伪誓，判你挨打一百下脚掌。另外，随赛义德挑选，看他是接管你的整个铺子和你这搬运工呢，还是愿意按照他替你干活儿的天数每天收你10个金币。"

"让这混蛋滚吧，哈里发！"年轻人大声说，"我不稀罕他的任何东西。"

"不，"哈里发回答，"我要你得到补偿。我代你挑选每天获得10个金币，你可以算一算，在他的魔爪下一共熬了多少天。现在，把这两个坏蛋带走！"

两人被带下去了。哈里发领着巴那扎和赛义德来到另一座大厅，在那儿对巴那扎讲自己被赛义德搭救的奇异经过，只是讲述不时地让卡鲁姆的惨叫声打断。须知，人家正在院子里一棍一棍往他脚掌上数那一百个金币来着。

哈里发邀请巴那扎与赛义德一起在巴格达生活。巴那扎同意了，只是还回了一趟家，为的是搬来大笔的家产。赛义德就像个王子似的，住在知恩必报的哈里发为他新建的邸宅中。哈里发的兄弟和宰相的儿子成了他的挚友。从此以后，巴格达便流传着一句口头禅：

我真希望能像巴那扎的儿子赛义德那样，又善良，又幸运

外国童话名篇精选

＊　＊　＊

"这样消磨时光，我真一点也不困，哪怕接连两三个晚上甚至更长的时间不睡觉。"狩猎师一讲完，年轻铁匠就说："我常常经历这种事，例如早先在一位铸钟师傅那里当伙计的时候。这位师傅很有钱却不是个吝啬鬼，可正因此，有一次接到一桩大活儿他却一反常态，抠门儿得很，令我们十分惊异。那是要为一座新建的教堂铸口大钟。我们做伙计和学徒的得通宵达旦地待在炼铁炉旁，守护着炉火。大伙儿无不认为，师傅这回一定要开他的老窖，赏咱们点好酒喝了。没那回事！他只是每过一小时让咱们传递着喝上两口，自己却开始讲他学徒期满后的漫游，讲他一生中各种各样的故事。他讲完了就由大师兄讲，挨个儿轮着来，结果咱们没有一个喊困，因为都听得入了迷。不知不觉间，天已经亮了。这时我们才识破师傅的诡计，原来是用讲故事的办法使咱们保持清醒。不过，大钟铸成了，他却没有吝惜自己的葡萄酒，补上了那天夜里聪明地搁置起来的事。"

"你师傅是个有头脑的人。"大学生接过话茬，"我很清楚，没有什么比讲故事更能制止瞌睡。所以嘛，今晚上我不肯独自待着，否则不到十一点，我就非睡着不可。"

"农民们也很好地考虑到了这一点，"狩猎师说，"所以姑娘媳妇冬夜里在灯下纺纱，都不是独自关在自己房里单干，因为这样纺着纺着就会瞌睡，而是集中到所谓亮室中，大伙儿一起边干边讲故事。"

"是的。"马车夫插进来说："气氛常常怪恐怖的，叫听的人怕得要命，因为讲的要么是出没在草地上的喷火魔鬼，要么是半夜里在人房中拼命闹腾的精怪，要么是吓唬人和畜生的幽灵。"

"那她们自然就得不到很好的消遣喽！"大学生认为："我承认，本人最讨厌这样的鬼怪故事。"

"嘿，我的想法刚好相反。"铁匠伙计大声反驳："这种恐怖故事，我听起来才叫过瘾喽！那劲头儿，就像外边下大雨，你在房里睡觉一样。你听见屋顶上一个劲儿滴滴答答，滴滴答答，自己却只感到裹在干被窝里暖暖和和的。是啊，大伙儿聚在灯下听鬼怪故事，真感到既安全，又舒适。"

"可是以后呢？"大学生追问："一个人听了并可笑地相信了这些鬼怪故事，他将来独自摸黑走夜路，会不毛骨悚然吗？他不会想起听过的种种恐怖情景吗？直到今天，每当回忆起童年时代，我还对这类鬼怪故事感到厌恶。我是活泼、早熟的男孩，对我亲爱的保姆来说也许过分好动。她没有别的办法使我安静下来，只知道吓唬我。她给我讲各种各样的恐怖故事，什么女巫呀，在人家里作祟的恶鬼呀，等等等等。每当有只猫在阁楼上捣蛋时，她就胆战心惊地冲我耳语：'听见了吗，宝贝儿？现在他又在楼梯上上下下，那具僵尸！他把脑袋夹在腋窝底下，两只眼睛亮得像灯笼。他没有手指，而是利爪，在黑暗中逮住谁，就一下拧断他的脖子。'"

男人们听了都笑起来。大学生却继续说：

"我当时太小，不可能认识到一切都是假的，都是杜撰的。我不怕高大的猎狗，能够把一块儿玩儿的小伙伴一个个摔倒在地，可是一走到暗处，却害怕得闭紧眼睛，相信那具僵尸马上会来，甚至窝囊到了没灯我就独自不肯出门的地步，有几次让父亲发现了，事后狠狠惩罚了我一顿。然而很久很久，我仍摆脱不了孩子气的恐惧，全得怪我愚蠢的保姆。"

"是的，是大错特错。"狩猎师附和说："如果给孩子头脑里灌满这种蠢念头。我可以担保，我曾经认识一些坚强、勇敢的男子汉，一些面对着三倍于己的敌人也不会胆怯的猎人。可是，一旦要他们夜里埋伏在森林里逮野兽，或者抓偷猎者，他们常常也会突然感到气短心虚，因为在他们眼里，大树能变成可怕的幽灵，灌木能变成女巫，萤火虫能变成在黑夜里窥视着他们的精怪一闪一亮的眼睛。"

"不只对于小孩子们。"大学生继续说："而是对于所有的人。我认

外国童话名篇精选

为这么讲故事玩儿极其有害，极其愚蠢。要知道，一个理智健全的人，怎么会对只在傻瓜的脑子里才真实的怪物的胡作非为感到兴趣呢？只在傻瓜的脑子里才有鬼，其它任何地方都没有。说到有害嘛，又以农民中流传的那些故事为最。在乡下人们对这类蠢话坚信不移，他们常常挤在酒馆和纺纱屋里，用战战兢兢的声调讲述各种最最可怕的故事，以培养、坚定自己的信念。""是啊，少爷。"马车夫应道，"您说得不错！由于信这种故事，已经发生许多不幸。是啊是啊，我有个姐姐，她甚至因此可悲地丧了命。"

"什么？就因为信这种故事？"男人们一起惊呼。

"可不是吗，因为这种故事。"马车夫回答，"在我父亲居住的村子里，姑娘媳妇们也有冬夜聚在一起纺纱的习俗，小伙子们也跟着去讲各种各样的故事。一天晚上，人们又讲起鬼怪故事来。小伙子们说有个年迈的小店主十年前死了，可躺在墓穴中不得安宁。他每天夜里都推开泥土，爬出墓坑，一边像他生前似的咳着，一边慢慢溜回他的小店。他在那儿不停地称白糖啊，咖啡啊，嘴里还自顾自地念叨：

半夜七两五，七两五，
天亮变一斤，变一斤。

许多人硬说见过他，姑娘媳妇们开始害怕起来。我的姐姐是个 16 岁的大姑娘，自以为比其他女孩子聪明，因此讲："我完全不相信！哪个死了还回得来喽！"她话虽这么说，可惜却少了信心，因此常常也感到害怕。这时，一个小青年说了："如果你真这么想，就不会畏惧那个老头。他的墓穴离最近死的凯特馨仅仅两步，要有胆量就去一下墓地，从她的坟上给咱们摘些花回来，这样咱们才真相信你不怕那老店主。"

我姐姐羞于被人嘲笑，便回答："嘿，这还不容易！你们到底要哪种花？"

"全村只有那儿有白玫瑰，你就去给咱们采一束回来吧！"她的一个女友回答。我姐姐站起来走了，男人们全称赞她勇敢，可妇女们却直摇头，说："但愿别出岔子才好！"我姐姐朝着墓地走去。那晚月色明亮。当钟敲响午夜十二点，她推开墓园的大门时，已经感到不寒而栗。

她走过一座座熟悉的小坟丘，离凯特馨坟上那些白玫瑰越近，离那个作祟的老店主的坟越近，她心里越是紧张，越是害怕。

终于走到了，她便哆哆嗦嗦地跪下去，开始摘那些白花。就在近旁，她相信听见了一阵窸窸窣窣的声音。她回头一看，只见两步开外的一座坟上有土块飞起来，从墓坑中慢慢地立起一个人影，是一个戴着白色睡帽的脸色苍白的老头。我姐姐吓坏了，再定睛望去，想知道是否看错了。可坟里那家伙却嗓音沙哑地说起话来："晚上好，小姐！这么晚打哪儿来？"我姐姐蓦地吓得半死。她拼命冷静下来，跳过一座座坟丘，奔回纺纱屋，上气不接下气地讲了刚才看见的情况，人虚弱到了极点，只得让人抬回家去。第二天我们才知道，是一名掘墓人在那儿挖坟坑，向我姐姐打了声招呼，可这还有什么用呢？我姐姐还在听到此事之前，已经发很高的高烧，三天后就死啦！那些用来为她编花圈的白玫瑰，是她亲手摘来的啊！

马车夫不做声了，眼里噙着热泪。其他人都同情地望着他。

"可怜的孩子，肯定就死于这样的迷信。"年轻的金匠说："我也想起一个故事，打算给各位讲一讲。遗憾的是和刚才那可悲的事件不无联系。"

冷酷的心

（第二部分）

星期一早上，彼得来到他的玻璃厂，看到厂里除了他的工人，还有一些谁都不愿见的人，也就是地方上的官吏和三个法院的办事员。地方官向彼得道："早上好"，问他昨晚睡得如何，然后拿出一张长长的名单，上面全是彼得的债主。"您能偿还这些债务吗？"地方官问，目光咄咄逼人。"搞快点，我可没有那么多时间可以耽搁，回城还得整整三个小时呢！"彼得灰心丧气地承认，他已一无所有，请地方官给他的宅子、庭院、工厂以及马厩、车辆和马匹估个价，好以此抵债。法院办事员和地方官在厂子里转过来转过去，察看、评估他的财产。这时候彼得想，小坡就在附近，既然小矮人没帮上我的忙，不如上巨人那儿去碰碰运气。他拼命地朝小坡奔跑，好像法院的人在后面紧追不舍似的。当他从上次和小矮人谈话的空地旁边跑过时，仿佛觉得有一只无形的手拦着他，但是他用劲冲过去，一直跑到那条界沟上。他刚叫："荷兰人米歇尔，荷兰人米歇尔先生！"那个巨人般的木材商已手持他的大棒，站在了他的面前。

"你来啦？"米歇尔笑道，"他们是不是打算剥你的皮，然后把它卖给你的债主？喏，沉住气！我早就说过啦，你所有倒霉的事，都怪那个玻璃小侏儒，都怪那个阳奉阴违的虚伪家伙。要送人东西就大大方方地送呗，哪能像个吝啬鬼似的！来吧，跟我到我家里去，看看咱们能不能做成这笔交易？"

"交易?"彼得心想,"他会对我提出什么要求呢?我又能卖什么给他?也许要我给他干活儿吧,否则他想得到什么?"他们先顺着森林里一条陡峭的小路朝上攀登,突然前面出现了一个黑咕隆咚的深渊,荷兰人米歇尔一跃就从岩石上跳下去了,好像只是下了一道平缓的大理石台阶。然而没过一会儿,彼得便吓得几乎昏死过去,因为米歇尔一到下面,就变得像教堂的钟楼那么高。他把手臂伸给彼得,这手臂也有纺织机上的轴那样长。手掌又宽又大,好似酒馆里的桌子。他的声音就像沉闷的丧钟。他叫道:"坐到我的手上,抓住我的手指头,这样你才不会摔下去!"彼得心惊胆战地按照吩咐坐到米歇尔手上,紧紧抓住他的大拇指。彼得·蒙克就这样下了深渊,下到很远很深的地方。令彼得奇怪的是,下面并非更阴暗,相反光线仿佛越来越亮,亮得他眼睛久久都睁不开。彼得越是往下沉,荷兰人米歇尔也变得越小,最后完全恢复到他原来的体形,站在了一座房子面前。这房子的质量和黑森林地区富裕农民居住的没什么差别。彼得被带进一间小房间,里面除了显得清静些,其它方面和一般人的住所没什么两样。

墙上的木制挂钟,庞大的瓷砖壁炉,宽宽的长凳以及搁板上各种各样的器具,都和其他地方的相似。米歇尔让彼得坐在一张大桌子面前,自己却出房去,一会儿拿了一壶酒和几个玻璃杯回来。他把杯子倒满酒,两人就聊起来。荷兰人米歇尔津津有味地谈起世间的欢乐,讲述异国风光,讲述美丽的城市和河流,听得彼得心痒痒的。他坦白地告诉荷兰人,他非常渴望能出去看看。

"虽说你全身充满干一番事业的勇气和力量,可只要愚蠢的心怦怦跳动几下,又会索索发抖,动辄顾虑什么名誉受到损害呀,会遭到不幸呀,一个聪明人干吗为此操心?最近,当人家骂你骗子和坏蛋的时候,你头脑里感觉到了吗?地方官来赶你出家门的时候,你胃疼吗?是什么,说吧,是什么让你痛苦?"

"是我的心。"彼得回答,边说边用手摁着怦怦跳动的胸脯,因为,他觉得自己的心仿佛恐惧得在来回地翻转滚动。

"你，请别见怪，把你的金币成百上千地扔给了那些讨厌的乞丐和其他无赖了，他们带给你什么好处？他们为此祝愿你幸福、健康，你是不是因此真的更健康了呢？你只需拿出你施舍的钱的一半，就足以请一位保健医生。一个人财产全部遭查封，自己也被扫地出门，祝福，美好的祝福对他又有什么用？碰上乞丐伸出破帽子向你要钱，你就赶紧摸口袋，驱使你这样干的又是什么呢？你的心，仍是你的心，既非你的眼睛、你的舌头，也不是你的手臂、你的腿，而是你的心！人们说得对，你的心太容易受感动啦！"

"那么怎样能改变习惯，叫它不这样呢？这会儿我正使劲按住我的心，可它还是怦怦跳动，还是叫我难受。"

"那当然。"米歇尔笑起来，"你这不幸的无赖自然拿它毫无办法。不过，你只要把这个微微跳动的玩意儿给我，你就会发现你感到多么的美好、舒服。"

"给您？把我的心给您？"彼得吃惊地叫起来，"那我立刻就会死去！绝对不能给！"

"当然，如果你们的哪个外科医生给你开刀取心脏，你是一定会死的，可我这儿是另一码事。走，进去自个儿瞧瞧！"他边说边站起来，打开一间房子的门，带着彼得走了进去。彼得跨过门槛的当儿，心整个都收紧了，只是自己却没注意，须知现在他眼前的景象是那样的奇特，那样令人惊讶：一排排木架上放着装满透明液体的玻璃杯，每只杯内盛着一颗心，杯子外面贴有标签，写明每颗心的主人的名字。彼得好奇地读着这些名字：这儿是 F 地方的长官的心，胖子埃泽希尔的心，舞蹈王子的心，林务官的心；那儿是六颗放粮食高利贷的人的心，八颗负责征兵的军官的心，三颗钱币经纪人的心……一句话，方圆百里开外最有名望的那些绅士们的心，都集中在了这里。

"你瞧！"荷兰人米歇尔说，"他们所有人一生都抛掉了恐惧和担忧，这些心中没有一颗还在胆怯地、忧虑地跳动。它们以前的主人把这些不安宁的客人请出了门，从此就感觉心情舒畅。"

"那么，现在他们胸中是用什么代替心脏呢？"彼得问。刚才所看到的一切，几乎使他头晕目眩。

"是这个。"米歇尔边回答，边从抽屉里掏出一点什么来递给他——一颗石头的心。

"这个？"彼得·蒙克问道，他吓坏了，不禁打了个冷颤，"一颗用大理石做的心？你得听我说说，荷兰人米歇尔先生，它放在胸膛里肯定是冷冰冰的啊！"

"那当然，不过是凉悠悠的，怪舒服。干吗心一定得是温暖的呢？冬天，那心的温暖对你毫无用处，一杯好樱桃酒比一颗温暖的心对你更有帮助。夏天，一切都又热又闷。你想不到这样一颗心有多么凉快！我已说过，既无恐惧也无忧虑，既无愚蠢的同情，也无其他苦恼，会来烦扰这样一颗心。"

"这就是您能给我的一切吗？"彼得闷闷不乐地问，"我希望能有钱，而您却想给我一块石头！"

"喏，我想，第一次给你十万个金币该够了吧？只要善于使用，过不多久你就会成为百万富翁。"

"十万？"贫穷的烧炭工欣喜若狂地叫起来，"行了，你别再死劲地撞击我的胸膛！咱俩马上就会一刀两断。好吧，米歇尔，您给我石头和钱，然后，就可以把这不安宁的小东西从我胸腔里取走！"

"我早就认为你是个通情达理的小伙子。"荷兰人友好地笑着回答，"来，咱们再喝上一杯，一会儿就数钱给你。"

他们回到外屋，坐下来喝啊，喝啊，直喝到彼得坠入了沉沉的梦乡。

第二天，在马车夫愉快的号角声中，彼得·蒙克苏醒过来，一瞧自己正坐在一辆富丽堂皇的马车里，奔驰在一条宽阔的街道上。他弯下腰从车窗望去，黑森林已落在身后蔚蓝色的远方。开初他不敢相信坐在车里的是他自己，要知道就连他的衣服也不是昨天穿的那件。然而，他能清楚地记起那一切，因此也不再想下去，只是大叫："我就是烧炭夫彼得·蒙克，确定无疑的，不会是别个。"

这是他第一次远离生活了多年的静寂的故乡和森林，然而一点也不觉得伤感。对此，他自己都十分惊讶。他想到他的母亲，她现在正孤孤单单，一个人过着贫苦的生活。即使这样，他仍既不流泪也不叹息，因为他对一切都已麻木不仁。"啊，当然，"他说，"眼泪和叹息，乡愁和忧郁，通通都从我心中消失了。为此我得感谢荷兰人米歇尔，我的心是冷冰冰的，是石头做的嘛！"

他把手扪在胸口上，那儿非常安静，不觉得一点儿跳动。"如果米歇尔对那十万块钱，也像对这颗心一样地说话算话，那我就太高兴了。"他一边自言自语，一边开始在车里搜索。他找到了各式各样希望得到的衣物，却就是没有发现钱。最后，他碰到一只口袋，看见里面真有成千上万的金币，还有各大城市商家的票据。"现在我才有了我渴望得到的东西！"想到这儿，彼得·蒙克惬意地在车内的一角坐好，然后朝着遥远的世界驶去。

两年来，他在世界各地漫游，坐在车里观赏驿道两边的高宅大屋。当他在某地停下来，只瞅一瞅自己住的旅馆的招牌，然后就到城里闲逛，让人指给他看那些最美妙动人的风光、名胜。然而，却没有什么能使他开心，不管是一幅图画，一座房子，一支乐曲，还是一种舞蹈，在他看来通通一样，对他那颗石头的心来说全都索然寡味。他的眼睛和他的耳朵，对所有美好的东西都已失去了感觉。除去吃、喝、睡觉，他已没有任何乐趣。他只毫无目的地在世界上东游西荡，以此打发日子。为了活着，他才吃东西。感到无聊了，他就睡大觉。尽管他有时也回忆起自己以前很穷，不得不靠做工艰苦度日。但那时他还要快乐一些，要幸福一些。那时候，眺望山谷里美丽的景色，或是跳舞和唱歌，都使他感觉轻松快活。那时候，母亲给他把饭送到炭窑边，尽管只是些粗糙简单的食物，他却在几个小时前就开始欣喜地盼望着了。想着这些往事，令彼得·蒙克诧异的是，他现在连笑都不会了。而以前，一个小小的噱头就会引得他开怀大笑。现在呢，别人笑时他只是出于礼貌才咧一咧嘴，可是他的心却没有一起笑。他觉得自己心里现在非常平静，却并不满足。终于，他回家去了，然而并不是因为想家，也不感到有什么悲哀，而是空虚、厌倦和毫无乐趣的生活驱使着他，让他踏上了归途。

他从斯特拉斯堡乘车往回走，看见了家乡郁郁葱葱的森林。他又一次见到了黑森林人强健的体魄和友善而憨厚的面孔，听见了浑厚、低沉而又悦耳的乡音，这时候他赶快摸摸他的心口，因为他的血液已经沸腾。他以为，他一定会欣喜若狂，没准儿还会放声大哭。然而，他怎么会这样傻呢，现在他的心不是石头做的吗？石头根本没有生命，既不会笑，也不会哭。

他首先去找荷兰人米歇尔，米歇尔还是和从前一样友好地接待他。"米歇尔，"他说，"我已漫游过了，什么都曾看见，全都没有意思，都叫我觉得无聊。不管怎么说吧，我胸中装着您的这块石头，它确实省了我不少事儿。我一点儿也不生气，一点儿也不苦恼，但也并不快乐。我感觉自己活着只剩下了半条命。您能否让这颗石头心也有一丁点儿情感，或者您干脆把我原来的那颗心还给我吧！25 年来，我已经习惯了我的那颗心，尽管有时它也会胡闹一气，但终究是一颗充满活力和快乐的心啊！"

森林的精怪发出一阵狞笑，"要等你啥时候死了，彼得·蒙克。"他回答说："啥时候才还给你。到那时，你又会得到你那颗软弱而多愁善感的心，你又可以去感受什么喜悦、什么悲哀了。不过，在这尘世上你可别想再得到它！是的，彼得，你确实漫游过了，不过，像你以前那样过日子，对你的确毫无好处。在这森林里找个地方落下脚，然后再修座房子，娶个老婆吧！好好管理你的家财。你呢，差的只是工作。你从前

国童话名篇精选

懒惰，干什么都没心思，到头来，却把一切都归罪于这颗无辜的心。"彼得也认为，米歇尔说他懒惰是对了。他决心要变得富有，而且要越来越富有。米歇尔于是又给他十万个金币，像送老朋友一样打发他走了。

不久，黑森林里传开来：烧炭夫彼得·蒙克，或者说赌鬼彼得又回来了，而且比以前更有钱。于是世态炎凉一如往常：当年他穷困潦倒，被太阳酒店的老板扔出了店门。如今在一个星期天的下午。当他又一次走进这家酒馆时，大家都争着和他握手，夸奖他的马匹，询问他旅途中可安好。他又和胖子埃泽希尔赌起金币来，又和从前一样受到大伙儿的尊重。不过，他现在不再开玻璃厂，而是做木材生意，但这只是装装样子而已。实际上，他主要倒卖粮食和放高利贷，逐渐地就成了半个黑森林地区的债主。他放债总要收取大一分的利息，要不就是以三倍的高价，把粮食赊给那些无法付现钱的穷人。他现在和地方官打得火热，如果有谁没有按时偿清欠彼得·蒙克老爷的债，地方官就会带着狗腿子亲自出马，把欠债人的房产估价后马上卖掉，把别人一家老小通通赶到森林里去。一开始，彼得这位富翁感到有些麻烦，因为那些被扫地出门的可怜人老是一堆堆地围在他的家门口。男人们乞求他手下留情，女人们千方百计想软化他那颗冷酷的心，孩子们则哀哭着讨一小块面包。后来，他搞来了几条凶恶的狼狗，他所说的"猫叫声"才停止了。只要他一打口哨唤来恶狗，乞求的人群便会哭叫着四处逃命。有一个"老婆娘"最让他头疼，但这不是别人，正是彼得自己的母亲蒙克太太。她的房产被人卖了，儿子发了财回来却不赡养她，让她生活在贫困中。她偶尔也拄着拐杖来到彼得门前，一副老态龙钟、弱不禁风的样子。一次，她被儿子赶出了大门，从此再也不敢走进门去。令她心碎的是，她本可靠儿子安度晚年，现在却不得不靠别人的施舍度日。彼得即使看见她那苍白、熟悉的面孔和乞求的眼神，面对她伸向自己的干枯的手和虚弱的身躯，他那颗冰冷的心也从来不为所动。每当老太太周末来敲门时，他总是气呼呼地掏出一个六毛的铜钱，用纸裹起来，让仆人递给她。他听见她嗓音哆嗦地对他表示感谢，祝福他一生万事如意，然后才咳嗽着从门口慢慢离去。对于这件事，他除了心疼又白扔了六毛钱以外，再也没有别的什么想法。

终于，彼得动了结婚的念头。他知道，整个黑森林地区做父亲的都愿意把自己的女儿嫁给他。但是他择偶条件很苛刻，因为在这件事上，他也想让别人夸他既有福气又有头脑。因此，他骑着马在整个黑森林地区转悠，东瞧瞧，西看看，然而当地所有的漂亮女孩他都嫌不够美貌，在哪个舞场里也没有找着个自己称心如意的。一天，他听人说，黑森林最美丽、品德最好的姑娘是一个贫穷的伐木工的女儿。这姑娘安分守己，既能干又勤快，专心为父亲操持家务，从来不上舞场，即使是圣灵降临节或者一年一度的教堂落成纪念日，也仍然如此。彼得得知黑森林里有这样一位绝妙的女子，就打定主意向她求婚。他骑着马，朝人们指给他的茅舍走去。美丽的丽斯贝特的父亲急忙接待这位突然光临的贵人，当得知来客就是富有的彼得先生，而且彼得还愿意当他的女婿时，更是受宠若惊。他心想，他的穷困烦恼从此就结束啦，因此没多考虑思索，甚至也没问一问美丽的丽斯贝特自己愿不愿意，就答应下了这门婚事。善良的女孩完全听从父亲的安排，乖乖地做了彼得·蒙克的妻子。

可一切并非这个可怜的人梦想的那样美好。她自信善于料理家务，却没法让彼得老爷满意。她同情贫苦的人们，认为丈夫既然有钱，那么她施舍给一个穷苦的要饭婆子一个芬尼，或者给一个老头一杯烧酒，也算不上什么罪过。然而有一天，丈夫看见了她做的事，就凶神恶煞地朝她吼："你为啥把我的钱财扔给这些叫花子和流浪汉？你究竟带了什么陪嫁来到我家，能让你这么挥霍浪费？靠你父亲那根讨饭棍一碗热汤也甭想有得喝，你倒好，竟像个侯爵夫人似的大手大脚。下次再让我撞见，你就得尝尝我拳头的厉害！"美丽的丽斯贝特看见自己丈夫如此冷酷无情，回到房里伤心地哭了起来。她常常想，宁可回到父亲那简陋的茅草屋，也比待在这个虽然富有却又吝啬又心狠的彼得家里强。唉，要是她知道，他的心是石头做的，既不可能爱她，也不可能爱其他任何人，她对这一切也就不会吃惊了。现在，每当她坐在门洞里，遇到乞丐走过来脱掉帽子向她乞讨时，她就闭上眼睛，免得看见他们贫穷的样子，同时把手攥得更紧，以免自己不由自主地从包里掏出钱来。就这样，美丽的丽斯贝特在整个黑森林地区名声变得很坏，人们都说她比彼得·蒙克还要吝啬。一天，丽斯贝特又坐在大门口，一边纺纱，一边哼着歌子，情绪很是不错。这天天气很好，她丈夫彼得越过田野，出门去了。这时有个小老头儿从大道上走来，肩上扛着一个又大又沉的口袋。丽斯贝特老远地就听见他在喘气，心中对他满怀同情。她想，人们根本不该让这么一个上了年纪的小个子搬这么沉重的东西。这时，老头儿喘着气，蹒跚着走过来。当他走到丽斯贝特对面时，差一点没被肩上的重负压垮。"啊，可怜可怜我吧，太太，请给我一点水喝！"小老头儿说，"我不行了，非累死不可哟！"

"您这么大把年纪，不该扛这么重的东西！"丽斯贝特太太说。

"您说得对，可是我很穷，又得活下去，不干这苦差事怎么行呀。"他回答，"唉，像您这样的阔太太当然不知道穷困是啥滋味。也不知道大热天喝一口凉水又是多么舒服。"

听他这么一讲，丽斯贝特赶紧跑进房里，从墙上取下一个罐子，把它装满了水。当她回到离小老头儿几步远的地方，看见他疲惫不堪地、忧心忡忡地坐在口袋上，不觉动了恻隐之心，她想自己丈夫正好不在家，于是她把水罐放在一旁，又去取出一个杯子来斟满了酒，另外再加上一大块黑麦面包，一起递给了老人家。"请吧，您年纪这么大了，喝口酒要比水更有用。"她说，"不过别喝急了，边喝边吃点面包吧！"

小老头儿惊异地望着她，昏花的老眼里涌出来大滴的泪水。他喝了口酒，然后说："我活了这么大年纪，很少看见几个像您丽斯贝特太太这样好心肠、这样慷慨大方的人。不过，为此您一辈子都会得到幸福，这样好的心肠将来是不会没有回报的。"

"不，她立刻就会得到回报！"一个可怕的声音吼道。他们回头一看，原来是彼得老爷，他已气得脸红耳赤。

"你竟敢把我这贵重的酒倒给叫花子喝，竟敢让这流浪汉的臭嘴碰我的杯子？好，我这就给你回报！"丽斯贝特太太跪倒在彼得脚下，请求丈夫原谅。但是，石头的心根本不懂什么叫同情。只见彼得倒转手中握着的鞭子，用黑檀木做的手柄使劲地击打那美丽的额头。他打得太狠太猛，丽斯贝特一下子就咽了气，倒在了小老头儿的怀里。彼得一看这情形，似乎对刚才的鲁莽有些后悔，便弯下腰，想看看她是否还有一口气。这时小老头儿说话了，声音是那么熟悉："别费事啦，烧炭夫彼得·蒙克！黑森林里最美丽最可爱的花朵遭你践踏了，她永远不会重新开放！"

彼得吓得脸无血色，说道："啊，原来是您，守宝人先生？现在事情已经发生了，大概命中注定如此吧！我希望您不要把我当做杀人犯告到法庭上去。"

"你这无赖！"玻璃小矮人儿回答道，"我把你这行尸走肉的家伙送上绞刑架，对我又有什么好处？你该害怕的不是尘世上的法庭，而是另外一个更加严厉的裁判，因为你已经把你的灵魂出卖给了魔鬼。"

"说我出卖了我的心，"彼得叫起来，"可那是谁的过错？除了你和你那骗人的宝藏，我还能怪谁！你这奸诈的精灵，你把我引到毁灭的路上，又驱赶我到别人那儿去寻求帮助，全部责任都在你！"

然而，他刚把话说完，玻璃小精灵马上就长大和膨胀起来，变得又高又壮，双眼有汤盘那么大，嘴巴像个生着火的面包炉口，正喷出熊熊的烈火。彼得立刻跪倒在地，他的石头心也没法保护他，四肢开始像杨树叶子似的索索发抖。黑森林的精灵用鹰爪抓住他的脖子，让他像风中的残叶一般打了几个旋儿，然后使劲地把他扔到地下，跌得他骨头喀嚓喀嚓作响。"你这卑鄙的家伙！"黑森林的精灵吼声如雷，"只要我愿意，我一脚就能把你踩得粉碎，因为你触犯了森林的神明。看在死去的这位

外国童话名篇精选

265

太太的份上，是她给了我东西吃，给了我水喝，我给你八天的期限。如果你还不改过自新，我会再来踩碎你的骨头，让你带着你的罪孽下地狱去！"

已经到了晚上，才有几个过路人发现阔佬彼得·蒙克躺在地上。他们把他翻来翻去，想看看他是否还有一口气。好一阵子，他们的努力都没有结果。最后，有一个人到房里去拿了点水来，洒在彼得脸上，他这才深深地吸了口气，开始呻吟。他睁开双眼，久久地凝视四周，然后问丽斯贝特到哪儿去了？可是，谁也没看见他的妻子。彼得·蒙克谢了这几个人，然后慢慢地走到房里。他四处寻找，可是丽斯贝特既不在地窖下边，也不在阁楼顶上。他原以为这只是一场噩梦，不想却是可怕的事实。现在他孑然一身，便生出了些奇奇怪怪的想法。他什么也不怕，因为他的心本来就是冰冷的。只是想到妻子的死，他才马上想到自己也得死。他死时的思想负担将有多么沉重啊！那么多穷人的眼泪，他们的千百次诅咒，尽管这些诅咒没能软化他的心；还有那些遭他唆使出来的狗咬的穷人的哀号；还有他母亲无言的绝望神情；还有他美丽、善良的妻子丽斯贝特的鲜血，这些通通是他灵魂的重负！再有，如果他的老岳父来问他："我的女儿，也就是你的妻子，到哪里去了？"他也无法交代。还有那位主宰所有森林、湖泊、山岳以及整个人类生命的神的提问，他又该如何回答呢？

即使夜间在睡梦里，彼得·蒙克也受着折磨，一个甜润的声音时时唤醒他，朝他叫道："彼得，去找一个温暖点的心吧！"一惊醒过来，他又赶忙闭上眼睛，因为从声音听出来，肯定是妻子丽斯贝特在悄悄地对他警告。

第二天，他想散散心，便来到酒馆。他看见胖子埃泽希尔坐到他身旁，就你一句我一句地聊了起来。他们说起天气，议论战争，讲到税收，最后又扯上死亡，说这儿那儿又死了某某某。于是，彼得就问胖子对死亡的看法，问他人死以后究竟会是什么情况。埃泽希尔回答，人的

266

躯体埋掉了事，而灵魂呢，要么升天堂，要么下地狱。

“人的心也要埋掉吗?”彼得紧张地问。

“嘿，那还用说，当然一起埋掉。”

“但是，假如一个人没有心咋办?”彼得紧追不舍。

埃泽希尔听他这么讲，便样子怪吓人地盯着他，“你这话是什么意思?你想作弄我?你以为我没有心?”

“噢，心是有的，只是像石头那样硬。”彼得回答。

埃泽希尔万分诧异地望着他，转过身四下里瞅瞅，看是否有人在听他们的谈话，然后说：“你是从哪儿知道这些的?或者你的心大概也不再跳动了吧?”

“是不跳动了，至少在我胸腔里的这个是这样。”彼得·蒙克回答，“你现在明白了我指的什么，那就请告诉我，咱们的心将来会怎么样?”

“你管这个干什么，伙计?”埃泽希尔笑着反问，“你在世上有的是吃的、用的，这就足够了。我们不为这些想法苦恼，正是我们的冰冷的石头心的好处。”

“说得有理，不过人总有一天会想到这些的。尽管我现在不再害怕，但我清楚地记得，当我还是个天真无邪的孩子时，我是多么害怕下地狱啊。”

“喏，咱们这号人不会有好下场。”埃泽希尔说，“我曾经就这事请教过一位老师，他告诉我，人死后心都要拿来称一称，看犯了多重的罪。轻的升天堂，重的入地狱。我想，咱们的石头心是够重的啦!”

“啊，那当然。”彼得回答，“我一想到这些事，自己也经常感到不痛快，奇怪我的心怎么会这样冷酷无情，这样无动于衷。”

他们俩就如此聊来聊去。可是半夜里，彼得又五六次地听见那个熟悉的声音在他耳边悄悄说：“彼得，去找一个温暖点的心吧!”

他并不后悔杀死了自己的妻子。但当他给下人们讲妻子出外旅游去了时，他常想：“她能上哪儿去呢?”就这样过了六天，每天夜里他都听见那个声音。他也不断地想到那个森林精灵和他那可怕的威胁。然而，到了第七天早上，他从床上跳下来便喊："好吧，去试一试，看我能不能找到一颗温暖点的心。确实，我胸腔里的这块石头，是它把我的生活变得空虚无聊了。"他很快地穿上礼拜天的讲究衣服，骑上马，朝着小山坡奔去。

到了小山坡树木茂密的地方，他跨下马，把马拴在一棵树上，然后快步朝着小坡的高处走去。他站到一棵枝繁叶茂的枞树前面，又念起了咒语：

绿色枞树林中的守宝人，

活了好几百岁的老寿星，

枞树生长的土地全归您，

星期天生的孩子能见到您。

他刚念完，玻璃小矮人儿就走了出来，但不像平常那样和蔼可亲，而是脸色阴沉，忧心忡忡。他穿着一件黑色玻璃小外套，帽子上垂下来一条长长的黑纱带。彼得心中十分清楚他在哀悼谁。

"你找我干什么，彼得·蒙克？"他问道，声音异常低沉。

"我还有一个愿望，守宝人先生。"彼得低垂着眼睑回答。

"一颗石头心居然还有愿望？"玻璃人说，"干坏事所需要的一切你全有了，我很难再满足你的愿望。"

"可是，您曾答应让我提三个愿望，还剩一个我一直都没有提出哩！"

"如果是一个愚蠢的愿望，我就可以拒绝。"森林精灵继续说，"好吧，让我先听听，你的愿望究竟是什么。"

"请您把石头从我胸膛里取出来，还我那颗活鲜鲜的心吧！"彼得说。

"难道当初和你做的这笔买卖是我吗?"小玻璃人问,"难道我是送给你财富和冷酷的心的那位荷兰鬼米歇尔吗?那边,你该上他那儿寻找你的心去。"

"唉,他永远也不会还我了!"彼得回答。

"尽管你坏透了,我还是同情你。"小矮人思考了一下说,"因为你这个愿望还不算愚蠢,所以我至少不拒绝帮助你。你听着,你用武力没法取回你的心,用计谋还行,也许要办到也不难。因为米歇尔永远都是笨蛋米歇尔,虽然他自认为聪明绝顶。这样吧,你就直接到他那儿去,照我说的办!"接着,玻璃小人儿便详详细细地教彼得如此这般,还送他一个雕琢精细的小玻璃十字架:"他不会伤害你的性命,还会放掉你,只要你把这十字架举到他面前,同时做祷告。一旦得到你要的东西,你就赶快回到我这儿来!"

彼得·蒙克接过十字架,牢牢记住了玻璃人儿说的每一句话,然后就朝荷兰人米歇尔的住处走去。他叫了三遍他的名字,巨人便出现在他面前。"你打死了你的老婆?"米歇尔笑着问道,笑声令人毛骨悚然,"要是我也会这样干的,她竟把你的财富送给那个叫花子!不过,你得出国去呆一段时间,否则人们老是看不见她,会来找你要人。你大概是缺钱花了,所以跑来找我吧?"

"你猜对了。"彼得回答,"这次需要很多钱,因为去美洲路途遥远。"

米歇尔走在前面,带他进了屋,随后打开一个装满了钱的柜子,从里面拿出好多锭金子。他一边数一边朝桌上放,这时彼得说话了:"你是个靠不住的家伙,米歇尔,你骗我说,我胸腔里装了一块石头,而你拿走了我的心。"

"难道不是这么回事吗?"米歇尔惊讶地问,"你难道还感觉得到你的心?它不是像冰块一样冷吗?你还害怕吗?还感到忧伤吗?你还为你的所作所为后悔吗?"

外
国
童
话
名
篇
精
选

"你只是让我的心不再跳动而已，它仍然像从前一样在我胸中。埃泽希尔也是这样，他告诉我说，你骗了我们大家。你没有本事让一个人的心不知不觉地、毫无危险地从胸腔里被取走，除非你会魔法。"

"可我可以向你保证，"米歇尔不满地吼道，"你，埃泽希尔，还有所有和我打交道的富人，你们都有一颗冰冷的心，你们原来的心全存在我房间里。"

"哎，你真会信口开河！"彼得哈哈大笑，"拿你这套鬼把戏骗别人去吧！你以为，我在旅途中这类戏法见得不够多？你房里存放的只不过是些用蜡仿制的心而已。你是一个大富翁，这点我承认，但魔法你却不会。"

巨人一听气愤极了，猛地把门拉开，说："进来，看看所有这些标签！瞧那边一颗写着：这是彼得·蒙克的心。看见了吗？它还在跳呢，这也好用蜡做吗？"

"是的，它就是蜡做的。"彼得回答，"一颗真正的心不是那样跳。我自己的心还在胸腔里。不，你根本不会魔法！"

"你是想让我证明给你看！"巨人气冲冲地叫道，"你自己去体会吧，这就是你的心。"说着他抓起那颗心，扒开彼得的上衣，从他胸腔里取出一块石头来给他看。然后，他朝手上的那颗心哈口气，再小心翼翼地把它放回年轻人的胸腔里。彼得立刻感觉到它在跳动，他非常高兴又有了自己的心。

"现在感觉怎么样？"米歇尔微笑着问道。

"确实，你说得对。"彼得一边回答，一边小心地从口袋里掏出他那小十字架，"我真没想到，你还有这样的本领。"

"不是吗？我会魔法。你过来，我把石头给你装回去。"

"别急，米歇尔先生！"彼得喊道，同时朝后退了一步，把十字架直直地对着他，"真是哪，抓耗子得用肥肉，这次是你上当了。"说着，他开始祈祷，想起什么经文便念什么经文。

巨人米歇尔顿时开始变小，而且越来越小。他倒在地上，像一条小蛆虫似的扭来扭去，不断地唉声叹气。与此同时，四周所有的心都开始抽搐和跳动，发出类似钟表匠作坊里的滴答滴答声。彼得吓得心惊胆战，急忙跑出小屋，逃离了那座房子。他吓得朝悬崖上爬去，因为他听见米歇尔正从地上爬起来，在他身后暴跳如雷，破口大骂。他爬到岩顶上，就朝枞树小坡跑去。这时，突然下起一场可怕的暴风雨，他左右两边都电光闪闪，不少树木遭到了雷击。然而他却平平安安地进入了玻璃小矮人的地界。

彼得的心欢快地跳着，只因为它确实在跳。接着，他回想起自己前一段时间的所作所为，不禁不寒而栗。他的过去就像刚才受到暴风雨摧残的美丽树木，枝零叶落，不堪回首。他想起自己漂亮、善良的妻子丽斯贝特，竟让他这个吝啬鬼给打死了。他感到自己已成为人类的渣滓，痛哭流涕地来到玻璃小人儿住的山坡。

守宝人已经坐在那棵枞树下，正吸着他的小烟斗，样子看上去比以前要愉快些。"你哭什么呀，烧炭工彼得？"他问，"你没有取回你的心吗？你胸腔里还是那个冰冷的东西吗？"

"唉，先生！"彼得叹了口气说，"我的心是石头做的时候，我从来没哭过。那时我的双眼干得像七月的土地。现在我原来的心为我所干的坏事几乎都要碎了。我把欠我债的人逼得走投无路，我放狗咬穷人和有病的人。您还清楚，我的皮鞭是怎样打在了她那美丽的前额上！"

"彼得，过去你确实是个罪大恶极的人！"小矮人说，"贪财和懒惰把你毁了。你的心变成了石头，你不再知道什么是欢乐、忧愁，也不再懂得悔恨、同情。不过改悔可以减轻你的罪恶。只要我有把握，你确实已厌恶你现在的生活，我便可以帮你一把。"

"我不再存任何奢望，"彼得回答，悲伤地垂下了头，"我已经完蛋了，这辈子我再也高兴不起来了。我孤身一人活在这世上干什么？我对我母亲干了那么多蠢事，她永远也不会原谅我，没准儿已经被我气死

国童话名篇精选

271

了，我这个作恶多端的人！还有我的妻子丽斯贝特！守宝人先生，您干脆打死我吧！这样，我可悲的一生就一了百了了！"

"好吧！"小矮人回答，"如果你再没有其他希望，这点要求能够办到，我手边正好有斧头在。"他不慌不忙地从嘴角上取下烟斗，把它磕掉烟灰后收拾好。随后，他慢吞吞地站起来，走到了枞树后面。这时候，彼得哭着坐到草地上，生命对他已无足轻重，便心平气和地等待着那致命的一击。过了片刻，他听见背后响起轻轻的脚步声，便想："这一斧头就要砍下来啦！"

"彼得·蒙克，回过头来看看！"小矮人叫道。彼得擦干了眼泪，扭回头一望，却瞧见他的母亲和妻子丽斯贝特，她俩正和蔼可亲地望着他哩！

他高兴得一下子蹦起来："你没有死呀，丽斯贝特？您也来了，母亲，您肯原谅我吗？"

"她们会原谅你的。"玻璃小矮人说，"你既然真心悔过，过去的事就应该忘掉。现在回到你父亲的茅屋里去，还是和从前一样地当你的烧炭工吧！只要你为人正直、诚实，你就会为你的手艺感到自豪。你的邻居也会喜欢你、尊重你，好像你家有金山一样。"说完，玻璃小人儿和他们告别了。

他们三人称赞他，为他祝福，随后便一块儿回到了家里。

曾经有钱的彼得那富丽堂皇的住宅已荡然无存，雷电击中了它，将里边的所有财宝化为灰烬。不过，离这儿不远就是彼得父亲的茅屋。他们朝茅屋走去，对那巨大的损失一点儿也不难过。

当他们走近茅屋时，他们是何等地吃惊啊！原来的茅屋已变成一座漂亮农舍，里面布置得很朴素，但却又舒适而洁净。

"这一定是那个好心的玻璃小人儿干的！"彼得欢呼道。

"太好啦！"丽斯贝特说，"我觉得，这儿比那座有很多仆人的大宅子要自在得多。"

打这以后，彼得·蒙克变得又老实又勤快。他非常满意他所拥有的一切，异常勤奋地干他的营生。就这样，他凭自己的劳动使家境慢慢富裕起来，在整个黑森林地区受到人们的尊敬和爱戴。他再没有和他妻子丽斯贝特吵架，也孝敬他的母亲。对来上门求助的穷人，他总是慷慨大方。过了几年，丽斯贝特生下一个可爱的男孩。彼得马上去到那个小山坡，念诵他的歌谣。但是玻璃小人儿没有露面。"守宝人先生!"彼得大声呼唤，"请听我说，我来找您不为别的，只是想请您做我小儿子的教父。"然而没有回音，只有一阵风从枞树间拂过，把几粒枞树种子吹落在草丛中。"喏，您不肯见我，那我就把它们捡回去作个纪念吧!"彼得大声说。他把枞树种子装进口袋，回家去了。谁料，当他脱掉这件礼拜天穿的上衣，他母亲把口袋翻转过来，准备放进柜子里去时，口袋里突然掉出四大卷钞票来。他们打开一看，全是崭新的巴登币，没有混进任何一张假的。这就是枞树林里的小矮人送给小彼得的受洗礼物。一家人就这样安安静静、勤勤恳恳地过日子。多年以后，彼得·蒙克的头发已变得灰白，仍旧经常说："宁肯钱少而心满意足，不可腰缠万贯，却怀揣着一颗冷酷的心。"

＊　＊　＊

大约已经过了五天，费里克斯、狩猎师和大学生仍旧拘押在强盗窝里。他们虽说得到强盗头儿及其手下的优待，却还是十分渴望获得自由，因为时间越是过去，他们越是担心暴露。第五天傍晚，狩猎师向他的难友宣布，他已决心在当天夜里逃走，哪怕为此而送掉老命。他鼓动他的旅伴作同样的决断，并告诉他们如何才能逃出去。

"由我干掉那个离我们最近的岗哨。这是迫不得已的自卫，困厄中没有戒律可以遵循，他只好死。"

"死?"费里克斯惊叫起来，"你准备杀死他?"

"我决心这么做，为了搭救两个人的性命。你知道吗，我听见强盗们在忧心忡忡地交头接耳，说是林子里已经有清剿队在搜寻他们，那些

国童话名篇精选

273

老娘儿们怒气冲冲，说明匪帮已对咱们起了歹意。她们骂咱们，警告咱们，说一旦他们遭到攻击，咱们就不得好死。"

"我的上帝啊！"小伙子一声惊呼，用双手蒙住了脸。

"趁他们还没有把刀架在咱们脖子上，"狩猎师继续说，"咱们得抢先采取行动！等天一黑，我就溜到最近那个岗哨面前去。他会喝住我，我将低声告诉他，伯爵夫人突然生了重病，他一转脑袋，我就戳倒他。随后，我来接你们。第二个岗哨同样逃不出咱们手心儿，第三个咱们二对一更不在话下。"

狩猎师在说这段话时样子十分怕人，费里克斯也对他产生了畏惧。他正想劝他放弃这血腥的打算，房门却无声无息地开了，一下子溜进来一个人。来人正是那个强盗首领。只见他小心翼翼地把门重新关上，摆摆手示意人质们别出声。然后，他坐在费里克斯身边，说道：

"伯爵夫人，您现在处境险恶。您的丈夫不但没如约送来赎金，反而通知了周围的当局，为了抓住我和我的弟兄，武装清剿队已从四面八方搜索这座森林。我警告过您的丈夫，一旦他有攻击我们的举动，我就杀死您。他要无动于衷，就意味着要么他不把您的死活当一回事，要么不相信咱们的誓言当真。您的性命攥在咱的手心儿里，按咱们的律条非玩完儿不可。您对此有什么说的？"

人质们都惊惶地低下了头，不知道如何回答，因为费里克斯心里清楚，承认自己是冒充的伯爵夫人处境还会更加危险。

"可我不能眼睁睁看着您，"强盗头儿继续说，"看着一位自己无比敬仰的夫人处在危险之中。所以我想建议您一个逃生的办法，也是您生存的惟一生路，我愿意带领您一起逃出去。"

人质们大感意外，都愕然地望着他。他却接着往下讲：

"我的多数弟兄决定去意大利，入伙当地一个势力强大的匪帮。我讨厌替别人当下手，因此不打算和他们一起去。只要您答应我，伯爵夫人，答应替我说说情，利用您强大的影响对我进行保护，我就可以在还不太晚的时候把您放掉。"

费里克斯尴尬地沉默着。诚实的天性不容他昧着良心，将这个自愿救他性命的人置于危险的境地，因为他将来没办法救人家。他仍旧缄默不语，强盗首领继续说：

"眼下到处都在征兵，我只要能有个小差事便心满意足。我知道您神通广大，但并不抱什么奢望，只求您在这件事情上稍微帮帮我。"

"那好吧，"费里克斯低垂着眼睑回答，"我答应您尽力而为，能帮您多少就帮您多少。令我感到欣慰的是，您自愿终止这盗匪的生活。"

强盗首领感动得吻了吻仁慈的"夫人"的手，随即悄声说准备在天黑以后两小时动身，然后便跟来时一样小心翼翼地离开了木屋。等他走后，人质们才舒了一口气。

"真的！"狩猎师叫起来，"是主叫他回心转意！我们的得救简直是个奇迹！我做梦也想不到世界上会有这等事，想不到自己会有这样的冒险经历！"

"奇迹，真的！"费里克斯应和着，"可是，我欺骗这个人也对吗？我的保护对他有什么用？你自己讲，狩猎师，我不坦白告诉他我是谁，难道不等于诱骗他上绞架吗？"

"哎，你怎么能有这样的顾虑，小伙子！"大学生回答，"你把自己这个角色演得呱呱叫嘛！不，对此你没啥好担心的，这仅仅是自卫，没有什么不允许。他可是先造了孽，把一位贵夫人卑鄙地劫持了来，要不是有你挺身而出，谁知道她现在还活没活着呢？不，你干得不错。再说我也相信，他身为首领而能够自首，上了法庭也会赢得一点宽恕。"

最后一说，使年轻金匠感到宽慰。怀着喜悦而激动的心情，同时对计划能否成功也充满疑虑，他们熬过了最后的几个钟头。天完全黑了，强盗首领突然溜进屋来，放了一包衣服在费里克斯面前道：

"伯爵夫人，为了更容易逃出去，您必须换上这些男人的衣服。快快准备起来！咱们一小时后动身。"

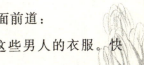

他说完，便扔下了人质走人，狩猎师好不容易才忍住没有大笑起来。

"这可是你第二次乔装改扮了啊！"他大声说，"我敢起誓，这一次对你更加合适！"

他们解开包裹，发现里边是一套完完整整、漂漂亮亮的猎装，对费里克斯再合身不过啦！等他穿戴齐整以后，狩猎师就想把伯爵夫人的衣服扔到一个屋角里，费里克斯却不答应。他把它们叠成一个小包，说打算请求伯爵夫人送给自己作终生的纪念，以便他保留下对这些遭遇奇特的日子的记忆。

强盗首领终于来了。他已全副武装，并且把火铳还给了狩猎师，外加一角筒火药。他还给大学生一支猎枪，给费里克斯一把猎刀，请他随身带着，在万不得已时作自卫用。对三个人质来说幸好天色已晚，要不然年轻金匠在接过武器时两眼炯炯发光，一定会被强盗头儿识破他的真面目。他们一行悄悄摸出木屋，狩猎师发现往常守在近旁的那个岗哨今天空着。这一下，他们就可能神不知鬼不觉地从那排宿舍旁溜过去。然而，强盗首领这回没走从山谷直通林子的那条小路，而是朝着他们正对面一道看似没法涉足的、近乎陡直的峭壁走去。到了那里，他才指给他们一架悬挂在岩壁上的绳梯。他把长枪往背上一背，带头爬上梯子，然后叫"伯爵夫人"跟上去，同时伸出手来搀扶"她"。最后由狩猎师压阵。翻过了峭壁，他们便循着另一条羊肠小道继续前进。

"这条小路连接着通向阿莎芬堡的大道。"强盗首领说，"我们准备去那儿，因为我有确切情报，您的丈夫伯爵大人目前就在城里。"

他们默默地继续往前走，强盗一直在前头开路，另外三人紧随其后。走了三个小时，他们才停下来。强盗头儿邀请费里克斯坐在一棵树桩上休息。他取出一个面包，一罐子陈年老酒，让走累了的人质们享用。

"我相信，咱们走不到一个钟头，就会碰上官兵在林子里布置的警戒线。到时候我请您和他们的指挥官说一说,希望他能优待我。"

费里克斯同样答应了,尽管他相信这不会有多大用处。他们休息了半小时,然后继续往前走。他们又走了大约一个钟头,就已来到大路边。天开始亮了,林子里弥漫着清晨的雾霭,突然一声"站住!什么人?"止住了他们的脚步。他们站住了,朝他们走来五个士兵,喝令他们跟着去见他们的少校长官,自己好交代。他们跟着走了约莫五十步,但见左右两旁的小树林里有枪械闪闪发光,显然驻扎着一支大部队。少校带着一群军官和平民坐在橡树底下。四个俘虏被押到了面前,他正准备盘问他们"打哪儿来?""奔哪儿去?"他身边的一个男人突然跳了起来,大呼:

"我的主啊,怎么回事?这不是咱们的狩猎师歌特弗里德吗!"

"是我啊,管家老爷!"狩猎师兴奋得提高了嗓音,"我回来了,从那帮坏蛋手里奇迹般地得救了。"

在这儿见到他,军官们都很惊讶。狩猎师却把少校和管家请到旁边,三言两语讲了他们如何得救的,以及那陪着他和年轻金匠的第三个人是谁。

少校听了十分高兴,立刻安排手下押走那名要犯。随后却把年轻的金匠引荐给自己的同事,称他是个勇敢豪爽的青年,凭着自己的胆量和镇定,搭救伯爵夫人于危难之中。所有人都高高兴兴地来与费里克斯握手,赞扬他,没完没了地让他和狩猎师讲他们的历险故事。这时天已大亮,少校决定亲自送几位脱险者进城去。他领他们和伯爵夫人的管家先到邻近的一座村子里,这儿停着他的马车。费里克斯被安排与他一起坐在车里,狩猎师、大学生、管家和一大群军官骑着马,走在车前,跟在车后,一行人就这么浩浩荡荡地向城里进发。关于在林中客栈发生劫持事件和小金匠舍身救人的消息,早已如野火一般在整个地区传遍。同样,他意外获救的故事,也迅速家喻户晓,广为相传。难怪他们进城后走到哪儿,那儿的街道两旁都挤满了争着一睹小英雄风采的民众。男女老少一齐拥上街头，夹在其间的马车只能慢慢向前。

"快瞧！"有人喊起来，"瞧他坐在那辆车上，挨着少校！这小金匠真了不起啊！"紧接着，千百人齐声欢呼，声震云霄。

费里克斯既难为情，又为民众的纵情欢呼所感动。可更感动他的，却是在市政厅前上演的一幕。一位衣饰华贵的中年男子，站在台阶旁迎候他，眼含着热泪将他拥抱。

"叫我怎样报答你好啊，我的孩子？"他高喊，"在我眼看将失去许多许多的时候，你为我挽救了它们！你搭救了我的妻子，搭救了我孩子们的母亲！要知道她那样弱不禁风，怎受得了被抓去当人质的惊吓喽！"说这话的人就是伯爵夫人的丈夫。虽然费里克斯死也不肯讲自己想要什么舍己救人的报偿，伯爵也坚持要报答他，否则就不罢休。这当儿，小伙子突然想到了强盗首领的不幸处境，便告诉伯爵这人怎么救了自己，而他想救的原本是伯爵夫人呢！伯爵被感动了，答应尽量帮助在押的强盗。但打动他的并非强盗首领的所作所为，而是小金匠舍己为人的无私精神。这一高贵精神，通过小金匠选择替强盗首领说情作为对自己的报偿，又一次得到了新的证明。

还在当天，伯爵就在勇敢的狩猎师陪同下，带年轻金匠回到自己府邸。在那儿，伯爵夫人一直关心着这个替她做出牺牲的年轻人的命运，日夜盼望好的消息。当她丈夫牵着救命恩人的手跨进房中的一刹那，谁描写得出伯爵夫人是多么的喜悦兴奋呀！她没完没了地询问他，感激他，让人把她的孩子们领来，指着心地高尚的青年对他们说，他们的母亲对他真是感激不尽啊。孩子们于是拉着费里克斯的手，对他保证说，他将被他们看成这个世上除父母亲之外最亲近的人。如此幼稚纯真的感激之情，在费里克斯看来，乃是对他在强盗窝里忍受的许多苦闷惊吓、那些不眠之夜的最好补偿。

重逢的欢乐时刻过去以后，伯爵夫人就示意一个仆人，让他马上去取来了费里克斯在林中客栈交给她的那些衣服和背囊。

"全在这儿哪，"她笑眯眯地说，"在那可怕的时刻你托付给我的东西。你给我裹在身上的是一件宝衣，让存心抓我的匪徒变成了瞎子。现在它们又物归原主啦。只是我想提个建议，我希望保留这些衣服作为对你的纪念，把它们送给我吧！作为交换，请你也收下一笔款子，也就是强盗们为释放我所规定的数目。"

费里克斯被如此厚赠吓了一跳，他高尚的品格不容他为自愿做的事情接受任何奖赏。

"尊贵的夫人。"他激动地回答，"这事我不能从命。衣服如您吩咐的留下好啦，可您说的那笔钱我不好收下。不过呢，我知道您希望奖励我一下，那好，我不需要任何别的赏赐，只请您保持着对我的恩宠，万一有一天我需要您的帮助，请允许我再来求您。"

他们劝了年轻人很久很久，可怎么也改变不了他的想法。伯爵夫人和伯爵最后只好作罢，仆人已打算重新拿走衣服和背囊，费里克斯却突然想起了那件首饰。刚才只顾高兴，他竟把它给忘记了。

"等等！"他喊道，"还有件东西请允许我从背囊中取出来，夫人，别的一切通通归您。"

"你请便吧！"伯爵夫人回答，"尽管我想留下所有的东西作纪念。凡是你觉得少不了的都只管拿吧！不过允许我问一下，什么宝贝叫你如此珍爱，竟舍不得送给我？"

说着，小伙子已经揭开背囊，取出一个莫洛哥山羊皮做的小红匣儿来。

"凡是我自己的东西都可以给您，"小金匠微笑着说，"可这个属于我亲爱的教母，是我亲手打好了给她送去的。这是件首饰，尊贵的夫人，"他继续说，一边揭开首饰匣儿，给伯爵夫人递过去，"我要用它试试我自己的本领。"

夫人接过匣子，可刚往里瞅了一眼，马上惊讶得连连后退。

"什么？这些宝石！"她叫起来，"它们是给你教母的，你说呢？"

"就是，"费里克斯回答，"我的教母把它们带给了我，我把它们镶嵌成首饰，正在亲自送去的路上。"

伯爵夫人激动地望着小金匠，泪水夺眶而出。

"这么说你就是纽伦堡的费里克斯·佩尔纳？"她喊道。

"就是我！可您怎么这样快就知道了我的名字？"小伙子愕然地望着她问。

"哦，老天绝妙的安排！"她激动地对自己惊讶的丈夫讲，"这就是费里克斯，咱们的小教子，他妈是我的贴身女仆萨比娜！费里克斯！我正是你想去找的人。这意味着你在不知道的情况下救了你的教母。"

"什么？您就是我和我母亲的大恩人帕特伯爵夫人？这儿就是我打算去的马茵堡？我太感谢仁慈的命运啦，是它使我与您经历了这等奇特的相逢，是它让我以行动向您表明了自己深深的感激，尽管这行动微不足道！"

"你给我的恩惠大过我任何时候能够给你的帮助。"伯爵夫人回答，"不过，在有生之年，我一定尽最大努力让你了解我是多么感激你。让我丈夫做你的父亲，我的孩子做你的弟妹，我自己做你的母亲吧！这些个首饰，这些个在我身处危难之时把你领到我身边来的首饰，将成为我的至宝。因为让我永远想起你和你高贵的品质。"

伯爵夫人这么说了也这么做了，她给了准备去漫游的费里克斯慷慨资助。他精通自己的手艺后回到纽伦堡，她又给他买了一幢房子，并且完全装修布置好。在其中最漂亮的那个房间，最贵重的饰物乃是几幅精美的油画，画的正是林中客栈之夜的一个个场景，以及费里克斯在强盗窝里的生活片断。

费里克斯成了纽伦堡一位杰出的金匠，广受赞誉的手艺加上有关他的那段英雄传奇，为他吸引了全德意志帝国的顾客。许多外国人观光游览美丽的纽伦堡，总喜欢让人领到著名的费里克斯师傅的工场里来，既为一睹他本人的风采，也想在他这儿订打一件漂亮的首饰。可最受他欢迎的客人，却是狩猎师、铁匠、大学生和马车夫。最后这位从维尔茨堡赶车到费尔特去，每次都要到工场里来看看。狩猎师年年送来伯爵夫人给他的礼物。铁匠呢，在周游各个邦国之后，也要来费里克斯师傅处歇歇脚。有一天，大学生也光临了。他如今已成为帝国的一位要员，然而，仍不耻于来与费里克斯师傅和铁匠共进晚餐。他们一块儿回忆林中客栈的一幕幕情景，前大学生于是讲，他在意大利还见过那位匪首。此人已痛改前非，成了效忠那不勒斯国王的一名勇敢的士兵。

费里克斯听了，非常高兴。不是此人，他也许不会有那次历险，但没有此人，他费里克斯同样不可能从强盗窝儿里脱身。就这样，每当回忆起施佩萨特林中客栈，豁达能干的金匠师傅心情总是既愉快，又平静。

商人和妖怪

　　从前，有一个很富有的商人，经常走南闯北，出门经商。一天，他离家到外地去做生意，途中感到天气热得难受，便下马在一个花园的树下乘凉。他从鞍袋中掏出干粮和椰枣来吃。吃完一粒椰枣后，顺手把枣核儿随便一扔。说时迟那时快，一个手持利剑的巨妖仿佛从天而降，站在了他的面前。妖怪大声吼道：

　　"你给我站起来，让我像你杀死我儿子一样把你杀掉！"

　　商人大惊失色：

　　"我怎么会杀死了你的儿子呢?!"

　　"你刚才吃完椰枣扔的核儿，正好打在我儿子的胸口上，我儿的性命立刻就断送在你手里了。"

　　"真是天大的冤枉啊！"商人有口难辩，"就算如此，我也不是有意的啊！"

　　"我不管你有意无意，反正你杀了我的儿子就得拿命来偿。"

　　"你该知道的，妖怪。"商人请求道："我有妻子儿女一大家子人需要通知，有很多财产需要处理。再说我欠别人的债不能不还，别人抵押在我那儿的东西也得让人家赎回去呀！求求你先放我回家一趟，待我将家中之事料理妥当再回这里。我向你发誓，明年元旦我一定回来接受你的处置。真主在上，我决不食言。"

　　妖怪相信了商人的话，放他走了。商人回到家乡，立刻着手处理所有事务。该还钱的还钱，该退押的退押。他把妻子、孩子和亲戚以及他们的妻儿老小都召集来，告诉他们发生的事情，并立下遗嘱。众人听罢，都伤心地抱头痛哭起来。他在家中一直住到年底，再不敢耽搁，收拾了一下东西，夹上自己的寿衣，同妻儿和前来送行的亲朋好友一一告别。想到此一去再也见不到他们，商人禁不住号啕大哭了好半天，最后一步三回头，万般无奈地上了路。他走啊走啊，一直走到那个花园。这一天正好是元旦。商人触景生情，坐在那里为自己的不幸遭遇默默地哭泣。正在这时，一位老人突然来到他面前，手里还牵着一只用链子拴着的羚羊。他同商人打过招呼后，问道：

"你为什么独自一人坐在这里？这儿可是妖魔鬼怪常常出没的地方啊！"

商人把遇到妖怪的事和自己坐在此处的原因告诉了他。老人听后惊愕不已，说道：

"我说老弟，你可真是个老实本分的人，你的故事也够离奇的。要是你把它用针刻在醒目的地方，后人看了一定会引以为戒呢！"说着，他坐在商人身旁，又道："我就在这儿一直坐到你说的那个妖怪来，看看到底会发生什么事？"

魂不守舍的商人想到过一会儿自己就要变成妖怪的刀下鬼，不觉心惊肉跳，像热锅上的蚂蚁似的坐立不安，情急中竟昏过去好长时间。醒来后，他又发现一个带着两条黑色纯种猎狗的老人来到花园。后者打过招呼，问他俩为何坐在这妖魔鬼怪经常出没的地方。两人又将故事从头到尾讲了一遍。刚来的老人还未坐定，那边又走来一个牵着一匹花斑骡子的老人。他问了和前两位老人同样的问题，听清了来龙去脉后，也和他们坐在一起。四人还未来得及说什么，荒野中猛然间一阵狂风袭来，卷起漫天尘土。尘土稍落，只见那妖怪手中利剑脱鞘，眼里喷着火花，直奔他们而来。他将商人从他们当中一把揪出，吼道：

"你给我过来！你杀死我的儿子，现在是你为我那心肝宝贝偿命的时候了！"

商人放声大哭，引得三位老人也呼天抢地地哭作一团。这时，第一

283

位老人，也就是羚羊的主人急中生智，上前吻着妖怪的手对他说：

"妖怪啊，您是万魔之王。我想给您讲讲我和这只羚羊的故事，您听了之后，如果觉得它很离奇，您能不能开恩把这个商人的性命赏与我三分之一？"

"可以，老头儿。"妖怪回答道，"假如你的故事真的十分离奇，就照你说的办。"

"您听我慢慢讲来。"第一位老人开始讲述他的故事：

这只羚羊其实是我的亲叔伯妹妹，她很小的时候我就把她娶进家里。婚后我们朝夕相处三十来年，可惜她没能为我生下一男半女。于是，我又娶了一房。第二个妻子为我生了个男孩儿。这孩子长得有模有样，可秀气了，一对眼睛闪闪发亮，两道眉毛又浓又长，头是头脚是脚，像一轮满月似的招人喜欢。他渐渐长大，直到 15 岁那年，我为了办一批货出了趟远门。我的堂妹——这只羚羊，自幼学过些算命和妖术，她趁我不在家，对他们母子二人施了魔法，把我儿子变成一只牛犊，把他的妈妈变成一头母牛，送给了放牛的。过了很长一段时间，我回到家里，问起他们母子，我的第一个妻子回答说：

"你那个小老婆早死了，你那宝贝儿子也离家出走，鬼知道他上哪儿了？"

我听后，心如刀割，悲痛不已，整整一年足不出户，以泪洗面。宰牲节快到了，我吩咐牧人给我挑一头肥牛准备过节用，谁知送来的正是被这羚羊施了魔法的我的第二个妻子。正当我将胳膊挽袖子拿起尖刀准备屠宰时，那牛却失声痛哭起来。我看它可怜，不忍下手，便让牧人操刀。等他杀了牛剥开皮一看，发现除了皮和骨头不见丁点儿油脂和肉。我后悔莫及，心想还不如不杀它，可生米已煮成熟饭，后悔也没用了。我把牛的皮骨送给牧人，并让他给我换一只肥牛犊来。过了片刻，他牵来一只小牛犊，那正是被施了魔法的我的儿子。小牛一见到我，猛地挣断绳索，奔到我面前，又是打滚儿，又是嗷嗷地哭叫。我心生恻隐，叫牧人放了它再换一头。

老人讲到这里，瞥了一眼听得津津有味的妖怪，问了声："万魔之王啊，您一定觉得很有趣吧？"才又接着讲他的故事：

所有发生的事，这只羚羊——我的堂妹，都看在眼里，并且在旁边一个劲儿撺掇我杀掉这只小牛，说它又肥又嫩，肯定味道鲜美。我实在下不了手，最终还是让牧人把它带回家了。第二天，我正在家里坐着，突然牧人登门求见。他对我说：

"主人，我有一事相告。我相信这对您我来说都是好消息，您听了准保高兴。"

"快讲！"我催促道。

"主人，我有个女儿，从小跟我们那儿的一个老太婆学过些魔法。昨日，她一见到我带回去的小牛犊，便捂住脸哭了起来，继而又放声大笑，她对我说：'父亲，你太不尊重女儿了，竟把外人带到我面前。'我一时摸不着头脑，问她：'哪儿来的什么外人，你一会儿哭一会儿笑，这是干什么呀？'她答道：'父亲，你不知道，这只牛犊是东家的少爷啊，他们母子被东家的大老婆施了魔法，才变成牛的。这是我笑的原因。而哭是因为我想到被杀掉的母牛——小牛的妈妈，她太可怜了！'我一听，觉得这事非同小可，这不，天一亮我就赶来向您报告。"

我听了他的讲述，大喜过望，当即叫他带我急奔他家而去。一路上想到儿子还活着，我心花怒放，乐不可支，如同饱饮了美酒佳酿般陶醉。到了牧人家门口，他女儿吻着我的手将我迎进家中。那小牛犊一见我，便奔到我跟前，激动得满地打滚儿。我向姑娘问道：

"你说的关于这牛犊的事，是真的吗？"

"千真万确，主人。这就是您朝思暮想的宝贝儿子呀！"

"姑娘，假如你能使他恢复人形，我就把交你父亲掌管的财物和牛羊全送给你。"

姑娘笑了笑，说：

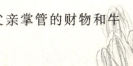

285

"主人，我并不稀罕钱财，但我有两个条件：一是让您的儿子娶我为妻，二是必须以其人之道还治其人之身，允许我将那挨千刀的刁妇变成一只羚羊，并把她关起来。否则，即便是我过了门，这诡计多端的女人也会搞得我日夜不得安宁。"

"好，一言为定。"我对她说，"除了答应你的两个条件外，你父亲现管的一切财物统统归你所有。至于那阴险毒辣的恶妇，你怎么处置都是合情合法的。"

姑娘听罢，拿过一只杯子，倒上水，而后用手指蘸着水洒在牛犊身上，口中念念有词：

"假如你现在的模样是真主所造，那你就还做你的牛犊；假如你是中了魔法，那就在真主的允许下恢复人形。"

话音未落，只见牛犊浑身一抖，顿时恢复了原状。我扑上前去，抱着儿子说道：

"儿啊，你受苦啦！快讲讲那坏女人是如何坑害你们母子的。"

儿子将他和自己母亲的不幸遭遇，原原本本地讲了一遍。我听后对他说：

"孩子，现在好了，是真主救你出了火坑，让你重见天日啊！"

后来我履行诺言，让儿子与牧人的女儿结为百年之好。儿媳妇把我堂妹变成了这只羚羊。再后来，我就来到此处，遇到这位商人，知道了他的经历，并和他坐在一块儿等着看将要发生的事情。这就是我的故事。

妖怪听完第一个老人讲的故事，对他说：

"这个故事果然离奇，我说话算数，就把商人的性命赏你三分之一吧！"

这时，第二位老人，也就是两只猎狗的主人相机行事，唤了声"万魔之王啊"，便开始给妖怪讲起了自己的故事：

我在家排行老三，这两只猎狗是我的哥哥。家父死后，留下 3000

第纳尔①的遗产，我们哥儿仨各得 1000。我用这笔钱开了爿小店做生意。俗话说：在家千日好，出门一时难。大哥不听我的劝告，用他的那笔钱购置货物到外地跑买卖。他带着商队出去整整一个年头，结果血本无归，两手空空返回家乡。我对他说：

"大哥，我不是说过不要出去跑买卖吗，你就是不听，落到今日这步田地。"

"咳，人的命天注定。"大哥哭丧着脸，声音也有点喑哑，"弟弟，这会儿说这些也晚了，反正我现在是一无所有了。"

我带他到我的店里转了一遭，然后陪他去澡堂洗了个澡，并给他买了套华贵的衣服换上，又一起吃了顿饭。末了，我对他说：

"别着急，大哥。我每到年底都要结账，等我算完了，留下本钱，分一半利润给你，再作打算。"

过后，我算了一下账，店里获利不薄，有两千第纳尔的盈余。我高兴得不得了，分给大哥 1000。二哥的情况同大哥差不多，外出经商折了本儿，回家后穷得度日如年。我索性又给了他一千第纳尔。我们一起住了一段时间，两位兄弟又提出去外地经商，还想拉我一块儿去，我没同意，对他俩说：

"你们出去跑了一趟又怎么样呢，连本儿都赔进去了，我去就能赚着钱吗？"

两人一而再再而三地鼓动我，我不仅始终没有松口，而且帮他俩也开了个小店，让两人老老实实在本地做起了生意。又过了整一年，他们还是不死心，又三番五次说要走，我仍旧没有答应。

光阴似箭，转眼六年过去。这期间，我看他们一门心思要到外面做买卖，心想：如今大家有了些本钱，倒也不妨一试。于是，我答应和他们一同外出，并提议先把各自店里的账清理一下。算过之后，共有六千

①　第纳尔：阿拉伯等国家货币名称，古代指金币；下文中迪拉姆，也是货币名称，指银币。

第纳尔。我说：

"两位哥哥，咱们把钱埋一半在家中，以防不测；另一半我们各拿1000去做自己的生意。"

"这个主意好！"他俩当然不会反对。

我把钱放在一处，分成两部分，埋在地下3000，剩下的我们各分1000，拿去采购货物。我们租好船，带足日常用品，便启程了。在海上我们航行了足足一个月，来到一座城市，货物出手，竟然赚了十倍的钱。大家喜出望外，觉得真是不枉此行。正准备登船返航的当儿，我们发现海边站着一个衣衫褴褛、女奴打扮的姑娘。她走到我面前，吻了我的手，轻轻说道：

"我的主人，你要积德行善吗？我会报答你的。"

"是的，我一贯以助人为乐事。"我回答说，"不过，即便你不报答我也没关系。"

"那你娶我为妻吧，带我到你的国家去。我把自己交给你，你一定要善待我，因为我是那种知恩图报的人。别看我现在这副样子，关键时刻我会报你的大恩大德。"

听了她的话，我心中产生了一种从未有过的感觉，或许是人们常说的怜香惜玉吧！我想：说不定这是上天有意促成的好事呢。于是我把她带到船上，给她换上新衣服，还为她整理了一个舒适的床铺。我和她同房共寝，俨然一对恩爱夫妻。待到启航时，我已深深迷恋上她，不管白天黑夜一刻也离不开她，因而也就疏忽和冷落了两个哥哥。他俩看我金屋藏娇，情有所属，心里酸溜溜的，更令他俩眼红的是我的钱财和满舱的货物。二人由嫉生恨，利令智昏，竟起图财害命之念，他们想，只要将我杀死，我的一切财产就全归他们所有了。是夜，我正在妻子身边安睡，鬼迷心窍的两个哥哥狠心地将我抛进波涛翻腾的大海。妻子猛然惊醒，忽地变作一位仙女，飞身跳入海中，将我救到一个岛上。之后，她便在我眼前消失了，直到早晨才返回我身旁。她对我说：

"我是你的妻子，真主允许我救你于危难之中。你知道，我虽非人类，但我笃信真主。我对你一见钟情，在海边痴痴地等你，后来好心的你娶了我，现在我投桃报李，救了险遭灭顶之灾的你。你我夫妻一场也是命中注定啊！只可气你那两个图财害命的哥哥，不杀了他们实在难解我心头之恨。"

　　她的话令我十分惊异。我感谢她的救命之恩，并请她不要置我哥哥于死地。接着，我给她从头到尾讲了我们兄弟三人的故事。她听后，仍怒火未消，说道：

　　"今夜，我要飞到他们那里，让他们的船沉没海底，让他们两个葬身鱼腹。"

　　"千万不可啊！"我连忙阻止道，"你就饶过他们这一回吧！有位贤人说得好：善者宽大更为善行，恶行足以惩治恶者。不管怎么说，他俩也是我的同胞兄弟呀！"

　　见她无动于衷，我又再三替两个哥哥求情。她没再说什么，带着我腾云驾雾，飞了好一阵子，便来到了我家的房顶上。她将我放下，转眼便没了踪影。我先拜访了亲朋好友，然后打开家门，挖出埋在地下的钱，采买了各种货物，准备重打锣鼓另开张。夜幕降临，我回到家中，发现两只黑色猎狗拴在院里。它俩一瞧见我，立刻摇头摆尾跑了过来，哭哭啼啼地趴在我脚边不忍离去。

　　"这就是你那两个哥哥！"分明是我妻子的声音，可前后左右并无她的身影。我急忙问：

　　"谁把他们变成这样?!"

　　还是妻子的声音：

　　"我把他们带到我的一个姐妹那里，她把他们变成了两只猎狗。10年之后，他们才能恢复人形。"

　　现在，我的两位哥哥已做了 10 年的狗，我带着他俩到那位仙女那儿去，好让他俩重新做人。途中遇见这位商人，他给我讲了自己的经

国童话名篇精选

历，我决定留下看看您和他之间会发生什么样的事。这便是我的故事，如果您认为它还算离奇，就请把这商人的性命赏我三分之一。"

妖怪开口道：

"故事果然不错，就照你说的吧，我把他的性命赏你三分之一好了。"

这时，第三位老人，也就是骡子的主人跃跃欲试，上前对妖怪道：

"万魔之王群妖之首啊，我要给您讲的，比这两个故事更离奇，望您开恩，听后把他最后三分之一性命赏给我。"得到妖怪准许后，第三位老人便讲了起来：

这匹骡子原是我的老婆。有一次，我为办事出了趟远门，在外整整盘桓了一年，赶回家中的那天夜里，正撞上她和一个黑奴睡在一起。两人一个搔首弄姿，卖弄风情；一个嬉皮笑脸，打情骂俏。见了我，她一骨碌从床上爬起，取来一只装了水的罐子走到我面前，冲着水罐念了咒语，而后一边将水泼洒在我身上，一边说道：

"快把这个人变成一只狗吧！"

话音未落，我真的变成了狗，随即被她赶出家门。我无家可归，流落街头，走到一家卖肉的铺子前，饥肠辘辘的我就在那里啃起了骨头。店老板看我可怜，便把我带回自己家中。一进门，他女儿马上捂起脸，说道：

"您怎么把一个男人带进家里！"

"哪来的什么男人？"她父亲摸不着头脑。

"这只狗是男人变的，他被一个女人施了魔法。不过，我能帮他恢复原形。"

"那你还等什么，女儿，还不赶紧把他救过来！"店老板真是好心肠。

姑娘取来一罐水，念了咒语，接着洒一些水在我身上，嘴中说道：

"让你现出本来的面目吧！"

于是，我重又变成了人。我吻了姑娘的手，对她说：

"我希望你帮我，把毒害亲夫的女人变成一头牲口。"

姑娘给我一些魔水，并告诉我说：

"你在她睡觉时将水洒在她身上，她立刻就会变成你要求的样子。"

对父女俩千恩万谢后，我回到家里，按姑娘教的方法将水泼在呼呼大睡的老婆身上，口中说道：

"把这该死的荡妇变成一匹骡子吧！"这招果然灵验，我的万魔之王，我老婆一下子就变成了您现在亲眼所见的这匹骡子。

第三位老人一面说，一面扭过头问骡子自己讲的对不对，只见那骡子一个劲儿点头，仿佛在说：是，是，一点儿没错。妖怪听完第三位老人的故事，又看到骡子刚才那副模样，乐得手舞足蹈，他信守诺言，将商人最后三分之一的性命赏给了他。

妖怪将商人交给三位老人，说是答应过他们每人可得到商人三分之一的性命。商人劫后逢生，大喜过望，不知怎样感谢三位老人才好。他们也为他大难不死向他表示祝贺，然后，便各自回自己家乡去了。

葛铁鹰　译

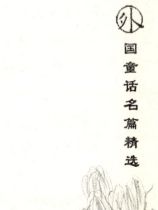

渔夫和魔鬼的故事

从前，有一个家境贫寒的老渔夫，要养活老伴儿和三个孩子。他有个习惯，每天打鱼不多不少只撒四网。一日中午，他来到海边，脱下外衣，撒了一网，耐心地等它沉到水底才开始收网。这一网重得很，他怎么拉也拉不上来，只好把网绳拉到岸上，钉了一个桩，把绳拴牢，然后脱光衣服，潜入水下，左揪右拽鼓捣了半天，总算将网拖上了岸。他披上衣服，走近网前一看，原来网住了一匹死驴。老人心里十分悲伤，自言自语地说：

"除了万能的真主谁也无能为力。让我用这样的东西养家糊口，真是天下怪事。"

感慨之余，他记起了两句诗，于是吟道：

任你日夜苦煎熬，
天要人死劫难逃。
劝君莫再徒劳累，
命里是穷勤无饱。

话虽这么说，想到全家老小要填饱肚皮，渔夫只得继续干活儿。他费尽力气把驴弄到网外边，将网拧干拾掇好，重新走入海中，嘴里念叨着"老天保佑"，把网撒了出去。等网沉底后，他开始收网，这次感觉比上次还重，他以为捕到大鱼，连忙把绳子拉到岸上拴好，紧接着脱衣下水，潜入海底，又是一番折腾，好不容易把网拖上岸。一看，网里是一个装满泥沙的大瓦罐。渔夫垂头丧气，非常沮丧，于是又吟起一位诗人的诗来：

> 时运请不要再怒火熊熊，
> 看看这世道你也应宽容。
> 无所事事的人吃穿不尽，
> 辛勤劳作的人两手空空。
> 我四处奔波以寻觅生路，
> 到头来只遇见它的亡灵。
> 多少愚昧之徒飞黄腾达，
> 多少有识之士匿迹销声。

吟罢，老渔夫将瓦罐扔到一边，把网拧干择净，向真主乞求生计后，第三次走入海中。他撒下网，耐着性子等了一会儿，起网看时，只有一堆瓶瓶罐罐，他失望到了极点，只好又借诗发泄自己的不满：

> 这便是你的生路，
> 解不开也系不住。
> 能书会写又何用，
> 难当衣也难做谷。

接着，渔夫仰天长叹："老天爷，你行行好吧！你知道我每天只撒四网，这可是最后一次啦！"说罢，他使劲张网撒向大海，等网一到底便往回收，谁想这次还是拉不动，好像网被水下什么东西缠住了。他说了声"算我倒霉"，又脱衣潜入海底，费了半天工夫好歹把网拉了上来。这次倒是与前三次不一样，里面是一个黄铜做的，好像装满东西的香水瓶，瓶口有铅封，上面有大卫之子所罗门戒指的印记。

293

外国童话名篇精选

老渔夫这回可乐了，心想：这可是个好东西，拿到铜市起码能卖10个金币。他拿起小瓶晃了晃，觉得沉甸甸的很有分量，于是又想：我一定得打开，看看里边有什么，然后再放在口袋里拿到铜市去卖。他掏出一把小刀，好容易才把瓶口的铅封撬开，接着把瓶子放在地上，翻过来掉过去用劲摇晃，希望将里边的东西倒出来。可摇来摇去什么也没见着。老渔夫正纳闷儿，蓦地一股黑烟从瓶口冒出，越来越浓，越来越粗，越来越高，烟柱下端在地面不停地移动，上端直插云霄。渔夫见状惊得目瞪口呆。少时黑烟冒完，聚合成一大团，就听轰隆一声响，黑烟霎时变作一个披头散发、面目狰狞的庞然大物。只见他头顶天，脚踩地，身材奇长无比；脑袋似一圆形屋顶，双手好比大号铁叉，两脚如同巨型帆船；一张土黑色的脸上长着山洞般的嘴巴，岩石般的牙齿，茶壶般的鼻孔和灯笼般的眼睛。

老渔夫何曾见过这等怪物，吓得他两排牙齿直打架，一个劲儿地往下咽口水，浑身筛糠似的哆嗦不止，想拔腿逃掉吧，无奈仨魂儿早已吓丢了俩半，哪儿还分得清东南西北。

魔鬼看见渔夫，先说了句：

"万物非主，惟有我主。所罗门是我主先知。"然后，他抬头望天接着说：

"我主的先知啊，请不要杀我。我再不敢违抗您的旨意，再不敢冒犯您的尊严。"

老渔夫听了觉得很奇怪，问道：

"魔鬼啊，您刚才是说所罗门是主的先知吗？所罗门过世已经1800年了，如今我们已不是在那个年代了。快说说您的故事和经历，以及您钻进这个小瓶的原因。"

魔鬼没搭他的茬儿，说：

"渔夫，我给你带来一个好消息。"

"什么好消息？"渔夫忙问。

"立刻将你杀死，并且碎尸万段!"

"啊?"渔夫倒吸一口凉气，"这算什么好消息呀，我的魔王。您是何方神圣，为什么要杀死我?难道我把您捞出海底，拿到岸上，放出这个瓶子，就换来一死吗?"

"少啰嗦!告诉我你想怎么个死法就行了。"魔鬼说。

"我犯了哪条罪过，让您这样惩罚我?"

"说的也是，为了叫你死得明白，你先听听我的故事。"

"您讲可以，不过最好讲得简单些，我支持不了多久，魂儿都掉到脚那儿去了。"

"你听着，渔夫。我是一个叛教的精怪，违抗了所罗门的旨意，而且顽固不化。他派其宰相召我前去晋见，我极不情愿但又毫无办法，被宰相强行押到他面前。他劝我改邪归正，投在他的门下，我不从，他便叫人拿来这个瓶子，将我关在里面，用铅封口并盖上刻有他大名的印章。之后，他命众神把我扔进大海中央。我一直沉在海底，心想:100年之后，谁要是救了我，我就让他一辈子荣华富贵。100年过去了，没人救我。我想:200年之内，谁要是救了我，我就给他打开大地的宝藏。200年过去了，没人救我。我又想:300年之内，谁要是救了我，我就满足他三个愿望。可是300年过去了，400年、500年……整整过了1800年，仍不见一个人来救我。我气得发疯，于是赌咒:谁要是这时救了我，我就杀了他，但我会让他自己选择如何死法。而你，恰恰在这时救了我，所以你可以随便选择如何去死。"

听完魔鬼的故事，渔夫心想:真是天大的怪事，不早不晚，我怎么偏偏在这时节把它给救了呢?就这么死了也未免太冤枉了。于是，他对魔鬼说道:

"您若是免我一死，真主会对您既往不咎;您若是不杀我，真主会保您今后逢凶化吉。"

"不行!你现在死到临头，快说想叫我怎么结果你的性命吧!"看来魔鬼铁了心要杀他。

老渔夫此时仍然抱着一线希望，苦苦求道：

"看在我使您重获自由的份上，您就高抬贵手饶我这一次吧！"

"什么？你不提还好，一说我气不打一处来，我就是因为你救了我才非杀你不可的！"

"万魔之尊啊，我对您有救命之恩，而您却恩将仇报。这倒真应了那几句诗了：

我们施德你却以怨相报，

以命发誓此乃娼妇之道。

谁若向不配行善者行善，

结果定是好心不得好报。

魔鬼才不管这一套，怒吼道：

"你休想让我回心转意，现在你只有死路一条。"

事至如此，老渔夫反倒镇定下来，他略一沉思，心中暗道：我是人类的一员，真主赋予我聪明才智，以我的智慧和计谋难道斗不过魔鬼的狡猾和诡诈吗？俗话说得好，魔高一丈，道高一尺，我就不信治服不了他。他眉头一皱，计上心来，问那魔鬼：

"看来你是非杀我不可了？"

"没错！"魔鬼斩钉截铁地说。

"以刻在所罗门戒指上的最伟大的名字起誓。"老渔夫从容说道，"我问你一件事，你必须如实回答我。"

魔鬼听到所罗门的大名如雷贯耳，立时战战兢兢乱了方寸，他哆哆嗦嗦地说：

"行，你快问吧，越简单越好。"

"那好，我问你，当初你是如何进入这个瓶子的？它那么小，你那么大，连你的一只脚或一只手都装不下，更何况你整个身体啦！"

"噢，是这么回事呀，你不相信我原来是装在这个瓶子里的？"

"是的，除非我亲眼所见。"

魔鬼二话不说，摇身变作一团黑烟升到半空中，然后越缩越细，一点儿一点儿地钻进小小的香水瓶。最后一缕黑烟刚一进去，渔夫一个箭步冲到瓶子旁边，拿起铅封塞子将瓶口严严实实盖住。然后，他冲着瓶子大喊：

"喂，你听见了吗，魔鬼？现在轮到你选择如何死法了，因为我马上就要把你扔回大海。我要在此地建一所房子，把家搬过来，并告诉每个到这里来的人千万不要在这儿张网捕鱼，因为这儿的海底下有一个魔鬼，谁把他捞上来谁就得被他杀死，更可恶的是他还要人家自己选择死法。"

魔鬼一听，自知上了当，恼羞成怒地在瓶内又顶又撞，想要出来，可惜费了九牛二虎之力也无济于事。于是，他不得不承认眼前的现实：自己又被有所罗门戒指印记的盖子关在了瓶子里。他成了这个老头儿的囚犯，威风扫地，像一个最卑鄙龌龊、最微不足道的小妖怪。他感到渔夫正拿着瓶子朝大海走去，急忙叫道：

"不！不！"

"不什么不，"渔夫边继续向前走边说，"对你这种不讲情义、翻脸不认人的家伙就得这么办。"

魔鬼顿时没了脾气，口气软了下来：

"你准备把我怎么样啊，渔夫？咱们有话好说嘛！"

"还有什么好说的，你早知今日，何必当初哇！刚才我三番五次地求你，说你若是免我一死，真主会对你既往不咎，你若是不杀我，真主会保你今后逢凶化吉。可你就是不听，一个心眼儿要以怨报德，置我于死地而后快。现在好了，真主让你的小命儿攥在我的手心里，你当初无情，也就别怪我这会儿无义。我把你扔回大海，你既然在海底已经待了

1800 年，那你就一直待下去，待到世界末日好了。"

魔鬼听后仍不死心，说：

"求你打开瓶子放我出去，好给我一个机会重重地报答你呀。"

"又在骗人，可恨的东西！"渔夫才不会上他的当，"你我眼下的经历同国王尤南和神医鲁扬的经历简直一模一样。"

"这两人与我们有什么相似之处呢？"魔鬼问道。

"魔鬼，你好好听着。"

老渔夫开始讲自己的故事：

很久以前，在古罗马的法尔斯城，有个叫尤南的国王。他富甲天下，兵多将广，称霸一方，还有许多其他民族的英雄豪杰前来辅佐他。国王享尽人间荣华富贵，却也有难言之隐，一身的疥疮搞得他苦不堪言。各地名医、郎中不知请了多少，没有一个能治好他的顽症；各类灵丹妙药，或粉或膏不知用了多少，没有一种见效。

后来，一位长者来到国王尤南的城市，他是个医道十分高明的大夫，人称神医鲁扬。他通晓希腊、波斯、罗马、阿拉伯和古叙利亚等多种文字，遍览群书，博及古今；他通解星相学，对其明暗升陨的利害规律了如指掌；他还精于哲学，能言善辩，满腹经纶。而造诣最深的当数医学，他不仅熟谙各种医术药理的起源，而且说起各类植物与药草的特性及其益补或毒副作用如数家珍。总而言之，凡医学涉及的方方面面，可以说他无所不知，无所不晓。

鲁扬进城伊始，便听说了国王的事，知道他被全身的疥疮折磨得心烦意乱，日夜不宁，而且，医术再高的大夫和学问再深的儒士都对国王的病无能为力。鲁扬决定为国王根治此症，为了做好充分准备，他忙了几乎整整一个通宵。第二天一早，他锦衣盛装前往王宫，见到国王之后，先吻地面行了大礼，接着，极尽赞美之辞，祝国王万寿无疆、永保江山。然后，他作了自我介绍，并说道：

"国王陛下，听说您御体欠安，且名医诊治均无疗效，小人愿斗胆一试，不用药，不涂膏，不日即除。"

"噢？我倒要看看你有何本领。"国王听了神医的话又惊又喜，"以主的名义起誓，倘若你为我治好这病，我将让你和你的子子孙孙过上优裕的生活，你要什么我就给你什么。你还可以留在宫中像好朋友一样陪我饮酒作乐。"说完，他赏衣赐宴，款待神医。席间他半信半疑地问鲁扬：

"你真的不用我吃药也不给我涂药，就能治好我的这种病吗？"

"是的，陛下，而且不会让您的身体感到一点儿痛苦。"鲁扬的回答十分肯定。

国王听罢，愈发觉得不可思议，急不可待地问道：

"我说神医，咱们何时开始治病？事不宜迟，越快越好哇！"

"遵命，陛下。"

神医鲁扬告辞而去，在城里专门租了一所房子，取来他的书籍、药品和草药。他凭借自己掌握的知识，首先用几种药材做了一根曲棍，然后将其像芦苇那样掏空，填满药物，最后又做了一个球。

一切准备就绪，第二天神医进见国王，行礼后，他建议国王骑马去广场打球。国王欣然同意，带上王公大臣和当朝显要及奴仆侍从，一行浩浩荡荡来到广场。还没等国王坐下，神医便上前把曲棍交给他，说：

"陛下拿好这根曲棍，像攥拳头一样攥紧，然后骑上马用力击球，直打到手心冒汗，遍体生津，药物会通过手心传至周身各条脉络。待您大汗淋漓，药效发作，您即刻回宫去澡堂洗浴，洗完澡您再睡上一觉，到那时您的病便可痊愈了。"

国王按照神医的嘱咐，手握曲棍，跨上骏马，开始玩起马球。只见他左击右打，前堵后追，来回奔跑，不遗余力，手中曲棍一刻不松。没过多一会儿便累得呼哧带喘，汗流浃背。

神医鲁扬此刻见火候已到，料定药力已达国王全身，便叫他马上回去洗澡。国王立即掉转马头返回王宫。这边国王在宫中稍事休息，那边

外国童话名篇精选

可忙坏了侍人仆从。他们遵国王之令将澡堂里的闲杂人等一律撵走，把国王洗浴所需之物——准备妥当，国王这才骑马来到澡堂，痛痛快快洗浴一番，然后更衣上马直回寝宫，美美地睡了一大觉。

鲁扬在自己的寓所过了一夜，第二天早上科宫求见，国王立刻准他进见。他吻过地面之后，毕恭毕敬地为国王吟了这样一首诗：

口才因你为父而大放异彩，
除你谁都被拒于千里之外。
你的面庞似朝阳光芒四射，
驱散恶灾布下的漫天阴霾。
你神采飞扬荡起满面春风，
又将时光紧锁的愁眉吹开。
你的雨露滋润受恩的心田，
犹如甘霖洒向焦渴的山脉。
你挥金掷银为求鸿鹄之志，
遂建功立业换得留芳万代。

话说国王尤南一觉醒来，看到身上疥疮全消，皮肤如白银般光净，高兴得无法形容。久病初愈令他心旷神怡，一大早便上殿临朝，舒舒展展地坐在王座上，接受王公大臣们的朝拜和祝贺。此时见到神医鲁扬，又听了他的赞美诗，更是心花怒放，笑逐颜开。他起身拥抱神医，请他坐在自己身边，赐他几身华贵的衣袍，并吩咐即刻开宴亲自作陪款待他。两人举杯把盏，开怀畅饮，谈兴甚浓地一直聊到夜幕降临。

是夜，国王赏赐鲁扬2000第纳尔外加几身锦袍及其他礼物，并让他骑自己的马返回住处。送走神医，国王仍沉浸在对其精湛医术的感慨之中，心想：不用涂药便将我这顽症治好，说明他是不可多得的饱学之士，像他这样身怀绝技的人，我应待作上宾，赏其财富，留在宫中伴我左右，乃至引为一生知己。这一夜，由于病状消除，身体康复，国王过得格外愉快，睡得特别香甜。

第二天早晨，国王照例临朝，坐在自己的王座上，王公大臣坐在他的左右，其他文武官员肃立两旁。国王召神医鲁扬前来进见，后者即刻入宫，行礼后，国王起身相迎，扶其挨身而坐，然后赏衣赐宴，问长问短。两人侃侃而谈，不觉中一整天倏忽而过。到晚上分手时，国王又赐给神医五身锦袍和一千第纳尔，神医千恩万谢后告辞而去。

次日早朝，国王照旧居中而坐，王公大臣和侍从们众星拱月般围在他身边。说起这班大臣，他们当中有一个卑鄙无耻的小人，他长得猥猥琐琐、丑陋不堪，活像个丧门星。此人不仅是个一毛不拔的铁公鸡，而且是个嫉妒成性的乌眼鸡。他看国王宠幸神医鲁扬，赏金赐衣，奉若上宾，不由得心怀不满，妒火中烧，伺机谗害于他。这正应了那两句老话：忌妒之心，人皆有之。人人心中存不良，强者亮出弱者藏。

这个大臣趋身凑到国王跟前，吻了地面，心怀叵测地说：

"时代之王，永恒之王，您将自己的恩惠施与所有的人，对此，臣有句忠言不知当讲不当讲，若是故意相瞒，臣无异于私生子；若是直言相告，又恐陛下听后不悦。"

"你有什么话就说，别这么拐弯抹角的。"国王刚听了他的开场白，便已有几分不耐烦。

"伟大的国王啊！"大臣忙道，"古人云：行而不思后果，王而不及后世。臣见陛下善待自己的敌人，深感不安，尤其是陛下把那个企图窃取王位的人奉若上宾，引为知己，视作亲宠，更令臣忧心如焚。"

国王尤南听了此话，勃然变色，厉声问道：

"你说本王善待的敌人是谁！"

国王啊，如果您仍在睡梦中，就请赶快醒来。我指的不是别人，正是神医鲁扬。"

"胡说！鲁扬是我最亲密的朋友，他仅仅让我握了一点东西，便治

好了我无数大夫都治不好的病。像他这样的奇才，当今世界从东到西找不出第二位。你对他恶言相向，居心何在！自即日起，我要开始给他固定的俸禄，给他安排一个月薪 1000 第纳尔的差使。这算什么？即使把我的王国分给他一半也不过分。你无中生有，对神医恶语中伤，我看分明是嫉贤妒能。"

国王尤南一脸愠色，指着那大臣说：

"你对神医心存嫉妒，故而在我面前挑拨离间，好借我的手杀了他，让我像杀了自己猎鹰的辛巴德一样悔恨莫及！"

"辛巴德和猎鹰是怎么回事呀，陛下？"大臣问。

于是，国王尤南讲了这样一个故事：

相传有一个叫辛巴德的波斯国王，喜欢游览名胜古迹，喜好狩猎，尤爱带着飞鹰走犬外出打猎。他养了一只猎鹰，整日爱不释手，与它朝夕相处，形影不离，连晚上睡觉都在一起，只要是外出打猎必得带上它，还专门做了一个饮水的小金碗挂在它的脖子上。

一日，国王正在宫中闲坐，专职照管猎鹰的大臣上前说道：

"时代之王，现在正是出猎的好时候。"

国王一听，正中下怀。做好准备之后，他手架猎鹰，出宫上马，来到一个河谷。众人刚刚围下猎网，冷不丁一只羚羊便蹿入围网内。国王大声喊道：

"羚羊从谁那儿跑掉，我就要谁的脑袋！"

兵士们立即围成一圈，慢慢向猎物靠拢。谁料那羚羊三蹦两蹦跳到国王面前，猛然站立起来，抬起的两只前蹄放在胸前，仿佛在向国王致敬行礼。国王下意识地低了一下头，羚羊趁机用力一跳，跃过他的头顶夺路而逃，一溜烟儿地向荒野跑去。等国王回过神儿来，看看前后左右，发现兵士们都在那儿挤眉弄眼、交头接耳，便问大臣他们在嘀咕什么。大臣回答：

"他们在议论您刚才说的'羚羊从谁那儿跑掉，我就要谁的脑袋'

的话。"

"哼，我用自己的脑袋发誓，非把这只羚羊逮住不可！"国王说完，放出猎鹰，纵马朝羚羊逃跑的方向追去。猎鹰率先追上羚羊，用自己的翅膀奋力扑打羚羊的眼眼直打得它两眼发黑，晕头晕脑地在原地打转。国王旋即赶到，抽出利剑将羚羊刺翻在地，继而下马宰杀剥皮，最后把猎物挂在自己的马鞍前。

这时正是天气最热的时候，火辣辣的太阳烤得国王和他的坐骑口干舌燥，可这荒郊野地一点儿水也找不到，国王环顾四周，发现不远处有一棵树，隐约看到一股浓稠的，像水一样的东西顺着树干向下滴淌。当时猎鹰正在国王戴着皮护套的手上，于是国王从它脖子上解下小金碗，来到树下接了满满一碗，放在面前准备饮用。不料猎鹰扑棱了一下翅膀，把碗打翻。国王以为它太渴想先喝，就又接了一碗递给它，谁想它再次将碗打翻。国王又接了第三碗，送到他的马的嘴边给它喝，猎鹰还是把碗打翻在地。国王心头火起，忍无可忍地喝道：

"该死的东西，老天要惩罚你这最晦气的鸟！你不让我喝，不让马喝，自己也不喝，真是成事不足，败事有余，留你何用！"说完，拔出剑斩断了猎鹰的翅膀。

可怜的猎鹰忍着疼痛扬了扬头，好像示意国王向树上看。国王抬眼一瞧，顿时骇然失色，原来一条蛇盘绕在树干上，他刚才拿碗接的正是那蛇吐出的毒液。国王顿时醒悟，知道自己错怪了猎鹰，不该砍掉它的翅膀，心中追悔莫及。他骑上马，垂头丧气地返回当初下猎网的那个地方，无精打采地吩咐御厨把羚羊拿去烹烧。忠心耿耿的猎鹰已经奄奄一息，不一会儿便死在了国王的手上。国王心如刀绞，悲痛欲绝，声嘶力竭地大喊大叫，后悔亲手杀死了对自己有救命之恩的猎鹰。这就是国王辛巴德的故事。

那个大臣听完国王尤南讲的故事，说道：

"伟大的国王啊，臣之所以直言进谏，正是由于担心陛下的安危，深恐发生不测。臣若不讲，如鲠在喉，相信陛下能够明察其中利害。对于臣的逆耳之言，您若因之警醒而改弦更张，便可从此高枕无忧，否则，您就会像被大臣诓骗的王子那样飞来横祸。"

"那是怎么一回事呢？"国王好奇地问。

于是，大臣讲了这样一个故事：

从前，有一位王子，酷爱狩猎。他的父亲命令自己的一个大臣照料王子，无论他去何处，大臣必须寸步不离左右。一日，王子外出打猎，大臣自然跟在鞍前马后。走了一阵，他们发现了一只非常大的野兽，大臣怂恿王子前去追捕，还说千万别叫眼前的猎物跑了。王子听了他的话，飞奔向前，穷追不舍，追着追着，不仅野兽没了踪影，连他自己也迷失了方向。彷徨之际，他突然看见路尽头有一女子正垂头啜泣，便上前问道：

"你是何人，为何在此伤心落泪？"

那女子抽抽搭搭地回答说：

"我是一个印度公主，外出行至荒山野林，困倦难挨，一不留神从马背上跌落下来摔昏了过去，醒来后我不知自己身在何处，也找不着回家的路了。"

王子听罢，动了恻隐之心，于是拉她上马，坐在自己身后。他们走啊走啊，一直走到大海边。路过一个离岸不远的小岛时，女子说她想要方便一下，王子便扶她下马，看她上了岛。王子左等右等不见她回来，有些不耐烦，便循着她去的方向走了过去，上岛一看，可是不得了，原来那女子是一个妖精。女妖没想到他会跟过来，正在对她的孩子们说：

"孩儿们，老娘今天给你们带来一个肥嫩可口的小伙子。"

"太好了，妈妈！快把他弄来给我们吃吧，我们的肚子都饿得咕咕叫啦！"小妖精们恨不能马上就尝到美味佳肴。

王子听到这儿，吓得浑身直哆嗦，心想这下可完了，自己是必死无疑了，于是连忙抽身退了回去。女妖回到岸上，看到王子战战兢兢、心有余悸的样子，便问他：

"你怎么了？什么事儿把你吓成这个样子？"

"我有一个敌人，让我怕得要命。"

"你不是说你是王子吗？"

"那又怎么样呢？"

"你何不给他些金银财宝，让他心满意足放过你呢？"

"他不要金银财宝，只想取我性命，所以我才吓得魂不附体。我没招他没惹他，这样死了，真是天大的冤枉啊！"

"假如你真像自己所说，是个被冤屈的人，那你惟有求上天保佑了，他能使你免遭你敌人的伤害和一切令你恐惧的事情。"

王子果真抬头仰望苍天，说道：

"对走投无路者有求必应的主啊，求您驱除邪恶，助我战胜敌人，把他赶跑吧！只要您愿意，您是做得到的，因为您是无所不能的。"

女妖听了王子的祈祷，慑于天威，当即逃之夭夭。王子平安回到父王那里，并把大臣不顾他的安危，怂恿他追赶野兽险遭不测的经过源源本本地告诉了父亲。

尤南国王的大臣结束了他的故事，说道：

"国王陛下，您信任这个神医之日，便是他用最阴险的手段谋害您之时。陛下对他宠爱有加，引为知己，也改变不了他欲置您于死地的狼子野心。您不是说他让您握住一点东西就从体表治好了您的病吗？谁能保证他不会让您握点儿别的东西就要了您的命呢！"

"嗯，言之有理！"国王尤南听了大臣的一番话后，说道，"你的忠告不错，说不定这个神医是敌人的坐探，伺机谋害于我。谁说不是呢，他今天让我一握什么病就好了，明天可能让我一闻什么命就没了。你快说，现在如何是好？"

"这还不好办吗，陛下。"大臣忙应道，"您立刻派人召其进宫，当即斩首，他纵有天大的本事也奈何不了您，俗话说得好：先下手为强，

国童话名篇精选

305

后下手遭殃。"

"爱卿所言极是，马上给我传鲁扬进宫！"

神医鲁扬听说国王召他进宫，满心欢喜地出了门，全不知上天为他安排的是什么？正如一位诗人所说：

恐惧时运的人啊你不必担忧，
万事自有大富人家解囊张手。
你的平安全由命运之神掌握，
天意既已定世间凡夫难左右。

神医以为又会受到前两日一样的盛情款待，一路上喜气洋洋，诗兴大发，吟道：

哪怕一日，我不曾向你表达谢忱，
请告诉我，我已备好赞美的诗文。
未曾启齿，你又敞开恢廓的襟怀，
不用理由，爽快地施我财宝金银。
我怎能够，不把你高贵品格颂扬，
私下公开，积欠的称誉集你一身。
难表谢意，无数恩惠重压我肩头，
惟有用嘴，道出减轻负荷的感恩。

神医来到宫中，国王劈头便问：

"知道我为什么叫你来吗？"

"不知道，只有上天知道冥冥之中的事。"

"告诉你，叫你来是要判你死刑。"

"小人何罪之有，要判死刑！"神医惊恐万分。

"有人告诉我你是敌人的坐探，来这里是要谋害我。哼，你杀我之前我先杀了你！"说着国王叫来刽子手，下令道："将这叛逆斩首，免得他兴妖作怪。"

神医有口难辩，只得恳求国王：

"如果您饶我一命，主会保您长命百岁；如果您不杀我，主会保您不被别人杀害。"

老渔夫讲到这儿，对瓶里的魔鬼说：

"神医又一再向国王求饶，就像我当初求你一样，可你半点儿也听不进去，非要杀我不可。"说完，他又接着讲刚才的故事：

国王尤南毫不理会神医的恳求，说：

"不杀了你，我就不得安宁。你让我手握了什么东西便治好了我的病，谁敢说你不会让我闻了什么东西或摸了什么东西就叫我一命呜呼呢！"

"国王啊，难道这就是我治好您的病您对我的报答吗？这真是好心当做驴肝肺呀！"

"别多说了，反正我必须立即将你处死。"

当神医确信国王非杀他不可时，他伤心极了，眼泪禁不住直往下落，更后悔自己对不值得的人发善心做好事。正如前人诗中所言：

梅姆娜身上不见丁点理性的痕迹，
但她的父亲却生来就是理性之躯。
他未曾走过一条干路或一处泥洼，
除非有光明相伴不致于跌滑在地。

刽子手走上前，用布条蒙住鲁扬的双眼，抽出佩剑，对国王说声"听您吩咐"，便要问斩。神医哭着向国王重复自己的哀求：

"如果您饶我一命，主会保您长命百岁；如果您不杀我，主会保您

国外童话名篇精选

不被别人杀害。"说完，他又吟诵了一段前人的诗句：

> 诤臣身败奸佞狂，
> 药石换来望铁窗。
> 余生当绝披沥事，
> 若死千夫指忠良。

吟罢，他又对国王说：

"难道这就是您给我的报答吗？这同鳄鱼的报答毫无区别。"

"鳄鱼的报答是什么意思？"国王问。

"我现在这种情况无法给您讲。还求陛下开恩，留小人一条性命，"说着说着，神医失声痛哭起来。

这时，一位深得国王宠信的大臣站出来说了句公道话：

"陛下，请看在臣等的面上，饶过神医这一次吧！臣并未看到他对您犯下什么罪过，倒是您长期请医用药不见好转的病被他手到病除。"

"你们懂什么？你们不知道我要杀他的原因。若是把他留在世上，我早晚得死在他手里。你们想想，他让我握点儿东西就除了我的病根儿，倘若他让我闻点儿东西说不定就要了我的命根儿。我怀疑他是专门来害我的，好到他主子那去邀功请赏，他十有八九是个坐探，来这里除了害我没别的目的。所以，不除掉这个心腹之患，我寝食难安，日夜不宁。"

神医听了国王对其大臣说的这番话，自度难逃一死，但仍抱着最后一线希望乞求国王的宽恕。无奈国王执迷不悟，一心要结果他的性命。他求生的幻想彻底破灭了，于是对国王说道：

"陛下，如果您非要杀我不可，我求您给我一点时间，让我回寓所整理一下，并托付邻居好友为我收尸下葬料理后事，另外，我还要把一些医书分送他人。对了，我有一本稀世奇书，是准备作为礼物送给您的，希望您收藏在自己的书库里。"

"这是本什么书？"国王不无好奇地问。

"书的内容包罗万象，其中不乏玄机秘诀。您砍下我的头，打开这本书，翻三页，再从左边那页读三行，到时候，我的头便会同您说话，解答您的所有问题。"

"什么？你是说你被砍下的头还能同我讲话？"国王惊奇万分，兴奋得手舞足蹈。

"是的，这的确是件不可思议的事。"神医肯定地回答。

就这样，神医鲁扬被国王派的人押回住所。他当天将大小事要处理完毕，次日又被押解回宫。这一天的王宫犹如因长出奇花异草而引来无数观赏者的花园，王公大臣、达官显要、奴婢侍从济济一堂，好不热闹。只见神医鲁扬拿着一本旧得发黄的书和一个装着些药粉的小瓶子来到国王面前，然后坐下说道："给我拿个盘子来！"众人忙不迭取来一个盘子。神医把药粉倒在盘子里，将其摊匀，而后对国王说：

"陛下，您拿好这本书，别急着打开，待您砍下我的头颅，放存盘中，蘸着药粉按一会儿血便会止住，这时您再打开书。"

国王照神医的吩咐一一行事，等到打开书页时，发觉它粘在一起翻不开，于是将手指伸入嘴中蘸了点儿唾沫继续翻，一页、两页、三页……每翻一页都得费半天劲儿，翻了六页仍不见一个字，他大惑不解，吸吸鼻子问道："神医，怎么一个字也没有，而且还有点儿怪味儿？"

"书放时间长了都有这种味儿。别急，再翻几篇儿就有字了。"神医被砍下放在盘中的头回答道。

国王只好又接着翻，没过一会儿，忽见他身子一挺，继而四肢抽搐，随着"我中毒了"一声惨叫，便僵立在那儿。原来，这书已经被神医涂了毒药，当国王用手蘸着唾沫翻书时，毒素通过他的口鼻侵入肌体，此时药性发作，五毒攻心，只有等死了。正所谓：怕怎么死就怎么死。

国童话名篇精选

这时候，神医鲁扬的头颅张开嘴巴吟道：

一朝权在手，便图万代江山；

称霸能几时，转眼天上人间。

若知行公道，何愁国泰民安；

一心施虐政，难逃瘟疫祸患。

事过徒嗟叹，落得世间责难；

因果自有报，不必尤人怨天。

忠臣多短命，含恨早赴九泉；

昏君少长寿，自当遗臭万年。

神医鲁扬一气呵成，声音刚落，国王尤南一头栽倒在地，呜呼哀哉了。

老渔夫讲完自己的故事，对魔鬼说：

"你知道了吧，假如国王饶神医一命，真主也不会让他死。可他不听人劝，一意孤行，置神医百般求饶于不顾，将其斩首，结果自己也不得好死。而你这个翻脸不认人的魔鬼，要是当初放我一条生路，真主也不会让你落得现在的下场。"

老渔夫教训魔鬼说：

"你若是当初饶我一命，我现在也会饶了你。但你一心要杀我，我也只好把你关在瓶里，扔进大海了。"

"万万不可呀！"魔鬼憋在瓶内大喊大叫，"渔夫先生，您大人不记小人过，网开一面饶我这遭吧！就算我作了一次恶，那您就行一次善，正像那广为流传的成语所说：善者宽大更为善行，恶行足以惩治恶者。您可千万别像伊玛梅对阿蒂凯那样啊！"

"那是怎么一回事呀？"渔夫问。

"我现在被关在瓶子里没法讲，您先把我放出来，我再给您讲这个故事。"

"那你还是把它留在肚子里吧！"老渔夫可不糊涂，"你想出来是白日做梦，我一定要把你扔回海里。想当初我央求你放老夫一条生路，一个劲儿地向你讨饶，可你没有丝毫怜悯之心，非要杀掉我这个从来不曾得罪过你的人。我非但没干过有害你的事，而且还把你从瓶子里放出来，你不知感恩戴德也就罢了，却还要恩将仇报。这使我认清了你的恶劣本性，我不仅要把你扔回大海，还要告诉所有渔民关于你的事，这样，不管他们当中谁把你捞上来都会立即再把你扔回海里。你将一直呆在海底，尝尽各种痛苦和折磨的滋味，永生永世休想重见天日。"

魔鬼听了渔夫一席话，似有悔悟，说道：

"您放了我吧，现在正是您显示大丈夫侠肝义胆的时候。我向您保证：我出去后绝不做任何伤害您的事，而且我还要送您一件东西作为报答，它将让您一辈子家道丰厚，吃穿不愁。"

渔夫心有所动，叮问它是否真能像它保证的那样，出来后不但不伤害而且还要报答自己，魔鬼指天誓日声称绝不反悔。渔夫又逼它以最伟大的真主之名发了誓，这才相信了他，打开了瓶口。只见一股黑烟从瓶中涌出，升至半空，聚成一团，重又变作一个面目狰狞的魔鬼。这魔鬼获得自由后做的第一件事，便是飞起一脚将那囚禁他的瓶子远远地踢进海里。渔夫一见它把瓶子踢进海里，顿觉这是个不祥之兆，心想：这回我死定了，这魔鬼非把我千刀万剐不可。他越想越怕，不觉中竟被吓得尿了裤子。少顷，他定了定心，强作镇静地对魔鬼说：

"魔鬼啊，伟大的真主说过：'你们应该践约，因为约言将来是要受审查的。'你向我保证过，还发过誓说不背叛我。假如你自食其言，真主不会放过你，他热心助人，也嫉恶如仇，做事会分早晚但早晚都会做。我已像神医鲁扬对国王尤南说的那样对你说过：你若饶我一命，真主会保你长命。"

魔鬼听了他的话，大笑着走到他面前，说了句："跟我来吧，渔夫!"老渔夫诚惶诚恐地跟在它的后面,不敢相信自己能死里逃生。他们走啊走,走过城市郊区,又翻过一座山,来到一处没有人烟、四面环山的空旷之地。举目望去,一个湖泊映入渔夫的眼帘,它在这块地方的正中央。来到湖边后,魔鬼命令渔夫撒网捕鱼。渔夫朝水里一望,简直惊呆了,从来没见过色彩这么鲜艳的鱼,有白的、红的、蓝的,还有黄的,一共四种颜色。他撒了一网,慢慢拉上来,看看网里,不多不少捕到四条鱼,而且恰恰是每种颜色一条。他见到这些欢蹦乱跳、颜色各异并招人喜爱的鱼儿,心里高兴极了。

这时,魔鬼对渔夫说道:

"你把鱼带去交给国王,他会给你让你发家致富的东西。希望你接受我的歉意,我能够做的也就是这件事了。我被关进瓶中在海底足足待了1800年,只是现在才刚看到外面的世界,别的事情我实在无能为力了。记住,每天你只能在这个湖里打一网鱼。就这样吧,我把你交给真主了。"说完,它一跺脚,就听轰的一声,地面裂开一道缝,转瞬间它便遁入地内不见了。

渔夫踏上回城的路,心里还在为自己见到魔鬼的这一番经历而惊叹不已。他带着打到的鱼走回家中,拿来一个盆倒满水,把鱼放在里面。鱼儿入水,顿时欢实起来,你撞我我撞你地在盆里来回游动。随后,渔夫按魔鬼的吩咐,将鱼盆顶在头上朝王宫走去。

老渔夫拜见国王,把鱼献了上去。国王看了这几条鱼,深以为异,不禁拍案叫绝,因为见到像此类品种和形状的奇鱼在他这一辈子还真是破题儿第一遭。国王开口道:

"把这几条鱼给那擅长烹饪的女奴拿去,叫她做来我吃!"

这个女奴是罗马国王三天前送来的礼物,国王想正好利用这个机会试试她的手艺。宰相忙把鱼送到女奴那里,吩咐她做一道煎炸活鱼,并对她说:

"你听好了,国王陛下令我转告你,说是骡子是马得拉出来遛遛。

今儿个可是你露一手的时候，你好好做，这可是人家献给国王的礼物啊！"

叮嘱完她，宰相又回到国王身边。国王让他赏渔夫 400 第纳尔，他立即照办不误，把钱给了渔夫。渔夫将钱揣在怀中，心里那份高兴就别提了，乐颠颠奔回自己家向老伴儿报告喜讯，然后出门为一家老小买了各自需要的东西。

渔夫这头暂且不表，我们再回过来看看那准备大显身手的女奴。只见她拿过鱼，拾掇干净，整齐地摆放在煎锅里，一面煎好后，开始煎另一面。谁知就在她将鱼翻过身来的一刹，厨房的墙壁突然裂开一道缝隙，一位美貌惊人的少女从墙内飘然而出。她亭亭玉立，体态匀称而轻盈。一盘鹅蛋形的面庞，其线条、布局和轮廓让人既无可挑剔又无法形容。两弯描饰得恰到好处的修细的眉黛，挂在娴雅清秀的脸上起着画龙点睛的作用。她额上蒙一块丝毛混织的蓝色头帕。耳边拖垂着两串晶莹剔透的耳坠，几只金光灿灿的手镯在其玲珑的细腕上闪闪烁烁，纤纤小指，几枚令人眩目的戒指交相辉映，上面镶嵌的宝石颗颗价值连城。这位少女姗姗移至灶台侧畔，用手里拿着的一根藤条点点煎锅，张嘴说道：

"鱼儿鱼儿你快讲话，过去的诺言还信守吗？"

那个女奴分不清眼前见到的是人是仙还是鬼，吓得昏了过去。少女又把刚才的话重复了两遍，只见躺在锅里的四条鱼齐刷刷抬起头，异口同声地回答："是的，是的。"紧接着，它们又吟诵了两句诗：

> 你来我们也来，你去我们也去；
> 你若远走高飞，我们寸步不离。

少女听罢，将锅掀翻在地，然后闪身隐入墙缝内，墙随之合闭如初。女奴苏醒后，看到四条鱼全部烧得像黑炭一样焦煳，自语道：这真是头次上阵头盔破，初试锋芒剑已折。正当她黯然自责时，宰相风风火火来到她面前催她赶紧把烧好的鱼给国王端上去。女奴一听，急得眼泪扑簌簌地往下掉，哭着向宰相叙述了事情的经过。宰相闻言，将信将疑，立即派人把渔夫叫来问话。手下人将渔夫带来后，宰相对他说，他必须马上搞到四条跟上次一模一样的鱼送来。

渔夫来到那个湖边，撒下一网，拉上来一看，不多不少整四条，白红蓝黄颜色丝毫不差。他迅速返回王宫，将鱼交给宰相。宰相带着鱼来至女奴处，吩咐道：

"你当着我的面煎这几条鱼，好让我看看是否确有其事。"

女奴麻利地将鱼收拾好，放在置于火上的煎锅中。没过一会儿，墙突然裂开一道缝，那个窈窕少女走了出来，服饰打扮与女奴所述毫无二致。她用手中拿着的藤条敲敲煎锅，说："鱼儿鱼儿快讲话，过去的诺言还信守吗？"四条鱼频频点头，张口吟道：

你来我们也来，你去我们也去；
你若远走高飞，我们寸步不离。

少女听罢，用藤条将锅掀翻，随后飘然隐入墙内，墙随即恢复了原样。宰相见状，颇为诧异，嘴中一边嘟囔着："此事非同小可，不能对国王隐瞒不报，"一边疾步去见国王。国王听了宰相的禀告后，说："我一定要亲眼看一看。"然后，他派人叫来渔夫，命他再去找四条和前两次一样的鱼，并给了三天的期限。

渔夫又来到湖边，捞了四条鱼，他立刻拿去献予国王。国王赏他400 第纳尔，然后盯着宰相，说："你亲自下手，就在我眼前煎炸这几条鱼。"宰相说了声遵命，即找来煎锅，把鱼清洗干净，放入锅中。当他煎好一面，把鱼翻过来时，墙果然裂开了。所不同的是，这次却不见了那位美丽少女，而是从墙里出来一个五大三粗、强壮如牛的黑奴，看上去仿佛是以身材魁梧著称的阿拉伯阿德部族中的一员似的。他手里拿的也不是藤条，而是不知从什么树上撅下来的一根绿色的粗树枝。他张开大嘴说道："鱼儿鱼儿快讲话，过去的诺言还信守吗？"那腔调让人觉得很别扭，听起来像是在咬文嚼字似的。锅中的四条鱼抬头一齐回答："是的，是的。"接着又重复那句诗：

你来我们也来，你去我们也去；
你若远走高飞，我们寸步不离。

黑奴走到锅旁用树枝将它掀翻，然后，朝出来的地方走回去。待他从众人的视线中消失，大家围上前去一看，鱼已焦煳得如同黑炭一般。国王这时说道：

"此事非同寻常，不可坐视不问，我看这鱼的背后定有蹊跷之事。"话毕，当下叫人把渔夫找来，问道：

"你这鱼是从哪儿弄来的？"

"不瞒陛下，翻过城郊的这座山，有一片四面环山的空旷的平地，正中央有一湖泊，鱼就是从那儿捕来的。"渔夫老老实实地回答。

"到你说的地方需要多长时间？"国王眼睛注视着渔夫。

"差不多半个时辰，尊敬的国王陛下。"

国王心中纳闷，探奇心切，命兵士们随他立即出发，并令渔夫前头带路。渔夫暗暗叫苦，不知此去是祸是福，禁不住诅咒起那该死的魔鬼来。他们登上城外的那座山，发现山下面果然有一大片他们这辈子从未见过的旷野。所有士兵连同国王本人，见了这块群山怀抱之地和湖水中来回游弋的、白红黄蓝四种颜色的奇特之鱼，无不惊奇万分，感叹不已。

国王伫立湖畔，啧啧称赞，然后转身问众兵士及所有在场的人：

"你们当中，以前可曾有人见过此地的这个湖泊吗？"

"从未见过,陛下!"大家众口一词。

"我以真主起誓。"国王庄严地说道,"不把这个湖及湖中之鱼的来龙去脉搞得一清二楚,我绝不回城,绝不再坐在我的王座上。"说完,他下令就在这山麓下安营扎寨。兵士们搭好帐篷后,他入内坐下,召见他那位足智多谋、料事如神的宰相。他对站在自己面前的宰相说:

"我要做一件事,只告诉你一个人。我想今夜独自出行,去寻找解开这湖泊和彩鱼之谜的答案。你坐在我帐篷的门前,对想来见我的王公大臣和侍从奴仆们说,国王身体不适,心情烦躁,来者一概不见。记住,事关机密,不得让外人知道。"

宰相听后,虽然觉得有所不妥,但也无法阻止,只好依命从事。

国王乔装打扮,腰佩宝剑,神不知鬼不觉地离开营寨,消失在夜幕之中。他不停地走,从黑夜走到天明,直到暑气熏蒸、酷热难挨的中午时分,才找个地方歇了歇脚,然后又上路继续往前走。他日夜兼程,到了第二天早上,远远望见前方有一模模糊糊的黑色物体。他一下高兴起来,心想说不定可以找到什么人打听打听关于湖和鱼的事。他加快脚步,近前一看,原来是一座用黑色石头建造的宫殿。殿墙表面用很多铁皮包砌着,活像一个身穿铠甲的巨人。两扇大门,一关一开。

国王兴冲冲走到门前,轻轻叩门,见无人回应,又敲了第二次、第三次,依然无人回应,接着第四次咚咚地使劲擂起门来,还是听不到任何反应。他自忖:这宫殿肯定是空的。于是自己给自己壮了壮胆,抬腿迈进了大门。宫殿里边前廊后厦,别有洞天。他向前挪了几步,站在廊下高声大喊:"喂,宫中有人吗?我是远道而来的过路人,你们有什么吃的东西吗?"除了自己喊叫的回声,他什么也没听到。他不甘心,又喊了两遍,结果还是一样。他定定心,静静神,穿过过廊,径直步入宫殿中央。他环顾四周,这里虽空无一人,殿内一应俱全的陈设却历历在目。正中间是一喷泉,四只黄金制作的狮子高高在上,口中吐出晶莹透亮的清水,恰似大小珍珠落玉盘。殿的一角,有奇禽异鸟叽啾鸣啭,一张巨网将其整个罩住，令这些鸟儿有翅难飞。目见此情此景，国王既为之惊叹不已，又因为未遇到能向之询问湖泊、彩鱼、群山以及这宫殿来历的人而感到些许遗憾。望着周围一扇扇的门，他有点茫然，遂席地而坐，陷入沉思。正在这时，突然传来一阵叹息，其声哀哀，一听便知那发出声音的人早已是肝肠寸断，悲痛欲绝。国王正欲起身探个究竟，那声音又将这首诗送入他的耳际：

郁愤的心情，

　　令我将疲惫深深藏起；

彻夜的辗转，

　　换走我眼中浓浓睡意。

我召来怒火：

　　你莫再烧燃我的身体；

你只有欺蒙，

　　一味勾起我万千思绪。

我颓然兴叹：

　　无人能为我鸣冤叫屈；

奈何命已定，

　　只能徘徊在困厄危急。

国王听了这哀怨的诗句，一跃而起，朝着发出声音的方向走去。一间挂着门帘的客厅出现在眼前，国王掀帘而入，只见一年轻男子端坐在一张半米来高的床上。这青年相貌英俊，不胖不瘦；伶牙俐齿，出口成章；宽宽的前额熠熠生辉，饱满的脸膛泛着红光，一粒龙涎香似的浓痣点在颊上。有诗为证：

青丝秀发在他额前轻轻飘荡，

317

宇宙间因此才分出昏暗明朗。

你走遍天下将万物一览无余，

眼底未必收入如此绝美之像。

黑眼瞳红腮颊已属相得益彰，

一颗绿痣点缀其间添花锦上。

国王见了这美男子心中甚为欢喜，向他致礼问候。后者身穿一件金线缝绣的丝绸长袍，脸部却被一抹愁云笼罩着。他坐在床上一动不动，回了礼并说道：

"先生，请原谅我不能起身相迎。"

"年轻人，我是一个国王，请你将有关湖泊和彩鱼以及这神秘宫殿的事告诉我。另外我想知道你为何在此形影孤单，黯然神伤。"国王开门见山地说。

年轻人听了这话，眼泪一下像断了线的珠子，顺着腮边落下，继而失声恸哭起来。国王见状，愈发惊疑，忙问：

"什么事让你如此伤心？"

"我现在这样的情况，怎不让人伤心落泪呢！"年轻人说着撩起长袍的后襟。只见他的身体从腰部往下到脚底是一块石头，只有从肚脐往上到头发还是人形。他接着道："国王啊，你听我讲，这事说来非常离奇，要是把它用针刻在醒目的地方，后人一定会引以为训呢！"说完，他开始讲自己的故事：

家父本是此地的国王，名叫麦哈穆德，他也是黑色群岛和那湖泊周围四座大山的主人。他在位 70 年，过世后，由我继承王位。我娶了堂妹为妻，她非常爱我，以致到了我不在其身边便饭不吃水不饮的程度。我俩做了五年的恩爱夫妻，直到有一日，她去浴室洗澡，我吩咐厨师准备饭菜，好等她回来共进晚餐。之后我来到这个殿里，就在我现在的这个地方，想躺下小睡一会儿。当时天气很热，我叫两个侍女为我扇扇子，她俩一个坐在我的头边，一个坐在我的脚旁。我由于记挂着娇妻，心里静不下来，久久未能入睡，只好合眼躺着，可脑子却是清清醒醒的。这时，坐在我头边的侍女可能以为我睡着了，便对我脚旁的那位悄声说道：

"喂，麦丝欧黛，我说咱们主人真是够可怜的，白白浪费自己的青春，摊上这么个不守妇道的坏女人做夫人，真是亏透了。"

"可不是嘛！"另一个附和着说，"但愿真主让天下淫妇统统不得好死。唉，像咱们主人这样品行端正、才貌双全的一国之君，怎么能找那个每天不在自己丈夫床上过夜的贱货做王后呢？"

"说的是呢！怪只怪主上太糊涂，从来不过问她的事。"

"快闭了你的嘴吧！你先搞清楚，是主上知道她的事而不管不问，还是她让主上蒙在鼓里。告诉你说，那淫妇在酒里做了手脚，主上不是每晚睡前都要与她饮酒作乐吗？她便偷偷在他杯中放了蒙汗药，主上喝了便昏昏沉沉睡死过去，对以后的事全然不知。他哪里能晓得自己的夫人在他喝了下了药的酒后，又穿上衣服鬼鬼祟祟地溜出寝宫直到黎明方回，然后用一种香在他鼻前熏上一熏他又醒过来了呢？所以你根本怪不着主上，都是阴险恶毒的王后搞的鬼。"坐在我脚旁的侍女替我打抱不平。

她俩你一言我一语，全被我听了进去。霎时间我只觉天昏地暗，简直无法相信自己的耳朵。夜晚来临，我堂妹也洗浴归来，我们入席吃了丰盛的晚餐，尔后我们像往常那样一边饮酒一边闲谈。聊了一阵之后，我提议喝睡前酒，于是，她递给我一杯斟得满满的酒，我趁她不注意，将酒顺着腋下倒掉，却装出像往常一饮而尽的样子，然后倒在床上装睡。过了一会儿，突然听见我妻子恶狠狠地说开了话："睡你的吧，最好永远别起来。我讨厌你，尤其不愿见到你令人生厌的模样，和你一起生活真叫我腻烦。"说完，她起身穿上自己最漂亮最华贵的衣裳，熏香打扮，然后带上一把剑，打开宫门，钻进夜色之中。

我连忙爬起，尾随而去。她走出王宫，穿过城内的市场区，来到城门下。只见她嘴里咕哝了几句我听不明白的话语，啪嗒啪嗒，几把锁自己掉了下来，大门也吱地一声不拉而开。她疾步向城外走去，我在后面紧紧跟踪，没有被她发觉。前方影影绰绰出现了一群土丘，她便放慢脚步，三转两转来到一座城堡前。她走进城堡，直奔一个泥盖的圆顶房屋，推门而入。我蹑手蹑脚爬上圆屋顶，透过一扇小窗窥视里边的动静。屋里有一黑奴，穿的破破烂烂，躺在稀稀落落的几根干芦苇上。他面目丑陋，下嘴唇像一个倒置的罩子，上嘴唇像一块平地，他正在用这长短悬殊的两瓣厚唇百无聊赖地抿着鹅卵石上的沙粒儿。我老婆要说也是一国之后，谁想她进了屋竟五体投地，向那黑奴行君主之礼。黑奴抬起头对她说：

"你这该死的东西，为什么拖到这么晚才来？刚才我们一班黑人弟兄在此饮酒作乐，他们每个人都有自己的相好陪着，就因为你没有到，我酒都没喝痛快。"

"我的主人，我的心上人，你不是不知道我是有夫之妇，我有我的难处。我现在一看见我那堂兄就讨厌，恨不能一刻也不陪他。要不是考虑到你，我早就让这城市变成一片乌鸦猫头鹰日夜啼啸的废墟了，给它来个连锅端扔到卡夫山去完事。"

"骗人，你这骚货！我告诉你，我们黑人大丈夫和你们白人男子汉可不是一码事。我以黑人的豪气起誓，从今往后，你要是再耽搁到这时候才来，就甭惦记我会再碰你的身体。你个水性杨花的东西，离我远远的，找别人鬼混去吧！听明白没有，臭女人，白姐儿们！"

听了他们说的话，看到眼前发生的事，我眼发黑，头发麻，魂儿都不知到哪儿去了？更叫人难以忍受的是，我堂妹站起身一把鼻涕一把泪地凑到黑奴跟前，又是撒娇，又是献媚，肉麻地说：

"我最亲爱的，我心里除了你谁也没有，你是我眼里的光、心上的肉，你要是把我赶走了，我就没法活了呀！"说完她又不停地央求他，直到后者消了气，答应与她和好如初。这下她可乐了，一边起身脱掉外衣，一边说：

"主人，你这儿有什么东西给你的女奴吃吗？"

"你看看那边污水槽下面还有些煮好的老鼠骨头，拿去吃了吧，再瞧瞧这边破罐里可能还有点儿变了味儿的汤，也一块儿喝了吧！"

我老婆吃了喝了，然后到旁边洗了洗手，回来紧挨着黑奴躺在当褥子的干芦苇上，浑身上下脱了个一干二净，钻进一堆破衣服烂布条底下。眼见堂妹的无耻行径，我忍无可忍，顿起杀心，遂冲进屋内，想先结果了黑奴再宰我老婆，于是抡起利剑照直向他脖子砍去。我以为这一剑将他砍死了。

那被施了魔法的年轻人对前来探秘的国王，继续讲述他的遭遇。

我本想将黑奴的脖子砍断，却只砍伤了皮肉和喉管，我见他呼哧呼哧喘着粗气，以为他必死无疑了。

这时，我堂妹当时见有人提剑闯入屋内，动如脱兔，一眨眼的工夫便没了踪影。我只好收了自己的剑，回城进宫，在床上一直躺到天明。起床后，我看到不知何时潜回宫中的堂妹身着孝服，一头秀发也剪掉了许多。她对我哭诉道：

"堂兄啊，我这样做，你千万别怪罪我。因为我家中刚刚传来噩耗：父亲战死疆场，母亲悲伤过度也撒手而去，两个兄弟一个遭蛇咬，中毒身亡，一个发烧不止被病魔夺走性命。你说我能不伤心，能不尽孝吗？"

看了她这令人作呕的表演，我强忍着没有拆穿她，说道：

"你想怎么做就怎么做吧，没人拦着你。"

她可倒好，一年 365 日，天天不是嘘唏抽泣，就是放声嚎丧。闹腾了整整一年后，她对我说：

"我想在你宫中盖一座供祭奠用的圆顶建筑，我好独身一人在里面寄托自己的哀思，我已为它起了名字，叫悲伤殿。"

"你看着办吧，我不管。"我没好气地说。

外国童话名篇精选

不日，她的悲伤殿拔地而起，正中的圆顶不由地让人联想到那黑奴的住处，殿内中央造了祭台，其样式活脱脱一个标准坟墓。她将那奋拉着脖子、有气无力的黑奴转移到"坟"内住下。黑奴自那日险些让我把脑袋搬了家之后，再也说不出一句话。虽说他半死不活，却也能靠些汤食苟延残喘，或许是人们常说的寿数未尽吧！从此，我堂妹黎明即出，日落方回，整天待在悲伤殿里，时而面对黑奴痛哭流涕，时而对他好言相慰，端茶送酒、喂汤喂水更不在话下。她就这样起早贪黑，不辞辛苦地伺候了他一年的光景。我看在眼里，气在心头，但还是强压怒火没有发作。有一天，我趁她不注意跟在她后边进了悲伤殿，看到她一面打自己的耳光，一面抽抽噎噎地吟出下面的诗句：

你这样悄然远去，
让我感觉留在世间的多余；
因为我爱的心扉，
再不会为你以外的人开启。
你若飘到天之涯，
请带上我以求得终生比翼；
你若落在海之角，
请埋下我以等待穴中连理。
假如你来我坟前，
将这痴情女郎的名字记起。
你只须轻轻呼唤，
我骸骨的呻吟即刻回答你。

我听她吟罢，火冒三丈，再也按捺不住郁积多日的满腔怨恨，刷地抽出宝剑，上前喝道：

"你这个荡妇，好端端一段情诗到你嘴里就成了浪词艳曲，看我今日不杀了你这伤风败俗、荒淫无耻、吃里扒外的东西！"

她转过身，先是一愣，恍然悟到是我上次差点要了她姘头的命。望着我举在半空的利剑，她突然双腿直立，嘴中叨念着我听不懂的言语，接着大叫一声："老天显灵，让我丈夫下半身变成石头！"于是，我就变成你现在见到的样子：站站不起，坐坐不下，死死不了，活活不成。然而，我堂妹并未就此罢休，她对我的商业繁荣、百姓安居乐业的王国同样施了魔法。过去，四种宗教的教徒在我的国家和睦相处，她把他们统统变成了鱼：伊斯兰教是白色，拜火教是红色，基督教是蓝色，犹太教是黄色。她还把我统治的四个岛屿，变成围着一个湖泊的四座山。更有甚者，这狠毒的女人每天还要折磨我，用皮鞭抽我一百下，直打得我鲜血淋淋，皮开肉绽，然后，再给我上半身罩上这件华贵的外衣。说到此处，被施魔法的年轻人已泣不成声。稍后，他开口吟道：

法律之神啊，

我对您的裁决历来忍耐服从，

那是因它严明公允符合实情。

穆罕默德啊，

非人的遭遇噬咬我的肉与灵，

快把无法忍受的我救出牢笼。

这时，前来探幽的国王看着他说道：

"这真是一波未平，一波又起，叫我愁上加愁啊！"稍顿，他问道："你说的这女人她现在何处？"

"就在圆顶殿中像坟墓一样的祭台里，她每天每日都与那个卧床不起的黑奴厮守在一起。去时，一般都是夜里，她先到我这儿，扒掉我的衣服，用皮鞭狠狠抽我100下，我哭我喊，可我一动不能动，连躲闪的能力都没有啊！等把我折磨够了，她才美滋滋地去同自己的情人相会。

323

这时差不多已经快早晨了。"

国王听罢，眉头一皱，计上心来，说道："小伙子，我以真主的名义发誓，我要为你做一件我自己永记不忘，后人将为我树碑立传的大善事。"

说完，他坐到年轻人身边与他攀谈起来，直到夜幕降临。这时，年轻人告诉国王，他的堂妹快要来了。国王胸有成竹地站起身，脱掉外衣，手持宝剑，趁着夜色悄悄溜进了黑奴的住处。他往里一瞧，只见里边蜡台上的蜡烛忽明忽暗，薰香烧膏烟雾缭绕。他直奔黑奴而去，没等后者反应过来，便一剑将其刺死。接着他背起死沉死沉的尸体，扔入宫中的一口井内。然后，国王又返回原处，穿上黑奴的衣服，把剑顺在自己身边，躺下一动不动。过了一刻，从年轻人所在的殿里传来啪啪的皮鞭声，他知道这是那妖妇像以往每天一样在抽她的堂兄。年轻人呻吟和求饶的声音依稀可闻：

"哎哟，打得还不够吗，你对我就一点怜悯之心都没有吗？"

"怜悯！你害得我情人半死不活，你对我怜悯了吗？"妖妇凶狠狠地说。

待抽足100鞭子后，她把衣服给他套上，便端着一杯酒和一碗汤来到黑奴这边。前脚一踏进屋，她就如丧考妣地号啕大哭起来："我的主人啊，和我说点什么，讲点什么吧！"接着她又想起几句诗来：

> 回避与冷漠何时方休，
> 深情的付出已经足够。
> 你有意延长离别之途，
> 多少次让我把心伤透。
> 即使你欲惩罚嫉我者，
> 此刻也该满足了要求。

吟罢，她又声泪俱下地重复道：

"我的主人啊，和我说点什么，讲点什么吧！"

这时，国王压低嗓音，故意卷起舌头，学着黑奴的腔调，声音微弱地哎哟了两声，之后说了句："除了真主，谁也无能为力。"那妖妇一听心上人开口说了话，欣喜若狂，大叫一声后竟激动得晕了过去。少顷，她恢复了知觉，说道：

"主人啊，也许你说的对。"

"呸，你这下流货，你根本不配和我说话。"他依然压低嗓子有气无力地说。

"你怎么会这样说呢？"

"因为你整夜折磨你的丈夫，他又喊又叫，吵得我从晚到早睡不好觉。你丈夫不是哀求你就是诅咒你，那声音烦得我要命。要不是这样，我的伤早好了。我就是为这些才不愿搭理你的。"

"原来是这么回事呀！如果你允许的话，我现在就去把他放了。"

"快去快去，早放了我们早舒服！"

"遵命，我的主人。"

说完，她起身出了悲伤殿，来到年轻人那里。她拿了一个碗装满水，然后冲着碗念了咒语，那水立刻像锅里烧沸了水一样咕嘟咕嘟滚了起来，她将水泼在丈夫下半身的石头上，说：

"让我的咒语显灵吧，把你变成原来的样子。"

年轻人浑身一颤，顿时恢复原状，双脚站立起来。他为此欢喜异常，说道：

"我作证，万物非主，惟有真主；穆罕默德，真主使者。"

"你快滚得远远的，别再回到这儿来，否则我杀了你！"她说完，还凶神恶煞般对着他的脸尖叫一声。

年轻人正巴不得呢，急忙离开了她。她又转身回到了黑奴的住处，对着假扮黑奴的国王说道：

"你出来吧，我的主人，好让我看看你。"

假扮黑奴的国王仍然装作有气无力地说：

"不管你做了什么，也只能是治标不治本，我还是没有彻底摆脱烦恼。"

"亲爱的，怎样才可治本呢？"

"你把这座城市和四个岛屿上的人都变成了鱼，他们每到深更半夜都把头扬出水面，咒你我不得好死，我听了心烦意乱，身体自然无法康复。你快去解救他们，然后再抓住我的手把我搀扶起来。说实话，我正觉得伤势有些好转呢！"

"我的主人，这是轻而易举的事。"她听过黑奴实际上是国王的话之后欣喜万分，"我以自己的头和眼担保，并且对天发誓，我立即就给你办到。"说完，她兴高采烈地起身出宫，一溜小跑来至湖畔，从中取了一些水。

那精于妖术的年轻女子从湖中取了一些水，嘴里说着谁也听不懂的话语。湖里的鱼顿时活跃起来，纷纷抬起头，转眼之间都变成了人。四座大山也还原成四个岛屿。人们返回家园，重操旧业。城市恢复了过去的生机，市场也恢复了往日的繁荣。那妖妇三步并作两步地赶回国王也就是她以为的黑奴那里，说道：

"亲爱的，快把你高贵的手伸给我，好让我扶你出来呀！"

"你再离我近点儿。"国王不动声色地说。

等她靠近了些，国王猛然抄起锋利的宝剑当胸刺去，来了个前心穿后心，紧接着抽回剑横砍过去，将其身体一分为二，看那位置与当初年轻人中魔之身的肉石交接处丝毫不差。之后，他走出宫外，看到年轻人正站在外面等他。他走到年轻人面前，对其劫后逢生表示祝贺，年轻人吻了他的手，对他的拔刀相助感恩不尽。国王问他道：

"你是留下继续执掌国柄，还是随我回我的国家？"

"时代之王啊，"年轻的国王反问道，"你知道我们两国之间的距离要走多长时间吗?"

"两天半的光景。"

"你如果仍在睡梦中,就请快些醒来吧!你用两天半的时间从贵国走到这里,是因为敝国当时中了魔法。其实,即使一个人一点不偷懒地走也得走上整整一年呢!国王啊,我现在离不开你了,哪怕是一眨眼的工夫。"

国王听了他的话,心中甚为欢喜,说:

"赞美将你恩赐给我的真主。从今日起,你就是我的儿子啦,我这辈子还没养过儿子呢!"

话毕,两人相互拥抱,喜悦之情难以言表。父子二人携手而行,走回王宫。这位曾经中魔的年轻国王告诉他的文武要员,说他将出趟远门去圣地朝拜。他们立刻为他打点行装,将一切所需之物准备妥当。尔后,他走到老国王面前,希望他在此盘桓数日。无奈老国王离国经年累月,归心似箭。于是,年轻的国王挑选了50名禁军兵士,满载贵重礼物,和老国王一起启程上路。他们马不停蹄,日夜兼程,一整年后,老国王的京城终于遥遥在望。

却说老国王的宰相及满朝文武见国君一去年载,杳无音讯,本已彻底绝望,如今闻报国王已至城外,皆大喜过望,忙出城迎驾。众人五体投地,行君臣之礼,接着齐声欢呼,恭贺国王平安归来。国王进宫入座,将那年轻人的故事原原本本告诉宰相。后者听后,恭喜如今的王子此番有惊无险。

一切安定下来之后,国王下旨犒赏百官,广施天下。他没有忘记把神奇的彩鱼拿来进贡的老渔夫,吩咐宰相召这位由他起因而使中魔之国的居民摆脱灾难的老人进宫。老渔夫被带来后,国王赏了他衣袍,并问他家境如何,可有子女。当他听说老渔夫膝下有二女一男时,决定自己娶其中一女为后,另一女嫁给王子为妃。至于老渔夫的儿子,则召进宫中任职,官封司库。然后,他又将宰相派往年轻人的故乡,封其为黑色

外国童话名篇精选

群岛王国的一国之主，并令前次保驾的五十名禁军兵士一路护送，还让他们带上很多锦衣丽服，以分赏当地王公贵族。

宰相上前吻了国王的手，千恩万谢，欣然走马上任。自此，国王父子生活安定，尽享天伦之乐。老渔夫也成为当时最富有的人，两位千金一后一妃。儿子高官厚禄，光宗耀祖。老两口颐养天年，寿终正寝。

葛铁鹰　译

卡玛尔·宰曼王子和白都伦公主

古代有一位国王叫沙鲁曼，统率着庞大的军队，宫中将相拥立，婢仆成群，威名赫赫，不可一世。可是美中不足，眼看着国王年迈体衰，膝下还无子嗣。国王整日闷闷不乐，满面忧愁。有一天，他把宰相召来，对他诉说心中的愁苦："我怕有一天我的江山会毁于一旦，因为我至今还没有子嗣继承大统，你看如何是好？"

"陛下不用担心。"宰相答道，"也许这个问题安拉会作出安排。请您依靠安拉，每日沐浴、礼拜，然后与王后同床，也许您会实现您的愿望的。"

国王按宰相的话去做，果然不久王后就怀孕了。足月后分娩，产下一个男孩，面如夜晚皎洁的月亮般美丽可爱，国王便给他取名卡玛尔·宰曼，意思是时代的月亮。自产下王子后，国王欢喜无比，命令城中张灯结彩，歌舞弹奏七日，以示庆祝。这期间，各方人士云集京城，前来祝贺，还带来有经验的乳娘，把她们献给国王，以抚养卡玛尔·宰曼。

卡玛尔·宰曼养尊处优长在宫中，一晃已经十五岁了。这时，他体格健壮，面容秀美，知书识礼，成为超群出众的人物。父王十分喜欢他，让他整日整夜陪伴在自己身旁。一天，国王对宰相说："我视王子如心上之肉。我越是爱他，就越是为他担心，怕他将来遭遇不测。因此，我想为他娶亲成婚，你看如何？"

宰相回答说："陛下，婚姻乃人生必经之大事。在王子继位之前，陛下替他完婚，也是理所当然的事。"

于是，国王命人将王子召来。卡玛尔·宰曼王子来到父王跟前，出于对父王的尊重，他低垂着头，两眼望着地面，默默站立一旁。国王对他说："儿啊，我想给你娶亲完婚，好让我在有生之年看着高兴。"

不想，卡玛尔·宰曼王子答道："父王啊，我不想结婚，也没有接近妇女的愿望。因为，我听到的、在书上看到的关于妇女的阴谋诡计、狡诈欺骗行为实在是太多了。正如诗人所说：

你若问到妇女的情况，
我对她们是了如指掌。
一旦你钱少或是年迈，
再别想得到她的情爱。

因此，父王啊，我是无论如何绝不结婚的。"

国王听了儿子这一番谈话后，顿时气得脸色发白。他为儿子敢于违抗他而怒不可遏。不过由于他对王子过分喜欢和溺爱，便强压下心中的怒气，反而走过去抚慰他，对他表示出强烈的父子之爱，而且从此再不提起此事。这样，卡玛尔·宰曼王子茁壮成长，身心发育愈加丰满，不仅出落得标致可爱，而且性情温和、口齿伶俐，人人见了都夸赞不已。不觉过了一年。国王眼见王子已成为出类拔萃、卓尔不群的人物，便把他叫到跟前，对他说："儿啊，你听父王的话吗？"

卡玛尔·宰曼垂手站立在父王面前，顺从地说："父王，我怎能不听您的话呀？安拉要我服从您，不得对您有丝毫违抗。"

"儿啊，我想给你娶亲完婚，让我在有生之年看着高兴，在我死后，把王位传给你，以继承大统。"

卡玛尔·宰曼听完父亲的话，先是低头不语，继而抬起头说道："父王啊，儿是宁愿死也不愿结婚的。我知道，服从父命是安拉给我安排的天命。但指安拉起誓，你也不要拿结婚来苛求我，也不要以为我今生还会结婚，因为我从古人和今人的书籍中，了解到古往今来因妇人的阴谋诡计和狡诈欺骗而遭致横祸、身败名裂的人，真是不计其数啊！"国王听了儿子卡玛尔·宰曼的话，由于对他的过分喜欢和溺爱，不仅没有责备他，反而听从他、安慰他。父子俩的谈话也就到此中断。过后，国王召见宰相，对他说："爱卿，关于王子在继承王位前给他娶亲完婚的事，我曾征询过你的意见，你表示同意，你还说可以直接向他提娶亲的事，可我向他提起时，他总是违抗我的意旨，不愿意结婚。你看这事该怎么办才好呢？"

"国王陛下，最好您能再忍耐一年。"宰相答道，"一年之后，您若是再跟他谈婚姻问题，不要背地里跟他一个人谈，而要选择一个上朝的日子，那时文武大臣、王侯公爵、军队将领，以及国家的重要官员全都毕集朝廷，这时，您再把卡玛尔·宰曼王子召到跟前，当着满朝文武百官的面，给他谈娶亲完婚的事，也许他在朝臣面前感到害羞，不敢违抗您的意旨。"

国王听了宰相的话，认为他的建议正确可行，心中十分高兴，对他重加赏赐，并耐心地等待。卡玛尔·宰曼王子在宫中健康成长。这时他已临近二十岁，风华正茂，英姿勃勃，一表人材。

国王沙鲁曼耐心地等待了一年。直到有一天庆祝丰收的日子到来，满朝文武百官都来到宫廷，与国王同庆这欢乐的日子。这时国王命人将卡玛尔·宰曼王子召来。王子来到父王御前，向地面叩吻三次，然后在父王面前垂手站立。父王对他说："儿啊，今天是个喜庆的日子，文武百官全部齐集。我召你来不是为了别的，而是要跟你说一件事，希望你不要违抗我。这就是你的婚姻大事。我多么希望在我去世之前，看到你娶一位国王的公主为妻，快快乐乐地过日子。"

卡玛尔·宰曼王子听了父亲的话，先是低下头，两眼望着地面，默默不语，继而抬起头，望着父亲。这时，他因年轻气盛，一时冲动，便毫无顾忌地冲着父亲高声说道："父王，孩儿是宁愿去死也不愿结婚的。您年岁虽长，可见识短浅。关于婚姻的事，在此之前您已向我提起过两次，孩儿都没有顺从您，今天也万难从命。"卡玛尔·宰曼一面说，一面在父亲面前甩胳膊、卷袖子，显得烦躁不安、异常激动。

沙鲁曼国王见儿子卡玛尔·宰曼当着满朝文武大臣如此出言不逊冒犯他，感到丢了面子，丧失了国王的尊严，勃然大怒，厉声训斥他。卡玛尔·宰曼慑于父亲的威势，不敢还口。之后，国王命令卫兵把卡玛尔·宰曼抓住并捆绑起来。卡玛尔·宰曼被缚，惊慌得垂下了头，额间渗出涔涔汗珠，同时，感到无限懊恼和羞愧。国王对他大声喝斥道："你这没教养的家伙！敢在我的朝臣百官和军事将领面前用这样的言语跟我讲话。要知道，就是普通百姓这样做，也是罪在不赦的。你长这么大，还没人教训过你哩！"说罢，便命令卫兵把卡玛尔·宰曼押到一个炮楼里监禁起来。

卫兵们遵命来到炮楼，把地面打扫干净，架好床，铺上床垫，放上枕头，又拿来一盏大油灯和一枝蜡烛，因为炮楼里面白天也是一片漆黑，需要照明。卫兵们把一切收拾好之后，便把卡玛尔·宰曼押了进来。他们让他待在屋中，在门口派了一个士兵把守。卡玛尔·宰曼躺在床上，伤心叹气，满腹忧愁。他既责备自己鲁莽，又懊悔违拗了父王之命。可如今后悔也来不及了。他自语道："让安拉诅咒婚姻、诅咒那些邪恶的女人吧！我应该听从父王之命，让他给我娶亲完婚，那样总比被囚禁在这儿好呀！"

沙鲁曼国王命人把卡玛尔·宰曼关押进炮楼后，一直默默地坐在皇位上，直到太阳落山。这时他把宰相找来，对他说："爱卿，我听从了你的建议，才引起了我们父子之间的不愉快，因此这件事情的起因还在你呀！告诉我，现在我该怎么办呢？"

"陛下！"宰相答道，"让王子在炮楼禁闭15天吧。那时再把他召到您跟前，让他结婚，他就绝不会违抗您的命令了。"

国王接受了宰相的建议。当晚，国王辗转床榻，难以安眠。他太爱卡玛尔·宰曼了，因为他只有这么一个儿子。过去，他每晚都要把手臂搭在儿子的脖颈上才能入睡。这晚,他翻来覆去,思绪万千,始终惦念着儿子,心中犹如炭火煎熬,通宵达旦,泪水长流。

卡玛尔·宰曼在炮楼中。天黑了,守卫给他点燃灯盏和蜡烛,又给他端来一些食品。卡玛尔·宰曼用过餐后,想起白天发生的事,不禁又责备自己不该顶撞父王,冒犯父王的尊严。他自言自语道:"人啊,千万要小心自己的舌头,人的舌头是会给他带来灾祸的!"他边责备自己,边伤心地流下了泪水,对自己的出言不逊懊悔万分。他洗过手;做完小净,做了昏礼,然后坐在床上诵读《古兰经》中的《黄牛章》、《仪姆兰的家属章》、《至仁主章》等经文,并祈祷安拉的佑助。诵读完毕,卡玛尔·宰曼躺在鸵鸟羽绒制成的床垫上准备入睡。他脱下外衣,只穿一件薄绸衫,头上戴一顶蓝套帽,身盖一床丝绒锦被。侍卫将灯盏放在他脚下,将蜡烛放在他头前。在灯光的映照下,卡玛尔·宰曼的面庞显得格外妩媚动人,好像十四晚上的月亮那么美丽可爱。

卡玛尔·宰曼安安静静地入睡,约莫到了二更时分。这时,他根本没有想到未来会发生什么,在以后的日子里他的命运会发生什么变化。原来,这座炮楼年代久远,荒芜多年。炮楼下面有一口深井,里面住着一位仙女,她是著名神王迪姆里亚图的女儿,名叫梅姆娜。当卡玛尔·宰曼睡到二更时分时,这位仙女从井中出来,飞到天空。当她飞出炮楼时,发现有一抹亮光从里面照射出来,与往日的情况大不相同。这位仙女在这里不知住了多少年了,还从未见过此种景象。她自言自语道:"哟,这究竟是怎么回事呢?"她感到诧异,心想这其中必有缘故。于是,她飞近炮楼,发现那亮光是从炮楼的楼阁中发出来的。她飞近楼阁,见一个侍卫在门边酣睡。她走近楼阁,看见里面摆着一张床,床上好像躺着一个人,床头燃着烛,床尾脚下点着灯。梅姆娜对这些光亮感到十分奇怪,便一步步走近床前。她把自己的羽翼收了起来,在床头站了一会儿。然后她揭开锦被,仔细观察躺在床上的人。看着看着,她不禁为卡玛尔·宰曼秀丽俊俏的面容惊呆了。在烛光的照射下,他脸上焕

外国童话名篇精选

发出灿烂的光彩，睫毛修长，双眉如弓，微红的两颊映衬出他青春的活力。梅姆娜不禁赞叹道："赞美安拉，你真是全世界最伟大的创造者。"

她一直仔细地端详着卡玛尔·宰曼的面容，一面对它的美丽动人赞赏不已，一面感叹安拉的伟大创造力。她暗自说道："对这样漂亮可爱的人，我是决不会伤害他的，也不容许任何人伤害他。如果他遭遇不测，我还要全力保护他。这样美丽的面庞，真是百看不厌，令人赞赏。可是他的家人为什么如此疏忽，把他遗忘在这荒无人烟的地方？要是碰上魔鬼，他不是会受到伤害吗？"梅姆娜俯下身去，亲吻卡玛尔·宰曼的面颊，随后拉过锦被给他盖好。她张开双翅，飞出炮楼，一直飞向高空。

正当她在空中飞翔之时，忽然听见羽翼扇动的声音。她向那有声音的地方飞去，当飞近目标时，发现那是一个名叫达赫那什的魔鬼，她像鹞鹰般朝达赫那什猛扑过去。达赫那什遭到攻击，发现来者是神王的女儿梅姆娜，不禁惊惶万分，浑身发抖。他向梅姆娜求饶道："以安拉的大名和刻在所罗门戒指上的符咒起誓，你不要伤害我，饶恕我吧！"

梅姆娜听了达赫那什的话，对他产生了同情，说："你以安拉的大名发了誓，但我还是不能释放你，除非你告诉我你从哪儿来？"

达赫那什说道："我的女主人，要知道，我是从遥远的中国来。今晚。我在那里看见了一桩奇怪的事情，我讲出来之后，如果你认为有道理，就请你释放我，并且亲手给我写一张证明，说明是你释放了我，以后无论是天空、陆地、海里的鬼神都不得危害我。"

"今晚你究竟看见了什么？"梅姆娜说道，"你要老实告诉我，不许撒谎。如果你想用撒谎来欺骗我，作为脱身之计，指所罗门戒指上的符文起誓，我要撕破你的羽翼，剥下你的皮，砸碎你的骨头。"

"我的女主人，如果我撒谎，任你怎么处置我都行。今晚我从中国的一个岛屿飞来。那里的岛屿和四周的大海，全是一个名叫乌尤尔的国王的国土，他还是七座宫殿的主人。这个国王有一个女儿，世间没有谁比她长得更漂亮。她天生丽质、窈窕婀娜，真是一位绝代佳人。对她的美丽，我这张笨嘴是无法形容的，她的父亲是一位声名赫赫的国王，统率着庞大的军队，控制着辽阔的国土。他日夜征战，骁勇无比，威名远播，天下无敌。他对女儿宠爱极了，不惜为她横征暴敛，掠夺别国的财物为她修建七座宫殿。每座宫殿都由不同材料建成。第一座宫殿是水晶的，第二座是大理石的，第三座是纯铁的，第四座是宝石的，第五座是白银的，第六座是黄金的，第七座是珠玉的。宫殿内装饰豪华，摆设着金银器皿，以及一切为帝王享用的物品。国王让他的女儿在每个宫殿内居住一年，然后，再转移到另一个宫殿居住。国王的女儿名叫白都伦。白都伦公主的美丽天下闻名，各国的国王都派人前来提亲。乌尤尔国王就婚姻之事与女儿商量。白都伦公主十分厌恶地对国王说：'父亲，我是永远不会结婚的。我贵为公主，只能统治别人，而不会让一个男人来统治我。'公主越是拒绝婚姻，来提亲说媒的人就越多。中国境内的所有国王都派人前来向她父亲馈赠礼物和珍宝，不断寄来书信，争向公主求婚。国王三番五次与白都伦公主商量婚姻之事，都遭到了她的反对和拒绝。最后她生气地对国王说：'父亲，如果你再向我提起结婚之事，我就将宝剑支在地上，用剑尖顶着肚腹，把身子压下去，让宝剑刺穿我的脊背，自杀了事。'"

"乌尤尔国王听了女儿白都伦公主的这番话，顿时气得脸色发白，胸中燃起怒火。但他害怕公主一时想不开、自寻短见，便强压下怒气，不再说什么。可是，他对如何处置女儿、如何应付诸国王们的求婚，却束手无策，彷徨不知所措。他沉思了一会，对女儿说：'如果你确实不愿结婚，那么从今后你就不要自由出入、随意走动。'随即，国王便下令把她囚禁在一所房屋内，派了十个老宫女看管她，不让她再走进那七座宫殿的大门。国王以此表示他对公主的恼怒。与此同时，国王致函诸国国王，称公主神经失常，现在已被管制，恢复期为一年。"

魔鬼达赫那什继续对仙女梅姆娜说道："我的女主人，现在我每晚要飞到白都伦公主那儿去看看她，欣赏她美丽的面容，趁她熟睡时亲吻她的前额。因为我太喜欢她了，所以我决不会伤害她。她的美貌是那么动人，人人见了都会嫉羡。我的女主人，你是否跟我一起去看看她的容貌和身材，在此之后，你是责备我还是囚禁我，你怎么做都行。"魔鬼达赫那什说完后，低着头，垂下羽翼，等候梅姆娜的回答。

梅姆娜听完达赫那什的话后，哈哈大笑，向他脸上啐了一口，说道："你说的那个女郎算得了什么呢？我当你有什么了不得的稀奇古怪的见闻，原来是这么一回事。指安拉起誓，要是你看见了我所喜欢的一个人，不知你会怎样地兴奋呢！我今晚看见的那个人，你如果看上他一眼，即使你在睡梦中，也会为他神魂颠倒哩！"

"你所看见的那个人究竟是怎么一回事呢？"魔鬼达赫那什问道。

"要知道，达赫那什，这个青年与你刚才所说的那个女郎的遭遇十分相似。他的父王屡次要给他提亲完婚，他都加以拒绝。他父王一怒之下把他囚禁在我所居住的那个炮楼里。今晚我飞出炮楼时，发现他睡在那里。"

"我的女主人，带我去看看他吧！让我瞧瞧他是否比我喜欢的白都伦公主更漂亮。因为，我认为现在天底下再没有比她更美的人了。"

"你这该诅咒的下贱妖魔，你在撒谎！我肯定人世间再没有比我喜欢的那个人更漂亮的了。难道你神经错乱，敢用你喜欢的人跟我喜欢的人相比吗？"

"指安拉起誓，我的女主人。"魔鬼达赫那什说道，"你这就跟我去看看我所喜欢的白都伦公主，然后再返回来看看你所喜欢的那个人。"

"非这样做不可，因为你是个诡计多端的魔鬼。不过我不会跟你去，你也不用跟我来，除非我们打个赌，定出输赢。如果你喜欢的那个人比我喜欢的那个人漂亮，我就输给你；如果情形相反，就是你输我赢。"

"我的女主人，我接受你的条件。现在，就让我们飞向那岛国去。"

"且慢。我喜欢的那个人比你喜欢的那个人近，他就在我们下面。

我们不能舍近求远，还是让我们先下去看看我说的那个人，然后再去看你说的那个人。"

"听明白了，遵命就是！"

梅姆娜和达赫那什从高空降落地面，然后走进炮楼。梅姆娜让达赫那什坐在床边，她用手揭开锦被，卡玛尔·宰曼那美丽的面庞显露出来。她对达赫那什说："该死的，瞧瞧吧！你可别发疯。我是个女流之辈，这人对我们特别富有吸引力。"

达赫那什仔细观察卡玛尔·宰曼，然后摇摇头说："指安拉起誓，我的女主人，你是有道理的。不过事情并不完全如此，因为女人的情况和男人的情况不尽相同。确实，你所喜欢的人和我所喜欢的人在美貌方面十分相似，他俩好像从一个模子里倒出来一样。"

梅姆娜听达赫那什说出这番话，顿时气得两眼冒火，一翅膀打在达赫那什的头上。由于用力过猛，差点结果了他的性命。她对他说道："以这年轻人的美貌发誓，你这该死的，现在你赶快去把你喜欢的那个人驮到这儿来，好让我们把他俩放在一起，在他俩熟睡时进行比较，看他俩谁最漂亮。如果你不照我的吩咐去做，我就用火烧死你，把你碎尸万段，扔到沙漠中，用对你的惩罚来警戒后人。"

"我的女主人，遵命就是。不过我还是认为我所喜欢的人更漂亮。"

说毕，达赫那什当即就飞离地面。梅姆娜也跟着他飞行，以便一路监视他。飞了一阵，双双落在乌尤尔王宫中。他俩趁白都伦公主熟睡之际，把她抱起，向空中飞去。白都伦公主身穿绣金挑花绸睡衣，愈发显得体态轻盈，娇柔可爱。梅姆娜和达赫那什驮着公主，飞回炮楼，把她放在卡玛尔·宰曼王子身旁。两人躺在一起，就像一对双胞胎，彼此十分相似。梅姆娜和达赫那什对他俩端详了半天。这时，达赫那什开口说："还是我所喜欢的人更漂亮。"梅姆娜也不甘示弱，说："是我所喜欢的人更漂亮。你这该死的，难道你瞎了眼，看不见他美丽的容貌和标致的身材吗？"

仙女梅姆娜和魔鬼达赫那什双双争论不休，相持不下。梅姆娜动了怒，高声喊叫要扑打达赫那什。达赫那什赶紧收敛自己，轻声细语对梅姆娜说道："要想证明你的话是否正确并不困难。我们都说自己喜欢的人最好看，都反对对方的观点。现在让我们都抛弃自己的看法，去找一个公正的裁判，由他来确定这青年和姑娘谁最美丽。"

"好，我同意这么办。"

梅姆娜说毕，便用脚在地面上一踩。顿时，从地里钻出一个独眼驼背的魔鬼。这魔鬼双眼凸出，头上长着七只角，四绺长发拖到地面，手如狮爪，脚似象腿，还长着驴一般的蹄子，面目可怖，形象狰狞。当这魔鬼钻出地面，看见梅姆娜时，便叩吻地面，畏畏缩缩地问道："神王的女儿，我的女主人，你有什么吩咐？"

"古什古什，我要你在我和这该死的达赫那什之间进行裁判。"随后，梅姆娜便把她和达赫那什之间的争执从头到尾向古什古什叙述了一遍。

古什古什听完梅姆娜的叙述，便转眼察看那年轻人和女郎，发现他们在睡梦中互相拥抱在一起，每个人的手腕都搭在对方的脖子上，两人生得一样美丽、一样可爱。古什古什对他俩的美貌感到惊诧不已。经过长时间的观察，他对梅姆娜和达赫那什说："指安拉起誓，依我看，在美貌方面，这青年和那姑娘谁也不比谁差，他俩都是一样的可爱、完美，只不过在男女方面有所区别。我有另外一种评判方法：我们把其中的一个人弄醒，让另外一个人熟睡，谁要是醒来后对对方产生爱慕之情，谁就不如对方美貌可爱。"

"对，你说得对，我同意这建议。"梅姆娜说道。

"我也同意。"达赫那什说道。

于是，达赫那什变成一只跳蚤，在卡玛尔·宰曼的脖子上使劲咬了一口。卡玛尔·宰曼用手去抓挠被咬的地方。由于被咬的地方疼痒难忍，卡玛尔·宰曼来回翻转身体。突然，他发现身旁好像躺着一样什么东西，他能嗅闻到由那上面发出的比麝香还馥郁的气息，能感触到比奶酪还细腻的身躯。他感到奇怪，便坐起身来，仔细观察躺在他身旁的那个人。他发现，原来这是一个美貌无比的绝色女郎，于是，他从内心爱上了她。他使劲摇晃她，想把她摇醒，边摇边说："亲爱的人儿，你醒醒吧，看看我是谁。我是卡玛尔·宰曼呀！"可是，白都伦公主仍然沉睡不醒，因为魔鬼达赫那什对她施了魔法。卡玛尔·宰曼见女郎不醒，便寻思道："如果我猜得不错，这女郎一定是父王给我寻找的配偶。已经过去三年了，我一直拒绝这桩婚姻。愿安拉保佑，明天一早我就对父王说：'把这姑娘许配给我。'半天都不能耽误，我要尽早得到这姑娘，以便好好享受她的美貌和温柔。"

卡玛尔·宰曼想俯身下去亲吻女郎。梅姆娜在一旁看见，感到十分害羞，浑身颤抖。魔鬼达赫那什却高兴得要跳了起来。但卡玛尔·宰曼出于对安拉的虔敬，把脸又转了过去。他想：我应该忍耐才是，不要做使父王生气的事。父王把我囚禁在这儿，又让这个新娘睡在我身旁，以此来考验我。想必是父王嘱咐她，无论我怎么唤她，她都不要醒来。他还告诉她，卡玛尔·宰曼对她做了什么，她都要如实向他报告。也许父王就躲在附近我看不见的地方观察我，他能看见我和这姑娘所做的一切。等到天亮，他就会责备我说："你亲吻了那姑娘，还和她拥抱在一起，而你却说你永远也不打算结婚。"我决不能鲁莽行动，以免父王窥探到我的秘密。现在，我既不触摸那姑娘，也不再看她一眼，但我要从她身上取下一件东西作为我和她之间的信物。卡玛尔·宰曼寻思罢，便抬起女郎的手，从小拇指上取下一枚贵重的宝石戒指，并把它戴在自己的小拇指上，然后把脸转过去，倒下身子继续睡觉。

梅姆娜看着这一切，心中高兴，对达赫那什和古什古什说："瞧，你们看见卡玛尔·宰曼的举止了吗？他对这女郎是多么清纯有礼貌，这是他良好品行的表现。他面对这么美貌动人的女郎，既不触摸她，也不拥抱她，而是把脸转过去继续睡觉。"

"他的良好品行我们都看见了。"达赫那什和古什古什说。

这时，梅姆娜变成一只跳蚤，钻进白都伦的衣服，在她的肚腹上使劲咬了一口。白都伦睁开眼睛，坐了起来。她发现身旁睡着一个美貌非凡的青年，不禁从心中产生了爱慕之情。但她转念一想：这是一桩丑闻呀！一个陌生的青年怎么跟我睡在一张床上呢？继而她又仔细端详他，发现他确实容貌俊秀，楚楚动人。她想：这青年面如满月，身材标致，我喜欢他心儿都快要碎了。真是臊死人了。指安拉起誓，要是我知道向我父亲求婚的是这个青年，我会毫不迟疑地嫁给他，以便终身享受他的美貌。

白都伦公主边凝视卡玛尔·宰曼，边摇动他，口中唤道："我的心上人，快醒醒吧，像我看你一样，你也看看我的美貌。"仙女梅姆娜用翅膀罩着卡玛尔·宰曼的头，使他一直陷入沉睡中。白都伦公主口中仍不停呼唤："以我的生命对你起誓，你要顺从我，快从梦中醒来，倚靠在枕头上，让我们从现在一直相亲相爱欢娱到天明吧！"可卡玛尔·宰曼仍然一言不发地沉睡着。白都伦又说道："你为何要辜负你的美貌呢？要知道，你很美，我也很美，可我们现在却白白浪费掉大好时光。难道是人们吩咐你不要理睬我吗？还是我那晦气的老父亲禁止你今晚与我说话？"

这时，卡玛尔·宰曼微微睁了睁眼睛，白都伦一见，愈加抑制不住内心的爱慕和激情。她想要唤醒他，便拼命地摇动他。在摇动中，她触到了卡玛尔·宰曼的手，发现他的小拇指上戴着她的宝石戒指。她暗自想道："咦，我亲爱的，你喜欢我，却装着不理睬我。我睡熟了，你却来找我，还把我的戒指取下来，戴在你手上。我也要取下你的戒指把它戴到我手上。"随即，白都伦抬起卡玛尔·宰曼的手，从他手指上取下戒指，并把它戴在自己手指上。之后，她又俯下身子，去亲吻卡玛尔·宰曼的嘴唇，然后用手搂着他的脖子，拥抱着他，在他身旁呼呼睡去。

仙女梅姆娜看见此种情景，心中十分高兴，对魔鬼达赫那什说：

"瞧见了吗？你所喜欢的人由于爱情的驱使，对我所喜欢的人做了些什么吗？这年轻人要比那姑娘更懂礼貌。不过我可以原谅你，给你写一张释放你的证明。"然后，她转身向古什古什喝道："你快协助达赫那什把这姑娘驮回她原来的地方，因为黑夜就要过去，而我的事情已经做完。"

达赫那什和古什古什走到白都伦跟前，将她放在身上，驮着她离开炮楼，飞向高空。飞了一阵子，便来到乌尤尔王国。他俩把白都伦公主放到床上后，便离去了。

仙女梅姆娜守在熟睡中的卡玛尔·宰曼身旁。这时天马上就要亮了。梅姆娜看了卡玛尔·宰曼一眼，便离开他飞走了。

天亮了，卡玛尔·宰曼从梦中醒来。他左顾右盼，不见身边的女郎。他想：这是怎么回事？是不是父王想把这女郎嫁给我，才把她悄悄地带走，好增加我对结婚的渴望吧！他吆喝睡在门口的仆人，让他起来。仆人睡眼惺忪地站起身，给他端来洗脸水。卡玛尔·宰曼洗漱祈祷完毕，便问仆人道："赛瓦布，是谁在我熟睡时把那姑娘带走了？"

"哪个姑娘？主人。"

"就是昨晚睡在我身旁的那个姑娘。"

仆人赛瓦布对主人的话感到不解，说："哪有什么姑娘。门是锁着的，我又睡在旁边，哪有什么姑娘进来！指安拉起誓，既没有女的进这炮楼，也没有男的进来。"

"你这该死的奴仆，你敢欺骗我，不告诉我是谁把女郎带走的吗？"

"我的主人，我确是连一个女人和一个男子都没有看见哩！"

卡玛尔·宰曼十分气恼，喝斥道："是不是人们教会了你撒谎，你这该死的。"他让仆人过来，然后一把抓住他的领子，把他摔倒在地上，继而拳打脚踢，又捏住他的脖子，仆人顿时被窒息得浑然不省人事。卡玛尔·宰曼又用井绳把他捆绑起来，将他放到井水里。这时正是严冬季节，天气十分寒冷，仆人在水中冻得直打喷嚏。卡玛尔·宰曼把他提起来又放下去，仆人在井中大声呼喊求救。卡玛尔·宰曼说道："你如果不告诉我那姑娘的下落，不告诉我是谁在我熟睡时带走了姑娘，我就不放你出来。"

"主人，你快把我从井里放出来，我会把一切都告诉你。"

卡玛尔·宰曼把仆人从井里拉上来。仆人由于遭受严寒袭击，又被井水浸泡，差点不省人事，浑身像暴风中的芦苇般瑟瑟发抖，牙齿上下打颤，全身衣服也湿成一片。仆人上到井面，对卡玛尔·宰曼说道："主人，你瞧我的衣服已经湿透，让我把它脱下来拧干，晒到太阳下面，再另换一套穿上，然后很快回到这儿，报告你那女孩的真实情况。"

"你这该死的，不让你吃苦头你是不会老实的。快去快回，向我报告那姑娘的真实情况。"

仆人赛瓦布真不敢相信自己骗过卡玛尔·宰曼，得以解脱，便飞快地跑到国王沙鲁曼御前。只见宰相坐在国王身旁，两人正议论着卡玛尔·宰曼。国王对宰相说："由于担心儿子，昨晚我一夜未眠，我怕他被囚禁在那座古老的炮楼里会发生什么不测，把他监管起来不会有什么好处。"宰相说："陛下，您不必担心，指安拉起誓，你的儿子不会受到伤害的。把他囚禁在那里一个月，他的心就会变软的。"正当两人谈话时，仆人赛瓦布突然狼狈不堪地跑了进来，高声叫道："国王陛下，您的儿子已经神经失常发疯了，他虐待我，毒打我，把我折磨成这个样子。他对我说，昨晚有一个女郎跟他在一起，后来被人悄悄带走了，他让我告诉他这女郎的消息，可我昨晚压根儿就没见过什么女郎。"

国王沙鲁曼听了仆人所说的关于他儿子卡玛尔·宰曼的话，不禁失声喊道："哇，我的儿子啊！"他大发雷霆，迁怒于宰相，因为这一切都是因宰相而引起的。他对宰相说："快到我儿卡玛尔·宰曼那儿去，看看究竟发生了什么!?"

宰相慑于国王的威严，即刻起身前往，和仆人一路跌跌撞撞来到炮楼，这时太阳已经升起。宰相走进炮楼，见卡玛尔·宰曼正坐在床上阅读《古兰经》。他向王子道过安后，便坐在他身旁，对他说："少主人，这该死的奴才向我们报告了一些坏消息，我们十分不安，国王听了大发雷霆。"卡玛尔·宰曼问道："他给你们报告了什么坏消息，使父王心中不安。而实际上心中不安的应该是我。"宰相说道："这奴才惊慌失措地跑来，说了一些有关你的不该说的话，他欺骗了国王陛下。像你这样年轻英俊、头脑聪慧、言谈清晰的人，是不应该发生什么不好的事的。"

"这奴才究竟说了些什么呢？"

"他说你脑子失常、神经错乱。说你对他说昨晚有个姑娘跟你睡在一起。你对仆人说过这些话吗？"

卡玛尔·宰曼听完宰相的话，心中怒火上冲，说："看来是你们教这狗奴才这么做的，是你们阻止他告诉我那姑娘的下落。相爷，你比那奴才聪明懂事，你快告诉我，昨晚睡在我怀中的那个姑娘到哪儿去了？你们把她派来，让她和我睡到天明，可天明之后，我却不见她的踪影。她究竟到哪儿去了？"

"我的少主人，以安拉之名起誓，昨晚我们没有派任何人到这儿来。你是一个人睡在这儿的。昨晚门锁着，仆人就睡在门口，没有任何娘儿们进到这儿来。少主人，你还是放清醒些，不要胡思乱想吧！"

卡玛尔·宰曼听了宰相的话，心中恼怒，说："相爷，这姑娘是我的心上人，她生得美丽非凡，黑眼睛，红面颊，昨晚我曾和她相拥而眠。"

宰相对卡玛尔·宰曼的话越发惊奇，便问他："昨晚你亲眼看见这姑娘了吗？是醒时所见，还是梦中所见？"

"你这昏老头，你以为我是用耳朵看见她的吗？告诉你，我是在醒着时亲眼看见她的。我还用我的手触摸过她，和她待了大半宿，把她美丽的面容和标致的身材看了个够。只不过你们不让她跟我说话，只让她睡在我的身旁。"

"少主人，也许你只是在睡梦中看见那姑娘。由于你睡前吃了杂食，或者是由于魔鬼作祟，使你做了噩梦，产生了幻觉。"

343

"昏老头，你也敢取笑我，说我是做噩梦吗？要知道，这仆人也承认了那姑娘的存在，他说他这就向我报告那姑娘的情况。"

说着，卡玛尔·宰曼走上前去，抓住宰相的长胡须，一把把他拉下床，摔在地上，同时用双脚使劲踢他的身子，用手狠狠地捶打他的脊背。宰相疼痛难当，心想："那奴仆用谎言骗过了这疯子，解救了自己。我也应当这么做，不然就会被他活活折磨死。看来他确实是疯了。"

"少主人。"宰相说，"你别责备我，是你父王嘱咐我不告诉你关于那女郎的事情的。现在我也无能为力，因为我年岁已迈，经不起毒打。你先消消气，待会儿我就告诉你关于这女郎的事。"

卡玛尔·宰曼停下手，说："为什么不早点告诉我，非要等挨了打以后再说？快起来，死老头，告诉我关于那女郎的情况。"

"你问的是那个国色天姿的美貌女郎吗？"

"是的，快告诉我，是谁把她带到我这儿的，她现在何处？我非要亲自去找她不可。父王这样做，是考验我对婚姻的态度，我现在已经愿意同她结婚，改变了过去不结婚的想法。你快去告诉父王，快把那姑娘嫁给我，除了她我谁都不娶，我已经深深地爱上了她。你快去快回。"

宰相不敢相信，他就这样摆脱了卡玛尔·宰曼，解救了自己；他不敢怠慢，匆匆离开炮楼，跑回宫廷去见国王沙鲁曼。

国王见宰相面带愁容、匆匆而返，便问他："爱卿，你何事惊慌失措，究竟发生了什么？"

"我来报告你一个消息。"

"什么消息？"

"王子卡玛尔·宰曼果然神经错乱发疯了。"

国王一听，顿时脸色发白，说："快告诉我他是怎么发疯的？"

宰相把他所了解的关于卡玛尔·宰曼的情况一五一十向国王作了报告。国王听后说道："作为你报告我儿子发疯的消息的酬劳，我要拧断你的脖子，撤了你的官职，你这奸臣佞相。都是因为听了你的劝告，接受了你的意见，我儿子才变疯的。指安拉起誓，假如他真的疯了，有个三长两短，我非把你钉在墙上，叫你尝尝苦头不可。"说完，国王站起身，宰相跟在后面，两人匆匆向炮楼走去。

卡玛尔·宰曼见父王到来，立即起身下床，走上前去亲吻父王的双手，然后低头垂手，站立在父王面前。一会儿，他抬起头望着父王，眼中流出泪水，吟咏道：

如果我先前曾做了错事，
冒犯了你那神圣的威严；
如今我已表示认罪忏悔，
请求得到你的宽恕赦免。

这时，国王走上前紧紧地拥抱儿子卡玛尔·宰曼，亲吻他的双颊，把他拉到床上坐下，紧紧地挨着自己。随后他怒气冲冲地对宰相说："你这狗宰相，关于我儿子，你都说了些什么？让我好生为他担心！"然后他转向儿子，问他："今天是星期几，我的儿？"

"今天是星期六，明天是星期天，后天是星期一……"卡玛尔·宰曼一直数到星期五。

"感谢真主保你平安！这个月是几月？"

"这个月是十一月，下个月是十二月，再下个月是一月……"卡玛尔·宰曼一直数到十月。

国王见儿子说得丝毫不错，心中欢喜。继而朝宰相脸上啐了一口，说："老东西，你怎么说我的儿子疯了呢？我看疯了的不是他，而是你。"

外国童话名篇精选

这时宰相摇摇头，正想开口辩白，突然又一想：我还是慢些回答吧，等等看看情况如何再说。

国王问卡玛尔·宰曼："儿啊，你对仆人和宰相说的那些话是什么

345

意思呢？你对他们说，昨晚当你熟睡时，有个漂亮的姑娘躺在你身旁。关于这姑娘，究竟是怎么回事呀？"

卡玛尔·宰曼听了父王的话，不觉失声哭道："父王，孩儿已没有精力再开玩笑了。你们别再多做什么和再多说什么了。孩儿已经不住你们的奚落和玩弄了。要知道，父王，我已经同意结婚了，但条件是必须娶昨晚和我睡在一起的那个姑娘。我认为是你老人家把她送到我这儿来，让我爱上她，然后天亮前又把她带走的。"

"愿安拉的大名保佑你平安无事，头脑清醒，"国王说，"关于你说的那姑娘的事，我可是压根儿就不知道。以安拉之名起誓，昨晚你是否做了噩梦、产生了幻觉？因为你的脑子老是想着结婚的事，被结婚的事搞迷糊了，所以梦见一个美丽女子拥抱你，而你却以为是在醒中看见的。所有这一切全是梦中的幻觉呀，我的儿！"

"还是不要说这种话的好，父王。以全能全知的安拉起誓，你真的不知道那姑娘的消息和下落吗？"

"以摩西、亚伯拉罕的神——伟大的安拉起誓，对那女郎的事我全然不知。那只是你睡梦中的幻觉。"

"父王！"卡玛尔·宰曼说，"我给你打个比方来说明我所见的是真实情况而非梦境。假如一个人梦中和敌人剧烈地厮杀，他醒来后却发现他手中拿着一把沾满血迹的宝剑，这能令人相信吗？"

"不，指安拉起誓，这是不可能的，没人会相信。"

"现在，我就告诉你在我身上发生的情况。昨晚半夜我醒来，发现身边睡着一个姑娘，她的相貌、身材都与我相像，我拥抱了她，用手抚摸她，取下了她手上的宝石戒指，戴在我的手指上。后来我睡着了，她也取下了我的戒指，戴在了她的手指上。由于对你的敬重，我没有对她过分亲昵。我以为是你派她前来，而你就躲在某个地方观察我。由于害羞，我没有亲吻她的嘴唇。我想，你这是用她来考验我，促使我对婚姻感兴趣。清晨我从梦中醒来后，不见了那姑娘的踪影，也不知她的下落。以后就发生了我和仆人、宰相之间的那些事。瞧，这就是她手上的那枚宝石戒指，真是价值连城啊！"说毕，卡玛尔·宰曼把戒指递给父王。国王拿在手上，反复仔细观看。然后对儿子说："这枚戒指的来历想必十分复杂，很不简单。昨晚你与那姑娘会面的事。看来还是个谜。我不知道她是从哪儿来到这儿的。这一切全是宰相造成的。指安拉起誓，孩子你要忍耐，也许安拉会为你解脱忧烦，给你带来巨大欢乐的。孩子，我现在肯定，你神志健全正常，没有疯。你的事情，只有安拉才能解决。"

"父王"，卡玛尔·宰曼说，"指安拉起誓，你要帮我找到那姑娘，让她快些来到我跟前，否则我会忧伤地死去哩！"随后他伤感地吟咏道：

如果你们不能使情人幽会，
那就让他们在睡梦中相逢；
人们说：
姑娘的倩影不会姗姗来临，
因为他的梦恋也一再落空。

卡玛尔·宰曼王子吟诗完毕，宰相对国王说："陛下，如果你一直陪伴着王子，长期远离臣属和部下，我们的国法纲纪会因之而废弛。俗话说：智者有病，必须对症下药。我建议陛下将王子由这儿迁往海滨的行宫去休养。而国王陛下于每周星期一、四召集文武大臣、国家要人前来，听取报告，发号施令，处理大事，共商国策，而其余的时间，您可以和王子呆在一起，陪他安心静养，等候安拉解除他的忧愁。陛下，千万不可疏于对天灾人祸的防范，因为智者总是要防患于未然的。"

国王听了宰相的话，认为他说得有理，表示接受。国王怕国法纲纪有所废弛，当即下令将儿子从炮楼迁往海滨的行宫居住。行宫四周临海，要通过一座一丈多宽的浮桥才能进入。行宫的窗户面向大海，可以眺望远处的风景，屋内的地面全都用彩色大理石铺成；屋顶和墙壁装饰得耀眼夺目，点缀着金银珠宝；地上铺着丝绒地毯；窗户挂着绣花帷帘。卡玛尔·宰曼住在里面，虽然环境优雅、景色宜人，但他却为情思所扰，彻夜难寐，久之，面色发黄，身体消瘦。国王沙鲁曼坐在他面前，深为儿子的健康担忧。每逢星期一、四，他允许文武大臣百官前来晋见，与他们共商国事，处理政务，直到傍晚。文武百官离去后，他便回到儿子身旁，白天黑夜守护着他，精心照料他。就这样度过了许多日日夜夜。

再说诸海岛和七座宫殿的主人国王乌尤尔的女儿白都伦公主。当魔鬼达赫那什和古什古什将她驮回宫中，放到床上，这时离天亮只有三个小时了。白都伦睡了一会儿，天色就发白了。她从睡梦中醒来，左顾右盼，不见昨晚睡在她怀里的那个年轻人，她浑身发抖，几乎失去理智，便大声叫喊起来。宫女、保姆们个个被惊醒，全都跑进她房间。老宫女上前问道："少公主，发生了什么事？"

"你这死老太婆，快告诉我，昨晚和我睡在一起的那个小伙子哪儿去了？"

老宫女一听这话，顿时吓白了脸，感到万分恐惧，说："少公主白都伦呀，你怎么说出这种不害羞的话呢？"

"你这该死的，那小伙子究竟上哪儿去了？他是一个黑眼睛、浓眉毛、相貌英俊的漂亮年轻人，昨晚他一直和我睡在一起。"

"指安拉起誓，我确实没看见什么年轻人，也没看见别的什么小伙子。我的少公主呀，你千万别开这种出乎礼法的玩笑，否则我们性命难保哩。如果这种话传到你父王那儿，谁来拯救我们免遭厄运呀？"

"昨晚那青年确实跟我睡在一起，他确实是世界上最漂亮的小伙子。"

"你还是清醒些吧，昨晚确实没人跟你在一起。"

这时，白都伦公主抬起手，看见手指上戴着卡玛尔·宰曼的戒指，自己的戒指却不知去向，便对老宫女说："你这撒谎成性的老家伙，你敢发假誓来欺骗我，说昨晚没人跟我在一起吗？"

"指安拉起誓，我没有发假誓，也没有欺骗你。"

白都伦公主按捺不住心中的怒气，便抽出身边的宝剑，用力一刺，杀死了老宫女。顿时，宫女、侍婢、保姆们乱作一团，哭着喊着跑到白都伦父亲乌尤尔国王跟前，向他报告了他女儿的情况。乌尤尔国王赶紧走来，见到女儿，问她："孩子，究竟发生了什么？"

"父王，昨晚睡在我身旁的那个青年哪儿去了？"白都伦公主此时已神志迷离，东张张，西望望，继而又死命撕碎自己身上的衣服。国王见此情景，命宫女和奴仆抓住她，把她捆绑起来，在她脖子上套上一条铁链，阖她拴在宫殿的窗栏上。

乌尤尔国王见白都伦公主处于此种景况，心中十分悲切，因为他太爱她了，生怕她发生什么意外。这时，他召来全国医师、方士，对他们说："谁治好公主的病，我就把她嫁给他，并赏给他半壁江山。如果治不好她，我就杀死他。把他的头颅挂在宫廷大门。"医师、方士们络绎前来应征，可谁也治不好公主的病。这样，国王一连杀了四十个医师、方士，把他们的头颅齐齐整整挂在宫廷大门口。国王还要召其他的医师、方士前来给公主治病，但他们全都望而却步，不敢应征，因为他们知道公主的病是无法治愈的。国王只好另想办法。

白都伦公主因思恋而忧伤，终日以泪洗面。她伤感地吟咏道：

> 想念你，我的月亮我的情人，
> 日日夜夜，我都在牵挂着你。
> 心中的欲望好比地狱之烈火，
> 使我备受爱恋和情思的折磨，
> 啊，我的痛苦去向何人诉说？

国外童话名篇精选

　　自此，白都伦公主因情思而日见憔悴消瘦。如此过了整整三年。她有一个乳娘，这乳娘有个儿子名叫马尔祖旺，从小和她一起长大，彼此情同亲姐弟。这段时间，马尔祖旺旅行在外，如今刚刚回来。他见到母亲后，便问起白都伦的情况。母亲告诉他说："儿啊，你姐姐发疯了，三年来一直被铁链锁着，医生和方士都治不好她的病。"马尔祖旺听见此话，说："我一定要去见见她。也许我知道她为什么发疯，能找到办法医治她。"

　　"你应该去看看她。不过要忍耐，等到明天再说。我要想想办法才能把你带进去。"

　　乳娘来到白都伦住的地方，见到守门的仆人，向他赠送了礼物，对他说："我有一个女儿，从小和白都伦公主一起长大，如今她已经出嫁。当她得知公主生病后，心中十分牵挂。我想请你让我女儿进去看望她，只需一个时辰就出来，任何人都不会知道的。"

　　"要进去看望公主，只能在夜里。"仆人说："等明天国王看过他女儿出来后，你和你女儿才能进去。"

　　乳娘吻了吻仆人的手，接受他的建议，便匆匆回到家中。第二天晚上，她给儿子穿上女人的服装，拉着他的手，来到宫中。这时国王已经探视女儿离去。仆人见她来到，便招呼她进去，并对她说："进去吧，不过时间可别太长。"乳娘和儿子马尔祖旺双双进入白都伦公主的房间，见到白都伦公主，向她致过问候，乳娘便把马尔祖旺身上的女装脱下来。马尔祖旺从怀中掏出经书，向她祝祷，然后点上一枝蜡烛。白都伦公主看见他，知道他是马尔祖旺，便对他说："兄弟，你外出旅行，好长时间断绝了消息啊！"

　　"是的，"马尔祖旺说，"不过安拉使我平安回来了。本来我还要再次出门，听到你的消息后，我就推迟动身了。姐姐，你究竟怎么了？我心中十分焦急，我来看你，是想知道你的病因，也许我能找到医治它的办法哩！"

"兄弟，"白都伦公主说，"你不要以为我发疯了……"说到这儿，她不禁吟咏道：

人们说，你为所爱的人疯了，
我说，生活对疯子才有味道。
我真的疯了。
人们把我为他而疯的人找来，
啊，别责备我，
只有他才能把我的疯病治好。

吟毕，她对马尔祖旺说道："兄弟，你还是听听我的故事吧！那天黎明前我醒来，发现身旁睡着一个年轻人。这青年生得标致漂亮，他的美貌是言语不能形容出来的。我开始以为，是父王把他派到这儿来考验我的，因为国王们前来求婚时他曾征求我的意见，都被我一一加以拒绝。这种想法，使我不能唤醒他，也不敢有过分的亲昵行为。天明后，我发现他的戒指戴在我的手上，而我手上的戒指却不知去向。这就是我的故事。兄弟，如今我已深深爱上了他，朝思暮想希望见到他。由于相思之苦，我食不甘味，夜不安眠，终日以泪洗面，苦挨岁月。兄弟，你能帮我解脱这一切吗？"

马尔祖旺听了白都伦公主的叙述，低头沉思。他觉得白都伦的经历好生奇怪，一时不知如何是好。继而他抬起头，说："姐姐，我相信你讲的全是真话。关于那青年的事，确实把我难住了。不过，我将漫游四海，去为你寻找药方，也许安拉会让我找到它的。请你耐心等待，千万别担心。"

马尔祖旺告别白都伦公主，回到家中，宿了一夜。第二天一早，他就准备船只，动身旅行。他在海上不停地航行，途经一个个城市，路过一座座岛屿。最后，他的船只来到一个名叫塔莱比的城市。一路上，他都向人们打探消息，希望能找到医治白都伦公主的办法。每当他到一座城市时，都听人们议论说乌尤尔国王的女儿白都伦公主神情恍惚，得了疯病。直到他来到塔莱比城。在这里，他听人们说沙鲁曼国王的儿子卡玛尔·宰曼王子得了重病，疯疯癫癫，被关在一座海滨城楼里。他向城中居民打听卡玛尔·宰曼王子所在的国家，离这儿有多远？人们告诉他，那是一个名叫哈里多特的岛国，离这儿有一个月的海路，从陆上走就更远了，需要半年才能到达。马尔祖旺赶紧驾船朝哈里多特海岛出发。一路顺风，走了一个月，已经看到该国的城市了。正当他们准备靠岸时，不料突然刮起猛烈的飓风，吹断了桅帆，打翻了船只，人们纷纷落水，在海里挣扎，马尔祖旺被巨浪冲到卡玛尔·宰曼王子休养居住的那座王宫下面的海滩上。正巧，这时文武百官、国家要人全都聚集在这里朝见沙鲁曼国王。卡玛尔·宰曼王子坐在父王怀中，一个仆人在旁边为他驱赶苍蝇。这时的卡玛尔·宰曼已是两天不吃不喝、不言不语了。宰相站在他身旁离窗户不远的地方。他偶然朝窗外望去，发现躺在沙滩上的马尔祖旺，奄奄一息，濒临死亡。宰相见此情景，对他产生了同情。他走近国王，侧过身子对他说："陛下，请允许我离开一会儿，下到宫底，打开大门，去拯救一个被海水淹溺的人，让他得救生还。也许安拉会因此解脱王子殿下的病痛哩！"

"我儿子发生的一切都是由你引起的。你拯救了这个陌生人，也许他会窥探我们的情况，了解我儿子的病情，然后出去造谣诬蔑，到那时，我非拧断你的脖子不可。你已经把我们搞得够受的了。好吧，你愿意怎么做就怎么做吧，爱卿。"

宰相站起身，打开宫门，在浮桥上走了 20 步，来到海滩。他见马尔祖旺已经奄奄待毙，便抓住他的头发，把他拖上岸。马尔祖旺恢复了知觉。宰相把马尔祖旺的湿衣脱下来，换上干净衣服，又用他手下童仆的缠头把他的头包上。之后他对马尔祖旺说："我把你救上岸来，免你在海中淹死。可你不要成为导致我和你死亡的原因啊！"

"这是怎么说的?"马尔祖旺问。

"你现在就要从文武百官、王侯公卿面前经过,这些官员由于卡玛尔·宰曼王子病危,个个沉默寡言,不敢随便开口说话。"

马尔祖旺听见宰相说起卡玛尔·宰曼的名字,觉得耳熟,因为他在旅途中听人们谈起过他。他问道:"卡玛尔·宰曼是谁呀?"

"他是沙鲁曼国王的儿子,如今身患重病,卧床不起,白天黑夜备受煎熬,骨瘦如柴,命在旦夕,大家都认为他将不久于人世了。你如进得屋去,千万别老盯住他看,也别对你经过的地方东张西望,否则咱俩都有生命危险。"

"指安拉起誓,请你告诉我,那青年为何会落得如此景况?"

"确切的原因我也不了解,只知道三年前他父王不断向他提出娶亲完婚的事,他一直加以拒绝。有一天他突然称,一个美丽非凡的姑娘晚上和他睡在一起。他向我们说,他取下了那姑娘的戒指戴在自己手上,而自己的戒指却被那姑娘取走了。我们不知道这究竟是怎么回事。现在,你跟我进宫去,不要多看卡玛尔·宰曼,向国王和众朝臣问过安后,便到你该去的地方去,因为国王现在心情很不愉快哩!"

马尔祖旺听后,心想:指安拉起誓,这正是我要追求和寻找的呢!

马尔祖旺随宰相进入宫中。宰相走过去坐在国王双脚旁。马尔祖旺顾不得礼节,径直朝卡玛尔·宰曼走去。宰相见状,大惊失色,忙用眼色向马尔祖旺示意,叫他别走过去。马尔祖旺假装没有看见。他走到卡玛尔·宰曼身旁,长时间端详他,发现他的相貌和身材与白都伦公主十分相像,他当即判定,这就是他要寻找的人。

卡玛尔·宰曼听见身旁有动静,睁开眼仔细倾听。马尔祖旺见他神情专注,便趁机吟咏了以下诗句:

我看你,活泼中又忧心忡忡,
莫不是,被那爱情之箭射中?

353

快饮下杯中的美酒，

快把那情歌唱起。

拂赶不去的，

是情人苏莱米的倩影。

我羡慕盛满醇酒的杯盏，

它能时时把情人的嘴唇亲吻；

我妒嫉羊毛编织的衣裳，

它能紧紧裹住那柔软的身体。

我没有被利剑所杀死，

却被情箭刺穿了胸膛。

她说：

"你对爱情为什么没有表示？"

这话令我难过心伤。

假如我在她之前痛哭一场，

我的心灵将得到安慰，不会懊丧。

如今她先我哀哭、悲泣，

伤痛之情震动了我的心房。

我说："爱情已被捷足者先登。"

别责备我对她深挚的爱，

这爱中充满苦涩和酸辛。

我为她美丽的面庞哭泣、哀伤，

因为在阿拉伯人和异民族中，

没有谁比她更聪明漂亮：

她有鲁格曼的智慧，约瑟的秀丽，

大卫的诗才，玛丽亚的贞洁。

而我自己却怀着：

亚当的遭遇，尤尼斯的叹息，

阿约布的灾难，雅各的忧伤。

　　卡玛尔·宰曼听了马尔祖旺的吟咏，心中感到万分的欢喜和快活。他慢慢抬起头，用手指着马尔祖旺对父王说："让那年轻人坐在我身旁吧！"国王沙鲁曼听见儿子开口说话，心中无比高兴。他原本对这青年十分恼怒，打算把这青年杀死。现在，他依照儿子的意愿，站起来把这青年引至儿子身边。他问这青年："你从哪儿来？"

　　"我从遥远的众海岛和七座宫殿的主人——乌尤尔国王的国土前来。"

　　"也许我儿子卡玛尔·宰曼的命运就系于你手上，要依靠你来解救他了。"

　　马尔祖旺走近卡玛尔·宰曼，对他悄悄耳语说："你要坚强忍耐，把心放宽。至于你为她落得如此景况的那个人的下落，为了你的安全，你现在不要打听吧！你把心事隐藏在心中，变得日益憔悴。而她却爽朗吐露真情，遭人非议被认为发了疯。如今她被铁链锁着脖子，处境万分凄惨。我现在到你这儿来，如若安拉愿意，让我来解救你们俩吧！"

　　卡玛尔·宰曼听了马尔祖旺的话，心中顿时充满活力，犹如大梦初醒。他示意父王让他坐起来。沙鲁曼国王见此情景，心中万分欢喜。他把儿子扶起来坐好。为了保持清静的环境，他命宰相和文武百官全都离去。卡玛尔·宰曼依靠在两个枕头上。此时，国王下令用番红花把宫廷打扮起来，香气扑鼻；他又命人张灯结彩，把整个城市装饰一新，以庆祝王子恢复健康。他对马尔祖旺说："指安拉起誓，孩子，你的到来，对我们是个好兆头哩！"国王把他当上宾款待，为他大张筵席。马尔祖旺和卡玛尔·宰曼王子一块吃喝。国王沙鲁曼由于高兴，当晚就和儿子、马尔祖旺住在一起。

　　第二天早晨，马尔祖旺向卡玛尔·宰曼讲述了事情的经过。他说："和你在一起的那个女郎，她是乌尤尔国王的女儿，名叫白都伦……"

国童话名篇精选

355

马尔祖旺从头到尾把白都伦的故事叙述了一遍，说："她对你满怀深情，矢志不渝地爱着你。你和你父亲发生的一切，正是她和她父亲所发生的。不用说，你是她的情人，她是你的爱侣。你要振作起来，坚定信心。我来就是为了找到你，让你们幸福地相聚在一起的。正如诗人所说：

如果情人间产生了怨恨，
彼此疏远不能心心相印；
我愿把两人连结在一起，
像是一颗剪刀上的铆钉。"

马尔祖旺不断地劝慰卡玛尔·宰曼，让他心胸开朗，多吃多饮。不久，卡玛尔·宰曼恢复了体力，精神也越来越健旺。马尔祖旺一直陪伴着他，给他讲故事，还给他朗诵诗歌，使他开心。渐渐的，卡玛尔·宰曼在生活上能够自理，甚至能自己沐浴了。国王沙鲁曼对此万分高兴，下令重新装点城市，以示庆祝。他还遍赏朝中文武官员，赈济贫民，大赦天下。

马尔祖旺对卡玛尔·宰曼说："要知道，我是为了你才从白都伦公主那儿到这里来的。这就是我长途跋涉、航海旅行的原因，目的是使她摆脱现在的处境。现在是我们想法去见她的时候了。你向你父王提出去郊外打猎，如他允许，你就随身携带一个装满钱的鞍袋，骑上一匹骏马，并带上一匹备用马出发，我也骑着马伴随着你。你对父王说：'我想去野外散散心，欣赏一下大自然的美景，顺便打些猎物回来。我打算在外露宿一夜，父王您不必担心和牵挂我。'"

卡玛尔·宰曼对马尔祖旺的建议非常高兴。他急忙去见父王，按马尔祖旺所说请求父王允许他去郊外打猎。父王同意了他的请求，对他说："儿啊，我允许你外出消遣，打猎，露宿一夜，但你明天必须返回来。你要知道，没有你在身边，我是坐卧不安的。再说，你的健康还没有完命恢复呢！"

国王沙鲁曼命人给卡玛尔·宰曼和马尔祖旺准备行装，让他们带着六匹骏马，两头驮着水、干粮和钱的骆驼。卡玛尔·宰曼不让任何仆人跟随他。国王把卡玛尔·宰曼拥到胸前，为他辞行，对他说："儿啊，看在安拉的份上，我求你只在外露宿一夜，不要长时间离开我。"

卡玛尔·宰曼和马尔祖旺告别国王沙鲁曼，每人骑着一匹骏马，带着备用马、骆驼、水、干粮和钱便出发了。两人在郊野从早上走到天黑，方才下马休息、吃喝，并饮马喂驼，歇了一个时辰，又跨马前行。就这样风餐露宿，一路跋涉，走了三天三夜。第四天，来到一个荒无人烟的森林。两人下得马来。马尔祖旺牵过一匹马、一头骆驼，用刀将它们宰杀，剔骨去肉。然后取过卡玛尔·宰曼的衬衣、外套，将其撕破、割碎，在上面涂上马血驼血，又将它们扔到路口。马尔祖旺做完这一切，这才与卡玛尔·宰曼坐下来一起吃喝。吃喝完毕，两人重又上路。在路上，卡玛尔·宰曼问马尔祖旺刚才这么做是为了什么。马尔祖旺答道："要知道，你离开你父亲沙鲁曼国王一个晚上，他见你第二夜仍然未归，必然带领人马来寻找我们。当他来到这路口，看见你的带着血污的衬衣和外套时，会以为你在途中遭劫匪杀害，或者被野兽吃掉。这样他就会断了念头，返回宫去，不再找你。凭这计谋，我们就可顺利地达到目的。"

"你这办法真是好极了。"

两人长途跋涉，不知走了多少个日日夜夜，经过了多少个罕无人迹的地方。一路上，卡玛尔·宰曼因思念情人心切，终日以泪洗面，伤心哭泣。终于有一天，他们来到了一座城镇，这里离乌尤尔的岛国已经不远了。卡玛尔·宰曼欢喜万分，对马尔祖旺感激不尽。

两人又走了一段时间，便来到乌尤尔王国。两人走进京城，在一处旅舍下榻。由于旅途辛苦、疲劳，两人足足休息了三天三夜。之后，马

外国童话名篇精选

尔祖旺带卡玛尔·宰曼到澡堂沐浴，给他换上商人的衣服，又给他准备了一个金沙盘、一个金观象仪，以及其他必须物品，然后对他说："我的主人，现在你就去到王宫下面，高声叫道：'我是精通天文地理包医百病的方士，谁有需求，快来找我！'当乌尤尔国王听见你的吆喝后，就会派人把你带进宫为他女儿治病。女儿看见你后，立刻就不疯了，病体当即痊愈。国王见此情景，定会高兴万分，会把他的女儿嫁给你，并与你平分江山社稷，因为这是他自己许诺的条件。"

卡玛尔·宰曼接受马尔祖旺的建议，手中拿着沙盘和观象仪等物，穿好衣服，走出旅舍，来到乌尤尔国王的宫廷下面，高声叫道："我是精通天文地理包医百病的方士，能掐会算，知未来吉凶祸福，谁有需求，快来找我。"城中居民听见卡玛尔·宰曼的吆喝，便走过来围在他身旁观看他。他们已经好久没有见到过医师、方士到这儿来了。人们为卡玛尔·宰曼美丽的面容和充满青春活力感到惊诧。他们不约而同地对他说："指安拉起誓，先生，你别为得到乌尤尔国王的女儿而干这傻事了。你睁眼瞧瞧这些挂在宫廷门口的头颅吧！他们的主人都是为此丧命的。贪欲把他们引向了灾难。"卡玛尔·宰曼没有理会人们的劝诫，依然张开喉咙放声大喊："我是游方术士，能预知未来，包医百病，有求必应。"人们对他议论纷纷，好言相劝，但遭到卡玛尔·宰曼的拒绝。人们见他如此固执，便齐声指责他说："你是个高傲自大而又愚蠢的青年。还是怜惜你的青春和这张美丽的面孔吧！"卡玛尔·宰曼大声地和他们争执起来，争吵声传到乌尤尔国王的耳里，他命宰相下去把这位占星方士带进宫来。宰相遵命前去，把卡玛尔·宰曼带进宫中。卡玛尔·宰曼进得宫来，见到乌尤尔国王，便在他面前俯身下去，叩吻地面。乌尤尔国王让他坐在身边，对他说："孩子，你别装扮成占星方士，也别看中了我许诺的条件。告诉你，有一点我是决不更改的。那就是：谁治不好我女儿的病，我就杀了他；谁治好了她，我就将她许配给他为妻。年轻人，还是珍惜你的美貌和青春吧！指安拉起誓，如果你治不好她，我非把你的头割下来不可。"

"我接受你的条件。"

国王乌尤尔把法官们召来，让他们当场作证。然后唤来一个仆人，对他说："把这人带去见白都伦公主。"

仆人牵着卡玛尔·宰曼的手，领着他穿过客厅。这时，卡玛尔·宰曼急不可耐，摆脱仆人，自己朝前飞快行走。仆人对他大声喊道："喂，你这不要命的，别急急忙忙去送死呀！我还从没见过哪个占星家像你这样急着去自寻死路。你大概还不知道什么样的灾祸将降临到你头上吧！"

卡玛尔·宰曼不理睬仆人，继续朝前走。当走到白都伦公主的闺房门前，仆人把卡玛尔·宰曼挡在帘外。这时卡玛尔·宰曼对仆人说："有两种治疗你女主人的方法，你看哪一种好？一种是我在这儿，在帘子外治疗她；一种是我进屋去，在里面治疗她。你选择哪一种？"

仆人对卡玛尔·宰曼的话感到惊诧，说："如果你能在帘子外帮她治好，那就显得你更加高明了。"

于是卡玛尔·宰曼坐在门帘后，拿出笔和墨，在纸上写下了如下的词句："遭到疏远的人，治疗他的良方是忠诚。啊，因灾祸而失望、濒临死亡的人，没有人来医治你受到创伤的心灵，你日夜苦熬、备尝艰辛，身体消瘦憔悴，恋人怎么没派人送来书信？只有恋人的相会，才能治愈受伤的心。"他在签名处写道："为爱而如醉如痴心荡神迷不能自己备受折磨的沙鲁曼国王的儿子卡玛尔·宰曼王子致旷世之殊丽美如天仙的乌尤尔国王的女儿白都伦公主。"写毕，意犹未了，题诗一首：

> 摄走我心儿和灵魂的人，
>
> 向你致以最美好的敬意。
>
> 幽会之夜，
>
> 我换下了你手中的戒指，
>
> 如今把它送还给你。

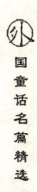

希望我那手上之物，

也能归还原主，

这便是我来这儿的本意。

他将白都伦公主的戒指包在书信中，然后交给仆人，让他送到屋里去。仆人将书信拿在手中，进到屋坐把它交给白都伦公主。白都伦公主接过打开一看，发现了自己的戒指。继而展开书信阅读。读毕，她知道是自己的心上人卡玛尔·宰曼来了，现在就站在门帘后面。她不禁心胸突然开朗，高兴得差点发狂。她由于激动，不由自主地吟咏道：

我悔恨分离，

洒了无数伤心的泪水；

当我们重新聚首时，

我不再诉说逝去的往昔。

两眼潸然泪下，

是由于过度的高兴。

眼睛呀，

流泪是你的本性。

无论是欢乐还是忧愁，

泪珠儿总是滚滚不停。

白都伦公主吟诵完毕，猛地站起身，双脚并立在墙根，用力朝前一冲，挣断了套在她脖子上的铁链，飞快跑到门帘后面，扑身投向卡玛尔·宰曼的怀抱，不停地像鸽子啄食般地亲吻他的嘴唇。由于极度兴奋，她紧紧搂住卡玛尔·宰曼，对他说："我的主人呀，这是在梦中呢，还是清醒着？是安拉使我们团聚在一起了。感谢安拉，他使我们在失望之后又重新相会。"

仆人见此情景，飞快地跑去报告国王，对国王说："陛下呀，这个占星家是所有占星家中最有学问的一个，他站在门帘后面，没有进屋，就把公主的病治好了。"

"这是真的吗？"

"千真万确，陛下，现在您就起身去看看她是怎么挣断铁链、跑出闺房，然后和占星家拥抱在一起、不断地亲吻他的情景吧！"

乌尤尔国王急急来到后宫白都伦公主的闺房，见女儿好端端地站在那儿，不由心中大喜，上前搂着她，亲吻她的额头，因为他太爱怜她了，继而他询问卡玛尔·宰曼从什么地方来。

卡玛尔·宰曼说出了自己的身世，告诉乌尤尔国王他是沙鲁曼国王的儿子。随后，他把他与白都伦公主的巧遇，如何互相调换戒指的事从头到尾给国王乌尤尔讲述了一遍，与白都伦公主所说的一模一样。乌尤尔国王听了，感到惊奇，说："你们的故事应该记录下来，留给后辈子孙，让世世代代流传诵读。"随后他召来法官和证人，当即为卡玛尔·宰曼王子和白都伦公主写下婚书，结为夫妇。又命将城市装饰布置一新，备办盛大丰厚的筵席，文武百官和普通百姓全都聚集街头，庆祝公主恢复健康和新婚之喜，整整热闹了七天七夜。

卡玛尔·宰曼王子和白都伦公主新婚燕尔，沉浸在欢乐幸福中。双方夙愿已偿，倍加恩爱。乌尤尔国王为庆祝王子和公主的美满婚姻，不久又大开筵席，盛邀四周诸岛国的文武百官参加。京城一时宾客如云，普天同庆，庆典延续了一个月方才结束。这期间，卡玛尔·宰曼王子和白都伦公主夫妇恩爱有加，如胶似漆。一日，卡玛尔·宰曼王子突然萌发思乡之情，想念父亲。晚上，他梦见父王对他说："孩子，你就这样对待我吗？"卡玛尔·宰曼梦见父王在劳中责备自己，心中很是忧伤和不安。他把自己的思绪告诉妻子白都伦。白都伦非常同情他。于是，他俩便去见乌尤尔国王，请求国王允许卡玛尔·宰曼王子回乡探视亲人。国王同意了他们的请求。白都伦公主对国王说道："父王，我不能忍受

外

国
童
话
名
篇
精
选

与夫君的分离之苦。我要与他一同前往。"

"那你就与他一起上路吧!"

乌尤尔国王允许白都伦和卡玛尔·宰曼在一起生活一年,一年之后她再返回来看望父王。以后每年如此。白都伦和卡玛尔·宰曼亲吻乌尤尔国王的手,对他同意他们一起返回卡玛尔·宰曼的家乡表示感谢。乌尤尔国王为他们夫妻俩备好了旅行用的马匹和骆驼,还为他女儿制作了一乘驼轿,以及其他旅途上的必需品。临行那天,乌尤尔国王把一件镶绣着黄金珠宝的宫袍和一个装满金银的钱袋赠送给卡玛尔·宰曼,送他俩走到岛国的尽头。他和坐在驼轿中的女儿拥抱惜别,然后依依不舍地送他两人上路,之后便与随从、军队返回京城。

卡玛尔·宰曼王子和白都伦公主以及随行人员离开乌尤尔王国后,晓行夜宿,日夜跋涉,整整走了一个月。这天,众人来到一个水草茂密的旷野,便停了下来。他们搭起帐篷,吃喝过后,便坐下来休息。白都伦由于旅途劳累,在帐篷里躺下睡着了。卡玛尔·宰曼走进去,见她身穿一件杏色丝绸衬衫,周身胴体之美显露无遗。这时,他发现她的腰带上挂有一颗红苏木般的大宝石,上面篆刻着不认识的文字。他感到奇怪,心想:如果这颗宝石没有特别重大的意义,她是不会把它戴在这么高贵的地方珍藏起来不让它丢失的。瞧,她为什么要这么做呢?这里面究竟有什么秘密呢?他顺手从她的腰带上取下这颗宝石,把它拿到帐篷外,以便在阳光下看得更明白些。正当他反复仔细观看宝石时,空中突然飞来一只大鸟,猛扑下来从他手中攫走宝石,然后又向空中飞去。卡玛尔·宰曼害怕宝石遗落,便拼命去追赶那只大鸟。大鸟飞行的速度正好与卡玛尔·宰曼跑步的快慢相同。卡玛尔·宰曼跟着它追了一程又一程,从一个山谷追到另一个山谷,从一个丘陵追到另一个丘陵。这时天已经黑了,大鸟栖息在一棵高高的树枝上。卡玛尔·宰曼在树旁停下来。他感到饥渴疲劳,浑身乏力,想转身返回,可已经迷失了方向,而且黑夜也已降临。他心想:一切无能为力,只盼伟大的安拉解救了。他安下心来，在大鸟栖息的那棵大树下躺倒，一觉睡到天亮。他醒来后，见大鸟仍在树枝上。大鸟发觉卡玛尔·宰曼醒来，便飞离树梢。卡玛尔·宰曼立即跟上去追赶。这时大鸟飞得很慢，与卡玛尔·宰曼行走的速度差不多。卡玛尔·宰曼心中好笑：真是奇怪，这鸟昨天飞行与我跑的速度一样快。今天它知道我累了，跑不动，所以飞得跟我行走的快慢差不多。不过我无论如何也要跟踪它。它要么把我引向活路，要么把我引向死亡。总之我要一直跟着它。它飞过的地方一般总会有人烟的。于是卡玛尔·宰曼始终跟着大鸟行走。大鸟每晚栖息在树梢，他就在树下歇息过夜，这样一直过了十天十夜。卡玛尔·宰曼吃野果充饥，喝山泉解渴。十天后来到一座人烟稠密的城市。刚进入城市，大鸟一眨眼工夫就不见了，飞离了卡玛尔·宰曼。卡玛尔·宰曼不见大鸟，心中感到奇怪，叹道："感谢安拉，他使我到达了这座城市。"他坐在一条小溪边，洗濯手脚和脸面，然后小憩片刻。他回想起一路上劳顿、饥渴，现在又身处陌生的环境中，不由得怅惘和伤感。

他走进城门，不知该朝什么地方走，只好漫无目的地在城中徜徉。他从陆地入城，走着走着，不觉从靠海的地方出城。原来这是一座滨临海边的城市。他在城中没有碰到一个人。出城后，他在海边继续行走，来到城外的一片果园。他在树木丛中穿行，走进一个园圃。他在门边站立了一会儿。一个园丁走出来，对他表示欢迎，说："感谢安拉使你免受城中人的伤害，把你平安送到这儿来。趁人们还没有看见你以前，赶快进到园中来吧。"卡玛尔·宰曼随园丁进入园中，惶惑不安地问园丁："这个城市究竟是怎么回事？里面住的是什么人？"

"你要知道，这城中住的全是拜火教徒。指安拉起誓，你要告诉我，你是怎么到这儿来的？又是怎么进入这座城市的？"

卡玛尔·宰曼将自己的经历和遭遇，从头到尾向园丁叙述了一遍。园丁听后，感到十分惊奇，说："要知道，这儿离伊斯兰国家十分遥远。海路要走四个月，陆路要走整整一年。我们这儿有一艘商船，每年装载

外国童话名篇精选

一次货物，去到伊斯兰国家进行贸易。先经过艾布努斯岛，再从那儿驶往哈里多特岛，也就是国王沙鲁曼的王国。"

卡玛尔·宰曼闻听此话，沉思片刻。他知道，现在惟一的办法就是待在园丁的园圃里，给他当伙计，替他干活。他对园丁说："你愿意接受我在你这儿工作吗？"

"悉听尊便。"园丁慨然应允。

园丁教卡玛尔·宰曼剪枝、浇水，种植烟草的技术。为干活方便，还给他一件蓝短布褂穿。卡玛尔·宰曼在园中辛勤劳作，生活安定下来。但他流落异乡，思念妻子，终日忧愁苦闷，以泪洗面。

白都伦公主从睡梦中醒来，不见丈大卡玛尔·宰曼在自己身边，继而发现腰带上的红宝石也不翼而飞，她心想：安拉呀，这是怎么回事呢？我丈夫哪儿去了呢？也许是他把宝石拿走了，而他却不知道宝石所隐藏的秘密。他会去到哪儿呢？必然出现了意想不到的情况使他出走了，否则他是一刻也不会离开我的。让安拉诅咒这宝石、诅咒这种时刻吧！她思忖道：如果我这样出去告诉随从们说我丈夫失踪了，也许他们会算计我。看来是非用计谋不可了。于是，她穿上丈夫的衣服，戴上他的缠头，半遮着面庞，让一个婢女坐进驼轿，然后走出帐篷，呼唤奴仆们备马，整点行装出发。一行人就这样上了路。白都伦一直掩藏着自己的真实面目，因为她与卡玛尔·宰曼长得太相像了，没有人怀疑她不是卡玛尔·宰曼。队伍日日夜夜不停地朝前行走，一直来到一座濒临海边的城市。白郡伦和众人跨下马，放下行装，搭起帐篷，准备在此休息、过夜。经刊听，这座城市是艾布努斯王国的京城，国王名叫艾尔玛诺斯，他有一个女儿名叫哈哑图·努芬丝。

艾尔玛诺斯国王听说有远道来的贵客下榻在他的王国，便派使者前去打探情况。使者来到白都伦等人歇息的地方，询问他们是什么人，从何处来。白都伦手下的人告诉他：这是一位迷了路的王子，他要回到他父王沙鲁曼的哈里多特岛国去。使者问明了情况，便回去报告艾尔玛诺斯国王。国王闻听后，当即率领朝中大臣们一同前去拜见这位迷路的王子。一行人来到帐篷前，艾尔玛诺斯国王和白都伦彼此致了意。随后，艾尔玛诺斯国王把白都伦一行人带到京城，进入王宫，下令大张筵席，款待远方来的客人。宴毕，国王把白都伦安排在王宫迎宾馆住宿。三天后，艾尔玛诺斯国王前来拜会白都伦。这天，白都伦正好沐浴毕，更加显得英姿勃发，潇洒迷人。

国王对她说："孩子，要知道，我已是年过花甲的人了，一生膝下无子，只有一个女儿。她生得倒是花容月貌，和你的模样儿差不多。如今我已年迈体衰，无力治理国家。孩子，你是否可以留在敝国居住，我把女儿许配给你，招你为东床，把王位让给你，由你来统治这个国家。"

白都伦听后，低头不语。由于一时不知所措和害羞，额上渗出涔涔的汗水。她暗自思忖："这事怎么办才好呢？我是个女流之辈，要是我违背他的意旨，悄悄逃走，也许他会派兵追杀我；要是我对他说明真情，我就会出丑，而我丈夫卡玛尔·宰曼现在又下落不明，无人能帮助我。看来只好答应他，暂时住下来，一切等待安拉解救了。"于是她抬起头，对国王表示顺从，说："陛下，听明白了，遵命就是!"

国王见白都伦答应，异常高兴，当即吩咐手下向艾布努斯国的诸岛屿传播喜讯，并下令装点城市，召集全国文武百官、王侯公卿，以及京城大法官，向他们宣布女儿和白都伦的婚事，同时下诏宣布自己退位，将王位传给驸马白都伦。艾尔玛诺斯当即给白都伦穿上皇袍，接受满朝文武的参拜。谁也不怀疑她是一个女子，反而认为她是一个英武俊秀的青年，是他们年轻有为的新国王。

新国王白都伦登基后，老国王艾尔玛诺斯便为她和女儿哈娅图·努芬丝操办婚事，一连喜庆了几天。新婚之夜，白都伦和哈娅图·努芬丝双双进入洞房。新婚夫妇美丽、漂亮，活像夜晚悬于空中的一对月亮，又像清晨喷薄欲出的两个太阳。人们为她俩点上花烛，铺好床被，放下帷帘，掩上房门，便轻声离去。白都伦坐在哈娅图·努芬丝身旁，却不由得想起了丈夫卡玛尔·宰曼，禁不住热泪盈眶，低声吟咏道：

> 我心中思念离去的亲人，
> 惶惶不安只剩下此残生；
> 眼睑从不知安眠的味道，
> 因为它终日为泪水浸润。

　　白都伦吟毕，转身吻了吻哈娅图·努芬丝，然后起身沐浴、祈祷，直到哈娅图·努芬丝睡下。这时白都伦过来睡在她身边，背向着她，一直到天明。起床后，老国王艾尔玛诺斯和王后来看女儿，问她昨夜的情况。女儿如实告诉了他们，并说听见白都伦吟咏思念情人的诗歌。

　　清晨，白都伦临朝视政。她接受文武百官、军事将领的朝贺。满朝大臣都向她叩拜，为她祝福。她面带微笑，和蔼可亲地接待他们，并对他们一一加以封赏。朝臣们认定她是一位男子，不会想到她是一个女人。她处理朝政，发号施令，公正判决，减免税收，释放囚犯，一件件英明的举措，深受朝廷官员和普通百姓的欢迎。她一直忙碌到天黑，方才回到后宫。她见哈娅图·努芬丝坐在屋中，走过去抚摩她的肩膀，亲吻她的前额。随即吟咏道：

> 我的秘密被眼泪公开，
> 消瘦的身体，
> 也宣告了我的爱。
> 我竭力掩藏别离之痛，
> 受创的心却难以忍耐。
> 远去之人啊，
> 你所留下的，

是破损憔悴的身心，

是终日忧思的情怀。

　　白都伦咏毕，擦干眼泪，起身沐浴、祈祷，直到哈娅图·努芬丝困倦不支，上床睡眠。这时白都伦睡在她身旁，背向着她，一直到天明。起身后，白都伦做完晨祷，依然临朝视政。她坐在王位上发号施令，处理大政，恩威并施，井井有条。

　　老国王艾尔玛诺斯照例来探望女儿，问她情况。女儿如实向他作了报告，并说听见白都伦吟咏思念情人的诗歌。她对老国王说："父王，我没见过谁比我丈夫更谨慎和腼腆的了，他老是叹息和哭泣。"

　　"女儿，你要忍耐。"老国王说，"这第三夜是最后一个晚上。如果他再不与你同房，我就要另作打算。我要废了他的王位，把他赶出这个国家。"他和女儿取得了一致意见，带着这种想法离去了。

　　黑夜降临，白都伦从朝廷回到后宫，见屋内灯烛辉煌，哈娅图·努芬丝端坐室中。白都伦想起与丈夫卡玛尔·宰曼在一起相处的甜蜜的短暂时光，不由潸然泪下，长吁短叹，吟咏道：

他的暗示这样难于理解，

却加深了我心中的思念，

炽烈的爱火永不会消沉。

我的病恹是因他而起，

那医治爱情之疾的呀，

还应是使她患病的人。

　　白都伦吟毕，想站起身沐浴、祈祷，不料哈娅图·努芬丝却抓住她的衣服，对她说："我的主人，我父王待你这么好，你这样以怨报德，不害臊吗？你为什么总躲着我呢？"白都伦闻听此言，赶紧坐在她身旁，

外国童话名篇精选

367

问她:"亲爱的,你这话是什么意思呀?"

"我的意思是,我从没见过一个人像你那么孤高自赏。难道每个漂亮的青年都这么自命不凡吗?不过我说这话并不是为了我、为了你对我好,而是担心父王加害于你。他已经下了决心,如果今夜你再不与我同房,他明天就废黜你的王位,把你驱赶出国门。也许他一怒之下还会把你杀了。我的主人呀,我是同情你才向你提出忠告的,你还是自己拿主意吧!"

白都伦听哈娅图·努芬丝这么一说,低头不语,犹豫彷徨。她心想:如果我违背老国王的旨意,必死无疑;如果我向他说明真相,自己就会出丑。我现在是艾布努斯国的国王,整个岛国在我的统治之下。我和丈夫卡玛尔·宰曼相会,也非此地莫属,因为他要回到他的国家,只能从艾布努斯国经过。我把我的事情托付给安拉了,他是万能的谋划者。不过我还是应向哈娅图·努芬丝吐露真情。她对哈娅图·努芬丝说:"亲爱的,我不和你亲昵,是迫不得已的呀!"之后,她把自己的经历和遭遇,从头到尾讲给哈娅图·努芬丝听,说:"指安拉起誓,我求你为我保守秘密,直到安拉使我和丈夫卡玛尔·宰曼团聚,到那时候,再另作打算。"

哈娅图·努芬丝听了白都伦的叙述,感到十分惊异,对她表示同情,同时祝愿她和丈夫卡玛尔·宰曼早日团聚。她对她说:"姐姐,你别担心,安拉会帮助你渡过难关的。俗话说:'朋友的心胸,是秘密的坟墓。'我绝不泄漏你的秘密。"白都伦感谢她,与她搂抱在一起,和她戏耍了一会儿,便各自睡下。快到天明,哈娅图·努芬丝起来,找了一只小母鸡,将它杀死,把血污抹在自己身上和内衣主,然后大声喊叫。婢仆们闻声进屋,见到血污,同声欢叫。哈娅图·努芬丝的母亲也跑来,见此情景,心中十分高兴,一直陪同女儿到天黑。白都伦起床后,沐浴、祈祷毕,便径直前往宫廷,坐在王位上,发号施令,处理朝政。老国王艾尔玛诺斯听到欢叫声,询问发生了什么。人们告诉他,白都伦和他女儿同房了。他听后，满心欢喜，吩咐大摆筵席，以示庆贺。喜庆活动一直延续了许多天。

再说沙鲁曼国王，自那日儿子卡玛尔·宰曼和马尔祖旺去到郊外打猎之后，他就耐心等待。儿子当晚没有回来。这晚他惴惴不安，一宿未眠。第二天他一直等到中午，还不见儿子返回，心中更是着急，对儿子愈加担心和惦念，不由得老泪纵横，长吁短叹。过了一日，还不见儿子回来，他便命令军队随他一道启程，到各地去寻找。他把军队分成前后左右几队，令他们明日在前面路口会合。士兵们分头出发，沿路搜寻，从白天走到天黑，又从夜晚走到第二天中午，还是不见卡玛尔·宰曼的踪影。这时，几路人马已经会集在十字路口，正彷徨不知朝什么方向行走，突然人们发现路上散落着带血污的碎布和撕碎的肉块，狼藉斑斑。沙鲁曼国王见状，大叫一声，喊道："我的儿啊！"随即他猛拍自己的面颊，抓扯自己的胡须和衣裳。他确信他的儿子已经死了，悲伤地号啕大哭，军士们也跟着痛哭。他们也相信卡玛尔·宰曼已经死去，个个往自己头上洒土，以示哀悼。入夜，一行人仍在哭泣悲悼。沙鲁曼国王认为，儿子之死，不是遇到猛兽袭击，便是遭到强盗劫杀。他在万般伤心无奈中，命军队返回哈里多特岛，下令全国为卡玛尔·宰曼王子戴黑纱致哀，并专门修建了一所房屋，名为寄哀室，以纪念他的儿子。沙鲁曼国王每周二、四临朝听政，处理国家大事，其余时间都在寄哀室度过，以怀念他的儿子。

再说卡玛尔·宰曼，他仍在园丁那儿干活。由于思念妻子白都伦，他终日闷闷不乐，常常忧伤哭泣。年底，园丁告诉他，商船就要启程出发到伊斯兰国家。过了些日子，卡玛尔·宰曼看见人们互相聚在一起，感到奇怪。园丁对他说："孩子，今天别干活了，也别给树浇水了。今天是节日，人们彼此走亲访友。你也歇息歇息。轻松愉快一下。我一会儿带你去看看商船，过不了几天，它就要开往伊斯兰国家了。"说毕，园丁便离开了园圃，剩下卡玛尔·宰曼一人。他想到自己的不幸遭遇，愁肠百结，神思恍惚，突然跌倒在地，前额碰到一块石头，当即鲜血长流。他用一块破布包扎好伤口，在园中漫无目的地来回走动。他无意间抬起头，看见树上有两只大鸟在搏斗，一只死命咬着另一只的脖子，不一会就把它的头咬下来，叼着头朝天空飞走了。被咬死那只鸟的躯体从树上掉了下来。这时，突然从空中飞来另外两只大鸟，它们落在那只死鸟身旁，收起羽翼，伸长脖子，呜呜咽咽地啼叫着，像是在为死去的同伴哭泣。卡玛尔·宰曼触景生情，也掉下了伤心的眼泪。一会儿，两只大鸟刨了一个土坑，把死去的同伴掩埋在坑中就飞走了。不大工夫，两只大鸟带着凶手鸟飞了回来，落在埋死鸟的土坑旁，并把凶手鸟当场啄死，挖肠剖肚，咬碎皮肉，将毛血撒落坑边，然后双双飞走。卡玛尔·宰曼看着这一切，感到惊奇。他突然发现被啄死的鸟的肚腹中有一样东西在发亮。他走过去，见是鸟的嗉囊。他拾起来将它翻开，发现里面是他丢失的、造成他和妻子分离的那颗红宝石。他一见到宝石，由于兴奋，顿时昏厥过去，倒在地上。苏醒后，他心想："这可是个好兆头，是我和妻子团聚的喜报啊！"他仔细端详宝石，放在眼睛和面颊上摩挲，然后把它系在手臂上，庆幸宝石的失而复得。他在园中踱步，等候园丁的归来，可直到天黑园丁还没有回来。卡玛尔·宰曼就在园中过了一夜。天亮后，他起身干活，束紧腰带，拿上镢头和提篮，在园中松土、刨石和浇水。他来到一棵大树下，用镢头在根部为它松土。一镢挖下，发出响声。他刨开土，发现一块石板，揭开石板，是一道门。他打开门，沿石阶往下走，进到一个大厅。这大厅是远古色姆德和阿德时代遗留下来的，里面贮满了黄金。卡玛尔·宰曼发现宝藏，心中大喜，自言自语道："这下苦尽甘来，如愿以偿了。"随后，他爬出台阶，重新掩埋好石板，继续在园中干活。直到傍晚，园丁才回来，对他说："孩子，我向你报喜来了，你将返回你的故乡了。商人们已经准备好，三天之后就启航，去到伊斯兰国家的一个城市。你从那儿下船，然后再走陆路，六个月之后就可到沙鲁曼国王的哈里多特岛了。"

卡玛尔·宰曼听后十分高兴，亲吻园丁的手，对他说："老爹爹，你给我报了喜，现在我也要给你报喜呢！"他把在地窖里发现宝藏的事告诉了园丁。园丁高兴地说："孩子，我在这园中度过了80年，什么也没有发现，你来不到一年，就发现了宝藏。这是你的福气，从此你便可转危为安，它会帮助你返回故乡、与亲人团聚的。"

"对这些财富，我俩应该均分才是。"

说毕，卡玛尔·宰曼带领园丁进入地下室，把黄金指给他看。黄金一共是20瓮。卡玛尔·宰曼和园丁每人各取十瓮。园丁对卡玛尔·宰曼说："孩子，这园中的橄榄油是当地特产，别的地方没有。商人们把它运往外地销售。你把黄金放在油罐中，分隔开，上面再放些橄榄，密封好，然后搬到船上去。"

卡玛尔·宰曼听从园丁的吩咐，密封了50罐橄榄油，把黄金尽藏其中，还把那颗红宝石也放在一个油罐中。事毕，他和园丁坐下来聊天。他深信他不久就将和亲人团聚了。他沉思道：我到了艾布努斯岛，从那儿再回到父王的国家。那时，我将打听妻子白都伦的下落。瞧，她是返回她的家乡了呢，还是去到了父王的国度，或者是在路上发生了意外？他和园丁在一起，盼望着启程时刻的来临。他向园丁讲述了鸟儿厮打的情景，园丁感到十分惊奇，两人叙叙谈谈，直到天黑，各自安眠。

翌日，园丁感到身体虚弱，一连两天卧床不起。他深知生命垂危。这时，船长和水手们来到园圃，寻找园丁。卡玛尔·宰曼告诉他们园丁病重。他们便问道："谁是那位要到艾布努斯岛去的青年？"卡玛尔·宰曼回答就是他。随后他请他们把油罐搬上船。水手们把油罐搬上船后对他说："现在风势很好，马上就要开船了，你快些来吧！"卡玛尔·宰曼将自己的行装运上船后，又回到园丁那儿向他告别。此时园丁已处于弥留之际。他坐在他身旁。一会儿，园丁就死去了。他把他的眼睛阖上，给他穿上殓衣，并将他掩埋好，这才匆匆朝商船跑去。不料，商船久等他不来，已经启程开航。如今正在海上乘风破浪行驶，不一会儿便从他的视线中消失了。卡玛尔·宰曼万分懊恼，不知所措，只得神情沮丧地返回园圃，边走边往自己头上撒土。他回到园圃后，将园圃租下，又雇了一个帮手跟他一起干活。他又下到地窖，把剩下的黄金密封在50个油罐内，询问是否还有商船起航，人们告诉他，从这儿出发的商船每年只有一次。他听后十分失望，心中惶惶不安，尤其是为遗失了妻子白都伦的宝石而难过伤心，整日啼哭不止。

商船在海上行驶，一路顺风，不久就到了艾布努斯岛。事有凑巧，那天白都伦正坐在窗边，抬眼望见停泊在海岸边的商船。她内心一阵激动，当即领着身边的大臣、官吏们朝海岸走去，她站在海岸上观察着商船的动静。这时商船上的水手、商人们正往岸上搬运货物。白都伦把船长召来，询问他有关情况。船长告诉她："我们的船上有药材、眼药、药膏、钱币、布帛，以及其他珍稀货物，这些货物用骆驼和骡马要驮好几天才运得完。此外还有各种香料、沉香木粉、印度枣……还有一种十分珍贵的橄榄油，在此地是没有的。"白都伦对橄榄油发生了兴趣，命船长给她弄一些来。船长告诉她："我们这儿有满满50罐橄榄油，可它的主人启程晚了，没有随货物一起来。国王陛下你要多少尽管取好啦。"白都伦说："把它搬到岸上来让我瞧瞧。"船长命水手把50罐橄榄油全都搬到岸上。白都伦打开其中一罐看了看，说："这50罐我都要了。不管它多贵，我都如数付给你钱。"船长说："这种货物在我们国家是很值钱的。它的主人没一块前来，他是一个很穷的人。"白都伦问："究竟值多少钱呢？"船长答道："1000银币。"白都伦说："好，我用1000银币买下它。"随即，她命人将50罐橄榄油全部运到宫里。

入夜，白都伦命人取来一罐橄榄油。这时屋里只有她和哈娅图，努芬丝两人。她将罐口打开，想用一个碗舀一些橄榄油出来，不想盛在碗里的却是金光灿灿的黄金。她对哈哑图·努芬丝说："瞧，这黄金是怎么回事？"随后，她检查所有的油罐，发现里面全藏着黄金，橄榄油和橄榄只是其中很小的一部分。她在翻检黄金的过程中，发现一颗红宝石。她拿在手上仔细端详，认出这就是她佩在腰带上被卡玛尔·宰曼取走的那颗宝石。她感到无比兴奋，大叫一声，随即昏厥过去。

白都伦苏醒后，心想：这颗宝石造成了我和丈夫卡玛尔·宰曼的分离。如今它又失而复得，这是一个好兆头。她对哈娅图·努芬丝说："这颗宝石的发现，是我和丈夫团聚的象征。"天亮后，她临朝听政，命人把船长召来。船长奉命前来，在她面前叩吻毕。白都伦问他："你们把橄榄油的主人抛在什么地方了？"

陛下，他现在在拜火教徒的国家里。他是个穷园丁。"

"如果你不把他带到我这儿来，你和你的船只将要受到的损失，你是很难预计的。"

白都伦下令封闭商人们的货仓，对他们说："这橄榄油的货主是我的债户，他现在欠着我的债。如果你们不把他带到这儿来，我就全杀了你们，没收你们的货物。"

商人们跑去见船长，愿意付给他船钱，让他再跑一趟，并哀求他说，"你让我们摆脱这暴君吧！"

船长只好重新上船，启帆返航。天公作美，一路顺风，在一个傍晚时分到了卡玛尔·宰曼居住的地方。卡玛尔·宰曼由于思念妻子白都伦，整日心神不安，悲伤啼哭。这晚正坐在园中愁思，忽见船长推门进来，不由分说，命水手们将他抬上船，当即扬帆起航，在海上日夜行驶。卡玛尔·宰曼不明白究竟发生了什么，便询问水手们。水手们告诉他："你欠了艾布努斯国国王——老国王艾尔玛诺斯女婿的钱。你这坏东西，你偷了人家的钱。"

"我一生从未到过那个国家，怎么会欠那个国王的钱呢？"

不久，船到了艾布努斯国，靠在海岸边。船长把卡玛尔·宰曼交给白都伦国王。白都伦一见，知是自己的丈夫卡玛尔·宰曼，便吩咐仆人将他带走，先到澡堂洗浴。她释放了商人们，又赏给船长一万金币。随后她回到后宫，把情况告诉了哈娅图·努芬丝，对她说："你要替我保守秘密，直到我达到目的，做一件流传史册，让后来的帝王和普通百姓都知道的事情为止。"

她命人将卡玛尔·宰曼带到澡堂洗浴。浴毕，给他穿上王公贵族的衣服。当卡玛尔·宰曼从澡堂出来时，已是焕然一新，英姿勃勃，恢复了昔日的精神，愈发显得漂亮娇美。他来到宫中，晋见国王。白都伦见丈夫前来，抑制住内心的激动，以便按照她的计划行事。她赏赐给卡玛尔·宰曼许多奴婢，送给他一个金库，把他从一个官位升到更高的官位，最后使他成为主管国库的官员，掌握财政大权。她还让他结识满朝文武大臣，受到他们的尊重。她对他每天待如贵宾，优礼有加。卡玛尔·宰曼不明白国王为何如此敬重他。由于手中有了大量钱财，他便慷慨大方地施舍馈赠，不仅获得了老国王艾尔玛诺斯的好感，而且受到宫中上下从文武大臣、王侯公卿到奴婢仆人，以及普通百姓的喜爱。卡玛尔·宰曼对国王对他的敬重感到诧异，心想：指安拉起誓，此种厚爱必定事出有因。他对我过分的青睐，是否出于一种不好的动机呢？看来我必须告辞还乡了。于是，他前去晋见国王，对她说："陛下，蒙你对我恩宠有加，百般眷顾。现在我要请你允许我告辞还乡，并带上你所赏赐给我的所有东西。"

白都伦笑道："是什么使你要急急离去，去受跋涉的劳顿和旅途冒的风险呢？而你在我这儿高官厚禄，备受尊重，还有什么不满足的吗？"

"陛下，这种过分的尊重如果不是别有原因，也是奇中之奇的事了。尤其是那些本该是德高望重的长者获得的爵位，却赐给了我这样一个年轻的孩童。"

"你不明白其中的原因吗？原因就是我喜欢你超群的美貌和标致的模样。如果你能满足我的愿望，我会加倍信任你，使你成为我的宰相，尽管你年纪不大，就像人们把年纪轻轻的我立为国王一样。今天，孩童的作用已经无人怀疑了。"

卡玛尔·宰曼听了这话，顿时羞红了脸，说道："我不需要这种导致丑行的信用。我宁愿生活贫困，也要维护尊严。"白都伦说道："希望你不要再回避和拒绝。安拉安排的事是注定要发生的。其实我比你更担心陷入迷途。"卡玛尔·宰曼说："你后宫有着数不清的美丽宫娥彩女，你可以为所欲为。你还是放过我吧。"白都伦说："你这话是说得不错，不过她们都代替不了我对你的爱慕。"卡玛尔·宰曼听后，知道事情已不可避免，便说道："陛下，如果要做那种事，请你向我担保，只做一次。从此之后，你别再来找我。也许安拉会原谅我的丑行的。"白都伦说："我向你保证，并祈求安拉允许我们忏悔，用他的恩德抹去我们的罪过。"白都伦向卡玛尔·宰曼保证：他们之间的事只发生一次。在此条件下，卡玛尔·宰曼随白都伦来到卧室。他口念"一切无能为力，只盼安拉解救"，随后极为害羞地脱下衣裤，伤心地流下泪水。白都伦见状十分高兴，让他和她一起上床，并说："今夜之后，再也不会有丑事发生了。"说毕，翻身紧紧拥抱和亲吻卡玛尔·宰曼，四条腿彼此交缠在一起。白都伦对他说："你用手揉搓我两腿中间那东西，也许它会挺立起来。"卡玛尔·宰曼哭道："我一生从未做过这种事。"白都伦说道："以我的生命起誓，你必须做我命令你做的事。"卡玛尔·宰曼只好伸过手去，心儿紧张得怦怦直跳。他发觉国王的两腿像丝绸那么柔软，像奶酪那么细腻，他感到一阵愉快和舒适，便用手摸遍她的全身，直摸到她的两腿间。他暗想："也许这国王不男不女，是个中性人。"于是他说道："国王陛下，怎么我没发现你身上的男性那东西呢？你怎么能干那种事呢？"这时白都伦仰倒在床上，哈哈大笑，说道："亲爱的，你怎么这么快就忘记了我们在一起相处的日子呢？"她让他好好看看自己。卡玛尔·宰曼认出他面前的就是他朝思暮想的妻子白都伦，于是兴奋地和她拥抱在一起，彼此互相热烈地亲吻；然后两人躺在床上，各向对方讲述了自己的经历和遭遇。卡玛尔·宰曼责备白都伦道："今晚你怎么这样对待我？"白都伦说："别生气，我只是和你开开玩笑，散散心。"当晚两人恩爱缠绵地度过了一宿。

天明之后，白都伦去见老国王艾尔玛诺斯，把自己的真实情况告诉了他，说卡玛尔·宰曼是她的丈夫，后来失散分开了，并告诉他的女儿哈娅图·努芬丝现在仍是处女。艾尔玛诺斯听完白都伦的故事，感到十分惊奇，当即命人将它用金水记录下来，作为史料保存。他随即把卡玛尔·宰曼召来，问他："尊贵的王子，你是否愿做我的女婿，娶我女儿哈娅图·努芬丝为妻呢？"

"这事我要与白都伦公主商量，因为她有大恩于我。"

卡玛尔·宰曼就此事与白都伦商量。她对他说："这是个好主意，你答应和公主结婚吧！从今后，我就做一个奴婢，好生侍候她，因为她对我恩重如山，要是没有她父亲，也就没有我的今天了。"卡玛尔·宰曼见她爽快地同意，而且对哈娅图·努芬丝没有丝毫的妒意，自己也就拿定了主意。他告诉老国王艾尔玛诺斯说，白都伦同意这桩婚姻。老国王听后十分高兴，当即临朝，召集文武百官前来，告诉他们关于卡玛尔·宰曼和白都伦的故事，并说他要把女儿哈娅图·努芬丝许配给卡玛尔·宰曼为妻，由卡玛尔·宰曼代替白都伦成为国王。众大臣听后，说："我们都愿意卡玛尔·宰曼成为我们的国王。我们都愿意服从他，决不违抗他的命令。"艾尔玛诺斯国王听后，十分高兴，召来法官和证人，为卡玛尔·宰曼和哈娅图·努芬丝缔结婚约，在全国大张筵席，以示庆贺，同时奖赏文武百官，赈济普通百姓和穷人，释放囚犯，昭示天下，卡玛尔·宰曼接替王位，成为艾布努斯国的新国王。群臣和百姓山呼万岁，祝他健康长寿，美满幸福。

卡玛尔·宰曼继位后，处事公正廉明，广施仁政于天下，深得群臣与百姓的拥护和爱戴。从此他和妻子白都伦和哈娅图·努芬丝幸福美满地生活在一起。

郅溥浩　译

一对殉情的恋人

古代，在哈伦·拉希德哈里发时期，有一位商人名叫艾布·哈桑。他家资富有，容貌姣好，人人都愿和他交往。他不经许可，便可进入哈里发宫廷，哈里发的朝臣们和后妃们都喜欢他。他是哈里发的酒友，两人常在一起吟诗作乐、饮酒闲谈。他平时在市场做买卖。一天，他的一个名叫阿里·本·伯卡尔的朋友来到他的店中。阿里是一位外国王子，面容秀丽，两颊红润，心胸开阔，谈吐儒雅，身躯颀长，一表人材，正当他俩坐着谈话时，走来十位月儿般美丽的女郎。其中，一个乘坐在一匹佩有金银雕饰、绸缎织成的鞍子的骡子上。她们走到艾布·哈桑的店门口，女郎从骡子上下来，走进店中坐下，与艾布·哈桑互相致了问候。阿里看见女郎，神情张惶，忙欲起身告辞。女郎将他止住，对他说：

"为何我们来，你要走？这未免有失礼仪吧？"

阿里说："我确实是在回避我所看见的。"

女郎听后，嫣然一笑，问艾布·哈桑：

"这青年姓甚名谁？打从哪儿来？"

艾布·哈桑说：

"这青年名叫阿里·本·伯卡尔，是位外国王子，应该受到尊敬。"

女郎说道：

"如果我的婢女到你这儿，你让她把他带来。"

艾布·哈桑表示听命。女郎随即起身上路。阿里对所发生的事一时摸不着头脑。

377

过了一个时辰，一个女婢前来，对艾布·哈桑说：

"我的主人让你和你的朋友前去。"

艾布·哈桑站起身，带着阿里径直朝哈伦·拉希德的王宫走去。女婢将他俩带至一间小厅，让他俩坐下。厅中陈设着案桌，上面摆满了美味佳肴。他俩饱饱吃了一顿，然后洗手毕。女婢端来饮料，两人喝过，女婢令他俩起身，将他俩带至另一间小厅。小厅有四根圆柱，铺设着各种豪华精美的家具，就像是精灵们居住的宫殿一般。正当两人惊叹不已，尽情观赏着这一奇观异景时，走进来十个女郎，其中一个名叫莎姆苏·纳哈尔，她的容貌好似众星中的月儿般美丽，一头秀发披散在肩头。她身穿一件蓝色绸缎绣金衣，腰间围着丝巾，上面缀着各式各样的宝石。她轻摇玉步，婀娜地走了进来，坐在床垫上。阿里一看见她，即心动神摇，不能自持。他对艾布·哈桑说：

"如果你是我的朋友，就应在那女郎进来之前告诉我，好使我有所准备，把持自己。"

说毕，他便抽泣起来。艾布·哈桑对他说：

"兄弟，我全是为了你好。我怕先告诉你后，由于情绪过度，反倒会阻止你和她会见。你安心吧，如今她已走来和你相会。"

阿里问道：

"请问这位女郎的芳名？"

艾布·哈桑说：

"她叫莎姆苏·纳哈尔，是哈伦·拉希德哈里发的宠妃。这儿是王宫。"

莎姆苏坐在床垫上仔细地端详阿里俊美的面容，两人互相产生了爱慕之情。莎姆苏命婢女们各自坐在床垫上，让她们弹奏歌唱。婢女们依次演唱着一首首爱情歌曲。唱毕，阿里不禁长吁短叹，热泪盈眶。莎姆苏见状，心中燃起爱的炽火，从床垫上站起，走向通往顶楼的门旁，阿里也跟了过去。两人热烈拥抱，顿时昏倒在门边。众婢女过去将他俩抬起，送上楼顶，将玫瑰水洒在两人脸上。两人苏醒过来，不见艾布·哈桑，莎姆苏问道：

"艾布·哈桑在何处？"

其时，艾布·哈桑有意躲在床垫边，闻声站了出来。莎姆苏向他致意后对他说：

"我祈求安拉奖赏你，你这做好事的人。"

然后她走近阿里，说道：

"我的主人，我爱你像你爱我一样。我们现在只有忍耐。"

阿里说：

"我的女主，与你再聚的机会不会太长，心中的炽火不会熄灭，对你的爱只有当生命完结时才会消失。"

说完便痛哭起来，泪如泉涌，挂满两腮。莎姆苏也跟着他哭泣起来。

艾布·哈桑说："你们的情况令人不解和奇怪。你们相会在一起尚且如此，一旦分开又会怎样呢？现在不是忧伤和哭泣的时候，而是欢乐和幸福的时刻。"

莎姆苏随即吩咐一婢女离去。一会儿，婢女和十个女侍抬上来一张银面桌子，上面摆满了美味佳肴。她们把桌子摆在莎姆苏面前。莎姆苏招呼阿里一块进餐。食毕，把桌子撤去，两人洗过手，女侍们拿来沉香粉和玫瑰水，分别洒在两人身上。然后，她们又用金盘端来各种可口的饮料和水果。继之，她们又端上一个玛瑙盆，里面盛满了葡萄酒。莎姆苏挑选了十个女侍站在她跟前，又选了十个歌女留下，其余的女婢则回到原处。她令歌女弹唱起来。当歌女演唱完一曲，莎姆苏便将酒杯斟满，让阿里一饮而尽。当歌女再演唱完一曲，莎姆苏又斟满一杯，递给艾布·哈桑，艾布·哈桑一饮而尽。随后，她拿起琵琶，说道：

"只有我方能为我的杯中物歌唱。"

说毕拨动琴弦，吟道：

外国童话名篇精选

爱情之火在胸中炽热，

两行泪珠在腮边潸然；

害怕分离而哭泣不停，

无论相会还是离别，

泪水呀总是绵绵不断。

阿里、艾布·哈桑和在座的人听了莎姆苏的吟唱，都感叹、兴奋不已。

正在这时，一个婢女前来，她因恐惧而浑身颤栗，说道："我的女主人，哈里发来了。他已经走到门口，随同他来的还有阿菲福、马斯鲁尔和其他人。"

众人听后，害怕得要死。莎姆苏笑着对众人说："不必担心。"随即对女婢说："你去稳住他们，让我们有足够时间从这儿离去。"

然后，她命令将楼顶门关上，放下帷幕，让众人藏匿其间。随后关上门厅，便走到花园，坐到垫子上，让一个婢女为她捶脚，命其他婢女各回原处，又让一个婢女将门打开，等待哈里发的到来。不一会，马斯鲁尔和二十名手执宝剑的随从走了进来。他们向莎姆苏致礼问候，莎姆苏问他们为何前来。他们回答说：

"哈里发向你问候。哈里发近日未见到你而深感寂寞。他告诉你，今天他心情颇佳，想在此时此刻见到你。是你到他那儿去呢？还是他到你这儿来？"

莎姆苏站起身，叩吻地面，说道：

"奴婢遵从哈里发的意旨。"

随即命女管家和女婢们前来收拾准备，以迎接哈里发。这里的东西应有尽有。她对马斯鲁尔和众随从说道：

"你们到哈里发那儿去，告诉他，过一会儿，我将这里铺设安排妥当，等候他的光临。"

众人随即离去。莎姆苏快步走到情人阿里身边，将他拥到胸前，与他告别。阿里恸哭不止，说道：

"我的女主人，即将分手，让我充分享受你的爱。也许一别之后，我会因思念你而失去生命。我祈求安拉，使我能忍受因爱你而遭受的折磨。"

莎姆苏说道："那失去生命的将是我。你可以回到市场，与朋友欢聚，在心中保有你的爱。而我，将陷入灾难之中。我已许诺与哈里发相见。也许，由于思念你、热恋你，与你分别的忧思将使我陷入极大的危险中。我将用什么样的歌喉来吟唱呢？我将以什么样的心情去见哈里发？用什么样的话语与他交谈呢？我将用什么样的眼光去看你藏匿的地方？我怎么能去出席你不在的场合呢？没有你，我又将以什么样的滋味去饮酒呢？"

艾布·哈桑说："你要忍耐，别犹豫。今晚要好好陪哈里发饮酒，别让他看出你的破绽。"

正当两人谈话时，婢女前来说哈里发的侍从已经到来。莎姆苏忙站起身，对婢女说：

"你将艾布·哈桑和他的朋友带到俯视花园的天窗上去，让他们躲在黑暗中，然后设法把他们带出去。"

婢女将他俩带至天窗，关上门便走了。他两人注视着花园。突然哈里发来了。在他面前走着100名手执刀剑的侍卫，四周有二十名面如满月的侍婢，她们每人都穿着最华丽的服装，各戴着一顶镶着珠宝的头冠，手里擎着一枝点燃的蜡烛。哈里发在她们的簇拥下走进花园。马斯鲁尔、阿菲福和沃绥弗在前面开道，哈里发步履蹒跚跟在后面。莎姆苏和全体婢女站了起来，到花园门口迎接哈里发。她们匍匐在他面前叩吻地面，然后随他往前走。哈里发走到床垫前坐了下来。花园里的男女仆从都侍立在他四周。蜡烛放射出明亮的光芒，管弦之声悠扬入耳。一会儿，哈里发命众人离去，坐在四周。莎姆苏坐在哈里发的坐垫旁，与他交谈着。艾布·哈桑和阿里看着、听着这一切，哈里发却看不见他们。哈里发和莎姆苏戏谈了一会儿，命人将顶楼打开，点燃蜡烛。原来黑暗的顶楼顿时照得如同白昼。仆从们开始将各种饮食端了上来。艾布·哈桑内心叹道：

"这些饮食和器皿我一生从未见过，这些珠宝玉器我也从未听说过，真是令人眼花缭乱，心荡神怡，好似身处梦境中一般。"

而阿里则因与莎姆苏分离，极度的情思使他一直神智不清。当他苏醒后，看见眼前的一切，对艾布·哈桑说：

"兄弟，我怕哈里发看见我们，知道我们的情况。我特别担心你。而我，由于思恋成疾，恐怕将不久于人世。我祈求安拉让我们摆脱眼前的灾难。"

正当阿里和艾布·哈桑观察着下面的一切时，下面已经摆设停当。哈里发命一歌女献上一曲。歌女当即拨动琴弦：

　　阿拉伯少女远离开家乡，

　　她思念故土的一草一木；

　　假如她能重新骑上骆驼，

　　她的情思就会炽热似火，

　　胜似我对她的恩宠眷恋，

　　瞧，

　　在爱上我已经铸成大错。

莎姆苏听后，当即从坐椅上昏倒在地。婢女们慌忙将她扶了起来。阿里从天窗上见此情况，也当即昏倒不省人事。艾布·哈桑叹道：

"你俩真是一对爱情的孽种。"

这当儿，先前那个婢女走来，说道：

"艾布·哈桑，你和你的朋友赶快起来，从这儿下去。现在的情况已经异常紧迫。我怕我们的事情暴露，现在赶快走吧！"

艾布·哈桑说：

"这位青年如何起得了身？"

婢女用玫瑰水喷洒在阿里脸上。阿里苏醒后，艾布·哈桑扶着他，与婢女一道走下天窗。婢女打开一扇小铁门，三人走到一个台阶下。婢女拍了拍手，一只小船迎面而来。婢女和两人上了船，对艄公说：

"将他俩送到对岸去。"

在船上，阿里举目望着顶楼和花园，依依不舍地离去。婢女令艄公加速摇桨，船儿载着他们飞快朝对岸驶去。不一会儿抵达对岸。婢女向他俩告别说：

"本来我不应离你们而去。但我不能到比这儿更远的地方。"

说毕婢女便随船离去。阿里依在艾布·哈桑身上，难以站立。艾布·哈桑说：

"此处盗匪出没无常，很不安全，我怕我们会遭到不测。"

阿里步履维艰地朝前走着。艾布·哈桑有一些可靠的朋友住在河这边。他们向其中一人的家走去。敲开门，主人立即迎了出来，将他们引进屋。入座后，主人询问他们到此的原因。艾布·哈桑说：

"我们这时出来，是因为有一人向我借钱出远门。我和阿里到此后，却未看见此人。今晚我们很难回城了，只好到你这儿借宿一夜。"

主人对他们表示欢迎，并盛情款待他们。天亮后，两人告别主人。慢慢走回城里艾布·哈桑的家。小憩一会儿后，艾布·哈桑命人将房间布置一新。他想要好好安慰阿里一番，因为他认为只有他才最了解自己的朋友。而阿里醒来后则让人端来水，沐浴后，补做了一天未曾做过的礼拜，口中喃喃自语。艾布·哈桑见状，走过去对他说：

"兄弟，今晚你就住在这儿，好好开开心，解除心中的烦愁。"

阿里说："兄弟，你做你想要做的，我是无望获救了。"

艾布·哈桑命仆从召来朋友、歌女，一块吃喝玩乐，直至夜晚。他命人点燃蜡烛，继续觥筹交错。同时歌女拨动琴弦，开始唱起情歌：

时代的箭矢射中了我，

使我心力交瘁，疲惫不堪，

不得不离开深恋的情人。

箭矢不断地射向我，

使我终于失去了耐心；

而在这之前，

我曾是个精明的算计者。

一曲唱毕，阿里顿然昏倒在地，直至黎明方才苏醒。艾布·哈桑对他感到失望。当阿里要求回到自己家里时，艾布·哈桑出于爱护他的考虑，没有阻拦他。他命人牵来一匹骡子，让他骑上，与他一同返回他家。抵家后，艾布·哈桑庆幸自己摆脱了这一困境，同时也好言劝慰他。而阿里由于极度的情思，仍然神情恍惚。艾布·哈桑向他告别时，阿里对艾布·哈桑说：

"兄弟，希望我们之间不要断了消息。"

艾布·哈桑允诺后，随即离去，回到自己的店铺。

不一会儿，先前那个婢女来到艾布·哈桑店中，神情显得不安和忧伤。两人互致问候后，艾布·哈桑问她关于莎姆苏的情况。婢女道：

"我将告诉你她的情况。阿里怎么样？"

艾布·哈桑将阿里的情况从头至尾告诉了她。婢女惊诧、感叹不已。随即说道：

"我的女主人的情况比他还不可思议。你俩走后，我仍放心不下。没想到你俩会得救。我返回后，见女主人躺在顶楼，一句话也不说。哈里发坐在她身旁。没人告诉哈里发关于她的情况，他对发生了什么也不明白。她一直睡到半夜方才苏醒。哈里发问她：'你怎么啦，莎姆苏？'莎姆苏听到哈里发的问话，随即起身叩吻哈里发的脚面，说道：'陛下，但愿我为你献出一切。我感到肠胃不适，腹内火燥，于是便昏倒了，人事不省。'哈里发问道：'白天你都用过什么？'莎姆苏回道：'有一样食品我从未吃过，可能吃多了，消化不良。'然后她要来饮料，用毕，她恳请哈里发龙颜重欢，于是哈里发又重新坐定。我来到莎姆苏跟前，她偷偷问我你俩的情况，我告诉了她，说到阿里离去时恋恋不舍的情景，她沉默不语。哈里发坐下后，命歌女吟唱。歌女吟唱道：

与你别离之后，
生活对我已失去意义。
如今，你有什么消息？
我抛洒的相思之泪，
犹如心儿在喷血；
但愿你在分离之后，
也终日热泪长流不歇。

莎姆苏听后，不觉又昏厥过去。我抓住她的手，向她脸上喷洒玫瑰水。她醒来后，我对她说：'女主人啊，你别毁了自己和这室中的人。以你恋人的生命起誓，你要忍耐才是。'她说：'难道有什么比死更难的事吗？我真是求之不得啊。死亡对我只是一种解脱。'正当我们谈论时，歌女又吟唱了一曲感人肺腑的情歌：

人们说：
欢愉之后便是忍耐。
我说：
相爱的情人已然分离，

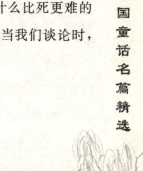

忍耐二字又从何谈起，

我与她立下山盟海誓，

只有当相聚拥抱之时，

忍耐的羁勒才会消逝。

莎姆苏听后，当即又昏厥过去。哈里发见状，急急走到她跟前，命人将饮料拿开，各人回到自己的处所。他陪伴莎姆苏一直到天明，召开医师，命他们给她诊治。他并不知道她是因思恋过度而起。我一直呆在那儿，直到肯定她不会再度发作，方才到你这儿来。她命我打探阿里的消息，我安排好照料她的人后便离开了她。"

艾布·哈桑听后，不禁感慨万端，对她说：

"我将转告他你所说的全部情况。你回去告诉你的女主人，向她致意，让她忍耐，告诉她要严守秘密，我了解她的处境。这事儿颇为困难，需要好好策划才是。"

婢女向他道谢后便告辞而去。

艾布·哈桑一直呆在店里。天一黑，他便将店铺锁上，去到阿里的住所。阿里见他前来，面上露出笑容，说道：

"艾布·哈桑，你怎么这么晚才来？我的生命全系在你身上了。"

艾布·哈桑说：

"不要这样说，如果我能为你作出牺牲，定当效劳。今天莎姆苏的婢女前来说，因哈里发在她的女主人前久坐，故而她姗姗来迟。"

随后艾布·哈桑将婢女讲述的有关莎姆苏的情况一一告诉了阿里。阿里听后长吁短叹，继而哭泣着对艾布·哈桑说：

"我只盼着你解救我了。今晚请在我这里过夜，以便我得到安慰。"

艾布·哈桑答应了他。两人在一起谈到深夜。阿里思念莎姆苏，情动于衷，不禁双泪长流，大叫一声，随即昏厥过去。艾布·哈桑以为他已经死了。阿里一直到黎明方才苏醒。艾布·哈桑陪他坐了良久，方才告别他回到自己的店铺。一会儿，那婢女前来，两人互相致意。婢女转达了她女主人对艾布·哈桑的问候，随即询问阿里的情况。艾布·哈桑说：

"你别问他的情况和他的情况了。如今他已是食不甘味，寝不安眠，心烦意乱，日渐消瘦。"

两婢女说："我女主人的情况比他更甚。她写了一封信给阿里，嘱咐我一定要带回音给她。瞧，信在这儿。我俩是否去阿里那儿，以便取得回音？"

艾布·哈桑与婢女一同来到阿里住所。他让婢女在门口等候，自己先走进屋里。阿里见他前来，十分高兴。艾布·哈桑对他说：

"莎姆苏派婢女前来给你送信，她现站在门口，是否让她进来？"

婢女进得屋来，阿里便问她莎姆苏的情况。婢女说她尚好，随即将信取出给他。阿里将信拿在手中，反复亲吻，读罢后将它递给艾布·哈桑。艾布·哈桑接在手中展读，只见上面写道：

敬启者：

给你写去难以表述内容的信。我一直不曾安眠，内心一直不曾停止思念。我好像从来不知健康和欢乐为何物，我从来不曾看见过美好的景色，从来不曾享受过幸福的生活。我似乎生来就被爱情折磨和烦恼。我是憔悴的同义语，是爱情的孪生物。怨诉浇不灭灾难之火，但它能安慰被情爱和分离所苦恼的人。我只能经常提到"相聚"一词而自慰。诗人说得好："如果爱情没有愉悦和烦恼。那么往来情书又有何味道？"

阿里读罢后说道："向你的女主人致意。告诉她我对她的情爱，这爱已然和我的血肉联结在一起，我需要人将我从这不安与濒死中解救出来。"

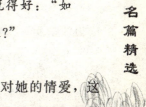

387

说毕放声大哭，婢女也随他哭了起来。随后婢女告别他，与艾布·哈嗓一同出来。

艾布·哈桑回到店铺后，心里非常不安。次日，又到阿里家中。他对阿里说：

"我从没听说过也没见过像你这样的爱情。如今你已是情思成疾，染病在身。你爱着一个与你相爱的人。假如你爱着一个背叛你的人，那情景又会怎样呢？"

阿里表示理解并感谢。

艾布·哈桑有一个朋友，只有他了解艾布·哈桑和阿里的情况。一次朋友前来，问起阿里和婢女的事。艾布·哈桑告诉了他们最近的见面。他对朋友说：

"我正有一事想告诉你。"

朋友问是何事。

艾布·哈桑说：

"你知道，我是一个在男女间穿针引线的人。我怕阿里和莎姆苏之间的事情暴露。这将使我陷入灾难。我的钱财将被查抄，家庭将遭到毁灭。我已拿定主意，带上我的钱，打点好行李，到巴士拉城去居住，在那里观察他俩的情况而没有一个人知道我。他俩已堕入爱河之中，互有消息来往。送信人是一个婢女，她现仍保守着秘密。我怕她一旦厌烦，不慎将消息捅了出去，他俩的事情暴露，从而导致我有口难辩，遭受祸殃。"

朋友说："你确实告诉了我一件重大的事情，智者和有经验的人都应设法避免。安拉将保佑你免于陷入你所担忧的事。你的主意是对的。"

艾布·哈桑于是告别朋友回家，打点行装，准备启程。三天后，他便去了巴士拉。当朋友来找他时，已经人去屋空。邻居告诉他，三天前艾布·哈桑已前往巴士拉处理商务，收取欠债。这朋友一时不知如何是好，他想起了阿里，便前去拜会他。他让童仆通报后，进到屋里，见阿里靠在枕上。双方互致问候。阿里对他的到来表示欢迎。那人对阿里说：

"我和艾布·哈桑是多年至交，互相都不保守秘密，从未停止过交往。三天前，我因有事离开，回来后，见艾布·哈桑的店铺锁着。询问邻居，方知他已前去巴士拉。我知道他和你是亲密的朋友，你是否知道他的有关情况？"

阿里听后，脸色骤变，神情不安，说道：

"我从未听说他出门的事。如果真像你说的那样，那我也无能为力了。"

说罢，泪水潸然而下，然后低头不语。一会儿，他让一个仆人前往艾布·哈桑的店铺，打探他是在家，还是已经出门。如果出门，去到何方。仆人前去，大约一个时辰回来，对阿里说：

"艾布·哈桑的手下人说他已去巴士拉。我见一个婢女站在店门口。我不认识她，她却认识我，问我是否阿里的仆人，我回答是的。她说有一封你最亲密的人致你的信。她跟我来到此处，现就站在门外。"

阿里让人请她进来。艾布·哈桑的朋友此时尚在。他见婢女进来，与阿里互致问候后，便与他悄悄耳语。谈话中，阿里一个劲地指天画地发誓，然后婢女告辞而去。艾布·哈桑的朋友是个珠宝商。他见婢女走后，便上前对阿里说：

"你必然有求于皇宫，或者你与皇宫有什么联系。"

阿里问："你从何而知呢？"

珠宝商说："我认识那个女子，她是莎姆苏·纳哈尔的婢女。一次她到我店中，手中拿着一张纸条，上面写着她的女主人想要一串珠宝。我便让她带去了一串非常名贵的珠宝。"

阿里听后，内心一阵激动，当即昏厥过去。醒来后，问道：

"我的兄弟，以安拉之名起誓，你是怎么知道她的？"

珠宝商说："不要刨根问底了。"

外 国童话名篇精选

阿里说:"你必须如实告诉我,否则我便不与你交往了。"

珠宝商说:"我可以告诉你,但你听后不要忧伤和烦恼。我不向你隐藏秘密,将告诉你实情。但你必须告诉我你生病的真正原因。"

阿里将他与莎姆苏相恋的实情告诉他,并说:"我所以对别人隐藏秘密,是怕有朝一日事情暴露。"

珠宝商对阿里说:"我是出于喜欢你、钦慕你、同情你的别离之苦才与你在一起。但愿我的朋友艾布·哈桑不在期间我能成为你的挚友。你放宽心吧!"

阿里再三对他表示感谢。沉默一会儿后,他对珠宝商说:"你知道那婢女对我说些什么吗?"

珠宝商回答说不知道。

阿里说:"她说是我让艾布·哈桑去巴士拉的。说是我设下了这一计谋,以便断绝彼此音信的往来。我向她发誓说这一切我都不知情。可她不相信,带着这一猜疑去见她的女主人去了,因为她过去一向是听艾布·哈桑的。"

珠宝商说:"兄弟,我从婢女的情况明白了事情的真相,我将帮你达到目的。"

阿里说:"她像匹脱了缰的野马,你如何能说服她?"

珠宝商说:"我将尽力而为,想办法去找她而不被人发觉。"

然后,他告别阿里。行前,阿里一再叮嘱他保守秘密,随之流着泪送别了珠宝商。

珠宝商出得门来,一边走一边思考着如何帮助阿里摆脱困境。正当他在路上走着时,突然发现路边有一张纸。他拾起来,见上面写着字。他往下读,原来是一位恋人写给她恋人的信:

敬启者:

我不知是何原因中断了我俩的联系。即使你表现出了冷

淡，我却仍报之以热忱；即使爱情对你已烟消云散，我却始终
坚贞不渝。

　　正当他读着时，只见一个婢女走来，东找西寻。她见这纸在珠宝商
手上，便对他说这信是她刚才遗失的。他没答理她，而是径直朝前走。
那婢女跟在他身后，一直走到他的住所。珠宝商走进屋，婢女也跟了进
去。一进屋，婢女说道：
　　"先生，这信是刚才我遗失的，你还给我吧！"
　　珠宝商转过身对她说：
　　"你别惊慌，也别忧伤。你把实情告诉我，我会发誓替你保密的，
你别对我隐瞒你女主人的事。也许我能帮你摆脱困境，达到目的。"
　　婢女听后说："只要你保守，秘密就不会泄露；只要你尽力，事情
就能办成。我现在信任你，我将告诉你实情，然后你把信还给我。"
　　说毕，便将她女主人的事全部告诉了他，并说："你现在已成了我
的话的见证人。"
　　珠宝商说：
　　"你是诚实的。我对此事的始末亦耳有所闻。"
　　随后即将阿里对他说的话，全数讲给她听。婢女听后，转忧为喜，
两人商定，由婢女将信带给阿里，然后，由她把她和阿里见面的情况带
回给珠宝商。珠宝商将信交还给她。她接过信后将它封好，说：
　　"我的女主人将信交给我的时候是封好的。阿里读后，如有回音，
我再回到你这儿来。"
　　说毕，婢女告别珠宝商，朝阿里住所走去。进屋后，见阿里似乎
等待什么。她把信交给他。阿里读后，随即写了一封回信交给婢女。
婢女拿到信后，按约来到珠宝商跟前。珠宝商将信拆开，见里面
写道：

外国童话名篇精选

敬启者：

我心中并未失去热忱，也从未产生冷淡，我不会背信毁约，也不会割断情思绵绵。我一直饱尝离别后的酸苦，遗憾惆怅常与我相伴。我不明白你在信中所指，因为你所爱的即我所爱。我的全部心愿，是与相爱的人会聚；我要做的是保守爱情的秘密，即使那会使我身心憔悴。这便是我对我情况的解释。谨致问候。

珠宝商读完此信后，深知阿里内心的苦楚，不由失声痛哭起来。婢女对他说：

"你先别离开此地，等到我回来。阿里对我有所责备，他是对的。我想不顾一切，让他和我的女主人莎姆苏见上一面。我匆匆离她而去，她正焦急地盼着回音。"

说毕，婢女便离去。不一会儿，她又回到珠宝商跟前，对他说："你要提防你身边的婢女和童仆。"

珠宝商说："我身边只有一个年迈的黑女佣服侍我。"

婢女随即将房门关上，让那个女佣去到另外的房间，而将仆人们全部赶出屋外。随后她走出房门。待她返回时，身后跟着一个婢女打扮的女人。她刚进得屋来，满屋香气四溢。珠宝商见那女人进来，站起身，递给她一个靠垫，然后坐在她跟前。那女人坐在那儿不说话。停了一会儿，她揭开面纱，珠宝商只觉得他的房间猛然间像被明媚的阳光所照亮。那女人对她的婢女说。

"这就是你对我谈起的那个人吗？"

婢女回答："是的。"

那女人转身向珠宝商问好。珠宝商也向她问好。女人说：

"是你使我到了你这儿，使我们向你公开了秘密。"

然后，又询问了他家人的情况。珠宝商一一做了回答。珠宝商说：

"我还有另外一所住房，专为兄弟朋友聚会提供方便。除了我向你婢女提到过的事外，我别无他求。"

那女人问他是如何了解事情的始末的。他从头至尾原原本本告诉了她。她对艾布·哈桑的离去唏嘘不已。她继而说：

"你要知道，在欲望方面，人的精神是相通的。人与人要互助，只有通过言行，事情才能完成；只有通过援助，目的才能达到；只有经过劳累才能得到满足；只有依靠仗义之人才能获得成功。如今，我已将我们的事情告诉你。我们的命运掌握在你手中。我们相信没有比你更仗义的人。现在你已然知道，我的这个婢女是为我保守秘密的，为此她深得我的信任，我常委托她替我办事，她是你最可信赖的人，你可将你的事情告诉她。你放心，不必担心你所害怕的事。你遇到什么困难，她会帮你解决。她从我这儿到你那儿去。你当我和阿里传递消息的中间人。"

说毕，她——莎姆苏·纳哈尔站起身，显得体力不支，缓步朝房门走去。珠宝商送别了她，返身回房，坐下来思考。他已然为莎姆苏超群的美貌所倾倒，为她优雅的谈吐所折服，并发现了她身上众多的美德。他定下心来。用罢饭，换了衣服，便朝阿里的住所走去。他见阿里躺在床上。阿里见珠宝商前来，说道：

"你来得太晚了。你使我愁上加愁更添愁。"

说毕，支开所有仆人，令关上房门，说：

"自你走后，我一直未曾合眼。昨天那婢女前来，带给我一封莎姆苏的信。"

阿里叙述了他和婢女间发生的一切，说：

"我对我的事感到犹疑，也逐渐失去耐性。艾布·哈桑是我最亲近的人，他了解那婢女。"

珠宝商听了阿里的话后，笑了起来。阿里问他："你为何发笑？我已然认为你会给我带来喜讯，已然将你作为克服灾难的救星。"

说毕不禁泪如泉涌，哭了起来。珠宝商听了阿里的话，明白他的心

国外童话名篇精选

思，不禁内心酸楚，也陪着他哭泣起来。然后把他与婢女分手后和婢女间发生的事情讲给他听。阿里仔细倾听，听着听着，不由面色黄一阵白一阵，身体也感到不支。直到珠宝商讲完，阿里哭诉着对他说：

"兄弟，总而言之我是死定了，但愿这一天早日到来。我希望在所有事情上你都成为我的伙伴，直到安拉需要的那一刻来临，我一切听从你的安排。"

珠宝商说："只有与你心爱的人相会才能浇灭你心头的炽火，但相会不是在这危险的地方。我有一所住房，就在婢女和她女主人来过的那间房子的旁边。这是莎姆苏亲自选中的，目的是为了你俩的聚会，为了你俩在一起互诉别后衷肠。"

阿里说："那就请你做你认为该做的事情吧！"

珠宝商当夜便住在阿里家里，与他聊天解闷，直到东方发白。珠宝商做过晨祷后便告别阿里出门，回到自己住所。刚进门不久，那婢女便前来。他们互致问候后，那婢女便说："哈里发刚离我们而去。我们那儿空无一人，便于掩护，是个聚会的好地方。"他对她说："你这话是不错。但在那儿相会不如在我的这所住房里，它更便于掩护。"那婢女说："我将回到我女主人那儿，把你的话告诉她。"说毕婢女便离去，向她的女主人复命。一会儿，她回到他的住房，说："我的女主人同意你说的。"然后，婢女从身上掏出一个钱袋，说："我的女主人让我将这些钱交给你，嘱咐你买些必需品。"他发誓说，他决不用她一文钱。于是，婢女将钱取回，又回到她的女主人那儿去了。婢女走后，他来到他的另一间住房，开始收拾洒扫，布置好各种床垫用具、金银器皿，以及美味佳肴和饮料。当婢女前来看见他所做的一切后，表示满意。她让他把阿里带来，他说只有她才请得动他。于是，她便去请阿里。一会儿，阿里在她的陪伴下前来。此时阿里显得容光焕发，神采飞扬。珠宝商见阿里前来，对他表示欢迎，让他坐在一张舒适的垫子上，在他面前摆上陶瓷器皿和水晶盘，里面盛着麝香等香料。珠宝商和阿里在一起交谈了约一个时辰。这时婢女离去，昏礼过后方才回来。她身后跟着莎姆苏·纳哈尔，还有两个婢女。当她和阿里互相见面后，双双昏倒在地上，人事不省约一个时辰。两人苏醒后，互相拥抱，坐在一起亲切交谈。然后，两人用了些饮料。他们双双感谢珠宝商的好意。珠宝商问他俩是否可以进餐，他俩作了肯定的回答。于是，珠宝商给他俩端来了食品。两人用毕，洗过手。珠宝商请他俩换个地方入座，并献上美酒。两人饮毕，微有醉意，互相依偎在一起。莎姆苏对他说："先生，好事做到底。请将琵琶和各式乐器取来，让我们此时玩个尽兴。"珠宝商答应听从吩咐，便取来琵琶等乐器，将琵琶递给她。她取来放入怀中，纤纤玉手，拨动琴弦，边弹边吟唱起来。旁人都为她甜美悠扬的歌声而陶醉。一曲终了，觥筹交错，众人均兴奋不已。继而，婢女又弹唱起来。

珠宝商让阿里和莎姆苏留在房内，便回到自己家中。第二天清晨，他做完晨祷，喝过咖啡，正准备前往他的第二所住房，忽见一个邻居惊慌地跑进屋来说："兄弟，昨晚在你的那所住房里发生了可怕的事情。"

珠宝商问他："兄弟，发生了什么事？请你告诉我。"

邻居说："昨晚一伙盗匪抢劫了邻舍，杀死了某人。他们看见你将东西运到了第二所住房，于是晚上就前去打劫，杀死了你的客人。"

珠宝商和邻居当即动身前往那间住房，发现它已被洗劫一空，所有物品荡然无存。他感到惶惑，说："至于物品，我倒不在乎它们的丢失，尽管有些物品我是向朋友借来的。它们丢失了也不要紧，因为朋友对我的被盗可以谅解。但对阿里和哈里发的宠妃，我只怕他们的事情暴露后导致我失去性命。"珠宝商说毕，停了一会儿，又对邻居说道："兄弟，我的好邻居，你将会为我遮掩一切的。关于此事，你有何指教呢？"

邻居说："我的忠告是，现在你先别声张。抢劫你房间的那伙人，过去曾杀死过哈里发的皇宫警卫，杀死过警察署的官兵，杀死过国家的要人。如今，官方正在各个路口搜捕他们。也许有朝一日盗匪被擒，你用不着费力便会达到目的。"

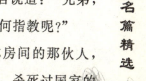

外国童话名篇精选

395

珠宝商听了邻居的话后，便回到自己的住所。

珠宝商回到住所后，寻思道：今天所发生的，正是艾布·哈桑所害怕的。他因此前往巴士拉，而我却陷入困境。

珠宝商住房被盗后，人们从四面八方前来看他。有为他分忧解愁的，也有幸灾乐祸的。他则向人们诉说他的苦衷。他整日不吃不喝。正当他坐在那儿懊悔万分时，童仆进来禀报说门外有一不相识的人要见他。他让那人进来，问他有何事。那人说："请你跟我到你的另一所住房去。"

珠宝商问他："你知道我的那所住房吗？"

那人说："你的所有情况我都知道。我还有解除你烦愁的良方。"

珠宝商同意跟他走。两人来到住房前。那人说："这里没有看门人，不是谈话的地方。你跟我到另一个地方去。"

那人带着珠宝商从一处走到另一处，一直走到天黑。路上，珠宝商什么也没有问他。两人一直往前走，直走到一个空旷的地方。那人让珠宝商紧紧跟着他，两人快步向前来到一条河边，那儿有一条船。船夫将他俩划到对岸。两人下船后，那人牵着珠宝商的手，走上一条小径，来到一所房门前。敲开门，进屋后，那人用一把铁锁把门锁牢，带着珠宝商穿过一条走廊，来到一伙人面前。这伙人共有十个，穿着打扮都一个模样，就像亲兄弟一般。那人和他们互致问候后，他们命珠宝商坐下。珠宝商坐下后，由于疲劳感到体力不支。他们拿来玫瑰水喷洒在他脸上，又端来饮料和食物。珠宝商害怕食物有毒，他们便和他一块吃。食毕，洗过手，各回原位坐定。他们问珠宝商：

"你认识我们吗？"

"我不认识你们，"珠宝商说，"也不认识把我带到这儿来的那个人。"

他们说："你把你的事情从实讲来，不要撒谎。"

珠宝商说："我的事情奇怪而蹊跷。你们是否知道一点呢？"

他们说："是的，昨晚就是我们抢掠了你的财物，带走了你的朋友和那唱歌的女子。"

珠宝商说："愿安拉宽恕你们。我的朋友和那个唱歌的女子现在何处？"

他们用手指着一个地方说："在那儿。不过，兄弟，我们谁都不了解他两人的秘密。自从我们把他俩带到这儿来后，还没人询问过他俩的情况，因为我们见他俩神态威严，不可冒犯，所以我们没杀他俩。你现在就把他俩的真情实况告诉我们。这样你和他俩都会得救。"

珠宝商听了他们的话后，害怕得要命。对他们说："要知道，那女子虽说丢失，但她毕竟在你们手中。而我心中的秘密却是不能公开的，除非你们为我保守秘密。"他想尽量把事情说得严重些。另外，他认为，与他们开诚布公把事情说出来比保守秘密要好。于是他从头至尾向他们讲述了事情的始末。他们听了他的叙述后，问道："那青年就是阿里，那女子就是莎姆苏吗？"他回答："是的。"他们全都走到他俩跟前，向他俩致意道歉，并说："我们从你房间拿的东西，有一部分已经散失，这是余下的部分，我们退还给你。"他们保证将物品送还到珠宝商家中，并答应退还其余的部分。不过，他们在此问题上分成了两派，其中只有一派站在珠宝商这边。然后，珠宝商告辞他们出来。

这是珠宝商的情况。至于阿里和莎姆苏，他俩则恐惧得要死。珠宝商走到他俩跟前，向他俩致意，并问道："那婢女和两个侍女哪里去了呢？"他俩回答说不知道。他们一行人往前走，来到河边一只小船旁。有人将他们送上船，这船就是昨天送珠宝商过岸的船。船夫将他们送到河对岸。正当他们坐下来休息时，忽然有队骑兵包围了他们。送他们来的人一溜烟像蝎子般全跑了，急匆匆上了船，渡到了河对岸。珠宝商和阿里、莎姆苏呆在原地，不能动弹。骑兵走上来问他们是什么人，他们感到难以回答。珠宝商便对骑兵说："你们看见的那些人，我们并不认识。我们也只是刚才在这儿看见他们的。我们三人是卖唱的歌手。他们

397

想要带我们走，要我们为他们唱歌、弹奏。我们花言巧语哄骗他们，使他们打消了这一念头，于是释放了我们。刚才的情形你们已经看见了。"可骑兵们仔细端详阿里和莎姆苏，对他说："你不诚实。快告诉我你们是什么人？从哪儿来？现在要干什么？你们在哪个街区居住？"珠宝商正不知如何回答方好，这时莎姆苏挺身向前，走到骑兵队长跟前，与他悄悄耳语。那队长便从马上下来，让莎姆苏骑上去，并为她牵马，对阿里和珠宝商也同样这样做。骑兵队长就这样带着他们一直往前走着，来到河边。骑兵队长招呼了一声，一群步兵前来，步兵队长和他们登上一只船，他的部下登上另一只船。船在河中行驶，一直来到哈里发王宫。他们浑身发抖，怕得要命。莎姆苏走进了王宫，而珠宝商和阿里等人则重新折返，回到了原来的地方。下了船，那一队骑兵和他俩在一起，一路上安慰他们，直到他们回到阿里的家。他们告别了骑兵，骑兵们便纵马离去了。珠宝商和阿里进到屋里后，都不能动弹，连白天黑夜都分不清楚。就这样到第二天天明，又挨到天黑。这时阿里支持不住，昏厥了过去，躺在床上一动不动，他周围的男男女女全都哭了起来。他的亲属要珠宝商告诉他们阿里发生了什么，怎么会变得这般模样。他对他们说："你们听着，不要让我做不该做的事。你们忍耐些，待他醒来后他自己会告诉你们他的故事。"珠宝商还吓唬他们："不要让我和他们之间的丑闻被揭发出来。"正当他们说着时，阿里在床上动了动身子。他的亲属都高兴起来，但同时却不让珠宝商离开他们。他们用玫瑰水喷洒在阿里脸上。阿里醒后，呼吸变得正常。人们问他究竟是怎么回事，阿里便将他的故事讲述给众人听。在讲述时他显得十分困难和吃力。随后，他又让他们放珠宝商回家。

珠宝商告别阿里后，正往家走时，看见一个女人站在那儿。仔细一瞧才认出是莎姆苏的婢女。他认出她后，便继续快步朝前走，她在后面紧紧跟随。他一边走，一边心里充满疑惧。正走着时，她让他停下来，说有话对他说。他仍然继续往前走，一直走到一个没有人的清真寺。她让他走进清真寺，说要跟他说话，让他不要害怕。他走进清真寺，她也跟了进来。他做了两次跪拜礼之后，站起来，唏嘘着走到她跟前，问她："你究竟发生了什么？"她问他的情况。他告诉她发生的一切，并讲了阿里的情况，然后又问她发生了什么事。

婢女对珠宝商说："当我看见一群人砸开你的门闯进屋时，害怕极了，以为是哈里发派人前来抓我和我的女主人，那样我们就死定了。于是我和两个侍女爬上屋顶，从上面跳下来，混在人群中逃跑了，后来回到王宫。当时我们的样子狼狈极了，心里忐忑不安，就像坐在炭火上那么难熬，但还要装出若无其事的样子。直到第二天天黑，我打开王宫靠河边的门，召来那天送我们过河的船夫，对他说：'我的女主人下落不明，你带我上船沿河寻找，也许能发现她的踪迹。船夫让我上船。我们在河中行驶，直到后半夜，我看见一只船向王宫驶去，一个人划船，另一个人坐在船中，还有一个女人躺在他们中间。船一直划到岸边。当那女人走下船时，我发现她正是莎姆苏。我赶紧让船夫将船划了过来。当我看见她时，真是又惊又喜。在此之前，我差点失去了找到她的希望。"

婢女继续对珠宝商说："当我走近莎姆苏时，她命我给送她回来的人一千金币。我和两个侍女一直搀扶着她，直到侍候她上床。那晚她困顿极了。第二天天亮，我不许任何侍女和仆人进她屋。这样又过了一天。第三天，她方才醒来。我见她面色苍白，像从坟墓中出来一般。我向她脸上喷洒玫瑰水，为她换了衣服，洗了手脚，并尽力安慰她，然后喂她些许食物和饮料，但她毫无食欲。当她呼吸到新鲜空气后，精神略为好转。我对她说：'我的女主人，你要好好保养自己。你已吃尽了苦头，已经到了濒临死亡的边缘。'她说：'以安拉起誓，与其发生这一切，我还不如死了的好。我已是差点必死无疑了。盗匪闯进珠宝商的屋，问我是什么人。我回答我是一名歌女。他们相信了。然后又问阿里，阿里说他是普通市民。他们把我们带走。我们心中充满了恐惧。他们一直把我们带到他们的巢穴。这时，他们仔细端详我，凝视我的服装、首饰、项链。他们对我产生了怀疑，说：'这些首饰、项链不是一个歌女所能有的，又说，'你相信我们，说出实情，你究竟发生了什么？'我什么也没有问答，心想：由于这些首饰、项链，他们会杀死我的。因此，我闭口不言。他们又端详阿里，问他：'你从哪儿来？看你的样子不像个普通市民。'阿里也沉默不语。我们都不肯说出自己的秘密，但同时却伤心地哭了起来。不想，却打动了盗贼的心。他们问我们谁是那屋子的主人？我们告诉他们是一位珠宝商。其中一人说道：'我认识他，也知道他住在另一所房子里。现在我就去把他叫来。'他们把我和阿里分别安置在两个地方，让我们好好休息，不要害怕事情暴露，在他们这儿是安全的。不久，那人把珠宝商带来。珠宝商向他们讲了我们的情况，我们也与珠宝商见了面。后来，他们召来了一条船，把我们载到河对岸，扔下我们就走了。一队夜巡的骑兵前来，问我们是干什么的？我与骑兵队长耳语，说我是哈里发的宠妃莎姆苏·纳哈尔，与宫中大臣夫人们饮酒作乐，喝醉了出门遇见盗匪，他们把我带到这个地方，看到你们前来都逃之夭夭了。你把我送回去，我会奖赏你的。骑兵队长听了我的话后，了解了我，便跨下马，让我骑上，同时也让阿里、珠宝商骑上马，就这样我回到了宫廷。现在我十分思念他们，尤其是阿里的朋友珠宝商。你快到他那儿去，代我致以问候，问他阿里的情况。'我听了她的话后，不免责备她不顾惜自己的健康，劝她要当心身体，她却大声喝斥我。我只好前来找你，却未找到。我不敢径直去找阿里，便站在这儿等你，好从你这儿打探阿里的消息。这里有一些钱给你。你可能从朋友那儿借了一些物品，被盗匪劫掠，你需要赔偿给他们。"

珠宝商说："我遵命就是。"随后，他和她走到他的住处附近，她让他停下来在这儿等着她，她一会儿再回来。

婢女离去后，一会儿又回来，手上拿着钱。她把钱给了珠宝商，对他说：

"我们在哪儿安排他们会见？"

珠宝商说："我现在回到家中，尽力为你们安排。不过，阿里眼下是很难走动的。"婢女告别了他。他带着钱回到家中，数了数，共计五千金币。他将部分给了他的家人，部分给了朋友作为赔偿。他又带着几个仆人回到被劫的那所屋子，雇来木工、瓦匠。他们把屋子装饰一新，恢复得和原来一模一样。他让他的老年黑女仆来照看这所房子。这时，他已经忘记了过去发生的一切。然后，他前去看望阿里。快走近阿里住房时，见他的一群童仆前来，其中一个对他说："我们日日夜夜都在找你。我们的主人说了，谁找到你，谁就被释放获得自由，所以我们都在找你，可就不知道你在什么地方。我们主人的健康已稍有恢复，不过仍时而清醒，时而昏迷。当他苏醒时，总是提到你，说一定要让你来，哪怕一会儿也好。"他和童仆们来到阿里住所，见阿里已不能说话。珠宝商坐在他面前。他睁开眼，看见珠宝商后说："什么事都有个终结。爱情的终结就是死亡，或是相聚在一起。我已经快死了，但愿我在一切发生之前就死去。若不是安拉怜顾，我们的事早暴露了。我不知如何能摆脱我所处的困境。若不是敬畏安拉，我就让自己死去了。兄弟，你要知道，我好似笼中之鸟，心灵已经死亡。这是命中注定的事。"说毕，泪如雨下。

珠宝商对他说："先生，我现在要赶回家去，也许婢女已带了消息回来。"

阿里说："没关系，你去吧！不过请早些回来把消息告诉我。"

珠宝商告别阿里回到家中，刚坐下来，即看见婢女前来，她一边走一边哭个不停，他问她发生了什么事？她说："先生，我们担心的事终于发生了。昨天我离开你后，回到女主人那儿，见她对一个侍女——就是那晚和我们在一起的两个中的一个——非常生气，要命人打她。那侍女非常害怕，就逃了出来，在门口遇到几个侍者，他们让她回到她女主人那儿去。她和他们争执起来。他们安慰她，询问她的情况，于是她将我们的情况全部说了出来。他们禀报了哈里发。哈里发命人将莎姆苏安排到一个特别的房间，派二十名卫兵看守。至今我还未能见到她，也未告诉她这其中的原因。我想，原因就是那侍女。我甚至为自己担心，眼下我十分犹豫，不知该怎么办才好？我也为莎姆苏担心。没有人比我更能为她严守秘密的了。"停了一会儿，她又对我说，"你快些到阿里那儿去，将情况告诉他，让他做好准备。一旦事情暴露，我们好拯救自己的性命。"

珠宝商听了婢女的话后，担心极了，世界在他眼前一片漆黑。婢女想离开，他问她："你有什么主意？"婢女说："我的主意是：你如果是阿里的朋友，想拯救他的生命，你就赶快把情况如实告诉他。我则回去继续打探消息。"说完，她即告辞而去。

珠宝商在婢女离去后，也立即去找阿里，只见他在那儿语无伦次地自言自语。他见珠宝商匆匆而来，便说："你这么快就回来啦？"珠宝商对他说："你别在这儿作无谓的想像啦！发生了可能导致你生命危险的事。"阿里听了这话，当即脸色骤变，感到极大不安，说："兄弟，告诉我发生了什么？"珠宝商把发生的事一五一十地告诉了他，并说："如果你还在这儿呆到晚上，那就必死无疑了。"阿里面如土灰，简直就像死去了一般。待他恢复过来后，问珠宝商怎么办，有什么主意？珠宝商说："我的主意是，你拿上你的钱，带上你信任的奴仆，天黑前离开这所房子。"阿里表示照办。他随即起身收拾，边收拾边唏嘘不止。他时而勉强行走，时而跌倒在地。他收拾停当，向他的家人告别，并告诉了他们他出走的原因。他牵出三匹骆驼，将行李放上去，自己骑上一匹，珠宝商也骑上一匹，然后悄悄出门上路。他们在路上走了一天一夜。第二天天黑时，他们停下来，卸下行李。由于旅途劳累，他们躺下来便睡着了。这时一伙盗匪将他们包围，抢走了他们所有的东西，杀死了奴仆，只留下珠宝商和阿里。遭盗匪抢劫后，他们的样子狼狈极了。天亮时，他们不得不离开此地，来到一个小城镇。他们衣不蔽体地走到一座清真寺附近，在那里坐了一下午。天黑后，他们走进清真寺内过夜，没吃也没喝，天亮后，他们做了晨祈。正当他们坐着发愣时，进来一个人，他向他们致以问候，随即做了两次跪拜礼。随后他仔细端详他们，问道："兄弟，你们是外乡人吧？"他们答道："是的，我们在途中遭遇盗匪的抢劫，便来到这座城镇。这里我们没有认识的人，我们无处安身。"那人说："你们愿意到我家吗？"珠宝商对阿里说："起来，我们跟他去吧！这样我们可以从两方面的困境获救：一是恐怕有人来这儿，知道我们在清真寺，我们会暴露；二是我们是外乡人，在这里无处安身。"阿里说："那就照你的办吧！"那人又说道："外乡来的穷人，你们听我的，到我那儿去吧！"珠宝商答应跟他走。那人脱下他的衣服，让珠宝商和阿里聊以遮掩，并好言劝慰他们。他们跟他来到他的住所。那人敲敲门，一个小童仆把门打开，他们随着他走了进去。那人命人拿出一个包袱，里面装满了各式各样的服装。他给他们每人穿上两件衣服，又给他们每人一个缠头。他们穿戴停当，坐下来小憩。一个婢女端来一张小桌，上面放着食品。他们吃饱后，那婢女把桌子撤去。就这样他们呆到了天黑。

阿里当时唏嘘不已，对珠宝商说："兄弟，我是必死无疑了。我现在就告诉你我的遗言。我去世后，请你告诉我母亲，让她到这儿来悼念我，为我净身。告诉她，对我的去世要坚忍。"说毕便昏迷不醒。待他醒来后，恰巧远处传来一个婢女的歌唱。他一面听，一面时而大笑，时而哭泣。婢女唱的是如下的歌词：

> 那死亡的痛苦瞬间即逝，
> 爱人的分离却长留心中；
> 假若能摆脱掉离愁别绪，
> 就再不用品尝分离之痛。

阿里听清了歌词，长叹了一声，便永远停止了呼吸，死去了。珠宝商见阿里死了,即对房主人说:"我现在去巴格达,告诉他的母亲和亲人,好让他们到这殓尸。"说毕,他便动身前往巴格达。他先回到自己家,换了衣服,然后去到阿里家。当阿里的童仆看见他时,都问他阿里在哪里?他让他们带他去见阿里的母亲,阿里的母亲让他进屋。他向她致以问候并对她说:"安拉愿意的事是无法违抗的,生命的死亡全凭他注定。"阿里母亲听了他的话后,猜测到阿里已经死去,她大声号哭起来,然后对他说:"你告诉我,我的儿子是否已经死了?"他因极度悲伤,一时语塞未能回答她。她见他如此,一声恸哭便昏倒在地,不省人事。当她醒过来时,继续问她儿子的事。他只好说道:"让安拉奖赏你。"随后,他便将她儿子的情况从头至尾告诉了她。她问阿里临死前是否说过什么?他便把阿里的临终遗言告诉了她,并让她赶快前去殓尸。阿里母亲听后,又一次昏迷过去。她醒来后,即决定按她儿子的临终嘱咐去办。

珠宝商这时返回自己家中。一路上他不停地回忆与阿里在一起的日子,为他正当青春年华去世感到惋惜。正走间,一个女人抓住他的手,他定睛一看,原来是莎姆苏的婢女。她面上显出忧伤的神情。他们见面后,都痛苦起来。他们一起走到珠室商家。他问她:"你知道阿里的情况吗?"她答不知道。他便把阿里的情况一五一十地告诉了她。他又问她莎姆苏的情况如何?她说:"哈里发由于极爱莎姆苏,不相信任何人说的关于她的坏话。他对她做的一切事都往好的方面想。他对莎姆苏说:'莎姆苏,你是我最亲爱的人。尽管你的仇敌攻击你,但我都为你承担了下来,他命人收拾好一间房子给她住。她在哈里发那儿受到更大的宠幸。他跟她约定,像往常一样,他在某天到她这儿来,一块宴饮聊天。那一天到来时,哈里发命侍女们各坐在自己的坐垫上,让莎姆苏坐在他身旁。此时莎姆苏已然是心绪全无,焦躁难耐。哈里发命一婢女操琴歌唱。那婢女即吟唱道:

我怎能保密怎能压抑恋情，

我对你强烈的爱表露无遗，

失去心上的人我宁愿死去，

也许我死后有人感到欣喜。

当莎姆苏听到吟唱后，坐立不住，跌倒在地。哈里发扔下酒杯，将她拥到怀中，大声呼喊她，婢女们也长吁短叹。哈里发将她身子来回翻动，发现她已然死去。哈里发对她的死悲伤不已，命人将屋内的一切，包括乐器，全都砸碎。哈里发将莎姆苏抱至一个房间，守着她直到天明。他命人给她净身，盛殓后下葬。哈里发对她的死悲痛万分。可没人问起过她的情况，也没人问起过她究竟发生了什么？

婢女对珠宝商说："我希望你告诉我阿里出殡的日子，并带我一起去为他送葬。"

珠宝商说："我无论在哪儿你都会找到我。至于你，又有谁能找到你呢？"

婢女说："莎姆苏死后，哈里发下令释放她的婢女和女侍，我也在被释放之列。如今我们住在她的寝陵附近。"

珠宝商和婢女一起来到莎姆苏的寝陵，祭奠了她。正当他往回走的时候，忽然看见阿里的殡葬队伍走了过来，巴格达的人群全都出来向他送别。巴格达城还从未有过比这更隆重的出殡仪式。他看见婢女在送殡队伍中，显得比谁都难过。他们就这样成群结队来到墓地将阿里安葬。过一些时候，他便去为阿里和莎姆苏扫墓。

这就是一对殉情而死的恋人的故事。

郅溥浩　译

外国童话名篇精选

终身不笑者的故事

从前，有一个富人，他家财万贯，奴婢成群。可是天公不作美，没有多久他便去世了。他只有一个儿子，继承了他的财产。这儿子长大后，不走正道，结交了一些不三不四的朋友，终日花天酒地，歌舞声色，纵情享乐，挥霍无度。不久，他花光了父亲给他留下的全部财产，变得一无所有。他先是卖奴隶婢女，继而卖家中财物，再而卖田地住宅。如今，他两手空空，为了维生，他只好加入到卖苦力打工者的行列，如此过了一年。

一天，他蹲在墙脚等待前来雇他打工的人。这时，走来一个穿着华丽、相貌不俗的老人，向他致礼问候。青年见状，忙问道：

"大叔，你从前认识我吗？"

"我从前不认识你，孩子，"老人说道，"不过，我见你虽身处下贱，但仍脸带福相。"

"唉，我命中注定要吃苦受穷，还说什么福相不福相。"青年说："这位大叔，你有什么活要让我干吗？"

"是的，孩子，我要雇你干点简单的活计。"

"是什么活计呢？"

"听着，我那儿有十个老人，住在一栋房子里，"老人说，"可现在缺少一个照料他们的人。你如愿意去干这活，保你吃穿不愁，而且还有工钱。也许，因为我们雇了你，你会重新过上幸福生活。"

青年一听，当即表示同意。

"不过，我有一个条件。"老人说道。

"什么条件?"

"你要对你所看到的一切严守秘密。如果你看见我们在伤心啼哭，你不要问我们哭的原因。"

"遵命就是!"

"那就跟我走吧!"

说完，老人就带着青年上路。他先带他上澡堂，让他洗净浑身的脏垢，然后又买一身新衣服给他穿上。之后，他把他带到了他和他的十个老人共同居住的地方。只见这里屋宇宽敞，房舍毗连，每个房舍前都有一个水池，流水潺潺，鸟儿鸣啭，四周是一座美丽的花园，从屋子的每个窗户都可以俯视园中的宜人景致。老人把他带进一个大厅，大厅四周由彩色大理石镶嵌而成，屋顶则铺以鎏金琉璃瓦，厅中挂满了丝绸帐幔。进到大厅，他看见有十个老人面对面坐着，都穿着素服，在那里悲伤地抽泣和啼哭。青年见此情景，感到十分奇怪。他正想问老人这是为什么？但他记起了他答应老人的条件，于是便默不作声。这时老人交给他一个装有三万金币的箱子，对他说：

"孩子，你把这些钱作为我们和你的日常开销吧！你是诚实的，我们信得过你。"

"我听从你的吩咐。"青年人回答说。

此后，青年人就日日夜夜悉心地照料着这些老人们。不久，其中的一个老人去世了。其他老人们为他洗净了身子，穿上尸衣，将他埋葬在屋子后面的园地里。

光阴荏苒，日子一天天过去，老人们一个个先后死去，直到最后只剩下雇佣青年的那个老人。青年和这位老人一起生活。不觉又过去了好几年，老人终于病倒了。青年细心地无微不至地照料着老人，直到老人病情加重，奄奄一息。青年眼见得老人是活不成了，不禁也伤心地掉下了眼泪。他在老人处于弥留之际的当儿，来到老人身边，对他说：

"大叔，我勤勤恳恳为你们服务了十二年，从来没有丝毫懈怠和出过半点差错。你们叫我做什么就做什么，我想你们对我是满意的吧!"

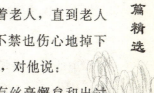

"孩子，你对我们服务得很好，一直到那些老人们都去世了。我们总是免不了一死的。"老人说。

"大叔，你就要离我而去了。在你离开我之前，我想请你告诉我你们一生都在痛哭、悲啼的原因。"青年说。

"孩子，你为什么要询问这件事呢？你还是不要勉强我做我不能做的事吧！"老人说："我已祈求安拉，让他不要使任何人再遭受到我们这样的遭遇！"

"大叔，你还是告诉我，满足我的这个愿望吧！"

经不起青年的一再要求，老人只好说道："孩子，你要是想平安，不陷入我们曾经陷入过的处境，你就不要打开那扇门。"说着，用手指着远处的一扇门。继而又说："你要是想遭到我们曾经遭到过的打击，你就去打开那扇门好了！那时你就会知道你所看到的我们悲啼、痛哭的原因。不过，你会悔恨终身的！"

之后，老人的病更加重了，不久便死去了。青年为他洗净身子，穿上尸衣，将他和他的同伴们埋葬在一起。老人死后，青年孤单一人，心中很是难受。他总想着老人们在世时的情景，以及他们的奇特表现。一天，他又想起了老人不让他打开那扇门的遗嘱，他自忖道："我何不过去看看这扇门究竟是怎么回事儿呢！"于是，他走近那扇门，发现它小巧精致，四周布满了蜘蛛网，上面用四把铁锁锁着。他看了一阵，心中想起了老人的嘱咐，便赶紧离开。以后，他老是产生打开这门的念头，但念头刚一产生，他就把它压了下去，反反覆覆，如此过了七天。到第八天，他再也忍耐不住了。他自语道："我一定要打开这门，进去看看究竟会发生什么？安拉注定的事谁也无法改变！"

他把四把锁砸烂，将门打开，侧身进去，发现里面有一条窄窄的走廊。他沿着走廊一直往前走，大约走了三个时辰，来到一个海岸边。他对眼前的景象感到十分奇怪。他沿着海岸走，一边走一边四处张望。这时，突然一只大鹰从天而降，将他攫起，带着他在天空飞翔，飞啊飞，一直飞到大海中的一座岛屿上空，那大鹰将他扔到岛上便飞走了。青年在岛上举足无措，惶惶不安，不知不觉几天过去了。一天，他正坐在那儿发呆，忽见远处水面上一只小船的桅帆，如天空中的一点繁星冉冉而来。他的心紧缩了，心想他得救与否全靠这只小船了。那小船果然向他驰来，待船驰到跟前，他发现那是一只用乌檀木制的船，上面镶嵌着象牙雕饰，划桨的质料用的全是沉香木，整个船身用金粉涂抹得闪闪耀眼，船里坐着十个月儿般美丽动人的姑娘，看样子她们都是婢女。婢女们见到青年后，都走上岸来，亲吻他的手，对他说：

"我们的国王新郎到了！"

其中一个美若天仙的婢女走过来，她手上拿着一个丝绸包裹，里面放着一件国王穿的龙袍和镶着各种钻石珠宝的纯金王冠。她将龙袍给他穿上，又把王冠戴在他头上，然后牵着他的手将他扶上船。青年上船后，见船中铺挂的全是色彩斑斓的绸缎，好不赏心悦目。婢女们扬起风帆，驾驭着船只在大海汹涌的波涛中乘风向前。

青年随着她们一直往前行驶，心里想："这是不是梦境呢？我既不知道她们是什么人，又不知道她们将带我去到何方？"

一会儿，船行驶到一个岸边。我们上了岸。只见那里一队队士兵站列成行，个个英姿风发，身穿铠甲，佩带着叫不出名字的武器。他们见我到来，向我欢呼致意，并向我赠送五匹配备镶有钻石金鞍的宝马。我牵过一匹骑上，其余四匹跟在我后面。这时，我头上旌旗招展，四周鼓乐齐鸣，喇叭声声，军士们排成方阵，在我左右列队前行，接受我的检阅。我心中更加惶惑，不知是醒着还是做梦？我虽然在行走着，但总不相信眼前发生的一切，总以为是处在梦境中。

一会儿，我们来到一个草木茂盛的平原。这里绿树成荫，繁花似锦，四周溪水潺潺流过，枝头鸟儿欢快地鸣啭，远处有几所高大的楼阁，拔地而起。这时，一队士兵从王宫出来，顷刻间列队站立在草原上。他们见我走近，个个昂首肃立。就在这当儿，国王独自骑着一匹马从士兵们身后走了出来，他脸上戴着面罩，身旁跟着几个步行的随从。青年见国王走近，便翻身下马。国王见青年从马上下来，自己也随即下马。二人

外国童话名篇精选

互相致以亲切问候。随即又都骑上马，缓缓向王宫走去。国王对青年说：

"欢迎你的到来，你是我们的贵客！"

青年和国王并驾而行，一路走一路互相交谈，士兵们和大臣们跟在他俩身后。不一会儿，一行人就来到了王宫。国王和青年下马。国王手牵着青年的手，双双进入宫中。国王让青年坐在王位上，自己坐在他的身旁。这时，国王脱下脸上的面罩，突然变成一个娇姿艳丽、倾城倾国的女郎。青年看着眼前这绝色的美人，惊得都呆住了。这时，那国王说道：

"我的主子，你要知道，我是这块土地上的女王。你所看到的军士们，她们全都是女人。在我们这儿，男子只干种田、收割庄稼的活，以及从事手工业、建筑业和服务行业；而女人们则掌管国家事务，担当要职，军队也由她们组成，她们是国家的真正统治者。"

青年听后，感到十分惊奇。这时，宰相走了进来，原来她是一个白发苍苍的老太婆，和蔼中透着端庄。女王见她进来，对她说：

"去把法官和证人叫来！"

宰相遵命前去。女王和青年坐在一起，陪他一同饮酒、亲切交谈。席间，女王问青年：

"你愿意和我成亲吗？"

青年听后，赶忙站起身，叩吻地面，说：

"陛下，我连你的奴仆都不如，怎敢有此妄想呢！"

女王扶起他，对他说："看见那些仆人、军士、金钱和所有的财产吗？这些统统都归你所有，由你支配。"继而，她用手指着远处的一扇门说："这里的一切都归属于你，由你支配，只是这扇门，你千万不要打开，如果你打开了，你将悔之无极！"

女王话音刚落，那宰相就进来了，她身后跟着法官和证人。待走近身旁，青年发现，法官和证人也都是老妇人，披着齐肩的头发，一副威严肃穆的样子。她们走到女王跟前，女王命令她们签署婚约。于是，青年和女王成婚，国中大摆宴席，军士们列队欢庆，朝臣们三呼万岁，一连庆祝了好几天。洞房之夜，青年和女王难分难舍，极尽鱼水欢乐之情。就这样，他和女王男欢女爱，情意绵绵，在一起幸福地度过了整整七年。

一天，他想起了那扇门，心里嘀咕："这扇门里肯定有数不清的珍宝，比我在外面看见的还要好，否则，女王就不会阻止我开启这道门了！"他越这么想，就越止不住要开启这扇门的欲望。他终于站起身，走过去把门打开了。门刚一打开，就见一只大鹰飞来，这鹰就是当初把他从河边攫起飞到海中扔到岛上的那只大鹰。突然，那大鹰开口说话："不欢迎你这倒霉的家伙！"

青年见大鹰前来并开口说话，吓得转身就跑。那大鹰在后面追赶他，很快将他攫起，飞到空中，在云雾中穿行。大约飞了一个时辰，大鹰将他扔到原先攫起他的那个海岸上，便飞走了。青年呆坐在岸边，不一会儿恢复了理智。他回想起就在这不久前还享受着的荣华富贵和幸福生活，以及令行禁止的帝王气派，不禁失声痛哭，悔恨不已。他在海岸一直呆了两个月，盼望着能再次回到他的女王妻子身边，重新过以前的美好生活。

一天夜里，正当他忧伤难眠，陷入沉思时，忽然好像听到一个声音在对他说："过去的生活是多么美好呀！要恢复已经过去的事是谈何容易、谈何容易啊！去悲伤叹惋吧，去嗟怨悔恨吧！"

青年听了这声音，知道要和女王重新团聚，恢复从前的生活是根本不可能的。他只好恹恹地走回到他从前与老人们一起住过的地方。他因此明白了，那些老人们也有过和他同样的遭遇，这就是他们每天悲啼痛哭、忧伤不已的原因。从此，这青年便失去了笑容，饭不思，茶不饮，终日把自己关在屋子里，伤心地悲号啼哭，对自己的所作所为悔恨不已，一直到他去世。人们把他埋葬在原先死去的那些老人们的墓边。

这就是终身不笑者的故事。

郅溥浩　译

阿里巴巴、女奴和四十大盗

从前，在波斯国的一个城镇里住着两兄弟。哥哥叫卡西姆，弟弟叫阿里巴巴。父亲临死前将仅有的家产均分了两份。这意味着两人到手的钱财是均等的，但面临的机遇却是另一回事了。

卡西姆娶妻后不久，继承了一大笔遗产，一家殷实的店铺和满仓贵重物品的货栈。他一跃而成为全城富商巨贾之一，过起舒适的生活。

阿里巴巴的妻子和他一样贫苦，两人在穷家破舍里落户。他每天到附近的林子里打了柴，分驮在仅有的三头驴子背上，进城叫卖，维持一家三口的生活。

一天，阿里巴巴照例在林中砍柴，他装满了三驮正准备出去时，远远望见空中卷起一股尘烟，像是朝他移来。他仔细观察，才知是一大群马队向这儿奔驰而来。尽管当时在波斯没有听说什么盗匪之类事情发生，但眼前的情景叫人不由得心中发怵。阿里巴巴当下也顾不上几头毛驴，逃命要紧，慌忙中他爬上一棵大树，那树枝叶四展，团团如盖，他藏身在浓密的树荫里倒可以看清下面发生的一切，而过路的人却不容易发现他。大树旁一块陡峭的巨石，直上直下，谁也爬不上去。

跑过来的那伙人个个骑着高头大马，武器精良。他们来到石头前纷纷勒马。阿里巴巴点了点数，一共四十人。从他们的装备和打扮来看，无疑是一伙的盗贼，说得更准确些，是一帮武装匪徒。他们一向"不吃窝边草"，刚刚在远道抢劫了一队商旅，拿了钱财来这里分赃。只见一个个跳下马，各自在树上系好缰绳，取下身后背的草料袋挂在马脖子上，再把驮着的沉甸甸的褡裢从马背上搬下来。阿里巴巴根据重量判断，包里准是金银无疑。四十人中有一个停在树下，他气派十足，像是个头目。他背着褡裢，穿过灌木丛，径直来到大石跟前。只听得他清楚地念道："芝麻、芝麻，把门开开。"说也奇怪，话音刚落，面前的大石上顿时出现一扇门。众人一个个鱼贯而入，头目殿后，等他进去门也关了。

强盗们在洞里待了好长时间。阿里巴巴想下来，但他又怕下树时洞里强盗正好出来，撞上他，便耐着性子，一直在树上躲着不敢动弹。他当然也想过下树后悄悄骑上一匹马，再拉上一匹，赶起驴子回城去。但思念再三，下树后的凶吉未卜，未了还是选择安全第一。

石门终于又开了，四十个强盗全都出来。这次是头目在前。他站在门前数完了从他面前走过的伙伴的数目，然后转过身去，对石壁喊道："芝麻、芝麻，快快关门。"这时众人已在各自的马前系好褡裢，有的已跳上马背。头目清点检查完毕，带着这支队伍，沿着来时的路奔驰而去。

阿里巴巴目送他们远去后，没有立即从树上下来。他自忖道："这帮强盗会不会忘了什么东西在洞里，又回来取。我现在露面，不正好给他们抓个准。"他便看着他门走得不见影了，还在树上躲了好一阵，才悄悄爬下来。强盗头目念的几个字他当然记得，好奇心驱使他试试自己来念是否也有奇效。他依样画葫芦穿过灌木丛，走到树后的石门前，站下来念道："芝麻、芝麻，快快开门。"石门果然应声而开。

阿里巴巴本以为洞里一定又黑又潮，却完全没有料到里边竟如此明亮、高大、宽敞。石洞四壁全是人工斧凿的痕迹，顶端有一道裂隙，天光穿过这里泻下来，照得明晃晃的。他打量了一圈，只见洞里堆满了各种财物和贵重物品：有齐顶的丝绸锦缎和名贵地毯；大堆的金条银锭；金银币盛在皮袋里，散放在地上。看着如此丰富的财物，阿里巴巴深信这不会是强盗们短期的积蓄。无疑是他们世代掠夺得来的。

阿里巴巴毫不迟疑地踏进洞穴。刚进门，石门马上自动关闭。这倒并不使他害怕，因为他掌握了开门的暗语。他根据三头毛驴驮载能力，尽可能多地搬运皮袋里的金币。出洞后找到走散了的驴子，把皮袋藏进篮筐里，上面再盖上柴草，以免让人发现。一切做完后，他站到门前，喊道："芝麻、芝麻，快快关门。"石门应声而闭。原来这扇门是当有人进去，它自动关闭，但有人出来，门始终开着。他弄完一切，便抄近路进城了。

回到家里，他把驴子赶进场院，轻轻掩上大门，卸下驮子，解开柴火，把一袋袋金币全搬进屋里，整齐地排在妻子面前。

妻子探手一摸，见全是金子，不由得心里发慌。她怀疑丈夫抢了钱，干出了什么坏事。她等阿里巴巴搬完了才开口问他："阿里巴巴，难道你穷到要去……"阿里巴巴打断了她的话，说道："别做声，你不用怕。我哪会是强盗。不过我可能偷了强盗的财宝。听我讲完怎么交上好运，你就不会胡思乱想了。"说着他兜底一提，把皮袋里的金币全都倒在地上，她面前顿时堆起一座金山，锃亮的金光刺得眼花缭乱。这时，阿里巴巴把当天发生的事全都对她讲了。说完后再三叮嘱，千万不能泄露出去。

妻子这才打消了恐惧，和丈夫一起欢庆飞来的鸿运，她想坐下来数一数这堆金币。"老婆呀，"阿里巴巴说道，"你就是不明白这种事该怎么办。你想数它，怎么能数得过来呢？我赶紧去挖个大坑，把金子全都埋起来，一刻也耽误不得。""你说得有理，"她回答道，"不过我们自己心里也得有个数，究竟弄来了多少金币，确切点最好。乘你挖坑时，我想去向街坊借个升斗，先把金子量一下。""你的想法不行，"阿里巴巴告诫她，"依我，你最好别出门。不过，你实在想去，可一定要守口如瓶。"

妻子于是来到大伯卡西姆家，两家住得倒是不远。不巧卡西姆不在，她便开口向嫂子说要借一个升斗。对方问她要大的还是小的，她说要小的。嫂子让她稍等，自己进屋去取。

嫂子知道阿里巴巴穷得叮哨响，今天忽然来借升斗，心里直嘀咕借去量什么谷子呢？她忽然想出一个主意，在升底下抹上一层牛油。做完这个才把升递给弟妹，口里故意不住地道歉，说让她久等了。阿里巴巴的妻子接过升，当时也没发现什么。

回家后，她坐在椅子前面把大堆金币一升升装量完毕，阿里巴巴也正好挖完坑。她喜气扬扬告诉丈夫，他们有了如此巨大的一笔财富。看着丈夫把金子埋进土里，她赶忙去还升，免得嫂子将来数落她说话不算数，可她万万没想到升底下已经粘上了一枚金币。"嫂子，你看我没有用多少时间，现在原物归还，我非常感谢你的好意。"

阿里巴巴的妻子刚转过身，卡西姆的妻子翻过升斗，看到一小枚金币粘在上面，这着实使她大吃一惊。"什么，难道阿里巴巴的金子多得要用升来量？"她不禁妒火中烧，"这穷鬼哪来的这么多金子？"卡西姆当时不在家，前文已表过不提，他在店里一般要到傍晚才回来。妻子只得耐着性子等着，好告诉他这个消息，这事准会让他吃惊不已。

丈夫一踏进家门，妻子迎上前去说道："卡西姆，我知道你一定自以为富甲天下，那你可大大地弄错了。阿里巴巴肯定比你有钱得多。他不像你，数钱。他的钱用升量。"卡西姆要她把话说清楚些。于是，她把用计设谋，发现秘密的经过详详细细说了一遍，又给他看了那枚金币。这是一枚古币，两人谁也说不清是哪个朝代铸造的。

卡西姆并不为兄弟交上好运而高兴，他一肚子妒火，整夜合不上眼。第二天一早，天刚破晓，便出门去找弟弟。这个卡西姆，自从娶了那个富婆后，早就忘了还有阿里巴巴这个兄弟。今天他一进门就嚷道："阿里巴巴，你一声不吭地装穷，私下里却用升斗量金子。""怎么了，哥哥，"阿里巴巴回答道，"你的话是什么意思？我不明白你说些什么？""别给我装傻了。"卡西姆拿出妻子给他的金币，"你究竟还有多少个这样的金币？你嫂子昨天在你借用的升斗下发现的。"

阿里巴巴听完这几句话，已经知道兄嫂两人早看出了破绽，只怪他妻子粗心大意，事情算是无法掩饰过去了。他平静地承认了一切，把怎么发现这伙强盗，宝贝都藏在哪里……如实地告诉了哥哥。还表示愿意从他得到的金子中拿出一部分来送给哥哥，但务必要保守秘密。"我想要得更多，"卡西姆傲慢地回答道，"你必须给我交待清楚，这些宝贝究竟藏在哪里？如果我想自己去瞧瞧，我该怎么个去法？否则我就去告发，那时你不仅再也弄不到金银，连已到手的也保不住了。而我，告发有功，倒可以得到赏金。"

　　阿里巴巴倒没有被他哥哥那凶狠的气势吓住。他终究是天性淳厚、禀赋善良，竟把真情连同进出石洞的暗号全都老老实实告诉给哥哥。

　　这时卡西姆对阿里巴巴已无所求了，他扭身就走，想抢在前面把全部宝藏都占为己有。次日一早，他赶着十头驴子，运着十只大箱，向山林进发了。他想先装一部分，等找到了下次再多拿。不久，他来到那块大岩石前，看到了弟弟说过的那株树和其他标志他站在门前念道："芝麻、芝麻，快快开门。"石门忽然大开，他一跨进洞口，门立即关上了。他四周一看，真是吃惊不小。洞里堆放的金银比他听了兄弟一番话后所想像的不知要多多少倍。他本是个极端贪婪的人，嗜财如命，要不是想到外面还停着十头毛驴等着装运，他可以瞪着眼，一整天沉醉在那宝窟里。于是他立即动手，尽可能多地把一袋袋金子搬到门边。他情绪太激动了，满脑袋想的是发大财，竟把那开门的暗语忘了个一干二净，只是乱嚷："麦子，麦子，快快开门！"可是石门毫无动静。他把想到的农作物都叫了个遍，惟独漏掉了芝麻。石门当然不理他。

　　卡西姆做梦也没有想到出了这么个意外，他知道大祸临头了。他越是想记起那暗语，越觉得脑袋里像乱麻一团，似乎一辈子从没听过"芝麻"二字。他把压在肩上沉甸甸的袋子都扔在地上，急得在石洞中上下乱转，根本没心思看一眼周围的金银财宝。

　　中午时分，那帮强盗回石洞来了。他们远远看到了卡西姆的一群毛驴在石头前转悠，背上都驮着大箱子。他们知道发生了什么情况，快马加鞭奔驰过来。驱散了卡西姆忘了拴住的毛驴，把它们赶进丛林。强盗们没多管毛驴，他们在意的是驴的主人是谁。当部分人马在石头附近搜索时，头目带了一些人，拿着刀枪来到石门前，念了暗语。

　　关在洞里的卡西姆听到外边传来阵阵马蹄声，知道一定是那帮强盗回来了，也是他的死期到了。但他还是一心盘算着如何能逃脱厄运，所以他贴门站着，听到"芝麻"，门一开，马上直冲出去。门前的强盗头子没有提防，被他掀翻在地，可是没逃过头目身后的随从。几个大汉一拥上前，刀枪并举，一条老命就此葬送在刀剑下。

强盗们拥进山洞，把卡西姆搬到洞口准备运走的一袋袋金币又搬回原处，但没有发现阿里巴巴拿走的那些。为了这事，强盗们着实商量了一番。他们猜到卡西姆进得来出不去，但他是怎么进来的呢？有可能从洞顶的通风口下来的，但透光的隙口又高又小，洞顶的石头也不见有什么异样，看来这不是他进来的地方。如果从石门进来，那除非他知道暗语……总之，议论一阵后，谁也猜不透他是怎么进来的。因为人人都认为没有人能知道他们的秘密，他们哪里知道阿里巴巴那天在树上的情景。但无论如何保住财富是最重要的，于是，他们把一腔怒火都发泄在卡西姆身上，大家左一刀右一刀把尸体砍成四块，分别挂在门内，左边两块，右边两块，以此警告谁胆敢再来这里。同时，决定在尸臭没有散发完之前不再进来。

决定做出后，全体立即执行，当一切安排就绪，他们把洞门关好，骑上马又去袭击过路的商队了。

到了晚上，卡西姆的妻子还没见丈夫回来，她心神不定，心惊胆战地去找阿里巴巴。"好兄弟，我相信你知道你哥一早便去了山林里，他要办什么事你也是明白的。现在天已经黑了，还不见回来，我只怕出什么事了。"阿里巴巴昨天跟哥哥说起宝藏的事后，一直担心他会去树林子里，也正想找个机会过去看看，免得惹他生气，现在嫂子先来了，他不计前嫌地安慰她不必惊慌，想必卡西姆考虑周全，等夜深人静才进城。

卡西姆的妻子想到她一再关照丈夫这件事必须严守秘密，现在听了阿里巴巴的话便放心回家去等。半夜过后，她越想越怕。又怕四邻知道，所以也不敢声张。她为自己愚蠢的好奇心悔恨不已，不住地责备自己不该乱出主意，打探兄弟家的秘密。她哭了一夜。天刚破晓，又急急忙忙哭着赶到阿里巴巴家。

阿里巴巴没等嫂子来求他，天一亮，他便赶上三头毛驴去找哥哥了。一路来到石洞附近，既没见人，也不见驴子，却在门口发现了一摊血迹。这可不是好兆头！他念了暗语，跨进门去，第一眼看到的就是挂在两边的他哥哥的尸体。他没有时间去多想应当如何对哥哥尽一下最后的责任，也不考虑兄弟之间的情分已多么淡薄，急忙进洞去找了点布帛把尸体包好，放进筐里，上面铺盖了一些柴火，另两只筐里塞了几袋金币，也用柴火盖妥，赶快赶着毛驴离开了。他在林子尽头等到天黑才回家。到了家门口，他把两头运金币的毛驴赶进院子里，交给妻子去卸筐，自己赶着另一头去嫂子家。

敲门后，出来开门的是一个聪明伶俐、思路敏捷、办事牢靠的女奴，名叫莫吉娜，阿里巴巴很了解她。进入院里，卸下筐子后，阿里巴巴把莫吉娜拉到一边，轻声对她说道："今天我跟你说的话，要绝对保守秘密。这对你家女主人，对我都十分必要。你主人的尸体就装在这两个筐子里，我俩现在要做的是把他当做寿终正寝安殓入土。快去告诉你家女主人，说我有要事相见。刚才我的一番话你千万记住。"

莫吉娜进屋去了，阿里巴巴随着她。卡西姆的妻子正耐着性子等着。"我的好兄弟，我丈夫有什么消息？看你愁眉苦脸的样子我就预感到不妙。""大嫂，我从头到尾跟你说明白，请先听完我的话。这事于你于我首先要保守秘密。""唉，听了你第一句话就预感到我丈夫已不在人世。当然我也明白，你要我不得走漏风声的重要性。我一定节哀，你说吧，我听着。"

阿里巴巴于是把一天来的情况直到看见卡西姆的尸体，详详细细跟她说了一遍。最后他说："嫂子，我还有一件事要跟你说，它可能使你更烦恼。因为你现在还没有想到，但依我看想到了也无法弥补。如果现在有任何东西可以安慰你，我愿意把安拉赐予我的加上你还没有想到的全都赐给你。我要娶你为妻，你放心，我妻子决不会嫉妒，我们可以愉快地生活在一起。如果你接受我的建议，那就按此办事。让外人只知道他是病死在床上的。莫吉娜可以去办，我当然也尽一份力量帮助她。"

卡西姆的遗孀除了同意，还能想出比这更高明的招数吗？她原先的丈夫遗下一笔不小的财产，但眼前这个更有钱，他还发现了那个藏宝的洞，钱更多了。这么一想，阿里巴巴的建议使她好受多了。她抹掉脸上的泪珠，压住了妇女丧夫后的嚎啕痛哭，表示她接受这桩婚事。阿里巴巴便出去找莫吉娜，盼咐她好好办事。这才牵着毛驴回家去。

莫吉娜随着阿里巴巴出门后走进一家药铺，她问老板要一剂他配制的给垂危病人吃的药丸。老板问她谁在他们家病成这样？莫吉娜叹了口气，说就是她善良的东家——卡西姆本人。谁也摸不清他得了什么绝症，这几天水米不进，连话也说不清了。当时她买了一剂，第二天又上那家药铺，眼泪汪汪地要老板再配一服给凶多吉少的重病人服用的强心剂。"唉，这瓶药水只怕比昨天那服药好不了多少，"她叹道，"可怜的好东家恐怕性命难保了。"

再说那天后，邻居只见阿里巴巴和他妻子频繁出入卡西姆家，两人满脸愁容。所以，半夜里卡西姆家里传出他老婆和莫吉娜的哭声，谁也不以为怪了。莫吉娜逢人便说东家竟一病不起。

第二天清早，莫吉娜赶到一个皮匠家里。她知道这家铺子开门比谁家都早。她道过早安，便塞了一枚金币在皮匠的手心里。叫穆斯塔发的这个老皮匠豁达开朗，整天乐呵呵的。这时他瞅着手里的金币——尽管天光尚未大亮，但手心里的金子完全看得清。他说道："真是开张大吉，给我金子要我干什么？去哪里？"

"穆斯塔发大叔，拿上你的针线跟我走。"莫吉娜示意他跟着，但事先必须讲明了，我先把你的双眼蒙上，再领你去一个地方。"老皮匠一听此话，不免有点犹豫："哎哟，你让我去干什么昧良心的事，还是什么见不得人的事？""安拉宽恕我，"莫吉娜说着又塞过去一枚金币，"我决不会让你做见不得人的事。别害怕，跟我走！"

说完，莫吉娜掏出手帕，蒙住了老皮匠的双眼，然后拉着他到了主人家，把他引进停尸房里才解开手帕。尸体早被她拼在一起了。"穆斯塔发大叔，你快点把这四块尸体缝合在一起。等干完了我再给你一块金币。"

穆斯塔发很快就缝完了。她又蒙上他的眼睛，当真又给了他一枚金币，同时嘱咐他千万别跟人说起。她领着皮匠来到刚才蒙眼的地方，解开手帕，让他回家去。归途中，姑娘生怕他会在后面盯梢，所以看着他一路往皮匠铺走去，直到望不见了才放心回家。

回家后，莫吉娜烧点热水把尸体抹干净，阿里巴巴带来了薰吞油抹上，这样可以出殡落葬了。参加殡葬的人听阿里巴巴的吩咐买来了棺材。莫吉娜等在门口。棺材一到，她和阿里巴巴把遗体放妥，看着上了钉，莫吉娜便去清真寺告诉教长一切已准备就绪。清真寺里有专人帮助清洗、包裹尸身，他们也要过来。但莫吉娜告诉他们家里已做完了。

莫吉娜比教长和助手先一步到家。四个邻居抬着棺材走在前面，教长随后，一路上念着经文。莫吉娜是死者的家奴，她在教长后面，披头散发，捶打胸脯，嚎啕痛哭。阿里巴巴和众亲友走在最后，负责到墓地落葬。

卡西姆的妻子悲痛地呆在家里。左邻右舍的妇女按当地习俗陪她哭泣。一时间，远近只听得一片哭声。

就这样，卡西姆惨死的真相就在阿里巴巴、他妻子、卡西姆遗孀和莫吉娜四个人的策划设计下，不露痕迹地瞒过了众人的耳目，谁也没有对此存有丝毫怀疑。

三四天后，阿里巴巴公开地把家里的一点东西往嫂子家里搬。但从洞里拿来的金币在夜深人静时才运过去。不久，他宣布和嫂子结婚。好在这类婚事本是他们宗教的习俗，所以也没引起人们的议论。

卡西姆原来的铺子，阿里巴巴就交给他儿子经营。这个儿子一直跟着一位富商在学做生意。阿里巴巴允诺他如果管理得法，会给他一笔遗产，为他娶一个有地位的好媳妇。

吉运高照，在家纳福的阿里巴巴我们且按下不表，现在回头再说说这四十个强盗。

强盗们上次撤退后又按时回到林子里。叫他们大吃一惊的是卡西姆的尸体不翼而飞了，金币也少了几袋。"有人发现了我们的秘密。再粗心大意不加防范的话，一切都完了，连祖辈多年来冒风险、流血汗积聚的财产也无法保全。使我们蒙受损失的那个贼知道了我们的暗号。幸好那次他出门时被我们撞到，抓个正着。但今天他的尸体又被人搬走，还少了好多钱，这说明他还有个帮手。看来似乎有两个人得知这个秘密。一个现在已经干掉，必须把另一个也查出来。你们大家看该怎么办？"

手下众强盗都认为头领的分析实在精辟，大家一致同意立即派出眼线四出查访，不达目的誓不罢休。

"我不怀疑你们的勇气和力量，"头目接着说道，"现在我要你们中出来一个勇敢机警的人，化装成外地人或旅游者进城去，用一切办法探听哪家有人不明不白地死了。这是我们头等重要的大事。难道我们在一个地方呆了一辈子，什么事都能办到，但到头来居然对此事一无所知。我这里先把话说清楚了：接受任务去打探的人如果拿回假情报，骗了大家，以致毁了整个事业，你们说该不该把他处死？"

没等伙伴推举，一个强盗霍地站起身来，说道："我同意这么办。承受这项任务豁出一条命也值得。如不获成功，我甘愿受处罚。"

这名强盗从头目手里领下任务后，精心化了装。果然谁也看不出他本来的面目。他连夜出发，天亮进了城，东走西逛，无意中来到穆斯塔发的皮匠摊前。他总是全城最早开始干活的。

老皮匠坐在圈椅里，臂弯上架着一只猫头鹰，正打算干活。那强盗上前去打了个招呼，看他已上了年纪，搭讪着问道："老人家，这么早就干活了。像你这般年纪眼力还好吗？光线再亮点不是看得更清楚吗？"

"你一定是个外地人，不了解我，"穆斯塔发说道，"我年岁大，但眼力特别足。说给你听一件事或许你还不信。我在一个人家里把几块尸体缝在一起，那里比这还暗呢！"

那强盗乐坏了。他想不到一进城，刚张口问话，就有了好消息。"死人？"他奇怪地道，要求老皮匠进一步说说清楚，"缝死人干什么？你是说把几块裹尸布缝在了一起吧？""不是裹尸布，"穆斯塔发强调，"就是这么一回事，可这回事我多说一句也不行了。"

那强盗不想再紧迫下去，怕老人看出他此行的目的。他掏出一枚金币，塞进穆斯塔发的手里，说道："我一点也没有想打听你秘密的意思。当然，要是你信得过我，我也决不会把你的话告诉旁人。不过，我很想

外国童话名篇精选

421

求你指点我去看看那家让你缝尸体的人家。"

"就算我想讨好，愿意按你的话去做，我也办不到。"老皮匠要把金币退还，"我决不撒谎，我先被带到一个地方，他们再蒙住了我的眼睛，领我到了那家人家。完事后我又被蒙上眼睛带回原地。所以你的要求我实在无能为力。"

"那好，"那强盗说道，"你被蒙住眼睛走了多少路也许还记得一点吧。这样好了，让我也在那个地方扎起你的眼睛，然后我们俩一起走，或许你还能回忆得起来。你也不能白出力，我再给你一枚金币，你就照我的话试试好了。"说着，他又在老皮匠手里放了一枚金币。

这两枚金币对一个穷皮匠来说，是多么大的诱惑啊！他一言不发，默默地对掌心里的两枚金币注视良久，心里盘算着该怎么办。最后，他把金币塞进口袋。"不知道我还记不记得那段路，既然你来求我，我就勉为其难，试它一试。"说罢，站起身来，连店门也不关（他店里实在也没什么可偷的东西），领着那强盗走到那天莫吉娜蒙他眼睛的地方："我就在这里被蒙上眼睛的。"强盗掏出准备好的手帕，照样把他的眼睛蒙起来，拉着他半领路半监督地往前走去。"那天我觉得好像没走多远。"说着，正好停在卡西姆家门前，现在是阿里巴巴在当家。强盗先用手里的粉笔在那家门上悄悄地做了个记号，然后再替穆斯塔发解去手帕，问他这是谁家的宅子。皮匠回答说他不是这附近的居民，所以说不上来。

那强盗觉得从皮匠那里再打听不出什么来了，谢过了他出的力，让他回去了，自己则赶紧回山林去，满以为立下了头功。

强盗和皮匠走了不多会儿，莫吉娜有事从家里出去，回来时看到了强盗在门上做的记号。她停下来看了良久，自忖道，"这记号是什么用意？莫非有人要谋害我家主人，还是孩子画着玩的？不管它有什么用意，反正防它一招总不会错的。"于是，她找了一枝粉笔在左右几家的门上都依样画葫芦地画了一个记号，回家后在主人面前也不提起有这回事。

话说强盗办完了事立即赶回山林，报告他出师大捷，这么快就遇上了这独一无二能告诉他真相的人物。众强盗听完他的话也高兴极了。头目嘉奖了他办事谨慎，召集众人说道："孩子们，机不可失，时不再来。全体马上化装，带上武器。为了不让人们疑心，三三两两各自组队出发，指定在城里大广场集合。带回好消息的探子和我一起去找那户人家，然后再商量如何行事。"

全体一致同意头领的安排，三人一队，两个一组拉开了距离，头目和探子最后出发，神不知鬼不觉地相继进了城。

探路的带上头目来，到了阿里巴巴家所在的大街上。探子来到莫吉娜做记号的一家门口，指着说就是它。为了不让人怀疑，他们又往前走了几步。头目忽然发现另一家的门上在同样的地方也出现了一模一样的记号。他指着几个记号问探子究竟是哪家？是见到的第一家还是这家？探子看了左右五六家都有他自己画下的记号，一下子傻了眼，半天说不出话来。他指天发誓，早上只画了一家，但又说不清是哪家，现在各家都惟妙惟肖地出现了同样的记号，他实在难以分辨。

头目一看，眼下计划已全盘落空，只得上广场去。他通知了遇到的第一批人，告诉他们事情已经败露，全体按原路撤回。他第一个扭头便走，众人陆续跟着走了。

人马回营地后，头目宣布召回众人的缘由，并宣布处死探子。探路人承认犯下的罪行，一再声明应当提高警惕，他跪在地上只求速死。

但事情有关全队的安宁，不能处置了一名人员便就此了结。这时强盗中又有一个站出来，承诺自己会比上一个干得好些。经头目认可后，他也进城贿赂了穆斯塔发，来到了卡西姆家门口。这个强盗要仔细得多。他用红粉笔拣门上不被人注意的地方又做上了记号。

不一会，莫吉娜出来了，她一双尖利的眼睛一下就看到了那个记号。于是，她又像上一次那样，在一家家门上按同样的位置画上记号。

那强盗归队后对他采取的措施十分得意，自信这次认出红粉笔记号的那一家应是万无一失的了。头目和众多同伙也认为他的办法可行。于是，像头一次那样全体进城。可这一次他们还是失去了目标。头目气坏了。第二个和他的前任一样当然也是手足无措，头目和强盗们也不得不再次失败而归。第二个探子由于所犯的错误，落得和第一个同样的下场。

强盗头目眼看费了这许多周折，还失去了两个得力部下，十分气恼。但他更担心的是可能再没人去打探有嫌疑的房子了。他吸取了上两次教训，发现在特殊情况下，那两名探子的脑袋还是不管用，于是决定亲自出马去完成这一重要任务。

和上两回相仿，老皮匠领他到了目的地。这一回，头目不在门上做任何记号了，只是在宅子前来回转悠，留心观察，直到把周围环境都熟记在心。

头目对此行十分满意，还问清了想了解的情况，探知那房子的主人叫阿里巴巴，才赶回山林去。手下的强盗聚在洞里等他回来。他一进洞就宣布："伙计们，这一回谁也挡不住我们的复仇行动了。我认清了那个宅子，回来的路上也打定主意如何付诸行动。谁还有更好的主意就说出来。"他把他的办法先说了一遍，大家都说好。他便吩咐众人到城乡各处去买十九头驴子和三十八个大皮坛子。一个盛满油，其余都空着。

强盗们只花了两三天时间便买齐了所需之物。头目发觉坛子的口太小，吩咐加大，直到人能带着武器进去藏身。坛口不盖死，留下呼吸的缝隙。剩下的最后一只灌满了油。

万事俱备，十九头驴子驮着三十八个装着强盗的坛子和一坛油出发了。头目扮成脚夫，一行人进城后天色正好暗下来。他赶着这队驴子穿大街走小巷，来到阿里巴巴家门口，正想举手敲门找主人，突然看到阿里巴巴吃完晚饭，坐在门口。他喝停了驴子，上前自我介绍道："我远道贩运了这些油，准备明天上集市去卖。现在天色已晚，我又人地生疏，不知哪里可以借宿。如能在府上耽搁一个晚上，真是感激不尽。"

阿里巴巴在林子里原本见过这个头目，也听过他发号施令，但他化装成油商后却一时认不出来，便连说欢迎，立刻开门把他和一队驴子全都让进了庭院，还吩咐男仆，当驴子卸完驮子后拉进厩里，喂点玉米和草料。他让莫吉娜给客人准备一顿热乎乎的晚饭和打扫客房。

阿里巴巴看着强盗头目卸完了驮子，驴子也都按吩咐拉进了棚里，脚夫正在场院找个夜间栖身之地，便把他带进客厅，一再表示哪能让客人露宿在外面。头目假装客气一番，但心里又按捺不住希望在屋里有个房间，好执行预定的阴谋。对这个存心要他命的陌生人，阿里巴巴不仅陪着他吃饭，更让仆人好好侍候。

饭后，两人步出餐厅。强盗头目乘阿里巴巴进厨房和莫吉娜说话时，踱进院里，假装去察看一下驴马。阿里巴巴让莫吉娜好好照顾客人，跟她说："明天我要去澡堂洗澡，给我准备好浴巾交给男仆阿布杜拉，再准备点肉汤等我回来喝。"说完，他上床睡觉了。

这时，强盗头目走进棚子里，对手下发布命令。他一个坛子一个坛子地跟里面人说："一听到我从住处的窗子里往外扔出石子，你们马上用随身带的匕首割开皮坛爬出来，我很快赶来和你们会合。"安排妥帖，他回到厨房。莫吉娜正掌着油灯带他进客房休息。看他不需要什么了，便回到自己房里。头目为避免引人注目，也吹熄了油灯，和衣躺在床上，准备随时行动。

莫吉娜临睡前想起了主人的吩咐，拿着浴巾去找男仆阿布杜拉。他还在炉前煲汤。她揭开锅盖撇浮沫，正在这时手边的油灯灭了，屋里的油正好也已用完，蜡烛又不知放在哪儿，怎么办？汤必须要煮好的。身边的阿布杜拉看她的为难样，说道："不用着急，去院子里随便在哪个坛子里舀点儿就够用了。"

莫吉娜感谢他出的好主意。阿布杜拉就睡在主人卧室旁边，她告诉他明天随主人去澡堂，让他先回去，然后自己拿上油瓶到院子里去了。当她走近第一个坛子时，忽听得里边有人压低了声音问道："时间到了吗？"

尽管声音很低，莫吉娜还是吓了一大跳。头目卸驮子时把坛口都打开了，一路过来，坛里的人都憋坏了。

如果来的不是莫吉娜，随便换哪个女仆来打油，冷不丁听到油坛里传出来男人的声音，准会吓得喊起来，那后果便不堪设想了。但莫吉娜非寻常女仆可比，紧急关头知道必须保持冷静，绝不表现出丝毫激动的

外
国
童
话
名
篇
精
选

情绪，只考虑对付的办法。于是，她稳住气一个个坛子走过去，——回答他们："时间还没到，不过快了。"最后来到了真正的油坛前。

这时，莫吉娜才明白主人阿里巴巴还蒙在鼓里，以为请来了个油商，根本不知道已经引狼入室，而那个假油商就是他们的头目。她赶紧打满一瓶油，回到厨房，点亮灯盏，又拿了一个大桶，回院子里灌了满满一桶油，生起熊熊烈火，把油烧得沸滚。她端着沸油往一个个坛子里灌，把躲在里面的强盗全都烫死了。

莫吉娜勇敢机智、悄没声地干完了这件了不起的大事，提着空捅回到厨房，关上门，压灭了烧油的炉火，只留下熬汤的小火，最后把油灯也吹灭了。她也不回去睡觉，静静地守在朝院内开着的窗户旁，等待着。

没过多久，那强盗头目醒来了，打开窗户，只见院子里黑灯瞎次，万籁俱寂，屋里也不见有人走动，便扔了几颗石子到院里。他怕同伙听不见，有几颗还打中了油坛。等了一会，没有一点动静，也不见有什么反应。他赶紧来到院子里，走到第一个坛子旁，问里面的人是否睡着了。突然他嗅到坛口冒出一股热辣辣的熟油味，一下子他明白了：想杀阿里巴巴全家的阴谋已经败露。他查遍了所有的坛子，发现里面没有一个活人，最后那个坛子也已经空了。他完全明白弟兄们是怎样死于非命的。复仇计划的彻底完蛋简直把他气疯了。他只得撬开院门的锁，冲进花园，翻过几道围墙，一溜烟逃命去了。

莫吉娜听了半天不见动静，又等了一会也没见头目出来，猜想一定是从花园里逾墙逃跑了。因为大门是上双锁的。她也没料到结局是如此美好：打败了强盗，保卫了主人的家。想到这里心中十分高兴，上床安心睡觉去了。

第二天破晓，阿里巴巴起床后带上男仆前往澡堂洗澡，昨夜家里发生的事，他浑然不知底细。莫吉娜当时觉得机不可失，来不及把他们叫醒；事后，她又认为没有必要惊动他，也就算了。

阿里巴巴洗澡回来，已是日上三竿时分。他看到商人已走，但许多油坛和驴子还停在院子里，好不奇怪。便问前来开门的莫吉娜，为什么东西还原封不动地停放在院子里？"好主人，"她回答道，"愿主保佑你和你一家人！当你看到了我让你看的东西时，你最好问一声自己，你想知道些什么？"

莫吉娜关上大门，阿里巴巴跟着她来到院里。她让主人先看看第一个坛里是否装的是油。阿里巴巴往里面一看，只见蜷缩着一个人，吓得倒退一步，失声叫了起来。"别害怕，"莫吉娜说道，"你看到的这个家伙，现在既伤不了你也伤不了别人了。他已经死了。""哎哟，莫吉娜，"阿里巴巴嚷道，"你要我看的是什么东西？快告诉我究竟是怎么回事？""我这就说，"莫吉娜回答道，"不要吓成这样，千万别让左邻右舍听到什么风声，事关重大，一定要严守秘密。你再来看看其余的坛子。"

阿里巴巴一个接一个看过去，最后来到装油的坛子前，里面已经空空如也。他木然站在那里，一会儿看看那些坛子，一会儿看着莫吉娜，害怕得一句话都说不出来。最后镇静下来，问那油商怎么样了？

"油商嘛，我正想告诉你他是个什么样的人，现在又怎么样了，"她不慌不忙地说道，"但现在你最好进屋里去听我说，因为洗完澡正是喝肉汤补身子的时候。"

当阿里巴巴坐下时，莫吉娜已把汤端上桌。阿里巴巴先不忙喝汤，他急于要知道这桩案情的始末，她也同意了。

"昨夜你上床睡后，我把浴巾交给阿布杜拉，然后坐上锅煮汤。我正撇沫时油灯枯了，家里当时找不到一点油，蜡烛也没有。阿布杜拉看我着急，指点我上院里的坛子里舀一些用。我拿着油瓶就近找了一个坛子。不料刚走近，便听到坛子里有人问：'时间到了吗？'我没有惊慌，那假油商不怀好意的形象顿时出现在眼前，我就回答道：'时间还不到，不过快了。'我到第二个坛边，另一个声音问我同样的问题，我作了同样的回答，就这样我一直走到最后一个坛子，那里才真真是满满一坛油。我灌了一瓶。

"当时我考虑院里共有三十七个强盗，他们只等你当贵客接待的那个假油商一声令下。时间不等人。我当机立断，拿着油瓶进厨房点着灯，

外国童话名篇精选

427

急忙挑了一个最大的罐，又去院里灌满了油，架起柴火把油烧开，顺序往每个坛子里倒足了我认为再不能使人爬得起来干坏事的沸油。然后我回厨房，吹灭了灯，等在窗前看那假油商人的举动。

"不一会儿，那头目接二连三地发了几次信号。投出的石子都打在坛子上。他听不到一点动静，又掷了三次。最后，他出来了。他扒在每个坛子上看了一下，乘着夜色逃得不知去向。我又等了一阵，他再也没有回来。我想他一定明白计划已全盘失败，逾墙跳到花园里出去了。至此，我才觉得宅子里再也没有危险，就放心休息了。"

"这是你刚才问我，也是我两三天来细心观察的结果，"莫吉娜继续说道，"但我想还是先不告诉你为好。因为前几天有一个早上，我突然发现我们家门上有一个白粉笔画的记号，第二天又出现一个红粉笔记号。我不明白这两个粉笔记号有什么用意，但不管怎么，我在左邻右舍几家大门上都画上了同样的记号。你仔细想想，再看看刚才发生的种种情形，不难明白这是林中强盗的阴谋。他们四十个人中还有两人不知去向，如今头目逃归，数目增至三人。这一切都表明他们下定决心要加害于你。所以，主人你一定要格外注意，严加提防，因为至少有一个是活着逃走的。至于我，当格外注意，这是奴婢的责任。"

阿里巴巴听完莫吉娜的这席话，对她做了那么多的事，深为感动。"我一定要重重报答你。你救了我的命。眼前第一步是先还你自由。但这还够，我更要重谢你，过去那四十个强盗给我设置了种种圈套，由于你的机智，我脱险了。希望你继续帮我识破他们的毒计，躲开凶险，我们一定会成功。现在最要紧的是，赶快把这些败类埋掉。我想他们的失踪，不至于引起任何人的怀疑，这件事让我和阿布杜拉来做吧！"

阿里巴巴的花园很长，尽头全是参天大树。他和男仆就在树底下挖下一条又深又长的沟，足以放进全部尸体。好在那里全是沙质土壤，两人不一会就完成了。然后从坛子里拉出尸体，取下武器，拖到花园尽头，扔进沟里，填平泥土。接着收好了坛子和武器十几头驴子一时处理不了，便让仆人陆续牵往市场上卖掉。

当阿里巴巴采取种种措施，避免邻居们察觉他在短短时间里积聚了如此巨大的财富时，那四十个强盗的头目匆匆忙忙从城里逃回山林，好不凄凉。他又气又怒，满心希望一举成功的事竟落得如此一败涂地，他一时也想不出怎么对付阿里巴巴？

漆黑阴暗的石洞，看上去好不怕人。"我勇敢的孩子们，我多年的哨兵、斗士和同伴们，你们都在哪里？"头目哀叹道，"失去了你们我又有什么作为？过去我要你们入伙，难道今天就如此凄惨地分手？你们的勇敢就如此悄声地失败了？你们个个刀剑在手，如勇士般牺牲了，丢下我满腹遗恨，我何时再能拉起这样一支队伍？退一步说，我做到了，但能不能管好这笔金银财宝而不让阿里巴巴拿走？他可是已经得益匪浅。不行，在杀掉他之前，不能再胡思乱想。过去带着这么多的精兵强将还完不成的任务，如今将由我独力来承担。过去我精心保护这笔财富，免遭劫掠，如今我必须为它们找好新主人，立下继承人。他们应能妥为保管，传子传孙。"想法一定，那头目再不晕头转向，手足无措了。他满怀希望呼呼入睡。

一觉醒来已是第二天清晨，他穿好衣衫，按计划进城，找了一家客栈先住下。他心想阿里巴巴家出了这么大的事，城里一定闹得沸沸扬扬，满城风雨。于是，他向店主打听最近城里出了什么耸人听闻的大事。店老板跟他说了一大堆新鲜事，惟独没有一件和他有关的。根据这一点，他判断阿里巴巴把这件事包得密不透风的原由，不外是怕大家知道了藏宝地点和进洞的方法。他也明白自己的性命和这件事息息相关。想到这里，他益发觉得丝毫不能轻视这个危险的对手。

接着下来，那头目觉得要买一匹马，把洞里的上好衣料和贵重宝石驮到住地。他多次来回，采取了必要措施，尽量不让人们觉察这些东西是从哪里贩来的。有了货，他在原来卡西姆店铺对面，租了一家门面，开张摆设起来。卡西姆的店现在正由阿里巴巴的儿子在经营。

出面活动时，强盗头目化名柯吉亚·侯赛因。他很快和周围商贩结下了交情。阿里巴巴的儿子年轻漂亮，为人和善，常和柯吉亚聊天来往，柯吉亚存心结交这个朋友，所以没多少日子，他通过阿里巴巴常来铺子看这年轻人，以及说话时的表情，心里早已明白这是阿里巴巴的儿子。阿里巴巴一走，他就更起劲地讨好这个孩子，不时送点小礼物、请吃饭来巴结他。

这儿子在柯吉亚殷勤热情款待下，时间一长觉得如果不回请一次，着实过意不去。但自己房子小，无法盛情款待，便去征求父亲的意见。他表示受了柯吉亚这么多的好处，再不回请他一次就不合礼尚往来的道理。

阿里巴巴高兴地答应了，由他亲自出面接待。他对儿子说："明天是星期五，这一天，像柯吉亚和你这样的大铺子都休息。午饭后，你陪他走走，经过我家时请他进来坐坐。最好一切做得大方得体，这比发正式邀请好得多。我吩咐莫吉娜准备晚饭。"

第二天午饭后，阿里巴巴儿子邀柯吉亚出来散步。回去的时候，他告诉柯吉亚马路对面就是他父亲的家。两人走到门口，阿里巴巴儿子抬手敲门，说道："这是我父亲的家。我告诉了他我们之间的友情，他有幸要结识你。希望你能将我受恩于你的愉快心情也分赐给他人。"

尽管柯吉亚惟一的目的就是设法混入阿里巴巴的这个宅子，悄悄地杀了他报仇，可是一到门前他又踌躇起来。正在这时，男仆出来开门，阿里巴巴儿子拉起他的手，把他请进了大门。

阿里巴巴谦恭而礼貌地接待了柯吉亚，感谢他厚爱自己的儿子，这在道义上更为伟大。因为年轻人初涉社交，对整个社会甚为陌生，希望得到他更多的赐教。

柯吉亚·侯赛因回礼后告诉阿里巴巴，他儿子尽管不如成年人有阅历，可是他禀赋甚高，较之同龄人，实在有过之而无不及。双方亲切地攀谈了一阵，柯吉亚再次起身告辞。阿里巴巴不让他走，说道："你急急忙忙地上哪里去啊？我真心留你吃饭。当然，我的招待和你的相比是不值一提的，不过，还是希望你愉快地接受我的请求。""主人啊，承你厚待，"柯吉亚回答道，"如果我辞谢了你的请求以致引起任何不快的话，千万请你相信，这绝不是对先生的不敬，这里有我为难的地方。"

"我能否大胆问一句，这是什么原因呢？"阿里巴巴奇怪地问道。"是这样的，我不能吃任何放盐的食物①，所以我无法在你家里上桌吃饭。""哦，如果这是惟一原因的话，那就不可能剥夺我陪你吃晚饭的权利。"阿里巴巴说道，"首先，我吃的面包从不放盐。至于今晚吃的肉食，我保证没有一颗盐粒在里面，我现在就去关照，请你务必赏光，我去去就来。"

说着阿里巴巴来到厨房，吩咐莫吉娜今晚的肉菜里不放盐，同时赶快再加两三道菜心炖肉，当然也不能放盐。

莫吉娜对主人的吩咐从来是言出必行的，但这次却提出了异议："这是个什么人，吃不加盐的菜？煮好的肉和菜放着不吃要坏的。"阿里巴巴抚慰她道："别生气，他是个规矩人，按我吩咐的做就是了。"

莫吉娜勉强同意，但她始终对提出这个要求的人抱着好奇心，很想看他一眼。她把饭菜办齐后，让阿布杜拉铺好桌布，由她端出来。走出厨房，第一眼看到柯吉亚时，立刻认出这个客人就是强盗头目，虽然他已经改头换面，换了装束。再仔细打量，发觉他长袍下还暗藏着一把短剑。"哼，不出我之所料，这个坏家伙为什么要吃无盐的菜，原来又是他——我主人的死敌，正找机会行刺。我得先发制人。"

莫吉娜让阿布杜拉摆好饭菜，看着他们入席吃喝之际，先回房里一个大胆果断的主意做好准备。当男仆再次端来甜食、水果，端走肉菜时，她主动把甜品端上去，又在阿里巴巴身边放了一张小桌，桌上放了三只酒杯，然后把阿布杜拉叫出去一起吃晚饭，让主客自在地谈话。

假扮柯吉亚的头目觉得动手的时机到了。"我一定先把父子两人都灌醉，"他自忖道，"儿子的命我想可以保留，他不会妨碍我把刀刺进他父亲的胸膛。当奴婢们还在厨房里吃饭或进屋睡觉时，我可以像上次那样

———

① 阿拉伯人古代的习俗，吃某人家的盐就是他家的客人，可以和朋友。但头目是去报仇的。——译者

431

跳墙逃跑。"

莫吉娜没有去吃晚饭,她完全洞悉了骗子柯吉亚的心思,决不会让他邪恶的毒计得逞。她换了一身舞女的服装,戴上漂亮的面纱,腰里束了一条镶银围腰,挂一柄把上镶金的短剑。打扮停当,她对阿布杜拉说:"拿上你的手鼓,和平时一样,给主人和他儿子的客人去助兴。"

阿布杜拉一路打着手鼓,引着莫吉娜走进前厅。莫吉娜在门口深深地一鞠躬,等待人们注意到她的到来并指示她该怎么做。阿布杜拉看出主人想说话,便停止了击鼓。"莫吉娜,进来吧,"阿里巴巴笑着说道,"让柯吉亚看看你能给我们表演点什么。他会指点你的。"说着他转身向客人说道,"别以为这是我破费安排的节目,这是我女奴和厨子、管家的主意,请别见笑。"

柯吉亚没料到饭后又冒出这个节目,他只怕动手报仇的大好时机会被耽误了。当然,万一失去了这次机会,他也只好另找时机,暂时和他们父子保持友谊。所以尽管内心多么希望阿里巴巴和他独处一室,但也不得不为了取悦主人,装出喜欢眼前安排的节目。

阿布杜拉看到主客又开始交谈,便又击起手鼓,还伴唱着曲子。莫吉娜是个出色的舞娘,她袅娜的舞姿足以引起任何人的倾心,除了在座的那个柯吉亚。

莫吉娜精神抖擞,柔情万种地跳了几段,猛然抽剑在手。她合着节拍又换了几种轻盈的舞姿,快步跳跃,神奇的飞旋,手中的剑忽而指向这边,忽而点着那里,最多的是对着自己的胸脯。最后,她娇喘吁吁地左手从阿布杜拉手里夺过手鼓,右手拿剑,手鼓一翻,盖在剑上,像卖艺人向看客讨赏钱似的伸向阿里巴巴。

阿里巴巴在手鼓里投了一枚金币,他儿子也同样放进一枚。柯吉亚眼看她走近了,从怀里掏出一个钱包,准备把它投进手鼓里。当他伸手时,莫吉娜眼明手快,鼓足勇气一剑直刺进对方心窝里。

阿里巴巴和儿子一见此状,大惊失色,喊道:"该死的贱货,你为什么毁了我,毁了我们一家?""我是保护你,不是毁了你,"莫吉娜回答道，"你自己看吧（她解开柯吉亚外衣，亮出尖刀）。好一个仇人你还招待他！看清他的脸，这就是那个乔装打扮的油贩子，也就是那四十个强盗的头目。你不应当忘了他。他不愿吃你家的盐，还有什么比他的毒计更能说明问题的？见面前你说有这么一个客人，我就怀疑他了。见了面，现在你不该再怀疑我的疑心是毫无根据的。"

阿里巴巴听了这番话，顿时明白莫吉娜又一次救了他的命。他紧紧把她抱在怀里，说道："莫吉娜，上一次我给了你自由，也答应还要继续酬谢你。现在我要实现我的诺言。我要认你做我的儿媳妇。"说罢，他转身对儿子说道，"儿子呀，我相信你是个听话顺从的孩子，你不会拒绝莫吉娜做你的妻子。你看，那柯吉亚巴结你，拉关系，他存心不良，想借机会向我下毒手。他杀了我也不会放过你，这样他才解恨。你要知道，娶莫吉娜为妻，就是娶了我家的救命恩人，也就是娶了你的救命恩人。"

那儿子倒不是因为听话，他本就喜欢这个姑娘，当时就满口答应了这门婚事。

大家商量着把那头目和强盗埋在了一起。这桩秘密多年后也没人发觉。因为，根本谁也没有去注意这段不同寻常的历史。

几天后，阿里巴巴就为儿子和莫吉娜举行了盛大的结婚典礼，办下豪华的酒席，宴请诸亲好友，席间有跳舞，有唱歌，好不热闹。阿里巴巴很高兴邻里间没人知道这桩亲事的动机，那些不了解莫吉娜高贵品德的人还一再赞赏他的好心肠。

婚礼后很长时间里，阿里巴巴不敢走近那石洞。自从找回了他哥哥卡西姆和拿了三口袋金币后，他害怕再遇上那帮强盗。37个强盗和他们的头目死后，他也没再去。他怕还有两名强盗活着。

一年过去了，那两名强盗始终没有来找他的麻烦。后来，受好奇心的驱使，也为了自身的安全，他骑上马又去了一趟石洞。洞门口没有一点迹象表明新近有谁来过，这似乎是个好兆头。他下马，把马拴在树上，走到门前念道："芝麻、芝麻，快快开门。"石门应声而开。走进洞里，东西都在。他判断自从那个假柯吉亚为他的铺子备货进来拿过东西外，确实没人进来过。那四十个强盗已全部消灭了。他已是世上惟一掌握开门秘密的人，洞里的财富也完全由他支配了。骑马回城时，他把带来的筐子尽可能地装足了金银财宝。

后来，阿里巴巴把儿子带到石洞里，告诉了他暗号，儿子又传之后世，子孙们都很珍惜他们的好运气，所以始终受人尊敬，都在城里最高的部门供职。

陆孝修　译

辛巴德航海历险记

　　相传，在信民们的首领哈里发哈伦·拉希德时代，巴格达城里有一个名叫辛巴德的脚夫。他家境贫困，每天用头顶着东西为别人运送物品。

　　一个酷热夏天，他头顶一件很重的物品，浑身大汗，疲惫不堪地走在送货的路上。他在路经一个商人家的大门时，看见那里清扫得干干净净，喷洒得清清爽爽，风里透着些清凉，大门旁边有一个很宽的石凳，便走过去，将他头顶上的东西放在石凳上，打算透透气，休息片刻。这时，从那大门之内刮来一阵令人惬意的凉风，随风飘来一股香味。脚夫情不自禁地陶醉了，一屁股坐在石凳上。只听得大门里面传来悦耳动听的琴声，婉转舒畅的琵琶声，珠圆玉润的歌声以及各种语言交织在一起的美妙歌声。他侧耳细听，发现其中有斑鸠、金丝雀、八哥、夜莺、鹧鸪鸟等许多鸟儿在用各种声音和各种语言啼唱和赞美真主。

　　脚夫辛巴德此刻也兴奋起来，他悄悄走到门前，透过门缝朝里面窥视。只见里面有一个很大的花园，花园里有许多侍童、奴仆和侍卫，那排场只有帝王才能拥有。他正在那里目不转睛地张望着，一阵扑鼻的香味随风飘来，那是源于各种美味佳肴和上好饮品的香味。

　　脚夫辛巴德见状，不由得仰望上苍，喟然长叹："我的主啊，至高无上的主，您是造物主，您是给人衣食的主，您想给谁衣食，便会毫不计较地给他。求您宽恕我的所有罪孽，我向您忏悔我的所有过失。主啊，我决不抗拒您的裁决和您的力量。您对自己的所作所为从来不问前因后果，您是万能的主。至高无上的主啊，您想让谁富谁就富，想让谁尊贵谁就尊贵，想让谁卑贱谁就卑贱。您是惟一的主宰，您的地位多么崇高！您的权威多么强大！您的安排多么周全！奴仆之中您想恩泽于谁，便会让他承受您的浩荡洪恩。此处的主人过着富贵已极的生活，享受着各种上等香水，吃着美味佳肴，喝着美酒玉液。您掌握和主宰着众生的命运，使他们有的奔波劳累，有的纳福清闲，有的人欢乐，有的人像我这样终日劳累奔波，受尽屈辱。"

接着，他吟道：

多少世人受苦难，

一生劳累无清闲。

终日艰辛做牛马，

吃喝享乐吾无缘。

我本累得快要死，

复再加码实不堪。

愤看他人尽享福，

独我负重苦无边。

岁月之长可为最，

可曾重负似这般？

此人尊贵又逍遥，

穿金食玉赛神仙。

世人皆都源精血，

我与此君无二般。

孰料贫富天壤别，

美酒与醋不一般。

此话并非说谵语，

是是非非您公判。

脚夫辛巴德吟罢，正打算扛上物件赶路，却见从门里走出一个年纪不大、面容俊秀、身材端正、穿戴华丽的侍童，上前来拉住他的手，对他说道：

"我家主人请你进去说话。"

脚夫辛巴德本想借故推辞，但是没有成功。他只好将头顶上的物件放到门口的过道里，随那侍童走进院内。只见这栋住宅富丽堂皇，无比壮观，透着既温馨又庄重的氛围。席间摆着各种各样的花卉和果品，山珍海味、美味佳肴和玉液琼浆应有尽有，各种乐器，一应俱全。达官贵人和王公贵族，围坐在一起。五彩缤纷的美女们按顺序坐在一旁，各持乐器，边弹边唱。

在宴席的正首，坐着一位受人尊敬的大人物，岁月虽使他两鬓斑白，却依然风度翩翩，他仪表堂堂，神采奕奕，透露出威严、庄重、尊贵和自信的气度。

脚夫辛巴德见眼前这个场面，惊得目瞪口呆。心中暗想："以主起誓，此地定是天堂的地界，或者是帝王的宫殿。"他恭恭敬敬地上前，向众人问候致意。

脚夫辛巴德跪伏于地，向众人问候致意后毕恭毕敬地垂头站立在他们面前。主人请他坐在自己的身边，亲切地与他交谈，欢迎他的光临。主人一边谈一边为他端来各种上好的美味佳肴，脚夫辛巴德口诵"以大慈大悲的主的名义"吃了起来。吃饱喝足之后，他赞美真主，感谢主人的盛情款待。

主人说道："欢迎你，你的白天充满吉祥。你名叫什么？做什么营生？"

"我名叫辛巴德，每天头顶肩扛，为人们搬运，靠收取小费糊口。"

主人笑着说道："脚夫啊，你可知道，你的名字同我的名字一样。我名叫航海家辛巴德。脚夫啊，我想听听你方才在门外吟过的诗句。"

脚夫辛巴德闻言顿感羞愧难当，答道："以主起誓，求您大人不记

437

小人过，莫同我一般见识。因为终日劳累，备受艰辛，到头来却身无长物，一贫如洗，所以人穷志短，教人学得无礼，说话粗俗不堪。方才信口胡诌出几句歪诗，多有冒犯，万望恕罪。"

航海家辛巴德安慰他道："别不好意思，你我既已成为兄弟，就把你方才吟过的诗句再对我吟诵一遍吧！我适才听你在门外吟诵，觉得那诗不错。"

于是，脚夫辛巴德便将他方才吟过的诗又吟诵了一遍。航海家辛巴德听罢，大为赞赏，对他说道：

"你要知道，我有一个奇特的故事，我将把它讲给你听，把我从前的经历和遭遇全部告诉你。别看我今天享受荣华富贵，备受人们尊敬，这一切都来之不易，那是我历尽千辛万苦，经过无数艰难险阻，好不容易才得到的。你可知道我曾经历多少艰险，付出多少辛劳？我外出做过七次旅行，每次旅行都有一个令人难忘的故事。所有这些都是天命，命中注定的事情是无法逃避的。"

辛巴德第一次航海旅行

航海家辛巴德讲道：

诸位尊敬的客人，先父生前经商，是一位社会名流和巨商大贾，拥有家资巨万，钱财无数。他平生乐施好善，博施济众。家父去世时我还是个小孩子，他给我留下了大量钱财、家产和田产。我长大之后，自己经手管理这些财产，便开始花天酒地的生活，终日穿金佩玉，喝美酒、食佳肴。同时，结交了一班年轻后生，终日同这帮酒肉朋友厮混在一起。我原以为这样的日子会永远不变，便一味地吃喝玩乐，挥霍无度。

过了一段时间，我幡然醒悟，恢复了理智。这才发现自己的钱财已经挥霍一空。面对这种情况，我不由得大吃一惊。这一惊，非同小可。我突然想起了从前听人讲起过的圣人大卫王之子所罗门大帝的明训："世上有三种事情胜过另外三种事情：死亡之日胜过诞生之日；活着的狗胜过死去的狮；坟墓胜过宫殿。”

想到这里，我振作起精神，将家中的家具、服饰和房产以及于中所有的东西悉数变卖，凑足 3000 迪拉姆，打算前往异国他乡去谋个营生。这时，我想起了一位诗人作的诗：

> 付出汗水有多少，
> 收获便会有多少。
> 胸怀鲲鹏之志者，
> 自然须要把夜熬。
> 欲求珍珠须下海，
> 欲求富贵须辛劳。
> 不想攀登欲登高，
> 枉求一生也徒劳。

这首诗激励了我，我打定主意，用变卖家产的钱购买了一批货和部分旅行用品，打算从海路出发去实现我的愿望。于是我乘上船，顺流直下，随一伙商人前往巴士拉。我们在海上航行了几天几夜，经过了一座又一座岛屿，从一个海域来到另一个海域，从一片陆地来到另一片陆地。途中，我们每经一地，便停靠上岸，同当地人进行买卖和易货交易。

有一天，我们来到一座岛上。这座岛上风光绮丽，宛如天堂中的一座花园。船长带我们停泊抛锚。搭好浮桥后乘客全部下船，来到岛上。他们各自忙个不停，有的支起锅灶，生火做饭，有的忙着洗浴或游览岛上那绮丽的风光，我也随着人们在岛上四处游览。

正在这时，突然船长站起身来，对众人高声叫道：

“各位乘客，赶快上船，动作快一点！把所有东西都丢下，快逃命吧！大家所在的并不是一座岛，而是浮在海面上的一条大鱼，天长日久，鱼背上积满沙砾，变成一座岛屿的形状，上面长出了树木花草。你们在上面生火煮饭，大鱼受到火烤，感到了烫热，便动了起来。它马上就要带着你们潜入大海，如果不赶快逃命，你们就会被全部淹死，赶快逃命吧！"

航海家辛巴德接着讲道：

船长对众乘客大声叫道："诸位快丢下东西逃命！"众乘客闻听，大惊失色，丢下东西和行李，抛下脸盆和锅灶，纷纷上船逃命。有些人已经上了船，有些人还没来得及上船，那座"岛"便活动起来，带着上面的所有东西沉入海底，顷刻间，波涛汹涌的大海将眼前的一切都吞没了。

我是未来得及上船而留在"岛"上的乘客当中的一个，同所有未来得及逃走的乘客一起沉入大海。但是，至高无上的主拯救了我，他赐给我一块大木板，才使我绝处逢生，免于一死。那木板原是人们洗浴时用的浴盆上的一块木板，被风浪打碎后漂在海面上的。我用手紧紧抓住它，双腿似船桨那样划着水，海浪冲得我左右摇摆。

船长不顾溺水者的性命，扬帆起航，载着已经上船的乘客走了。我眼巴巴地望着那只船，直到它从我视线中消失。我料定自己此番必死无疑，只好听天由命。

夜晚来临，我紧贴在那块木板上，任由风吹浪打。就这样，我趴在木板上，度过了一天一夜，靠风浪的帮助，漂到一个高出水面许多的海岛。岛边有许多垂向海面的大树，我抓住了一棵大树上的一根树枝，借助它攀上海岛。这时我才发现双腿被鱼咬得鲜血淋漓，只因过度伤心和疲惫而毫无感觉。来到岛上，我惊魂未定，便像死人一般昏沉沉地躺在地上，渐渐失去了知觉，直到第二天才苏醒过来。

翌日天亮，太阳照射在我身上，我这才意识到自己身处岛上，起身一看，发现双腿已经肿胀。面对此情此景，我内心不由得十分凄然，我艰难地向前爬行。岛上有各种各样的水果，还有许多清洌爽口的甘泉。

我饿了就吃水果，渴了就喝泉水。就这样过了几天几夜，我恢复了精力和体力，行动也渐渐自如，便一边在岛上四处圭动，观赏至高无上的主所创造的各种树木和花草，一边考虑自己目前的处境。我从树上折下一个树枝，做了一根拐杖，以便行走时借力。

数日的一天，我在岛上散步，忽然影影绰绰地看到远方现出一个影子，我以为那是一只野兽或是一头海兽，便朝它走去。走到近处一看，原来是一匹高头大马，被拴在岛边的海滩上。我刚凑近它，它便对我发出一声长嘶，把我吓得连连后退。我正想折身返回，忽见一人从地面之下钻出来，对我大声吆喝道：

"你是什么人？从何而来？为何要来到这个地方？"

"先生，我是一个异乡人，乘船在海上航行，船在途中遇难，我和一些人落入大海之中。真主赐给我一块木板，我攀上去，在海中漂游，最后海浪将我冲到这座岛上。"

那人听罢我这一席话，顿生恻隐之心。他拉住我的手，对我说道：

"你随我来。"

他带我走进一条地道，把我领进一个地下大厅的的中央让我坐下，然后给我端来一些饭菜。当时我已饿得饥肠辘辘，见他端来饭菜，便狼吞虎咽地吃了起来。吃饱喝足之后，内心变得舒服了许多。于是，我便把自己的故事从头至尾讲给了他听。他听罢之后，大为惊奇。

我讲完自己的故事之后，对他说道："先生，以主起誓，请你原谅，我将自己的真实情况和遭遇已经原原本本地讲给你听，我希望你告诉我你是什么人？为什么要坐在这地下大厅里？又为什么将那匹马拴在海边？"

"要知道，我们是麦赫赖伽国王的御马师，分散住在这座岛上，管理着国王的所有马匹。每当月朗星稀之夜，我们便选一些未怀过孕的良种牝马，拴在岛上。然后，我们躲在这个地下大厅里，免得被人看见。海马嗅到牝马的气味，便会爬到陆地上来，见四下无人，便上前与牝马

外国童话名篇精选

交配。它们交配完之后，海马便想将牝马带到海中去。因为牝马被拴在那里，无法挣脱缰绳而随海马一起走，于是海马大怒，对牝马大声嘶叫，用头撞、用脚踢牝马。牝马被海马连撞带踢，疼得嘶叫不止，我们听到牝马嘶鸣，便知道它们已经交配完毕，海马已从牝马背上下来。于是，便大声吆喝着跑出来，将海马吓跑，让它逃入大海。牝马怀孕妊娠期满，生下马驹，无论公母，每匹都价值世上无与伦比的一库银子。这时辰正是海马出现的时候，如蒙至高无上的主许可，待我们办完事之后，我将你带到麦赫赖伽国王那里去。"

航海家辛巴德接着讲述自己的故事。

那位御马师对我说道："待我们办完事后，我将你带到麦赫赖伽国王那里去。然后，再带你游览我们国家的风光。要知道，若不是碰上我们，你在此地不会遇到一个人。你会在任何人不知道的情况下抑郁而死。这下我救了你，能够让你回到你的祖国。"

我听罢他这一席话，赶忙为他祈祷祝福，感谢他的大恩大德。

正在我们说话的当儿，海马已从海中跃出，来到岛上，它大叫一声，旋即扑到牝马身上交配。交配完之后，它从牝马身上下来，想把牝马带走。因为牝马被拴在那里，走动不得，于是海马大怒，又踢又叫。御马师听到叫声，手持利剑和盾牌，冲出地下大厅。他边朝前奔跑，边大声呼叫同伴：

"大家快来呀，快到马这儿来！"他边喊叫边用剑击打盾牌。这时，一伙人手持矛枪，呐喊着跑来。海马见状，吓得胆战心惊，慌忙逃走，像水牛一般扎入大海，消失在海水之中。

这时候，那位御马师坐下来想休息片刻，只见他的伙伴们每人牵着一匹牝马都来到他面前，见我在他身边，他们便问我是怎么回事。于是，我便将自己的故事讲给他们听。他们听罢围拢过来，摆上宴席，请我同他们一起用餐，我没有客气，便同他们一起吃了起来。吃饱喝足，他们起身上马，带着我前往麦赫赖伽国王的城中。他们把我带到国王面前，我向国王问候致意。国王彬彬有礼地向我问候，然后问起我的情况。于是，我便把自己所见所闻和所遇到的事情从头至尾都告诉了他。

国王听罢，对我的遭遇颇感诧异。他说道："孩子啊，以主起誓，你已经平安脱险，若不是你命大，决不会从这些灾难中安然逃脱。"

国王说完，对我慷慨馈赠，盛情款待，并将我视为知己，任命我管理港口，并负责登记过往船只。于是我便成了他手下的一名朝廷命官。他对我慷慨大方，恩宠有加，在各方面都对我关怀备至，还赏赐我一套华贵的衣服。我时常为百姓利益向国王进谏，为他出谋划策，深得国王信任。就这样，一直过了很长时间。

每当我到海上去登记过往船只，便会向商人、旅行者和水手们打听巴格达城，希望有人能告诉我有关它的情况，我想有一天能同他一起前往巴格达，回到我的故乡。但是，却没有一个人知道巴格达，也无人晓得谁将前去那里。面对这种情况，我感到非常迷茫，不知如何是好？长年身处异国他乡，使我已感到厌倦。在这种万般无奈的情况下，我又心境不爽地过了一段时间。

一天，我走进麦赫赖伽国王的宫殿，见那里有一帮印度人。我上前向他们问好，他们也还了礼，对我十分客气。他们问起我的家乡，我告诉他们是巴格达。然后，我问起他们的家乡是哪里，他们告诉我说，他们来自不同的国家和种族，其中有沙基利亚人，他们是最高贵的民族，从不欺负和压迫任何人。

那次旅行，我听到过许多奇闻，经历过许多逸事，麦赫赖伽国王下辖的群岛之中有一个独具特色的岛屿，名叫卡比勒岛。听其他岛上的居民和过往的旅客一本正经地告诉我们，岛上通宵都能听到敲锣击鼓的声音。我在海中见过一条长达200腕尺的大鱼，还见过一条面孔酷似猫头鹰的鱼。要想将那次旅行见到的稀奇古怪的东西，细讲给你们，那可就话长了。

就这样，我一直在那些群岛上游览，遍赏岛上的珍草异木和瑰丽景色。直到一天，我像往常那样子拄拐杖，站在海边，只见一艘轮船从远方驶来，上面有许多商人。

轮船驶进城市的港口，船长落下船帆抛下锚，然后搭好浮桥，船员们将船上所有的货物全部卸到岸上。他们慢腾腾地卸货，我站在那里为他们登记。我问船长：

"船上还有其他东西吗？"

"是的，先生。在舱底还有一批货物，但货主却在途中一个岛附近淹死在大海里。"

那船长对我说道："这批货物的主人已经淹死在大海里，他的货物还在我们船上。我们想把他的货物卖掉，将货款送给他在和平之邦——巴格达城中的亲人。"

我忙问船长："那位货主叫什么名字？"

"他名叫航海家辛巴德，已经淹死在大海之中。"船长答道。

我听他如此说罢，当下定睛一看，遂对他大叫一声，说道：

"船长啊，你可知道，我就是你方才提到的那位货主。我就是航海家辛巴德！当时我同一伙商人一起下船，登上了那座假岛，在那条巨大的鱼背上漫游。当那条鱼活动起来，你大声叫着要我们上船时，有些人来不及上船，被海水淹没了，当时我就在那些被海水淹没的人当中。但是，至高无上的主却将人们原来洗澡用的大木盆上的一块木板赐给我，使我死里逃生，幸免于难。我爬上那块木板，用双腿作桨，向前划水，靠风浪帮助，来到这座岛上。又是至高无上的主派麦赫赖伽国王的御马师们将我搭救。我将自己的遭遇讲给了国王听，国王听罢，对我格外施恩，任命我为这座城市的港口管理员。于是，我便开始在国王手下效力，他对我言听计从。你船上的这批货物是我的货物，也是我的生计之资。"

"别无他法，惟有仰仗至高无上的真主啦！真是世风日下，人心不古。从此世上再无忠信可言。"

"船长，此话怎讲？我已将自己的故事全都告诉了你，你既已听了我的故事，就该相信我才是，怎可口出此言？"

"因为你听我说这里有一批货，货主沉人大海淹死，便想诈取这批货物。你这么做极不道德，我们亲眼看到他同许多乘客一起葬身大海，他们全部罹难，无一幸免。你怎可妄言你自己就是货主呢？"船长忿忿地说道。

"船长啊！请你先听听我的故事，听罢我的话，你才会明白我是诚实的人，谎言是伪信者的标志。"

接着，我便把自己的遭遇从头至尾对他讲了一遍。船长和船上的商人们，才真的相信我就是货主。他们认出了我，纷纷祝贺我大难不死，死里逃生。

"以主起誓，我们都没有想到你会幸免于难。大难不死，必有后福，主定会赐你长寿。"

他们将货物还给我。我见那些货物上赫然写着我的名字，而且一件也不短缺。我打开货箱，从中取出一些贵重物品，让水手们替我扛着，随我来到王宫。我告诉国王，这艘船便是我落水之前乘坐的那艘。并告诉他，我的货物已经完好无缺地运达，这是从货物中拿出来送给他的礼物。

国王闻听，感到非常惊讶！他证实我所说的全是实话后，对我更加恩宠，赠给我许多东西，作为还礼。我将那批货物悉数卖掉，赚了许多钱，又用那钱在该市购买了一批货物和土特产品。

当船上的商人们准备出发时，我将自己的货物全都装上船，然后进宫面见国王，感谢他的恩赐和大恩大德，并向他辞行。国王恩准，同我告别，临别前还送我许多当地的土产。

我告别国王，登上船，在至高无上的真主的恩顾下开始旅行。那些天风和日丽，海面上风平浪静，真是天公作美。依靠运气和天命的帮助，我们昼夜航行，平安到达巴士拉城。我在巴士拉小住了一段时间后，便带者价值连城的货物、土特产品和行李前往和平之都巴格达。

到达巴格达，我急急忙忙地朝我家所在的那条街奔去。回到家中，亲戚朋友们全都前来看望我，我花钱为自己买了仆人和婢女，然后又花费大量资金，买下许多宅院和田产。我悉心生意，广交朋友，日子过得比先父在世时还要红火。

这是我的第一次旅行。如蒙至高无上的主允许，明天我将向你讲述我七次旅行中的第二次旅行……

然后，航海家辛巴德邀脚夫辛巴德一起共进晚餐。餐后，航海家辛巴德送给脚夫辛巴德100密斯卡尔①金子，并对他说道："你今天使我们过得十分愉快。"

脚夫辛巴德谢过航海家辛巴德，拿着后者赠予他的金子，告辞回家去了。一路上，他边走边想人们遇到的各种稀奇古怪的事情，越想越觉得不可思议。那晚，他回到家中安安稳稳地睡了一觉。

翌日天亮，他如约来到航海家辛巴德家中。航海家辛巴德对他热情款待，让他坐在自己身边。少顷，其他朋友们来到，航海家辛巴德便吩咐摆上酒菜。于是，航海家辛巴德便开口说道：

"诸位兄弟，昨天说到我第一次旅行归来，过上最幸福最愉快的生活。"

辛巴德第二次航海旅行

航海家辛巴德等朋友们到齐之后，便开始接着讲道：

第一次航海归来之后，我过着奢侈豪华、逍遥自在的生活。有一天，我突然心血来潮，打算再次外出旅行。因为我向往经商，喜欢周游列国和天下诸岛，还能挣些钱回来花销。于是，我从我的积蓄中拿出许多钱，采购了大批货物和许多旅行用品，包扎停当。我将货物运到海

---

① 密斯卡尔：阿拉伯古代重量单位。

边，见那里正好有一艘崭新的豪华轮船准备启航，轮船上竖着用漂亮的布匹制成的船帆，船上船员水手众多，给养充裕。我将货物装上船，然后，便同一伙商人一起登船。

我们当日启程，在海上航行，从一个大海驶往另一个大海，从一座岛屿来到另一座岛屿。每在一处停泊，我们便上岸同当地的商人、达官贵人以及买卖人进行买卖和易货交易。

我们边走边进行买卖交易，一路顺顺当当。不料天有不测风云，命运将我们抛到一座海岛。这座岛上树木郁郁葱葱，累累果实缀满枝头。遍地奇花异草，百花争奇斗妍，到处弥漫着花草的馨香。树上百鸟啭唱，声声悦耳；河中流水潺潺，清澈透底。虽然这岛上有如此仙境，却不见一丝人烟。

船长将船靠岸停泊，商人和乘客们全都登上岛，观赏岛上的树木、鸟类和绮丽的风光。他们齐声赞美万能的、独一无二的真主的造化神力。我也同其他人一起来到岛上，坐在树林中一处清澈的山泉旁边，就着甘甜的泉水吃着从船上带下来的食物。微风习习吹来，我顿感十分惬意，不知不觉中竟酣然入睡。那一觉睡得可真香，我在睡梦中享受着那令人惬意的微风和随风飘来的芳香。不料，待我一觉醒来，却见岛上人踪皆无，那艘船已经载着乘客们离去，他们中的众多商人和船员们，谁也没想到我仍滞留在岛上。就这样，我被孤零零地丢在岛上。我孑然一身，一无所有，既无食品，亦无饮料。我心神不安，身体疲惫，精神沮丧到了极点，几乎对生还已经绝望。

我竭力振作精神，在岛上四处乱逛。由于害怕，我不敢坐在任何地方。后来，我攀上一棵大树，从树上朝四下张望。只见四周除去蓝天、大海、树木、鸟雀、若隐若现的礁石与遍地的沙砾之外，什么也没有。我又望了一会儿，发现在岛上有一个白色的庞然物体。于是，我从树上下来，朝那白色物体所在的方向走去。走啊走啊，一直来到它跟前，原来这是一座高耸入云的白色圆形大拱包。我走到近前，围绕它转了一圈，却未见到一个入口。整个拱包光洁如镜，我无法爬上去，便在我驻足的地方做了标记，然后围着拱包测量它的周长，测得其周长足足有五十步之多。我站在那里绞尽脑汁地冥思苦想，试图找到能够进入拱包里面的办法。此刻，夕阳西坠，眼看白天就要过去，可是我依然没有找到一个良策，不由得十分焦急。突然，太阳隐去不见了，天色渐渐变暗。我下意识地觉得太阳仿佛被蒙上了一层薄雾。当时正值夏天，出现这种情况十分反常，我不由得感到有些诧异，便仰起头，朝天上观看。只见一只体积庞大、翅膀宽阔的巨鸟正在天空中飞翔，就是它遮住了太阳，使岛上处于它的阴影之下。我见状不由得大惊失色，这使我想起了从前听常外出旅游的人们讲的一个故事。

在一座岛上，有一只叫做大鹏的巨鸟，用大象喂食幼雏。想到这里，我恍然大悟，断定那个白色的大拱包原来是那只大鹏所下的蛋，遂不由得对至高无上的真主的造化能力发出由衷的赞叹。

就在这时，那只大鹏降落在那个白色大拱包上，用巨大的双翼抱住了它。大鹏将双腿向后伸展着地，在那个白色拱包上入睡了。

我见状，忙从头上解下缠头巾，搓成绳子，扎在自己腰间，然后，将自己紧紧捆绑在大鹏腿上，心中暗想：但愿这只大鹏能将我带到有人烟的地方，那样，要比我孤零零地困在这座孤岛强似千倍。我担心大鹏会在我熟睡时带着我飞走，所以，那夜我通宵未敢合眼。

翌日黎明，天色大亮，大鹏从它所孵的蛋上站起身来，一声长鸣，带着我振翅飞上天空，我感到它已飞到了云霄。少顷，它又稍微降低了一些高度，从云端降落到一个高高的山丘上。待它落到地面之后，我赶忙动手，战战兢兢地从它腿上解下绳结，然后迅速走开。

大鹏用爪子从地面上抓起一个东西，又飞上云霄。我定睛一看，原来，它从地面抓走了一条又粗又长的巨蟒。它抓着巨蟒朝大海飞去，我见状不由得又是大吃一惊。

我信步走着，发现自己身处一个高巅之上，下面有一个巨大的深谷，深谷旁边是一座巍峨的高山，那山高耸入云，一眼望不到顶，任何人也无法攀登上去。我见状不由得暗暗叫苦。心想，还不如留在那座孤岛上呢，那里要比这荒凉之地好得多。因为，岛上有各种水果可食用，有泉水与河水可解渴，而这个地方既无树木可遮荫，又无果实可充饥，更无河水可消渴。别无他法，只有仰仗全知和万能的真主啦！我真是运交华盖，倒霉透顶。本想脱离险境，谁知竟避坑落井，刚刚摆脱一个灾难，却又落入另一个更大的灾难之中。

我振作起来，在那个谷地里行走。突然，我发现谷地的地面全是钻石，就是人们常用来给金属和珠宝钻空、为器皿和玛瑙打眼的那种钻石，它是一种坚硬无比的宝石，铁器和石头均奈它不得。

那个谷地里遍地是蟒蛇和毒蛇，每只都像椰枣树那样又粗又长，最大的蛇可将大象一口吞下。不知为何，那些蛇却害怕被大鹏和隼鹰抓去撕个粉碎，所以昼伏夜出。

我身处那个山谷，内心懊悔不迭。心想："天哪，我这不是自己找死吗?"夕阳西下，夜幕降临。我在那个山谷里战战兢兢地走着，四下环顾，想寻觅一处安全的地方过夜。因为心中对那些毒蛇和蟒蛇万分恐惧，所以早把饥渴疲顿忘到脑后，只是全神贯注地寻找安身之地。我终于发现在离我不远的地方有个山洞，于是便走了过去。来到近前一看，发现洞口很窄，我钻了进去，用力将一块巨石推了过去，用它堵住了洞口。心想："我进了这个地方，这下可安全了等天亮之后，我再出去，看看运气如何?"

少顷，我环顾四周，猛然看见一条正在孵蛋的蟒蛇酣睡在山洞中央。我顿时吓得头发直立，浑身起鸡皮疙瘩。万般无奈，我只好听天由命，随遇而安。那晚，我在山洞里彻夜未眠，直到黎明。

天亮之后，我将堵在洞口的石头挪开，钻出山洞。由于彻夜未眠，再加上忍饥挨饿，担惊受怕，只感到头晕脑涨，像醉汉一样在山谷里蹒蹒跚跚地行走。

　　就在这时，一只被屠宰的羊忽然落在我的面前，四周却不见一个人。我甚感诧异，想起从前听一些商人和旅行家们讲过，钻石山上山高路险，危险重重，任何人也无法爬上去，但是经营钻石的商人们却想出一个高招，他们把羊牵来，将其屠宰，剥去皮，洒上水，然后从山顶上将它扔到谷底。这样，湿嫩的羊肉便会沾上一些钻石，商人们将羊肉丢在谷底半天不管，待鹰隼鹏雕之类的猛禽飞落谷底，用爪子将那羊肉掠起，带至山顶落下，这时商人们便从暗中走出来，对那些猛禽大喊大叫，将它们吓跑，然后跑过去，拣下沾在羊肉上的钻石。不用这种办法，任何人都无法得到谷底的钻石。

　　航海家辛巴德接着对朋友们讲述他在钻石山上的经历：

　　我在钻石山下的谷底里看到突然从上边扔下来的羊肉，想起了从前听到的这个故事，便马上跑过去，在地上拣了许多钻石，装进口袋和衣服，接着，又将缠头巾和胸前胸后塞得满满当当。正在这时，只见一只大羊又落了下来，我便把自己同它拴在一起，我脸朝上躺下，将它抱在胸前，紧紧抓住。突然之间，大羊飞离地面，升到半空，原来是一只老鹰俯冲下来，用爪子将它掠起，飞向空中。那只鹰带着我们越飞越高，一直来到山顶。那只鹰降落后正打算开肠破肚，美餐一顿，忽听身后一阵高声喊叫，伴随着山顶上敲击木头的声音，老鹰受惊飞走，我赶快将自己从羊身上解下来。这时，那位方才冲着老鹰大喊大叫的商人急趋至死羊跟前，见浑身血污、一副骇人形象的我站在那里，早吓得魂不附体，浑身颤栗不止，哪里还敢同我讲话。他将死羊翻来覆去地细细查看，什么也没找到，遂大声叫道：

　　"真让我失望！毫无办法，惟有仰仗真主啦！求主庇护我们免受魔鬼的伤害。"

　　他懊恼不迭，无可奈何地拍着巴掌，神情沮丧地叹道："真让人伤心啊，怎么会是这样呢？"

　　我走到他跟前，未等我开口，他先问道：

"你是谁？为什么要到这里来？"

"你别怕，我是人，而且是好人。我原是一名商人，我的经历曲折，故事离奇，来到这座山上和这个山谷的原因更是令人奇怪。你会从我这儿得到令你高兴的东西。我有许多钻石，我将送给你数量可观的钻石。我手中的任何一颗钻石，都会比你想得到的要好，所以你不用着急，也不用害怕。"

商人听罢满怀感激地为我祈祷祝福，然后，便同我交谈起来。其他商人听到我同他们的伙伴说话，也都走到我跟前，他们每个人都向山谷里抛了屠宰后的羊。他们来到我们面前之后，向我问候致意，祝贺我平安脱险，然后带着我一起离开山顶。我将自己旅途中的经历和遭遇全部告诉了他们，还对他们说明了自己来此地的原因。我拿出许多钻石，送给那位死羊的主人，因为我是悬挂在他的死羊下面才得以逃出钻石谷。那商人欢天喜地，为我祈祷祝福，对我千恩万谢。众商人也纷纷说道：

"以主起誓，你真是福大命大造化大，大难不死，必有后福，这等于你又活了一次。以前，从来没有任何人到过那个地方而又逃出来过。感谢真主使你平安脱险。"

当夜，我看他们在一个既安全又幽雅的地方过夜。想到自己从遍地是毒蛇和蟒蛇的钻石谷安然脱险，来到有人烟的地区，内心感到无比快慰。

翌日天亮，我们在那座高山上的小路向前行走，一路上看到许多蛇。我们走啊走啊，来到一座美丽的海岛中的一个花园，花园中生长着樟脑树，每棵树下都有可供一个人纳凉的树荫。如果有人想取樟脑，只要用一个长东西在树上方捅个洞，然后在底下放上一个器皿，就可以接到从树洞中流出的汁液。樟脑水从洞口中流出，凝结成蜡状，这就是樟脑。此后，那棵树便会干枯，化为柴薪。

在那座岛上，有一种野兽，名叫犀牛，它就像我们国家中的黄牛和水牛那样吃草为生，但它的块头比骆驼还大，它以青草为食，是一种大

外国童话名篇精选

型动物，头顶正中长着一只很粗的独角，体长约有 10 腕尺。

海员、旅客和遍游天下名山大川的旅行家们都说，这种被人们称之为犀牛的野兽，会用它的独角将身高体壮的大象挑起来，头顶着大象在岛上和海边吃草或玩耍，而它自己却浑然不觉，似乎并未感到大象的存在。大象被它用角挑死，经炎热的太阳一晒，身上的油脂便会流到犀牛头上，从它头上又会流进它的双眼，于是，它的双眼便会被大象身上流下的油脂糊住，变得目不能视，形同瞎子，只好躺在海边。这时往往有大鹏飞来，用爪子将它攫起，把它带到幼雏跟前，用它的皮肉和角喂食幼雏。

我在那座岛上还看到无数的水牛，其种类却与我们寻常所见的水牛不大一样。此外，岛上还有一些黄牛。

那些商人用他们的货物和土特产品同我交换钻石，帮我运载那些货物。我同他们一路行走，周游列国，尽览天下美景和真主所创造的一切。从一个山谷来到另一个山谷，从一座城市来到另一座城市。沿途一路进行买卖交易，最后来到巴士拉城。我们在那里小住几日后，终又回到了巴格达。

航海家辛巴德接着讲道：

回到和平之都——巴格达，我便径直朝自家所在的街区走去，我带回了许多钻石和大量无形的钱财，亲戚朋友闻讯全来探望，我对所有亲戚朋友都给予了慷慨馈赠。从此，我便成了家财万贯的富翁，终日花天酒地，过着穿金佩玉的生活。就这样，我一直过着快活的日子，心情舒畅，尽情吃喝玩乐，声色犬马，不一而足。

这就是我第二次旅行所发生的一切。如蒙真主允许，明天我将对你们讲述我第三次旅行的情况。

航海家辛巴德对脚夫辛巴德和在座的朋友们讲完他第二次旅行的故事，众人皆惊讶不已。末了，他们共进晚餐。吃饱喝足之后，航海家辛巴德吩咐赏给脚夫辛巴德 100 密斯卡尔黄金。脚夫辛巴德谢过航海家辛巴德，拿着赏金离去了。回到家中，他为航海家辛巴德祈祷祝福。

翌日醒来，天色大亮。脚夫辛巴德遵照航海家辛巴德的吩咐，径直来到他家。航海家辛巴德对他的到来表示无比欢迎，等其他朋友们到齐之后，大家一起共进早餐，他们尽享美味佳肴，个个心情愉悦，乐不可支。

吃饱喝足之后，航海家辛巴德便又开始讲述他第三次航海的故事。

辛巴德第三次航海旅行

航海家辛巴德接着讲道：

诸位兄弟，请听我对你们讲述我第三次航海的故事。它比前两次航海的经历更为离奇和引人人胜，真主在冥冥之中最清楚，裁决也最英明。

我第二次航海归来，兴高采烈，心情格外舒畅。经历千难万险，平安归来，焉能不高兴？正像我昨天同你们所说的那样，我第二次航海满载而归，带回来大量钱财，真主对我失去的东西给予了充分的补偿。我心满意足，逍遥自在地在巴格达住了一段时间，接着，便又想外出旅行散心。我渴望那种买卖经商、赚钱获利的生活，人的内心是邪恶的标志。于是，我便采购了大最适宜海上运输的货物，捆扎起来，打算将这些货物从巴格达运到巴士拉。我来到海边，见那里正好有一艘大船准备起航，船上有许多商人和乘客，全是正派之人，其中有待人和气的水手，也有一心向善的教民。我同他们一起上了那条船，乘客们向至高无上的主祈祷，求主保佑一路平安。轮船在一片祈愿声中扬帆起航，开始了航行。

我们一路航行，从一个海域驶向另一个海域，从一座岛屿驶向另一座岛屿，从一座城市来到另一座城市，每到一地，我们都观光游览，进行买卖交易。一路上，大家高高兴兴，和睦相处。有一天，我们航行在波涛汹涌的大海上，船长站在船舷，注视着茫茫的海面。突然，他用手掌抽打自己的嘴巴，扯自己的胡子，撕自己的衣服，接着落帆抛锚，继而大叫起来。我们忙问：

"船长，你这是怎么啦？"

"各位乘客，海风将我们的船刮离了航线，命运将我们抛到了猴山。此山从未有人去过，也从未有人能够从此山安然逃脱。"

我一听，便预感到此番凶多吉少，说不定众人将会全部命丧此地。

船长话音未落，只见成群结队的猴子朝我们跑来，将船团团围住。它们如同飞蝗一般，密密麻麻地站满了船舷和海滩。我们担心，若是有谁打死一只猴子或是驱赶它，它们便会将我们统统咬死。我们站在那里，战战兢兢，生怕它们将我们的干粮和行李掠去。它们是最卑鄙无耻的野兽，有着狮子般的铁石心肠。它们看我们的目光令人心悸，无人明白它们的言语，也无人清楚它们的打算。它们是一群与人为敌的野兽，天生的小眼睛，黑面孔，身材矮小，身长约为四拃。

猴子们爬上缆绳，用牙齿将它咬断，然后又将船上所有的绳子都咬断，船被风一吹，向岸边倾斜，最后搁浅在猴山附近的陆地。于是，猴子们将船上所有的商人和乘客统统押到岛上，又将船是所有的东西抢掠一空，统统带走。

我们在岛上采摘树上的各种干鲜水果，就着河水裹腹。我们正在觅食行走之时，岛中间一座房子赫然出现在我们面前。

我们朝那座房子走去，原来这是一座宏伟的宫殿。宫殿四周有高高的围墙，门口有两扇洞开着的紫檀木大门。我们走进宫殿大门，发现里面有一个像围场那样宽广的马厩，四周有许多门，中央有一座高高的大石台，石台上面有一个大火炉，火炉上摆放着许多烹调用具。四周有许多骨头，却不见一个人影。我们见状，颇感惊奇，于是，便坐在那宫中的马厩中稍事休息，此后便在那里睡着了，从中午一直睡到日落西山。

突然之间，地动山摇，只听得半空中传来一声震天动地的吼叫，接着，便有一个似人非人的庞然大物从宫殿顶上降落下来。只见它皮肤黝黑，身材伟岸，宛如一棵粗大的椰枣树，双眼如同两把火炬，满口生着野猪般的獠牙利齿，井口般的血盆大口，骆唇似的厚嘴唇，下唇垂到胸前，双耳如毯，垂到肩头，双手指甲利如兽爪。

我们见它这副凶恶的相貌，全都吓得惊恐万状，目瞪口呆。由于过度惊吓，个个都像死人那样，呆呆地站在那里一动不动。

我和其他旅伴们见到那个面目狰狞的庞然大物，全都吓得魂飞魄散。它从宫殿顶上降落到地面，在大石台上稍坐片刻，便起身来到我们面前，伸手将我从同伴们中间抓起来，用手拎着，翻来覆去地掂量。我在它手中仿佛就是它的一小口食物。它就像屠夫掂量被屠宰的羊一般掂量着我，见我浑身上下骨瘦如柴，又由于我受到极度惊吓而身体虚弱，再加上旅途疲顿而显得十分憔悴，浑身上下没有多少肉，便松手将我放下。然后，抓过另一个同伴，就像方才掂量我那样拎着他翻来覆去地掂量了一番。就这样，它挨个掂量了每一个人，最后拎起了船长。船长肩宽体胖，浑身结实，那庞然大物一见，满心欢喜，像屠夫抓他的屠宰物一般，一把将他拎起，摔倒于地，上前用脚踩住他的脖颈，伸手拿过一根铁钎子，从他喉咙插进去，又从他肛门里穿出来。然后，它生起熊熊烈火，把串着船长的铁钎子架在火上烧烤。它不停地转动火上的铁钎子，直到将肉烤熟，才从火上取下来，扔在面前，像劈小鸡一样将他劈开，用手指甲撕扯着他的肉吃。

就这样，它将船长的肉吃完了，又啃他的骨头，最后将剩下的骨头扔到宫殿一侧。吃完船长，它坐下稍事休息后就躺在石台上睡着了。片刻之后，他发出如雷的鼾声，那鼾声类似羊或其他牲口被屠宰前发出的哀鸣。它这一觉直睡到天亮，醒来后便起身出去了。当我们确认它已经走远，便开始议论纷纷，为我们那岌岌可危的生命而哭泣。大家都说，与其这么放在火上被烤死，还不如我们淹死在大海里或者被猴子们吃掉好呢！这种死法太残忍啦！但是，真主的意愿是不容违抗的，别无他法，惟有仰仗全知和万能的真主啦！我们将要这样悲惨地死去，却无人

外国童话名篇精选

知道。到了这个倒霉的地方，简直没有一线生还的希望。

我们强撑着站起身，走出宫殿，在岛上寻找隐身之地和逃跑的路线。只要不被烈火活活烧死，死亡对我们来说已经无所谓了。我们在岛上找了半天，也未找到一处藏身之地。眼见天色已黑，我们有心想在外面露宿，只是内心惶恐不安，只好又回到宫殿。我们刚坐下，便听得地动山摇，那个黝黑的庞然大物又来了。它来到我们面前，又像第一次那样把我们挨个拎起来掂量，看中我们之中的一个人后，便将他抓过来，像第一天对待船长那样如法炮制，将他串在铁钎子上烤熟之后吃掉。吃完之后，倒头便睡。天亮之后，它又像往常那样，把我们丢在那里，自己出去了。我们聚集在一起，议论纷纷，大家都说，以主起誓，即使我们投身大海淹死，也胜过被放在火上烧死，因为这种死法实在是惨不忍睹。其中一个人说道：

"诸位听我一言，我们与其这样等死不如设计杀死它，以免受其祸害，也为天下的穆斯林绝除后患。"

我对大家说道："诸位兄弟，请听我说，假如我们要想杀死它，必须先把这些木头运出去，造一只像船那样的木舟。然后，我们再想法杀死它，乘上木舟，到海上真主所愿意的任何地方去，或者我们在此地坐等轮船经过，搭船离开此地。倘若我们未能将它杀死，也可以乘木舟逃到海上，即使落入大海淹死，也比被放在火上烧死，然后任人宰割要强千倍。逃得了便逃，逃不了落入大海淹死，我们也死得其所。"

"以主起誓，这是一个好主意，是一个明智之举，我们大家都赞成。"

于是，我们便开始实施我们的计划。先把木头搬到宫殿外面，造了一只木船，然后将它拴在海边，又往里面存放了一些食品。做完这一切后，我们又搬些木柴返回了宫殿，以免那庞然大物看出破绽。

入夜时分，又是一阵地动山摇，那个黝黑的庞然大物像一只惯于咬人的疯狗冲进了洞里。然后，又把我们挨个拎起来掂量，最后看中我们其中的一个人，便把他抓过去，像对待前两个人那样如法炮制。将他吃掉之后，又在石台上睡去。片刻之后，便鼾声如雷。我们悄悄起身，拿过两根竖在那里的铁钎，放到熊熊燃烧的火上，直烧得红如炭火。我们紧紧握着两根铁钎，来到鼾声如雷的庞然大物面前，趁它熟睡之机，对准它的双眼，大家一起用力狠狠戳了下去，那两根铁钎深深地戳进它的双眼。它大吼一声，震天动地，吓得我们胆战心惊。

那庞然大物强忍着巨痛，从石台上站起来，四下摸索，我们左闪右躲，但却惊恐万状。不料，那庞然大物却朝大门走去，摸摸索索地出了大门，然后一阵狂吼，把我们脚下的地面震得发抖。它出了宫殿，绕来绕去，越绕离我们越远，最后渐渐消失了。少顷，它带着一个雌性的庞然大物又返回来了。那雌性庞然大物比它块头还大，也比它更野蛮。我们见状不由得心惊胆战。我们迅速来到海边，解开我们拴在海边的木舟，跳上去，奋力划动。那两个庞然大物见我们上木舟逃跑，便用巨石朝我们打来，我们绝大多数人都被它们的巨石砸死了，只剩下我同另外两个人侥幸逃脱。木舟载着我们来到一座海岛。

航海家辛巴德接着讲道：

我们走啊走啊，一直走到太阳落山。这时，夜幕已经开始降临，我们只好找了个地方睡下了。没有多长时间，我们从睡梦中惊醒，发现一条又粗又长的巨蟒将我们围在中间。只见它体形庞大，腹大无比。它朝我们之中的一个人袭来，一口便生生将他连头带肩吞进去，接着，又将他身体剩余的部分吞入腹中。我们听到同伴的骨骼在巨蟒腹中被挤压得咯咯作响，其状惨不忍睹。那巨蟒吞掉我们一个伙伴后便离去了。我们吓得魂飞魄散，既为我们难以自保的生命而焦心，又为失去同伴而悲伤。心中暗想："天哪，这事情太离奇古怪啦，每一种死法都比前一种死法更为惨痛。"我们刚刚庆幸自己摆脱了那个黝黑的庞然大物的魔爪，没想到，又遇上了这条狠毒的巨蟒。别无他法，惟有仰仗真主，听天由命了。主啊，我们该怎样摆脱面前这场灾难呢？

我们站起身来,在岛上无精打采地行走着,饿了便吃树上的果实,渴了便喝小河中的流水,就这样一直挨到天黑。我们看到一棵很高的大树,便攀了上去。我比同伴攀得更高些,在一根树枝上睡下。

夜幕降临,天地间一片黑暗,那条巨蟒又来了,它左右环顾后径直朝我们所在的那棵大树爬过来,它爬到树上,来到我的同伴跟前,一口将他连头带肩吞了下去,我真真切切地听到同伴的骨骼在蟒蛇腹中被挤压得咯咯作响,而后便见蟒蛇将他全部吞进腹中。蟒蛇吞吃了我的同伴之后,便爬下树,扬长而去。那一夜,我吓得趴在树上,一动也不敢动。

翌日早晨,直待天色大亮,我像被吓死的僵尸一般,战战兢兢地溜下树来。我本打算投海自尽,彻底摆脱世间的苦难,但我的生命却不容许我对它如此轻慢,因为生命是宝贵的。于是,我找来一些宽木板,横着绑在脚上一块,然后,在胸前胸后和左右两肋分别竖着绑上一块,末了,在头顶上横着绑上一块又宽又长的厚木板。这样,我整个人置身于木板中间,我将那些木板捆牢,然后便整个地躺在地上,我睡在那些木板中间,那些木板像笼子一样环绕着我。

入夜,那条蟒蛇又像往常那样来了。它望见我,便朝我爬来。它围着我转来转去,却无法接近我。我被吓得像死人一般,瞪大眼睛看着它。那蟒蛇一会儿离我而去,一会儿又折身返回。如此这般,反反复复。每当它接近我,想将我吞掉,那些紧紧绑在我身上的木板便将它挡住。就这样,从日落一直相持到黎明。天亮之后,太阳升起,那蟒蛇才悻悻离去。

蟒蛇走后,我伸手解开紧紧捆在身上的那些木板。被那条可恶的蟒蛇折腾了一夜的我,早已精疲力竭。我强撑着站起身来,向前走去,一直走到岛的尽头。我朝海面上望去,只见远方有一只船正在波涛汹涌的大海中破浪行进。我赶忙抄起一根大树枝,一边对船上的人大声喊叫,一边朝他们挥舞着树枝。

那船驶近我身边，船上人将我搭救到船上，询问我的来历。我便将我的遭遇和遇到的惊险，从头至尾讲给了他们听。他们听罢，大为惊讶。他们给我拿来衣服，让我穿上遮体。接着，他们给我拿来一些干粮，我便狼吞虎咽地大吃起来。他们又给我端来清凉的淡水，喝下之后，我精神为之一爽，心情也舒畅了许多。我在船上安然休息了一段时间，精力恢复如前。是至高无上的主给了我第二次生命，于是，我赞美至高无上的真主，感激他赐予我的浩荡洪恩。

我原来以为自己此番必死无疑，却蒙真主暗佑，死里逃生。如今，精力和体力恢复如初，而我却不敢相信这一切是真的，仿佛觉得自己仍身处梦中。我们继续在海上航行，托至高无上的真主之福，我们一路顺风来到一座名叫塞拉希塔的岛屿。

我搭乘的那条船停靠在一座名叫塞拉希塔的岛屿，所有的商人都下了船，登上岛屿。船长望着我说道：

"你听我说句话，你是一个身无分文、穷困潦倒的异乡人，你告诉我们你经受了许多大难，我的意思是想帮你一把，助你回到家乡，好让你为我祈祷祝福。"

当下我便回答他说："悉听吩咐。我将会铭记您的大恩大德，为您祈祷祝福。"

于是，他对我说："原来有一位乘客，我们丢失了他，现在也不知他是死是活，我们一直没有听到他的消息。我想由我来为你支付搬运费，你在这座岛上贩卖这些货物，并负责保管，然后我给你一些辛苦费，剩下的钱我们带回巴格达城，打听他的亲属，将卖得的钱交给他们。你愿意承接这些货，将它带到岛上去，像其他商人那样去叫卖吗？"

"先生，悉听您的吩咐。我将终生不忘您的大恩大德，为您祈祷祝福。"

我谢过船长，他当即吩咐搬运夫和水手们将那批货搬到岛上。这时，船上的记账员说道："船长啊，水手和搬运夫们搬出的这批货，我记在哪位商人的名下？"

"你就记在原来同我们在一起，后来在海岛附近溺水，至今音信皆无的航海家辛巴德名下好啦！我想让这个异乡人将这批货卖掉，卖得的货款，给这异乡人一些辛苦费，剩下的钱我们带回巴格达城，如果我们找到他，就将钱直接交给他。若是我们找不到他，就将钱交给他在巴格达的亲属。"

记账员说道："此言不差，这是个好主意。"

我听船长的说话惊喜交加，心想："天哪，我就是航海家辛巴德，我就是在那座岛附近同许多人一起落入水中的。"

当时我硬挺着没有说话，等商人全都上船，聚集在一起，谈论和回忆买卖交易的时光，我走到船长面前，对他说道：

"船长啊，你可知道你让我代卖的这批货的主人情况如何吗？"

船长答道："我一点也不知道，但他是巴格达人，名叫航海家辛巴德，途中我们在一个海岛停泊，许多乘客落入海中，他同他们一起失踪了，至今没有他的消息。"

船长说到这里，我大叫一声，对他说道：

"一路平安的船长啊，要知道，我就是航海家辛巴德，我并没有被淹死。当时，你在岛边停泊抛锚，我也随大家一起上了岛。我随身带了一些食物，便在岛上吃起来。我坐在那里，怡然自得，好不自在。不知不觉间，一阵困意袭来，我在那里睡着了，陷入深深的梦乡。待我醒来，不见了船，四周一个人影也没有。这些钱财是我的。这些货物也是我的货物。在钻石山上，所有贩运钻石的商人都见过我，他们可以证明我就是航海家辛巴德。"

说完，我又将自己的遭遇讲了一遍。商人和乘客们听了我这番话，全都聚集到我身边，有人相信，有人怀疑。正在这时，一位商人听到我提起钻石山和钻石谷，便站起来走到我跟前，对众人说道：

"诸位，请听我一言。过去我对你们讲起我在旅途中遇到的最离奇的故事，告诉你们我曾与同伴们站在山顶，往钻石谷里投掷被屠宰的羊。那天我像往常那样，将我的死羊扔进钻石谷，待到老鹰将死羊攫到山顶，我却发现有一个人附在死羊身下随死羊来到山顶。你们当时全都不信，说我撒谎欺骗你们。"

众人答道："不错，你对我们讲过这件事，我们没有相信你的话。"

那商人接着说道："这位就是附在我那只死羊下边被老鹰攫到山顶的那个人。他曾送给我一些绝无仅有的昂贵钻石，补偿了我的损失，比我的死羊身上应该沾上的钻石数量还要多。我邀请他陪同我去了巴士拉城，此后他便回到家乡去。我们与他告别之后，便也返回国内。就是他，他告诉我们他名叫航海家辛巴德。你们要知道，他今天到我们这里来，就是要让你们相信我对你们所讲的话千真万确。这些货物全是他的谋生之本，此话是他与我们初次相遇时所讲，由此证明，他的话忠实可信。"

船长听罢那商人这番话，还不放心。他心生一计，来到我面前，目不转睛地盯了我好长时间，然后问我：

"你的货物有何标记？"

我告诉了他，又对他提起了当时我在巴士拉同他一起上船的情景，以及我与他之间发生的事情。船长这才确信我就是航海家辛巴德，他上前同我拥抱，向我问候致意，祝贺我平安回到船上，他对我说道：

"先生，你的故事委实离奇，简直令人不可思议。感谢真主，使我们重新相聚，将货物和钱财物归原主。"

船长和船上的商人们确认面前的这个人就是航海家辛巴德，船长对他说道：

"感谢真主，他将你的货物和钱财物归原主。"

航海家辛巴德接着讲道：

当下我便轻车熟路地开始料理那批货。那次旅行，我赚了许多钱。我们在沿途各个岛屿一路进行买卖交易，最后来到信德巴德地区，在那

外国童话名篇精选

里，我们也照常进行了买卖交易。我在海上还见到了无数奇形怪状的东西。比如，我看到一条状似黄牛的鱼和一种形状似毛驴的水兽，一种从贝壳里飞出来的鸟，它在海面上下蛋孵雏，从来不会飞离海面到陆地上来。

蒙至高无上的真主的许可，我们继续在海上旅行，天公作美，我们一路顺风行舟，不一日来到巴士拉。我在巴士拉小住几日后，便前往巴格达。

到了巴格达，我径直朝我家所在的街区奔去。走进家门，见到亲友，一一向他们问好。平安归来，回到祖国，见到亲人，见到生我养我的城市和故乡，我心花怒放。我向孤儿和寡妇大量施舍与馈赠，还给他们置买了衣服。

这次旅行，我赚了数不胜数的钱财。我终日和朋友们吃喝玩乐，喝美酒，食佳肴，醉心享受，同时，还广为交际，将旅途中遇到的所有艰险和经历讲给他们听，所有苦难统统忘到脑后。

这就是我此次旅行亲眼见到和亲身经历的最离奇的故事。如蒙至高无上的主允许，明天你再到我这里来，听我对你讲第四次旅行的故事。

航海家辛巴德吩咐手下，像往常那样送给脚夫辛巴德一百密斯卡尔黄金。接着，航海家辛巴德吩咐大摆宴席，在座的朋友们都怀着惊喜的心情，同航海家辛巴德共进晚餐。

吃罢晚宴，大家都回家去了。脚夫辛巴德拿上航海家辛巴德赏给他的黄金，怀着惊讶不已的心情回家睡觉去了。

翌日天亮，脚夫辛巴德起床之后，做了晨礼，便朝航海家辛巴德的家中走去。航海家辛巴德满心欢喜地迎接了他。等其他朋友们到来齐后，佣人端来饭菜，于是他们便一起吃喝起来。吃饱喝足之后，航海家辛巴德便开始对众人讲述他第四次航海旅行的故事。

辛巴德第四次航海旅行

航海家辛巴德对众人讲道：

诸位兄弟，我回到巴格达，与伙伴和朋友们聚集在一起，心情无比高兴。由于如今自己钱财无数，富埒王侯，所以早将旅途中落难时节的遭遇统统忘到脑后。我终日沉溺于吃喝玩乐，与一帮酒肉朋友厮混在一起，过着最奢侈豪华的生活。过了一段时间，我那不安分的野心又开始怂恿我外出旅行，我内心渴望结交异邦朋友，向往买卖赚钱的生活。我主意已定，便置办了一批适宜海上运输的贵重货物，打成许多包，从巴格达运到巴士拉，在那里将货物装上船。然后，我由巴士拉一大帮富商巨贾陪同，登船开始旅行。轮船在一片祈求真主保佑的祈祷声中驶出港口，开始在波涛汹涌的大海中航行。天公作美，我们一路顺风行船，倒也平安无事。

我们就这样一连航行了几天几夜，从一座岛屿来到另一座岛屿，从一个大海来到另一个大海。直到有一天，我们遇到了变向风，船长便下令抛锚，让船停泊在大海中间。

面对这种处境，我们只好一起祈祷，祈求至高无上的主保佑。突然，一阵飓风刮来，将船帆撕得粉碎，船上的人以及他们的所有货物、行李和钱财全都沉入大海之中。我也同其他人一道落水，然后在大海中漂浮了半天。本来，我已经放弃了求生的努力，但是至高无上的真主却赐给我一块船板，于是我便同一帮商人爬了上去。

我们全都攀上船板，齐心合力，用脚作桨奋力划水，就这样我们在海上漂泊了一天一夜。

翌日天亮，海上起了大风，大海变得波涛汹涌，狂风巨浪将我们抛到一座海岛。由于疲顿和熬夜，再加上饥寒交迫，连惊带怕，又喝不上水，当我们爬上海岛时，个个就像死人一般。过了一阵儿，我们渐渐恢复了体力，便在岛上四处游走，我们发现了许多植物，便采食了一些充饥。那晚，我们就住在了岛上。

翌日天明，晨曦初露，我们起身在岛上继续寻找，发现远处有一幢楼房，我们便朝它走去。

　　就在我们来到那楼房跟前的时候，从里边走出一群赤身裸体的人，他们不由分说，便将我们全部抓住，带到他们国王面前。国王命我们坐下，然后给我们端来饭菜，那种饭菜我们一辈子既没吃过，也没见过。同伴们全都吃了起来，惟独我对它不感兴趣，所以没有吃。正因为这样，我才活到现在，这全是至高无上的主对我格外恩顾。

　　我那些同伴吃了那些饭菜之后，顿时情况大变：一个个精神错乱，神志不清，变得像白痴一样，只顾埋头傻吃。接着，那群赤身裸体的人又端来椰子油给他们喝，然后又用椰子油涂满他们全身。我那些同伴喝了椰子油，顿时变得目光迷离，别无他顾，一门心思只顾闷头傻吃，那狼吞虎咽之状与他们平日斯斯文文的模样大相径庭。

　　看到同伴们这副模样，我惊恐万端，既为他们感到万分痛惜，也对自己的命运忧心忡忡，不由得对那些赤身裸体的野蛮人万分恐惧。我仔细观察之后，发现那群人原来是一帮拜火教徒，他们的国王是一只大猩猩。凡是来到他们国家的人，或是在山谷和路上被他们遇到的人，都难逃他们的魔掌。他们将过往行人带到国王面前，让他们吃那些饭菜，而后往他们身上涂抹椰子油。这样，他们的肚子便会越撑越大，见到饭菜便会饕餮大吃。从而心智迷乱，思维丧失，变得像体大智弱的骆驼一般，见了那些饭菜和椰子油便食欲大发，一直吃到身体又粗又胖。这时，他们便将其杀掉，放到火上烤熟，然后献给国王。而那些国王的亲信，则往往等不得烧烤便抓过人来生吃。

　　我那些伙伴由于处于极度的意乱心迷状态，对别人的摆布毫无知觉。那些人将他们交给一个人，那人便每天带领他们出去，像放牧牛羊一般吆喝着他们吃草。而我则由于担惊受怕，再加上终日不敢吃喝，所以变得十分瘦弱，一副病恹恹的样子，浑身瘦得皮包骨头。

　　他们见我如此瘦弱不堪，便丢下我不管，渐渐将我遗忘。一天，我趁他们不备，便悄悄溜了出来，在那座岛上一直往前走，一直走到太阳照到山顶上和河床里。我走累了，又饿又渴，便采集岛上的青草和其他植物充饥。填饱肚子后，勉强有了一口气，我便强撑着站起来，继续向前行走。我昼夜兼程，日夜不停，一直走了七天七夜。

第八天早晨，我忽然瞥见远处有个影子，于是我便朝那影子奔去，走到日落方才赶到那影子附近。我内心害怕遇上前两次的厄运，便站在远处定睛观看。只见那里有一帮人在采集胡椒。待我走到近处，他们便都朝我跑过来，将我围在中间，问道：

"你是什么人？从何处而来？"

"诸位，我是一个可怜的异乡人。"说罢，我将自己经历的艰难险阻都告诉了他们。

他们听罢，齐声说道："以主起誓，你这故事太离奇啦！可是你怎么摆脱掉那些黑人，你在这座岛上是怎样从他们把守的关口溜出来的？他们的数量很多，专吃人类，没有任何人在他们手中能够幸免，也没有人能够通过他们占据的地盘。"

我将自己同那些黑人之间发生的事情讲给他们听，他们听完我的叙述，纷纷祝贺我平安脱身。

他们让我坐在那里稍事休息，等他们将手中的活计做完后给我端来一些饭菜。当时我正饥肠辘辘，便张开大口吃了起来，吃饱喝足之后，我又在那里歇息了一个时辰。此后，他们带我上了一条小船，来到他们居住的岛上。他们将我带到他们的国王面前，我向国王问候致意，他欢迎我的到来，问起我的来历。我便将自己从离开巴格达城直到此地的经历和种种奇遇原原本本地讲给他听。国王和在座的所有人听罢，都甚为惊奇。国王吩咐设宴，我开怀大吃，吃饱之后净过手，我感谢至高无上的主的浩荡洪恩，赞美主的恩顾。

尔后，我离开国王，到城中四处观赏。只见城中居民甚众，是一个富庶之邦，广有钱粮，集市繁华，商品充盈，买卖人比比皆是。我非常高兴，心情也舒畅了许多。那里的人都十分和蔼可亲，我在那城中和国王面前颇受尊重，甚至超过了城中的显贵和朝中的大臣。后来，我发现王国上下无论大人小孩全都骑着漂亮的骏马，而马背上却没有鞍子。我感到十分惊奇，便问国王：

"主上啊，您为何不骑在马鞍上呢？坐在马鞍上对乘骑者来说十分舒适，又能借上劲。"

国王答道："马鞍是什么东西？我们一辈子也没有见过，更没有坐过。"

我对国王说："您能否允许我为您打造一副马鞍，您坐上试试看，行不行，效果如何。"

国王对我说："那你就打造吧。"

"请您命人给我拿一些木料来。"

国王按我的要求，命人将我所需要的一应物品悉数备妥。我找来一位手艺高超的木匠，教他如何制造马鞍架。我拿来一些羊毛，经过挑拣筛选之后，做成毡子，充作鞍垫。又拿来皮子，将马鞍架包住，然后磨光上面的碎毛，串上肚带捆紧。然后，又去铁匠那里，向他描述了马蹬的形状，他便照我的描述打了一副马镫，锉平之后，镀上一层锡皮。我又在马鞍上系上绸穗，然后，来到御马厩挑选了一匹上乘的御马，将打造好的马鞍绑在马背上，再挂上马镫，套上缰绳，牵到国王面前。国王一见满心欢喜。他谢过我，骑上马遛了一圈，对那马鞍十分满意，他赏给我许多财帛，作为我的酬劳。

宰相见我为国王打造了一副马鞍，便要我也为他照样打造一副。朝中大臣和达官贵人见马鞍如此精美，也纷纷央求我为他们各打造一副。于是，我便着手为他们打造马鞍。我教会了木匠制造马鞍架，又教会了铁匠打造马镫。就这样，我开始大张旗鼓地制作马鞍和马镫，向王公大臣和侍卫们出售。我挣了好多钱，在他们中间也开始享有很高的地位，他们也更加敬重我。有一天，我兴高采烈、踌躇满志地坐在国王面前，只听国王对我说道：

"你现在成了我们中间备受尊重和爱戴的人，成了我们之中的一员。

我们舍不得你离去，也不能容忍你出城，我要你做什么，你必须听命于我，不得违背我的旨意。"

我答道："国王啊，您要我做什么，我决不违背您的旨意。因为您对我有莫大的恩惠。赞美真主，我已经成为您的一个仆人。"国王接着说道："我要你在我们这里成婚，娶一位既富有又貌美的绝色佳人为妻，成为我们这里的居民，同我一起住在宫中。你不得违抗我的命令，也不得违背我的旨意。"

我听罢国王这番话，颇感难为情。由于十分害羞，所以沉吟半晌未语。国王见状便问道：

"我的孩子，你为何不回答我？"

"主上啊，您是万世之王，您的命令小人岂敢不从。"

国王闻言，马上派人请来法官和证人，当下便将一位出身高贵的名门闺秀许配给我。那女子出身望族，血统高贵，家中极为富有，广有田产，家财无数，且生得天姿国色，异常美丽。

国王赠给我一处既宏伟又漂亮的单门独院，还送我许多仆人和侍从，并按月配给他们粮饷和薪贴。我心情舒畅，生活得十分逍遥自在，忘记了先前所遇到的全部艰辛和危难时节。心想："有朝一日，我将带着妻子一起回家乡。"命中注定的事情一定会发生，一个人不会知道他将遇到什么事情。新婚燕尔，夫妻相亲相爱，如鱼得水。我们过着最甜蜜的生活，喝着人生最甘美的泉水，就这样我们甜甜蜜蜜地过了一段时光。

一日，邻居的妻子去世，我前去吊唁。那邻居是我的好朋友，见他忧心忡忡，心绪不宁，我便走到他跟前，向他表示慰问，劝他说道：

"尊夫人去世，请你节哀，不要过于伤心，主会赐你一位比她贤惠的女子作为补偿。托至高无上的主保佑，你来日方长，日子还远着哪！"

不料，他听了我的话，竟放声大哭起来，悲悲切切地对我说道："我只能在世上再活一天，怎么可能再另娶妻室！换句话说，我只剩下

国外童话名篇精选

一天时间，主怎么会再赐给我一位比她更贤惠的女子呢？"

我忙止住他的话说："老兄，你理智一些。不要给自己的生命念丧经。你活得好好的，怎么能说自己明天就要死呢？"

他答道："朋友，以你的生命起誓，明天你就见不到我啦，以后你再也见不到我啦！"

我忙问他："这话从何讲起？"

"今天人们埋葬我妻子，也会将我同她一起埋进坟墓。这是我们国家的风俗习惯。如果妻子去世，便将其夫活活埋掉；如果丈夫去世，便将其妻活活埋掉。免得生活伴侣去世后剩下一个人活在世上享受。"

我听罢吃惊地说道："以真主起誓，这种风俗习惯太糟糕啦，任何人都难以承受。"

正在我们说话的时候，城中管事的人们来到，向他表示慰问。然后，按照习惯开始料理遗体。他们抬来一副棺材，将遗体和我的朋友同时入殓，然后抬着他们朝城外走去。来到海边山脚下的一个地方，他们走上前，掀起一块巨石，下面露出一个状似井栏的石栏，原来那是山脚下的一口大井。他们将我的朋友的妻子扔进去，然后，他们又将我那朋友带来，用一条大粗绳绑在他胸口，将他放进井里，同时，给他往井中带下去一大壶淡水和七张大饼做干粮，待他到达井底，上面的人便让他解开绑在自己身上的粗绳。人们将粗绳拉上来，用那块巨石照原样将井口盖上，然后扬长而去，将我那位朋友丢在了他过世的妻子身边。

我看了这一幕后心想："天哪，这后死要比前死难多了。"随后，我去见国王，对他说道：

"主上啊，你们国家里怎么能将活人和死人一起埋掉呢？"

国王答道："你要知道，这是我们国家的风俗习惯。如果丈夫去世，我们便把他妻子同他一起埋葬；如果妻子去世，我们便将她丈夫同她一起埋葬。以便使他们生死不分，这是我们从祖先那里继承下来的风俗习惯。"

"陛下，像我这样的异乡人如果妻子去世，你们也要像对待这位丈夫那样对待他吗？"

"是的，我们将把他同他妻子一起埋葬，就像你昨日见到的那样。"

听了国王这番话，我惊得肝胆欲裂，魂飞魄散。我为自己的性命担忧，生怕我妻子先于我去世，他们将我活生生地同她埋在一起。未来的事情，谁也不能未卜先知。想到这里，我的心稍稍宽慰了一些，打那之后，我便在一些事情上豁达了许多。岂料此后没过多长时间，我的妻子病倒了，连喝汤带吃药折腾了几天几夜，最后还是病故了。

所有的达官贵人全都前来吊唁，向我和她一家人表示慰问。国王陛下也按照他们的风俗习惯，前来向我表示吊唁和慰问。接着，他们为我妻子找来一位女装殓师，为她洗浴净身，给她穿上最华丽的服装，戴上最好看的首饰项链和各种珠宝。他们为她穿戴整齐后，便将她入殓。然后将她抬到那座山脚下，掀开压在井口的巨石，将她的尸体抛了进去。

这时，我所有的朋友和她的娘家人全都走到我面前，向我的生命告别。我在他们中间大声叫着："我是一个异乡人，我无法忍受你们的风俗习惯！"

他们对我的叫喊置若罔闻，把我抓住便强行捆了起来。他们按照习俗，将七个大饼和一壶淡水同我拴在一起，然后丢到那井里。

他们将我放到井底，便对我说："你把绳子解开。"

我不同意解下身上绳子，于是，他们便将绳子丢下井，用原来那块巨石盖住了井口，然后都离去了。

航海家辛巴德继续讲述：

原来，那深井是山脚下一个巨大的山洞。在那个深洞里，我看到许多死尸，都已经腐烂发臭。面对此情此景，我不由得对自己的所作所为自责起来。心想："天哪，我真该遭受这种报应，真该落到这步田地。"

身处暗无天日的深洞中，无法分辨白天与黑夜，也不知过了多长时间。我开始节水节食，除非快要饿死时，才吃一点东西，不到渴得再也

国童话名篇精选

无法忍受时，从不喝一滴水。我担心身边的干粮和水用光，自言自语地说道："别无他法，惟有仰仗至尊万能的真主啦！是什么东西使我鬼迷心窍，在这座城市里结婚呢？真是运交华盖，每逢我摆脱一场灾难，便会落入另一场更大的灾难之中。以主起誓，这样死去太可悲了，还不如淹死在大海之中或死在山巅之上。那样死去对我来说，远远胜过眼前这样慢慢等死。"

就这样，我一直不停地责备自己，渐渐习惯了在死人的尸骨上睡觉。待到饥肠辘辘、饥饿至极和焦渴难耐、如火中烧时，我就坐起来，用舌头舔一舔大饼，聊以自慰，喝上一点点水，润润快要冒火的嗓子。

在这之后，我强撑着身子站起来，在那山洞的一隅边向前挪动边四处查看。我发现这个山洞十分宽阔，里面空荡荡的，只是地面堆满了年已久远的死尸和腐骨。我在山洞的一隅，在远离新尸首的地方为自己腾出一块空地睡下。这时，我的干粮已剩不多，饮水也只剩下可怜的一点点。一两天吃一顿饭，喝一次水，生怕在我死去之前水尽粮绝。

我在这种状况下，苦苦挨着日子。一天，我躺得时间长了，便坐起身来。正当我坐在那里，考虑一旦水尽粮绝自己该怎么办的当儿，忽见井口那块巨石正在移动，一束光线直射到我头顶，我心头一惊，暗想：一定又发生了什么事。

我抬头一看，只见人们从井口放下来一具男人的尸体，同时还放下来一个活着的女人。那女人悲哭不止，人们给她随身带了许多干粮和水。我望着她，而她却未看见我，因为人们已经用巨石将井口堵住，扬长而去。

我站起来，手拿着一根死人的胫骨，朝那女人走过去，照她头顶击去，她顿时昏倒在地，我又接二连三地照她头顶猛击，终于将她打死。抢过她的大饼和水以及其他东西。而后我又见她身上戴着许多首饰、项链、珠宝和玉器。我拿走那妇人的干粮和水，坐回我在山洞一隅清理出来的那个地方，吃了一点点干粮。

我在那个山洞里呆了一段时间，每当人们丢下来一个死人，我便把与他一起被抛到山洞里来的那个活人杀死，将其干粮和水抢去，维持自己的生命。

直到有一天，我从睡梦中醒来，听到山洞一隅发出隆隆的声响，我心中十分纳闷，便站起身来，手握一根死人的胫骨朝那声音起处走过去。不料，那东西感到我走近，便逃掉了。我定睛一看，原来是一只小动物，我追随它来到山洞中央，突然看到从一个小孔中透射出一束光线，似天上的星星一般，在我面前忽隐忽现。我便直趋发出那束光线的小孔，越往前走，发现那孔隙越来越大。我确定那孔隙是在山洞壁上并且直通洞外，我暗自心想，此地要么是另一座坟墓，要么是我所在的洞穴本身露出的孔隙。我站在那里思索了片刻，然后朝那露出光线的方向走去。我果然在山腰上发现一个洞口，那是野兽们刨开的洞，它们从那个洞口里钻进来吃死尸，吃饱之后，再从那里钻出去。我看到这种情况，仿佛如梦如幻，顿时心情开朗。我确信自己能够凭借这个洞口死里逃生。我稍定下心来，仔细做了盘算。待我终于从那洞口爬了出来后，才发现自己置身在一座高山上的盐湖边上，那座高山横断两条大海，挡住了海岛与城市之间的通路，任何人也无法逾越。我赞美至高无上的真主，对他感激涕零。

接着，我又从洞口返回墓穴，将我在里面省下的干粮和饮水全都搬了出来。我扒下死人身上的衣服，换下了穿在自己身上的破衣烂衫，又从他们身上摘下大量的金项链、珍珠项链和镶嵌着各种贵重金属与工艺品的金银首饰，用死人的衣服包裹起来，然后带着它钻出那个山洞。我每天都要下到山洞里去，然后再从里面爬出来。凡是活着被丢人洞穴中的人，无论男女，我一律将其杀死，抢走他的干粮和饮水。我每天都坐在湖边，静待至高无上的真主赐给我生机。等待着哪天会恰好碰到一条船经过我所在的地方，那时，我便将自己在那个山洞里搜罗到的所有金银首饰，全都搬到船上。

就这样，我在那里逗留了一段时间。

　　一天，我坐在盐湖边，正在考虑自己的处境，突然发现有一条船在波涛汹涌的大海之中航行。我赶忙将一件死人的白衣服绑在拐杖上，用手举着，在海滩上奔跑。我终于被船上的人发现了。他们看见我站在山顶，便朝我驶来。驶到近处，他们放下一只小艇前来搭救我。托主庇护，我终于脱险，登上了那条船。同船上的人们一起，从一座岛屿航行到另一座岛屿，从一个大海航行到另一个大海。我庆幸自己死里逃生，每当想起同妻子一同呆在那座墓穴里的日子，仍然心有余悸。

　　蒙真主在冥冥之中暗佑，我们平安到达巴士拉城。上岸之后，我在巴士拉小住几日，便前往巴格达。来到巴格达，我径直前往我家所在的那条街，三步并作两步进了家门。见到亲朋好友，一番寒暄。他们见我平安归来十分高兴，纷纷向我表示祝贺。

　　我将全部行李悉数存放在自己的仓库，然后对亲友四邻大量施舍和馈赠，对孤儿寡妇赠以衣帛。此后，我便重蹈覆辙，故态复萌，变得忘乎所以，终日同一帮酒肉朋友厮混在一起，吃喝玩乐，纵情享受。

　　这就是我在第四次旅行中遇到的最离奇古怪的经历。老弟呀，你同我共进晚餐，然后按惯例拿你的赏金，明天你再到我这里来，我将把自己第五次航海旅行所遇到的经历讲给你听。它比起前面的四次航海旅行所遇到的经历更加离奇，也更加令人不可思议。

　　说罢，航海家辛巴德吩咐取来一百密斯卡尔黄金，赏给脚夫辛巴德。然后吩咐摆上宴席，大家共进晚餐。饭后，朋友们各自离去。一路上，他们仍对航海家辛巴德航海的经历惊讶不已，因为每个故事都比其前边的故事更加引人入胜。

　　脚夫辛巴德回到家中，心满意足地睡了一夜。翌日天明，东方大亮，他起床后做了晨礼，便溜溜跶跶地来到航海家辛巴德家中。航海家辛巴德欢迎他的到来，等其他朋友到齐之后，大家开始共进早餐，他们边吃边喝边聊，吃得津津有味，喝得眉飞色舞，聊得兴高采烈。

　　航海家辛巴德又开始讲述他第五次航海旅行的经历。

外国童话名篇精选（下）

主编　文　昊

新疆美术摄影出版社
新疆电子音像出版社

辛巴德第五次航海旅行

诸位兄弟，我第四次航海旅行归来，便又像从前那样，沉溺于吃喝玩乐，醉心于声色犬马。由于此次外出旅行满载而归，赚回来许多钱，所以高兴得忘乎所以，早把旅途中遇到的所有艰难险阻忘记得一干二净。

过了一段时间，我便又想外出旅行，周游世界，漫游列岛。我主意已定，便购买了一批适宜于海洋运输的货物，捆包停当，离开巴格达，前往巴士拉。我在海边漫步行走，寻找着过往船只，突然看到一艘豪华的大船，十分中意，便花钱买了下来。那是条新船，船上的设备崭新，我雇了一位船长和一些水手，又花钱为自己买了一些仆人和侍童，将货物全部装船；此后，又来了一些商人，他们向我支付了运费之后，便将他们的货物也装上了船。我们高高兴兴地起航，默默祷告上苍，保佑我们一路平安，满载而归。

我们从一座岛屿航行到另一座岛屿，从一个大海航行到另一个大海。一路观赏沿途岛屿和城镇的风光，上岸进行买卖交易。一天，我们来到一座荒无人烟的海岛。岛上虽无人居住，却见一座巨大的白色拱包矗立在那里，那拱包颇为宏伟壮观。

商人们登上岛，观赏那座大拱包，他们十分好奇，便用石块砸那拱包，那拱包被砸破，从里面流出许多汤水，露出大鹏的雏鸟，他们用力将它拽出蛋壳，然后将它宰杀，得到许多鸟肉。

当时我留在了船上，对发生的这一切并不知道，这时，船上的一位乘客对我叫道：

外国童话名篇精选

473

"先生，你快来瞧那看似拱包的大蛋。"

我站起身一看，忙大声对他们叫道：

"你们不能这么干，否则大鹏会飞来将我们的船捣个粉碎，将我们全部杀死。"

人们却未听见我的话。就在这时，突然太阳不见了，白天骤然变得黑暗。我们抬头仰望，只见大鹏的翅膀遮住了太阳的光线，使天空骤然变黑。大鹏见它的蛋被人砸碎，勃然大怒，尾随我们而来，对我们大喊大叫。不消片刻，它的伴侣也飞来了，两只大鹏在船上空盘旋，对着我们吼叫不停，那叫声比雷鸣还要震耳。我喝令船长和众水手：

"赶快开船逃命吧，否则我们就全完啦！"

商人们也全都跑上船，船长马上行动，扬帆起航，驶离了那座海岛。

大鹏见我们的船驶入大海，便飞走不见了。我们急忙抓紧时间全速行驶，想尽快逃离此地，摆脱两只大鹏的纠缠。不料，那两只大鹏去而复还，又追踪我们而来。它们分别用爪子携着一块巨大的山石，雄大鹏将它爪子中的巨石照准我们的船抛了下来。船长眼疾手快，急打船舵，那巨石擦着船舷落入入海中，激起千层巨浪，将船忽而掀到浪尖，又忽而抛到谷底。我们也被折腾得翻天覆地。在这种情况下，船几乎失去了控制。那巨石落入海中时，我们都看到了海底。

接着，那只雌大鹏又将它携带的那块巨石朝我们砸来，这块巨石比刚才那块巨石稍微小一些。也是命中注定，那巨石不偏不倚正好落在我们的船尾，将船砸得粉碎，船舵被震成二十多块，四处乱飞，船上所有的人和东西统统落入海中。

我拼命挣扎，企望死里逃生。至高无上的主赐给我一块船板，我攀上去，趴在上面，用双脚划水，借着风浪的帮助，向前划行。那船原来在距离海岛附近的地方沉入海中，所以命运又将我抛回了那座海岛。由于极度疲惫，再加上又饥又渴，我爬上海岛，已是气息奄奄，渐于死亡。

我在海滩上躺了一个时辰，这才将气息调理匀实。心中安定下来后，我站起身，在岛上四处察看。这里像天堂中的花园，树木郁郁葱葱，河流汹涌澎湃，鸟儿鸣啭，在赞美至尊永恒的主。岛上生长着各种树木和花草，树上果实累累。我采摘了许多水果，填饱肚子，然后又喝了一些河水。吃饱喝足，我赞美和感谢至高无上的主。

就这样，我坐在岛上，直到傍晚夜幕降临，这才站起身来。由于疲惫不堪和担惊受怕，我就像一个即将被杀死的人一般，既听不见什么声音，也看不见任何人，浑身软绵绵的，没有一丝力气，只好又原地躺下，浑浑噩噩地一觉睡到天亮。

第二天，我强撑着站起来，在那些树木之间走着，看到一条小溪从一个山泉里汩汩涌出，便走到在那条小溪边上。只见一位鹤发童颜的老翁坐在那里，他身穿一件用树叶做成的衣服。我暗自心想："这位老翁大概是船沉海后爬到岛上的幸存者。"我走到他跟前，向他问候致意，老翁未答话，只是用手势还礼。我问他：

"老翁啊，你为何坐在这里？"

他摇摇头，现出一副痛苦状，用手势向我比划，那意思是说："你将我驮到你的脖子上，把我驮到小溪对面去。"

我心想："对这位老翁做件好事，将他驮到他想去的地方，也算积点阴德。"于是我走上前去，把他驮到肩上，然后将他送到他指给我的那个地方。

"你慢点下来吧！"

不料，他非但没有从我肩上下来，反而将双腿盘在我脖子上。我朝他双腿望去，发现他的双腿如同水牛皮一样，黑不溜秋，粗糙无比。我见状不由得大惊失色，想把他从肩上摔下来，岂料他却用双腿将我的脖颈紧紧夹住，勒得我喘不过气来。我眼前一阵发黑，顿时失

国童话名篇精选

475

去知觉，像死人一般跌倒在地。这时他才松开双腿，在我背上和肩上踢打，直打得我疼痛难当。他用手势指示我走进树林，于是，我便扛着他走到最好的果树跟前。如果违背他的意思，他便会用双腿踢打我，那双腿比鞭子抽打得还要厉害。

他不停地用手指示我去他想去的每个地方，我只好遵命驮着他前行。若是我动作稍微慢了一些。他便会用双腿踢打我，他待我简直就像对待俘虏一般。我们走进树林，他便在我肩上拉屎撒尿，白天黑夜都不下来。假如他想睡觉，便用双腿将我的脖颈紧紧夹住睡一小会儿。醒来后便又踢打我，于是我便赶紧扛着他站起来，由于我受他的控制，所以不能违逆他的意愿。我常常懊悔不迭，当初何必要怜悯他，何必要去背他！

就这样，我终日肩扛着他，疲惫不堪。我暗自心想："我帮助他本来想做件好事，不料却变成了坏事。以主起誓，我这一辈子再也不会对任何人行善了。"由于极度疲惫，我实在不堪忍受，每时每刻都向至高无上的真主祈求，求主赐我一死。

一天，我们来到岛上的一个地方，见那里有许多南瓜，其中有些已经干枯。我便摘下一个干枯的大南瓜，打开它的顶部，去掉瓜瓤，然后来到葡萄树下，装满葡萄，再盖严实，放到太阳底下晒了几天，南瓜中便酿出了纯葡萄酒。我每天喝一些解乏，消除同这个魔鬼在一起的疲劳。我每次喝了酒之后，便精神振作。一天，他见我又喝酒，便用手势问我："这是什么东西？"

我告诉他："这是一种好东西，可以强心提神，令人心情愉快。"

接着我便带着几分醉意，扛着他在树林间奔跑起来，边跑边手舞足蹈。我拍着手，唱着歌，心情十分愉快。他见我喝过之后如此惬意，便用手示意我将那大南瓜里酿造的酒递给他喝，我因为惧怕他，便将那东西递给了他。他将里面剩下的酒一股脑全喝了下去，然后将那南瓜扔在地上。

他喝过之后，当下便有了几分醉意，在我肩上开始摇摆起来，四肢和关节软软塌塌。我知道此刻他已醉得不省人事，便伸手将他缠在我脖颈上的双腿用力掰开，然后一弯腰将他摔在地上。

我真不敢相信自己已经摆脱了那恶魔的纠缠，从那梦魇般的险境中安然脱身。我又担心他酒醒之后会继续加害于我，便从树林中搬起一块大石头，走到他身边，照准他的脑袋砸了下去。顿时，他被砸得血肉模糊，当场毙命。主不会垂怜他！

除掉恶魔，我的心情轻松了许多。我在那座岛上又住了很长时间，吃树上的果实，喝河中的流水，期待着有哪条船经过这里。

一天，我坐在那里，想着自己一路的遭遇和目前的处境，默默地祈祷，真主会让我平平安安地回到家乡，同亲友们团聚吗？

突然，我发现在波涛汹涌的大海上，有一艘船正朝这座海岛驶来，只见它劈波斩浪，终于驶近海岛。停泊抛锚后，乘客们全都上了海岛。我见状，急忙朝他们走了过去。他们将我团团围住，向我问长问短，问我为何来到这座岛上。于是，我便将自己的经历和遭遇全都告诉了他们。他们听罢，感到万分惊诧，对我说道：

"那个骑在你肩上的人叫做海老头，除去你这外，迄今还没有任何人被他抓住而又逃脱得了。赞美真主使你平安无事。"

他们给我拿来一些食物和衣服，我吃饱之后，穿上衣服，随他们一起来到船上。我们昼夜不停地航行，命运又将我们带到一座城市，那座城市的建筑宏伟壮观，所有的房屋都俯瞰大海。那座城市名叫猴城。每到夜晚，住在城中的居民便都从临海的大门中走出来，乘船或小艇宿在海上，怕的是猴子们夜间从山上下来骚扰他们。我上岸游览市容，回来时，不料船却开走了。我后悔不该上岸游览市容，误了船期而滞留在这座城市。我又想起先前同猴子们两次打交道的情景和那些惨死在猴子们手中的伙伴，不由得内心惨然，悲悲戚戚地哭了起来。

一位当地人见我在那里独自悲哭，便走了过来，向我问道：

"先生，你好像是异乡人。"

"是的，我是一个可怜的异乡人。乘船来到此地，船靠岸停泊之后，我上岸游览市容。不料当我回到海边，却发现船已经开走了。"

那人对我说："那你就同我们一起到小艇上过夜吧！你如果夜间呆在城里，便会被猴子们所害。"

我赶忙答应："谨遵吩咐。"

说罢，我便站起身，同他们一起上了小艇。他们将小艇驶离陆地，在距离岸边一海里的地方停下过夜。

翌日天亮，他们将船驶回城边。上岸之后，众人各奔自己的营生。他们天天晚上如此，已成习惯。凡是夜间留在城中的人，都会遭到猴子们的祸害。白天，猴子们出城，吃果园中的果实，躺在山上睡觉，一直睡到傍晚。一到半夜，它们便回到城里骚扰百姓。

那座城市坐落在苏丹最偏远的地方，在这里我经历了一件最令我感到惊奇的事情：

一天夜晚，与我同宿在一条船上的那些人当中有一个人问我："先生，你在这里是异乡人，你有什么营生做吗？"

我答道："老兄，以主起誓，我没有任何营生可做。我原来是一位商人，有很多钱财。我买了一条船，运着大量钱财和货物去做买卖，不料却在海上遇难，船上所有的东西全都沉入大海，我只是凭借真主赐给我的一块船板才幸免于难。"

听我说到这里，那人起身，拿来一条棉布口袋，对我说：

"你拿着这条口袋，在城里拣一些碎石子装满它，然后同城里的一帮人一起出城。我让他们带你搭伴同去，托付他们关照你。你看他们怎么做，你就照他们那样做，但愿你能做出些事情，也好挣点钱回家乡。"

于是，我拣了满满一口袋石头子。然后，那人让我与从城中走出的一帮人搭伴同去，并对他们说道：

"这是一位异乡人，你们带他一块儿去，教他收集的办法，但愿他能做些事情，挣些钱糊口，你们也算积德行好啦！"

那些人带着我前往。我看他们每个人都带着一个口袋，与我所带的口袋毫无二致，里面装满石头子。我们一路走啊走啊，最后来到一个宽阔的谷地，那谷地里生长着许多大树，谁也无法攀登上去，那谷地里还栖息着许多猴子。那些猴子见到我们，惊慌而逃，纷纷攀到树上。人们开始用口袋里所装的石头子向猴子们投掷，而猴子们则摘下树上的果实向人们投掷，进行还击。我一看，猴子们用来投掷人的那些果实原来是椰子。我选择了一棵大树，上面有许多猴子，我在树下向那些猴子投掷，而那些猴子们则摘下椰子向我投掷。我也像其他人那样，将椰子收集起来，还没有将口袋中的石头子用完，我已经拣了许多椰子。

众人将口袋中的石头子投掷完，剩下的时间便开始收集落在地上的椰子，每个人都尽其所能地背着椰子，回到了城里。我来到那位给我口袋的朋友那里，将我拣到的椰子全送给他，以感谢他的恩德。他却对我说：

"你拿上这些椰子，去市场上卖掉，卖得的钱，自己好生攒着。

然后，他又将自家宅院中一个房间的钥匙交给我，对我说道：

"你将剩下的椰子存放到这个房间。以后就像今天这样，每天同大伙儿一起去拣椰子。带回来的椰子，将好的与次的分开。卖掉之后，把钱好好攒起来，存放在这里。但愿你能攒够回家的钱。"

我感激不尽地对他说道："至高无上的主会给你酬劳的。"

我照他说的话去做，每天装满一口袋石头子，然后同大伙儿一起上山，像他们那样先朝树上投掷石头子，然后收集椰子。不久，大家熟悉了，他们十分关照我，指引我到有大椰子的树下投石头子。

就这样，我集中了大量上好的椰子，卖掉许多，积攒了不少钱，

479

并开始购买自己中意的东西。我的日子过得十分惬意，我在那座城里的运气也越来越好。

一天，我站在海边眺望，看见一条船驶进这座海港城市。船上载着许多商人和货物，他们上岸进行买卖和易货交易，用他们的货物换取椰子和其他土特产品。我跑去告诉了那位朋友，我想乘船返回家乡。他对我说："主意你自己拿。"于是我便向他告别，来到船边。我和船长讲定了租金，将我的椰子和其他货物全部装上船，然后离别那座城市，开始了船程。

航海家辛巴德继续讲述他的故事：

那天，商船离开猴城，我们昼夜不停地航行，从一座岛屿航行到另一座岛屿，从一片海域航行到另一片海域，终于到达巴士拉。我上岸小住几日，便前往巴格达。来到巴格达，我径直前往我家所在的那条街，三步并作两步，进了家门。见到亲友，我向他们问候致意，他们祝贺我平安归来。我将带回来的货物和行李存放在仓库里，然后给孤儿寡妇买衣送食，慷慨施舍；对亲朋好友奉送钱物，大量馈赠。这是真主对我的补偿。我赚了大量钱财，远远高于我损失东西的四倍。过了些日子，我将一路遇到的艰难险阻渐渐地忘记得一干二净，又像从前那样，终日吃喝玩乐，同一帮酒肉朋友厮混在一起。

这便是我在第五次航海旅行所遇到的最离奇的故事。明天我将把我第六次航海旅行所遇到的故事讲给你们听，它比刚才这些故事更为离奇。

说到这里，仆人摆好宴席，于是大家共进晚餐。

众人吃罢，航海家辛巴德吩咐手下为脚夫辛巴德取来一百密斯卡尔黄金。脚夫辛巴德拿着黄金告辞而去。一路上，他心里一直惊讶不已。那晚，他在自己家里美美地睡了一觉。

翌日天亮，他起床做了晨礼，便朝航海家辛巴德家中走去。等其他朋友们全都到齐了，他们便开始边谈边进早餐。席间，他们喝着美酒，吃着佳肴，喜气洋洋，其乐融融。

辛巴德第六次航海旅行

航海家辛巴德开始对朋友们讲述他第六次航海旅行的故事：

诸位兄弟，各位朋友，我从第五次航海旅行归来，便沉溺于吃喝玩乐，醉心于声色犬马，日子过得逍遥自在，十分惬意，早把旅途中所遇到的艰难险阻忘得一干二净。有一天，一帮商人外出经商归来，带着一路风尘前来看望我。这使我想起了从前我旅行归来，迈进家门见到亲朋好友时那种高兴的情景。他们的来访，勾起了我外出经商的念头。于是，我便购买了一批适宜海上运输的贵重货物，先从巴格达运送到巴士拉，正巧碰见一艘大船正要准备起航，上面坐着许多大商巨贾，携带着大量贵重货物，我便将货物也搬到那只船上。

我们离开巴士拉，昼夜不停地航行，从一个地方航行到另一个地方。沿途进行买卖交易，游览各地风光，尽享了旅途的乐趣。

一天，我们的船正在大海上航行，突然船长大叫一声，扯下缠头巾扔在地上，急得只打自己耳光，撕扯自己的胡须，随后便跌倒在船舱。

商人和乘客们全都围在他身边，问他到底是怎么回事？船长叹道：

"诸位，我们的船迷失了航向，现在已经离开我们原来所在的那片海区，进入了一片我们不明航线的海面。如果主不赐给我们一条生路，使我们平安离开这里，那么我们所有人都将遭到灭顶之灾。大家快祈求真主搭救我们的性命吧！"

船长说完站起来，攀上桅杆，想把船帆放下来。不料，风大浪急，船被刮得开始倒行，船舵撞在一座高山上。船长从桅杆上下来，无可奈何地说：

"别无他法，惟有仰仗全知万能的真主啦！命中注定的事情谁也无法阻止它发生。大家要知道，我们今天遇到了一场灭顶之灾，谁也无法逃脱和幸免。"

船上的乘客们听了，自感到难逃厄运，于是全都哭着互相诀别。一个大浪打来，船撞在山上，瞬间，船板解体，商人和船上的所有货物全部落入海中，有的人被淹死，有的人攀住了那山体，爬了上去。我便是那些攀到山上的许多人之一。那是一座巨大的海岛，海岛边上有许多被山体撞碎的船。海滩上有大量被海水漂过来的贵重东西，其中有钱财和行李，数量之多简直令人瞠目结舌。

我登上海岛，信步行走，在岛中间发现一个汩汩向外涌水的山泉。在那泉水中，有许多各种各样的珠宝、名贵的矿石、硕大无朋的宝石和只有帝王才有的大珍珠。这些宝物比比皆是，像碎石一般遍布山间的水道中，一闪一闪地发着光。

我们在那座岛上见到许多沉香和龙涎香，还有一处类似龙涎香的泉水，经太阳一晒，它便像蜡一样流出，一直流到海滩。海中的巨鲸将它吞入腹中，沉入海底。那东西在巨鲸腹中发热，巨鲸只好将它又吐到海中。于是，那东西便在海面凝结，被海浪又推到海边。那些识货的游客和商人便将它拣起来，带回去出售。

而那些未被巨鲸吞掉的龙涎香，则在那泉边流动，即而凝结在地上，被太阳一照，它便又融化，腾起一股馨香气息在那山谷弥漫。那地方盛产这种龙涎香，只可惜外界的人很难到达那里，因为那座岛四面环山，陡峭险峻，任何人无法攀登上去。

我们就这样在那岛上转来转去，欣赏着至高无上的主所创造的各种奇异的物体，对自己的处境和眼前所见到的这一切大惑不解，内心充满了恐惧。

我们在海岛一侧收集了一点干粮，很节省地食用，两三天吃一顿饭，生怕干粮吃完后会连饿带怕地痛苦死去。每死去一个人，我们都为他洗浴净身，从岛边上拣一些从大海漂过来的衣服和布，当做殓衣为他裹身，然后将他埋葬。人们大量死去，岛上只剩下很少一些人，大家身体都十分虚弱，因饥饿再加上海边潮湿，人人都患了腹疼病。伙伴们又开始一个接一个地死去，最后，岛上只剩下我孤零零的一个人，这时干粮也所剩无几。我不由得为自己的命运放声大哭，心想："假如我死在其他伙伴之前，那该多好啊。他们可以为我洗浴净身，将我入殓埋葬。唉，别无他法，只有仰仗全知万能的真主啦！"

他继续讲道：

过了不久，我站起来，在那座岛的一侧为自己挖了一个深坑。心想："若是身体弱得不能动弹，感到死期将至，便躺在这座坟墓里，让大风把黄沙吹到我身上，将我掩埋住，我也就算死后有终，不至于暴尸荒野。继而，我又自责起来，埋怨自己没有头脑，做事太欠考虑，不该在经历了第一次、第二次、第三次、第四次和第五次航海旅行，历尽艰险与磨难之后再次离开自己的家乡和城市，到这异国他乡来旅行。过去的每一次旅行，都经历了比上一次旅行更大的艰难和危险。我不相信这次遇难能够获救，平安脱险。我悔不该到海上旅行，更不该三番五次地重蹈覆辙。我家中钱财无数，足够我后半生吃喝花用，甚至我连一半也用不完。为何还要冒此风险外出经商呢？"

我心想："这条河有源头必有河尾。它肯定会有一处通向有人烟的地方。明智的办法是造一只能容自己坐下的小木舟，放到这条河中，乘舟而下。假如蒙至高无上的主许可，能够获救，便算万幸。倘若不能逃生，死在这条河里，也比坐在这个地方等死要好得多。"想到这里，我不由得又是一阵心酸。然后，我站起身来，四处寻找，从那岛上收集了一些沉香和龙涎香木，用断开的船绳将它们绑在河边，又找来一些平直的船板，铺在那些木头中间，然后捆绑结实。我在那岛上拣了许多名贵矿石、珠宝、钱财和像石头子一样比比皆是的大珍珠，还收集了一些上好的纯沉香，一并放入船中。然后带上剩下的全部干粮，将船推入河中。我在小船两边绑上了两块木板，权作船桨。

边划边吟诵道：

　　　　不义之地当远离，
　　　　弃下空宅向隅泣。
　　　　离开此地去他乡，
　　　　自有一片新天地。
　　　　天变地变河山变，
　　　　你却不变还是你。
　　　　夜晚变故莫着急，
　　　　每场灾难有终期。
　　　　谁人志向在某地，
　　　　归天终会在该地。
　　　　莫派使者负重任，
　　　　自慰还得靠自己。

　　我一边想着自己会是什么结局，一边朝着山脚下这条小河的出口处划去。天色大暗，四周一片漆黑。我浑身累得疲惫不堪，一阵睡意袭来，不知不觉中我竟在小船上仰面睡着了。那小船载着我继续漂流。等我醒来，睁开眼睛，发现自己身上一片光明，面前是一个十分开阔的地方，那只小船被拴在一座岛上，我周围站着一伙儿印度人和埃塞俄比亚人。他们见我醒来，便走拢过来，用他们的语言同我说话，我听不懂他们在说些什么。我不敢相信这是真的，以为这是一场梦，是由于自己担惊受怕过度而在梦中出现的幻觉。

　　这时，一个人走上前来，用阿拉伯语对我说道："兄弟，你好，你是谁？从什么地方来到这里？我们是种田人，到这里来浇庄稼。发现你睡在船上，便将船拢住，拴在这里，等你慢慢醒来，再告诉我们你到这里的原因。"

我对他说："先生，以真主起誓，请你给我拿些吃的东西来，我已经饿得不行啦！等我吃过东西，你再问我吧！"

那人飞快地跑去，给我拿来一些食物。我狼吞虎咽地吃起来。吃饱之后，休息了片刻，心神才渐渐安定下来。我赞美至高无上的真主，然后，将自己的惊险遭遇以及在那条小河中的艰难经历从头至尾讲给了他们听。

那些人听罢，互相之间议论纷纷，他们说道："我们一定得带他去见我们的国王，让他亲口对国王讲述他的惊险经历和苦难遭遇。"

于是，他们同我一起抬着那只小船和船上的所有钱财、珠宝和金银首饰，去见他们的国王。他们把我领到国王面前，将我的故事禀告了国王。国王向我问好，欢迎我的到来。而后问起我的情况和我遇到的惊险经历。于是，我便将自己的经历和遭遇从头至尾讲给了国王听。国王听罢，惊讶不已。

这时，我站起身来，从那只小船里取出许多名贵矿石、珠宝、沉香和龙涎香，送给国王作礼物。国王收下礼物，对我盛情款待，让我在他宫中住下。这样，我同朝中大臣和达官贵人广泛结交，他们非常敬重我。

一天，他们的国王向我打听起我们国家的情况，问起居住在巴格达的哈里发如何治国，我便将哈里发为政廉明、处事公正的情况向他作了介绍。国王听罢，对我说道：

"以主起誓，这位哈里发为政无比英明，处事光明正大。你这么一说，真让我敬重他，我想备一份礼物，托你给他送去。"

"谨遵国王之命，主上啊，我将礼物献给他，还要告诉他，您对他如何敬仰，心地如何真诚。"我答道。

我在国王那里继续养尊处优地住了一段时间，过着豪华的生活，享受着无比尊贵的上宾之礼。

一天，我正坐在王宫，忽然听说那座城市中有一帮人已经备妥船只，打算前往巴士拉。我心中暗想："随同他们前往，没有任何人比我更为合适。"我急忙来到国王面前吻过他的手，对他说道：

"我想同那些人一起乘他们备好的船只回国，因为我思念亲人和故乡。"

"主意由你自己拿，如果你想留下来，我们非常欢迎，我们舍不得离开你。"

"主上啊，以主起誓，您对我的大恩大德我永世不忘。可是我思念亲人、故乡和我的孩子们。"

国王听了我这番话，吩咐将那些备妥船只准备起程的商人召进宫，将我当面托付给他们，又送给我大量钱财和衣帛，还为我支付了船费，并让我给在巴格达的哈里发哈伦·拉希德捎去一份厚礼。

然后，我告别了国王和所有经常来往的朋友，同商人们一起登船，开始了海上的航行。托至高无上的主的洪福，一路顺风，旅途愉快。我们从一片海域航行到另一片海域，从一座岛屿航行到另一座岛屿。平安抵达巴士拉城。我离船上岸，照旧在巴士拉小住了几天几夜，然后运着货物，前往和平之城巴格达。到达目的地后，我立即晋见哈里发哈伦·拉希德，向他转交了国王的那份礼物。接着，我将钱财和行李全部存放到仓库里便径直奔向我家所在的那条街。亲友们闻讯全都迎上来，我给他们分别散发了礼品，然后，又对穷苦人家大量施舍和馈赠。

过了一段时间，哈里发派人来找我，问起那些礼物到底是怎么回事？它来自何方？

我回答他说："信民们的首领啊，我不清楚那座城市的名称，也不认识去那里的路径。只是我原来乘坐的船只在途中沉没，我爬上一座岛，自己造了一条小船，顺着一条流经岛中间的小河漂流到那座城市。"

接着我便将自己如何途中历险，如何从那条小河逃命到达那座城市，在那里受到礼遇，以及那位国王送礼的缘由原原本本地告诉了哈里发。

哈里发听罢我的历险经过，颇感惊诧，吩咐史书官将我的故事记载下来，存放到哈里发库中，让每个看到这些记载的后人引以为鉴。然后，他又盛情款待了我。

我又像从前那样在巴格达生活着，将旅途所遇到的艰辛彻头彻尾地忘掉了，终日沉溺于吃喝玩乐，过着花天酒地的生活。

诸位兄弟，这就是我第六次航海旅行的故事。如蒙至高无上的主允许，明天我给你们讲述我第七次航海旅行的故事，它比起前边六次旅行，经历更为惊险，故事更加离奇。说罢，他吩咐摆上宴席，大家共进晚餐。餐后，航海家辛巴德吩咐给脚夫辛巴德取来一百密斯卡尔黄金，后者接过黄金，谢过主人便回家去了。

辛巴德第七次航海旅行

且说航海家辛巴德讲完他第六次航海旅行的故事，在座的朋友们共进晚餐，然后各自回家。脚夫辛巴德回到家中，美美地睡了一觉。次日起床，作罢晨礼，便照例来到航海家辛巴德府上，其他朋友也接踵而至地陆续来到。

众人坐定，大家闲聊片刻，航海家辛巴德便开始讲述他第七次航海旅行的经历：

诸位，我第六次航海旅行归来，便又故态复萌，沉溺于吃喝玩乐，醉心于声色犬马，过着穿金食玉的奢侈生活，将旅途经历的千辛万苦忘记得一干二净。我花天酒地昼夜狂欢地过了一段时光后便又开始感到无聊，渴望去穿洋过海，周游列国，结交商贾，了解天下的奇闻逸事。

我主意已定，便置办了一批适宜于海洋运输的货物和行装，捆扎停当，从巴格达城运到巴士拉，见那里正巧有一只船准备起航，便上了那条船，同那些商人交上了朋友。我们顺利启程，一路顺风，大家兴高采烈，兴致勃勃地互相交谈着旅行和经商的话题，不知不觉中靠近了中国城。

就在这时，突然一阵飓风从船头骤起。转瞬之间，一场倾盆暴雨迎头浇来，少顷，便将我们和货物吞没在烟雨之中。我们用毡子和帆布苫住货物，生怕货物遭受损失。我们向至高无上的主祷告，祈求他祛除我们正在遭受的灾祸。船长站起来，束紧腰带，挽起袖子，爬上桅杆，左右观望。只见他急得劈打自己的耳光，撕扯自己的胡须。我们忙问：

"船长，你这是怎么啦？发生了什么事？"

他神色沮丧地对我们说道："你们快祈求至高无上的主保佑你们平安脱险吧！你们想哭就赶紧哭，哭罢之后互相告别，否则就来不及啦！要知道，飓风已把我们摆布得束手无策，将我们刮到茫茫大洋之中最远的地方。"

说罢，船长从桅杆上下来，打开他的箱子，从中取出一个棉布袋，从里面拿出一把类似灰烬的土，用水浸湿，耐心等待了片刻后用鼻子嗅了嗅，然后，又从那个箱子里拿出一本小书查看良久，对我们说道：

"诸位乘客，这本书中记载着一桩奇怪的事情，说明凡是到达此地的人，从无一人生还。此地名唤帝王之地，大卫王之子所罗门大帝的坟墓就在此地，这里有面目狰狞的巨蟒。凡有船只来到此地，定会有一头巨鲸跃出海面，将船和船上的所有东西全部吞没。"

大家一听，顿时大惊失色，面面相觑。船长的话还没有说完，便见我们乘坐的那只船被高高地抛离了海面，然后又重重地跌落下来，与此同时，我们听到一声霹雳般的吼叫声。大家不由得浑身颤抖，个个吓得目瞪口呆，像死人一般。只见一头鲸鱼，像一座高山一般朝我们的船压过来。我们见状，惊得魂飞天外，不由得失声大哭。我们做好了死亡的准备，呆呆地望着那头鲸鱼，惊叹它怎会生就如此庞大的身躯。这时，又见第二头鲸鱼朝我们游来，我们从来没有见过身躯比它更加庞大的鲸鱼。

到了这步田地，我们只好听天由命。于是，我们互相诀别，为不久于世的生命而哭泣。只见第三头鲸鱼又朝我们游来，它比先前来的那两条鲸鱼更加庞大。面对此情此景，我们失去了知觉，丧失了理智，大脑已被眼前这骇人的场面吓得木然。

这三头鲸鱼围着我们的船游弋。第三头鲸鱼瞅准机会，张开大口，想把整条船和船上的所有东西一口吞下，不料一阵飓风刮来，将船抛起老高，落下时正巧撞在一块巨大的暗礁上，船顿时被撞得粉碎，所有的船板都散开了，船上所有的货物和商人以及乘客全部沉入大海。

我将浑身脱得只剩下一件衣服，在水里游着。这时，一块船板漂过来，我便将它紧紧抓住，然后攀了上去。海面上的风浪驱动着我，忽而掀起，又忽而抛下，我疲惫不堪，连惊带怕，又饥又渴，禁不住开始自责起来，对自己的所作所为和自讨苦吃懊悔不迭。我自言自语地说："辛巴德啊辛巴德，航海家啊航海家，你真是死不悔改，每次你都经历艰难险阻，可你却总是不放弃航海旅行，即使你忏悔了，你也总是口不应心。你经历这些灾难吧，你就该得到这一切惩罚！"

航海家辛巴德落入大海，抓住一块船板爬了上去，心想："我真该得到这一切惩罚。所有这一切灾难都是至高无上的主给我的，目的是让我的野心有所收敛。眼前这场灾难就是由于我不安分守己所致，因为我已经拥有无数钱财，根本用不着再去航海冒险。"

航海家辛巴德继续讲道：

我心里暗想："在这次旅行中我向至高无上的主做诚心诚意的忏悔，今生今世嘴里再也不提、心中再也不想外出旅行这档事。"就这样，我一直不停地边哭边向至高无上的主祈求。我又想起了自己从前的日子如何无忧无虑，如何欢乐惬意。两天来我一直处在这种悲喜参半、亦忧亦乐的半癫狂状态，直到最后攀上一座巨大的海岛。

那岛上树木茂密，河川纵横。我饿了便采摘树上的果实充饥，渴了便喝小河中的流水。吃饱喝足之后精力和体力都得到了恢复，心情也随之变得舒畅。我信步在岛上行走，看到在海岛的另一侧，有一条很宽的淡水河，但河水湍急，浪花激越。

这时，我想起了先前自己曾乘小舟脱险的往事，心想：我必须造一只同样的小船，但愿能够摆脱眼前这种困境。假如顺利逃脱，便是如愿以偿，我将会向至高无上的主忏悔，今生今世决不再外出旅行冒险。如果逃脱不成，最终葬身此地，我也就心安理得，不用再担惊受怕地受此煎熬了。

我站起来，在树林中找了一些罕见的檀香木，其实，我也不清楚那是什么东西。我将那些木料收集到一起，又从岛上找来一些树枝和植物，剥下它们的皮来，当做绳子，将木料紧紧地捆了起来。我自言自语地说："若是平安脱险，那全是真主的恩德。"然后，我坐进小船，沿那条小河顺流而下。我航行了三天。这期间我一直睡在船上，什么东西也没吃。那时节，我就像一只又累又饿、晕头转向的雏鸟，心乱如麻，不知如何是好。最后，小船载着我来到一座高山，那条河从山脚下直通山里。

我一见眼前这情景，不由得担心起来，生怕河床狭窄，小船在河道中进退两难，就像从前所遇到的情况那样。我想把船停下来，自己弃船上山。但水流湍急，不等我下船，便推动着小船朝山洞里漂去。我心想这下可完了，定然必死无疑。遂叹道："别无良策，只有仰仗全知万能的真主啦！"

小船又继续向前航行了一段距离，来到一个开阔的大河谷，河谷中水急浪险，发出雷鸣般的响声。我用双手紧紧抓住小船，生怕落入水中。行至河谷中央，浪花飞溅，从左右两面冲击着我，情势危急万分。

小船在湍急的河水中随波逐流，我无法将它停住，也无法将它驶向岸边，只好听天由命，任其在河谷中顺流而下，直到它载着我来到一座气势宏伟、建筑美观、人烟稠密的城市附近。

人们见我和我乘坐的那只小船，在河中心随波逐流，完全失去了自控，便朝我抛来鱼网和绳子，将小船从河中拉上陆地。我一连几天几夜没合眼，再加上忍饥挨饿，担惊受怕，困顿已极。被他们搭救上岸后，便如死人一般倒了下去。

那帮人当中，有一位长者，是一位头人，他对我的到来表示欢迎，递给我许多漂亮的衣服，让我穿上遮体。而后他带着我走进澡堂，给我拿来饮料和香水。我们走出澡堂，他又把我领到他家中。他们全家都欢迎我的到来，让我坐到上座，然后给我端来一些美味佳肴。于是，我便吃了起来。吃饱之后，我赞美至高无上的主使我平安脱险，幸免于难。

饭后，仆人为我端来热水，让我净手，婢女们又为我拿来丝巾，让我揩手和擦嘴。那老翁起身出去，在他宅院旁边为我腾出一个单独的住处，吩咐众仆人和婢女好生伺候，但凡我有什么要求，定要照办不误。就这样，我在他家住了三天，顿顿美酒佳肴，天天与香气相伴，渐渐心神安定，心情舒畅，精神恢复如初。

第四天，老翁来到我这里，对我说道："我的孩子啊，你给我们带来了慰藉，感谢真主使你平安无事，你愿意同我一起去海边，到市场上去卖货吗？卖得的钱你收好，然后用它购买一批货，从事经商。"

我沉吟良久，暗自纳闷。心想："我本人什么货也没有，他为何要口出此言？"

老翁对我说道："孩子啊，你不要纳闷，也不必多想，我们一起去市场吧！若遇到有人给你的货物出价合适，你感到满意，便可收下钱成交。若没遇到合适的价钱，你就将货物暂且存放在我的仓库里，等待下次交易日再出售。"

我心里琢磨了半天，仍然不得要领，心想：暂且答应他，看看他指的货物究竟是什么东西再说。于是，我对他说：

"老伯，我听从您的吩咐。您做的事情都是吉祥如意的好事，任何事情我都不会违背您的意愿。"

我同他一起来到市场，见他已将我乘坐来的小船全部拆开，那些船板都是檀香木。有一个经纪人正在向商人们推销，双方正在讨价还价。开价之后，商人们竞相加价，最后价钱定在一千第纳尔，商人们没有再加价。老翁望着我说：

"你听着，孩子。眼下这种季节，这种货物就是这个行情。你是按这个价钱卖掉，还是暂且不卖，存放到我库里，等行情上涨时再卖？"

我答道："先生，我这事情就等于是您的事情，您就看着办好啦。"

"孩子，在商人们出价的基础上，我再给你加上一百第纳尔金币，你愿意将它卖给我吗？"

"好的，就卖给您好啦！"

老翁吩咐仆人们将那些檀香木运到他的库房，然后，我们一起回到他家。坐下之后，他如数付给我檀香木钱，又给我拿来一个钱袋，将钱装进去，用铁锁锁好，将钥匙交给我。

过了几天几夜，老翁对我说："我的孩子啊，我想同你谈一桩事，希望你能依我，不要驳我的面子。"

我问道："是什么事？"

他对我说："要知道，我已经上了岁数，膝下无子，只有一个小女，生得端庄美丽，手中有不少私房钱，更兼美貌不凡。我的意思是想让她嫁给你为妻，你同她一起住在我们国家，然后，我将我所有的财产都交给你。我已经偌大年纪，你来代替我主事。"

我沉吟良久，没有答话。老翁又对我说："我的孩子啊，你就依我之言吧！我也是为了你好。你若依我之言，我将女儿嫁给你为妻，你就像我的儿子一样，我所有的资金和财产全都归你，如果你想回国旅行或是经商，谁也不会阻拦你，这些财产全部由你调度，你想怎么办就怎么办。"

　　"老伯啊，您就如同我父亲一般。我经历了许多艰难险阻，到现在已经全无章法和主见，这桩事情由您决定，您看怎么办好就怎么办吧！"

　　老翁当下便吩咐仆人去请法官和证人。待他们到来之后，老翁便将他女儿许配给我。他为我们操办了一场热闹的婚礼，举行了一个盛大的宴会，然后将我送入洞房。我那妻子貌美如仙，身材窈窕。身上的各种服饰、项链、贵重珠宝等价值几百万黄金，任何人无法估价。

　　婚后，我对她喜爱有加，夫妻感情日深，我十分惬意地同她度过了一段时光。不久，她父亲病故归天。我们为他举办了葬礼，然后将他入土安葬。我开始着手经营他原来的财产，他所有的仆人全都变成了我的仆人，在我手下细心服侍我。商人们拥戴我接替了他的商会会长的职位。任何人不经我同意或者许可，不得买卖任何东西。

　　我同这座城里的人交往时间长了，发现他们生理上有一种奇特的现象，他们每月身上都会生出羽翼，可以凭借这些羽翼飞上天空。除去妇女和儿童，这里的人全都如此。于是我心想：待到下月初，我请求他们之中的一个人带我去开开眼，说不定会同他们一起飞向他们去往的地方。

　　到了下月初，他们身上的颜色发生了变化，他们的形状也发生了变化。我来到他们当中的一个人面前，对他说道：

　　"以主起誓，你必须带我同你一起去，让我也开开眼，然后再同你们一起返回。"

　　他答道："这万万使不得。"

外国童话名篇精选

我不死心，三番五次地去找他软磨硬泡，直到他最后同意了我的请求。于是，我坐在那个人身上，他肩负着我飞到空中。事先我谁也没告诉，所以亲友和仆人中谁也不知道我这次冒险。

那人肩负着我不停地飞啊飞啊，一直来到高空。我听到了天使们在苍穹赞美主的声音，颇为惊诧，遂吟诵道："大哉真主，万赞归主。"

我刚诵完，便见天空中突然冒出一团火，差点儿烧着我的同伙儿们。于是，他们全部降落下来，对我大为恼火，将我抛在一座高山上，然后便丢下我飞走了。

剩下我孤零零的一个人呆在那座山上，我不由得自责起来，悔不该如此冒险。我每摆脱一场灾难，便会落入另一场更大的灾难之中。我心中暗想："别无良策，只有仰仗全知万能的主啦！"

我置身山上，不知朝哪里行走才好。正在我犹豫彷徨的时候，忽然看见两个面如朗月的少年，每人手拄一根金棍做的手杖，正在山路上倚杖行走。

于是，我走上前去，向他们二人问候致意，他们也还了礼。我向他们问道：

"以主起誓，请二位告诉我，你们是谁？是做什么的？"

那两位少年答道："我们是至高无上的主的仆人。"

说完，他们俩送给我一根赤金手杖，把我丢在原地便走了。我一边拄着手杖在那高山顶上行走，一边在心里琢磨这两个少年到底是怎么回事？突然之间，从山下爬出一条巨蟒，只见它口中衔着一个人，已活生生地吞下去一半，眼看就要到了肚脐眼间。那人吓得大声呼救："谁来救我，主便会使他摆脱所有灾难。"我见情势危急，便急忙赶过去，举起金手杖，照着巨蟒头上便打，巨蟒经受不住，便将那人从口中吐了出来。

那人死里逃生，走到我面前，对我说道："你从这巨蟒口中救了我一命，我再也不离开你了。在这座山上，你就成了我同甘共苦伙伴。"

我对他说道："欢迎你。"

我们在那座山上继续行走，忽见一群人朝我们走来。我定睛一看，发现原来肩负我飞到这里来的那个人也在他们之中。于是，我走到他面前，向他表示歉意，请求他原谅。我对他说：

"我的朋友，朋友之间可不应该如此相待。"

那人对我说："就因你在我背上赞颂主，才使我们陷入如此险地。"

"请你原谅我，因为我事先不知道有这么个规矩。从今以后，我决不再说话就是了。"

他向我提出了条件，不准我在他背上提念真主，亦不准我在他背上赞美真主。我答应后，他将我背上，像来时那样，带着我飞到空中，一直将我送回家中。妻子见到我，向我问安，祝贺我平安归来。然后对我说：

"你可要当心啊，以后千万不要同那些人一起出门了，也不要同他们交往。因为他们是一帮魔鬼，从不晓得提念至高无上的真主。"

我问她说："你父亲同他们关系如何？"

妻子答道："我父亲不属于他们那一类，也不像他们那样做事。依我所见，既然我父亲已经去世，夫君不如将我们的所有财产全部卖掉，用卖得的钱置办货物，然后回到你亲友们那里去。我随你一起走，既然父母都已去世，我也没必要继续呆在这座城市里了。"

于是，我便开始分期分批地变卖岳父的家产，同时，等待着有谁从那座城市里外出旅行，好与他搭伴一起上路。说来也巧，城中有一帮人正要打算外出旅行，只是苦于没有船只。于是，他们买来木料，自己动手建造了一只大船。我租了他们船上一部分舱位，并向他们交齐了租金。

　　我和妻子带上我们所有的行李上了船，遗下了其它家产和不动产。我们开始在大海上航行，从一座海岛航行到另一座海岛，从一片海域航行到另一片海域。一路顺风，平安抵达巴士拉，我们未在那里停留，租了另一条船，将随身携带的全部物品搬到那条船上，直奔巴格达。来到巴格达，我径直朝自己家所在的那条街疾步走去，三步并作两步，急冲冲地进了家门。见到亲朋好友，大家自然欢天喜地。然后，我将带回来的所有商品悉数存放到库房里。亲友们算起我这第七次航海旅行，竟在外边度过足足有二十七年。这期间，他们对我生还的希望早已彻底绝望。

　　我向亲友们讲起我此次航海旅行所遇到的惊险经历，他们听罢。全都惊讶不已，纷纷祝贺我平安归来。我向至高无上的主真诚地忏悔，在这第七次航海旅行之后，我再也不作陆地旅行，也不作海上的旅行了。这第七次航海旅行是历次旅行的终极和顶峰，真正使人过足了瘾，也断绝了念头。我感谢和赞美至高无上的主，是他使我重新回到亲人们身边，回到了故乡和祖国。

　　"陆地的辛巴德啊，你瞧，这就是我的经历和遭遇。"

　　脚夫辛巴德对航海家辛巴德说道："以主起誓，请您不要同我一般见识，原谅我言语唐突，无意之间冒犯了您。"

　　从此，航海家辛巴德和他的朋友们一直友好相处，直到死神——那欢乐的毁灭者、亲友的分离者、宫殿的破坏者、坟墓的建造者降临，他们这才寿终正寝。唉，人生自古谁无死？只有至高无上的主才不会死亡。

杨言洪　译

阿拉丁和神灯

相传古时候中华帝国有个物产丰富、地域辽阔的大省，可惜省名我已经记不住了。在那省城里，住着一个叫穆斯塔发的裁缝。这门行业注定了他是个普普通通的老百姓。穆斯塔发穷极了，每天的手工钱连老婆和儿子都难养活。

独子阿拉丁自出娘胎就是个调皮捣蛋的顽童，养成许多不良习惯：诡谲、执拗，从不听父母的管教。年岁稍长，在家里一刻也待不住，每天一早出门后，可以成天和那一带同龄的小家伙厮混在一起。

阿拉丁到了该学手艺的年纪，他爹无力将他送出去，只好把他带到自家的铺子里，教他行针穿线，学点活计。但不管父亲好言相劝还是责打恫吓，阿拉丁好动的天性怎么也改变不了，父亲让他留家学艺的一番心血算是白费了。只要老人前脚一出门，阿拉丁跟着也可以一整天不照面。穆斯塔发使尽了一切手段，阿拉丁依然如故，他心里好不难过，无奈只得由着他，但眼睁睁看着儿子如此不听管教，老人忧愤成疾，几个月后便一命呜呼了。

阿拉丁的母亲看着儿子已不可继承父业，便关了裁缝铺，变卖了一应什物，用到手的钱和摇车纺线的收入谋生糊口。

现在的阿拉丁觉得无需再受父亲的约束之苦，也不用多管母亲的事。母亲要说上几句，他可以扭头上街和那帮朋友没日没夜地在外面游荡。就这样，他混到了 15 岁，从没有正经考虑过一件事，甚至想都没想过今后会成个什么样的人。一天他和往常一样在街头和一班狐朋狗友戏耍，一个过路人停住脚步，上上下下打量起他来。

　　这个陌生人是个有名的魔法师，故事的作者称他为非洲魔法师。这个地道的非洲人，两天前才来到这里。

　　这个魔法师是个高明的术士，他注意到阿拉丁的脸相完全合乎他这次外出执行任务的需要。于是，他先打听了他的家庭情况为人如何，喜欢什么？想了解的都打听得一清二楚后，便过去把阿拉丁从那伙人中拉出来，问他："孩子，你父亲不就是那个叫穆斯塔发的裁缝吗？""是呀，先生。"阿拉丁回答道，"可他早就死了。"

　　一闻此言，这个非洲魔法师双手搂住阿拉丁的脖子，含着两汪眼泪，一个劲地亲吻他。阿拉丁看他泪流满面，奇怪地问他为什么要哭。"唉，我的孩子。"魔法师叹了口气说道："我怎能忍受。我是你大伯，你父亲是我亲兄弟。多年来我一直走南闯北，今天回来满怀希望要见他，可你告诉我他死了。多年来期待的幸福聚首一旦被剥夺，对我实在是巨大的痛苦。但令人宽慰的是我还能忆起他，今天一眼就认出了你。你多么像他，我决不会看错的。"说着他两手插进钱袋，问阿拉丁母亲的住地。阿拉丁刚把家里的地段说清，他马上掏出一大把金币，说道："孩子，找你母亲去吧，替我向她问好，让她知道你大伯明天一定去拜望。时间要是富余，我会去看看我好兄弟生前和死后的住处。"

　　魔法师刚和新认的侄子分手，阿拉丁飞也似的跑到母亲身边，喜气洋洋地给她看伯父给的钱。"妈，我有个伯伯吗？""孩子呀，无论我还是你爹都不曾有过兄弟。"母亲回答说。"那我刚才见了一个人，他认我为他侄子，并自认是我爹的哥哥。我一说爹死的事，他又哭又搂着亲我。"为了显示说的句句都是实话，他亮出了金币，说道："您瞧这都是他给的，他要我代问你好，还说如果明天有空，一定上门拜访，同时想看看爹住过和去世的宅子。""这话对了。"母亲说道，"你父亲是有过一个兄弟，不过早就不在世上了，此外再也没听说过别的叔伯。"

　　这天晚上，母子两人一直谈着这个非洲魔法师。次日，阿拉丁的伯伯发现他的侄子在另一个区里正和另一帮顽童在玩耍。他又上去和昨天一样搂着他，在他手心里放了两枚金币，说道："快去交给你妈，就说我今天晚上去做客，别忘了弄点晚饭。现在，再指给我看看你家的地点。"

阿拉丁指明了道路，回家把两枚金币交给母亲，告诉她伯伯的意图。母亲忙出门买了好些酒菜。考虑到需用许多盘罐，她向左邻右舍央借。一整天，她在厨房里准备那顿晚饭。天擦黑，饭菜齐备，她叫来阿拉丁说，"你大伯可能摸不清路，找不到我们家。你出去瞧瞧，碰见了就给他带路。"

阿拉丁明知已给魔法师指了路，但还是很愿意出去。正待动身，传来了敲门声，他一开门，魔法师来了，手里拎着瓜果礼酒，这是他带来的饭后甜食。

魔法师把手里的东西交给阿拉丁，向女主人问了好，立刻要求把兄弟生前坐惯的椅子指给他看。她照着做了。魔法师挨过去，伏到在地，连吻几次，泪流满面，哭喊道："可怜的兄弟！我多么不幸，没有及时赶来最后和你拥抱一次。"

阿拉丁母亲让他坐在那把椅子里，但他执意不从。"不行，我不能这样，"他说道，"请允许我坐在它对面。如果我无缘看到屋里的男主人如此亲切款待我，至少我还能高兴地看到他平时坐惯的椅子。"女主人无法强迫他，只得由他随意选了个坐席。

魔法师找个地方坐下后，开始和阿拉丁母亲攀谈起来。"我的好弟妹，你莫见怪。"他说道，"自你嫁给我兄弟穆斯塔发后，从没见过我一面，我们互不相识。掐指算来，我和小兄弟分手以来离乡漂泊远方已有40个年头了。这些年来，我跑遍了印度、波斯、阿拉伯半岛、叙利亚和埃及，住在那些国家壮丽宏伟的城市里。随后我进入非洲，一住多年，最后牵挂起万里之遥的家乡和亲人骨肉。我多么想拥抱我兄弟。当我还有气力和决心长途跋涉这段漫漫的路途时，便立时准备好必要的行装，踏上归途。我不想倾诉花费了多少时间、历经了千辛万苦和吃尽了各种苦头才回到这里，什么也比不上我听到兄弟的死讯后心头的痛楚和折磨。我对他永远怀有骨肉之情和爱。我在小侄子、你儿子的脸上看到了兄弟的形象，很容易从一起玩耍的孩子堆里找到了他。是呀，他一定跟你说了我初一听到那伤感消息时的情景。万事感谢主，最令人宽慰的是我在兄弟子嗣的身上又找回了他。孩子简直跟他长得一模一样。"母亲思念丈夫之情油然而生，眼泪汪汪地啜泣起来。魔法师话锋一转，朝向阿拉丁问他叫什么名字。

"大家叫我阿拉丁。"

"好的，阿拉丁，那你学了些什么手艺？干哪一门行当？"一听这问话，阿拉丁脑袋一耷拉，无言可答。一旁做妈的替他回了话：

这个不中用的家伙，他爹活着的时候使了多大劲教他学裁缝，终究也没能成功。他一死，我更说不动了。你也看见了，他整天里游手好闲在街上逛，从不想想自己早不是个孩子了。要是再无法让他懂得人间还有'羞耻'二字，让他早日改邪归正，我看他是一辈子也学不好了。他知道他爹没有留下什么，也看见我没日没夜地纺线挣几个面包钱。我早想着有一天把他撵出家门，让他自己找饭吃。"

母亲说着，伤心得泪水汪汪。

"这哪像话，侄儿，"魔法师朝阿拉丁数落开了："你也该考虑自己挣钱吃饭了。世界上手艺活千千万，有的或许你不喜欢，你也可能不爱干你爹那一行，想做点别的，都可以。只要不嫌弃我，我会尽力帮你。"

他发觉阿拉丁没有接话，又说道："如果现在你还拿不定主意学哪门手艺，但只要为人老实，我可以给你开个铺子，备齐各色高级呢绒布料，和那些商人学做生意。交易赚了钱再购置新货，这样也可以过个体面的日子。看看你喜欢什么，不用顾虑随时可以告诉我，我保证决不食言。"

这个主意使阿拉丁大为高兴。他极端厌恶劳动，知道这类店铺十分令人瞩目，顾客经常光临，店东也是一位受人尊敬、有地位、有身价的人士。他于是告诉魔法师非常喜欢这类职业，他本人将毕生感谢其大恩大德。

魔法师立刻表示："既然我说的行业合你的意，我明天先带你上街，给你穿上本城富绅的漂亮衣着，然后计划开一家合适的店铺。"

阿拉丁母亲刚才怎么也不信这个魔法师会是她丈夫的哥哥。但听了他答应为儿子开店办货后，心头的疑虑顿时冰释。她一面感谢他的好意，同时规劝儿子要以能干的伯父为榜样。餐桌上，三人天南海北聊了一通。直到天快黑了，他才告别母子离去。

翌日，魔法师按时来到，带上阿拉丁进了一家大店，那里出售各式上等成衣。他向老板要了几套合阿拉丁身材的衣服，挑了一身最华丽的，也让孩子自己挑一些他喜欢的。阿拉丁对好心的伯父的慷慨施与满心欢喜，选了一套。魔法师对看中的衣物立刻付钱购买，毫不还价。

阿拉丁换上新衣，从头到脚仪表堂堂，高兴得向伯伯连声道谢。魔法师也一再表示决不半途而废，要一辈子把他带在身边。他又领着侄子到城里最繁华的地区，特别挑选那些商贾云集、店铺集中之处。他们走在热闹的大街上，魔法师指着出售质地最上等的衣料和布匹的店铺，一边教导阿拉丁说："你马上也会和这些老板一样是生意场上的人。所以必须勤于走动，跟他们混熟才好。"接着，他将城里最大最巍峨的清真寺指点给阿拉丁，带他去巨商富贾落脚的旅馆和商栈，领他踏进他可以自由出入的苏丹王宫，最后，他们来到魔法师下榻的住地，请来一批又一批他来后认识的富商们吃饭，介绍他们认识他的假侄子。

饭吃到深夜，当阿拉丁向伯父告辞时，魔法师以安全为由，不让他单独回家，亲自陪着他到母亲跟前。母亲眼见跟前盛装的儿子，服饰优美，一表人材，不禁喜出望外，也对魔法师在儿子身上如此盛情的关怀千恩万谢。

"好兄弟！"她说道，"对你的大度与恩情，我实在无以为报。我知道阿拉丁可能会辜负了你的一片好意，他不值得你如此费心。我衷心感

外国童话名篇精选

谢你，愿你长命百岁，等着他给你回报。没有你苦心的规劝，这孩子永远不会有良好的表现。"

"阿拉丁是个好孩子。"魔法师回答道："他聪明能干，我相信我们可以做得很好。有一件事我答应了，但明天无法完成，实在抱歉得很。因为明天是星期五，店铺都休息，找不到一家可以盘顶或租赁。这件事留到星期六办吧！但明天我还过来，带他去头面人物常去的花园里走走。他过去总和野孩子在一起，肯定没见过这些娱乐设施，从今以后要见见世面了。"说完，告别了母子回去休息了。阿拉丁今天一身新衣裳，满心欢喜地等着明天去城外的大花园里散步。他从没出过城，更没见过什么奇草异花的美丽庭园。

第二天，阿拉丁早早起床，穿着整齐等待伯父到来。在家等了一阵，不耐烦地走到门外，终于看见他远远过来了，便告辞了母亲向他奔去。

魔法师紧紧拥抱着跑到跟前的阿拉丁。"跟我走，好孩子，我今天让你开开眼界。"说罢拉着阿拉丁穿过一座城门，参观了几处带花园的府邸，其华丽优美应属皇宫无疑。

每进一处必问阿拉丁，如果他觉得不中意，可以再参观另一家。孩子每到一地，高兴得直嚷："伯伯，这个园林比刚才看的哪一处都好。"就这样，这个狡猾的魔法师用漂亮的手法完全笼络住了阿拉丁的心。这时，他考虑到来此的目的，便找个借口，假装走累了，在一个花园里寻了个地方坐下来。那里清澈的泉水从黄铜的狮子嘴里不住地喷出。

"来吧，侄子，和我一样你一定也累了，歇歇脚再走。"

说着，解下腰带把一包准备好的甜饼和水果放在石头上。把饼一掰为两半，一半递给侄子，水果则由他选喜欢的吃。便餐时，他谆谆规劝孩子今后不能再和街上的二流子混在一起，要从人们的谈吐中窥出对方的智慧和谋略。

"你呀，很快就要进入上流社会，必须尽快地模仿他们的言谈才好。"

水足饭饱，两人又起身，走遍了一个又一个大花园。园与园之间并无围栏，只种了些不挡路的小树做标线。这里的居民彼此间是何等的信任。就这样魔法师带着阿拉丁穿林越地，不知不觉间来到郊野的一座山脚下。

阿拉丁长这么大从没走这么远的路，他已经很累了。

"伯伯，还要去哪里？我们离开那些花园已经好远了，面前只有大山，还要走的话，我怕是回不了家了。"

"别害怕，大侄子。"假大伯说道，"我再带你去看一座花园，它可比刚才看过的更胜一筹。路不远，几步就到。你只要看过，一定会说：这么近的路为什么不过来看看。"

阿拉丁同意了。一路上魔法师为减轻疲劳和看起来缩短路程，他滔滔不绝地讲了许多故事。

最后两人来到两座山前。山不高，一模一样，窄窄的山谷正好把两山一分为二，这里就是魔法师的目的地。他不辞辛劳、远道跋涉来到中国，又把阿拉丁哄到这里，目的就是要完成他的一项计划。

"好了，目的地到了。"他对阿拉丁说道，"我要给你看几件宝贝，凡夫俗子是无缘见到的，你看了一定会高兴得谢我。现在我要点火了，你去近处捡些干枝枯叶帮我笼起火来。"

枯干树枝满地都是。魔法师还没敲着火种，阿拉丁已经捡了一大堆。火点着了，火焰融融，魔法师嘴里念着阿拉丁听不懂的咒语，抓起一把随身带来的沉香，撒在火堆四周，霎时火堆上空升起一片浓烟，大地突然震动起来，地表正在他们前面裂开，露出一块半码见方的云石板，中间安着一个用作提手的铜环。

阿拉丁大叫一声，吓得拔腿要跑。魔法师怎能放跑了这有用之材，把他一把抓住，怒骂声中一巴掌扇了过去，差点把牙齿都打进肚里去，可怜的阿拉丁颤栗着爬起来，啜泣着问道：

"伯伯，我怎么了，要挨你的打？"

"当然有理由。"魔法师回答说，"我是你伯伯，等于你的生身父亲。凡是我吩咐你做的事，必须马上照办。"他放松了口气接着说道，"如果你想得到我许诺的一切，只有一个条件，就是我说什么你做什么。"

漂亮的诺言使阿拉丁的恐惧和怨懑立时烟消云散，魔法师一看他的话已奏效，进一步说道：

"看见我撒的沉香和咒语的效力了吧？你要知道，在这块石板下埋着一座宝库，它注定归你所有。天底下谁拥有了它，一下子就比最富有的王孙公子还富有。世间除了你，没有人可以去搬动这块石板，揭开后走进去！我是被禁止的，就是石板挪开后也不能入内。所以，你必须准确无误地执行我的命令。要记住，这件事与你与我都有着根本的利益。"

阿拉丁对眼前的一切惊叹不已，又听说开启了宝藏还可以使他终身受用不尽，把方才挨打的事忘得一干二净，他一咕噜爬起来，对魔法师说道：

"伯伯，该要我怎么做，你就说吧，我一定听话。"

"听你这么说我太高兴了。"魔法师走过去亲亲他，"现在你过来，按我说的抓牢那个铜环往上提。"

"可我的气力不够，一人提不动，你来帮我一把。"

"你不能指望我帮忙。"魔法师说道，"我一插手前功尽弃。现在只能靠你自己的力量。抓住铜环，默念你父亲和祖父的名字，用力提，石板是很容易揭开的。"

阿拉丁按魔法师的吩咐挺轻松地移开了石板，放在一边。石板下面是个三四尺深的洞穴，有一扇小门，可以拾级而下进入更深处。

"孩子，留神！必须按我说的去做。"非洲魔法师叫道，"先下洞穴，走完石级有一扇开着的门。进门是一间大厅，共分三间，每间屋的一边都放着四口大铜缸，盛满黄金白银。但你千万别碰它们。走进第一室之前，记住把长袍的大摆挽在腰间，系紧，然后快步走过第二、三室，记住，绝对不能停步。此外，身体一定不能碰着墙壁，连衣服也不能擦着，否则你马上死去。走完第三室你会发现另一道门，推开便是一座果树亭亭的花园。沿路，你穿过花园，尽头是五级台阶，台阶上是个平台。你会在平台上看到一座壁龛，里面点着一盏油灯。小心取下油灯，下台阶后拔掉灯芯，倒尽灯油，藏在胸前，带出来给我。别怕灯油弄脏衣服，因为它不是日常的油，一倒空油灯也干了。出来时如果想吃园里树上的果子，爱吃什么尽管摘。"

吩咐完了，魔法师从手指上摘下一只戒指戴在阿拉丁手上，告诉他戒指可以祛邪化险，保佑平安。

"小伙子，大胆地下去吧，等你出来时，我们一辈子都受用不尽了。"

阿拉丁跳进洞里，走下梯级，果真发现像魔法师说的有三间屋子。他小心翼翼、全神贯注地走过屋子，不停步地穿过花园走上平台，从壁龛里拿出油灯，摘掉灯芯，倒空灯油，按魔法师的吩咐深深地藏在衣服里。当他走下平台时，油灯已全干了。这时他才敢在花园里站下来，望着进门时匆匆一瞥的树上的累累果实。树上挂的是特殊的果子，五彩缤纷、灿烂耀眼，每树各异。有的纯白如雪；有的清澈如冰晶；还有的鲜红、湖绿、莲青、纯紫、鹅黄、玫瑰色……总之是各色水果。再仔细一看，雪白的是珍珠，清澈的是钻石，深红的是红宝石，玫瑰的是尖晶石，湖绿的是绿刚玉，紫的和蓝的分别是紫水晶和绿松石，鹅黄色的都是宝石。数量多得不可胜数，一颗颗都硕大名贵，过去哪里见过如此美景？阿拉丁对这些珠宝的价值一无所知，他只当是普通的彩色玻璃球，摘了点无花果和葡萄。但对这些五光十色的色彩和奇形怪状的样子倒挺喜欢，因此每种挑了一样，装满了两只口袋，又把伯父买给他的新长袍的兜里也装满了。实在没地方盛了，便挂在腰带上，包在宽大的丝衬衣里，最后连胸前都塞得鼓鼓的。

阿拉丁装满了他一无所知的价值连城的财富，又小心翼翼地穿过三间大厅。他不想让伯父久等，急忙爬上梯级来到洞穴里。上面魔法师果然急不可耐地等着，阿拉丁一见他，喊道：

"伯伯，搭把手拉我上去。"

"把油灯先递给我。"魔法师说道，"你走路不方便的。"

"伯伯，我现在拿不出来，它对我没什么不方便，我一上去马上给你。"

这个非洲人忽然变得异常的固执，他非要先把灯拿到手才拉孩子上来。而阿拉丁呢，全身的东西压得他动弹不得，掏不出灯，自然没法先把灯交出来。魔法师看见孩子这么固执地违抗他的要求，脾气上来了。他向孩子大发雷霆，奔向火堆，又往里撒了些沉香，口里念了两句咒语，那块云石板忽地盖上，大地又将洞口合拢成原状。

非洲魔法师的所作所为清楚不过地表明了，他既不是阿拉丁的伯伯，也不是裁缝穆斯塔发的哥哥，他只是个非洲的土著人。要知道非洲这个地方的居民，比世界上任何地区的人都热衷于巫术，而这个人从小就醉心于此道。他积 40 年的经验对玄虚道学、泥土占卜、焚香烟蒸，无不门门精通。他在埋头钻研、阅读古籍时，发现世界上有一盏神灯，谁要是拥有了那盏神灯，获得的威力是世界上任何王公大帝所无法企及的。在后来的一次泥土占卜中，他找到了神灯原来埋藏在中国中部，地点和环境上面已经交代过。他充分证实了自己的发现后便从非洲的最西部出发，起程前往中国。路途漫漫，风吹雨打，终于到达了离宝藏最近的这个城镇。可事情不那么简单，他虽然知道了神灯的地点，但自己不能进去取，灯必须借他人之手取来给他。正由于这个原因，他找到了那个无足轻重的小伙子阿拉丁来完成这项任务。他早准备好灯一到手便焚香薰蒸，念出咒语，把石板复位。这个可怜的、阿拉丁就是他贪婪和狡猾的牺牲品，而且决找不到任何目击的证据。

他扇的一巴掌，气势汹汹地行使他的绝对权力只是他用来恐吓阿拉丁，使之更能俯首贴耳地服从。只要他一开口索要，神灯便乖乖地递到了他手里。但是，他在对可怜的阿拉丁实施毒计时，过于旺盛的火气及又怕两人争执时有人过来发现他力图保守的秘密，竟产生了完全意想不到的负效果。

当这个非洲魔法师看到他的巨大努力已经永远无法实现，便打定主意回非洲了。他绕道，远远离开城中心往回走。他怕刚才有人看见他带着孩子出城，但回家途中却只剩单身一人，于是由怀疑而产生不必要的盘问。

从一切迹象看，阿拉丁已不会复存在于世了。魔法师在阴谋杀害阿拉丁时，也把他在阿拉丁手上套过戒指这件事忘得一干二净。更有趣的是，这个小东西和神灯的失落并没让他过于失望。因为干魔法师这种行业往往事与愿违，心想而事不成。次数一多，也就无所谓了，终日里浸沉在虚无飘渺的梦想里。

至于阿拉丁，他从未怀疑过这个假伯伯的恶劣手段。现在进了这个圈套，经受了这一切后，他的意外和诧异不是言语所能形容的。当他发现自己已被活活埋葬在地底下，他大声呼救，喊着告诉伯伯他正在拿灯给他，可是一切已是无济于事了。地上听不到他的哭喊，他毫无疑问被囚禁在地下室里。最后他哭累了，慢慢走下台阶，打算到有亮光的花园里去，但原来靠魔力打开的门此刻又由于魔力而紧闭了。他重又哭哭啼啼坐在石阶上，对再度能看见天光已完全绝望，静等着由眼前的一片漆黑进入那永恒的死亡天地。他就这样，滴水未进枯坐了两天。到了第三天，看来是活不成了，他扭着双手祈求全能伟大的主为他解救。在扭动双手时，无意间擦着了手指上魔法师给他戴上的戒指，对这个戒指，原先魔法师对其功用也不甚了解。说时迟那时快，他只一擦，刹那间眼前出现一个身躯高大、相貌奇丑的精魔，硕大的脑袋顶着洞顶。

“您想要什么？奴仆在此静听吩咐。谁戴着你手上的戒指，我就是谁的奴仆。”

平时阿拉丁哪里见过这种阵势，一见眼前如此恐怖的情景，一定吓

国外童话名篇精选

得张口结舌、魂不附体。但现在身陷绝境的情势下，他已经无所畏惧，于是毫不犹豫地回答说："不管你是谁，有能力的话让我离开这里。"话音未落，大地开裂，阿拉丁发现自己正好站在魔法师带他来的地方。

他在伸手不见五指的黑暗中待了几天，双眼一时适应不了刺眼的阳光。等眼睛恢复了才睁眼环顾四周，使他惊骇的是竟然找不到一丝一毫裂开的入口痕迹，他对自己能如此迅速地返回地面更为茫然。周围平坦光整如初，只有火堆的焦炭还能作为判断洞穴入口的地点。转身远远望去，花园丛中露出城区的轮廓，隐约辨认出巫师带他过来的道路。他由衷地感谢主使他死里逃生，意想不到地能重回大地，举步踏上了回城的路途。

阿拉丁满心欢喜走到母亲的门旁，但三天三夜没吃没喝，他眼一花晕倒在地。母亲摸不清儿子的生死，正伤心落泪时，忽见阿拉丁倒在地上，便手忙脚乱地帮他恢复知觉。阿拉丁醒来，第一句话便向母亲要吃的。"妈妈，给我点吃的，我已经三天滴水未进了。"母亲把家里能吃的都端到他面前，坐下后说道：

"儿子呀，别着急，真是太危险了。现在先吃点东西，养养身子。我也不要你说话，恢复了身子有的是时间告诉我发生的一切。能再见你对我就是莫大的安慰。星期五那天，深夜了还没见你回来，我又伤心又苦恼，不知你出了什么事。"

阿拉丁听着母亲说话，稍稍吃了点东西，喝了点水。有了精神后便跟妈妈诉说起来。

"妈妈，不是我要抱怨你，你不假思索地把我交给了一个存心想谋害我的人。如今，他肯定以为我是死定了。是啊，你我都不怀疑他是我伯伯。面对一个对我如此慈祥爱怜，给我这么多深情厚宜的人，我们谁还能说什么呢？但是，妈妈，我现在可以告诉你，他是一个心怀鬼胎的大骗子、大坏蛋，他阴险、自私，让我完成了对他的承诺后还要我死。是什么原因我和你看不透他呢？我这方面，我保证决不隐瞒任何施加于我的毒计。你呢，当你听完了我给你讲的，我们分手后到他玩弄毒辣鬼计，你自己去判断他的为人好了。"

阿拉丁开始把星期五那天的种种遭遇，一五一十全说给了母亲听。他们先去游园，再出城到了两山间的峡谷里出现奇迹的地方。魔法师怎么往火里撒沉香，怎么念咒语，然后大地开裂，出现了一个黑黝黝的洞穴。正是它通向一个无价的宝库。他没忘记说，巫师扇的一巴掌和他在什么情况下软了下来。巫师给他套上一枚戒指后，他下到地洞里。他详细描述了三间大厅、美丽的花园和到手的神灯。说着他从胸前掏出那盏油灯和回程时采摘的两口袋满满的五颜六色的透明果子，把它们交给母亲。这些名贵宝石放射着灿烂的色彩，被油灯一照颗颗如太阳般熠熠生辉。但她和儿子一样，不识这些价值连城的宝物，所以看了一眼也不以为意。他娘自小生长在中产阶级家庭，和穷困潦倒的丈夫一起生活后，无缘见到这些宝物。不用说她，就是她的诸亲好友，邻里街坊也都不曾见过这类奇珍异宝。所以我们也不必大惊小怪，说她不识货。她只能对它们瑰丽的色彩赞不绝口。

阿拉丁在座椅的软垫后藏好了宝物，接着给妈妈讲他回到洞口，答应出洞后再掏灯时，魔法师又往火里撒了一把沉香，念了几个字，那块石板忽地挡住了他的去路，大地复又合拢。眼见自己将被活活埋葬在那凄凉阴深的洞里不得生还的情景，不禁号啕大哭，直到无意中擦了一下手指上的戒指才又回到人间。他讲完了这三天来的经历，对母亲说道：

"其实毋须我多说，你都看到了，以上是你重见我前三天来的经历和遇到的种种艰险。"阿拉丁的母亲静静地听着，没有打断儿子的叙述。她耐心听完了这个惊险神奇的故事，凡此种种，深深打动了做母亲的心，她深爱自己的儿子。当她听到魔法师背信弃义那最激动人心的一段时，不由自主地表现出深恶痛绝的神色。阿拉丁讲完后，她不住口地骂那卑鄙的骗子，称他是个无义的小人、野蛮人、杀手、骗子、全人类的仇人。

外国童话名篇精选

509

"毫无疑问,孩子,"她说道,"这人专搞巫术,是个巫师,而巫师是全世界的瘟疫。他们利用自身的巫术魔法,整日里和魔鬼交往。感谢主把你从他邪恶的阴谋中拯救出来。你去找他,乞求他的恩赐,那么死亡也就不可避免。"

她数落了一大堆巫师的不义行为,后来发现阿拉丁已是三宵不曾合眼,讲话时不住地打盹,便打发他快去睡觉,她自己不久也去休息了。

阿拉丁在地底下的三天三夜里确实没合过眼,这天晚上,他甜甜地一觉睡到天亮。第二天一睁眼,和母亲说的第一句话就是讨吃的。但是,母亲实在无力再弄出一顿早餐给他高兴一下了。

"唉,孩子呀!"母亲叹了口气,"我连一片面包都没有了,昨天你把所有的东西都吃完了。不过别着急,我很快给你弄吃的。我纺好了一点棉纱,这就上街去卖了,拿钱给你买午饭回来。"

"妈,棉纱先放着。"阿拉丁说道,"把昨天那盏油灯给我,我去卖了它,钱足够买到早餐和午餐,说不定连晚上的都有了。"

母亲取过灯来,跟她儿子说:

"灯拿来了,就是太脏。洗干净擦亮点可以多卖几个钱。"

她抓了把细沙和上水,动手准备擦洗。才一擦,面前立刻跳出一个凶神恶煞般的巨人,粗声粗气地对她说:"你想要我做什么?我是你的奴仆,也是这盏灯主的奴仆,我和其他奴仆都是如此。"

阿拉丁母亲猛一见这可怕的精魔吓得一句话也说不出来,晕倒在地。一旁的阿拉丁过去在洞里见过这种神怪,他连忙奔过去,抢过母亲手里的油灯,大胆地对精魔说道:"我饿了,给我弄点吃的来。"巨魔霎时不知去向,才一转眼,便顶着一个大银托盘回来了。盘里放着十二只上盖的金碟,盛着上好佳肴,另一只金盘甲放着六大片面饼和两瓶陈酒。两手各拿一个酒杯,巨魔把吃食放在桌上后悄然隐去。这一切做完后,阿拉丁母亲还人事不省地躺在地上。

阿拉丁立刻端了一盆水洒在母亲脸上。可能是及时抢救,也可能是闻到了肉香，母亲很快清醒过来。

"妈，没关系，你没事了。"阿拉丁说道："起来享受吧，吃饱了有精神，也好减轻我的饥渴，别让这顿美餐放凉了。"

母亲一见桌上这大银托盘，十二碟菜肴、六片面饼和两瓶美酒，十分惊讶。她也闻到了菜碟里逸出的肉香。

"孩子。"她对阿拉丁说道，"我们欠了谁的情，送来如此丰盛的酒菜？想必苏丹王听说我们太穷，垂怜照顾我们。"

"妈，别问东问西了。"阿拉丁说道："快坐下来吃吧！看来你和我一样，也急需一顿像样的早餐。吃完后，我把什么都说给你听。"

母子两人对面坐定，看着桌上摆下的丰盛美餐，津津有味地饱餐了一顿。进食中，阿拉丁母亲爱慕地看着那托盘和杯盏。尽管她说不上那是银的还是什么材料做的，但其新颖的款式是他们母子从未见过的。至于它们是否是稀世珍物，则无从知晓了。

两人从早上吃到中午，考虑是否把两顿并作一顿，剩下的对付当晚和明天的两顿还绰绰有余。

撤走了食具，留足了下一顿，阿拉丁母亲坐到儿子身边，问他：

"阿拉丁，现在可以满足我的欲望了，你说说当我晕倒后你怎么对付那妖怪的。"

她对儿子叙述的精魔的出现怀着浓厚的兴趣。

"儿子呀，我们该如何对付它？我一辈子从未听说过有人见过妖怪，那高大的鬼怪怎么先和我讲话而不跟你讲？在地下的洞里，鬼怪除了你还在谁的跟前出现过？"

"妈，你看到的精魔尽管和我看到的一样高矮，但它不是我在地洞里看到的那个。两个魔鬼在个性和习惯上也是大相径庭。它们有各自的主人。你还记得吗，我第一次看到的那个自称是我手指上戒指的奴仆。你看见的那个自称是神灯的奴仆，灯就在你手上。我相信你没听见他说话，因为它刚一张口，你就晕过去了"

外国童话名篇精选

"什么？"母亲喊道，"是你那盏灯让那讨厌的魔鬼先和我说话的吗？唉，儿子呀，快把灯拿走，你愿放哪里放哪里，我决不再碰它一指头。把它卖了更好，省得一碰就把我吓得半死。你能听我话，最好也别去碰它，别跟魔鬼打什么交道。正像圣人告诫我们的：它们仅是魔鬼而已。"

"妈，你要把灯卖掉，可我现在真该好好想想。我卖的这盏灯对你我可有大用处。难道你没亲眼看到，刚才它是怎么帮我们的？它还能继续管我们的吃和用。你想想，我那骗子伯伯如果不为了想把这盏灯弄到手，哪会历经万水千山受那份罪？我也是那样想的。但你再想想，那坏蛋明知大厅里有着不计其数的金银财宝，这我是亲眼目睹的，可他偏要我去拿这盏灯。他很了解灯的价值，所以宁可舍弃了这座地下宝藏。如今，我们有机会证实了它的价值，就应当好好利用，不得乱用，以免引起街坊对我们的嫉妒。不过，大精魔把你吓得如此程度，我一定好生把灯放在你看不见但又随时可用的地方。那戒指呢，我也不能没有它。没有了它，你永远也见不着我了。今天我虽然得以生还，但没有了它，谁又能保证以后我不会遇到类似的情况呢，所以我也求你让我永远戴着它，你我无法预见今后会面临什么样的危险。"

阿拉丁的话句句在理，又有分量，他妈妈也不好反对，只问答他看着办。但有一点她坚决的，她坚决不和魔鬼沾边，决不愿再见它那副怕人的模样。

第二天晚上，精魔送来的饭菜吃完了。次日一早，阿拉丁忍不住肚子饥饿，在上衣里塞上一只银盘拿上街去卖。路上碰到一个犹太人，他把那人拉到僻静之地，问他有没有意思收下？狡猾的犹太人接过盘子端详一番，发现它是纯银的，反过来问孩子要卖多少钱？阿拉丁不识货，又没做过这类交易，便简单地让他定个价。犹太人心里也没底，他怀疑阿拉丁懂行，明白银盘的价值。经过一番思索，试着从钱袋里掏出一枚金币给了他，尽管后来知道这只是银盘实价的六十分之一。阿拉丁满意地接过金币，转身匆匆就走。犹太人对到手的巨额利润还不满足，后悔刚才没有及时利用阿拉丁的无知，拔脚追去，再捞一把。但孩子跑得快，一会儿已经远去了，他终于没动腿。

阿拉丁先去一家面包店，买了粮食，换了钱，回家给母亲，母亲再用它买菜。日子就这样一天天过去。不久，阿拉丁按第一次价钱把那十二只盘子全卖给了犹太人。那贪婪的银匠怕失去了这种便宜生意，倒也不再杀价。最后一只银盘卖掉后，阿拉丁决定求助于那只托盘。托盘的重量十倍于菜盘，又大又沉，他只得把犹太人带来家里，看货估价。对方仔细称量后放下十个金币。阿拉丁十分满意。

母子两人节衣省食，用这十枚金币又过了一段日子。这些天，阿拉丁也闲在家里。自从上次与魔法师遭遇后，他早已不和街上的孩子们混日子了。他有时外出走走，找认识的人聊聊天，间或也会去大富商的店里，会会本城的名流，听听他们的议论，以丰富自己对世界的阅历。

手里的钱花完后，阿拉丁又求助于神灯。他把灯托在掌心上，找到了母亲用沙子刷洗的地方擦了一下，大精魔立刻出现在面前。

"你需要什么？我是您的奴仆，服从您的命令。谁的手里拥有那盏灯，我就听他的吩咐。"

"我饿了。"阿拉丁说道，"弄点吃的来。"

精魔忽地消失了，立刻带回一只托盘，上面放着和上次相同数量的菜盘，放在桌上后又消身隐去。

阿拉丁母亲知道儿子要做什么，急忙离开，以免看到那怕人的精灵。不一会，她回来时桌上已放满了丰盛的酒菜，不禁对神灯巨大的威力感慨不已。她坐下来和儿子美美地饱餐了一顿。就这样又过去了两三天，阿拉丁见食物已吃完，便拿上一只盘再去找那犹太人。路过一家银匠铺，老板心地纯正，买卖公平，一见阿拉丁过去忙把他叫住。

"孩子，我总看见你路过我的铺子，拿着东西和那犹太人谈生意，然后两手空空地回来，我想你一定卖给了他什么。或许你还不了解他是一个怎样的无赖，可以说是当地犹太人中最坏的，现在谁也不愿和他来往了。我跟你说这些都是为你好。今天你不妨把带的东西让我看看，你想卖的话，我一定按公道的价钱收买。再不然我就给你指点别的商人。我保证他们不会对你弄虚作假。"

阿拉丁当然想把盘子多卖点钱，他从长袍下掏出盘子，递给银匠。老人一眼看出这是纯银打成的，立刻问是否也卖给了那犹太人。阿拉丁老实告诉他已经卖了十二个，每个一枚金币。

"这个死鬼！"老人喊道，"孩子，过去的就不说它了。这种盘子和我们铺子里用纯银打成的一样。我让你看看这犹太人是怎么欺骗你的。"

老人拿出天平，仔细称了盘子的重量，告诉阿拉丁纯银的单价，最后按重量算出共值六十枚金币。他当即付了钱，并说道：

"你如果怀疑我的为人，可以去这一带的铺子打听。如果他们还多给，我加倍赔偿。因为我们只在这只盘子的做工上赚点钱。"

阿拉丁十分感谢老银匠的贴心话，自己也得到了这么多的钱。他再也不去找旁人，把剩下的盘子和大托盘一起全卖了。当然，全部都称了重量计价的。

阿拉丁和他母亲尽管可以从神灯里索取到取之不尽、用之小竭的财富，也可以在失败的一念之间随时随地赢得胜利，但母子俩依然过着和以往一样的清贫简朴的日子。

阿拉丁变得喜欢干净整洁，他母亲除了纺纱挣点零钱，也不置任何服装。凭这种生活方式，我们完全可以想像卖盘子的钱足以维持很长的一段时间。他们就这样靠阿拉丁不时地用神灯弄点钱，两人过着平静的、与世无争的生活。

这段时间里，阿拉丁常在本市的大布店、金银首饰店、丝绸店里逗留，专找体面的大商贾交谈经营上的诀窍，学到了不少做生意的方法。和珠宝首饰商接触中，他心里明白：在地洞里拿灯时采下的果子不是什么彩色玻璃，而是价值连城的珍宝。因为他看遍了城里出售的各类宝石，无论是花色还是体积，哪个也比不上他手里的那些，他才明白自己手里有着一批无价之宝。他也清楚，这件事决不能向仟何人，包括母亲在内，透露一点风声。

一天，阿拉丁去城里，路上听到国王苏丹敕令传谕国王之女巴德露·菩德公主是日欲赴浴场洗澡，所以沿途全体臣民必须关窗闭店，在家回避。

这道敕令激起了阿拉丁的好奇心，他非要一睹公主的芳容。要做到这一点也不难，只消躲在临街熟人家里，隔窗偷窥。但又一想，公主外出沐浴，必定带着面纱。要满足好奇心必须另想良策。他终于想到如能藏身在浴室门后，凭这个位置他无疑地必能目睹公主不戴面纱的容貌。

没等多久，公主果然过来了。他从门缝里清楚地看到了这场前所未见的景象。公主袅袅婷婷走在前面，身后左右簇拥着一大批使女、奴仆和官宦。离门口三四步远，她撩起了面纱，给阿拉丁一个千载难逢的机会，清清楚楚看到了一个绝色少女的面容。

要说阿拉丁长这么大，除母亲外，他从未见过任何女性的脸庞。母亲年事已高，谈不上有什么仪容。所以，当他听人描述公主有倾国倾城的美貌时，以为世上的女人都和母亲差不多，毫不为之心动。因为，用语言来描述人体之美，永远无法和亲眼目睹的花容月貌所留下的印象相媲美。

阿拉丁自见了巴德露·菩德公主后，情绪有了很大变化，内心里抑制不住思念如此妩媚的形象。公主有着当今世界上最美丽的浅黛色肌肤；双眸是那么莹黑深邃、闪闪发亮；脸蛋儿实在是柔艳温馨；她鼻子的比例恰到好处；鲜艳的小嘴、润红的双唇，匀称而又可爱。总之，她脸上的每个器官的部位，安排得完美无缺。所以，难怪阿拉丁这个从未见过如此美貌姑娘的陌生人，禁不住心旌动摇，无以自己。公主体态婀娜，仪表稳重，目光却又是如此让人敬畏。

阿拉丁目不转睛地望着公主擦身而过，进了浴室。他的灵魂仿佛出了窍，那美丽的柔软的胴体已深深印入他的脑海。等回过神来，眼前的

倩影已杳如黄鹤。他想到公主浴罢回家时，必将是背朝他回宫去，脸上
也会戴上面纱，只得快快地踱回家去。他懊丧的脸色，瞒不过母亲的眼
睛。她不安地见儿子那不寻常的沉思和忧郁，不禁问他是不是出了什么
事，还是身体不舒服？阿拉丁一声不吭，随身倒在软椅里。他眼前依然
晃动着公主那曼妙多姿的身影。母亲正在厨下做饭，先没跟他说什么，
送来饭菜摆在面前他也不动手。最后逼他换了个座位，他勉强吃了几
口，比平时要少得多，而且总是目光低垂，一言不发。问他话，十有九
句不吭声。母亲实在弄不清他怎么会变成这副模样？

晚饭后，母亲又开始盘问他为什么如此郁郁寡欢，一筹莫展？可依
然得不到要领，儿子无精打采地上床睡觉了。阿拉丁那一夜不知是怎么
过去的，他满脑子只有巴德露·菩德公主的容貌。第二天，母亲忙着纺
线，阿拉丁坐在她对面的软椅上，忽然开口说道："妈妈，看来昨天我
沉默不语令你十分不安，相信我，我没病。但可以告诉你，眼下我的感
受和内心的痛苦比大病一场还要难受。事情是这样的：苏丹国王的公主
巴德露·菩德晚饭后要去沐济，我在路上听到了这个消息。苏丹敕令公
主走过的路上，店铺必须关门，闲杂人等不准外出，清理路面为公主和
随从人员路过。当时我离公主的浴池不远，我忽然有个强烈的愿望，想
看看公主的仪容。我相信她走近浴池时一定会摘下面纱，于是决心躲在
门后。你是清楚浴室外面那道大门的位置，也能想象公主真走这条路我
也一定能美美地看个够。公主果然来了，她摘下脸上的面纱。我有幸满
意地看够了她秀丽的脸庞。妈妈，这就是我昨天发愁和沉默的原因。我
太喜欢公主了，喜欢得无法用语言来表达。现在每当心中翻腾着爱情的
烈焰，我便无法自己。我决定去向公主的父亲、国王苏丹陛下求婚。"

母亲用心地听完了儿子的一番话，当最后听到儿子想去向公主的父
亲求婚时，不禁笑出声来——儿子准是说走了嘴。

"孩子呀！"她拦住了他的话头，"你想到哪里去了？不是疯了吧？"

"我肯定我没有疯，妈妈。"阿拉丁答道："凭直觉，你会骂我异想

天开，不长头脑。可我再说一遍，我的主意已定：去向国王苏丹的女儿巴德露·菩德求婚，你的抗议挡不住我的决心。"

"孩子呀，说实话我应当再次提醒你，"母亲认真地告诫他，"别忘了自己的身份。你下定了决心要这么办，我可实在想不出谁可以去为你提亲。"

"你替我去。"儿子马上回答她。

母亲大吃一惊，又觉得挺好笑，她顿了顿又说道："孩子，你为什么要这样呢？你不想想自己是什么人，敢要国王的女儿！别忘了你父亲是本城最穷的裁缝，我收入微薄。国王们从来只把自己的女儿许配给门当户对的王公贵族，这一点你不会不明白吧？"

"妈妈，我已有话在先，我早知道你会说什么了。"阿拉丁坚决地说道："我再说一遍，不管你阻拦还是抗议，是无法使我回心转意的。我说了，我尊重你，也要求你，一定去向公主提出这门亲事。希望你不要拒绝，别等我进了棺材才忙着给我找媳妇。"

这个好心的老妇人看到阿拉丁在这桩蠢事上居然死不回头，不禁左右为难，不知怎么办才好？

"孩子呀！"她再次劝阻，"我是生你养你的亲妈，什么事都可以帮你去做。今天如果你让我去左邻右舍找一个和你地位相当的女子为妻，我当然会尽力而为。亲家们也要估量一下你的家产，他们考虑的第一件事是婚后怎么生活？可你不考虑自己出身低微，不名一文，却看中了一国的首富，一心想娶个统治管辖你的主人的女儿，他只消一只小指就可把你碾成齑粉。这里我就不说什么自尊自重的话了。你如果过去考虑不周，希望你现在认真想想该怎么做？我也想想我的处境。你怎么好端端的冒出这么个怪主意，逼我去见国王苏丹，提出如此越轨的非分之想。首先，我该找谁去引见国王陛下？你不想想，我找的那人一定把我当成疯子，狠狠地打出门外。退一步讲，如果我有机会能顺利地平身参见国王，而国王对待臣民应一视同仁，但据我所知，国内至今尚无任何人去向他要求正义和公正。我也知道他也能慷慨地给予某些人以庇护和恩惠，只要他认为这些人是名符其实的大人物。再来看看你的情况吧！你为公主、为国家做出了什么贡献？出过什么力？你又是怎么评价自己的？我凭什么去向国王提亲？国王的高大形象，宫廷的光辉色彩立时可以使我哑口无言。此外，还有一条你忽略了的原因，那就是有求于国王者，定当进贡礼物一份。有了礼物，以后即使由于某些原因其要求未获同意，也可以有人通知他。你备下了什么贡品？如你真有足以引起伟大君王侧目的礼品，你准备提出什么分量的要求？所以，我劝你认真考虑一下，你那异乎寻常的企求是无法实现的。"

阿拉丁冷静地听完了母亲苦口婆心的劝阻，权衡了她意见中的利弊，回答道：

"妈妈，我承认我想自作主张地达到我的目的，又逼你仓促去向国王提亲，事先也没有采取合理的估计，确实十分鲁莽。这一切我求你千万别见怪，我想你也不必诧异，我激动之余，对采取有效手段，控制冲动的感情，都无法在事情发生的起始就预料到追求幸福所必须要做的工作。我爱菩德公主之深是你无法想像的。我尊敬她，崇拜她，搅尽脑汁要娶她为妻是我下定了的决心。我衷心感谢你的忠告，并把它看作是达到目的所迈出的第一步。

妈妈，你说了面见陛下不带见面礼似乎不合情理，而我也拿不出他要的东西。要说礼物，我同意你的意见，过去确实是忽略了这一点。至于你说的我拿不出他要的东西，妈妈，你不会忘记吧，我那天死里逃生后带回家的宝贝？那天我俩都把它看成是彩色坡璃球。今天我可以跟你说，它们都是无价之宝，送给一国之君再合适不过了，我常出入珠宝店，知道它们的贵重，你完全可以相信我的话，我浏览了全城最大珠宝店里的货，但无论式样还是花色做工都无法和我的比拟，而且价钱高得惊人。总之，你我都明白，我们拥有的财宝的价值。这些且不去管它，依我小小的经验，我敢旨定苏丹陛下会高高兴兴地收下的。你不是有个大瓷盘吗？把它们装上，按各种色彩摆起来，看它是个什么样？"

老妇人找出瓷盘，阿拉丁取出收藏的两口袋珠宝，一一码放在盘里。尽管是在白天，宝石鲜艳眩目的色彩照得母子两人眼花缭乱，看得目瞪口呆。他们习以为常的是家里油灯的光亮，尽管阿拉丁见过它们挂在枝头树梢，花花绿绿，煞是好看。但为一个孩子，当时也引不起多大兴趣，只当是些小饰物悬挂在枝头而已。

对手头的礼物，两人十足地欣赏了一阵，阿拉丁对他母亲说道：

"现在你不能以没有上好礼品为由，不去面见苏丹陛下了吧！眼前的贡品，足以给你一次盛情的接待。"

老母亲面对如此美丽灿烂的礼物，依然不十分相信儿子对它们的估价，她总觉得即使国王接受了，但她对阿拉丁以此为由要她提出的要求，实在难以启口。

"孩子呀，不可否认你的礼品确有其理想的效果，苏丹陛下也会对我另眼相待，但你要我完成的任务，我依然羞于启齿。所以，我预料此行的结果不仅我的努力会付诸东流，你的宝贵礼品也可能化为乌有，最后落得个懊丧地回家来告诉你：一切都完了。我把后果已直言相告，希望你不要怀疑我的用意。尽管如此，我还是愿意尽我最大的努力让你高兴，也希望我有勇气说动国王，说出你要我说的意思。但我相信他准会当面笑我不自量力，或者把我当个糊涂虫逐出宫廷，弄不好我们俩都会成为国君盛怒下的牺牲品。"

妈妈费尽心机，列举了如此多的理由想让儿子回心转意，可是，菩德公主的妩媚在阿拉丁心里投下了如此深刻巨大的情影，回头是谈不上的了，他坚决要母亲去了结他的情意。作为母亲，出于慈心，也更怕他再闹事，答应了他的要求。

可惜现在已是傍晚，允许进宫的时间早已过去，一切只等明天了。当晚，两人谈了点旁事。阿拉丁苦苦地勉励母亲面见苏丹完成任务。但她无论如何总觉得心里没底，总是摆出千条万条理由怀疑此行的凶吉。

"儿子呀，如果国王真能开颜赏脸，静下心来听我的述说，然后，他会想起问我你的家产和财富在何处，你要我对这个问题如何作答呢？"

"妈妈，不用对不可能发生的事枉自焦心，我们先来看看苏丹怎么收下贡品和会怎么问你吧？万一真像你说的问出这类话，我已经拟好了回答，我对那盏帮了我们这么长时间忙的神灯是满怀信心的，它不会在我需要它的时候让我失望。"

母亲对儿子的许诺再也找不出别的理由，只提醒说这一回神灯给一点吃食是不够了，它应当创造更多奇迹。这些想法同时也消除了她心头对执行任务的畏难情绪。但儿子却进入了母亲的角色，他吩咐母亲必须保住秘密，这样才能胜利在望。说到这里，两人回房休息。强烈的爱心和收获在望的前景占有了阿拉丁整个身心，他怎么也睡不踏实。次日，天刚亮，他就喊醒母亲，催她穿好衣服，赶在宰相和其他大臣、达官显贵之前进宫去，国王通常在那时上朝。

阿拉丁的母亲按儿子的吩咐，拿起昨晚放有珠宝的盘子，用两块鲜艳的披肩包好。为便于携带，对角扎好后动身前往王宫。来到宫门前，正好看到宰相和大臣进去。她不理会丹墀前的朝臣都是显贵望臣，也随之而人。那是一座高大的殿堂，入口处华丽非凡。国王升坐王位，宰相和大臣们分坐两边，她正好站在他们前面。陈情诉状者按次序——被召唤到王座跟前，每桩案子都得到辩护和裁决，直到早朝结束。国王起身宣布退朝，转回后宫。宰相群臣以及前来诉状的也都纷纷回家。其中不乏赢了官司的兴高采烈，宣判不利的垂头丧气，也有的等待着下轮再听聆讯。

阿拉丁的母亲看见国王离座返宫，殿内众人也纷纷离去，她知道当天朝事已结束，他们不会再回来了，便也动身回家。阿拉丁一见母亲原封不动地带着贡品回来，一开始倒也不想她能马到成功，只希望别出师不利，带回什么不吉利的消息，所以也不敢先张口发问。母亲过去从未涉足宫廷，对每天的朝事更是一无所知，今天回家后主动告诉儿子一些情况，解开了他的困惑。

"儿子，我今天确实见到了国君，我敢肯定他也看见了我，因为我正站在他面前。但国王一直耐心地忙于和周围的人交谈，最后我相信他一定累了。因为我见他突然站起身，不顾许多人还想跟他说话，便离座退席而去。对此，我倒很高兴。说实话，等了这么久我也累极了，也开始失去耐心。不过事情并不坏，我明天再去时，国王陛下或许不会那么忙了。"

尽管阿拉丁很有情绪，但不得不面对事实，耐心等待。母亲克服巨大困难，能接近苏丹，不能不说是一个不小的收获了。他希望母亲在今天看的这些案例，能给她壮起胆子。一旦机会来了，她会有足够的勇气大胆直言。

第二天一早，母亲又带上礼品来到苏丹宫殿，却发现大门紧闭。经了解才知道国王是隔天上朝的。她只得明天再来。儿子听了她的消息，也只得安下心来，苦苦等待。之后，她一连去了六次，每次都显眼地站在国王面前，可是哪次都像第一趟那样，如果国王本人对她无动于衷，她成功的机会应该说等于零。原因是只有有机会提出申请，轮到她后，才有可能走近国王和他对话，而阿拉丁母亲根本没提过申请。

直到有一天，国王听政完毕，将欲回宫时问宰相道：

"我多次看到有个妇女，每次上朝时她必定来到，随身的包袱里还藏着什么东西。议事开始，她也开始等在面前。你去问问她有何要求？"

宰相对此也不清楚，但又不想表现出一无所知。

"圣上，妇人家一贯小心眼、好计较。这个女人恐怕就是来向您控告一些蝇头琐事，像有人卖了发霉的面粉给她等等。"

这些话却是搪塞不了国王苏丹，他吩咐道："下次议事日如果再看见这女人，叫她过来，我要听听她想说点什么？"宰相恭敬地执住苏丹的手，吻过后把它放在自己头上，以示决不将圣谕置之脑后。

阿拉丁的母亲每次进宫，站在国王面前。此时，她的心里已不存在任何芥蒂。她怀着一个目的：尽自己绵薄的力量使儿子高兴。所以当又一个议事日到来时，她像往日一样踏进殿堂，站在国王面前。当宰相开始启奏案情时，国王一眼瞥见了她，非常同情她等了这么多日子，便打断了宰相的话，说道：

"还记得上次我跟你说起的那个女人吗？让她先过来，听听她想说些什么，先把她的事办了。"

宰相闻言，马上叫来身旁的殿堂执事，指指远处的女人，让他去叫她到国王跟前去。

执事走到阿拉丁母亲跟前，使了一个眼色，让她跟着，她便到了国王的御前，执事回到宰相身旁后，老妇人学着这些天来见过的许多人那样跪倒在地，额头贴着从王座丹阶上延伸下来的地毯上。国王命令她平身，但她保持着跪拜的姿态。

"妇人，很久以来，我看你从上朝到退朝一直站着，你有什么事情要申诉的？"

听了这番话，阿拉丁的母亲再次匍匐在地，然后抬头奏道：

"伟大的国君，在我前来启奏陛下陈述这非份之请前，我恳清陛下宽恕我的大胆和冒失。我的要求是如此的不寻常，它使我浑身颤栗，无颜直陈。"为了打消她的顾忌，苏丹命令除宰相外全体回避。

阿拉丁的母亲还不满足国王为打消她在众人面前不敢讲话的顾虑所给予的照顾，她深怕国王听完她的话会勃然大怒，便又奏道：

"如果陛下认为我的请求冒犯了天颜，我在这里先求得您的宽恕。"

"好吧，我恕你无罪，你可以大胆照实说来。"

阿拉丁的母亲怕苏丹震怒，采取了这许多防范措施后，便一五一十老老实实把儿子如何见了巴德露·菩德公主，炽烈的爱情使他神魂不定，回家后决定向她求爱的情形说了一遍。继而说道：

"他的一见钟情对您陛下，尤其是对公主是无害的。可是我儿子，他不仅不接受我劝阻他的大胆行为，固执地不达目的誓不罢休，甚至做出一些绝望的行动，威胁我同意他的要求。今天我来向您提亲，陛下要宽恕我被迫为了他采取的做法。所以我再次恳求陛下，不仅对我开恩，更要宽恕我儿子阿拉丁居然冒出如此鲁莽的念头：企求公主为妻。"

苏丹异常大度地听完了阿拉丁母亲的诉说，脸上丝毫没有愠怒的表情，在回答前，他先问包裹里带来了什么东西？阿拉丁母亲俯身解开襟扣，取出瓷盘，将贡品献给国王。

当国王猛见一只普通的瓷盘里盛满了如此硕大无比、华光熠熠的珠宝时，其诧异和惊奇是可想而知的。他怀着敬慕的心情久久地看着它们，最后从阿拉丁的母亲手中接过礼品，欣喜地赞叹道："太美了！太珍贵了！"国王把全部珍宝一个个翻看了一遍，递给身边的宰相说：

"你也看看，我敢说你从未见过如此价值连城、美丽绝伦的东西吧！"

宰相看得如痴如醉。

"这份彩礼你觉得怎么样？它值不值我女儿的身价？我为什么不把她许配给这个如此重视她的小伙子？"

这席话使宰相极为不安。苏丹过去也曾表露过想把公主许配给他儿子，如今被一份如许丰厚又特殊的彩礼弄得神魂颠倒，苏丹肯定会改变初衷的。想到这里，他不禁大为不安。稍停，他走过去俯身在苏丹耳畔说道：

"陛下，应当承认这份彩礼完全够得上公主的身价，但我请求阁下宽限我三个月后再作决定。我希望我儿子在这规定的期限前，能够献上一份比你根本不认识的阿拉丁给你的更贵重的聘礼。"

苏丹明知宰相完全不可能在这期间让他儿子为公主准备一份厚礼，但他还是恩准了他的请求。他转向阿拉丁母亲说道：

"老太太，回去告诉你儿子，我同意你的提亲，但现在不能举行婚礼，必须等三个月后我为公主打制好家具。"

阿拉丁母亲大喜过望，这实在是出乎意料。首先，她认为根本不可能面见国王；其次，国王不但没有像她想像中那样一口回绝，反倒有了一个满意的答复。阿拉丁看见母亲兴冲冲地回家来，从脸上的喜相就判断出有了好消息。这基于两种情况：其一，回家早过往日；其二，满面春风的脸色。

"好吧，妈妈。我能高兴地抱有一线希望还是失望地死去？"

母亲拉下面纱，靠近儿子坐下。

"我不想让你久久等待，我现在可以告诉你，你完全有理由好好地活下去。"

接着，她详细叙述了事情的经过。她受到国王的接见，所以能早于往日回家。她用了一些办法，不仅不至于在提亲时惹得国王不悦，还可以亲口获得国王的应允。根据她的判断，这份重礼达到了期望的效果。

"但当达到了预期的希望，国王将给我答复时，宰相俯在他耳边低语了片刻，我担心准是这个人在我们的好消息中间设置了什么障碍。"

听完了母亲的话，阿拉丁觉得他是世界上最最幸福的人了。他先对母亲为促成这事受了不少折磨表示歉意。如今的成功，对儿子内心的平和有着非凡的重要性。尽管三个月的期限看来像是100年，但他把苏丹的许愿奉为金科玉律，不可撤销的。所以，他决心高高兴兴地等待。这三个月的日子里，他不仅每周、每天，史是每分、每秒地数着过去的。熬过了两个月，一天晚上，阿拉丁母亲点灯时发现灯油已枯，她便上街去买。进到城里，只见满城欢跃，店铺无一关闭，四处张灯结彩，人人尽情狂欢。达官贵人个个骑在鞍辔华丽的高头大马上，身后跟着随从。她不禁奇怪地问油店里的人，外面为什么这样热闹。

"好嫂子，怎么了？你还不知道今晚是宰相公子和巴德露·菩德公主成婚之夜，公主即刻要从浴场出来。你看见的这些官兵，是护送她进宫举行婚礼的。"

阿拉丁的母亲顿时心里发凉，她上气不接下气地跑回家里，儿子对此事还一无所知。

"孩子，大事不妙，你还等着苏丹美丽的诺言，可这都成泡影了。"

"妈妈！"阿拉丁如五雷轰顶，"你怎么知道苏丹毁约了呢？"

"今晚宰相的公子将娶菩德公主。"

她详细叙述了上街听到的话。这样，儿子无论怎么也没有理由怀疑母亲的话了。

阿拉丁受到了沉重的打击，无论谁都会在这重击下沉沦下去，但一股妒嫉的怒火，一种秘密的动机又使他缓过劲来。他想起了那盏至今还非常有用的神灯。为了不将无谓的感情发泄在苏丹、宰相或他儿子身上，他只轻描淡写地对母亲说道：

"等着瞧吧，我看宰相的儿子今夜未必能像他想像的那么痛快，我要进房里一会儿，你快做饭。"

她到厨房去了，心想儿子肯定会求助于神灯，尽可能地破坏这场婚姻。

阿拉丁进房，拿起灯在以前的地方擦了一下，精魔立刻现形。"您想要什么？作为您的奴仆和所有拥有那盏神灯的人的奴仆，我听您的吩咐。"

"听我说。"阿拉丁命令道，"你给了我每天所需的饭食，如今有更重要的任务让你去执行。我向巴德露·菩德公主的父亲、国王苏丹求亲，他许诺三个月后让我和公主成亲。但他言而无信，期满前今晚就要把公主许给宰相的公子。我刚听说，但已确实无疑了。现在我要你做的是当新郎新娘双双躺在床上时，立即把他们带来我家。"

"遵命，主人。"精魔答道，"还要我做什么？"

"现在没事了。"阿拉丁说完精魔立刻隐身消失。

阿拉丁不露声色地下楼和母亲吃晚饭，饭后，又若无其事地和母亲聊起这桩亲事。不久，他让母亲先去睡觉，自己回房里坐等精魔执行命令回来。

再说苏丹宫里已是万事俱备，准备大肆庆祝公主的大婚，傍晚，娶

外国童话名篇精选

525

亲仪式完成后，全市狂欢至深夜，宫廷主管给新郎一个暗示，带着他离开众宾客走进洞房，那里新床已经摆好。新郎先脱衣上床，不久，王后在宫女和众女眷、亲王的前呼后拥下陪同新娘来到洞房。按习俗，新婚姑娘上床时要挣扎、反抗，这时，母亲便脱去她的衣衫，用力把她按在床上，然后吻别女儿，先让侍从及众亲眷退出，她最后一个出来并关好门。

洞房的门刚关上，神灯的忠实奴仆——精魔准时地执行了主人的命令。他不等新郎有时间拥抱新娘，霎时间把他们俩双双连床一并提起，送进阿拉丁的房里，他正坐等他们的到来。

宰相的公子和公主在床外所受的折磨，哪能和等得心焦的阿拉丁相比。

"把新郎官关进藏衣室里。"阿拉丁吩咐精魔："明天天一亮你再来。"精魔立刻把公子赤条条提出床外，按阿拉丁的命令把他放进藏衣室里，对他吹了一口气，他立时动弹不得。

阿拉丁深爱着菩德公主。这时只剩下他们两人，他没有和她多说话，只是激动地告诉她：

"美丽绝顶的公主，你在这里十分安全。尽管你的妩媚点燃了我渴望的烈焰，但这决不会超越我对你的爱慕和尊重。今天我被迫采取了如此极端的手段，那决不是我有意冒犯。我这样安排，只是为了不让旁人占有你。你父亲苏丹陛下许下诺言，你应是我的新娘。"

公主自然不清楚这些过程，对阿拉丁的话也听不明白。突如其来的遭遇吓得她张口结舌，半句话也说不出来。阿拉丁脱下外衣，躺在刚才宰相的公子所躺的地方，背朝公主，在两人中间放了一把剑，这明确表示若有辱于公主的清白当受此罚。

这一夜，阿拉丁心满意足地把情敌折磨了一番，当然睡得很香甜。而菩德公主，她活到这么大却从没经历过如此可怕的一夜。不过，如果想想精魔把新郎官弄去的地方，则是不可同日而语了。

第二天清早，阿拉丁刚穿上衣服，还没等他擦神灯，精魔已如约而至，问道："主人，我来了，请吩咐。"

"去把宰相公子提出来，放在床上带回王宫。"

阿拉丁佩上弯刀，新郎官又被放在公主身旁，眨眼之间，新床又被丝毫不差地搬回新房原来的地方。我们必须注意的是，事前事后这对新人始终没有见到精魔。他要是再现形，肯定会把他们吓死。他们当然也没见到阿拉丁和精魔的对话，一切过程只是床榻微微一动，人和物已经迁往异地了。但就这样，也足以把他们俩吓得半死。

精魔刚放稳新床，苏丹正好开门踏进新房来向女儿祝福。他当然不可能知道，他女儿这一新婚之夜是怎么过来的。冻得半死不活的宰相儿子，披着单薄的衬衣直挺挺地站了一夜。他在床上还没有暖过身子，忽听得开门的声响，慌忙跳起身钻进更衣室，那正是他昨晚待了一夜的地方。

苏丹走到床边，按习俗在女儿眉心吻了一下，道声早安，笑着问她昨晚是否情投意合？但当他扶起女儿的头深切地看着她时，却发现对方的脸色竟如此深沉忧郁，这一惊非同小可。她已无法以一颦一笑或任何表情，来平息父王的诧异。女儿投来伤心的一瞥，眼神里饱含了苦恼和埋怨。他连问几遍，公主仍是一声不吭。他责备女儿无礼，怒冲冲地离开了新房。路上，他怀疑这沉默中必有缘故，途中折道去王后卧室，告诉她女儿不寻常的态度和他的遭遇。

"陛下！"王后安慰他："你不必为女儿的举止烦恼。刚过新婚之夜的新娘第二天十有八九不免羞羞答答。三两天后情况会改变的，她会和以前一样对待她的父亲。不过，她要是也这样对我，那我才真正失望了。"

王后穿戴完毕来到公主房里。她还躺着。母亲拉开窗帘，吻了吻她，问了早安。可是使她吃惊的是，女儿也一言不发，只是目不转睛，神色沮丧地看着她。母亲明白，一定有意料不到的事发生了。

"孩子，怎么不理我？"她忙问道，"你怎能以这种态度对你母亲？你以为我不知道你一定出了什么事？有什么不能跟我说的呢？快说吧，别让我心焦："

菩德公主长叹一声，打破了沉寂。

"母后，我最尊敬的妈妈，您别生我的气，原谅女儿刚才的失礼。直到如今，我满脑袋还是昨天晚上所经历的那可怕恐怖的一夜。"

公主接着向王后哭诉了一遍昨晚她和丈夫的情况：刚上床，连床带人便被搬到一个肮脏昏暗的屋子里。丈夫不知被弄到什么地方去了，她和一个青年单独在一起。由于惊吓过度，她已忘记对方说了些什么。随即他便上床，躺在刚才丈夫躺的地方，在两人中间放了一把弯刀。第二天早晨，丈夫回来了，床突然又被搬回洞房，时间正好是父王开门踏进房里向我祝福的时候。当时我又急又怕，张口说话的勇气也没有了。我的态度一定触怒了他，不过要是他明白了我当时可怜悲惨的心境，也许会宽恕我的无礼。

王后耐心听完了女儿的哭诉，完全不信真有其事。

"孩子，没把此事告诉你父王算你聪明，以后也切不可告诉旁人，人家会说苏丹的女儿发疯了。"

"但是，母后，"公主说道，"我很正常，去问问我丈夫好了，他会告诉你同样故事的。"

"我会的，不过他要是也这么说，我想最好是不再追究了。好，现在该起床了，别再胡思乱想。如果全国上下为你举行的喜庆活动被耽误了，倒不失为一则动人的故事。听听，外面号角齐鸣，鼓乐喧天，歌声四起，难道这些还不足以使你抛开幻觉，高兴起来吗？"

王后说完召来侍女，看着女儿起床梳洗后自己回到苏丹御前，告诉他说女儿做了恶梦，现在已经没事了。

接着她召来宰相儿子，盘问他公主说的情况。青年人考虑到刚受苏丹的青睐入赘王室，不愿道出真相。

"驸马，你不会和你妻子一样糊涂吧?"王后问道。

"我斗胆请问母后为何这样问我?"宰相儿子反问道。

"好了，够了，"王后说道，"我不再说什么了，你比她有头脑"。

婚庆喜筵活动闹了一天。这一天里，母亲寸步不离女儿，带她观看各式表演和参加各种活动，想尽办法转移她的烦恼。可是，新娘对昨晚的事印象是如此深刻、强烈，她实在无法排解愁苦的思绪。说真的，宰相公子吃的苦头比她还多，但勃勃的野心宁肯忘却所受的屈辱，今天谁也不怀疑他是个快乐的新郎官。

阿拉丁对宫内的欢快气氛了若指掌。他明白尽管昨夜有了多大的麻烦，但今晚这对新人依然会躺在一起的。所以，为了打散他们的欢乐，必须求助于神灯。精魔显形后，阿拉丁便命令在新郎拥抱新娘前像昨天一样，把他们连床一起搬来。

和昨天一模一样，精魔忠实而准确地完成了任务。菩德公主又委屈地和阿拉丁同床共枕地躺了一夜。当然，不用说两人间还是有一把腰刀。第二天一早，精魔按主人命令先把新郎放在新娘身边，然后连床把两人搬同宫内。

受了冷遇的苏丹，很想知道女儿昨夜的情况。一早醒来便立刻往新房走去。宰相的儿子昨夜未尝禁果，蒙受了更大的羞辱，一听到开门声，急忙跳下床躲进更衣室。苏丹走到床边，和昨天一样祝了早安。

"孩子，你的心情比昨天早上好点没有?"

公主仍然不吭气。苏丹顿时明白她不仅遇上了不可言状的麻烦，陷入了绝望的境地，而是更有什么事瞒着他，他怒气冲冲拔出佩刀。

"女儿，快说出发生了什么事，不然我劈开你的脑袋。"

眼前的刀光剑影可比父王的威喝要严重得多，公主吓得直打哆嗦，终于开了口。

"亲爱的父王苏丹陛下。"她眼泪汪汪地:"如我触犯了你，求你千万不要动怒。同时，要是你听了这两夜我是怎么熬过来的，也希望你宽

外国童话名篇精选

恕怜惜我。"

这场话打动了苏丹的心。菩德公主随后激动地诉说了这两夜的遭遇，国王听了也深为动容。

"陛下如对我的话有丝毫怀疑，可以亲自去问我丈夫，他也应当原原本本告诉你。"

国王立即感到，公主必然遭受了极不寻常的境遇。

"孩子呀，千不该万不该昨天你为什么不告诉我？我和你一样心境难以平静。我不想让你婚后痛苦万分，你理当享受应得的欢愉和快乐，应当拥有知心和体贴的丈夫。不要再去想这些苦恼的怪事了，我要给你更多的关怀，下令不让你再过这孤苦无援的黑夜。"

苏丹回到房里立即召见宰相。

"见到令郎了吗？难道他没给你说什么？"

"陛下，我没见他。"

国王把菩德公主的遭遇说了一遍后，说道："我不怀疑女儿说的事实真相。当然，最好是从你儿子那里得到证实，你现在火速回去弄它个水落石出。"

宰相立刻把儿子叫来，问他苏丹说的可是真情，并要他老老实实地说清事实真相。

"爸爸，我决不对你隐瞒什么，菩德公主所言全是实情，可她对我的遭遇却一无所知。婚后，我过了可怕的两夜，那决非言语所能形容的，我心惊胆战，新床被抬了四次，从一地搬到另一地，也不知怎么弄的？我的情况更糟。整整两夜，光着身子被锁在一间不知是什么样的暗室里，无法动弹。我更要告诉你的是，我肉体上所受的折磨，不足以表达对公主的爱慕、尊敬和一往情深。不过，我也应当承认，尽管娶上国君的掌上明珠，享有了无上的光荣和尊贵，但还要我忍受那莫名的痛苦，继续和王室联姻，还不如要我去死。我相信公主也抱有同样的感情，她正准备同意我们的分离，这对我们能好好休息是十分必要的。为此，父亲，我求你以过去为我获得如此殊荣的情怀，再去请求苏丹陛下，同意解除我们的婚约。"

尽管宰相朝思暮想要儿子和苏丹攀亲，但儿子坚决要和公主分手的态度，使他感到再让儿子忍上几天是十分不妥的。他只得去见国王，禀告他公主说的事一点不假。没等国王开口解除婚约，宰相即奏请恩准他儿子离宫，他已不愿公主因他儿子再受一刻痛苦。

宰相的要求毫无困难地得到了满足。同时，早已胸有成竹的国王下令城乡中止庆典，快马向各领地传达撤销他的第一号命令。全国上下的欢庆活动顿时偃旗息鼓，烟消云散。

老百姓对国王的突然改变主意十分诧异。瞧见宰相和他儿子垂头丧气一脸愠色走出王宫，大家更是面面相觑。这里，除了阿拉丁，谁也不知底细。他对神灯给他带来的胜利，不禁暗自高兴。现在，他已没有必要再擦灯呼唤精魔去阻止那场失败的婚姻，因为他的情敌已经离开了王宫。

阿拉丁等到第三个月期满，那是国王亲口答应把公主嫁给他的日子。第二天，他又让母亲进宫，提醒苏丹实现他的诺言。

老妇人按儿子的嘱咐，次日一早再度进宫。踏进大殿后便站在原先的地方。国王一眼便认出了她，也记起了她来此的目的和让她走时的情景。所以，当宰相正准备上朝启奏公文时，国王打断了他的话：

"爱卿，几个月前送我一份厚礼的那个女人又来了，我想先听听她想说些什么？"宰相抬眼看去，见阿拉丁母亲站着，便唤执事叫她过来。

老妇人伏在丹墀阶下叩拜完毕，抬身时国王问她有何要求。

"陛下，我以儿子阿拉丁的名义前来朝见，陛下吩咐我在第三个月的月初再过来，现在恳请陛下履行诺言。"

在国王的记忆中，老妇人的形象已经很模糊，他在寻思如何答复。一眼看去，这阿拉丁母亲衣衫简陋，算得是寒微的小户人家，她来求亲对公主的婚事将是十分不妥的，心中当然十分不愿把女儿嫁给如此低微

外国童话名篇精选

人家的陌生小伙子。最后，他想和宰相商量后给她一个起码的答复。

宰相心里有数，他如实地对国王说：

"圣上，按我的主意，辞去如此门第不当的婚事倒是有一条妙计，而且还能让他有苦说不出口。谁叫他不知天高地厚，想高攀公主而自己又是个一名不文的穷小子。主上可以开口索要一个他无论如何拿不出来的高价，惟有这条办法可以令他断了念头。"

国王赞同宰相所献之计。他盘算一番后，转向老妇人说道：

"好心的妇人，苏丹王必须遵守诺言，我当然也不例外，很想使你儿子高高兴兴地和我女儿成婚。但我不能两手空空地把女儿嫁出去。你回去告诉你儿子：只要他进贡40个足金盘子，盘里装满珠宝，个个都要像他上次送来的一般大小。盘子由40个黑奴端着，再由同样数目的美丽端庄、衣着华丽的白女奴护送进宫。满足了这些条件，我一定把公主许配给他。去吧，现在就去告诉你儿子，我在这里静候他的佳音。"

老妇人再次叩拜后退下。一路上，她暗自为儿子愚蠢的念头发愁：他从哪里去找这么些足金的大盘、多彩的珠宝来填满国王的欲望？难道他还去钻地洞，从树上摘？就算得到了金银珍宝，那些黑奴白奴又从哪里去找？这回一定完了。他一定十分不满意我的这次任务。她带着满脑袋诸如此类的想法进了家门。

"孩子呀！"她对儿子说，"我劝你再也别胡思乱想去娶菩德公主了。今天苏丹和蔼地接见了我，他也是向着你的，但我拿不人准。从我话里你可以猜到是宰相又让他改变了主意。我向国王陛下陈述了三个月的期限已到，请他实践诺言时，他没有立时答话，和宰相咬了一阵耳朵。"母亲接着把苏丹的条件和订婚时索要的巨额钱财详详细细地说给儿子听。最后，告诉他苏丹即等回音。"不过，我想他会等得不耐烦的。"

"妈妈，不会像你想像的那么长久。国王想利用这过分的索取来阻挡我的要求，他完全错了。我还以为我会面临更大的困难，对这美丽绝伦的公主会索取更高的彩礼。现在我很高兴，他提的要求对我和公主来说不过是小事一桩。让我来考虑满足他的要求，你弄晚饭，别的你都不用管了。"

等母亲出门去市场后，阿拉丁拿起神灯轻轻一擦，和以往一样，阿拉丁对精魔布置下了任务。

"国王同意将女儿许配给我，但要求 40 个足赤金盘，盛满我取神灯那个花园里树上的珍宝。金盘由同等数目的黑奴顶着，每人再由衣着鲜艳、容貌秀丽的女白奴领路，赶快给我备妥礼物，我要在宰相想明白前赶快送过去。"

精魔告诉他所有的要求立时可以满足，说完隐身而去。

不消片刻，精魔带来了 40 个黑奴，每人头上顶着一只大金盘，盛满了珍珠、钻石、宝石、祖母绿，每颗都大过以前送的。宝石上覆盖着一方银丝织成的盖布，上面绣着金花。黑、白奴隶加上如许财宝，把一个小屋子加上前厅和庭院挤得满满的。精魔问还有什么事可以效劳。阿拉丁告诉他目前没有了，他又不见了。

母亲从集市回家，看着屋里这么多人举着无价之宝，惊叹不已。她放下食物，还来不及摘下面纱，就听得阿拉了说道："妈妈，时间一刻也不能耽搁。在国王回后宫之前，务必请你进宫献上这份聘礼，作为给菩德公主的嫁妆，让他明白我办事着力，抱着真心结亲的一片至诚心意。"

没等母亲回答，阿拉丁推开大门让女奴们出来，每个白奴领着一个头顶金盘的黑奴。等母亲随着最后一个黑奴出去后，阿拉丁关上大门，满怀希望等待着，心想这回苏丹收下了这份礼一定会同意他做驸马了。

第一个女奴迈出门槛时，就引得路人驻足围观。等队伍全体列队上街后，整条街道挤得水泄不通，人人奔走相告，一睹这气派场面。女奴们身着豪华衣衫，佩带价值万贯的首饰。按人群中珠宝商的估价，每件饰物绝不低于 100 万。此外，简朴雅致的服式、姣好的容貌、富贵大方的气质以及百里挑一的身材……一切的一切实在无与伦比。等距离的队伍默默地迈着步子，头顶上纯金圆盘中的大号珍宝错落有致地堆放着。再看她们平帽上的钻石，式样新颖，品味奇特，使目睹者无不啧啧称奇，看着队伍远去，自己竟久久忘了移动脚步。去王宫的路上，一路穿街走巷，大部分居民都有机会目睹盛况。到达王宫门前，门卫一见这富丽堂皇的气势，以为哪位国王驾到，全体列队相迎，下跪亲吻衣裙，但被止住了。受精魔管教的女奴告诉卫队：我们仅是奴仆，主人随后驾到。

说话的女奴随队进入宽阔的二殿。国王上朝时，这里坐着王宫总监，他负责将众官员整队。当阿拉丁送礼队伍的女奴们一出现，立时将为首官员的气焰压下去了。过去宫里哪见到这种场面与辉煌，朝内哪个官员也摆不出如此显赫的气派。

国王闻讯女奴们列队向王宫走来，他下令放行，所以队伍一路无阻，排成两列顺利地进到大殿，在御前排成一个幅度很大的半圆。这时黑奴把托盘放在地毯上，匍匐在地，白奴也前额贴地，连连叩首。行过大礼，全体平身。黑奴掀开盖布，双手交叉在胸前，伫立一旁。

与此同时，阿拉丁母亲走近丹墀，行过礼，说道：

"陛下，我儿阿拉丁送上的聘礼实在不能和公主的身份相配，但无论如何希望陛下笑纳并能博得公主的欢心。区区薄礼能使他今后有更大信心，满足陛下对他的要求。"

此时此刻的国王，哪有心思聆听阿拉丁母亲的话？他投眼在40个大金盘上，看到了前所未有的鲜亮珍贵、价值连城的珠宝，也看到了四十对黑、白女奴，个个举止娴雅端庄，衣着艳丽。他和其他君王一样，只剩下连连叹为观止的表情。但在答复阿拉丁母亲前还是回头征求了宰相的意见。宰相睁眼看着这一份花团锦簇的厚礼，比苏丹更为愕然。

"好了，我的丞相，就我们说得出姓名的人里，还有哪个能拿得出如此厚礼？难道他不配做我驸马娶菩德公主为妻吗？"

宰相顿生嫉妒，怒形于色。他不能眼睁睁看着一个陌生小伙子，竟在他儿子前面当上驸马爷。显然，阿拉丁的这份聘礼远比他更容易被接纳为亲家。他只得顺着苏丹王的情绪，答道：

"我一直在想，送上如此一份厚礼的人，怎能不受陛下的青睐？恕臣大胆，他应受更多的尊敬，但我总认为：世界最大的财富也无法和陛下的女儿——公主相比拟。"这席话博得朝内众臣一片喝彩。

国王不再犹豫，也不去想那个要做他驸马的阿拉丁是否集众人之长于一身。只瞥一眼眼前这笔财富和阿拉丁不辞辛劳，不顾他下达的条件有多么苛刻，竭力满足了他的欲望，就凭这一点就已轻易地征服了他的心。

"太太，回去告诉你儿子。"国王让她带着满腔希望回家去，"我张开双臂欢迎拥抱他，尽快前来迎娶我女儿，我很高兴。"

阿拉丁母亲像一个慈母眼看着自己的儿子前程无量，心里乐开了花，飞快地赶回家。这里的苏丹早早结束了当日的早朝，起身回后宫，命令公主的侍女将金盘端进女主人房内，等闲来一起细细欣赏。那80个奴仆也没有冷待，都被引进宫里。苏丹先向女儿描述了她们沉鱼落雁的容貌，再领她们来到房前，让她隔窗审阅是否父王言过其实。

阿拉丁的母亲有了如此上好的消息，喜上眉梢，踏进家门。

"孩子，现在你有一切理由高兴起来。出乎我的意料，你的心愿刹那间统统实现了。苏丹在满朝文武齐口同声的认同下，毫不迟疑地宣布你可以迎娶菩德公主。他欢迎你，为你完婚。眼下，你必须做好充分准备，为初次朝觐给国王留下一个好印象。我亲眼目睹你创造了如许的奇迹，我已不再有所求了。最后我再告诉你：苏丹以极大的耐心等着，这真是机不可失啊！"

阿拉丁听了这消息顿时心花怒放，一心想着立刻朝觐国王，没怎么答话便回到自己房间。一进屋，先擦拭了一下这盏至今对任何要求都没让他失望过的神灯。精魔立刻出现在眼前。

"精魔，我马上要去洗个澡。浴后，你把世上国王都没穿过的最漂

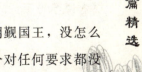

外国童话名篇精选

亮的服装送一套来。"话音刚落,精魔驮着他隐身来到一个用上等五彩大理石装修的浴场内,不知是谁的一双温软的手在一间洁静空阔的厅里给他脱去了衣服,把他引进浴池,池内水温适度。那双软玉温香的手替他用香汤擦身。几度入水后,容貌已是焕然一新,绝不是以前那个阿拉丁了。他肌肤洁净,白里泛红,身躯清爽。回到外间更衣室时,原来的衣衫不见了,代之为一袭异常漂亮的长袍。精魔服侍他穿戴完毕,又把他送回家里,问他还需要什么。

"哦,我要你马上弄来一匹骏马,鞍辔必须齐全,价值要过百万。马匹要体态优美轩昂,要超过王上马厩里任何的良驹。另外,还要 20 名随从,服饰佩带必须和送礼进宫的一模一样。再要 20 名,列队在马前。此外,再选六名女侍服侍我母亲,她们的衣着不得稍逊于菩德公主的贴身宫女,每人再携带一身王后才配得上的华服。再给我准备一万金币,分装 10 袋,快去快回。"

阿拉丁的话音刚落,精魔隐身而去,顷刻间带来了骏马和 40 名奴仆,其中 10 人每人带着 1000 金币的皮袋。六个女奴,各为阿拉丁母亲顶着一套包在银丝中的华服。

阿拉丁从奴仆手中拿过四袋金币,交给母亲留作家用,另六袋命令在去王宫途中散发给围观的路人,他下令那六名奴仆分两列走在最前面。他又叫来母亲,告诉她这六名女奴归她使唤,她们顶着的服饰都是给她替换的。

一切安排妥当,阿拉丁辞退了精魔,等着国王的召见。他派了一名奴仆进宫找总管,了解何时可以前去拜见国王。仆人去了不一会,回来报告说苏丹王正耐心等候着他的到来。

阿拉丁一跃上马,按排定的次序开始向王宫进发。尽管他过去从未骑过马,但在马背上表现出的仪态令最有经验的骑手也不会把他当成新手。

队伍要经过的大街上霎时站满了围观的人群,周围不时响起喝彩声，尤其当带钱的六名随从往两边抛撒金币时，更是掌声雷动。欢呼赞叹声不仅来自拿到了金币的，更多的是为阿拉丁的慷慨大方而惊叹！那些知道他过去流浪街头的人现在认不出他了；那些刚才还见过他的人，为他转眼间仪容一变，也不认识他了。如此的排场全靠了神灯的威力，谁占有了它，谁就拥有了地位、权势。看阿拉丁本人的大大超过了看华丽的侍从队列，因为昨天送礼进宫时大家已见过这种阵势。懂马的对阿拉丁的坐骑爱不释手，他们当然不为了鞍辔马具上的金银饰物看花了眼，而是真正懂得相马。现在，大街小巷盛传国王准备将菩德公主许配给他，但没人对他过去的寒伧说三道四，谁也不眼红这飞来艳福。人们众口一词，说他合该有此福分。

到达王宫时，迎亲礼仪已准备就绪，踏进二门，按宰相、三军将领和各省总督制定的规例，阿拉丁正欲下马，却被宰相拦住了。他奉国王之命把马一直牵到议政殿内，才扶他下马。阿拉丁对此人十分反感，但又只得随他意思做。殿前众朝臣已分列两行恭候迎接。阿拉丁走在宰相右首，穿过百官的队列，走近王座。

苏丹一眼便看出阿拉丁的穿戴佩饰远胜自己，深为诧异。他凝神注视，只见驸马风度翩翩，文质彬彬，周身透出一股说不出的臧严肃穆气质，和他母亲那拘板平庸简直不可同日而语。

心中的诧异没有妨碍国王起身离座。就在阿拉丁刚要拜倒时，他快步上前，慈爱地抱住了他。客套后，阿拉丁依然坚持伏地行大礼，但国王紧执他手，请他坐在右首和宰相之间。

"陛下，我接受圣上这份非凡的恩宠，不过，请允许我重申，我仍为陛下一介臣仆。陛下集天下之权，居万民之上，臣本无名小民，无高官显爵之位，蒙受如此殊荣，愧不敢当。臣一时斗胆，有机会看到并深爱高贵的公主，她终于成为我心底的希望。今恳请陛下宽恕臣的鲁莽；这愿望若无法实现，我必忧伤至死。"

"孩子呀，"国王重又拥抱他，"我诚挚地表示：你的一生对我是如此宝贵，我已有了周密的安排。当你的财富呈现在我眼前时，我更喜欢看到你的人影，听到你的声音。"

国王说完摆了摆手，殿内顷刻响起一片管弦丝乐。他挽着阿拉丁的手进入一间豪华大厅，那里已经摆下丰盛的婚筵。两人入席，开怀畅饮。宰相和官宦们按职位高低，顺序入座。席间，国王对阿拉丁天南地北，无所不谈，但两眼始终注视着眼前的青年人。言谈间，阿拉丁应付自若，谈笑风生，益发给苏丹一个良好的印象。

宴席终了，国王召来都城法官，命令立即为阿拉丁和菩德公主修好婚书，同时和宰相以及朝臣一起跟阿拉丁闲聊。阿拉丁如珠的妙语、自如的应答、彬彬的礼仪，使满朝文武无不为他的机智潇洒赞不绝口。

法官按格式填好结婚证书，国王征求阿拉丁意见，留在宫中等候隆重庆祝婚礼的举行。

"启禀圣上，尽管我迫不及待地企望接受陛下的恩赐，"阿拉丁奏道，"但我还是清求推迟婚礼，直到我为公主建造的一座适合她那崇高地位的宫殿落成。为此，我请求陛下在王宫附近赐地一块，以便今后随时入朝请安。宫殿我一定以最快的速度建成。"

"孩子，看上了哪块地由你自己挑。王宫前面有的是空地，不过，我要尽快看到你们俩结合，以慰我的平生。"

说完他又紧紧拥抱阿拉丁。阿拉丁以王族礼节告辞国王后回家。看他的风度举止，似乎他从小就生活在宫廷之中。

他跨上骏马按原路回家。一路上观者如堵，不断为他发出掌声和祝福。才进家门他便走进自己屋里，拿起神灯，和以前一样唤来精魔，精魔问他要什么。

"我有充分的理由命令你按我的要求去办事。现在，如你关心神灯的主人，你要付出加倍的努力和热忱。我要你在王宫附近修建一座宫殿，迎接我的妻子菩德公主，越快越好，材料由我选定：主楼用花岗岩、碧玉、玛瑙、天青石；配楼用多彩大理石。主楼顶层是一个大厅，分四大间，顶是圆穹形。墙用金银砖块交替砌成。叫大问每间有六扇格子窗，其中有一扇应尚未完工。窗格的几何图案全部用钻石、红宝石和祖母绿镶嵌，其名贵和富丽应是普天下君王从未见过的奇观，宫前修有内外大殿和花园。除了以上各处，你必须指点给我安放金银宝物的地方。宫内当然要有厨房、办事室、贮藏室和安放四季家具的保管室。马厩里名马林立，总管、马夫和猎具必须具备，厨房和办事房里要有专人负责，还要有侍候公主的宫女。听明白了就去办，完成后立刻来告诉我。"

当阿拉丁吩咐精魔修建宫殿的时候，落日已西斜。一夜无话，阿拉丁思念公主，通宵未合眼。第二天一早，精魔前来汇报。"主人，宫殿已经修建完成，清您动身前去验收。"

阿拉丁欣然同意，精魔立刻把他送到门前。建筑质量之高出乎阿拉丁意料，他非常满意。精魔带他穿堂入室，满眼尽是荣华富贵的陈设。男女仆役按分工穿着各式服装。精魔又带他去储宝库。管库的打开大门，只见成堆的大小钱袋，整整齐齐地从地面堆到天花板，精魔保证了司库的诚实可靠。他们来到马厩，阿拉丁看到了几匹世界上最好的骏马正由马夫在配带鞍辔。马具室里，摆着一应马衣什物和鞍褥饰品。

阿拉丁从上到下审视了宫殿的每个角落，特别是 24 扇窗格的大厅。一切都出乎意料的完美。他转身对精魔说道："看来，世上没人比我更为满意你的工程质量了。但别怪我，还有一件事我忘了告诉你。我还需要一块质量上乘的细天鹅绒地毯，从苏丹王宫一直铺到这里。这样，公主便可以在上面走到这里。"

精魔消失了，阿拉丁立时便看到了他所要的地毯。精魔回来后，乘王宫的大门尚未开启又把他送回家里。

门卫总是一天中，第一个看到门外的景物。早晨，他们像往日一样出来开门，但打不开，用力推开后一看，只见一条细天鹅绒毯蜿蜒伸向远处。一开始，谁也不知道是怎么回事？顺着地毯往远处望去，才看清了不远处阿拉丁的宫殿，不禁大为惊奇，奇迹很快传遍宫内。第一个到来的宰相一见这新鲜事，其惊讶程度丝毫不亚于老百姓。他跑去报告国王，这一切纯属妖术。

"我的宰相，为什么你要把它看作是妖术呢？你我都知道这是我赐给阿拉丁的土地，同意他在这块地上修造宫殿，接我女儿入住。我们证实了他的确富甲天下，为什么现在又怀疑他能在短期内修造宫殿的能力呢？他想给我们来个惊喜，让我们每天都能看到：只要有了钱，什么人间奇迹不能创造？应当承认，你所谓的妖术纯粹出于内心的嫉妒。"早朝的时间打断了两人的对话。

阿拉丁到家后打发了精魔，看到母亲已起床，穿上了昨天为她准备的衣服。他等国王上朝后，请母亲带着女奴进宫去朝觐国王，告诉他是来陪同公主晚上回自己宫殿的。母亲的一行尽管穿戴得异常高贵，但没有多少人围观。原因是她们个个戴上了面纱，上身也罩上大褂。至于阿拉丁，他跨上高头大马，满怀喜悦的心情，像昨天一样上路了。离家前，他小心地拿上神灯。只有在神灯的帮助下，他才有如此辉煌的成就。

门卫瞧见阿拉丁母亲，立刻报告。苏丹当即命令在宫廷等候的乐师一齐演奏。霎时，大厅内响起热闹的乐曲，激起了全城的欢乐。商贾们也在店铺里张灯结彩，摆上花束。手艺人放下工作，随着人群拥到广场上，广场两端是两座同样巍峨的宫殿。他们都想弄明白，如此壮丽的宫殿，究竟用了什么不可知的仙法，在毫无备料和打地基的情况下，一夜之间吹出来的？

阿拉丁母亲受到隆重接待，由总管带入内宫去见菩德公主。公主正由宫女化妆打扮，佩戴阿拉丁赠给的金珠宝石，听说婆母来到，忙上前施礼问候，一起坐在软椅上，内侍端着王室茶点一旁侍候。国王想在女儿离去前再多见见面，这时也来到公主卧室。阿拉丁母亲在议事厅里曾和国王有过多次接触，但国王从没见她摘下过面纱，如今一照面，见她尽管现在已上了年纪，但年轻时娟秀的容貌依旧留下了昔日的风韵。过去国正见她虽不像是穷苦人家，但总是布衣素鞋，衣着简单。如今，他惊奇地发现，眼前的老妇人也穿上了和他女儿一样的华丽服装，这更使他相信阿拉丁办事的深谋远虑和面面俱到。

入夜，公主即将离宫，父女告别时都泪沾衣襟，柔肠寸断。多次难舍难分的拥抱后，公主在婆母的扶持下离开闺房，向阿拉丁宫殿走去。两人身后，100名盛装宫女紧紧相随，前面由一支大乐队开路，他们是白天欢迎阿拉丁母亲的全体乐师。乐队后面有100名白奴，100名黑奴的双行列队，两旁有400名青年侍从掌着灯。他们手里的灯火加上两座宫殿的灯饰，把夜空照耀得如同白昼一般。

公主踏上了通往阿拉丁宫的地毯，开道的乐师和等候在阿拉丁宫的音乐家们汇成一支庞大的乐队。吹拉弹奏，敲锣打鼓，如潮的乐声不但激发了广场上群众的热情，也使两宫中的人们和全城的居民兴高采烈。

公主终于走到新宫门门，阿拉丁以忘我的喜悦跑步上来迎亲。母亲向公主指出了官员簇拥下的阿拉丁。公主一眼便认出了他的形象，不禁心中暗喜。

"敬爱的公主，"阿拉丁恭敬地走上前去，"如果我不幸地因胆大妄为，敢于追求苏丹的女儿、可爱的公主而引起阁下的不快，那我必须指出：罪不在我。肇事的起因，是你明亮的双眸和绝色的天姿。"

"公子，这是我现在应当称呼你的。我服从父亲的意愿和安排今天见到了你。我心愿已足，我愿追随在你左右。"

阿拉丁听到如此甜美的回答，心花怒放。他不愿让公主走了一长段路后还站着讲活，连忙拉起她的手，喜滋滋地吻了一下，把她带进一间大厅。厅里点着无数枝蜡烛，并在精魔的安排下，摆下一桌丰盛的酒宴。桌上的盘碟都是纯金制成，盘内盛着鲜美的菜肴。桌上的花瓶、盆罐、酒具也都是精工打制的金器。周围其他的装饰无不金光闪烁，呈现一派富贵景象。公主看到如许财富集于一堂，直看得眼花缭乱。

外
国
童
话
名
篇
精
选

"公子，过去我总以为，世界上没有比父王的宫殿更美的地方，如今看了这座大厅，才明白我的眼睛受骗了。"

阿拉丁请公主入席。等公主和母亲双双入座后，乐队轻拨琴弦，弹起妙曲，佐以歌女的轻歌曼舞，直至席终。公主听了抑扬顿挫的音乐非常高兴，她说在父亲的宫中从未听过如此美妙的乐曲。她哪里知道，这些乐师都是神灯的精魔精心选来的仙女。

酒宴方罢，残席撤去，一队舞娘按新婚习俗跳起花式肚皮舞，最后的节目，是一对男女演员滑着轻盈快捷的步子结束了舞会。午夜时分，按当时中国的习俗，阿拉丁要站起来把手伸给公主，拉着她共舞，以结束入洞房的仪式，两人在舞池中跳得十分投入。舞娘离去后，阿拉丁拉着公主的手进入洞房。新床已准备就绪，女侍帮公主宽衣解带，然后把她放在床上，那边男侍也做完了同样的工作，然后一起离去。至此，阿拉丁和菩德公主的婚礼才告结束。

次日早上，阿拉丁醒来后，随从们又拿来一套和昨天一样鲜亮的衣服并侍候他穿戴完毕。然后，他命令备马，在一班随从的卫护下直奔苏丹王宫。国王和昨天一样，跟他拥抱亲吻后让他坐在王座右侧，命令左右早餐侍候。

"父王，我请求今天暂免赐恩。我来敬请陛下去公主宫中共进午餐，并请宰相和朝中显宦王公陪同前往。"

国王欣然同意，立刻起身离座。好在两宫相隔不远，便决定步行前往。他右手拉着阿拉丁，左边走着大宰相，前面有朝中众官开路，显贵宦臣则尾随在后。

离阿拉丁宫越近，苏丹越为这座宫殿的新颖别致惊奇得难以自己，踏进殿内更觉眼花缭乱，不禁大声喝彩。最后，阿拉丁邀请众人参观那24扇窗户的顶殿。国王欣赏了窗格的艺术，看到了装饰的钻石、红宝石、祖母绿以及其他的大块宝石。阿拉丁指出，他里外都采用这类饰品。国王听得目瞪口呆，良久才回头问宰相："天底下有哪座宫殿能像这座那样气派？我在这里简直成门外汉了。"

"陛下应当记得，还是前天你收阿拉丁为驸马时，才答应他在你宫殿前面另外修建一座。那天太阳落山时，这里还是一片空地。昨天是我第一个告诉你，宫殿已经竣工。"

"我记得清清楚楚，但根本没想到这座宫殿竟成了世界奇迹之一。你能在哪里找到房子的墙是用金砖银砖而不是石头大理石砌成，窗棂是用钻石、祖母绿镶嵌的，这真是前无古人的奇迹啊！"

国王绕屋子走了一圈，观赏了所有窗棂上精工细琢的手工。他一扇接一扇数着，惊讶地发现只有23扇是完好的，美中不足的是第24扇尚未完工。

"宰相，"国王向那个永远和他观点一致的人问道，"我真奇怪，如此俊美的工艺怎么留下这等缺陷？"

宰相并不怀疑阿拉丁因时间紧迫，来不及像其余23扇一样迅速完工，他也不怀疑阿拉丁因珠宝不够而无法装修，这种事找个机会都能办到。

当时阿拉丁离开国王去安排了几件事，等过来时，正赶上宰相在议论他完不成窗子的事。

"孩子呀，"国王一见他过来，"这间大殿是全宫最值得骄傲的地方。不过有一件令我不解的事是，我看到了还有一扇窗格尚未完工。这是工匠的疏忽还是时间过于匆促？以致在如此精美的建筑物上留下一块瑕疵？"

"陛下，不是您说的原因造成的情况。这件事是经过考虑后，工匠们按照我的意思留下的。我想过了，这扇窗是否留给您来完成。陛下若是接纳我的意见，倒可以永远留作纪念。"

"如果真是你的意思，我乐意接受，我将立刻下令。"国王立刻传唤首都最有名的金匠和珠宝商。

国王走出顶楼，阿拉丁带他到新婚之夜盛宴公主的地方。公主满面春风出来迎接父王，显然她对婚事是异常的满意。餐厅里已经摆上两桌丰盛的酒席，餐具全是纯金打成。国王带着公主、阿拉丁驸马坐在首席，朝臣、大公、贵族们则顺序坐在为他们布置的长长的另席。擎杯举箸间，国王一迭声地连连夸赞菜肴的味道，其鲜美可口，是他生平从未尝过的。他夸奖美酒的清醇、芳香。席间最使他惊美不已的是四道自助菜。酒菜全用纯金杯盏和碗碟盛装。廊间有乐师奏起美妙音乐佐兴。

当国王从餐桌边站起身时，侍从报告他珠宝商和金饰匠已在外面侍候多时。他便带上他们又到最高层，指着未完工的窗户说道：

"我要你们参照其他的窗格，把这扇窗装修完。先过去仔细看看原来的工程技术，必须修得一模一样。"

工匠们仔细看了已完工的 23 扇窗棂，经过慎重商议后全体面陈国王：

"陛下，我们愿意不遗余力完成陛下交付的工程，但我们竭尽家中所有也不足以应付工程之半数。"

"宝石我有，"国王说道，"你们可以去宫里自由挑选。"

国王回宫后命令尽速满足工匠们的要求，他们确实也拿走了不少。连阿拉丁后来进贡的聘礼都全部挑走了，后来又来了几趟，又拿走了一批，辛苦忙碌了一个月，工程尚未及半。总之，用完了国王的库藏和宰相的私蓄，连半扇窗还没完成。

阿拉丁看到国王一心想修完这扇窗格的努力已经失败，而且再也无处可弄珠宝了，便命令停工，把未完的工程统统拆掉，所有的宝石如数归还原主。工匠们几个小时内就把六个多星期来的工程拆得一干二净，纷纷回家了。最后，厅里只剩下阿拉丁一人，他拿出随身带着的神灯一擦，精魔应召而至。

"精魔，过去我让你在 24 扇窗格中留下一扇半成品，你办得很好。现在我要你去安好那扇未完工的。"精魔闻言便隐退了。阿拉丁出去了一会儿，回来时发现工程已完工。

与此同时，工匠和珠宝商进宫朝觐苏丹，一位富商呈上带回的宝石，说道：

"陛下，我代表全体工程人员禀报。陛下赐下的工程我们尽心工作了很长时间，却远未完工。但阿拉丁不仅执意要我们离开，还让把陛下的宝石统统拆下来归还。"国王诘问阿拉丁这么做，有没有说明什么原因？他们异口同声地说不知道。国王立刻下令备马。他骑上那匹打猎用的快马，带一几个随从，向阿拉丁宫殿跑去。入宫后，他也不让通报，踏上楼梯径自向顶楼大厅走去。阿拉丁这时还没下楼，两人正好在门口相遇。

国王不待女婿解释为什么不让他来做完这个工程，就急匆匆地问道："贤婿，我不明白，你为什么让如此漂亮的大厅留下一块美中不足之处？"

阿拉丁当然不能和盘托出国王的珠宝大大的不够，只好支吾着说："陛下所说属实，现在再请陛下移步窗前审看，是否还缺些什么？"

国王走到先前还在装修的窗前，但眼前的窗格和其他 23 扇一模一样。他错以为自己看花了眼，再把正反两面又仔细地看了良久，然后又一扇接一扇地看完了全部 24 扇，肯定了几个工匠做了一个月尚未完工的那窗格，在片刻之间已全部修复。他跳起身来，拥抱并亲吻阿拉丁的前额。

"你总是在顷刻之间完成了凡人无法做到的惊人之举。你是世界上无与伦比的人物，我越深入了解，就越敬佩你。"

阿拉丁听完了国王的溢美之词，躬身答道：

"陛下的好意和嘉奖，对我是巨大的荣幸。我保证，今后更为尽力去做。"

国王回宫去了，没有让阿拉丁送行。在内宫，他看到宰相已等候很久，便把目击的奇迹和心情一五一十作了描述。爱慕的言辞使这位手下的宰相没有丝毫怀疑的余地，但宰相内心里却更为深信阿拉丁是在施展

外国童话名篇精选

妖术。他刚想张口说说见阿拉丁第一面的印象，国王明白他的意思，打断了他的话头：

"这些话你过去曾对我说过，看来你还没忘你儿子和我女儿的婚事。"

国王有先入为主的思想，宰相再清楚不过了，便不再张口。国王一如每日清晨起床后那样，站在窗前欣赏阿拉丁的宫殿，白天也多次远远地观赏。

阿拉丁新婚燕尔，并没有把自己关在家里度蜜月。他每星期总有一两天进城，去清真寺做礼拜或上宰相府。对方也不时来宫里看看，间或也做礼节性回访。阿拉丁每次外出，总有两名随从在他坐骑两旁向路人抛撒金币。此外，来他宫前要求施舍赈济的人永远不会空手而返。总之，阿拉丁合理地支配他的时间。一星期内外出打猎一两次，时而在近处，时而在远郊，路过的城乡，百姓都能感受他的慷慨与好施。人们通常也指他额头发誓，报以爱心和祝福。总之，除了对崇敬的苏丹，不去惹他不愉快外，应该说，阿拉丁以他的和蔼可亲和乐善好施，深深地赢得了众人的爱戴，有时甚至超越了对国王本人。阿拉丁除了具有上述良好的品德外，十分关心被人冷落的公益事业。最好的证明，是他给予王国边境的入侵者迎头痛击。事情是这样的：他知道国王正在国内征兵平叛，便前往求讨帅印。这对国王来说，正是求之不得的大好事。阿拉丁一当上统帅，经常身先士卒，骁勇杀敌。班师回朝前，国王已得知胜利消息。战争得胜后，阿拉丁的名声举国上下更是家喻户晓。但可贵的是，他的举止性格一如往日，丝毫不因胜利而骄横暴戾。

阿拉丁就这样，多年来一直规范着自己的行为。

话说那个非洲魔法师不甘心落到如此田地，灰溜溜地回去后总是耿耿于怀。他坚信阿拉丁被关进地洞后，一定会悲惨地死在里面。但好奇心又促使他想得到一个肯定的答案。他是个大法师，精于沙土占卜。他从沙盘里取出一个带盖的方匣，盘腿坐下，打开匣盖，摆好架势，撒出沙土，根据星占图形判断阿拉丁是否已死于地下，可是列出的星图告诉他，阿拉丁非但没死在洞中，逃出后活得非常快活，成了数一数二的大财主，而且娶了苏丹的女儿，是当地一个备受尊崇和敬慕的人物。

法师通过魔法，完全了解到阿拉丁已交上了如此好运，不禁火冒三丈，暴跳如雷。"这个该死的穷裁缝的儿子，一定发现了神灯的秘密。我本以为这小子早已不在人世，可他却不劳而获，坐享其成。我非得想办法毁了他不可！"他没有犹豫该怎么做，第二天一早骑上马，一路上溜溜跶跶又来到了中国首都，找了个客栈为长途跋涉休息了一天一夜。

他想先听听老百姓对阿拉丁的看法，便穿街走巷闲逛起来，专往酒肆饭铺人多的地方钻。在那里，不相识的人可以坐一起喝一盅温煦的黄酒，就像上次来时那样。一落座，侍者立刻送上一杯温热的酒。他啜了一口，耳朵却注意倾听周围的谈话。他发现人们谈论的都是阿拉丁的宫殿。他一口喝完杯中物，也加入了谈话的行列，乘机询问他们谈的那座宫殿究竟为何这么吸引人？

"看来，你准是个外地人，"被问的奇怪地反问道，"你从哪里来的？竟然没听说过王子阿拉丁宫殿（和菩德公主成婚后人们都这么称呼他）？这座宫殿我不敢称它是世界奇迹之一，但它是现存惟一的奇迹。它富丽堂皇，无与伦比。你一定远道而来，所以一无所知。要知道，现在哪里不在谈论它啊！去看看吧，我是否言过其实了？"

"请原谅我的无知。我从遥远的非洲起程，昨天才到这里，离开前确实还没听说过这座宫殿。我有急事，必须尽快赶到贵国，所以风雨兼程，一点没有耽搁。我当然想去观光见识，好奇心已促使我再也忍耐不住，能麻烦你给我指个路吗？"

受法师怂恿的那个人，高高兴兴地指了一条近道，法师立刻前往。来到宫殿前他从各个方向审视了一遍，意识到阿拉丁利用神灯建造起这座宫殿已是铁的事实。一个穷裁缝的儿子能懂什么，只有神灯的奴仆、他梦寐以求的精魔才有能力创造如此的奇迹。一气之下，他回到落脚的小旅店。

接着，要弄清楚的是这盏灯现在在哪里？阿拉丁随身带着吗？要不，放在哪里？当然，用占卜找到它易如反掌。他走进房间，取出随身带来的沙盘，撒出流沙，找到了灯正在宫里。这一下，他喜不自禁，失声叫道："我有办法弄到灯了，阿拉丁挡不住我。别看他现在平步青云，我可以把他打入人间地狱。"

也是阿拉丁合该有此磨难。他正好外出游猎八天，还要五天才能回来。法师决定怎么做以后，满心欢喜来到店主房里，闲聊中告诉他自己已参观过阿拉丁宫殿，这是他周游列国中看到的最令人叹为观止的杰作，但好奇心使他想一睹这座宫殿的主人。

"这有何难，"店主答道，"前几天我们还见了他，目前不在家，三天前去打猎，五天后才能回来。"

法师目的已达。匆匆回到自己房里，自言自语道："这是个千载难逢的机会，万万不可失去了。"

他走进一家灯具店里要买12盏铜灯。店主说手头暂时没有这么多，要是能等到明天，他可以设法弄到。法师订了货，答应付一大笔订金，说好必须是式样美观、擦得锃亮的新灯。

次日，法师付了货款，拿上这12盏灯放进篮里，挎上胳臂，径直往阿拉丁宫前走去。快到时，开始吆喝："谁要旧灯换新灯？"他一路走去，身后跟随着一大群孩子，起哄笑话他是个疯子，要不是个大傻瓜，谁肯把新灯换旧的？

法师却若无其事，对侮辱和嘲弄满不在乎。他从宫前走到宫后，一个劲地喊着："新灯换旧灯啰！"公主这时正在24扇窗格的顶楼大厅里，她隐约听到有人在喊，由于孩子喧闹，她听不清喊什么，便差一个宫女出去看个究竟。

宫女出去没多久，开心地笑着跑回来，连公主都止不住。

"傻丫头，快告诉我你笑什么？"

宫女仍然格格笑个不停，她好不容易告诉公主外面有个傻瓜，臂上挎只篮子，里面装满了新油灯。他居然嚷嚷着新灯换旧灯，孩子们围着使劲逗他，所以一片喧闹，但他仍旁若无人地走着。

另一个宫女听到后说道：

"你在说灯，不知公主注意到没有，阁楼上有一盏旧灯，那是谁的？拿它去换个新的不好吗？公主有兴趣的话，倒可以试试这个傻瓜是否笨到真是免费以新换旧？"

这个宫女说的灯正是阿拉丁的神灯。他怕打猎时会丢失，藏在了阁楼上。成亲后他也用过几次，当然避着宫女、侍从们，连公主都蒙在鼓里。平日里，他一直随身带着，要不，锁在柜子里。

菩德公主哪里知道这灯魔力无穷？阿拉丁为安全起见，也从未跟她提起过，今天她兴致很高，想开个玩笑，便命令侍从官拿上这盏旧灯上街去试试。侍从遵命，拿上灯步出大厅，不一会来到殿门口。他叫住法师，拿出旧灯，说道："换个新的吧！"

非洲法师一眼便认出，这正是他朝思暮想的东西。在这座非金即银的宫殿里，拿出如此一件旧物还能是什么呢！他一把抢过来，贴胸藏进长袍，另一手递去篮子，让侍从尽管拣喜欢的挑。侍从选了一盏，带回给公主看。这笔交易引得孩子们一声比一声喊得响亮，笑话他愚蠢。

法师若无其事地听任路人百般嘲笑，但不再喊新的换旧的了。他目的已达，便不在宫前多作停留，从人丛里脱身而出。

一出两宫间的广场，法师悄悄地走上大街，趁人不注意时，扔掉了手里的竹篮和铜灯，又转了两条街，穿过一道城门，踏上了城郊漫长的小径。他在城门口买了点吃食，沿着小路走进一片不见人烟的荒野。在野地里，他想妥了下一步的计划。旅店里的马当然不会去管它了，他满脑袋想的都是朝思暮想的金银财宝。

在荒野里，非洲法师眼看白日已尽，夜幕即将降临，便从胸前掏出神灯，只一擦，精魔立即出现在眼前，说道："主人需要什么，奴仆悉听吩咐，我和其他精魔都是拥有神灯的人的奴仆。"

"我命令你，把你和其他神灯的奴仆一起修建的这座宫殿连人带物一起搬到我的故乡——非洲去。"精魔默不作声，在神灯其他奴仆的协助下，即刻把阿拉丁宫搬到了法师指定的非洲某地，这里且按下法师、宫殿和菩德公主不表，先来说说国王的惊奇。

国王次日起床后，像平时习惯一样来到窗前，愉快地眺望对面的阿拉丁宫。但今天推窗一看，往日的琼楼玉宇踪影全无。眼前是一块空荡荡的地皮，又恢复了原先未建宫殿时的模样。他大吃一惊，揉揉眼睛又看了一次，还是如此。窗外天气晴朗，天空不见一丝浮云，晨曦初现，万物尽现眼底。他又跑到右边的窗户去看，情况依然如此。这一惊非同小可。他伫立良久，定睛看着原先宫殿的所在地，证明自己确实没有看错。他不明白，每天看惯的像阿拉丁宫这么一个庞然大物，昨天还矗立在眼前，今天却说不见就不见了，干净得片瓦不留，荡然无存。

"我肯定没有看错，"他自言自语道，"原先有宫殿在，就是倒了材料也应该还堆着，地震吞没了也不会了无痕迹。"所以，虽然眼前的奇迹已踪影全无，他还是站了许久，希望自己没有弄错。最后，实在无奈，只得转回内宫，急召宰相前来。一时思绪万千，许多事情涌向脑际，竟不知如何排解？

宰相闻召，急急赶到。途中，他和随从都没注意到阿拉丁宫的消失，王宫守卫打开大门时，竟也没有看到眼前的宫殿已不翼而飞。

踏进大殿，宰相急急地奏道："陛下急召臣等，谅有特急要事。今天适逢议政日，届时我们会按时来到的。"

"我确有急事要商议。快告诉我，阿拉丁宫是怎么回事？"

"阿拉丁宫？"宰相莫名其妙，"我想应该还竖立在原地，如此结实的大楼是搬不动的。"

"那你上楼看仔细了，回来告诉我宫殿在哪里？"

宰相上楼一看，其惊讶程度丝毫不亚于国王。当他确信那朱楼画栋已一扫而空，眼前是一片平地、满目凄凉后，马上回到国王跟前。"看见阿拉丁宫殿了吗？"国王问道。"陛下应当还记得，微臣曾有幸三番五次禀告过，您引以为荣的这座豪华瑰丽的宫殿只是魔法师手中的玩意，但陛下根本没有在意。"

国王当然无法否认宰相的话。

"这骗子在哪里？我要马上砍下他的脑袋。"国王不禁勃然大怒。

"他已离宫多日，但不该对自己的宫殿漠然不知。"宰相答道。

"实在太放肆了，马上派 30 名骑兵押他来见我。"

宰相闻言，亲自安排了 30 名骑兵。出发前详细吩咐了如何行动，绝不让阿拉丁逃出他手心。骑兵队领令而去，在离城六里的地方遇上阿拉丁狩猎归来。军官上前告诉他国王急不可耐地在找他，命令他们前来护送他回宫。

阿拉丁根本没有怀疑士兵来此的目的，依然走在前面。等离城还有半里时，军官上前说道：

"阿拉丁王子，求你宽恕，苏丹命令我们前来逮捕你，把你押解回宫治罪。我们只是奉命执行公事，请别见怪。"

阿拉丁自知清白无辜，但对这道圣旨也不免大吃一惊，忙问军士可否知道他犯的是什么罪？回答都说不知道。阿拉丁发现自己随从的实力大大不如卫士，便滚鞍下马，对军官说道：

"执行命令吧，我自信没有触犯国王，也没有叛国。"

一条粗大的铁链绕过脖子，锁住了身子，两臂反剪在背后。

于是军官领头，命令一名士兵在马上拉住铁链，让阿拉丁步行跟上，一行人向京城走去。

队伍走近城郊，城中百姓一见阿拉丁成了钦犯，明白国王要杀他。平日里，阿拉丁深受百姓爱戴，众人一见此情，有的拿刀，有的找枪，没有武器的也捡了一堆石块尾随士兵一起前进。在末尾的五个士兵想驱散他们，但人数太多，无法驱散。军官怕犯人被抢，也一心想早日躲进宫里，只得根据地形忽而将队伍排成扇形，忽而又成直线，掩护前进。到了王宫前的广场后，禁卫军把他们带进宫内，大门立刻紧闭。

阿拉丁立刻被带到楼上久等着的国王跟前，宰相也在一旁。国王一见阿拉丁带到，不由分说，马上下令砍下他的脑袋。刑吏解下阿拉丁身上的铁链，喝令跪在早已铺开的沾满血污的牛皮上，蒙上眼睛，然后抽出大刀。刀片在空中呼呼地比划了三下，量准部位，只等国王下令便立时身首分离了。

这时，宰相看到群众已冲散了禁卫军的马队，紧紧围聚在王宫前的广场上。有几处宫墙上的禁军已被拖下地来，不少人冲进宫中。一见此情，宰相急忙叫住了正待发令的国王：

"陛下请三思，否则宫殿即将被占领。"

"谁敢占领我的宫殿？"

"陛下只消抬眼看看广场和宫墙上的百姓，就不会怀疑我的话了。"

国王眼见宫外人山人海，群情激愤，忙下令刑吏收刀，给阿拉丁松绑。同时，命令侍卫向百姓宣布国王已赦免了阿拉丁的死罪，外面这才逐渐平静下来。

翻上墙的人目睹这一切，也就下来报告消息，同时，也证实了侍从刚才在塔楼上向外发布的消息是正确的。苏丹对阿拉丁的正义行为平息了群众的情绪，人群逐渐散去。

阿拉丁获得自由后，转身看见国王坐在楼上，不禁激动地高声问道：

"恳请陛下再开恩，明示我究竟犯了什么罪？"

"你犯了什么罪？"国王怒喝道，"好个奸贼，你竟敢佯装不知罪？你过来，我让你看。"

阿拉丁走向国王。国王眼也不抬，扭身便走，示意他跟在身后，到了阁楼门边，国王叫他进去，说道：

"好好看看你的宫殿在哪里，看仔细了再跟我说是怎么回事？"

阿拉丁登高一望，哪里有宫殿的影子？原先是宫门前的地方现在还在，但玉宇琼楼一无踪影。这一惊非同不可，他瞠目结舌，回到御前。

苏丹又怒冲冲地问他："你的宫殿呢？我的女儿在哪里？"阿拉丁这时已恢复了镇静，回答道："陛下，我已看清，我修建的宫殿已不在原地，它已不知去向，我现在也无法告诉你它究竟在何处？但我确实没有参与此事。"

"我不管你的宫殿，"苏丹大发雷霆，"我女儿十倍于你的宫殿。你必须把她找回来，否则，我发誓亲手把你脑袋砍下来。"

"遵命。只求陛下宽限40天。40天内如不成功，我提头来见。"

"我准你40天的期限。你切莫以为能够逃出我的掌心。你逃到天涯海角，我也能把你找回来。"

阿拉丁垂头丧气离开了国王，低头穿过殿堂大厅，心里乱糟糟的。大小官吏过去都是他的朋友，他也从不亏待他们，现在个个冷眼相对，更不用说上来安慰几句了，他们既不张口，又不问一声是否有事帮忙，个个形同陌路人相逢。阿拉丁自己也魂不守舍，迷迷糊糊地见门就入，见人就问："看见我的宫殿没有？知道我的宫殿在什么地方？"

问多了，人们都以为他疯了，不少人笑话他。但也有少数和他有过生意交往或真挚友谊的确实同情、怜悯他。整整三天三夜，他不吃也不喝，心灰意懒地在城里恍恍惚惚地游荡。好心人劝他想开点，也强迫他吃点东西。

阿拉丁郁郁寡欢，他已无法在城里，眼看着昔日的荣华一旦化为乌有，无奈踏上了去城郊的路。那时正是黑夜，他漫无目的地穿过几处寂寥荒凉的田野，来到一条河边。他失望极了，自言自语道："到哪里去找回我的宫殿呢？国王要我找的我的妻子，现在又在世界上哪块地方、哪个角落里呢？我永远不会成功了！还是从那笼罩着无穷尽的痛苦和疲乏中，寻找自我解脱吧！"他正欲投河轻生之际，觉得笃信伊斯兰教的一个好穆斯林，死前理应规规矩矩做个礼拜才是。于是，他走到水边，蹲下身，按礼节洗手、擦脸做小净。黑夜中，他看不清身下站的正是河坡的边缘。由于河水不断冲刷，那里又滑又陡，一不小心，整个身子栽进了水里。一阵乱摸乱拍，碰到了一块石头。这也是他活该有幸，手上一直戴着的那只戒指，也就是当初非洲法师要他下地洞找神灯时套在他手上的那只，当他在河坡上滑倒时为了摸石头，无意中重重地擦了一下，立时洞里见过的那个戒指神显现了。"主人想要什么？我和戒指的其他奴隶都是您的奴仆，也是所有拥有这戒指的人的奴仆。"

猛一见这巨大的精魔，阿拉丁吃了一惊，但绝望之余产生了一线希望。他高声说道："先救我的命！然后，或是把我带到现在我的宫殿的所在地，或是马上把它搬回原地。""主人，您的命令不在我权力范围内。我是戒指神，搬宫殿您要命令灯神才行。""既然如此，在戒指神的权力范围内，把我送到我宫殿的所在地，降落在菩德公主窗前。"话音刚落，精魔已把阿拉丁送到非洲一个离省城不远的大花园中央，眼前耸立着他的宫殿。他正好站在公主房间的窗前。这都是一刹那就完成的事，精魔告辞而去。

尽管夜色浓重，阿拉丁非常熟悉自己的宫殿和菩德公主的香闺。夜深了，宫里一切都是静悄悄的，阿拉丁后退几步，一屁股坐在一棵大树底下。几天来被国王逮捕，几乎丧失性命，整日里惊恐动荡的生活和这里相比，这里充满了希望，象征着欢愉。安谧宁静的气氛使五六夜没有合眼的阿拉丁，无法抵御那困倦的侵袭，他不知不觉倒在地上呼呼大睡起来。

次日清晨，天色放亮，他被头顶上和花园树林中的小鸟的啁啾声唤醒了。当他一眼瞥见那高大巍峨的宫殿时，禁不住心中暗喜。不久，他又将是宫殿的主宰了，巴德露·菩德公主又将投进他的怀抱。他满怀希望一骨碌爬起身，来到公主的窗下来回踱步，等她起床后见面。这时，他开始回忆起引出这场悲剧的原因。左思右想，最后肯定，根本原因是没放好神灯。他一再责备自己太过粗心大意。但最使他迷惑不解的是：

究竟是谁如此嫉妒他的幸福生活？其实，他只要明白目前他和他的宫殿都是在非洲。只要一提非洲，那法师，他宿敌的名字便可以使他想起一切。可惜，戒指神没有告诉他这里就是非洲，他当然也没问。

菩德公主自被法师弄来非洲后，那天早上醒得比往日都早。法师是一宫之主，公主不得不让他每天进房一次，但对他十分冷漠，以至他也不敢久留。那天早上，公主正临镜梳妆，宫女从窗里看到了阿拉丁，迫不及待地跑进去报告。公主怎么也不相信，跑到窗前，果然也看见了花园里的丈夫，便急急推开窗户。阿拉丁听到窗响，转过头，看到了公主，高兴得几乎跳起来，两人互打招呼。

"我赶紧给你打开边门，快上来。"

边门就在公主房下。门一开，阿拉丁径直跑进公主房里。一对情投意合的夫妻小别后又高兴地相会，其欢愉是无法用语言表达的。历经了这么一件不可预料的悲惨事件，两人忘情地拥抱了多次，又哭又笑，说不尽的你恩我爱，亲吻搂抱。坐下后，阿拉丁问道：

"以真主的名义，也为了你、我和你父亲苏丹，请告诉我，我出门游猎前留在24扇窗格的大厅里的那盏旧铜灯到哪里去了？"

"唉，亲爱的丈夫！恐怕就是那盏灯让我们倒了霉。我最难过的事情就出在我身上。"公主伤心欲绝。

"公主不必自责了，问题出在我身上。我应该特别小心才是，但亡羊补牢还来得及。你把经过都说说，灯现在落到谁的手里？"

菩德公主便把用旧灯换新灯的经过从头到尾讲了一遍。第二天早上，她突然发现来到了这个陌生的国家。那个骗子告诉她，这里是非洲，这一切都是靠他的魔法搬来的。

"公主，"阿拉丁打断了她的话头，"这个骗子是谁，我们在哪里，你都跟我说了。这个人是我见过的最最贪婪的人，现在没有时间细说他的为人，我只问你：他把灯怎么处置了？平日里灯放在哪里？"

"他总是小心翼翼地贴身带着，这一点我可以肯定。因为有一次，

外国童话名篇精选

他从长袍里掏出来向我炫耀过。"

"公主，一见面我一连串问了你这么多话，请你千万别不高兴。因为，这对你我都十分重要。但我尤为关注的是，那个恶魔是怎么对待你的？"

"过来后，他每天来看我一次，我尽量敷衍，好不让他常来纠缠。他想方设法要我断了对你的念头，嫁给他。他一再表示我没有可能再见到你，父王早把你杀了。为表白自己，他还说你是个无情无义的坏蛋，亏了他，你才得以交上好运。他还甜言蜜语地安慰我，可我始终悲哀哭泣。后来，他要我陪他，但我没对他说过一句好话。我知道，他的目的是假以时日，让我平静下来，不再忧伤，感情转移到他身上。我知道如我再不从，他便要用强了。你的出现，使我的不安一扫而光了。"

"只要公主的恐惧消除，我相信我们的努力不会徒劳。"阿拉丁说道，"我已找到把你我从仇人手中救出的办法了。为了完好地执行这项计划，我先去一趟城里，中午回来时详细告诉你怎么做，以保证万无一失。见我化了装，换了衣服不必惊慌。命令宫女，我一敲旁门必须立刻就开。"

阿拉丁走出王宫，看到一个农夫正往城里走，他赶上去要求和他换衣服穿，农夫同意了，两人在屋后互相换了衣衫，阿拉丁穿着农家服装进了城。走过几条街面，终于，找到了省城有名的商业区。这个省城里经商的、作画的，分门别类都有其相应的街面营业。有一条街全是大小药铺，他找了一家最大的，进门就开了一种药名，问他们有没有货？掌柜用生意人的眼光上下打量了一阵，看他衣衫破旧，不像是付得起钱的模样，便明白告诉他：药有的是，价钱可是很高。阿拉丁乜斜眼睛看了他一眼，掏出钱包，亮了亮包里的金币，让店主称一些药来。掌柜的称完包好，索要一个金币。阿拉丁一言不发，付完钱就走。他无心在城里溜达，喝了一点饮料，立刻回王宫去。进入公主房里，他对公主说道："公主呀，你对那强盗的深恶痛绝，或许会成为执行我计划的障碍。听我说，在这节骨眼上，如果你想脱离这个坏蛋，让你父亲能再一睹你的芳容，那你必须竭力掩饰你的情绪。"

"请按我的话去做，"阿拉丁继续说道，"打扮一番，穿上最漂亮的衣裙，待那非洲法师再来看你时，一定要笑脸相迎，落落大方，不可存有一丝受折磨的表情，让他理解那段时间即将过去。言谈中，使他理解你是在努力忘了我。一旦他看到了你的诚意，请他和你一起喝酒。告诉他，你想尝尝国内的名酒，他一定会去取。乘他离座时，拿一只你喝过的酒杯，撒一点这种药末。然后找个宫女，你们约好暗号，让她在你们喝得酒酣耳热之际，给你那只杯子斟满酒后，你主动和他换杯喝。他受宠若惊，一定不会拒绝你的要求，只要他这杯酒下肚，他立即会毫无知觉地倒下去。你不愿喝他的酒也没关系，装个样子，只要别让他发觉就是了。因为这种麻药发作极快，他无法看清楚你究竟喝了没有。"

阿拉丁说完，公主立刻回答道："要我对这个非洲人这样做是十分痛苦的事，但解决一个残暴的敌人是合情合理的。我一定按你的话去做，我们的希望都寄托在这上面了。"

公主同意了这个办法后，阿拉丁马上出宫藏了起来，准备好晚上行事。

且说菩德公主自从离开丈夫后，不仅心灰意懒，不断责怪自己粗心大意，而且日夜思念远方那个经常给以仁慈父爱的苏丹。她几乎忘却了洁身自好是她性别和地位的特征，特别是非洲法师第一次来她房间后。她从其他女人那里得知，就是他，使出了用新灯换旧灯的花招，这令他的面目更为让人憎恶。然而，意想不到阿拉丁设下的复仇机会比她想像的来得更快，使她下了决心努力做好。所以，阿拉丁一走，她便坐下来梳妆，换上艳丽的衣衫，金丝腰带上缀着最大的钻石。珍珠项链的两边各镶上六颗匀称光亮的海珠，衬托着中央那颗硕大无价的夜明珠。由钻石和红宝石杂嵌而成的手镯，与腰围和项链相映成趣。

公主打扮完毕，从镜子和周围宫女的赞叹声中获得了满意的结果。

她觉得足以奉承那非洲人愚蠢的感情了，便靠在软椅上等他的到来。

法师按时来到，公主一见他进人大厅，起身笑脸相迎。她指着主人的坐席，拉他坐在自己身边。如此的礼遇，非洲人真是前所未见。

公主身上闪耀着首饰的珠光宝气，但她美丽的笑靥和妩媚的眼神，远比眩目的珠宝更为迷人。法师吃惊不已，手足无措。今天，她的态度和过去相比简直是天壤之别。

坐定后，公主为打破这尴尬局面，主动开口说话。真切的情意、纯真的表情，使他相信在公主眼里，他已不是最初那令人憎恶的形象了。

"你肯定怀疑我和往日相比，今天的态度变化是如此之大，不过，当我告诉你我已不再伤心、忧愁的原因后，你就不以为怪了。我已伤心到头了，一切已事过境迁。我思前想后你和我说起的阿拉丁的命运，我也十分了解父王的脾气，阿拉丁是躲不过这场灾难的，难道我要哭一辈子吗？眼泪决不会使他起死回生。为此，在我还清了欠他的爱情债后，他在地下过他的日子，我想我应当自我安慰一下了，这就是今天你看到我转变的动机。我要把愁苦一古脑儿抛进汪洋大海。我要你今天晚上来陪陪我，我准备了饭菜，但只有些中国的家乡酒，我人在非洲，特别想尝点你们非洲的美酒。你能拿点来吗？"

非洲法师眼看欢愉是如此容易地占领了菩德公主的身心，其高兴是难以用言语来表达的。他想说上几句，解脱那尴尬的局面，但他能说的也只有非洲的酒。

"要说非洲的特产，鼎鼎大名的当数美酒。我有一箱上好的特酿，保存在地下室七年没有启封。说它是当今世界上一流美酒，当非言过其实。公主要是同意我离开，我立刻取两瓶过来。"

"偏劳你自己去取真不好意思，派个人去拿还不行吗？"公主进一步哄他。

"这件事只能由我亲自去办，因为只有我才知道地窖的钥匙放在哪里，也没人会锁门。"

"既然如此,那就快去快回,你不回来我会等得心焦的。等你回来,我们一起吃晚饭。"

非洲法师高兴得不知所措,恨不得插翅飞去地窖。

话说法师一离开,公主不敢耽搁,亲手把阿拉丁给她的药粉放进一只酒杯里。法师很快拿来了一瓶酒,两人对面坐定,他背面是酒食。公主先把桌上的佳肴送过去,说道:"我本想给你安排听听音乐,又想房里只有你我两人,说说话更好。"法师认定这是公主又一次对他示爱。

两人又吃了一会儿,公主斟酒祝法师健康,说道:"你说酒好,确是实情,我从未喝过这么香醇的美酒。""美丽的公主,"法师手里拿着公主给他的酒杯,"有了你的认可,我的酒更美更醇了。""那好,你再喝下这杯祝我健康。"公主又举杯。"你会明白我是懂酒的。"法师一口干了杯中物,亮了亮杯底。"我实在是高兴,把酒留到今天这个良辰来享用。过去,我可从未喝过如此痛快的酒。"

酒过三巡,公主风流万种的仪态已经彻底征服了面前的非洲人。这时,她接过席间侍酒的宫女那只撒了药粉的酒杯,又满满倒了一杯。两人手里同时举杯时,公主问他:"我不知道夫妻两人同饮交杯酒时,在你们这里是怎么表示相亲相爱的?在中国,夫妻要换酒杯,然后一起喝干。"说着,递过手里的杯子,再接过他的。从法师方面来说,他更想喝干这杯酒。他兴奋到了极点,把这杯酒看作是彻底征服了公主的信物。他举着杯子说道:"说实话,公主,我们非洲人和中国人不一样,对爱情没有如此精雕细刻,看来我在这方面实在无知。告诉我,应该怎么回报你的情意?可爱的公主,喝了你的酒,我将永远不忘今生今世我是怎样从你的无情失意中苏醒过来的。"

菩德公主对这露骨的话已忍无可忍。没等他说完,打断了他的话头,说道:"先喝了,再说你想干什么!"她先把杯举到唇边,法师想抢在前面,仰脖一饮而尽,喝完了兴犹未尽,还在咂嘴。公主的酒杯一直滞留唇间……这时,她只见法师两眼一翻,死人般地倾倒下去。

外国童话名篇精选

公主还没来得及下令开门放阿拉丁进来，宫女们早就奔下楼梯。所以，等她刚张口，侧门也同时打开了。

阿拉丁踏进大厅，看见法师仰面朝天倒在长椅上。公主见他来，一跃而起，高兴地上前拥抱。但他叫她且慢，说道："公主呀，现在还不是时候。请你同宫女们暂时退入内室，容我一人在这里，我想马上把你送回中国。"

公主和宫女、侍卫们立刻进入内室。阿拉丁关好房门，走到法师跟前，解开长袍前襟，掏出包得十分严密的神灯。他一擦神灯精魔便出现了。

"精魔，我以你美丽的女主人拥有一半神灯的名义，召唤并命令你：立刻将这座宫殿搬回中国，放在它原先的位置上。"精魔俯首表示服从，然后消失了。俄顷，人们只觉得有两下轻微的震动，这时整座宫殿已经回到了中国王宫前面了。第一下震动是抬，第二下震动是放，间隔非常短促。

这时，阿拉丁才进内室去，他紧紧拥抱着公主说道："你我的欢乐将在明天早晨完全实现。"公主还没怎么吃饭，心想阿拉丁一定也饿了，让把大厅里没有动过的那桌筵席摆到内室里来。两人心满意足地吃了一顿，对饮了非洲法师的陈酿。席间，兴高采烈地谈天说地。酒足饭饱后，睡意却上来了。

自从阿拉丁的王宫连带公主失踪后，公主的父亲为失去爱女朝思暮想，极为沮丧，日夜无法入睡。为避免任何能触动他感情的事，他终日恍惚，日趋沉迷。过去，每天早上都去阁楼眺望景色，开阔视野，现在却极度忧伤地站在那里，任凭老泪纵横。他日夜思念着的昔日享受的天伦之乐如今已杳如黄鹤，惟一的掌上明珠已一去不复返。

阿拉丁的宫殿搬回原地后的第二天早上，国王天不亮又上阁楼凭吊他的伤心往事。他愁苦地抬眼朝旧日王宫所在地的广场望去，料想眼前又会是一片广袤的荒地，但今天荒地不见了。起初他以为是大雾蔽目，擦擦眼，再仔细一看，眼前不是女婿的宫殿是什么?! 欢乐冲散了忧伤，他立马回大殿，备上一匹快马，恨不得一步就飞进阿拉丁的宫里去。

阿拉丁早就预见到事情会发生的。他那天也是天不亮就起床，穿上最华丽的衣衫，站在二十四扇窗格的顶楼大厅里。他当然看到国王飞马而来，便立刻下楼开门，扶国王下马。"阿拉丁，我要见了女儿以后再和你说话。"

女婿带着丈人进入公主闺房。她在阿拉丁起床时便知道已身在中国京城，早就离开非洲了。所以当国王踏进房门，她也刚好梳洗完毕。国王紧紧抱住女儿，激动得涕泪交流，公主也以同样激情的目光注视着父亲。

国王本以为今生已无缘再见女儿了，今天忽然重逢，惊喜得半天说不出话来。公主也是双泪长流，高兴得合不上嘴。

最后苏丹打破了沉默，说道："我相信你快快乐乐来见我，说明你没有受苦，变化也不大。偌大一座宫殿，哪能像你似的，说搬走就搬走，没有一点痛苦? 你别对我隐瞒什么了，都告诉我。"

公主毫无保留地满足了国王的要求，她说道："要说我变化不大，首先应当想到，昨天早上望眼欲穿的丈夫阿拉丁出现后，我才得以新生。也是由于会面的欢乐和拥抱，使我恢复了健康的常态。现在，我最大的困惑是发现我受到来自父王你和亲爱丈夫的压力。我不仅考虑对丈夫的喜欢，也想到丈夫为我的苦恼而不安，怕他会受到你愤怒的指责。把我弄走的那个坏蛋没有对我造成多大痛苦，因为我占了主动，经常打断他无礼的言谈，我一直不太紧张。"

"我的失踪和阿拉丁毫无关系，责任全部应由我来负。"为证实她的话，公主把遭难的经过又叙述一遍。她告诉父亲，那个非洲法师乔装成灯贩子，用新灯换旧灯; 为了好玩，又不清楚那盏神灯的秘密和重要性，她把神灯拿出去换掉了; 法师把宫殿连她一起送到非洲。当他第一次胆大妄为地要求和她成婚时，她又如何在两名宫女和换灯的侍卫的鼓励下振作起精神对付他；法师折磨她直到阿拉丁出现；夫妻两人又怎么合作谋划把法师身上的神灯又拿了回来；两人又怎么商定由她假意邀法师吃晚饭把阿拉丁拿来的药掺在酒里让他喝了……以后的，她让阿拉丁自己对国王讲。

阿拉丁讲得不多。他只说："当边门一开，我快步进入大厅，只见法师倒在软椅里。我心想再让公主留在当地是十分不妥的，便请她和宫女们先回避，当厅里只有我一人时，我从法师胸前掏出神灯，如法炮制把宫殿和公主送回了原地。我高兴地按您的吩咐，把公主送回到您面前。愿父王千万别以为我是一派谎言。如若不信，请移步到大厅看看那个罪有应得的法师。"

国王相信了阿拉丁的话，起身进入大厅。只见那个法师由于毒性发作，脸色青黑，已经死在软椅上。国王见状，深情地抱着阿拉丁，说道："贤婿，别太在意我对你的态度，这都是由于父爱，请原谅我当时内心的焦虑。"

"父王，我毫无理由抱怨阁下的行动，一切都是您的责任感。这个卑鄙无耻的法师是我不幸的总根源，等以后您有了空，我还将把他对我的恶行一一说给您听，其手段之下流是无与伦比的。由于安拉的护佑，我在非常特殊的情况下才得救。"

"好的，我会很快听你说的。"国王安慰他。"不过，现在多想想高兴事，别多理会这些不痛快了。"

阿拉丁当即下令把法师的尸首抬出去，扔在粪堆上听任鸟兽啄食。苏丹同时也传令鼓乐、铙钹齐奏，并告谕举国上下大宴十天，欢庆菩德公主和阿拉丁还宫。

阿拉丁就这样逃过了平生第二次凶险，但事情总是一二不过三。下面我再说说他遭受的第三次劫难。

那非洲法师有个同胞兄弟，也是个占卜的巫师。在耍诡计害人方面，比其兄有过之而无不及。兄弟俩不住在一起，也不在一个城市，经常是你在东我在西，每年靠沙盘占卜联络音讯，互报平安，看是否需要对方的帮助。

自从哥哥妒嫉阿拉丁的欢乐二度去中国后，弟弟也去了邻国，但一年来不知哥哥身在何方？弟弟很想弄清楚哥哥究竟在哪里，干些什么？于是便撒开流沙，揣摸图形。最后，终于发现哥哥已撒手人寰。他又占了一卜，查出是中毒死于非命，地点在中国京城。凶手出身低微，但娶了国王的公主。

小法师用这种办法得知哥哥死于非命后，他不浪费时间在无谓的愁苦中，再忧愁也无法使哥哥死而复生，现在应当积极地为他复仇。他买了匹马，翻山越岭，过平原、穿沙漠，日夜兼程，终于拖着疲惫的身子到了中国。

凭沙盘术，他认定这个京城就是目的地。于是，找了家旅店住下来。次日，他穿街过巷，漫步街头，目的不在欣赏异国风光，而是聚精会神地设法执行他歹毒的计划。他专往公众场所钻，在人堆里听大家说话。在一家游乐场里，游客三五成群、说说笑笑地玩着各种游戏。他听见旁边桌上有人在议论一个叫法蒂玛的圣女。她不问世事，但做了许多奇迹般的善事。小法师觉得，这个女人可能是完成他头脑中计划的上好人选。于是把那人拉到一边，请他详细说说这个神圣的女人是谁，做了什么奇迹？

"什么，伙计，"被问的茶客惊呼起来，"你从没听说过她？她是我们京城的一枝花。她已禁食多年，清心寡欲，生活严谨。除星期一、五外，她脚不出洞。在外面的一两天里，一路上行医积德。一个患偏头痛的人，只消她把手心在他额头上一贴，病症霍然痊愈。"

小法师不想再听什么了，他要打听圣人法蒂玛的住处。茶客不厌其烦地画给了他地址。他问清楚了如何上路的细节，带着一脑袋精心策划的阴谋去找她。说也巧，那天正是法蒂玛出巡之日，小法师亦步亦趋地跟着走了一天，直到她居住的洞舍。他观察好了周围环境后，走进一家

外

国童话名篇精选

酒肆。天气炎热时，人人都爱在这里喝上几盅，晚上也可以舒适地躺在凉席上歇脚，小法师也不例外。那天他在酒肆喝到半夜，付过账，径直往法蒂玛的洞舍走去。洞舍的大门只挂着一根门闩，被他毫不费力地打开了。他轻手轻脚进去后把门掩上，月光下，只见法蒂玛头倚墙靠在铺着蒲席的软椅上。他跳上一步，手中的匕首抵住她的胸膛。

可怜的法蒂玛睁眼一看，只见一个黑大汉用刀指着她心口要往里扎。

"听着，"他威胁道，"你要敢叫唤或喊出声，我立即宰了你。现在快爬起来，照我的话去做。"

法蒂玛战战兢兢坐起身来。

"不用这么怕我，"小法师安慰她，"我只要你身上的衣服，把你穿的和我换一身。"法蒂玛只得跟他换了。小法师又命令她，把他的脸化装成和她一模一样。法蒂玛吓得不住发抖，小法师抚慰她道："我说了，你什么也不用怕。以安拉的名义担保，我绝不会杀你。"法蒂玛点亮油灯，拿出一枝笔，沾了一种溶剂抹在他脸上，向他保证绝不会褪色。这时，小法师的脸色已和她的完全一样了。然后，她把头巾披在他头上，再加上一层面纱，吩咐他上街时一定要把脸用面纱蒙好。她又把一串念珠挂在他脖子上，珠子垂到腰前，再在他手里塞进她用的拐杖，同时，递给他一面镜子，让他看看现在的模样。小法师一照镜子，活脱是个道姑模样，非常满意。可是，他没有对好心的法蒂玛保证自己的誓言，目的达到，便想一刀把她杀了。但怕血流出去会让人发现，便用绳子把她勒死，尸体拖出洞舍扔在屋后的坑里。

乔装打扮的小法师干完了这桩骇人听闻的谋杀案，当夜住在法蒂玛的洞舍里。第二天一早，离日出还有两个时辰，尽管那天原本不是圣女的巡游日，小法师还是爬出洞舍上了街。他确信不会有人胆敢怀疑他，问他什么。万一有，他也早准备好了答案。小法师来京城后的首要任务，是找到阿拉丁宫殿，今天他便直奔宫殿而去。

人们一见圣女出现在街头，纷纷围了过去。有的求他赐福，有的亲他的手掌，最保守的也吻他的衣裾。头疼脑热、想防病治病的也要求他把手贴在病人的头顶上。小法师学圣女的样，口里念念有词，指手划脚……总之，装得一点不露破绽，人人都把他当成了法蒂玛本人。

他停停走走，满足了沿途百姓的要求，反正大家也觉不出他的手式有什么好坏。就这样，小法师最后来到了阿拉丁宫前的广场上。围观的群众人山人海，热情有增无减。积极性最高的从人群中冲出一条路，往他身边挤。吵闹喧哗声一浪高过一浪，传进了二十四扇窗格的大厅里。公主不明究竟，问出了什么事？但谁也不知道。她派人出去看了，命令回来报告。有人在窗格里看了便告诉她，宫外广场上人山人海围着圣女法蒂玛，求治头疼脑热。

公主早听说过这位圣女的事迹，但从没有见过面。她怀着极大的好奇心想和她见个面，谈谈心。侍卫长认为这事再简单不过：想见面，把她带进来就是了，公主表示可以。他立刻差四个卫士去请那假法蒂玛前来。

百姓一见卫士过来，不约而同地让出一条路。小法师一见心中暗喜，心想计划竟如此轻而易举地即将实现了。

先走近的卫士叫道："圣女，公主想见你，派我们来接你进宫。"

"公主太抬举我了，我听从公主的命令。"假法蒂玛回答道。说完便随着卫士进宫了。

身披道服，怀着一颗不可告人之心的小法师被带到顶层大厅公主跟前。一见公主，他立刻顶首施礼，念了大段经文，祝公主延年益寿，心想事成。接着，装出一副可怜相，鼓起如簧之舌向公主献媚求宠。这对他来说，不费吹灰之力便办到了。公主以为整个世界都像她那么美妙、仁慈，特别对披着神职外衣以主为借口的人更是深信不疑。所以，一下子就跌进他的圈套就范了。

假法蒂玛高谈阔论，发表完了他的长篇演说。公主高兴地对他说：

565

"好太太，谢谢你的经文，我坚信主会听到的，请过来坐在我的身边。"
假法蒂玛温谦地走了过去。"好太太，"公主继续说道，"我只问你一件
事，你一定要回答我。我真想和你朝夕相处，这样能随时告诉我你的养
生之道，我也可以效法你的敬神之心。"

"公主呀，请不要勉强我做无法答应的事，它会耽误我的祈祷和
礼拜。"

"什么也妨碍不了你的，"公主回答说，"我这里有许多空着的房间，
尽可以挑一间给你用。你在这里，可以像在家里一样自由地做礼拜。"

小法师费尽心机要混进阿拉丁宫里执行他的罪恶计划，如今有公主
作掩护，能住在宫里不必来回奔波，当然是方便多了，所以他也不再
坚持。

"公主呀，像我这样一个贫苦无依的老妇人，早已放弃了世上的荣
华富贵，我怎能违背如此虔诚慈祥的公主的意旨呢？"

公主听了这话站起身说："来吧，我带你去看看空房间，你尽管挑
一套好了。"小法师跟着公主在看过的房间里挑了一套最差的，说道：
"这间已经足够了。为了不使公主扫兴，我才接受的。"

接着公主又把他带回大厅，请客人一起用餐。但小法师考虑一起吃
饭容易暴露自己的真面目，发现自己是假法蒂玛，便假作诚恳地推谢
了。他说他每天只吃少量面包和干果，就这点便餐也希望在自己房里
吃。公主一听，说道："好太太，你是完全自由的，像在家里一样随便，
我替你去定一桌酒菜，不过吃完了可要马上来找我。"公主用完晚餐，
请一名侍卫去请圣女法蒂玛过来。

"我的好太太，有你这样的圣女和我做伴真是高兴。你会为这座宫
殿赐福的。说起这座王宫，你喜欢吗？过一会儿我带你去参观。现在先
告诉我，这间大厅怎么样？"

一听公主的这个问题，假法蒂玛为了更好地扮演这个角色，赶紧低
头看，抬头瞧，从大厅的这头走到那头。他逐段审看完毕后对公主说：

"我是不懂这世界上什么叫美的。依我这个凡夫俗子看，这座大厅是最美的地方，可惜缺了一样东西。"

"是什么？好太太请你告诉我。我相信，也听大家说过，这里什么都有了。如真缺什么，我马上可以弄来。"

"请公主宽恕我心直口快，"小法师假惺惺地笑着说道，"我觉得可能的话，这个厅的拱顶正中央如果能挂一只神鹰蛋，那它将是举世无双，这座宫殿也将是人间奇迹。"

"好太太，神鹰是什么鸟呀？我们上哪里去找它的蛋呢？"

"神鹰是一种硕大无比的飞禽，一般栖息在考卡索山之巅，必须由建造你这宫殿的人才能找到一个鸟蛋。"

公主谢过小法师的好建议，又和他谈了些别的事。但无论谈什么，她心里总是无法忘怀神鹰蛋的事，她决心等阿拉丁打猎回来后告诉他。阿拉丁已经出去六天了，小法师对此了解得一清二楚，他也就是抓住这个机会进来的。

当天晚上，也就是假法蒂玛刚离开公主回房休息时，阿拉丁回来了。他一进宫，立刻就去公主的卧室把公主搂在怀里，亲切地吻了个够，但她神色不安，反应淡漠。"公主，你似乎不像往日那样高兴，我走的几天发生了什么事，还是有什么不满意的地方？以主的名义起誓，只要在我能力范围内，一定让你高兴满意。"

"哦，这倒不是一件什么大事，"公主回答道，"不过你却在表情上看出我心里有事。既然你也没有看出有什么不适合的地方，我就不想拿这件微不足道的琐事麻烦你了。我和你一样，相信我们的宫殿是世上最华丽的，收藏最齐全的，"公主继续说道，"今天我又看了一遍24扇窗格的顶层大厅，发现了一些微不足道之处。你觉得是否在拱顶中央挂上一枚神鹰蛋，会更好些？"

"公主，"阿拉丁说道，"就这么点事，那再容易不过了，我稍加努力便可弥补这一缺陷。你要的东西，我一定给你弄来。"

阿拉丁走上顶层24扇窗格的大厅，从长袍下拿出神灯。自上次出事后，他一直小心翼翼地灯不离身。一擦拭，精魔便出现在眼前。"精魔，"阿拉丁吩咐道，"拱顶下面需要挂一只神鹰蛋，我以灯主的名义命令你赶快补足这个缺陷。"话音刚完，只听得精魔扯开洪亮、可怖的嗓音大喝一声，顿时地动山摇，吓得阿拉丁战战兢兢站不起身来。"你这个不知羞耻的人，"精魔的嗓音大得足以使任何人吓破了胆，"我和神灯的奴仆都在侍候你，你还不知足吗？可是你听了那个忘恩负义人的话，居然命令我把我主人带来，让你吊在拱顶中央？有这种想法真该把你、你妻子和你的宫殿烧成灰烬。不过你俩都不是主谋，不明其中实情。我现在告诉你，祸首是那个毁了你的非洲魔法师的弟弟——小法师。他现在在你宫中，披上了法蒂玛的衣衫，圣女已遭他毒手。正是他，唆使你妻子提出这条毒计。他一心要杀你，望多加小心。"话音刚落，精魔便隐身而去。

这番话阿拉丁听得真真切切。他听说过圣女法蒂玛这个人，也知道她为百姓治头痛病的事迹。他回到公主跟前，对刚才的事只字不提。坐下后，说是脑袋突然痛不可支。公主一听，立刻打发人请圣女法蒂玛上来，一面告诉阿拉丁怎么请到圣女留在宫里和自己做伴的。

假法蒂玛走入房里，阿拉丁起身相迎，说道："请过来，法蒂玛太太，这个时候看见你真是三生有幸。我头痛极了，求你大发慈悲，替我祈祷，为我治疗吧！我知道你为无数百姓治愈了头痛病。"说着，站起身，低下头去。

假法蒂玛走上前来，一只手紧握着藏在长袍里的一把匕首。阿拉丁看得清清楚楚，心中早做好防备。他没等对方抽刀，一手抓住他的手掌，用力扭到背后，顺手抓住他的刀扎进了小法师的胸膛，当场结果了他的性命。

公主大吃一惊，喊道："我的夫君，你干了什么呀！你杀了圣女！"

"我的公主，我杀的不是法蒂玛。"阿拉丁不动声色，"我杀的是一个罪大恶极的罪犯。如果我不动手，我就死在他的刀下。这个该死的坏种蒙了面，化了装，杀了真正的法蒂玛，换上了她的衣衫，混进宫里想来害我。你应该知道，这个人不是别人，正是非洲魔法师的弟弟。"阿拉丁于是把如何了解到这些细节的都告诉了公主，并吩咐把小法师的尸首移走。

以上就是阿拉丁逃脱法师兄弟俩毒手的故事。几年后，国王无疾而终，他没有子嗣，巴德露·菩德公主合法地继承了王位，授权阿拉丁，夫妻共同执政多年，两人子孙绵延，代代相传。

陆孝修　译

外国童话名篇精选

569

普罗米修斯

　　天和地被创造出来，大海在海岸里起伏波动，鱼儿在海水里嬉游，群鸟在空中飞翔歌唱，地面上挤满各种动物，但还没有哪种体内有灵魂并能统治人间的造物。这时，普罗米修斯踏上了大地，他是被宙斯废黜神位的老一代神的后裔，是地母与鸟刺诺斯所生的伊阿珀托斯的儿子。他清楚地知道，上天的种子就蛰伏在泥土里。于是，他就掘了些泥土，用河水把泥土弄湿，然后按照世界的主宰天神的形象揉捏成一个形体。为了让这泥做的人体获得生命，他从各种动物的心里取来善与恶的特性，再把这善与恶封闭在人的胸中。在天神之中他有一个朋友，这就是智慧女神雅典娜。雅典娜很欣赏这个提坦之子的创造，便把灵魂即神灵的呼吸吹进这仅有半个生命的泥人心里。

　　这样，就产生了最初的人，不久他们便四处繁衍，充满了大地。但是，他们在很长的时间里都不知道如何使用他们高贵的四肢和神赐的精神。他们视而不见，听而不闻。他们像梦中的人形一样四处奔走，不知道如何利用人间万物。他们不会采石凿石，不会用粘土烧砖，不会把森林里砍伐来的木料做成大梁和椽子，并用这些材料修建房屋。他们像终日忙忙碌碌的蚂蚁一样聚居在地下，生活在不见阳光的地洞里。他们不能根据可靠的标志分辨冬季，繁花似锦的春天和丰收在望的夏日。他们所做的一切都是杂乱无章，毫无计划。

　　于是，普罗米修斯便来照料他们，他教他们观察星辰的升降，他发明了计算的方法，创造了拼音文字。他教他们把牲口套在轭上，使它们承担人的一份劳动。他让马匹养成上套拉车的习惯，他发明了适于海上航行的船和帆。他也关注人类的其余生活起居。从前，一个人生病，他便束手无策，不知道吃什么喝什么有益于健康。他不懂得服药减轻自己的痛苦，而是由于没有医药凄惨地死去。现在，普罗米修斯告诉他们如何调制药剂来驱除各种各样的疾病。他又教他们预言者的本领，给他们解释先兆和梦，说明鸟雀的飞翔。他引导他们勘察地下，让他们发现地下的矿石、铁、银和金。一句话，他把生活的一切技能和一切舒适的设备都向他们作了介绍。

不久前，宙斯夺取了他父亲的神位，罢黜了老一代神明，现在是他和他的儿子们统治着天国。普罗米修斯则是老一代神明的后裔。

现在，新的神明注意到了这刚刚产生的人类。他们要求人类敬奉他们，以此换取他们很愿意向人类提供的保护。在希腊的墨科涅，人和神举行了一次聚会，共同确定了人类的权利和义务。普罗米修斯以人类辩护人的身份参加了这次会议，他提出，诸神不要因为负有保护的责任而让人类承担过重的义务。

普罗米修斯聪颖过人，决定愚弄一下众神。他以他的造物的名义宰杀了一头大公牛，请天神们选取自己所喜欢的那一部分。他把宰杀后的牛切开分成两堆：堆在牛皮底下的是肉、内脏和很多脂肪，牛皮上边放着牛的胃；另一堆里都是光秃的骨头，非常巧妙地裹在牛的板油里。这一堆还大一些。

众神的君父，全知全能的宙斯一眼就看穿了他的骗局，说道："伊阿珀托斯的儿子啊，尊贵的国王，我的好友，你分配得多么不公平啊！"普罗米修斯以为他已骗过宙斯，便暗自微笑着说："尊贵的宙斯，永恒众神中最伟大的神请选取中你意的一堆吧！"宙斯勃然大怒，故意用双手抓住那块白色的板油。他把板油剥开后看见了光秃秃的骨头，装出刚刚才发现自己上当受骗的样子，气愤地说："我看得很清楚，你还没丢掉你骗人的伎俩。"

宙斯决定报复普罗米修斯的欺骗，拒绝给与人类为实现文明所急需的最后的赠品：火，但机智的伊阿珀托斯的儿子却想出了办法加以补救。他拿了一个坚挺的大茴香枝，到天上去靠近从旁经过的太阳车，把这个木枝往那闪光的火焰里一杵便得到了火种。他带着这个火种降到大地上，木堆燃烧的熊熊火光随即直冲云霄。当宙斯看见人间竟有照得如此遥远的火光升起时，他的灵魂深处都感到钻心的疼痛。既然人类已经用火，你就不能从他们手中把火夺走了。他立刻想出一个新的灾害来代替，禁止人类用火。他要求因技艺高超而闻名遐迩的火神赫维斯托斯，为他造出一个美丽少女的形象。

雅典娜由于嫉妒普罗米修斯已对他不抱好感，所以她给这个少女形象披上了闪亮的白色外衣，让那姑娘两手撑着罩在脸上的面纱，头上戴着饰以鲜花的花冠，束着一个金发带。神的使者赫耳墨斯让这迷人的作品获得说话的能力，爱神阿佛洛狄忒则使她具有一切妩媚可爱的姿态。宙斯创造了这样一个出色的害人精，给她取名潘多拉，意思就是"获得一切天赐的女子"，因为每一个神都给了她一件使人类遭灾受难的赠品。

随后，宙斯便把这个少女带到人与神愉快漫步的大地上，人人都对这无与伦比的女子赞不绝口。她走向普罗米修斯过分天真的兄弟厄庇墨透斯，把宙斯的赠品送给他。

普罗米修斯曾警告过他，不要接受奥林帕斯山上的宙斯的赠品，以免人类遭到灾难，但这警告没有起到作用。厄庇墨透斯对这警告连想都没去想，就接纳了美丽的少女潘多拉，直到灾祸降临他才感觉到了它。迄今为止，人类的生活还没遭到灾难的侵扰，人类没有过分繁重的劳动，也没有折磨人的疾病。这个女子双手捧着她的赠品，一个有盖的大盒子。她刚刚来到厄庇墨透斯身边，就揭开了盒盖，立刻从盒子里飞出一大群灾害，像闪电一般迅速扩散到大地上。惟一的一件好的赠品，即希望，却藏在盒底。但潘多拉却按照众神之父的旨意趁它没来得及飞出时，又盖上了盒盖，把它永远锁在盒内。

于是，灾难以各种各样的形式充满大地、天空和海洋。疾病在人群中四处乱窜，日夜不停又悄无声响，因为宙斯没有赋予它们声音。各种各样的热病围攻大地，而从前缓步潜行在人类中的死神如今也快步如飞地奔跑起来。

此后，宙斯便转而向普罗米修斯复仇。他把这个罪人交给了赫淮斯托斯和两个仆人——号称强制和暴力的克剌托斯和比亚。他们奉命把普罗米修斯拖到斯库提亚的荒野，用挣不断的铁链把他锁定在高踞令人目眩的深渊之上的高加索山的峭壁上。赫淮斯托斯很不愿意完成父亲所交托的任务，因为他爱这个提坦之子，他知道普罗米修斯是他曾祖父乌剌诺斯的亲缘子孙，是与他出身相同的神的后裔。他说了几句无限同情的话，不料竟受到粗野的仆从们的谴责，他出于无奈，只好让仆从们完成了这残酷的任务。

这样，普罗米修斯令人悲哀的被吊在悬崖绝壁上，总得直挺挺地悬着，不能睡觉，也从来不能弯一弯疲惫的双膝。"你将白白地发出多少哀怨和悲叹啊，"赫淮斯托斯对他说，"宙斯的意思是不可改变的，不久前才夺得天国统治权的新神都是冷酷的。"

这个囚徒的痛苦也真的将是永久的，或将延续三万年之久。尽管他也大声悲叹，他也呼唤风、江河、大海的波涛、万物之母大地和洞察一切的太阳为他的苦难作证，但他的意志是坚定不移的。"一个人只要认识到了必然的不可抗拒的威力，"他说，"他就必定会忍受命中注定的一切。"他曾预言：新的婚姻将使诸神的主宰者堕落和毁灭。不管宙斯怎样威胁他，他也不详细说明这似明犹暗的预言。

宙斯是说一不二的。他派出一只鹰，每天啄食这个囚徒的肝脏，而那肝脏被吃去多少就又重新长出多少。在没有一个人出来自愿受死，替他受罪之前，这种痛苦是不会停止的。

这个不幸者得到解救的一天，终于来了。普罗米修斯被吊在悬崖上忍受了数百年之久可怕的痛苦之后，赫剌克勒斯为了寻找金苹果，正好路过这里。当他看到神的后代吊在高加索山上，正希望向普罗米修斯请教良策时，他又对被囚禁者的命运起了怜悯之心，因为，他又看见一只凶鹰立在被囚禁者的膝头啄食那不幸者的肝脏。于是，他把木棒和狮皮甩在身后，弯弓搭箭，一箭就把那只凶鹰从受苦者的肝脏上射了下去。接着，他解开锁链，就把被解放了的普罗米修斯带走了。但为了满足宙斯的条件，他让自愿放弃永生而去受死的马人喀戎作了普罗米修斯的替身。宙斯既然已经作出判决，把普罗米修斯永远吊在悬崖上受苦，现在为了维持这个判决，必须让普罗米修斯永远戴着一个铁环，铁环的另一端拴上一小块高加索山崖的石头。这样，宙斯才能自豪地说，他的敌人还一直被锁在高加索山上。

丢卡利翁和皮拉

在上古的人类定居尘世间，他们的种种罪行传到世界统治者宙斯耳中以后，他便决定亲自到人间去察访。但他处处发现，实际情况比传闻还要严重。

阿尔卡狄亚国王吕卡翁，一向以野蛮凶残闻名遐迩。一天夜色已深时，宙斯来到吕卡翁待人冷淡的王宫。他发出几个奇怪的信号，暗示神已到来，众人立即对他顶礼膜拜。吕卡翁却嘲笑他们这种虔诚的祷祝，他说："那就让我们看看他是人还是神吧！"他暗自决定，趁半夜熟睡把客人杀死。

他先是杀了摩罗西亚人送来的一个可怜的人质，把还没有全死的肢体放在沸水里煮或在火上烤，然后，在晚餐时把这些人肉端到餐桌上献给客人。洞察一切的宙斯从桌边一跃而起，抛出复仇的火焰，让这个心中无神者的宫殿顿时燃烧起来。这个国王惊慌失措地逃到旷野里去，他喊出的第一个痛苦的声音是动物的嗥叫，他的王袍变成了长满兽毛的皮，他的胳膊变成了前腿，他本人变成了一只嗜血的狼。

宙斯回到奥林帕斯山，与众神商量，打算消灭这个罪恶的人类。他原想向整个大地投射闪电，却又害怕大火殃及天国，烧毁宇宙的轴。于是，他便把库克罗普斯为他锻造的雷电放在一边，决定天降暴雨，让人类淹死在洪水中。这时，能驱散雨云的北风和其它一切方向的风，都被锁进了埃俄罗斯的岩洞里，他只把带来降雨的南风派了出来，这南风拍打着滴水的翅膀飞向大地。伸手不见五指的黑暗遮住他可怕的脸，浓云掩盖着他的胡须，波涛在他那满头的白发里滚动，雾霭压在他的前额上，大水从他的胸脯喷涌。南风悬在空中，用手抓住巨大的乌云，挤压它们。于是，雷声隆隆，大雨如注。暴雨成灾，淹没了庄稼，农民的希望化为泡影，一整年长时间的辛勤劳作毁于一旦。

海神波塞冬也来帮助他的兄长宙斯，进行这一次破坏行动。他把所有的江河召集起来说："你们要冲进一切房屋，摧毁所有堤坝！"它们全部一丝不苟地执行海神的命令，波塞冬本人也挥起他的三叉神戟刺穿地层，使足气力摇动，为洪水开辟道路。

这样，河流便流过开阔的田野，淹没了耕地，冲倒了树木，冲毁了庙宇和房屋。如果有一个宫殿还屹然矗立，大水便很快盖过它的山墙，最高的塔楼也被漩涡卷没。转眼间，便再也分不清哪里是海，哪里是陆地，整个世界都成了汪洋大海。

人类想尽一切办法自救。有人爬到最高的山上，有人跳上小船划过已经淹没的家园的屋顶或自家葡萄园的山丘，船的龙骨都擦到了那些葡萄藤。鱼儿在树林的粗枝当中拼命地游动，波浪追逐着急奔不迭的野猪。所有的人都被大水冲走，那些没被波涛卷走的人也都饿死在荒山野坡上。

在福喀斯地面，有一座高山的两个山峰依然高耸在淹没一切的洪水之上。这就是帕耳那索斯山。丢卡利翁和他的妻子皮拉乘小船漂到了这座山上，因为丢卡利翁是普罗米修斯的儿子，父亲曾对他发出过有关洪水的警告，并且为他造了一只小船。没有一个被创造的男人和女人，比得上他们二人这样正直和敬神。宙斯从天上往下界一看，发现尘世已完全被淹没在大水和沼泽之中，在无数人当中只剩下了这一对男女，而他们俩又都是无罪的，虔诚敬神的，他便放出了北风，驱逐了黑压压的浓云，命令它把雾霭带走。他让天又看见了地，让地又看见了天。海中之王波塞冬也放下了三叉神戟，让洪水平静下来。大海又有了海岸，江河返回它们的河床，树林从深水里伸出沾满泥浆的树梢，群山随之出现，最后平坦的陆地又展现在眼前。

丢卡利翁四下里张望。土地已经荒芜了，处处像墓地一样的寂静。看到这样的景象，眼泪禁不住从他的面颊上滚了下来。他对他的妻子皮拉说："亲爱的！无论往哪儿看，我都看不见一个活人。现在，只有我们两个人是大地上的人类了。别人都淹死在洪水里了。我们也没有充分的把握能活下去啊！我看到的每一片云都使我的灵魂充满恐惧。即使一切危险都已经过去了，我们两个孤独无助的人又能在这荒凉的大地上做什么呢？啊！当初我的父亲普罗米修斯要是把捏泥造人并把灵魂注入泥人的本领教给了我，该多好啊！"

他说了这席话，这一对孤寂的夫妻不禁哭了起来。然后，他们就屈膝跪在半遭破坏的忒弥斯女神的祭坛前，向天上的女神祈祷："哦，女神啊，请告知我们，用什么办法我们才能再造出我们已经毁灭了的种族！哦，请帮助这沉沦的世界重新充满生机吧！"

"你们要离开我的圣坛。"传来女神的声音，"蒙上你们的头，解开你们系着腰带的衣服，把你们母亲的骨骼扔到你们的背后！"

大妻二人好一阵子都对这谜语般的神谕感到惊异，皮拉首先打破沉默。"请宽恕我，尊贵的女神，"她说，"我现在真是吓得缩成一团了，我不能听从你，不能拆散我母亲的骨骼，伤害她的阴魂！"

但丢卡利翁的智慧，像一道光似的使他顿然醒悟。于是，他亲切地抚慰妻子说："我的理解有可能不对，但神的话总是善良的，毫无恶意的！我们伟大的母亲，这不就是大地吗？她的骨头不就是石头吧！皮拉，神是让我们把石头扔到身后去呀！"

他们对这道神谕又怀疑了好一阵子，转念一想，试试又有什么坏处呢？他们走到一旁，按神的指示蒙上头，松开系衣服的带子，往背后扔起石头来。这时，产生了一个伟大的奇迹：石头开始失去它的坚硬易碎的特性。它变得富有弹性，而且长高了，成形了。石头本身显现出人的形象，不过还不十分清楚，而是粗略的形体，或者说很像雕刻家刚用大理石雕琢出来的人体。石头上潮湿的或沾泥的部位都长成了身体上的肌肉，坚硬而结实的部分变成了骨骼，石头上的纹理留在原处，成了人体的脉络。就这样，借助于神的佑护，在很短的时间里，男人抛出去的石头变成了男人，女人抛出去的石头变成了女人。

人类不否认它的这个起源，这是坚强勤苦劳作的人民，他们永远牢记他们是怎样繁衍成长的。

法厄同

太阳神的宫殿有华丽的大圆柱支撑，镶在柱子上面的发光的黄金和似火的红宝石闪着耀眼的光辉。屋顶的最高处有象牙环抱，两扇银质的门发着白光，门上精心雕刻着美丽的神奇故事。太阳神赫利俄斯的儿子法厄同走进宫殿要求见他父亲。但他离父亲很远就站住了，因为再靠近他无法忍受那灼热的光。

父亲赫利俄斯身穿紫袍，坐在他那镶着璀灿的绿宝石的宝座上。他的左右依次站着他的随从：日神、月神、年神、世纪神和四季神；年轻的春神头戴饰以鲜花的花环，夏神戴着络绎麦穗编织的花冠，秋神手持装满葡萄的角，冰冷的冬神则披着一头雪白的卷发。坐在中央的赫利俄斯圆睁慧眼，很快就看见这个青年正对如此之多的奇迹啧啧称奇。"你为什么到这里来了。"他说："是什么事促使你来到你身为神明的父亲的宫殿，我的儿子？"法厄同回答："尊贵的父亲，尘世的人都嘲笑我，辱骂我的母亲克吕墨涅。他们说我的天神出身是假的，说我是一个不知名的父亲的儿子。因此我来请求你给我一个能向世人证明我是你真正后代的凭证。"

赫利俄斯收回围在头部的光芒，让他的儿子走近前去。他亲热地拥抱了法厄同，说："你的母亲克吕墨涅说出了实情，我的儿子，我永远不会再在世人面前否认你是我的儿子了。为了让你不再心存疑惑，你就向我要一件礼物吧！我像诸神一样指着冥府的斯堤克斯河发誓，不管你提出什么请求，我都满足你！"法厄同急不可耐地等父亲说完，连忙说："那你就满足我最强烈的愿望吧，允许我驾驶一天你的太阳飞车吧！"

太阳神的脸上露出吃惊和后悔的神色。他三番五次地摇了摇他闪着金光的头，终于高声说道："哦，我的儿子，你诱导我说了一句不够理智的话！哦，我要是不向你做出那样的许诺该多好！你渴望做的事情，是你力所不及的。你太年轻，你又是凡人，你希望做的是神做的事！你所要求的，不是其余的神都能做到的事，因为除了我，谁也不能站在喷着火一般的灼热气浪的车轴上。我的车必经之路是陡峭的，我的精力充沛的马大清早就得吃力地攀登这条路。路程的中间是最高的天顶。相信我，我站在车上亲临这样的高度时，我也常常有些恐惧。当我俯瞰下界，看到海洋和陆地与我相去千里万里之遥时，我的头也难免感到眩晕。最后，路又变得急转直下，这时就需要稳稳地驾驭。海的女神忒提斯甚至都做好了接纳我进入她的洪流中的准备，她有时也害怕我掉到大海里去。此外，你必须考虑到，天是在不停地旋转，我必须顶得住这种无比剧烈的回旋。如果我把我的车交给你，你怎么能驾驶它呢？因此，我亲爱的儿子，你就别要求得到这样一个糟糕的礼物了。趁还有时间，你赶快改换一个好一点的愿望吧！好好瞧一瞧我这惊恐的脸，你可以从我的眼睛里看到做父亲的心中的忧虑。你还是另要一个天上地下你想要的好东西吧！我指着斯堤克斯发誓，你一定会得到它。你为什么这样狂热地拥抱我呀？"

但这青年一次次没完没了地恳求着，而父亲已经发出了神圣的诺言。所以，太阳神只好牵着儿子的手，把他领到太阳车那里去。车辕、车轴和轮缘都是金的，轮辐是银的，轭上闪烁着橄榄石和其他宝石的光辉。当法厄同正在专心地赞赏这些精美的工艺时，黎明女神在泛着红光的东方打开了她的紫色大门和她的摆满玫瑰花的前厅的门窗。星星渐渐消逝，晨星是天边最后离开它的岗位的星，月亮最外边的弯角也失去了光影。这时，赫利俄斯命令长着翅膀的时序女神套马，她们就把饱食神仙食品的喷着火光的马匹牵出马厩，套上华丽的辔头。

这当儿，父亲往儿子的脸上涂了神圣的油膏，好让他能忍受得了熊熊火焰的炽烤。他把他的日光金冠戴在儿子的头上，却又叹息一声，提醒儿子："孩子，别用钉棒打马，只需紧握缰绳，马会自动飞驰，你要尽量让它们跑得慢一些。走的路是倾斜着的大弧线，你千万不要靠近南极和北极。你会清楚地看见车轮滚动的轨道，你不要下倾的太低，否则大地会着火；你也不要太高，否则会烧了天国。去吧，黑暗已经过去，攥住缰绳吧～或者，现在还来得及，再考虑一下，我亲爱的孩子！还是把车留给我，让我给世界送去光明，你留下来观看吧！"

这个青年好像根本就没有听见父亲的话，他一跃跳到车上，十分高兴地把缰绳抓在手中，向忧心忡忡的父亲亲切地点点头表示感谢。四匹飞马舒畅地对着天空嘶鸣，用蹄子对着大门踢踏。对孙儿命运一无所知的老祖母忒提斯，出来打开了大门。世界无限辽阔地展现在青年的眼前，骏马沿着轨道起飞，冲破面前的晓雾。

驾车的骏马明显地感到，它们拖着的重量跟平常不同，轼比往常轻得多。它们拉的车没有足够的重量了，车就像大海里摇晃着的船一样，在空气中跳动。车好像空了似的，冲得很高，向前滚去。

当骏马觉察到这种情况时，它们便离开轨道的范围飞驰起来，不再按以前的规矩奔跑，法厄同开始发抖了。他不知道往哪边拉缰绳？不知道路在哪里？也不知道怎样制服野性的马？当这个不幸的人从高高的天边俯瞰下界，看见辽阔的陆地在他脚下极其遥远的展开时，他突然吓得脸色煞白，双膝颤抖。身后的天已经离他很远，但眼前的地离他更远。他心中计算着前方和后方的距离。他呆呆地望着远方，不知怎么办才好？他既不放松缰绳，也不把缰绳拉紧。他想要呼唤那几匹马，但又不知道它们的名字。他十分恐惧地看着挂在天边的众多形状各异的星座，吓得手脚冰凉，缰绳从手里掉了下去，就像缰绳往下颤动触了一下马背，它们立即离开了自己的轨道，跳到侧面陌生的地方，一会儿向上奔，一会儿向下跑。它们时而碰到恒星，时而下降向靠近大地的小道倾斜。它们碰到头一个云层，云层立刻像被点燃冒出白烟。车子越来越低地往下冲，突然接近了一座高山。

这时，土地因为受炽热的烘烤而干裂。因为一切汁液都已被烤干，土地也开始发出微光。荒野的草变黄了，枯萎了。再到下面，森林的树叶也燃烧起来。很快，大火便蔓延到平原，庄稼被烧得颗粒全无。所有的城市都冒着熊熊的烈火，所有的国家连同全体居民都被烧成了灰烬。周围的山丘，树林和高山也都起了大火。江河干涸或惊恐地逃回发源地，大海也凝缩起来，此前还是湖海的地方，现在都变成了干燥的沙地。

法厄同看见地球的四面八方都着了火，他本人很快也忍受不了火热的烤灼了。他好像是从一个烟囱的火炉深部吸入沸腾的空气，觉得脚底踩的是烧得通红的车。他已无法忍受这浓烟和大地燃烧飞扬上来的灰烬。烟雾和浓重的黑暗包围着，飞马任意拖着他。最后，连他的头发也被大火烧着了，他从车上摔下来，他全身燃烧着从空中打着旋坠落，像偶尔出现的一颗星划破晴空疾驶而下。在离他的故乡很远的地方，一条名为厄里达诺斯的宽阔的河接纳了他，不断地冲击着他那冒着泡沫的脸。

法厄同的父亲亲眼看到了这一切惨象，抱头陷入深深的悲愁之中。据说，这一天世上没有见到阳光，只有大火照亮了人间大地。

欧罗巴

在太尔和西顿，有一个名叫欧罗巴的少女。她是阿革诺耳国王的女儿，一直生活在父亲的几乎与世隔绝的宫殿里。半夜后，凡人总做一些可信的梦。这一天夜里，一个奇异的梦从天而降，造访了这个少女。她觉得，好像有两个大陆，即亚细亚和与它相对的大陆，变成了两个女人的形象，二人争着抢着要把她据为己有。一个女人是一副异国人的模样；另一个女人——她就是亚细亚——长相和举止都和本地人一样。后者则以温存的热情争取她的孩子欧罗巴，她说欧罗巴是她亲生和养育的爱女。而那个异乡的女人，却像对待一个战利品似的把她紧紧地抱在怀里，不等欧罗巴有所反抗，便把她带走了。

"跟我走吧，亲爱的姑娘。"异国女人说，"我把你当作胜利品带到持盾者宙斯那里去，这是你命中注定的归宿。"

欧罗巴醒来，心还怦怦直跳。她从卧榻上坐起来，因为夜梦的影像和白天的景象一样清晰。她挺直腰板，一动不动地在床上坐了很长时间，她圆睁两眼呆呆地望着前面，仿佛那两个女人还站在眼前。后来她才张开嘴，惊恐不安地自言自语道："是哪一位天神让我做了这样一个梦？我在父亲的王宫里睡得又香又安稳，是什么样不可思议的梦吓得我心慌？我梦见的这个异乡女人是谁呀？我心里对她产生了一种奇怪的思慕啊！她向我走来时态度多么可亲！就是她把我强行带走时，那微笑的目光也流露着一种母爱！愿天神使我的梦成为吉祥的兆头！"

到了清晨，灿烂的阳光从少女心中抹去了夜寐中的梦影。欧罗巴起来后就去忙她少女生活的琐事和娱乐。不久，她的同龄朋友和游伴以及

583

贵族家的小姐都聚集在她周围，这些人时常陪她唱歌跳舞，散步和祭神。她们今天又来邀请她们的女主人到海边鲜花遍野的草地上去散心，在那里欣赏盛开的鲜花，倾听大海波涛轰轰的回响。所有的姑娘都穿着漂亮的绣花氏袍，欧罗巴本人则身穿一件极美的金线刺绣的拖裙，裙裾上绣着神话传说的光辉画面。这华贵的衣裙是赫淮斯托斯的一件作品，是很久以前大地的震撼者波塞冬求爱时献给利彼亚的礼物。从她有了这件礼物以后，它便作为传家之宝一代一代地传到了阿革诺耳的家中。可爱的欧罗巴穿着这身新娘的盛装，带领着她的女游伴跑到开满五颜六色鲜花的海边草地上去。这里那里，到处都飘荡着这群少女的欢声笑语，每个人都采摘一枝自己心爱的花朵。

采集了足够的鲜花以后，她们便围着欧罗巴坐在草地上编花环。她们打算把这些花环挂在抽芽的树枝上，作为献给草地女神们的谢礼。但命运没让她们太久地用情于鲜花，因为夜梦向她预言的命运突然闯进了欧罗巴无忧无虑的少女生活，宙斯为年轻的欧罗巴的美所倾倒。因为，他害怕惹恼嫉妒心重的赫拉，同时也不希望迷惑这个少女纯洁的意念，所以这位狡猾的神想出了一个新的诡计。他改变形象，变成一头牡牛。但那是一头什么样的牡牛啊！他不像一头走在草地上，或驾轭俯首，拉着重载车辆的普通的牡牛。不，他身材高大而俊美，脖子略胖，肩很宽。他的角小巧玲珑，像精心雕琢出来的一般，比纯净的宝石还要透明。他身上的颜色是金黄的，只是在前额上闪烁着一个月牙形的银白色标记。他的淡蓝色的眼睛透露着倾慕的柔情。

宙斯在改变形象前，曾把赫耳墨斯叫到奥林帕斯山来，对自己的意图秘而不宣，只说："我亲爱的儿子，你赶快去办一件事！你看见下面偏左的那个地方了吗？那是腓尼基：你到那里去，把阿革诺耳国王的畜群赶到海边去。"不大工夫，这位背有飞翼的神就飞到了西顿的山间牧场，把阿革诺耳国王的牛群，赶到山下海边国王的女儿和太尔的姑娘们无忧无虑地玩弄花环的草地上。以牡牛形象出现的宙斯就在牛群当中，只不过赫耳墨斯一点儿也不知道罢了。

其余的牛，零零落落地散布在离少女们很远的草地上，只有宙斯化身的那头美丽的牡牛，慢慢走近欧罗巴和她的游伴坐着的那个草坡，他十分优雅地在茂密的草丛中信步走来。他的前额并没有现出威胁的表征，发光的眼睛也不可怕，他的整个外表都充满着柔情。欧罗巴和她的年轻女伴们都很欣赏这头牛高贵的形体和平和的神态，甚至都想就近好好地看看他，抚摩抚摩他那油光水滑的背。牡牛好像觉察到了这一层意思，因为他越走越近，最后站在欧罗巴的前面。欧罗巴跳开，开始还往后退了几步。当这头牛那样驯服地停在那里时，她才鼓起勇气，又向前走，把她的花束举到它吐着白沫的嘴边，从它嘴里向她飘来一种吃过神仙食品的香气。它讨好地舐着献给它的鲜花，舐着那只抹去它嘴边的泡沫、亲切地抚摩着它的温柔的手。这头俊美的牛越来越讨少女的喜欢了。她甚至大胆地吻了一下它那光灿灿的前额。这时，牛快乐地哞哞叫了几声，但跟别的普通的牛叫声不同，这叫声很像震荡在山谷里的吕狄亚人的笛声。然后，它就蹲伏在美丽的公主的脚下，无限渴慕地望着她，对她转动了一下脖子，向她示意它宽阔的背。

欧罗巴对她的那些年轻女友说："都走近一点吧，亲爱的游伴，让我们坐到这头美丽的牡牛的背上吧，一定很有趣。我想，他像一艘大船一样能坐下我们四个人。瞧他多温顺，多可爱，和别的牛完全不同。他真的像人一样会思想，只是不会说话罢了。"她一边说，一边从女伴手中接过花环，一个个把花环挂到牡牛低垂的牛角上。接着，她微笑着一跃而上了牛背，她的女友却仍在犹豫不决地看着她。

牡牛的目的达到了，就从地上站了起来。开始，它驮着少女相当缓慢地走着，就是这样，她的女伴们也跟不上她。当它把草地抛在背后，眼前展现一望无际的海岸时，它便加快了行走的速度，现在不再像一头小跑的牡牛，而是像一匹飞腾的骏马了。少女还没来得及想，它就纵身跳到海里，带着它的俘虏，向深海游去。少女用右手紧握牛角，用左手

国
童
话
名
篇
精
选

支撑在它的背上。风吹起她的衣裙，像鼓起一个风帆。她怯生生地回头望着远离的陆地，她呼唤她的女伴，但纯属白费气力。

牡牛向前游去，像一只飘荡的船。不久，海岸消失了，太阳落下去了，在微明的夜色中这不幸的少女环顾四周，除了波涛和星辰什么也看不见。第二天早上，牡牛又走了。这一整天，少女都坐在牛背上越过无边无际的洪流向前漂游。不过，这头牡牛能够灵活地辟开波浪，所以，它的可爱的姑娘身上没有溅上一滴水。傍晚，她们终于到达远方的一个海岸。牡牛跳上岸，让少女在一棵拱形的树下轻轻地从它背上滑下去，便在她眼前消失了。原地出现一个天神一样的英俊男子，他对她解释说，他是克瑞忒岛的统治者，如果她愿意嫁给他，她将得到他的保护。由于无望和孤独，欧罗巴把手伸给他表示同意，这样，宙斯最终的愿望就实现了。但他像来时那样，又突然消失了。

早晨的太阳升起来时，欧罗巴从长时间的昏睡中醒来。她目光慌乱地看看自己的四周，好像在寻找她的家园。"父亲，父亲！"她以刺耳的哀诉声喊着，同时想了想所发生的事，又高声说道："我是个卑劣的女儿，我还有资格呼唤父亲吗？多么荒唐，我竟忘记了子女对父亲的爱！"她又望了望四周，好像回想起了一切，便对自己发问："我是从哪里来的，我现在到了什么地方？"她用手心摸着眼睑，好像是想要抹掉那个可恨的梦。她拭目向四下里张望，各种陌生的景物一动不动地展现在她的眼前。她四周全是叫不上名来的树木和悬岩，一股令人恐怖的海潮冲到岸边掀起巨大的浪涛。"哦，我现在要见到那头讨厌的牡牛，"她绝望地喊道，"我要把他撕碎，不把他的角折断我绝不罢手！尽管我觉得此前他很可爱！但这是多么不切实际的愿望啊！我不知羞耻地离开了家，现在除了死我还能怎样呢？如果所有的神明都抛弃了我，那就请诸位天神派一头狮子，一头老虎来吧！说不定我的万般美点会使它们食欲大增，这样我就不必等候饥饿来使我如花似玉的面颊枯萎凋零了。"

但没有一个野兽出现。陌生的地区宁静地伸展在她面前，给人增添了几分喜悦，太阳在万里无云的晴空上照耀着大地。好像有复仇女神在追击她，这个孤独的少女跳了起来。"苦命的欧罗巴，"她喊道，"你没听见你父亲的声音吗？他虽然不在你身边，如果你不了结你不光彩的生命，他也会诅咒你。他不是把那棵松树指给你了吗，你可以用腰带把自己吊死在那上边？他不是给你指点了那座高山悬崖了吗，你一纵身从那上边跳下去就可以葬身波涛咆哮的大海？或者：你，一个国王的高贵的女儿，宁愿做一个野蛮国王的小妾，天天做他的奴隶，纺定额的羊毛？"

这个不幸的孤独的少女，就是这样用死的思想折磨着自己，却又没有勇气去死。这时，她突然听到传来嘲笑般的悄声私语，她以为有人偷听，便惊恐地朝后面看。在非尘世的光辉中，她看见女神阿佛洛狄忒站在她面前，旁边还有女神的小儿子，那个带着弯弓的爱神厄洛斯。女神的嘴角先是微微一笑，然后说："不要生气，也无须争吵，美丽的姑娘！那头可恨的牡牛就来，他会向你伸出双角让你折断。在你父亲的王宫里把那个梦送给你的，就是我。你要知足啊，欧罗巴！是宙斯把你抢来的。你是这位不可战胜的神尘世的妻。你的名字将是永存的，因为现在，收容你的这块大陆从此以后就叫欧罗巴！"

外国童话名篇精选

卡德摩斯

卡德摩斯是腓尼基国王阿革诺耳的儿子，欧罗巴的哥哥。在宙斯变形为牡牛把欧罗巴姑娘拐走以后，阿革诺耳便派卡德摩斯带着兄弟们去寻找她，如果找不到她就不准他们回来。卡德摩斯在世上乱闯了很长时间，也没能揭穿宙斯的诡计。他对找到妹妹已不抱希望时，又怕他父亲发怒，便去向福玻斯·阿波罗请求神谕，他将来应该生活在什么地方？阿波罗向他指明："在一块偏僻的草地上，你将遇到一头没有负过轭的小牛。你让它领着你走，然后，你就在它躺在草里休息的地方修建城池，给这城市取名忒拜。"

卡德摩斯刚刚离开阿波罗赐他神谕的卡斯塔利亚圣泉，便在一片绿茵茵的牧场上看见一头脖子上没有负轭痕迹的牛。他不出声地向福玻斯做着祈祷，慢步跟着这头牛走。他涉过刻菲索斯的浅滩，又走了一大段路，那头牛忽然站住了，它把两耳对着天空竖起，空间立刻响起哞哞的牛叫声。然后，它回头看了看跟它走来的那群人，最后就躺在青草里了。

卡德摩斯满怀感激之情俯伏在异乡的土地上，亲吻这土地。他想要向宙斯献祭，于是，他就派仆人到活泉去取水用来举行神品饮的献礼。在那个地区，有一个从未采伐过的古老的树林。林中巉岩犬牙交错，树木盘根错接。一个拱形的深谷里，处处涓涓流淌着清凉的泉水，在这个洞穴里隐藏着一条凶龙，老远就可以看见红色的龙冠闪着亮光。它的眼睛喷射着火焰，它膨胀的身体里充满毒汁，它用三个舌头发出丝丝的声音，它嘴里长着三排锋利的牙齿。当腓尼基的仆人走进小树林时，淡青色的龙就突然从洞里伸出头来，发出可怕的叫声。腓尼基仆人一惊，汲水罐便从手中滑落下去，他们吓得全身血液都凝结了。毒龙把它遍布鳞甲的身躯盘成滑腻腻的一堆，蜷缩成直立的弓形，然后抬起半个身体，向下边的树林望去。突然，它狂怒地冲向腓尼基人，把他们咬死一部分，缠绕勒死一部分，剩下的则用它的毒气窒息，或用它的毒涎杀戮。

卡德摩斯不知道他的仆人为什么迟延了这么久？最后亲自去找他们。他身披一张他自己从狮子身上剥下来的狮皮，手持长矛和标枪，此外还怀着一颗比任何武器都起作用的坚强的心。他走进树林，一眼就看见他的被杀死的仆人的尸体，看见那仇敌正用它那膨胀的身躯炫耀自己的胜利，用嗜血的舌头在尸体上舔来舔去。"唉，我可怜的朋友啊，"卡德摩斯无比痛苦地大叫一声，"不给你们报仇，我就跟你们死在一起！"

他一边说着，一边搬起一块巨石向毒龙投去。这样大的一块石头会砸得城墙和塔楼摇摇欲坠，但这条毒龙却一点也没受伤。它的坚硬的黑皮和鳞片像铁甲一样保护着它。现在，英雄开始投掷标枪。这回怪物的身体顶不住了，钢制的枪尖深深地刺入它的脏腑。疼痛使毒龙勃然大怒，它回过头来咬碎枪杆，但枪头却牢牢地留在体内了。它又被刺了一剑，就更加暴怒了，它的咽喉胀了起来，白色的泡沫从毒腭里往外喷吐。毒龙挺起比树干还直的身躯，像箭一样冲过来，但它的胸部撞在树干上了。鲜血终于从这头怪兽的脖子里流出来，染红周围的杂草。但伤势不重，毒龙仍能躲避冲刺砍杀。最后，卡德摩斯把剑深深地捅进毒龙的咽喉，一直捅到一棵橡树里，使巨兽的脖颈钉在树干上，这时毒龙才被制服。

卡德摩斯久久地凝视这头被杀的毒龙。后来，他又看了看四周，发现从天而降的帕拉斯·雅典娜站在他身旁。她命令卡德摩斯立刻把毒龙的牙齿种到翻过的土里，它们将生出人的后代。他听从女神的旨意，用犁在土地上犁出一条很宽的垄沟，把龙牙撒到沟里。土块突然开始活动，从垄沟里首先冒出来的是枪尖，然后冒出一顶晃动着彩色羽毛的头盔。很快就出现了肩、胸、手持武器的胳膊，最后站出一个全副武装的战士，他从头到脚整个儿都是从泥土中生长出来的。在许多地方同样从泥土中长出人来。于是，一整队装备齐整的战士在腓尼基人面前长了出来。

卡德摩斯不禁大为吃惊，准备与新的敌人战斗。但是从土里生出来的一个人朝他喊道："不要拿起武器，不要介入内部战争！"这时，在地下冒出来的战士当中开始了一场毁灭性的斗争，最后只有五个人活了下来。其中，有一个后来被称作厄喀翁的，首先按照雅典娜的旨意放下了武器，自愿求和，别的人也跟着这么做。

在这五个泥土所生的战士的帮助下，从腓尼基来的外乡人卡德摩斯，如神谕所示，在这里建立了新的城市，并命名该城为忒拜。

珀耳修斯

一个神谕向阿耳戈斯国王阿克里西俄斯宣示：他的外孙将夺取王位，把他杀死。因此，他把他女儿达那厄和宙斯所生的儿子珀耳修斯，锁在一个箱子里抛进了大海。宙斯保护着他们穿越大海的风浪，他们漂到塞里福斯岛靠了岸，那里是狄克堤斯和波吕得克忒斯两兄弟统治的地方。狄克堤斯正在捕鱼，箱子漂了过来，他就把箱子拖上了岸。两兄弟都很喜爱这被遗弃的母子。于是，波吕得克忒斯便娶了达那厄为妻，珀耳修斯则得到他精心的抚育。

珀耳修斯长大成人以后，他的继父鼓励他外出探险，建功立业。这个勇敢的青年表示愿意去冒险，父子二人很快就取得了一致的意见：让珀耳修斯去砍下墨杜萨可怕的头，然后把它带回塞里福斯交给国王。

珀耳修斯出发了。在诸神的引导下，他来到远方的一个地方，众怪之父福耳库斯就居住在这里。珀耳修斯首先遇到的是福耳库斯的三个女儿：格赖埃姊妹。她们一生下来就长了满头白发，她们三人只有一只眼睛和一颗牙，只能相互轮流使用，珀耳修斯夺取了她们的眼睛和牙齿。当她们恳求他把她们必不可少的眼和牙还给她们时，他提出了这样的交换条件：那就是她们必须告诉他去女仙那里的路。

这些女仙都是奇异的造物，她们占有三件奇宝：一双飞鞋，一个用作衣袋的皮囊，一顶狗皮做的头盔。无论是谁，只要穿上这双鞋，他就能飞，想飞到哪儿就飞到哪儿。只要戴上这个狗皮头盔，他就能看见他想看的东西，别人却看不见他。这些宝物珀耳修斯都想拿到手，于是他就出发了。

福耳库斯的三个女儿带路，把珀耳修斯领到了那些女仙的住地，从他手中拿回她们的牙和眼。在女仙这里，他找到并拿到他想得到的东西。他挎上皮囊，绑上飞鞋，戴上头盔。此外，他还从赫耳墨斯那里得到一个青铜盾。他这样装备起来以后，就飞向大海，到福尔库斯另外三个女儿戈耳工们的住地去。

只有名叫墨杜萨的第三个女儿是凡人肉体，所以他被派来取她的头。他发现这些怪物正在酣睡：她们的头部遍布龙的鳞甲，头上没有头发而是盘着许多蛇，她们长着野猪一样的獠牙和可以飞翔的金翅膀。珀耳修斯知道，凡是注视过她们的人，都要变成石头。因此，他背着脸站在这些熟睡的怪物前面，只从他当镜子用的闪光的青铜盾里搜寻她们的面影，他就这样认出了戈耳工墨杜萨。雅典娜指挥他的手，砍掉这个还在酣睡中的怪物的头。这件事刚刚完成，就从墨杜萨的躯干里跳出来一匹飞马珀伽索斯和一个巨人克律萨俄耳，他们俩都是波塞冬的儿子。珀耳修斯把墨杜萨的头装在皮袋里，像来时那样往回飞奔。墨杜萨的两个姐姐起床后，看见被杀的三妹的躯干，立刻展开翅膀去追凶手。但女仙的头盔使珀耳修斯成了隐形人，她们什么地方也看不见他。

珀耳修斯飞在空中，被大风吹得不停地左右摇摆。他一直向西飞行，为了稍事休息，他降落在阿特拉斯国王的国土上。

阿特拉斯国王有一个结满金果的小树林，那里有一条巨龙守候。珀耳修斯——戈耳工的征服者，请求在这里得到一块栖身之地，但没有得到允许。因为担心金果被盗，阿特拉斯狠心地把他赶出宫殿。珀耳修斯大怒，说："尽管你根本不愿意帮助我，你却可以从我这里得到一件礼物！"他自己背过脸去，从皮囊里掏出戈耳工的头，把它伸向国王，国王立刻就变成了石头，实际上，是因为国王特别高大而变成了一座山，他的胡须和头发延伸出去化为森林，他的双肩、他的手和骨头变成了山脊，他的头变成了直插云霄的高峰。

珀耳修斯又绑上飞鞋，挎上皮囊，戴上头盔，飞腾在空中。在飞行中，他经过刻甫斯国王统治的埃塞俄比亚的海岸。在这里，他看见一个少女被绑在向大海突出的悬岩上。如果不是一股微风吹动她的头发，他还以为她是一座大理石雕像呢～他被她那诱人的美迷住了。"告诉我，美丽的姑娘，"他跟她攀谈道："你为什么被绑在这里？告诉我你的家乡在哪里？告诉我你自己的名字！"

这个被绑在那里的姑娘面带羞色，默默不语。她害怕跟陌生的人说话。要是她动得了，她早就用手捂住自己的脸了。她只能两眼涌出泪水。最后，为了不让外乡人以为她对他隐瞒什么罪过，她才答道："我是埃塞俄比亚的国王刻甫斯的女儿，名字叫安德洛墨达。我的母亲曾经自夸，她比涅柔斯的女儿们即那些海中的女仙还要美。那些海洋仙女听了这话，怒不可遏，于是她的朋友海神便让大水泛滥成灾，让一个什么都吞得下的大鲨鱼随着洪水来到这个国家。一道神谕宣示：只有把我，国王的女儿，抛出去喂鲨鱼，才能躲过这场灾难。人民逼迫我父亲采取这个拯救措施。在绝望中，父亲被逼无奈，只好把我锁在这个悬岩上。"

她最后一句话还没说完，汹涌的波涛就哗的一声分开，从海底钻出一个怪物，它用宽大的胸伏卧在水面上。少女大哭大叫起来，她的父母急忙赶来。他们拥抱这被捆绑着的女儿，但他们除了哭泣和悲叹，又能干什么呢？

外乡人说："要哭，你们有的是时间，救人的时刻可是不多的。我叫珀耳修斯，是宙斯和达那厄的儿子。我征服了戈耳工，现在正由神奇的翅膀托着我在空中飞翔。即使她是自由的，让她来选择，我也不是不配做她的丈夫！现在，我要向她求婚，我要救她。你们接受我的条件吗？"在这样的处境下，谁还会犹豫呢？万分喜悦的父母不仅答应把女儿嫁给他，而且许诺把自己的王国作嫁妆。

　　这当儿，那个怪物像一只快船似的游了过来，离悬岩只有一投石那么远。这青年突然脚一踏地，腾到云端。怪物看到海面上人的影子，立刻狂暴地向它追去，珀耳修斯像一只雄鹰从空中冲下来，腾空踏在怪物的背上，用杀死墨杜萨的剑刺入大鲨鱼的身体。他刚把宝剑拔出来，那大鲨鱼就忽而高高地跳到空中，忽而沉入海涛，像一只被猎犬追逐的野猪似的狂吼。珀耳修斯左一剑右一剑地刺它，直至殷红的血汩汩地从它的咽喉往外冒，这巨大的怪物断了气被海浪卷走。

　　珀耳修斯跳上岸，爬到悬岩上，解开捆绑少女的锁链。那少女在他为她开释时，不断地用眼神向他表示感谢爱慕。他把少女带给了她幸福的双亲，而金殿则把他当作新郎来欢迎。婚宴正兴高采烈地举行时，国王城堡的前院忽然起了沉闷愤怒的扰攘。原来，是国王刻甫斯的弟弟菲纽斯来了，过去他曾向她的侄女安德洛墨达求过婚，但在最近遇到灾难时他抛弃了她。现在，他带着一队武士来重提他的要求。他挥舞着长矛闯进举行结婚典礼的礼堂，冲着惊讶的珀耳修斯喊道："瞧着我！我来了，我要为我的被抢走的未婚妻报仇！"说着，他就摆开架势，准备用矛刺杀。国王刻甫斯见势不妙，立刻站起来呵斥他："胡说！我的兄弟，你怎么会想到干这种不正当的事情？不是珀耳修斯抢走了你的未婚妻。我们被迫让她牺牲的时候，是你抛弃了她。你眼睁睁地看着她被绑在悬岩上，你既没有以叔叔的身份，也没有以未婚夫的情义救助她。为什么你不自己从悬岩上把她解救下来呢？这个人救了她，而且，由于救了我的女儿而使我的晚年得到安慰，你至少不该搅扰他吧！"

　　菲纽斯不回答，他只是转动着愤怒的目光一会看看他的哥哥，一会看看他的情敌，好像是在考虑首先应该对谁下手。他犹豫了一会儿，终于使出因愤怒而爆发的全部力量，把他的矛投向珀耳修斯。但他没有投准，整个矛插在了床垫上。珀耳修斯跳起来，把他的矛投向菲纽斯闯入的那扇门。要不是菲纽斯一跃躲在祭坛后面，那枝矛非刺穿他的胸脯不可。这枝矛却刺中了菲纽斯的一个同伴的前额，于是，一场格斗便在菲纽斯的随从和参加婚礼的宾客间展开了。这场搏斗十分残忍，延续了很长时间。岳父岳母和新娘站在珀耳修斯一边，要求他保护。最后，珀耳修斯被菲纽斯和他的扈从们包围了。箭四处纷飞。珀耳修斯把肩靠在一个大柱子上，遮住后背。他掉过头来面对大群敌人，阻止他们的进攻，放倒一个又一个武士。最后，他只好决定使用最后的又是最可靠的手段。

"谁还是我的朋友，就把脸转过去！"他说，同时从他一直挎在身上的皮囊里取出戈耳工的头，把它伸向第一个冲向他的敌人。"让你的魔法去降伏别人吧！"那人轻蔑地看了一眼喊道。他举起手刚要投掷标枪，但他就这样举着手变成了石头，很像一个雕刻的石柱。其他的敌人，也一个接着一个都落了个这样的下场，最后只剩下了200人。这时，珀耳修斯就把戈耳工的头高高地举在空中，让大家都能看见，于是，这200人也突然变成了坚硬的岩石。

现在，菲纽斯才后悔不该发动这场不义的战争。他左右一看，除了姿态各异的石像以外什么也没有。他呼叫他朋友们的名字，他疑惑地触摸站在周围的人体：所有的人体都成了大理石的。他心惊胆战起来，他的挑战变成了低三下四的祈求："饶我一命吧，王国和新娘都归你！"他喊着，同时把他沮丧的脸转向一边。但是，珀耳修斯因他新朋友的死而无比悲痛，已经不能大发慈悲了。"反贼！"他愤怒地说，"我要为你建立一座永久的纪念碑！"尽管菲纽斯竭力躲闪，不看戈耳工的头，他的目光还是很快就与那伸向他的可怕的形象相遇了：他的脖子僵硬了，他那含泪的眼睛变成了坚硬的石头。他站在那里，双手下垂，一脸胆怯的表情，完全是奴仆的卑贱的姿态。

现在，珀耳修斯毫无阻碍地把他的爱妻安德洛墨达带回了家，等待他的将是漫长的幸福的日月。他又找到了他的母亲达那厄，但他的外祖父阿克里西俄斯却没有躲过厄运。老人由于害怕神谕所预示的灾

国童话名篇精选

难，逃到了珀拉斯戈斯，当了异乡人的国王。他正在这里举行赛会时，珀耳修斯来了。珀耳修斯是在准备到阿耳戈斯看望外祖父的途中路过这里的。珀耳修斯也参加了比赛，他投掷的铁饼不幸竟击中了阿克里西俄斯。后来，他才知道他打死了谁。他怀着沉痛哀悼的心情把外祖父葬在了城外，然后，就迁到这个因外祖父的死而归他所有的王国居住了。从此以后，命运女神再也不嫉妒他了。安德洛墨达为他生了许多极可爱的儿子，他们都继承了父亲珀耳修斯的光荣传统。

代达罗斯和伊卡洛斯

　　雅典的代达罗斯属于厄瑞克提得斯家族，是墨提翁的儿子，厄瑞克透斯的曾孙。他是建筑家，雕刻家和石雕工人，他那个时代最伟大的艺术家。他的艺术作品备受世界各地人的称赞，谈到他的雕像，人们都说那是活的，能走动和能看物的，认为那不仅是肖像，那简直是有生命的造物。从前大师们的雕像，眼睛都是闭着的，双手僵直地垂在两侧而且是与身体连在一起，代达罗斯的雕像第一次睁着眼睛，双手与人体分离伸向外面，站在那里的脚则是走路的姿态。

　　虽然代达罗斯艺术水平超群，他在艺术方面的为人却又自负又嫉妒，正是这种人格上的缺点诱他犯罪，使他遭受苦难。

　　他有一个外甥，名字叫塔罗斯，跟他学习艺术雕刻，而这个学生的天分却比他的舅舅和老师还高。还是个孩子的时候，塔罗斯就发明了制陶器用的转盘。他还把两个金属臂连接起来，让一个不动另一个能动，由此发明了最早的车床。他还设计了别的工具，而这一切都没有他的老师的帮助，这样他就有了很高的名望。代达罗斯害怕学生的名声比老师的名声大。嫉妒心压倒了他的理智，于是，他竟丧心病狂地把塔罗斯从雅典的卫城上推下去，杀害了这个孩子。在代达罗斯埋葬他外甥的时候，他的行为使人对他产生了怀疑。尽管他谎称他是在掩埋一条蛇，他还是在阿瑞俄帕戈斯法庭上被控谋杀，并被判有罪。

　　但他逃跑了，开始在阿提刻四处流浪，后来逃到了克瑞忒岛。在那里，国王弥诺斯收容了他。他成了国王的朋友，被视为著名的艺术家。国王选派他去为弥诺陶洛斯——一个牛首人身的怪物——建造一所使人见了就心醉神迷的住宅。代达罗斯创造性地建了一座迷宫。这是一座处处迂回曲折的建筑，走进去的人总要眼花缭乱，找不到该走的路。无数通道盘绕在一起，就好像佛律癸业地区迈安德洛斯河蜿蜒无序的流动，在可疑的通道上时而向前，时而倒退，常迎着波浪走。在这所建筑竣工后，代达罗斯去进行检查，连他自己也费了很大的劲才走出迷津回到大门口，可见他修建了一个遍布迷津的古怪的建筑物。弥诺陶洛斯被保护在这个迷宫的内部，他的食物是雅典每九年向克瑞忒国王进贡的七个童男和七个童女。

长期被敌逐的背井离乡的生活，渐渐使代达罗斯感到心情沉重，一想到要在海水包围的小岛上面对专制国王的不信任度过一生，就十分痛苦。他绞尽脑汁思索自救的方法。经过很长时间的思考，他终于快乐地说道："自救的办法有了！弥诺斯尽管从陆地和海上封锁我好了，但空中对我是开放的。弥诺斯虽然威权无比，但他管不了天空。我可以从空中逃离此地！"

说干就干！代达罗斯凭借他的创造精神征服自然。他动手把鸟的羽毛按大小不同分开放在一边，然后，把最小的羽毛放在较大的羽毛上形成一较长的羽毛，做到让人以为它们是自然而然生长起来的。在这些羽毛中间缝上麻线，下边涂上蜜蜡，然后把连在一起的羽毛弯成弧形，看上去完全像鸟的羽翼。

代达罗斯有一个男孩，名叫伊卡洛斯。他站在父亲身旁，好奇地用小手参与父亲的艺术加工：他时而去抓那些绒毛被风吹动的羽毛，时而用大姆指和食指揉捏父亲自己使用的黄色的蜜蜡。父亲漫不经心地听任孩子去抚弄，看着孩子笨拙的动作微笑。翅膀扎成以后，代达罗斯把它绑在自己身上，找准了平衡，然后便像只鸟一样轻盈地飞到空中去了。他又降落在地上以后，他又用业已准备好的小翅膀教他的小儿子伊卡洛斯飞翔。

"亲爱的孩子，要永远在中间的航线上飞。"他说，"如果你飞得太低，翅膀就会擦到海水，变湿变沉，你就会掉到大海里去。如果你飞得太高，你的羽毛就会因为离太阳光太近突然着火。要在海水和太阳之间飞，永远沿着我的航线飞。"代达罗斯一边这样警告，一边把一对翅膀绑在儿子肩上。不过一边绑，老人的手也在不停地抖动，担忧的眼泪滴在手上。然后他拥抱了孩子，并吻他，这也是最后的一次吻。

现在，父子二人利用自己的人造翅膀升上了天空。父亲飞在前面，就像一只老鸟第一次带着幼鸟出巢飞行一样充满忧虑。他小心而灵巧地扇动翅膀，好让儿子能照着他的样子做。他不时地回头，看儿子飞行得怎么样？开始一切相当顺利。他们不久就从左边的萨摩斯岛飞过去，又过了一会儿便飞过了罗得斯岛和帕洛斯岛的上空，还有许多海岸在他们的眼前一闪即逝。这时，那男孩伊卡洛斯，由于飞行顺利而过于自信，竟然离开了父亲的航线，冒冒失失地操纵一对翅膀向高空飞去，但可怕的惩罚也立刻降临。更加靠近太阳后，太强的光线烤软了粘合翅膀的蜜蜡。伊卡洛斯对此还没觉察到时，羽翼已经解体，从肩上掉下去。可怜的孩子还在划翔，用没有翅膀的手臂扑打，但不能浮在空中，就突然跌到下面去了。他也曾想呼叫父亲救他，但还没来得及喊出声来，就被碧蓝的海涛吞没了。

这一切发生得非常快，等代达罗斯回头看他时，竟没有看到他的一点踪影。"伊卡洛斯，伊卡洛斯。"他在人迹绝无的天空绝望地呼喊，"你在哪里？在空中我到哪里去找你呀？"最后，他发现水面上漂浮着羽毛。他停止飞翔，降落下来，收起羽翼，毫无指望地在海岛的岸边走来走去。不久，大浪就把他孩子的尸体冲到了海岸。现在，被杀害的塔罗斯报仇雪恨了。为了永远纪念这悲惨的事件，该岛取名伊卡里亚。

代达罗斯埋葬了儿子的尸体以后，又继续飞向那个名为西西里的大岛。这个岛的国王是科卡罗斯。他也像克瑞忒岛的弥诺斯国王一样，把代达罗斯待为上宾。他的艺术给这里的居民带来了惊喜。在这里，代达罗斯带领人民挖掘了一个人工湖，从湖里流出一条宽阔的通向附近大海的河，多少年来人们都指着这湖赞叹不已。有一块很难攀登的陡峭的山岩，几乎没有什么树。就在这块山岩上，他建造了一座城堡，通向那里的是一条狭窄而曲折的小道，只要有三四个人就可以守住这个城堡。国王科卡罗斯于是选择这个很难攻破的城堡，存放他的珍宝。代达罗斯在西西里岛上兴建的第三个工程，是一个深邃的地洞。他巧妙地从这里引出地下火生成的热气，人们待在一个岩洞里平常总感到湿冷，现在却觉得像在一个微微被加热的房间里一样舒适，身体渐渐地出一点很舒服的微汗，不像在燥热的环境中令人烦躁。他还扩建了厄律克斯海甲上的阿佛洛狄忒神庙，敬献给这位女神一个金制的蜂房，那蜂房的制作工艺无比高超，看上去跟真的没有什么两样。

但这时，弥诺斯国王知道了他的建筑师代达罗斯偷偷地离开了他的岛国，逃到西西里岛去了，于是决定率领强大的军队追捕他。他装备了一支很大的舰队，从克瑞忒岛驶向阿格里根同。到了地方，他命令他的陆战队上了岸，同时派出使者去见科卡罗斯国王，要求对方交出那个逃亡者。科卡罗斯对异国暴君的入侵非常愤怒，他苦苦地思索着使这个暴君遭到灭顶之灾的计策。他假装接受克瑞忒人的要求，答应满足他的一切愿望，并邀请对方会晤。

弥诺斯来了，受到了科卡罗斯隆重热情的接待。科卡罗斯请弥诺斯洗热水浴，以解除旅途的劳顿。但当他坐到浴缸里时，科卡罗斯命人不停地加热，直到弥诺斯在沸水里被煮死。西西里的国王把弥诺斯的尸体交给克瑞忒人时，佯称他沐浴时不慎掉到热水里去烫死了。弥诺斯被他的随从以最壮观的葬礼安葬在阿格里根同附近，并在他的墓碑的上坡建立了一座向世人开放的阿佛洛狄忒神庙。

代达罗斯一直受到科卡罗斯国王的优遇。他培养了许多著名的艺术家，成为西西里岛建筑和雕刻艺术的奠基人。但从儿子伊卡洛斯坠海死去以后，他就再也没有过愉快。他创造了很多光辉的作品，使他得到庇护的地方处处充满欢乐，他自己度过的却是忧伤苦闷的晚年。最后，他在西西里岛去世，被安葬在岛上。

菲勒蒙和包喀斯

在佛律癸亚王国的一个小山上，长着一棵千年橡树，紧挨着它长着一棵同样古老的菩提树。两棵树的四周，是一道低矮的围墙，两棵相邻的大树上挂着许多花环，不远处有一个多沼泽的湖。从前，那里是一片可居住的土地，现在则只有潜水鸟和苍鹭飞来飞去了。

一天，宙斯带着他的儿子赫耳墨斯来到这个地区，这一次赫耳墨斯只挂了一个拐杖，而没戴有翼的帽子。他们都化作人形，想考察人类的友好程度。因此，他们敲了千家万户的门，请求借宿一夜。但所有的居民都很自私粗暴，这两位天神连个落脚的地方都找不到。瞧，村头有一个小茅屋，又矮又小，用干草和苇杆搭顶。但在这所贫寒的房子里住着一对幸福的老人，正直的菲勒蒙和他的女人——同样诚实的包喀斯。在这里，他们一起度过了欢乐的青春年华；在这里，他们又一起变成了白发苍苍的老人。他们毫不隐瞒自己的贫穷，却能忍受悲苦的命运。虽然没有子女，他们却很乐观，友善，相亲相爱地生活在他们一起单独居住的小茅屋里。

当这两位神化作的高大的人走近这所贫寒的小屋、弯腰跨过低矮的房门时，两位正直憨厚的老人便起身迎接，亲切地打招呼。老汉搬来凳子，老太太包喀斯铺上一块粗布，请客人坐下休息；老婆婆赶忙奔向灶台，在余焰未尽的柴灰中拨弄出微燃的火星，堆上干木头和干柴枝，轻轻地从冒烟的柴火上吹起火苗来。然后，她去抱来劈好的木头，塞到悬在火上的锅下边。而菲勒蒙此时已从侍弄得相当好的小菜园里取来了卷心菜，老太太接过来把它掰开洗净。老汉又用二齿叉从卧室天棚上勾下来一块熏猪肉——这块猪肉是准备节日用的，他们已经储存好久了——

从肩部切下一小块来抛在沸腾的水里煮汤。

为了不让客人觉得等待时间太长，他们竭力跟客人热情地聊天。他们还把温水倒入木盆里，让客人洗脚解乏。两位神和蔼可亲地微笑着接受这盛情的招待。他们舒舒服服地烫脚的时候，善良的女主人又为他们安排了睡铺。床就摆在小屋的中间，床垫里塞的是芦絮，床腿和床架都是柳条编织成的。菲勒蒙拉出了只在节日才用的地毯，——哦，不过地毯也都很破旧了，尽管如此，两位神还是很愿意坐在上面享用做好的晚饭。现在，老婆婆腰里系着围裙，两手发抖地把一张三条腿的桌子放在床铺前面，因为桌子立不稳，她就往那条短桌腿底下垫了一块碎瓦片。

然后，她用新鲜的荷叶擦了擦桌面，就把饭食摆在桌上。这里有橄榄，有浸在稍浓的清亮汁液里的秋季山茱萸，有白萝卜和菊苣，还有优质的奶酪和热灰里煨熟的鸡蛋。包喀斯把这一切菜肴放在陶瓷盘子里端上来。同时，桌上还有五彩陶的酒罐和山毛榉木制的里面涂了黄蜡的小酒杯发出夺目的光彩。这位憨厚的男主人斟上的葡萄酒，既不是陈酿也不太甜，这时上了几道热菜。然后，又把酒杯挪到边上，腾出地方好放最后一道甜点心。上的甜点心是核桃，无花果和圆圆的大枣，还有两小盘李子和香气袭人的苹果，连红葡萄也不缺少，餐桌中间还有一块乳白色的蜂蜜片。但最好看的还是两位憨厚老人的慈善亲切的笑容，这两张面孔透露着慷慨和忠诚。

当大家酒足饭饱，精神焕发的时候，菲勒蒙发现，尽管酒杯一再斟满，酒罐却不变空，里面的酒反而永远升到罐口。这时，男主人才惊讶而畏惧地认出他是在给谁提供了住处。老汉连同他年迈的老伴高举起手臂，恭顺地垂下目光，请求神明慈悲为怀，不要怪他们招待不周，只能供应简陋的菜肴！啊，他们现在应该怎样款待天上来的客人呢？对了，他们突然想起来：外面的禽舍里不是还剩下仅有的一只鹅吗！他们愿意把它拿来献给神。两位老人急忙跑出去抓鹅，可是鹅比他们跑得还快。那只鹅哦哦的叫着，扑打着翅膀，总能逃开两位气喘吁吁的老人，它一会儿跑到东，一会儿跑到西，诱使老人疲于奔命。最后，鹅跑进屋子，躲在客人的身后，好像在祈求神的保护，它果真得到了保护。

两位神挡住了两位老人的热心奔忙，慈祥地微笑着说："我们是神啊！我们是到人间来考察人类的友好程度的。我们发现，你们的邻居都是有罪的，他们逃不脱天惩。不过，你们要离开这所房子，跟着我们到山顶上去，免得你们无辜地跟这些有罪的人一起遭殃。"两位老人听从了神的叮嘱，他们拄着拐棍吃力地攀登那座陡峭的山。离山顶还有一箭远的时候，他们怯生生地回头一看，发现山下的全部土地都成了一片汪洋大海，所有的建筑物都坍塌了，只有他们的小茅屋还立在那里。他们还在感到惊讶，悲叹其他人的厄运时，瞧啊，那个破旧贫寒的茅屋竟然变成了高耸的庙宇。那座庙宇有许多大圆柱子支撑，金色的屋顶闪耀着光辉，地面全都铺着大理石。

这时，宙斯露出亲切友好的面容，转向微微颤抖的两位老人说："告诉我，诚实的老人，还有你，诚实老者的可尊敬的老伴，你们希望得到什么？"菲勒蒙跟他女子简单地交谈几句，然后说："我们希望成为你们的祭司！请准许我们守护这座庙宇。我们俩和和睦睦地在一起生活了这么久，哦，那就让我们俩死在同一个时辰吧！到那时，我既看不到我的爱妻的坟墓，也不必葬她。"

他们的愿望实现了。他们俩在有生之年一直守护着这座庙宇。一天，当他们都感到已经享尽天年时，便一起站在神庙的台阶前，默默地回忆着这奇异的命运。这时，包喀斯看着她的菲勒蒙，菲勒蒙看着他的包喀斯消失在绿色的树叶里，两个人的面孔周围长出参天的成荫的树梢。"再见了，亲爱的老头子！再见了，我的爱妻！"在他们还能说话的时候，两个人就相互说了这么一句。这令人尊敬的一对夫妻就这样结束了他们的一生：老汉变成了橡树，老妇变成了菩提树。就是死后他们也亲密无间地站在一起，像生前一样永不分离。神是尊重虔诚者的，敬神的人，才能得到神的恩赐。

弥达斯国王

　　有一次，位高权重的酒神狄俄倪索斯带着他的女祭司和山林神怪翻山越岭到小亚细亚去。在那里，他在众随从的陪同下，沿着特莫洛斯山脉那些四周爬满葡萄蔓的山丘散步。走着，走着，只有那位白发苍苍的酒徒西勒诺斯不见了。原来，这位老者因不胜酒力而落在后头睡着了，佛律癸亚的农民发现了这位酣睡的老人。他们给他戴上花环，把他带到弥达斯国王那里。国王虔敬地接待这位神圣不可侵犯的酒神的朋友，热情地招待他，盛宴款待了他 10 天 10 夜。在第 11 天的早上，国王把这位客人送到吕狄亚旷野，交给了酒神。

　　酒神又见到了自己的老朋友，非常高兴，便要求国王说出他的愿望，酒神一定满足他。于是，弥达斯说："伟大的酒神，如果允许我选择的话，那就是请您让我把我所触到的东西都变成闪光的金子吧！"酒神感到很遗憾，对方竟没有作出更好的选择。但酒神还是满足了他的这个愿望。弥达斯得到这个糟糕的馈赠心里喜不自胜，就赶快走了，而且马上就试了试这个许诺可靠不可靠。——看啊！他从橡树上折下一个橡树枝变成了金子。他急忙从地上拾起一块石头，这块石头就变成闪光的金块。他从麦秆上摘下成熟的麦穗，就收获了金子。他从树上摘下来的水果，像赫斯珀里得斯姐妹的金苹果一样闪闪发光。他欣喜若狂地急急走进王宫。他的手指刚一碰到门柱，门柱就像火焰似的发光，甚至他把手浸在其中的水也变成了金水。

　　国王高兴得忘乎所以，命令侍从为他备一桌美味的饭菜。餐桌上很快就摆上了可口的烤肉和白面包。现在他伸手去拿面包，——司谷物成熟的德美特女神的神圣赠品就变成了石头般坚硬的金属。他把肉放在嘴里，——闪着微光的金片便在他的牙齿间颤动作响。他端起高脚杯，啜饮香气扑鼻的葡萄酒，——便觉得是金汁滑到咽喉、现在他才明白，他祈求得到的是多么可怕的财富。他很富，却也很穷，他诅咒自己的愚蠢，因为他甚至连饥渴都解不了啦，真可怕，他定死无疑！他绝望地用拳头捶打自己的脑门，——哦，真可怕，连他的脸也像金子一样闪烁着光辉了。这时，他万分惊恐地举起双手，朝天祈祷起来："哦，狄俄倪索斯大神啊，发发慈悲吧！宽恕我这个愚不可及的罪人吧，取缔我身上这触物成金的能力吧！"

待人亲切友好的酒神，准了这个深感悔恨的笨蛋的请求，解除他的魔法，说："你到帕克托罗斯河去，逆流而上直到在山里找到它的发源地。哪里有泡沫飞溅的水从山崖里喷出来，你就在哪里把头伸进清凉的急流里，让身上闪光的魔力离你而去，这样你就同时冲洗掉了你跟金子的罪恶。"弥达斯听从神的指令做去，瞧啊！——就在这同一时刻，魔法离开了他，但是，造金的力量转移到河流里去了，从此以后，这条河便大量地携带着这种宝贵的金属了。

从这时起，弥达斯就憎恨一切财富了。他离开自己豪华的宫殿，总喜欢在山林里和河流边散步，崇拜乡间的纯朴的神潘，潘喜爱逗留的地方全是阴凉的岩洞。但国王的心还是像以前那样愚钝，不久以后，他就获得了一种新的他不该再失去的馈赠。

在特摩罗斯的群山中，潘，这位长着山羊蹄子的神，习惯于用芦笛为山林水泽的女神们吹奏调情的小曲。有一次，他竟大胆地提出与阿波罗比赛音乐。白发苍苍的老山神特摩罗斯，用橡树叶围住他淡蓝色的头发和太阳穴，坐在一个山岩上，充当决定争斗胜负的裁判。坐在四周倾听的有迷人的女神，也有尘世凡胎的男人和女人，他们当中也有弥达斯国王。潘开始吹奏他的牧笛，笛管里洒出惊人野蛮的调子。只有弥达斯听得十分入迷。潘演奏完毕，阿波罗便上来演奏，他的长满金色鬓发的头戴着月桂花冠，身上穿着紫色的长袍，左手抱着象牙柄的七弦琴，面容和举止透露着神的庄严。他响起了无比动听的曲调，所有的听众欢喜异常，肃然起敬。最后，特摩罗斯这位有经验的裁判判定阿波罗获胜。

所有其他的人都热烈地鼓掌，表示一致赞同他的裁决，与此同时，弥达斯并没有闭上他那张一向胡说八道的嘴，他高声指责这个裁决，说什么得胜者应该是潘。这时，阿波罗悄悄地走到这个傻瓜国王跟前，掐住他的双耳。他轻轻一抻，那两个耳朵就变得很长，瞧，它们变得很尖，里外都长出灰色的绒毛了。这位神轻轻一动就造出了耳骨的关节，因为他不能容忍这样一双耳朵继续保留人耳的样子。两个长长的驴耳朵装饰着这个可怜的国王的头，因为这副不光彩的零件他羞得无地自容。他想用一条巨大的穆斯林头巾遮盖，让世人不知道这个秘密。但在那个经常给他理发的仆从面前，这两只耳朵是没法隐藏的。这个仆人一见到他主人的这种新的装饰，就为好奇心理所驱使，恨不得把这个秘密泄露出去。只不过他不敢把这个秘密透露给任何人。为了减轻自己的心理负担，他走到河边，在岸上挖了一个洞，对着这个洞小声说出了他的不可思议的秘密。随后，他又细心地把这个洞穴填上，轻松地离开那里。但是没过多久，这里就密密实实地长出一丛芦苇，微风吹来时芦苇杆就奇妙地沙沙作响，彼此小声却清晰可闻地说："弥达斯国王有两个驴耳朵！"于是，这个秘密就泄露出来了。

坦塔罗斯

坦塔罗斯是宙斯的一个儿子，他统治着吕狄亚的西皮罗斯。他非常富，特别有名。如果说奥林帕斯山诸神曾经尊崇过一个肉体凡胎的人，那就是他。由于他的血统高贵，他被众神尊为亲密的朋友，最后，他还被准许与宙斯同桌用餐，听众神谈论神明之间的一切。但他的爱虚荣的人类灵魂承受不了天上的幸福，于是，他就开始采取各种各样的方法触犯诸神的尊严。他向凡人泄露神仙的秘密。他从神的餐桌上盗取仙酒和神食，拿去分给他人世间的朋友。他窝藏别人从克瑞忒地方宙斯神庙里偷来的宝贵的金狗，当宙斯要他归还时，他发誓说金狗不在他手中，以此拒绝归还。

最后，他竟狂妄自大地又把诸神请到他那里作客，试探他们是否无所不知。他让人杀死他的亲生儿子珀普罗斯，为他们备宴。只有得墨忒耳因为陷于女儿珀耳塞福涅被掠的痛苦的思虑中，吃了这可怕的肴馔中的一块肩胛骨。其余的神都发觉了这令人毛骨悚然的暴行，纷纷把孩子被分割的肢体扔到一个盒里，命运三女神之一的克罗托却伸手取出一个完美如初的孩子。只是有一个象牙做的肩胛骨，顶替了被吃掉了的那一个。

至此，坦塔罗斯恶贯满盈，被诸神打入了地狱，让他遭受酷烈的痛苦折磨。他站在一个池塘的中央，湖水触动着他的下巴颏儿。但他却忍受着嗓眼冒火似的焦渴，池水就在嘴边却一滴也喝不到。每当他低头，贪婪地想让嘴接近水，水就在他眼前消失，池塘干涸，黑土地在他脚下出现。好像有一个妖魔把池塘变干了。同时，他还忍受着难熬的饥饿。

他身后的湖岸上有美丽的果树茂盛地生长，树枝垂在他的头顶。每当他挺起身来，多汁的梨，鲜红的苹果，火红的石榴，芬芳的无花果和绿色的橄榄便笑盈盈地映入他的眼帘。但他伸手想抓住它们，一股骤起的大风就把树枝刮到云端。与他这种巨大痛苦相伴的，是永不间断的对死的恐惧，因为有一块巨石悬在他的头顶，随时都可能掉下来压在他身上。这样，这个蔑视神的凶恶的坦塔罗斯，就命中注定要在地狱里身受这永无终止的三种苦刑。

珀罗普斯

坦塔罗斯对诸神犯下了重罪，他的儿子珀普罗斯却十分虔诚地敬奉神。父亲被打入地狱以后，由于和相邻的特洛亚国王伊罗斯交战失败，他被赶出他祖先的王国，浪游到希腊。尽管他还很年轻，他却在心里为自己选定了一个妻子。那就是厄利斯的国王俄诺玛俄斯的美丽的女儿，名字叫希波达弥亚。想要把她娶到手可不是一件容易的事。因为神谕曾向她的父亲预言：女儿结婚，父亲就会死亡。因此，这位吓破了胆的国王想尽一切办法不让任何一个求婚者接近她。他向全国宣告，只有在同他赛车中取胜的人，才能娶他的女儿为妻。谁败在国王手下，谁就得丧命。竞赛的起点是比萨，而发车的时间这位父亲却是这样规定的：在求婚者驾着四马的战车出发时，他本人先要从容不迫地向宙斯献祭一只野羔羊。献祭完毕，他才出发，他坐在由御手密耳提罗斯驾驭的马车上，手持一杆长矛，追赶那个求婚者。如果他真的赶上了先走的那辆车，他就有权用长矛刺穿求婚者。

倾慕希波达弥亚美貌的许多求婚者听到这样的条件，勇气依然不减。他们以为国王俄诺玛俄斯是一个衰弱的老人，他明知道自己没有能力与青年人比赛，就故意让他们先走这么一大段路，以便用宽宏大量来说明他可能的失败。因此，一个又一个求婚者被吸引到厄利斯来了，他们向国王自荐，请求娶他女儿为妻。国王每一次都亲切友好地接待他们，向他们提供漂亮的四马战车，让他们先行，他却首先去向宙斯献祭他的羔羊，一点匆忙的样子也没有。然后，他才登上一辆轻车，前边驾车的是他的两匹骏马费拉和哈耳吕娜，它们跑得比疾风还快。每一次，都是离终点很远他的御手就追上了求婚者，残暴国王的矛突然从背后刺死他们。就这样，他已经杀死了12个以上求婚者，因为他总能依仗他的快马追上他们。

现在，珀罗普斯在奔向他心爱少女的途中在一个半岛登了陆，后来这个半岛就因他而被命名为伯罗奔尼撒半岛。很快，他就听说了那些求婚者在厄利斯的遭遇。后来，他在夜里来到海边呼唤他的保护神——手持三叉戟的大神波塞冬，波塞冬从海浪里钻出来，到了他的脚边。"威力无比的神啊！"珀罗普斯祈求道，"假如爱情女神的礼物使你欢喜，那就别让俄诺玛俄斯的钢矛扎到我。请用最快的马车把我送到厄利斯去，让我取胜。他已经杀死了13个求婚者，还在推迟他女儿的婚礼。巨大的危险吓不倒勇敢的人，我要在比赛中获胜，请你保佑我成功。"

珀罗普斯就这样祈祷着，他的祈求并非徒劳无益。海水又轰轰的响起来，一辆四匹箭一般快的飞马驾着光闪闪的金车破浪钻出海面。珀罗普斯纵身跳到车上，随风飞向厄利斯去参加比赛。

当俄诺玛俄斯看见他到来时，不禁大惊失色，因为他一眼就认出了海神波塞冬的神车，但他并没有拒绝按常日的条件与这个外乡人比赛，他还是信赖自己的骏马胜过疾风的神力。珀罗普斯的马匹在穿过半岛的行程后稍事休息，他便驱策它们踏上了赛程。他离目的地很近的时候，那个像往常一样祭献完羔羊的国王随着他的如飞的骏马，突然逼近了他，而且挥舞长矛向这位勇敢的求婚者发出致命的一击。就在这时，保护珀罗普斯的波塞冬的妙计奏效了：国王的车子散架了，因为波塞冬趁车奔跑时弄松了车轮。俄诺玛俄斯坠地而死。就在这同一瞬间，珀罗普斯的四马神车到达了目的地。他回头一看，只见国王的宫殿正冒着熊熊的烈焰，是一道闪电把它点燃，彻底毁灭了它，烧得只剩下了一根柱子。珀罗普斯赶快乘着飞车奔向燃烧中的宫殿，从火中救出他的未婚妻。

尼俄柏

　　忒拜国的王后因很多事感到自豪，她的丈夫安菲翁从缪斯女神那里得到一架精美的竖琴。弹奏它时，条石便自动组合成了忒拜的城墙。她的父亲坦塔罗斯是众神的上宾，她是一个强大王国的统治者，本人也精神高尚，庄严而美丽，但最使她得意的却是她的数目可观的 14 个朝气蓬勃的子女，其中一半是儿子，一半是女儿。人们都说尼俄柏是人间最幸福的母亲。假如她不以此而妄自尊大，她很可能一直是这样的人，但她的傲慢终于导致她的毁灭。

　　一天，预言家忒瑞西阿斯的女儿，女预言家曼托，在神性冲动的驱使下，穿过大街小巷，召唤忒拜的妇女敬奉勒托和她的双生子女阿波罗和阿耳忒弥斯。她吩咐她们头戴桂冠，在焚香献祭时作虔诚的祈祷。当妇人们潮水般拥在一起时，尼俄柏身穿金线织成的长袍，在随从的簇拥下，突然出现。尽管一脸怒色，她的美貌依然光彩照人。她那美丽的头一转动，披肩的长发也随着飘摆。她站在露天下忙着献祭的妇女中间，用傲慢的目光环视众人，高声说：“你们发疯了吗，竟然来敬奉人们向你们灌输的众神？可是，留在你们中间的却是备受天国宠信的人类呀！你们为勒托建立祭坛，为什么不为我的神圣的名字焚香？难道我的父亲坦塔罗斯不是曾在天神的餐桌上欢宴的惟一的凡人吗？我的母亲狄俄涅不是天上闪烁的七星普勒阿得斯的姊妹？我的一个祖先阿特拉斯力大无比，他能把天宇扛在肩上。我的父亲的父亲宙斯，他是众神的君父。连佛律癸亚的人民都服从我。卡德摩斯的城池，它的城墙，都听命于我和我的丈夫，那城墙是在竖琴演奏声中自动砌起来的。宫殿的每间屋子里，都摆满我的无价珍宝。此外，我有女神才配有的面容。没有一个母亲像我有这么多的孩子：七个花一样美丽的女儿，七个健壮的儿子，不久以后，我还会有数目相等的女婿和儿媳。难道我没有理由骄傲吗？你们竟胆敢不敬奉我而敬奉勒托，她不过是提坦的不知名的女儿，大地都不赐给一块地方让她为宙斯生儿育女，直到水中时隐时现的小岛得罗斯出于怜悯给了这个东奔西走的女神一个暂时的住处。这个可怜的女人在那里生了两个孩子。这只是我的做母亲的可喜收获的七分之一！谁能否认我是幸福的？谁会怀疑我将长久幸福？即使命运女神想要彻底损伤我的财富，她也得费一番周折！即使她从我众多的子女中夺去一两个，剩下的也不会少得像勒托那样只有两个。所以你们拿走供品，摘下头上的花环吧！统统散开回家去！别让我再看见你们干这种蠢事！"

那些女人都怯生生地从头上摘下花环，把未完成的献祭撂在那里，以默默的祈祷向这个感情上受到伤害的女神表示崇拜。勒托和她的双生子女站在铿托斯山的峰顶，神目圆睁，观察着遥远的忒拜发生的一切。"瞧，孩子们！我，你们的母亲，因为生了你们感到骄傲。除了赫拉我不低于任何女神，现在我却遭到了一个狂妄的尘世女人的诽谤。我的孩子，要是你们不帮助我，我就被赶出这古老的神坛了！就连尼俄柏说你们不如她的那一大堆孩子，也是对你们的侮辱！"勒托还想补充一句，说说她的请求，阿波罗却打断她说："母亲，别光抱怨！抱怨只能耽搁惩罚！"他的妹妹赞成他的看法。二人身披白云，穿空而过，眨眼间就来到了卡德摩斯城市和堡垒的上空。

城墙外边是一大片荒芜的田地，这里已规定不再耕种，只供赛马赛车之用。安菲翁的七个儿子正在这块空地上嬉戏：有的骑在勇敢的骏马上，有的在进行摔跤比赛。最年长的伊斯墨诺斯用手紧紧地拉着缰绳正安稳地骑马绕圈小跑，突然大喊一声"好疼啊"，绳就从他松开的手里滑落下去，慢慢地从马的右侧跌到地上，原来是一支箭射中了他的心脏。他的弟弟西皮罗斯听到空中频频传来箭翎的飞鸣，便拉起放松的缰绳策马逃跑。但是一枝标枪赶上了他，颤响着刺入他的脖颈，铁枪头从喉管穿出来。这个垂死的中枪者从马头的鬣鬃上蹿出去跌在地上，喷涌的鲜血溅了满地。

另外两个弟弟正躺在地上，彼此抱在一起决斗。弓弦重新响起，他们被一箭射穿。二人同时哀号着，在地上扭动着痛苦地抽搐着的肢体，转动着失神的眼睛，在尘土中双双咽气。第五个儿子阿尔斐诺耳看见二人倒下，就赶快跑过来，想要抱住他们使他们苏醒过来，但阿波罗一箭射进他的心房，他也倒在了那里。第六个儿到达玛西克同，是一个头披长发的可爱的青年，他的膝关节中了一箭。当他仰身往外拔那支飞来之箭时，另一支箭嗖的从他张着的口射进来，一直戳到咽喉里，鲜血像喷泉一样从喉管溅得老高。最后的也是最小的儿子伊利俄纽斯，还是个孩子呢！他看见了这一切，便跪倒在地，张开两臂，祈祷道："哦，所有的神明啊，请你们饶恕我吧！"听了这话，就连那残忍的射手也很感动，但是箭已射出，没法收回了。这孩子慢慢地倒下了。不过，他死的时候看不出有多么重的伤，那支箭正好穿透他的心脏。

不幸的消息，很快就传遍了全城。孩子的父亲安菲翁听到这令人恐怖的噩耗，便以剑刺穿心脏自杀了。他的仆从和人民嘈杂的悲鸣迅即传到后宫，尼俄柏久久不能理解这可怕的事件。她不肯相信，天上的神有特权敢于这样做和能够这么做。但是，很快她就不再怀疑这是真的了。哦，现在的尼俄柏和此前的尼俄柏是多么不同啊！刚才她还从供奉权威女神的祭坛前赶走众人，在全城高视阔步！对那个尼俄柏，她最亲密的朋友也很嫉妒，对现在的这个尼俄柏，就连敌人也表示怜悯了。她跑到旷野里去，扑在那些僵冷的尸体上，最后一次亲吻她的每一个儿子。随后她举起两只疲惫的手臂，对天高呼："你就幸灾乐祸地看着我的不幸吧！就让你那愤怒的心得到满足吧，你这个残忍的勒托！这七个儿子的死将把我送进坟墓！你胜利了，专横的敌人！"

现在；她的七个女儿也走来站在死去的兄弟身旁，人人都穿着丧

613

服，披散着长发：看见她们，尼俄柏惨白的脸上闪现一道幸灾乐祸的光。她忘乎所以地朝天上嘲讽地瞥了一眼，说："你是得胜者！不，即使我现在很不幸，我的孩子还是比幸福之中的你的孩子多！虽然这里躺着这么多尸体，我所拥有的孩子仍然占压倒的多数！这句话刚说出口，就听到拉弓射箭的声音。所有的人都吓得直哆嗦，惟独尼俄柏一点儿也不打颤，不幸已经使她勇气倍增了。七姐妹中的一个突然用手捂住心窝，她拔出一支戳进心底的箭，就昏厥在地，把垂死的脸转向躺在身边的兄弟的尸体。尼俄柏的另一个女儿跑到不幸的母亲那里安慰她，但一个隐蔽的创伤使她弯下腰来，永远失声不语了。第三个女儿刚要逃跑，就倒在了地下。又有几个女儿在俯身看顾她们死去的姐妹时，也倒下死去了。只剩下了最小的女儿，她躲到了母亲的怀里，藏在衣褶中，像幼小的孩子那样紧紧地偎依着。

"把这惟一的一个孩子留给我吧！"尼俄柏悲号着朝天上喊叫，"只留下这么多孩子中最小的一个吧！"但就在她还在祈求时，那孩子已经从她怀里坠落在地。尼俄柏孤零零地坐在她的丈夫、儿子和女儿的尸体中间。她因悲哀过度而变僵硬了。微风再也吹不动她的头发了。脸上已经没有一丝血色。双眼嵌在悲哀的面孔上一动不动。整个形象已失去生命。血液不再流，脉搏也消失了。脖子不再转，胳膊不再动，脚也不能再迈步了，就是身体里的心也变成了冰冷的岩石。除了眼泪，她已经没有生命了。眼泪总是不断地从那双化成岩石的眼睛里往外流。这时，一阵特大的暴风吹来，卷起这个石头人，越过大海，到达尼俄柏的故乡吕狄亚的荒山野岭里，把她放在西皮罗斯的悬崖上。在这里，尼俄柏化为大理石的石像，牢牢地立在这座山的峰顶，直到今天仍然泪流不止。

西绪福斯

　　西绪福斯是埃俄罗斯的儿子，他是尘世间最阴险狡诈的人。他是位于两国之间的狭窄地带里的优美的克林斯城的建造者和国王。在宙斯拐走河神阿索波斯的女儿——美丽的神女埃癸娜以后，西绪福斯为了自己的利益向埃癸娜的父亲阿索波斯透露了宙斯藏匿他女儿的地方，阿索波斯果真在克林斯域上从悬崖中为西绪福斯打了一眼著名的波林娜井，以示报答。

　　宙斯决意惩罚这个泄密者，便派死神塔那托斯到他那里去。但西绪福斯巧妙地抓住死神，给他戴上了沉重的镣铐，结果人世间就没有人死亡了。直到强大的战神阿瑞斯解放了死神，死神才把西绪福斯带到冥府去。然而，西绪福斯过去曾叮嘱妻子，他死后不要杀生给他举行祭奠。冥王哈得斯和冥后珀耳塞福涅以为是他妻子破坏习俗，大为愤怒。经过西绪福斯的劝说，冥王才准许他回到人间去督促他那迟迟不举行祭奠的妻子。

　　西绪福斯就这样从冥府溜掉了。他压根儿就没想到要回冥府。在人间，他一味地寻欢作乐。但他正坐在丰盛的筵席上大吹他怎样成功地欺骗了冥王时，塔那托斯突然出现，毫不容情地把他抓到了冥府。在地狱，他受到的惩罚是手脚并用，使足气力，从平地往高山推滚一块沉重的大理石。但每当他以为已经把它滚到了山顶时，这重物便翻转过来，于是这块阴险的巨石就又滚到山下去。这个备受折磨的罪犯一而再，再而三，永不停歇地往上滚这块巨石，冷汗不住地从肢体上流下来。

　　直到今天，人们还根据这个传说把艰难而无效的工作叫做西绪福斯的工作。

615

俄耳甫斯和欧律狄刻

　　无与伦比的歌手俄耳甫斯，是色雷斯国王河神俄阿格洛斯与缪斯之一卡利俄珀所生的儿子。阿波罗本人也是音乐之神，他送给俄耳甫斯一把七弦琴。每当俄耳斯弹琴，同时放声歌唱母亲教他的动听的歌时，天上的鸟，水里的鱼，森林中的野兽，甚至树木和岩石都赶来倾听他绝妙的歌声。他的妻子是美丽可爱的水神欧律狄刻，他们俩柔情满怀，相亲相爱。啊，但是他们的幸福实在太短暂了！因为婚礼的快乐歌曲刚刚沉寂，早来的死神便夺走了他正值灿烂年华的爱妻的生命。美丽的欧律狄刻和她的神女游伴在溪边草地上散步时，被一条藏在草丛里的毒蛇咬伤了脚后跟，死在她的惊恐万分的女友怀里。这位水神的悲鸣和哀号，不停地在高山峡谷里回荡。俄耳甫斯的痛哭和歌唱也夹杂其中，他的哀婉的歌曲倾诉着他的悲痛。小鸟和有灵性的大小麋鹿跟这位孤独男子一起举哀，但他的祈祷和哭诉并唤不回他已失去的爱妻。

　　于是，他作出了一个闻所未闻的决定：下到可怕的地府里去，请求冥王冥后把欧律狄刻还给他。在泰纳隆，他从地府的入口走了下去，死人的影子阴森恐怖地飘浮在他周围，但他大步流星地从死人王国的种种恐怖场面中走过去，一直走到面无人色的冥王哈得斯和冥后珀耳塞福涅的宝座前。在那里，他操起七弦琴，随着优美的琴声唱道："哦，地下王国的统治者啊，请恩准我诉说衷肠，请赏脸倾听我的愿望！不是好奇心驱使我下来参观阴间，也不是为了抓住三头看门狗好玩。哦，我是为了我的爱妻来到你们的身旁。她给我的王宫带来欢乐和骄傲没有几天，就被毒蛇咬伤正当青春年华便归了阴间。瞧，我要承受这无法测度的痛苦呀！作为一个男人，我奋斗了多年，但爱情撕碎了我的心，我不能没有欧律狄刻。我祈求你们，可怕的神圣的统治亡魂的神！在这充满恐怖的地方，在你们辖区的这片沉默的荒野：请你们把她，把我的爱妻，还给我！还她自由，让她过早凋零的生命重获青春！如果不能这样，哦，那把我也归入亡魂的行列，没有她我永远也不重返阳世。"亡魂听了他的祈求，都放声痛哭起来。冥后珀耳塞福涅招呼欧律狄刻，欧律狄刻摇摇晃晃地走来。"你把她带走吧！"冥后说，"但你要记住，在你穿过冥府大门之前，一眼也不看跟在身后的妻子，她才属于你。如果你过早地回过头去看她，她就永远不属于你了。"

现在，俄耳甫斯带着妻子，默默地快步沿着笼罩着夜的恐怖的黑暗的路向上攀登。俄耳甫斯心里突然产生一种无法形容的渴望：他偷偷侧耳试了试，看能不能听到她妻子的呼吸或她裙裾的窸窣声，结果什么也听不见，他周遭的一切都是死一般寂静。他被恐惧和爱情所压倒，无法控制自己，就壮着胆子迅急朝后看了一眼。哦，真不幸呀！就在这时，欧律狄刻两只充满悲哀和柔情的眼死死地盯着他，飘然坠回那令人毛骨悚然的深渊。他无比绝望地把手臂伸向渐渐消失的欧律狄刻。一点用处也没有！她又遭遇了第二次死，但没有哀怨，——假如她能抱怨的话，那她也只能怨她被爱的太深了。她已经在他的视线中消失了。"再见，再见了！"从远方传来这样低沉微弱的渐渐消失的声音。

由于伤心和惊骇，俄耳甫斯呆立了片刻，随后他又冲回黑暗的深渊。但现在冥河的艄公堵住了他，拒绝把他渡过黑色的冥河。于是，这个可怜的人便不吃不喝，不停地哭诉，在冥河岸边坐把七天七夜。他祈求冥府的神再发慈悲，但冥府的神是不讲情面的，他们决不第二次心软。随后，他只好无限悲伤地返回人间，走进色雷斯偏僻的深山密林。他就这样避开人群，独自一人生活了三年。见到女人他就憎恶，因为他的欧律狄刻可爱的形象一直飘浮在他周目。是她使他发出一切悲叹和歌声，一想起她，他就弹起七弦琴，唱起动听的哀怨的歌。

一天，这位神奇的歌手坐在一座遍是绿草却无树荫的山上唱起歌来。森林立刻移动，一棵棵大树移得越来越近，直到它们用自己的树枝为他罩上阴影。林中的野兽和欢快的小鸟也都凑过来围成一圈倾听他绝妙的歌唱。就在这时，色雷斯的一群正在庆祝酒神狄俄倪索斯的狂欢活动的女人吵吵嚷嚷地冲上山来，她们憎恶这个歌手。因为，他自从妻子去世以后就鄙视所有女人，现在她们突然发现了这个女性蔑视者。

"瞧，那个嘲讽女子的人，他在那儿！"第一个酒神的狂女这么喊了一声，这一群狂女就咆哮着冲向他，一边还朝他投掷石块，挥舞酒神杖。在很长的时间里，都有忠实的动物保护着这位可爱的歌手。当他的歌声渐渐消失在这群疯狂女人的怒吼中的时候，她们才惊慌地逃到密林里去。这时，一块飞石击中了不幸的俄耳甫斯的太阳穴，他立刻就满脸是血地倒在绿草地上死了。

那群杀人的狂女刚刚逃走，鸟儿就呜咽着扑翅飞来，山岩和一切兽类都悲伤地走近他。山林水泽的神女也都匆匆聚拢到他身边，而且都裹着黑色的袍子，它们都为俄耳甫斯的死悲伤不已，埋葬了他的残缺不全的肢体。赫布鲁斯上涨的河水，收起并卷走了他的头和七弦琴。从无人拨弄的琴弦和失去灵魂的口舌发出的动听的琴声和歌声，一直在水中不停地飘荡飞扬，河岸则轻声地报以悲哀的回响。这条河就这样把他的头和七弦琴带到大海的波涛里，直达斯伯斯小岛的岸边，那里虔诚的居民把他的头和七弦琴捞了上来。头被他们葬埋了，七弦琴则被挂在一座神庙里。因此，传说那个小岛出了不少杰出的诗人和歌手，甚至为了祭奠神圣的俄耳甫斯的坟墓，那里的夜莺也比别处的歌唱得更悦耳。但他的魂灵却飘飘摇摇的下了地府。在那里他又找到了心爱的人，现在他们留在了这个仙境，他们幸福地拥抱，不再分离，彼此永远结合在一起。

阿耳戈船英雄的传说

伊阿宋和珀利阿斯

伊阿宋是埃宋的儿子，克瑞透斯的孙子。克瑞透斯在忒萨利亚海湾修建了城市，缔造了伊俄尔科斯王国，并将这个王国传给了他的儿子埃宋，但克瑞透斯的幼子珀利阿利篡夺了王位。埃宋被杀后，他的儿子伊阿宋被藏在喀戎那里。喀戎是一个半人半马的怪人，他曾培养出许多伟大的英雄。伊阿宋就是在这样一个良好的培育英雄的环境里成长起来的。

珀利阿斯年老时，由于听到一道隐秘的神谕而心惊胆颤，神谕警告他提防一个穿一只鞋的人，珀利阿斯无论怎样冥思苦索也弄不清这句话的意义。这时，伊阿宋已经在喀戎那里接受了 20 年的教育和培养，正偷偷地动身返回他的故乡伊俄尔科斯，准备从珀利阿斯手中收回王位继承权。他按照古代英雄的装备，随身携带两枝长矛，一枝用来投掷，一枝用来刺杀。他身穿旅行装，上面扎着一张豹皮，——那个豹是他亲手杀死的。他那不曾修剪的长发披在肩上。

途中，他路过一条宽阔的河。站在河岸的一位老妇求他帮助她过河。这正是天后赫拉，国王珀利阿斯的敌人。因为她这样伪装起来，伊阿宋没有认出她。出于同情，他用双臂托着她涉水渡过河去。半道上，他的一只鞋陷在淤泥里了。但他还是继续往前走，来到了伊俄尔科斯。这时，他的叔叔正在城里市场上众人之间向海神波塞冬举行庄严的献祭。

人们见到伊阿宋这样英俊和魁伟，无不感到惊奇，众人还以为是太阳神阿波罗或战神阿瑞斯降临他们中间了呢～正在献祭的国王也是把目光投向这个外乡人，他惊恐地发现这个人只有一只脚穿着鞋。祭神仪式一完，他就朝这个生人走去，强压着内心的震惊，问他叫什么，家乡在哪里？伊阿宋大胆而又语调平和地回答说：他是埃宋的儿子，在喀戎的山洞里受过教育，现在是回来瞻仰父亲的故居的。精明的珀利阿斯听完他的话便热情地接待他，惊恐的神情一点也不外露。他命人陪伊阿宋在王宫里四处参观，伊阿宋满怀思念之情地欣赏着他幼年时期最早的住地。一连五天，他都和他的堂兄弟和亲朋在一起参加欢乐的宴席，庆祝他的归来。

到了第六天，他们才离开为了宴客临时搭起的帐蓬，一起来到国王珀利阿斯面前。伊阿宋温和而谦逊地对他叔父说："哦，国王啊，你知道，我是法定国王的嗣子，你现在所占有的一切都是理应属于我的。尽管如此，我还是把羊群和牛群，你从我父母手中夺去的所有土地，都留给你。我只要求你把我父亲拥有的王位归还我。"

珀利阿斯眼珠一转，计上心来。他亲切地答道："我很愿意满足你的要求，但你也要答应我一个请求，你得为我做一件事。这是适合你这样的青年人去做的事，这样的事像我这样的老年人已经做不了了。长久以来，我老是在夜里梦见佛里克索斯的阴魂，他要求我给他的灵魂带来安乐。你现在应该到科尔喀斯的埃俄特斯国王那里去，把金羊毛取回来。我把完成这一业绩的荣誉送给你：如果你带着这个绝美的胜利品归来，你就可以得到王国和王权。"

阿耳戈船英雄远征的动机和启航

金羊毛的故事是这样的：佛里克索斯是玻俄提亚国王阿塔玛斯的儿子，他的后母即他父亲的宠妾伊诺百般虐待他。为了保护他不受排挤，他的生母涅斐勒在他姐姐赫勒的帮助下，把他抢走了。涅斐勒让她的两个孩子骑在一只长翅膀的公羊背上，这只公羊是神明赫尔墨斯作为礼物送给她的，而这只羊的毛或皮则是纯金的。姐弟俩骑着这个奇畜，腾云驾雾越过大地和海洋疾驰。半路上，姐姐因为眩晕严重从空中跌落，葬身大海。这一片海便因她而得名，称作赫勒海，或称作赫勒斯蓬托斯。

佛里克索斯则顺利地来到了黑海边的科尔喀斯。在这里，国王埃厄忒斯热情地接待了他，还把一个名叫加尔吉俄珀的女儿许他为妻。佛里克索斯宰了公羊向保护他逃跑的宙斯献祭，把金羊毛赠给了国王埃厄忒斯。而埃厄忒斯则把金羊毛献给了战神阿瑞斯，并把它钉在敬奉战神的小树林里。埃厄忒斯命一条毒龙守卫全羊毛，因为神谕宣示，他的生命完全取决于他是否拥有金羊毛。全世界都把金羊毛视为无价之宝，希腊也长久以来就听说有这件宝物了。许多英雄和王侯都渴望得到它。所以，珀利阿斯希望鼓励他的侄儿伊阿宋去夺取这样一个绝妙的宝物，这个想法并没有错。

伊阿宋没有看出叔叔的用意是想让他死在这次远征的冒险中，便郑重地承担起了这次冒险的任务。希腊著名的英雄都被请来参加这次英勇的行动。希腊技术最高的造船工匠，在雅典娜的指导下，于珀利翁山脚下，用一种在海水中不易腐烂的木料，造了一艘 50 桨的豪华大船，并按照造船师阿耳戈斯（即阿瑞斯托尔的儿子）的名字命名为阿耳戈船。这是希腊人敢于用来航海的第一艘长船。在船壁的镶板上有一块是雅典娜女神赠送的，能发布神谕的神奇的多多那橡木板。船的两侧是用许多雕刻作品装饰起来的。不过船体仍然很轻，英雄们可以扛着它行走12 天。

大船完工，英雄们聚集起来以后，便抓阄决定各人在船上的位置。伊阿宋任全队的指挥，提费斯为掌舵，慧眼人林扣斯为领航。船首坐着威严的英雄赫剌克勒斯，船尾则坐着阿喀琉斯的父亲珀琉斯和大埃阿斯的父亲忒拉蒙。此外，内舱的水手中有宙斯的两个儿子卡斯托尔和波吕丢刻斯，有阿德墨托斯，神奇的歌手俄耳甫斯，雅典后来的国王忒修斯，赫剌克勒斯的年轻的朋友许拉斯，波塞冬的儿子欧斐摩斯，以及小埃阿斯的父亲俄琉斯。伊阿宋把他的船奉献给了海神波塞冬，在起航之前，全船向波塞冬和其他所有海里的神明举行了隆重的献祭和庄严的祈祷。

阿耳戈英雄们在楞诺斯岛

他们首先到达楞诺斯岛。一年前，岛上的女人把自己的丈夫都杀死了，甚至根除了所有的男人。原因是她们的丈夫曾经从特剌刻带来了小妾，爱神阿佛洛狄忒的愤怒使她们压不住怒火，嫉妒心理引起她们的杀机。只有许普西皮勒没有加害她的父亲托阿斯国王，她把他装在一个箱子里投进大海，任凭海洋去挽救他，从此以后，岛上的妇女无时无刻不在耽心来自特剌刻，即来自她们情敌的亲属的攻击，她们常常以警惕的目光观察海上的动静。现在，当她们眼看着阿耳戈船划近时，她们全体便惊恐地跑出家门，像阿玛宗女人一样手持武器冲向海岸。

阿耳戈船的英雄们看到海岸上遍是全副武装的妇女，而不见一个男人，都感到十分惊奇。他们派出一个手持和平仗标的使者乘小船来到这奇异的人群跟前。这使者被女人们带到未婚的女王许普西皮勒面前后，用谦卑恭顺的话提出阿耳戈船员想在此短时客居的请求，女王把她的全体妇女召集到本城的集市广场上来，她本人坐在她父亲的大理石宝座上。她的老保姆拄着拐杖紧挨着她，左右两边各坐着两个美丽的金发少女。女王向众人报告完阿耳戈船员们的和平的要求后，站起来说："亲爱的姐妹们，我们曾犯下一个大罪，这件蠢事使我们失去了男人。现在，我们不应该把对我们表示友好的朋友拒之于千里之外了。但我们也必须注意，不让他们知道我们所犯下的罪行。因此，我建议把食品、酒和一切生活必需品送到这些外乡人的船上去，通过这样的殷勤效劳使他们远离我们的城池。"

女王又坐下时，那位老保姆却站了起来。老人费力地抬起缩在两肩之间的头，说："送给外乡人礼物，这是好事。不过，也要想到，一旦特剌刻人来了，你们可怎么办？即使有一个慈悲的神使他们接近不了这里，你们就安全了吗，就能逃脱一切灾祸吗？像我这样的老妇倒没有什么可担心的，因为，我们会在灾难逼近和我们的一切储备耗尽之前死去。但你们年轻人到那个时候可怎么生活呢？难道牛会自动为你们驾轭，为你们犁田？夏天过去以后，它们会代替你们收割吗？你们自己是不愿意干这类艰苦的农活的。我劝你们不要拒绝这送上门来的符合你们愿望的保护。把你们的土地和财产交给这些高贵的外乡人，让他们来管理你们的这座美丽的城市吧！"这个忠告完全符合所有女人的心意。

女王派她身旁坐着的一个少女，随信使登船向阿耳戈船的英雄们通报女人大会亲善的决定。听到这个消息，英雄们都万分高兴。英雄们都以为，许普西皮勒是在她父亲死后和平地继承王位的。伊阿宋披上雅典娜女神送给他的紫色斗蓬向城里走去，好似一颗闪烁的星。他走进城门，妇女们便向他拥去，高声致意，因客人的到来而欢呼雀跃。他谦逊畏缩地两眼盯着地面，匆匆走向女王的宫殿。宫女们为他敞开高大的宫门，随同的少女把他领到女王的居室。在这里，他坐在女王对面的一把华丽的椅子上。

许普西皮勒目光低垂，处女的两颊泛着红晕。她羞怯地转向他，用奉承的言辞说："外乡人，你们为什么如此畏缩地停留在我们的城外呀？这个城里没有男人，你们不必害怕。我们的男人对我们不忠。他们都带着他们在战争中抢来的特剌刻小妾，迁到那些女人的国土上去了，而且带走了他们的儿子和男仆，只有我们女人孤独无助地留在了这里。因此，如果你们满意，你们就到我们中间来长住。如果你愿意，你就可以代替我父亲托阿斯管理你的人和我们。你不会说这个地方不好的，它是这一带海洋里最丰裕的岛屿。善良的首领啊，去向你的朋友转达我的这个建议吧！你们不要再滞留在城外了。"她说了这样一席话，只是把杀害自己丈夫的事隐瞒下来了。

伊阿宋回答她说："女王，我们怀着感激的心情，接受你对我们这些急需帮助的人提供的援助。等我把这个消息转告给我的同伴以后，我就回到你们的城市里来，但是王杖和岛国还是由你自己掌管吧！不是因为我看不上它，而是因为远方还有艰苦的斗争在等待着我。"伊阿宋把手递给身为女王的少女握别，然后就回海边去。

紧接着，女人们也乘着快船带着许多待客的礼品随后赶到。那些英雄已经得知他们的首领带来的消息，所以她们没费吹灰之力，就说服了这些英雄进城并住在她们家里。伊阿宋本人住在王宫里，其他的人分别住在这里那里。只有赫剌克勒斯憎恶女人的生活，跟少数几个被选拔出来的伙伴留在船上。现在，城里处处都在欢宴和跳舞，献祭的香烟袅袅升向蓝天。女居民和男客人，都在祭祀岛屿的保护神赫淮斯托斯和他的妻子阿佛洛狄忒，行期一天一天推迟。要不是赫剌克勒斯从船上跑来，背着那些女人把伙伴们召集起来，那些英雄很可能还要在友好的女主人那里逗留更久呢！"你们这些可耻的家伙。"他呵斥他们说，"你们在自己的家乡不是有足够的妇人吗？你们是因为需要结婚才到这里来的吗？难道你们愿意在楞诺斯务农耕田？当然，神会为我们取来金羊毛放在我们的脚边！我们每个人最好还是各自返回家乡吧。让那个人，让那个伊阿宋娶许普西皮勒为妻，跟他的子孙住在楞诺斯岛上，去听别人创造英雄的伟绩吧！"

没有一个人敢抬起眼睛看这位说话的英雄，更没有一个人敢于反对他，他们立刻准备起航。楞诺斯的女人们猜到了他们的意图，便像嗡嗡叫的蜂群似的围着他们怨诉和请求，但到最后她们还是屈从于英雄们的决定了。许普西皮勒眼中噙着泪水从众人中走过去，握着伊阿宋的手说："愿诸神如你们所愿赐给你和你的同伴金羊毛！如果你愿意回到我们这里来，这个岛国和我父亲的正杖随时等待着。但我心里很清楚，你是不会回来的。那么，到了远方，至少还想念着我吧！"伊阿宋赞叹不已地与高贵的女王分别，第一个登上大船，其他英雄紧随其后。

赫剌克勒斯被留下了

在暴风雨中航行了一程以后，英雄们在靠近喀俄斯城的比堤尼亚的一个海湾登陆。居住在这里的密西亚人热情地接待了他们，为他们堆起干柴生火取暖，用绿树叶为他们铺成柔软的床，在夜色朦胧中还把酒菜端到他们面前。

赫剌克勒斯鄙视旅行中的舒适享受，他让同伴们坐在那里饮宴，独自一人走到森林里去，想用枞木为明天早晨的航行做一支更好的桨。很快，他便找到了一棵正合他意的枞树。

与此同时，他的年轻的伙伴许拉斯也站起来离席，想为他的主人和朋友汲取饮水，也想为归程做好一切准备。在反对德律俄珀斯的征战中，赫剌克勒斯因口角杀死了许拉斯的父亲，他于是收留了这个孩子，把许拉斯教育成他的仆人和朋友。当这个美少年在泉边汲水时，一轮满月在头顶闪着光辉。他拿着水罐刚刚俯身水面，泉中的水仙就看见他。水仙被他的美迷住了，于是她便伸出左臂抱住他，用右手抓住他的臂肘，把他拉到水下去。这时，一个名叫波吕斐摩斯的英雄正在离那眼泉不远的地方等候赫剌克勒斯归来，他听到了这个少年的呼救声，但怎么也找不到那少年，却碰到了林中归来的赫剌克勒斯。"太不幸了。"他朝赫剌克勒斯喊道，"我必须第一个把这个悲哀的消息告诉你！你的许拉斯到泉水汲水，没有再回来！不是强盗把他劫走了，就是野兽把他撕烂了，我亲耳听到了他的惨叫。"赫剌克勒斯听到这话，额头立刻冒出汗珠，热血在他胸中沸腾起来。他愤怒地把枞树枝抛在地下，就像一头被牛虻叮了的公牛离开牧人和牛群一样，撒腿就跑，尖叫着穿过密林奔向泉边。

晨星高悬在山峰上，刮起了顺风。舵手劝说英雄们利用顺风登船航行。他们在朦胧的晨光中愉快地航行，当他们想起有两个主子，波吕斐摩斯和赫剌克勒斯还留在岸边时，已经太晚了。在英雄们之间发生一场激烈的争论，对于他们应该不应该丢下两个最勇敢的朋友继续航行，两种意见各执一词。伊阿宋一言不发，他静静地坐在那里，忧虑撕扯着他的心。但忒拉蒙却压不住满腔的怒火："你怎么能这样不动声色地坐在这里呀？"他对这位首领高声说，"当然你是怕赫剌克勒斯压倒你的名声！光说有什么用？即使同伴们都跟你意见一致，我一个人也要返回寻找被遗忘的朋友。"

他一边说，一边揪住舵手提费斯前胸的衣服，眼睛里闪射着火焰。要不是玻瑞阿斯的两个儿子卡拉伊斯和仄忒斯抓住他的手臂，用责怪的言词制止他，他真会逼迫他们返回密西亚人的海滨。

这时，海神格劳科斯从白沫翻滚的浪涛中冒出来，用强有力的手拉着船尾，对忙于航行的人喊道："英雄们，你们吵什么？你们为什么非要违背宙斯的意志带勇敢的赫剌克勒斯到埃厄忒斯的地方去呢？命运已经为他安排了别的工作。一个慈爱的女仙抢走了他的许拉斯，他是出于对她的依恋才留下的。"向他们揭示了这一切之后，格劳科斯又沉入海中，黑色的海水在他的周围打着旋咆哮。

忒拉蒙满面羞色，他走到伊阿宋面前，握着英雄的手说："别生我的气，伊阿宋！是痛苦使我昏了头，说了些蠢话！让海风把我的错误吹走吧，让我们和好如初！"

伊阿宋也表示愿意和解。于是他们乘着强劲的顺风继续航行。波吕斐摩斯留在密西亚人当中也很适应，而且为他们修建了一座城池。赫剌克勒斯则到宙斯指派他的地方去了。

波吕丢刻斯和柏布律西亚人的国王

第二天早上，太阳升起时，他们在一个离入大海很远的岬角抛锚停靠。在那里，有未开化的柏布律西亚人国王阿密科斯的畜栏和住房。他为外乡人制定了一条可恶的法律：不同他较量拳击，就不能离开他的领地，他已经用这种方式打死了许多邻人。现在，船一靠岸，他又走近前来轻蔑地说："听着，你们这些海上的流浪汉，有一事你们必须知道！外乡人不在拳击中打败我，就休想离开我的国土。挑选出你们当中最有能耐的人到我这儿来，否则你们可要遭殃啦！"

眼下，在阿耳戈英雄们当中，有一个全希腊最好的拳击物，这就是勒达的儿子波吕丢刻斯。对方的挑衅激怒了他，于是他冲看国王喊道："别啰嗦了！我们愿意遵守你的法律，我就是你找的对手！"

柏布律西亚国王转动着眼珠子，仔细打量这位勇敢的英雄，就像一个受伤的狮子看着它的攻击者。波吕丢刻斯这位年轻的勇士，看上去却像天上的星星一样明朗。他甩了甩他的两手，看看它们在长时间的摇桨之后是不是有些不大灵活。

英雄们都离船了，两个拳击手面对面摆好架势。国王的侍从把两副拳击手套抛在二人之间的地上。"你随意选一副吧！"阿密科斯说："我不愿意跟你抓阄！你很快就会凭自己的感受知道，我是一个很棒的鞣皮匠，我要叫你尝尝两颊血肉模糊的滋味！"波吕丢刻斯默然一笑，捡起离他最近的手套，让他的朋友把手套绑在他手上，柏布律西亚国王也这样做了。

现在，拳击比赛开始了。犹如海浪冲击航船，舵手使尽招数也抵挡不住，那国王向这希腊人步步进击，不让他有喘息的机会。但波吕丢刻斯总是巧妙地躲过袭击，没有受伤。他很快摸清对手的弱点，给了他几下挡不住的硬拳。国王也发现了他的优势所在，于是，在双方的拳击下颚骨的破裂声和牙齿的格格声响成一片，直到二人气喘吁吁才休息了一下。他们都跳到一边，透一透气，擦去不住流淌的汗水。拳击又开始以后，阿密科斯击对手的头没有击中，他的手臂打中了对方的肩膀，而波吕丢刻斯却击中了他的耳根，打碎了他的头骨，他疼得跪倒在地。

阿耳戈英雄们齐声欢呼起来，但柏布律西亚人却跑到他们的国王身边，同时掉转他们的棍棒和猎矛对准波吕丢刻斯，向他逼近。英雄们都拔出闪光的刀剑来站在前面保护他，一场血战展开了。柏布律西亚人被打得抱头鼠窜，不得不躲到内陆去。英雄们扑向畜群，获得了许多战利品。他们整夜都留在岸上，他们包扎了伤口，向诸神献祭，随着俄耳甫斯的琴声高声歌唱。

菲纽斯和美人鸟

黎明时分，阿耳戈英雄们继续航行。经过几次冒险，他们便在一处海崖船抛锚。住在这里的是英雄阿革诺耳的儿子菲纽斯国王，他正遭受着极大的灾殃。因为他滥用了阿波罗赐给他的预言家本领，所以到了高龄他便被罚作双目失明，而且还有那些可恶的怪鸟，即美人鸟搅扰他，不让他安静地进餐。它们使尽浑身解数抢劫他的食物，剩下的食物它们也要把它弄脏，叫人没法下咽，甚至叫人一靠近食物就要呕吐。菲纽斯得到一道宙斯的神谕：玻瑞阿斯的儿子们和希腊的船员到来时，他就可以安静地进食了。

因此，这位老人一听到阿耳戈船到达的消息，就离开了他的居室。这时他已经饿得只剩一把骨头了，看上去就像一个影子。他年迈体衰，两腿颤抖，一根手杖支撑着他迈着摇摇晃晃的步子，眼前天旋地转。他一来到阿耳戈英雄们身边，就耗尽精力，倒在地上了。他们站在这位不幸的老人周围，看到他那副样子无不惊愕。当他清醒过来，听到他们就在眼前时，便突然以祈求的口吻说："噢，高贵的英雄啊！如果你们真是神谕所预言的那些人，就请帮帮我吧！复神女神不仅迫使我双目失明了，而且让可恶的怪鸟夺走我这年迈人的食物！你们援救的不是外乡人，我是希腊人，我是阿革诺耳的儿子菲纽斯。我曾经是特剌刻的统治者，玻瑞阿斯的儿子们想必参加了你们的远行，他们应该来救我，他们是克勒俄帕特拉的弟弟，而克勒俄帕拉是我在特剌刻时的妻子。"

听了这一席话，玻瑞阿斯的儿子仄忒斯就扑到老人的怀里，并向他许诺，有他兄弟的帮助，他一定会摆脱美人鸟的折磨。他们就地为他准备了一餐饮食，这将是贼鸟最后侵扰的一餐。老人还没来得及去碰食物，那些恶鸟就像突如其来的风暴一样扇动着翅膀从云层中直冲而下，贪馋地落在食物上。英雄们又吼又叫，但这些美人鸟一动不动，他们一直待到把所有食物啄光，才又飞向天空，留下一种难闻的气味。玻瑞阿斯的儿子仄忒斯和卡拉伊斯立即拔剑追赶它们。玻瑞阿斯的两个儿子精力充沛，紧追不舍，他们常常觉得都能用手抓住它们了。终于，他们离恶鸟很近了，无疑有可能制它们于死命，但就在这时，宙斯的女使者伊里斯忽然出现，对两位英雄说："玻瑞阿斯的儿子用剑杀死这些美人鸟，伟大的宙斯的这些猎犬，是不准许的。我当着斯提克斯的面以众神的誓约向你们保证，这些猛禽再也不会侵扰阿革诺耳的儿子了。"玻瑞阿斯的两个儿子听了伊里斯的誓言，便不再追赶，转身返回航船去了。

与此同时，希腊的英雄们为了保养年老的菲纽斯的身体，备下了圣餐，宴请了饥饿至极的老人。他贪馋地吃着洁净而丰盛的食物，就好像他是在梦中充饥似的。

到了夜里，趁大家等候玻瑞阿斯的儿子归来的时候，老国王菲纽斯为了表示感谢给他们讲了一个预言。"首先，"他说，"你们将在一个海峡遇到撞岩。这是两个陡峭的巉岩绝壁岛屿，它们在海底没有根基，总是浮在大海中。它们时常彼此飘动聚拢，随后又被潮水波涛从中分开。如果你们不想全船被挤得粉碎，你们就得像鸽子飞越那么快地从它们之间拼力划过去。穿过撞岩，你们将到达玛里安底尼海滨，那里有通向冥府的入口。然后你们经过许多海角，河流和海岸，经过阿玛宗女人国和汗流浃背地挖掘铁矿石的卡吕柏斯人的领土。最后，你们将到达科尔喀斯海岸，宽阔的法纽斯河翻卷着波涛从那里流入大海。在这里你们将看到埃厄忒斯国王的高耸入云的堡垒，就在那里有不眠的巨龙守护着挂在橡树梢头的金羊毛。"

英雄们聚精会神地听着老人的进述，人人都心怀恐惧。他们正想提别的问题，玻瑞阿斯的两个儿子从空中落到了他们中间。他俩带来的伊里斯的誓约使国王菲纽斯打心眼里高兴。

外国童话名篇精选

撞　岩

菲纽斯怀着感激之情，激动地与恩人们告别。现在，英雄们又继续航行，去迎接新的冒险。途中，他们忽然听到从远处传来一声震耳的巨响。原来，这是不断碰撞又不断分开的撞岩发出的轰轰声、岸边的回响和海涛怒吼合在一起的响声。

舵手提费斯警觉地站在舵旁，欧斐摩斯在船里站起来，右手掌上托着一只鸽子。菲纽斯对他们发出过预言，如果一只鸽子能毫不畏惧地从撞岩中间飞过去，他们就可以大胆地穿行。两个巨岩一分开，欧斐摩斯就把鸽子放飞了，大家都满怀希望地翘首观望。鸽子正从中间飞越时，两个岩石又相互靠近了。翻滚的海浪轰轰然升上来。咆哮声响彻海空。现在两个岩石碰在了一起。把鸽子的尾羽夹断了，幸好它还是飞过去了。

提费斯大声呼叫着鼓励摇桨的船员。这时岩石又分开了，冲进岩石中间的浪涛把船吸了进来。死亡威胁着他们：一股数丈高的巨浪朝他们滚来，一见这可怕的景象他们都瑟缩着低下了头。提费斯命令停止摇桨，冒着白沫的海浪在船底翻滚，把船举得高过正在合拢的岩石。英雄们用力摇桨，船桨都给摇弯了。现在，漩涡又把船拉下来让它落在两座浮岩的中间。两个浮岩从两侧向船腹撞来，就在这时，全船的保护女神雅典娜冥冥之中推了一把，使船顺利地通过了，相合的巉岩只把船尾最外面的船帮擦伤了一块。当英雄们又看见开阔的大海时，他们都长舒了一口气，摆脱了死的恐惧，仿佛觉得又从冥府归来一般。

"我们闯过夹缝不是单靠我们自己的力量。"提费斯高声说，"我清楚地感觉到我身后有雅典娜的神手发出迅疾而强大的力量使大船穿过撞岩！"

但伊阿宋悲哀地摇了摇头，说："善良的提费斯呀，当初我要球珀利阿斯让我承担这个差事，我真是给诸神添麻烦了。还不如让他把我杀死了呢！现在我日夜悲叹不止，并不是为了我自己，我只是考虑你们的生命和幸福，考虑怎样让你们脱离可怕的险境、平安地把你们带回故乡去。"英雄这样说，无非是试探同伴们的心。同伴们都向他欢呼，要求继续前进。

新的冒险

经历了各种各样的遭遇，英雄们继续前进。在航行中，他们忠实的舵手提费斯病死了。他们只好把他埋葬在异乡的海岸。他们选中安开俄斯代替他的位置。对这艰难的工作安开俄斯推辞了好一阵子，直到女神赫拉使他有了勇气和信心，他才接受了这个工作。他走上舵手的岗位，船驾驭得极好，简直就像提费斯本人还坐在舵旁一样。

12天后，他们张满船帆，来到卡利科洛斯河的河口。到了这里，他们望见了立在一座山丘上的英雄斯忒涅罗斯的坟墓。他是在和赫剌克勒斯进攻阿玛宗人时中箭阵亡在此地的。他们正要继续航行，斯忒涅罗斯的亡魂显现了，他热切地看着他的本族乡亲。他高高地站在他的墓丘上，他的形象跟他出征时一模一样：战盔上装饰着的四根红色羽毛在他头上不停地颤动。但他只显现了一小会儿，就又沉入黑暗的深渊。英雄们都吓得放下了桨，只有预言家摩普索斯懂得这亡灵的要求，他劝他的乡亲们为他举行一次奠酒礼以慰死者的英灵。他们立即落帆停船，走到墓前围成一圈，洒酒在地，焚烧宰杀的羊。

然后，他们又向前驶行，终于到达忒耳摩冬河的河口。世上没有别的河流可以与这条河流相比，它的发源地是深山中的一眼泉，后来就分成96条支流，一起奔腾入海。它们像一群蛇，挤挤压压地爬进广阔的大海。

在河口最宽阔的地方住着阿玛宗人。这些女人是战神阿瑞斯的后裔，全都嗜战成性。如果阿耳戈英雄们在这里登陆，势必陷入与这些女人的一场血战，因为她们在战斗中完全可以与这些勇敢的英雄们相匹

外国童话名篇精选

敌。她们不是住在一个城市里，而是分成许多部落，散居四乡。这时，西方的顺风把阿耳戈英雄们刮得远离了这些好战女人的国土。

经过一天一夜的航行，正如菲纽斯所预言，他们来到了卡吕柏斯人的地区。这里的人不种田，不栽果树，也不在湿润的草地上放牧。他们只在荒地上挖掘矿砂和铁矿石，以此换取食品。他们的劳动十分繁重，从来看不见阳光，他们在黑暗的地洞和浓烟中劳作，苦度岁月。

他们从许多民族地区周边驶过去。当他们接近阿瑞提亚岛的时候，本岛的一种鸟振翅朝他们飞来。它飞临船的上空时，一抖动翅膀，便落下一支翎管，这翎管一下子就扎进了俄琉斯的肩膀。英雄受伤后，疼得松开了手中的桨，同伴们看见这箭一般的翎管扎在他的肩膀里，全都十分惊讶。坐在他最近的伙伴拔出翎管，替他包扎了伤口。一眨眼，又出现了第二只鸟，克吕提俄斯这时已持弓守候，他一箭射去，那中箭的鸟立时落在了船上。

"大概离岛屿很近了。"航海经验丰富的英雄安菲达玛斯说，"但要提防那些鸟。它们肯定很多。如果我们登陆，要想射杀它们，我们的箭可能就不够了。我们得想个办法驱逐这些好斗的飞禽。大家都把有羽毛飘动的头盔戴上，一半人摇桨，另一半人用闪亮的矛和盾把船遮挡起来，然后我们大声呼喊。当这些猛禽听见我们的吼叫，看到头盔上飘拂着的羽毛、矗立的矛和闪光的盾的时候，它们就会被吓跑。"

英雄们都很赞赏这个计谋，并且立即照办了。他们向前驶行时，一只鸟也没有看见。当他们接近岛屿，盾牌发出叮挡的声音时，海岸上无数的鸟惊叫着飞起来，像遇上暴风雨急忙逃难一样从船上飞过去。但是，英雄们，犹如遇到冰雹立即关上窗户一样，赶紧用盾牌遮住自己，所以那些尖锐的翎管落下来没有伤着他们。这些被称做斯廷法利得斯的可怕的鸟，则越过大海远远地飞到对岸去了。于是，阿耳戈英雄便按照预言家国王菲纽斯的建议在这个岛登陆了。

他们在这里找到了意想不到的朋友和陪伴。他们在岸上刚走了几步，就遇到了四个衣衫褴褛、一无所有的青年人。其中一人快步向正在靠近的英雄们走来，跟他们说话："好汉，不管你们是谁？"他说，"请帮帮可怜的沉船人吧！给我们点穿的遮遮体，给我们点吃的充充饥吧！"

伊阿宋好心地答应向他们提供一切帮助，同时问了问他们的名字和家族。"你们一定听说过阿塔玛斯的儿子佛里克索斯的故事吧！"那青年应答道，"是他把金羊毛带到科尔喀斯去的。国埃厄忒斯把长女嫁给了他。我们是他的儿子，我叫阿耳戈斯。我们的父亲佛里克索斯不久前去世了，我们是按照他的临终遗嘱，乘船去拿他留在俄耳科墨诺斯城的宝物！"

听了他的话，英雄们非常高兴，伊阿宋待他们如同手足，因为阿塔玛斯①的祖父和克瑞透斯②的祖父是亲兄弟。几个青年接着讲了他们的船怎样在凶狂的暴风雨中被巨流打碎，他们怎样抓着一块木板漂到这个荒无人迹的岛上。但当阿耳戈英雄们把自己的计划告诉他们，并要求他们参加冒险时，他们却显出惊恐的表情。"我们的外祖父埃厄忒斯是一个很残暴的人。据说他是太阳神的儿子，因此具有超人的力量。他统治着无数科尔喀斯地方的民族，而金羊毛是由一头令人恐怖的巨龙看守。"

有几个英雄听了这话，吓得面如土色。但珀琉斯站起来说："不要以为我们一定会败在科尔喀斯国王的手下。要知道，我们也是神的子孙啊！他要是不和和气气地把会羊毛交给我们，我们就毫不客气地把它抢走！"接着，他们又在丰盛的宴席上议论了好长时间。

第二天早上，佛里克索斯的四个儿子都穿戴一新，精神焕发地跟英雄们一起上了船。英雄们又继续航行了。一天一夜以后，他们看到了高加索山的一个个高峰耸立在海面上。暮色渐浓时，他们听到上空响起飞禽的聒噪：那是折磨普罗米修斯的巨鹰从航船的上空飞过。它的翅膀猛烈地扇动，使所有的帆都鼓满了风。不久，他们就听见普罗米修斯的呻

---

① 阿塔玛斯，佛里克索斯的父亲，四个青年人的祖父。
② 克瑞透斯，埃宋的父亲，伊阿宋的祖父。

吟从远处传来。那是巨鹰在啄食他的肝脏。过了一会儿，呻吟声才渐渐消失，这时他们看见那只巨鹰又从头顶飞回去。

当天夜晚，他们到达了目的地，把船划进法细斯河的入海口。船员愉快地爬上桅杆，解下帆索。然后，他们划桨进入宽阔的河面，河里滚动的波浪好像在这驶行的庞然大物前面胆怯地倒退。左边是高耸的高加索山和科尔喀斯的首都库塔。右边是辽阔的田野和阿瑞斯的圣林。金羊毛就挂在圣林里一棵高大橡树的枝叶繁茂的树枝上，巨龙两眼圆睁，看守着金羊毛。

伊阿宋站在船舷上，手中高举起了一个斟满美酒的金杯，把酒洒在地上，祭奠江河，大地母亲、此地的神明和死在途中的英雄。他请求各路神灵向他们伸出宽爱的手，并看顾他们正想停泊在这里的船。

"看来，我们是平安地到达了科尔喀斯国。"舵手安开俄斯说，"现在我们该认真地讨论一下，看我们是好心地请求国王埃厄忒斯，还是用别的办法实现我们的计划。"

"明天再说吧！"疲倦的英雄们大声说。

伊阿宋立即下令，把船停在港湾的一个荫凉的地方。所有的人都躺下酣睡起来。但他们只睡了一小觉，多少解除了些疲乏，因为没过多长时间，曙光便把他们照醒了。

伊阿宋在埃厄忒斯的宫殿里

清晨，英雄们聚在一起展开了讨论。伊阿宋站起来说："各位英雄，我的同伴们，如果你们赞成我的看法，你们所有留下的人就手持武器安稳地待在船上。只有我。佛里索克斯的四个儿子，和你们当中的两个人，到埃厄忒斯的王宫里去。到了宫里，我将首先客客气气地婉言问他愿意不愿意把金羊毛让给我。我不怀疑他会拒绝我的请求。这样，我们就可以从他口中探到准信，知道我们必须怎样做了。谁又说得准，我们的话不能使他人发善心呢？从前他友善地接待、保护了逃离后母虐待无辜的佛里克索斯，不正是说辞打动了他的心吗？"

年轻的英雄们全赞成伊阿宋的见解。于是他便抓起赫耳墨斯的和解杖，带着佛里克索斯的四个儿子和两个同伴离开了船。

科尔喀斯是一个人口众多的民族：为了保护伊阿宋和他的陪同者免遭险难，阿耳戈英雄的保护神赫拉降下一层浓雾罩住城市护送他们，直到他们平安地进了宫，浓雾才散。他们站在王宫的前院，欣赏着厚实的宫墙，高大的宫门，以及墙边时不时突现在外的巨大的柱子。整个建筑都拦腰围着一圈凸出的石头墙围，墙围的卷边装饰着铜制的竖三线槽。他们默默地跨进前院，然后又走向中院的柱廊。柱廊向左右延伸，后面有许多入口和房间依稀可见。正对面矗立着两座主殿，一座里边住着国王埃厄忒斯本人，另一座里面住着他的儿子阿布绪耳托斯。其余的房间里，则住着宫女和国王的女儿卡尔喀俄珀和美狄亚。

国王的小女儿美狄亚，是难得见到的。她是赫卡忒神庙的女祭司，几乎所有时光都是在庙里度过。但这天早上，希腊人的保护神赫拉却使她产生了一种留在王宫里的心愿。她离开自己的卧室，正想到她姐姐的房间去，竟同正往里走的英雄们不期而遇。她禁不住惊呼一声，卡尔喀俄珀和她的所有侍女闻声急忙冲出房来。姐姐一看，却忍不住欢呼了一声，并且朝着天空伸出两臂感谢上苍，原来，她一眼就认出了那四个年轻的英雄是她的孩子，佛里克索斯的儿子。孩子们都与母亲热烈的拥抱，问长问短，高兴得热泪盈眶，持续了很长时间。

美狄亚和埃厄忒斯

最后，国王埃厄忒斯和他的王后厄伊底伊亚，也被女儿忍着高兴的泪水的欢声笑语吸引出来了，整个前院立刻人声鼎沸。但谁也没觉察到爱神厄洛斯已飞临上空。他从箭囊里抽出一支给人带来苦痛的箭，搭弓射中了美狄亚，这谁也看不见的箭立刻在她胸中像火焰一般的燃烧。她不时偷偷地看一眼英俊的青年伊阿宋，其它的一切都从她的记忆中消失了。惟一的一种甜蜜的痛苦占据了他的心灵，他的脸色一阵白又一阵红轮番地交替。

欢乐冲昏了头脑，没有一个人注意到美狄亚的变化，仆人端来了备好的食物。阿耳戈英雄们已经洗了个热水澡，把奋力摇桨时留下的一身汗水洗净，精神饱满而愉快地坐在餐桌旁享用盛餐，痛饮美酒。饮宴中，埃厄忒斯的外孙向外祖父讲述了他们中途被阿耳戈英雄救回的遭遇，埃厄忒斯也小声地问了问这些外乡人的情况。

"外祖父，我不想对你隐瞒。"阿耳戈斯小声说，"这些人是来恳求你把我父亲佛里克索斯的金羊毛给他们。有一个国王，他想霸占他们的财产，把他们驱逐出祖国，才让他们担负这个危险的使命。他希望，他们还没把金羊毛带回祖国之前就触怒宙斯，遭到佛里克索斯的报复。帕拉斯·雅典娜帮助他们造了一艘船；我们科尔喀斯人所用的船当中没有一艘比得上它。我们，你的外孙，驾驶的当然又是我们船队中最差的船，它连第一次风暴的袭击都抵挡不了……而这些外乡人的船却特别坚固，什么样的风暴也休想把它摧垮，况且英雄们自己也不停地摇桨。全希腊最勇敢的英雄都聚集在这艘船上。"

国王听了这一席话，不禁心生恐惧，对外孙们极端不满，因为他以为，这些外乡人是他们引到宫廷里来的。他浓眉紧皱，双眼放着怒光。大声说："滚开，别叫我看见你们，你们这些孽种，诡计多端的人！你们不是来取金羊毛，你们是来夺取我的权杖和王位的！假如你们不是作为客人坐在我的宴席上，我早就割了你们的舌头，剁了你们的手，只让你们留下脚从这里跑出去了！"

忒拉蒙听到这话，非常愤怒，真想站起来用同样的话回敬国王。但伊阿宋制止了他，并温和地答道："请镇静，埃厄忒斯王！我们到了你的城里，进了你的王宫，不是来掠夺你的。有谁愿意穿行如此辽阔而危险四伏的大海来夺取陌生人的财产？是命运和一个凶恶国王的残忍的命令迫使我下了这样的决心。请你答应我们的要求，行行好，把金羊毛给我们吧！全希腊都将因此而赞颂你。我们随时准备报答你。如果邻近发生战争，你想征服邻国人民，你就可以把我们当作同盟者，我们愿意跟你一起出征。”

伊阿宋就是用这样的言词安抚国王，而埃厄忒斯心中却拿不定主意，不知是当场杀掉他们好呢，还是应该先试探一下他们的力量？思索片刻以后，他觉得还是后者更好，于是，他较前镇定地答道：“外乡人，何必说这些心虚胆怯的话呀！如果真是神的子孙，或者出身不比我差，同时对别人的财产感兴趣，你们就把金羊毛拿走，我愿意把一切赠给勇敢的好汉。但是，你们首先给我做出一个样子来，你们必须来做一做我平时做的一种相当危险的劳动。在阿瑞斯的田野里有两头公牛，它们都生着铁蹄，会往外喷火。我就是用这两头牛来犁生地，地翻耕好了以后，我便往垄沟里撒种，但我撒的不是农业女神得墨忒耳的金黄的谷粒，而是可怕的龙牙。以龙牙为种长出的是人，他们从四面八方把我包围起来，我就用我的长矛把他们一个个杀死。清晨我驾公牛犁地，夜晚我收获后休息。如果你当天就完成这项工作，哦，首领啊，你当天就可以把金羊毛拿去，返回你的国王的故乡。如果你不能，你就拿不到金羊毛，因为勇敢者向无能者让步，天下哪有这个道理！”

国王说话时，伊阿宋一直默默地坐在那里盘算；他不敢立即答应去做这可怕的事情。经过反复思考，他镇定自若地答道：“这工作虽然极为艰巨，但我愿意经受它的考验，哦，国王啊，即使我为此而牺牲，我也在所不惜。等待一个凡人的，最坏的也就莫过于死。我听凭把我派遣到这里来的命运的摆布。”

“那好。”国王说，“现在你就找你的同伴去吧，不过你要考虑好。如果你不完成这一切，那就留给我自己干好了，你就悄悄地离开这里吧！”

阿耳戈斯的建议

伊阿宋和陪他来的两个英雄从座位上站起身来。佛里克索斯的儿子们中只有阿耳戈斯跟着他们走,因为阿耳戈斯已经示意他的弟兄们继续留在国王身边。伊阿宋看上去既英俊又高雅,少女美狄亚的目光透过面纱扫视着他,她的思绪犹如在梦中追随着他的脚步。当她又一个人坐在闺房里时,她竟失声痛哭起来。然后,她又自言自语地说:"我为什么要悲伤呢?那位英雄与我有什么相干?他是所有半神中最伟大的英雄也好,他是最无能的也罢,该死就让他死好了!不过,哦,但愿他能逃离毁灭,绝处逢生!令人敬畏的女神赫卡忒啊,让他返回家乡吧!假如他一定要被公牛击败,在此之前至少应该让他知道我很担心他的不幸的命运!"

就在美狄亚如此忧思满怀的同时,英雄们正走在回船的路上。阿耳戈斯对伊阿宋说:"我有一个建议,也许会受到你的痛斥,但我还是要对你说。我认识一个少女,她善于使用魔汤。如果我们能把她请来相助,我相信你一定会斗胜公牛。你要是愿意,我就去把她争取过来助我们一臂之力。"

"如果你觉得这样做好,我的朋友。"依阿宋应答道:"我不反对。不过,依靠女人取胜然后返乡,我们面子上实在不光彩!"

说着说着,他们已经到了船上,回到同伴中。伊阿宋告诉大家,国王向他提出了什么要求,他向国王作了什么许诺。有好一阵子,同伴们都默不作声地坐在那里,你看看我,我看看你。最后,珀琉斯站起来说:"好汉伊阿宋,如果你相信你能实现你的诺言,就请你做好准备吧!如果你没有十足的把握,你就呆在一边别管了,也不要在我们当中寻求合适的人选,因为我们除了死,还会期望别的结局吗?"

听到这话,忒拉蒙和另外四个英雄跳了起来,个个充满斗争的勇气和喜悦。但阿耳戈斯却抚慰他们说:"我认识一个姑娘,她善于使用魔汤。她就是我母亲的妹妹。让我去说服我母亲，求她把那个姑娘争取过来帮助我们。然后，才好讨论伊阿宋自告奋勇去进行的冒险。"

他的话音刚落，天上就现出一个预兆，一只被大鹰追逐的鸽子，躲到了伊阿宋的怀里，那只紧迫在后的猛禽则掉到了船尾的甲板上。这时，一个英雄想起年老的菲纽斯对大家说过的预言：女神阿佛洛狄忒将帮助他们返回故乡。几乎所有的英雄都赞成阿耳戈斯的建议，只有伊达斯不满地站起来说："天哪！难道我们到这里来是为了当女人的奴隶吗？不去求助阿瑞斯，却去请求阿佛洛狄忒。难道见到苍鹰和鸽子一场恶斗就能避免吗？好，那就忘了战争，去欺骗柔弱的少女吧！"但伊阿宋决定采纳阿耳戈斯的建议。于是，英雄们把船拴在岸边，等待着派出去的使者归来。

与此同时，埃厄忒斯在王宫外召集科尔喀斯人开了一次大会。他向众人讲了讲一个外乡人的到来，他们的要求和他为他们准备的下场。等公牛一杀死那个头领，他就命人砍掉一整片树林放火烧毁那条船，烧死那些船员。对那几个引来这次惊险活动的外孙，他也要给以可怕的惩罚。

其间，阿耳戈斯正在请求他母亲说服他姨母出面帮助。他母亲卡尔喀俄珀本来就十分同情这些外乡人，但她当初不敢触怒父亲。儿子的请求正合她的心意，她立即答应支持他们。

美狄亚躺在床上烦躁不安地睡了一小觉，做了一个令人焦虑的梦。她梦见伊阿宋已经准备跟公牛搏斗。但他进行搏斗，不是为了取走金羊毛，而是为了把她作为妻子带回故乡去。在梦中又觉得她亲自在搏斗中制服了公牛。但她的父母不信守诺言，不给予伊阿宋应得的奖赏，说什么驾牛犁地的应该是伊阿宋，不应该是她。为此，父亲和伊阿宋发生激烈的争执，双方都推他做仲裁人。在梦中她判外乡人胜。钻心的痛苦袭上父母的心，他们大声喊叫起来，——美狄亚也就随着这一声喊叫醒来了。

正是这个梦促使她前往姐姐的房间，但到了前院，由于羞怯，她又犹豫了好长时间。她四次向前，又四次退回来。最后，她还是回到自己的房间，扑在床上哭了起来。她的一个信得过的小侍女发现她在哭泣，很同情主人，就把这情况告知了她的姐姐。卡尔喀俄珀急忙赶到美狄亚的房间，看到她正泪流满面，哭得很伤心。"你怎么了？可怜的妹妹。"她深表同情地说："你心里有什么悲伤？难道是老天爷让你突然生病了吗？是父亲当着你的面痛斥了我和我的儿子？哦，我真想远离父母的家宅，到一个听不到科尔喀斯名字的地方去！"

美狄亚答应帮助阿耳戈英雄

听了姐姐的一连串问话，美狄亚不禁满面绯红，羞得答不出话。最后，还是爱情给了她勇气，她狡猾地说："卡尔喀俄珀，我心里难过，是为了你的几个儿子。我担心，父亲把他们连同那些外乡人一起就地杀害。这是一个难解的梦预示给我的，但愿有一位神明能阻止他这么做。"

卡尔喀俄珀听了这话十分恐惧，她说："我也正是为这件事到你这里来的，我恳求你帮助我反对我们的父亲，如果你拒绝了，我和我的被杀害的儿子到了阴间，也要像复仇女神一样缠着你不放！"说着，她用双手抱住美狄亚的膝部，把头伏在她的怀里，两姐妹痛哭起来。随后，美狄亚说："姐姐，你提复仇女神干什么？天地作证，我向你发誓：为了救你的几个儿子，只要我能做的，我都愿意去做。"

"那么，"姐姐进而说："为救我的儿子，你就给这个外乡人一点魔药，让他在与公牛的搏斗中顺利地过关吧！是他派我的儿子阿耳戈斯找我，请求你援助他这个来此做客的朋友。"

听了这话，美狄亚高兴得心怦怦直跳，她美丽的脸泛起了红晕，闪亮的眼睛在一时的眩晕下显得黯然无光，于是，她突然说道："卡尔喀俄珀，如果我不把你和你孩子的生死攸关的事看成我最重要的事，就让我明天看不见曙光。明天一大早，我就到赫卡忒神庙去，为那个外乡人取那种能减弱公牛攻击力量的魔药。"卡尔喀俄珀离开妹妹的卧室，把这个可喜的消息带给了她的儿子们。

美狄亚躺在床上，内心中整整一夜都同自己进行着激烈的斗争。"我的许诺是不是太多了？"她心中嘀咕着，"我有什么理由为这个外乡人做这些事？要想让我们的计策成功，我就非得单独去见他，和他接触不可吗？是的，我要救他一命，让他想去哪儿就去那儿。但他搏斗胜利之时，便是我死亡之日。一根绳索或一杯毒汁，就可以使我摆脱这可憎的生命。我所干的这件事能使我得救吗？恶毒的流言不是，要在全科尔喀斯迫害我吗？他们不是会说我为一个外乡人殉情，辱没了我的家族吗？"她就是在这样的思绪下，走去取来一个装着致死药和活命药的小匣。她把小匣放在双膝上打开，想尝一尝致命的毒药。这时，她眼前浮现出生活中的一切烦恼和欢乐，浮现出所有女游伴的面影，她觉得太阳比以前更美丽。于是，她心里产生了一种对死的不可抗拒的恐惧，便把小匣放在地上了，伊阿宋的保护神赫拉改变了她的心绪。她等不及曙光来临，就去取她答应给伊阿宋的魔药，并带着魔药见她心爱的英雄去了。

伊阿宋和美狄亚

就在阿耳戈斯赶忙把这个可喜的消息带到船上的时候，美狄亚已经跳下床来。她穿上一件漂亮的长袍，用弯曲的金针别紧，在光闪闪的头上罩了一方白色的面纱，一切悲痛都忘得一干二净。她蹑手蹑脚穿过门厅，吩咐年轻的侍女套好她常时乘坐前往赫卡忒神庙的骡车。都在为她的出行做准备时，美狄亚从她的小匣里，拿出一种叫做普罗米修斯油的油膏。谁身上涂了这种油膏，谁当天就能刀枪不入，火烧不伤，谁一整天都有压倒敌人的力量。

骡车备好了。两个侍女跟随主人上了车，美狄亚亲自握缰扬鞭，在其余侍女徒步陪同下，驱车穿过城池。走到那里，那里的民众都恭敬地给公主让路。当她穿过广阔的田野来到神庙时，她对侍女们狡猾地编造说："女友们，我大概是犯了一个大错，我没有远离那些来到我们国家的外乡人！现在，我姐姐和我姐姐的儿子阿耳戈斯要求我接受他们的首领的礼品，要知道，就是他答应了要制服公牛。我呢？则要把免受伤害的魔药送给他。我已经假装答应了他，并约他到神庙这里来单独见面。现在，我要接受他的礼品，然后我们平分。但我送给他本人的却是一种致人死命的药，叫他用了后一命呜呼！他一来，你们就躲得远远的，免得他生疑，我已经许诺我是一个人来见他。"

听了这个狡黠的计谋，侍女们都很高兴。她们都躲到神庙里去时，阿耳戈斯陪着他的朋友伊阿宋和预言家摩普索斯正好也出发了。美狄亚和侍女们呆在神庙里，她的目光从来没有落在周围侍女的身上，而是充满渴望地越过庙门注视着外面的大道。每当听到一声脚步，一息微风，她都禁不住焦渴地把头高高地抬起。伊阿宋终于带着他的陪同走进了神庙，美狄亚突然觉得心都要跳出来了，她感到眼前的世界变成了黑夜，热血涌上面颊，满脸通红。

这时，侍女们已经都离开了她，伊阿宋和美狄亚彼此相对，默默地站了好长时间。伊阿宋首先打破了沉默："你身边只有我一个人，为什么怕我呀？我不像别的男人那样自负，就是在家里也从来都不自负。你想问什么，说什么，尽管开口！但别忘了我们是在一个圣地，说谎是有罪的。因此，不要甜言蜜语地欺骗我。我是一个恳求保护的人，我是来请求你给我那种药物的，就是你答应你姐姐要给我的那种药物，是紧急的需要迫使我寻求你的帮助。你想要我怎样感谢你，就请提出来吧！要知道，你将以你的帮助，解除我的同伴们的母亲和妻子的焦虑悲伤，你的不朽的英名将永远活在全希腊人民的心中。"

美狄亚一直等他把话说完。她低下目光，甜甜地一笑。她的心因他的赞美而无限喜悦，她又抬起头来，恨不得把涌到嘴边的话一古脑儿都说出来。但她一直没有开口，只是解开了那条裹着小匣的香喷喷的带子，伊阿宋赶快高高兴兴地从她手中接过那个小匣，要是他向她提出要求，她连整个的心都愿意给他，爱神正在把甜蜜的爱的火焰向她心中吹去。二人都害羞地瞅着地面，然后，他们彼此又四目相对，目光中充满着渴慕。过了好一阵子，美狄亚才开口说话：

"听着，看我想怎样帮助你。等我父亲把那些需要播种的使人遭灾的龙牙交给你以后，你就单独到河水里去沐浴。你要穿上黑色的袍子，挖一个圆形的坑。在坑里堆上干柴，杀一只母羊羔，放在柴堆上烧成灰。然后，把怀里的蜂蜜洒在上面向赫卡忒女神献祭，再离开这个火葬场。听到脚步声和狗叫声，你千万不要回头，否则，献祭就不起作用了。第二天早上，你要用我刚才给你的这种魔膏，涂抹你的身体。它会使你超凡的强壮，力大无比。你将感到你不仅能与凡人而且能与世外的神明匹敌，你的剑、你的矛和你的盾也必须涂上油膏，这样，任何人类手中的铁器、神牛喷出的火焰，就都伤不了你，也无法抵抗你。不过，你不能坚持很久，只能在当天你有这样的神功。尽管如此，你也绝不要退出战斗。我还有别的办法帮助你。等你驾驭巨牛犁了地，撒下的龙牙种子有了收获以后，你就往生长出来的人当中抛一块巨石。这时，从土里冒出来的那一伙狂躁的人，就会群狗争食那样争夺那块石头。你可以趁这个机会冲到他们中间，把他们一个个砍倒杀死。然后，你就可以心安理得地从科尔喀斯拿走金羊毛，想到什么地方去就到什么地方去。"

她说到这里，心中想到这位高贵的英雄就要航海远去，泪珠便悄悄地从面颊上流下来。悲伤使她忘了身份，她竟抓着他的右手伤心地说："你回家以后，不要忘了我的名字。我也会想着你。告诉我，你将乘坐这艘美丽的船返回的祖国在什么地方。"

伊阿宋听了她的话十分感动，他说："请相信我，尊贵的公主，如果我能活下来，无论白天还是黑夜，我每时每刻都不会忘记你。我的故乡是伊俄尔科斯，普罗米修斯的儿子丢卡利翁在那里建立了许多城市，修了许多神庙。那里的人还不知道你们国家的名称。"

"外乡人啊，那么说你是住在希腊了？"美狄亚应接说："那里的人比我们这里的人要好客多了，因此，你不要讲你在我们这里受到过什么样的接待，你只要暗暗想着我就行了。哪怕这里的所有人都把你忘了，我也会想念你的。假如你忘了我，哦，但愿风能把一只鸟从伊俄尔喀斯送到这里来，我会通过它让你想起，我是怎样帮助你从这里逃出去的！啊，我真想亲自到你家里，提醒你记起我呀！"说着，她哭了。

"哦，善良的姑娘。"伊阿宋答道，"你说哪儿去了！如果你能来到希腊，来到我的故乡，哦，你肯定会受到那里的女人和男人的尊崇，你将像一个神似的被人礼拜，因为是你的计谋使他们的儿子、兄弟和丈夫免遭杀害，愉快地回到了故乡。而你是完全属于我的，除了死，任何人任何事都破坏了我们的爱情。"

听他这么一说，她高兴得荡魄销魂。一想到要离开祖国，她又感到无比忧伤。尽管如此，还是有一种奇异的力量推动她向往希腊，因为赫拉已在她心里撒下这种渴望的种子。

伊阿宋满足埃厄忒斯的要求

伊阿宋高高兴兴地回到同伴们中间，美狄亚走向她的侍女们。她轻捷地登上车，赶骡起步，骡便自动朝着回家的方向急奔。转瞬间，美狄亚回到了王宫。

这当儿，伊阿宋告诉他的同伴们，美狄亚刚刚交给他一种神奇的魔药，并拿出油膏来给大家看。所有的人都很高兴，只有伊达斯坐在旁边，气得直咬牙。第二天早上，他们派了两个人到埃厄忒斯那里去拿龙牙种。国王埃厄忒斯把当年卡德摩斯在忒拜杀死的那条龙的牙齿给了他们。把龙牙交给他们时，他很自信，因为他相信伊阿宋绝对不可能活到把龙牙种子撒到地里的时候。

就在这天夜里，伊阿宋按照美狄亚的盼咐沐浴，献祭赫卡忒女神。女神听到他的祈祷，从地下洞底走出来，那样子十分吓人，周围全是丑恶的龙，龙嘴里都衔着直冒火焰的橡树枝，地底的狗也围着她猖猖狂吠蜂拥而来，野草在她的脚步下不停地颤抖，法细斯河的女神们也吓得嗷嗷地嚎叫。连伊阿宋往回走时听到背后的嘈杂和犬吠也吓得毛发倒竖，但他一丝不苟地遵守着美狄亚的要求，决不回头，直到又回到同伴们中间。这时，朝霞已在高加索的雪峰上辉映。

埃厄忒斯穿上他与巨人战斗时穿过的那副坚硬的甲胄，戴上四羽的金盔，抓起四层皮革的重盾，除了他和赫刺克勒斯，再也没有别的英雄能够举起它。他上了车，抖动缰绳，车便疾驰出城，后面跟着数不清的民众。他想参观这一幕话剧，却像亲自出战一样披挂起来。伊阿宋按照美狄亚的指导，用魔油涂沫了他的剑、矛和盾。同伴们围着他，都想用自己的武器跟它的矛较量，但他的矛毫无损伤，他们的武器甚至不能使他的矛稍有弯曲。那枝矛拿在他坚实的手中，就像变成了石头一般。见到这个情景，伊达斯很生气，他举起剑来猛的向枪柄砍去，但他的剑就像铁锤落在铁砧上一样被挡回。英雄们看到可喜的胜利前景都热烈地欢呼起来。

现在，伊阿宋用油膏涂沫了身体。他立时感到四肢增添了奇异的力量，双手脉胳胀起，更加有力，渴望投入战斗。像一匹临阵前的战马，精神振奋，竖耳扬头，马蹄踏地，放声嘶鸣，伊阿宋也做好了战斗的准备，他伸展了一下身体，高抬起腿，手中举着长矛，挥舞着盾牌。英雄们随同他们的首领来到阿瑞斯田野，便遇到了国王埃厄忒斯和一大群科尔喀斯人。

船一到，伊阿宋就手持矛和盾跳到岸上，立刻收到一顶装满尖锐的龙齿的金光闪闪的战盔。随后，他用一根带子把剑背在肩，大步走上前来，像阿瑞斯或阿波罗一样的威武庄严。他在田野上环顾四周，

外国童话名篇精选

很快就看见了驾牛的金属轭放在地上，旁边有犁和铧，这一切器具都是钢制的。他仔细看了看这些农具，把枪头固定在他的长矛的坚硬的枪杆上，又把战盔放在地下。然后，他带着盾往前走，寻找公牛的足印。但这些被关在地洞里的牛突然钻出来，从另一侧向他猛冲。伊阿宋的朋友们见到这些怪物无不吓得失魂落魄，伊阿宋却叉开双腿，岿然不动，他持着盾牌，等待它们进攻，就像海边的岩石等待海浪冲击一样。公牛也真的晃着犄角向他冲来，但它们没能使他后退半步。就像在冶炼厂里风箱扇起熊熊的火焰，它们反复地咆哮，喷着火焰向前冲击，炽热的火光像耀眼的闪电射向这位英雄，但少女的魔药保护了伊阿宋。

最后，他终于从左侧抓住一头公牛的角，使出全身气力把它拖到放铁轭的地方。到了这里，他把它踢倒，让它跪在地上。他又用同样的方法制服了第二头牛，牛飞快地冲向他，他只一击就把牛打倒在地。然后，他甩开他那宽大的盾牌，在火舌的舔击下用双手死死按住被摔倒的牛，连埃厄忒斯也禁不住惊叹伊阿宋的神力。

这时，卡斯托耳和波吕丢刻斯按照事先的安排，把放在地上的轭递给了他，他连忙把它套在牛脖子上。然后，他又抬起犁套把它扣在轭的铁环里。那时孪生兄弟赶快跳离火焰，因为他们不像伊阿宋那样不怕火烧。伊阿宋则又拿起他的盾，抓起装满龙齿的战盔，手持他的矛赶着暴怒而又喷射火焰的公牛拉着铁犁往前走。由于拉犁的牛和扶犁者全都具有神力，土地犁得很深，巨大的土块嘎嘎响着在犁沟里粉碎。他迈着坚定的步伐跟在后面，把龙齿撒在垄沟里，同时小心地往后头顾盼，看这些龙齿是否已经长成巨人向他追击，公牛迈着铁蹄往前走着犁地。

整片土地尽管足有四亩，但到了下午，已经全被不知疲倦的耕种者犁完了。他把公牛从犁上卸下来，用武器朝牛一发狠，它们就越过开阔的田野逃跑了。他见垄沟里一直没有长出巨人，便回到船上去了。

　　同伴们围着他欢呼，他却什么也没有说，光是用战盔盛满河水咕嘟嘟地喝下去，以解火烧火燎的焦渴。他活动了一下他的膝关节。心中充满再战的渴求，正如一头狂怒的野猪冲着猎人磨牙。这时，整片田野都长出了巨人，整个阿瑞斯丛林里到处都是盾牌和长矛，战盔闪闪发光，闪烁的光辉直达天穹。伊阿宋想起足智多谋的美狄亚的话：他轻而易举地搬起一个四个壮汉也抬不起来的巨大圆石，把它远远地抛到那些从地里生长出来的武士们中间。他自己则勇敢而小心翼翼地藏在他的盾牌后边。科尔喀斯人大声呼叫，连埃厄忒斯也无比惊叹地注意到了伊阿宋怎样把巨石抛掷出去。那些土里生出来的人突然像猛犬一样相互冲击撕咬起来，都呜呜地怒吼着相互残杀。他们在相互拼杀的长矛下，像被旋风连根拔起的枞树或橡树一样倒在他们的母亲大地上。当他们仍在酣战时，依阿宋拔出宝剑，跳进去左砍右刺，把还立在那里的砍倒，把刚长到肩高的像割草一样削平，对其他人则割掉他们的头。垄沟里血流成河，负伤者逃往四面八方，许多人一脸是血又像从地里冒出来一样深深地沉到土里去。

　　国王埃厄忒斯不禁震怒了。他一句话出没说，便转身回城，心里只想着怎样才能更有把握地制服伊阿宋？

美狄亚夺得金羊毛

　　国王埃厄忒斯连夜把民间的长老召集到王宫里，商讨怎样智胜阿耳戈英雄们，因为他已确切知道，白天所发生的一切，没有他女儿的协助是不可能出现的。赫拉看到伊阿宋处境十分危险，便让美狄亚心中充满令人丧胆的恐惧，使她像一头在密林中听到猎犬狂吠的小鹿一样发抖。美狄亚立即预感到，她对伊阿宋的帮助已被父亲发觉。泪水从她眼中夺眶而出，如果没有命运女神的阻拦，她就会用服毒自杀的办法结束她的痛苦。转瞬间，她又精神振作起来。她决心逃走，于是他铺好她的卧塌，亲吻门柱以示告别，用双手再次抚摩厂一下卧室的墙壁，然后剪下一绺头发放在床上，给母亲留作纪念。

"别了，亲爱的母亲。"她泪汪汪地说，"别了，卡尔喀俄珀姐姐和宫里所有的人！哦，外乡人啊，你真不如在来到科尔喀斯之前，就淹死在大海里呢！"

随后她就离开了她可爱的家，像一名囚犯逃离关押她的严酷的牢房。

她默默地念起咒语，宫廷的大门自动敞开。她光着脚奔跑，穿过侧面的窄路，不一会就到了城外，连守卫都没有认出她来。然后，她一下子就走上了通往神庙的人行小道，因为她常时采集草根调制魔药和毒汁时，就对田野里所有的道路了如指掌了。月亮女神塞勒涅看见她急急地奔走，便自言自语道："原来，受到爱情煎熬的不只我一人啊！你常常用你的魔法把我驱逐出天庭，现在，你自己也在为伊阿宋忍受巨大的痛苦啊！好了，那就走着瞧吧，你尽管诡计多端，你也休想逃脱这痛苦的折磨！"塞勒涅这么对自己说着，而美狄亚却撒腿匆匆跑过去了。

到了船对岸，她高声呼叫她姐姐的小儿子佛戎提斯。佛戎提斯和伊阿宋都听出了她的声音，她喊了三声，他们也回答了她三声。英雄们听到这一喊一答，开始都很惊讶，接着就划船去迎她。船到对岸还没有停泊，伊阿宋就从甲板一跃而踏在岸上，佛戎提斯和阿耳戈斯也跟着跳上了岸。

"救救我吧！"美狄亚抱住她外甥的腿喊道："让我和你们赶快从我父亲手中逃命吧！一切都败露了！趁他还没跨上快马追来前，我们赶快乘船逃走吧！我会给那条龙催眠，然后你们就可以把金羊毛拿到手。但是你，哦，外乡人啊，你要当着你同伴们的面对神发誓，到了异乡你也不会欺负我这个孤女！"

她说得这么悲伤，伊阿宋心里却感到无比喜悦。他温柔地扶起她，拥抱着她说："亲爱的，宙斯和婚姻的保护神赫拉作证，回到希腊后，我一定把你作为我的合法妻子带到我家里去！"他一边发誓，一边把他的手放在她的手里。

现在，美狄亚吩咐众英雄连夜把船划到圣林去骗取金羊毛。英雄们摇船疾驶，船到后，伊阿宋和美狄亚从草野上的小道奔向圣林。他们在那里找到了那棵高悬着金羊毛的高大的橡树，金羊毛透过夜色闪闪发光，就像朝阳照耀下的一片朝霞。对面，不眠的龙瞪着锐利的眼睛望着远方，伸着它的长脖子对着步步走近的人，同时发出可怕的咝咝声，连河边和森林都传来阵阵的回响。像火焰越过点燃的树林冲过来一样，这个怪兽鳞甲闪烁，蜿蜒向前爬行。美狄亚勇敢地迎上前，用甜美的声音祈求众神中最强大的睡眠神使怪兽入睡。她又吁请冥府的神后为她降福，伊阿宋不无恐惧地跟在她身后。美狄亚的神奇的歌唱，已使毒龙迷迷糊糊地有了睡意。那毒龙弓起的背落下了，它那卷曲的身躯伸展开来。只有那令人恐怖的头还直立着，张着大口想吞掉他们俩。这时，美狄亚一边念着咒语，一边用一个杜松的枝条醮着魔液向龙的眼睛里洒去，魔液的芳香迷得毒龙酣睡起来。现在，它的血盆大口闭上了，它的整个身躯伸展在长林中。

伊阿宋按照美狄亚的吩咐从橡树上拉下金羊毛，而美狄亚则继续往毒龙的头上喷魔油。然后，二人匆匆离开荫蔽的圣林。伊阿宋愉快地双手捧着大张的金羊毛，那张金羊毛的反光把他的前额和金发照得金光闪闪，也照亮了他踏上远去的夜路。

天刚放亮，他们就来到了船上，同伴们把他们的首领团团围住，咂舌赞叹那如雷神的闪电一样放光的金羊毛。伊阿宋对他的朋友们说："现在，我的亲爱的弟兄们，让我们赶快返回祖国吧。在这位姑娘的帮助下我们完成了这次远航的任务。为了报答她，我要把她当作我的合法妻子带回家去。但是，你们要帮助我保护这位全希腊的恩人，我相信：埃厄忒斯很快就会到这里来，带着他的全体民众阻止我

外国童话名篇精选

们的船驶出这条河的河口。因此，你们中间要有一半人摇桨，另一半人手持咱们的巨大的牛皮盾牌迎击敌人，保护我们返航。现在能否返回家乡，全希腊的荣辱，全都掌握在我们手中了。"

阿耳戈英雄们和美狄亚一起逃跑

在这同时，埃厄忒斯和全体科尔喀斯人都知道了美狄亚的恋情，她的行为和逃跑。他们全副武装，到市场上集合起来，就一路下坡向河岸进发。他们来到河口时，阿耳戈英雄们的船由于有不知疲倦的水手奋力摇桨，已经远远地驶行在高高的海上。埃厄忒斯举起双手，吁请宙斯和太阳神证明敌方的恶行，怒气冲冲地向他的臣民宣布：如果他们不从海上或陆上把他的女儿捉到带来见他，使他能严惩她，他们就全要被砍头。吓破了胆的科尔喀斯人当天就把他们的船推到海里，扬帆出海了。

顺风鼓满了阿耳戈英雄的船帆，第三天曙光初照时，他们就把船停泊在哈吕斯河岸边。在这里，他们按照美狄亚的要求，向拯救了他们的女神赫卡忒举行了献祭。这时，他们的首领和其他英雄，突然想起了老预言家菲纽斯对他的建议：返程时要选择一条新路。但没有一个人熟悉这个地区，阿耳戈斯教大家驶向依斯忒耳河。忽然，在他们前进方向的上空，出现了宽宽一道彩虹。

科尔喀斯人一直没有停止他们的追击，他们的船轻，行驶得比阿耳戈船快，所以先到了依斯忒耳河口，他们在这里埋伏起来：他们停泊在河口，也就堵住了阿耳戈英雄船入海的出路。阿耳戈英雄们有些害怕人数众多的科尔喀斯人，他们上岸占领了河中的一个岛。科尔喀斯人紧追不舍，一次遭遇战即将发生。这时，被困的希腊人提出进行谈判。双方谈妥：希腊人可以带走国王埃厄忒斯许诺过伊阿宋工作完成后应得的金羊毛，但是国王的女儿美狄亚却要交给他们，带到另一个岛上的阿耳忒弥斯的神庙里去，然后，让一位公正的邻国国王以公断人的身份判定她应该回到父亲家中，还是让她跟随英雄们到希腊去。

美狄亚听到这样的条件，心中充满痛苦和忧虑。她立刻把她的情人拉到旁边一个别人听不到他们说话的地方，含着眼泪说："伊阿宋，你打算怎样决定我的命运？你在紧要关头曾对天向我盟誓，保证我永远幸福，难道这一切你都忘到九霄云外去了吗？我实在太轻率了，竟然抱着对你的希望，抛弃了我最宝贵的一切，离开了我的祖国，我的家和我的双亲！为了救你，我才跟你飘泊在海上，是我的痴情让我帮你夺到了金羊毛。为了你，我不顾少女的名誉，作为你的情人，你的妻子和你的护理人，随你到希腊去。因此，你应该保护我，不要把我一个人留在这里，不要把我交给别的国王去审判！如果那个公断人把我判给我的父亲，我可就要命归黄泉了。这样，你回去了还有什么快乐可言呢？宙斯的妻子，你自豪地奉为保护神的赫拉，她怎么能赞成你的这种行径呢？甚至可以说，假使你抛弃了我，总有一天你会十分痛苦，时时想念我。金羊毛也会像一场梦一样消失，落在冥王哈得斯手中！那时，我的复仇的灵魂将把你赶出你的祖国，就像我被你的误导诱离我的祖国一样！"

她说话时，情绪异常狂躁，简直有心向船上放一把火，烧毁一切，自己也干脆跳进火海。

见到美狄亚这样一副表情，伊阿宋犹豫不决了。但他受到了良心的谴责，便温和地说："我的善良的姑娘，请你镇静，我根本没把那个协议当一回事！只是为了你我们才设了这么一个缓兵之计，大批的敌人像乌云压顶一样把我们包围了。所有住在这里的人都是科尔喀斯人的朋友，他们都愿意帮助你的兄弟阿布绪耳托斯，让他把你抓到手带到你父亲那里去。如果我们现在开战，我们大家都将悲惨地送命；如果我们死了，让你成了敌人的俘虏，你的处境将更加绝望。确切地说，这个协议只不过是一个计策，一个使你的兄弟阿布绪耳托斯走向毁灭的诡计。一旦首领死了，邻国的朋友就不会再援助科尔喀斯人了。"

他就这样好言相劝，美狄亚听完即刻献了一条狠毒的建议："你听我说，我已经触犯了一次成规，受厄运的蒙蔽铸成了大错。我没有退路，我只能在罪恶的泥潭里往前走。如果你在交战中击退厂科尔喀斯人，我愿意设计把我兄弟骗来，让他落在你的手里。你设一桌豪华的宴席招待他。然后，我可以劝说使者们离开，说我要跟他单独谈话，这时你就可以把他杀死我不会反对的，然后战败科尔喀斯人。"

他们就这样布置了杀害阿布绪耳托斯的阴谋。他们送给阿在绪耳托斯许多礼物，其中包括一件楞诺斯的女王给伊阿宋的华丽的紫袍。狡猾的少女告诉使者们，让阿布绪耳托斯夜黑人静时，到另一个岛上的阿耳忒弥斯的神庙里来，她将设计让他重新得到金羊毛，然后，把它带回去献给他们的父亲埃厄忒斯。至于她，她谎称，她是被佛里克索斯的儿子们抓走交给外乡人的。事情的进展完全如她所愿，阿布绪耳托斯为这些庄严的许诺所骗，便黑夜乘船前往那个圣岛与他的姐姐会面。兄妹二人正在谈话，伊阿宋突然从埋伏处冲了出来，手中握着明晃晃的宝剑。美狄亚转过脸去，同时蒙上了面纱，不忍看到兄弟被杀的惨象，伊阿宋像宰杀一只献祭的羔羊一样，手起剑落，把美狄亚的兄弟砍倒在地。只有复仇女神在隐蔽处用她阴险的目光，看到了这里发生的恶行。

伊阿宋洗去手上和脸上的血，把尸体埋葬了以后，美狄亚已经用火把向阿耳戈英雄们发出了事先定好的信号，英雄们立即冲向阿布绪耳托斯的随从。科尔喀斯人没有一个人生还，伊阿宋想援助他的同伴已经没有必要了，胜利已成定局。

阿耳戈英雄的返航

剩下的科尔喀斯人还没有醒过神来，英雄们已经按照珀琉斯的建议急速远去了。当科尔喀斯人得知发生的一切时，开始他们还想追击敌人。但赫拉却从天上发出闪电警告他们，他们才被吓住了。他们知道，如果他们不把国王的儿子和女儿带回去，国王肯定震怒并严惩他们，所以，他们就留在依斯忒耳河口的阿尔忒弥斯岛上定居了。

阿耳戈英雄们乘船经过许多海岸和岛屿，也经过了阿特拉斯的女儿卡吕普索斯居住的岛屿。他们相信他们已经看见远方正在升起故乡最高的山峰，这时，赫拉因为害怕盛怒的宙斯的计划，煽起了一阵暴风雨阻挡他们，于是，船便被狂风刮到了荒无人烟的埃莱克特律斯岛。现在，雅典娜安装在船的龙骨中间的那块能宣示预言的木板开始说话了，他们仔细听了以后，无不大惊失色。"你们逃不脱宙斯的愤怒，也躲不开海上飘泊的命运。"那块空心的木板说，"除非女巫师喀耳刻禳解你们残忍地杀害阿布绪耳托斯的罪孽。要让卡斯托尔和波吕丢刻斯向神明祈祷，请求诸神为你们在海上开辟一小条通道，指引你们找到太阳神和珀耳塞所生的女儿喀耳刻。"这就是阿耳戈船上的那块木板黄昏时说的话。

英雄们听到这个奇异的预言家宣示这样可怕的命运，无不胆战心惊。只有那对双生兄弟卡斯托耳和波吕丢刻斯站起身来，勇敢地祈求天上诸神的保护。但是，船继续漂泊，冲进了伊里丹纳斯的内海湾，那里是法厄同被太阳车烧死坠海的地方。就是现在，他被烧灼的伤口仍然从河底喷出火焰和烟雾，没有一条船能轻易越过这片水域，它总是被卷入火焰里去。法厄同的几个姐妹，赫利俄斯的女儿们，已变成沿岸的白杨，它们在风中叹息，滴着晶莹的琥珀泪珠落在地上，然后太阳把它晒干，潮水把它冲到伊里丹纳斯河里去。

坚实的大船帮助阿耳戈英雄们脱离了这次危险，但他们却失去了对一切饮食的欲望。因为白天有法厄同烧焦的尸体的恶臭从伊里丹纳斯河涌上来折磨着他们，夜间有赫利俄斯的女儿们的悲叹和像油滴似的琥珀泪珠的滚落困扰着他们。赫拉发出温和的声音，提醒他们，给他们指明正确的道路，并放出黑雾罩住船，把船保护起来，他们就这样航行了许多日夜，经过刻尔提克家族的许多地方，直到终于看见提瑞尼亚海岸，紧接着就顺利地进入了喀耳刻居在的岛屿的港口。

在这里，他们找到了那位女巫师，她正站在海滨在海浪里洗头。她曾梦见她的卧室和她的房子里血流成河，火焰吞噬她用来麻醉外乡人的一切魔药，她则用手掬血把火浇灭。正当黎明时分，噩梦把她惊醒，她立刻下床跑到海边去冲洗她的衣裙和头发，好像她真的沾上了血污似的。成群的巨大的猛兽跟随在她后面，就像牛群出棚跟在牧人后面一样，但这些猛兽和一般家畜不同，它们的头和身是一类动物的，四肢是另一类动物的。英雄们不禁心生莫名的恐惧，特别是因为他们只要看一眼喀耳刻的脸便可认出，她正是残暴的埃厄忒斯的妹妹。这位女神很快就转身回来了，她像对待家犬那样招呼和抚摩这些怪兽。

伊阿宋命令全体船员留在船上，只有他本人带着美狄亚跳到了岸上。一上岸，他就拉着这位不愿意去的姑娘朝喀耳刻的宫殿奔去，喀耳刻不知道这些陌生人到她这里来做什么？她请他们坐在漂亮的软椅上，但他们却默默地悲伤地坐在火炉旁边。伊阿宋把用来杀死阿布绪耳托斯的宝剑插在地上，双手按住剑柄，把下巴抵在手背上，不再睁开眼睛。喀耳刻这时才知道他们原来是祈求保护的人，立刻明白这与他们的被逐和一桩谋杀的罪恶有关。于是，她宰杀了一只刚生下来的母狗，把它作为牺牲献祭给宙斯，这些祈求者的保护神，然后请求宙斯允许她为他们净罪。她吩咐她的侍从，那些水中的女神，把赎罪用具带到海边来。她自己则站在那灶旁，焚烧圣饼，郑重地祈求复仇女神息怒，请求天父宽恕这些手上沾有谋杀血污的人。

这一切做完以后，她就让外乡人坐下，她坐在他们对面。她询问他们的职业和航行的情况，问他们从哪儿来，为什么在这里登陆，为什么要请求她的保护？因为这时她又想起了那个血腥的噩梦。当少女抬起头来注视她的脸时，少女的眼睛引起了她的注意，因为美狄亚和喀耳刻一样都是太阳神的后代，所有太阳神的后继者都有一双闪耀金光的眼睛。现在，她要求这位逃亡的少女用母语说话，于是，少女便用科尔喀斯的方言如实地讲述了埃厄忒斯和阿耳戈英雄们之间发生的不快，只是不肯承认谋杀兄弟阿布绪耳托斯的一节，但对女巫师喀耳刻是什么也隐瞒不了的。她说："可怜的孩子，你很不正当地离家出走，你又犯了一桩大罪。你父亲肯定会追到希腊去，为他被谋杀的儿子找你报仇。不过，你在我这里不会再遭到什么灾难，因为你是祈求保护的人，又是我侄女。只是不能从我这里得到任何帮助。你赶快带着这个外乡人走吧，不管是谁我都不能管了。我既不赞成你的那些计谋，也不赞成你不光彩的逃跑！"听到这样的话，美狄亚十分痛苦。她蒙上面纱，伤心地哭起来，直到伊阿宋抓起她的手，她才踉踉跄跄地跟着他走出了宫殿。

然而，赫拉却很同情她的被保护人。她打发她的女使者伊里斯踩着七色彩虹的道路到下边把大海女神忒提斯召来，让她保护阿耳戈英雄船。伊阿宋和美狄亚一跳上甲板，就刮起了和风，英雄们高高兴兴地起锚张帆。不久，他们就接近了一个百花盛开的小岛，这是骗人的女妖的住地，这些女妖惯以美妙的歌声诱骗过路者，然后让他们死在这里。她们都是半鸟半人的形体，总是坐在那里等候猎物，经过这里的外乡人没有一个可以幸免于难。现在，它们也正在冲着阿耳戈英雄们唱美丽动听的歌，他们都听得入迷了，正准备抛缆上岸，就在这时，特剌刻的神歌手俄耳浦斯，从座位上站起来，弹奏起他的七弦神琴，以最强的声音压倒了那些鬼怪少女的歌声。同时，一股嗖嗖响的神赐之风从船尾吹来，使得女妖的歌声全部消失在空中。同伴中只有部忒斯一人经受不住女妖歌声的诱惑，弃桨跳到海里，朝着那诱人的歌声游去。要不是阿佛洛狄忒看见了他，他早就没入海底了。她从旋涡中把他拽出来，抛在该岛的一个海岬上，从此以后，他就生活在这个地方了。

科尔喀斯人继续追击

在阿耳戈英雄们又平安地躲过了一些危险之后，他们继续在大海上航行，来到了一个岛屿。这里住着善良的淮阿喀亚人和他们的贤明的国王阿尔喀诺俄斯。英雄们在这里受到了友好热情的接待，他们正想好好休息一下，科尔喀斯人的一支威武的队伍突然出现在海滨，敌方的船队是从另一条海路追到这里来的。他们要求阿耳戈英雄们把国王的女儿美狄亚交给他们带回她的家乡，他们威胁希腊英雄们说，如果埃厄忒斯亲自率领一支更强的部队追来，就要血战一场，后果将会更糟。当英雄们准备去迎战时，善良的国王阿尔喀诺俄斯阻止住了他们，而美狄亚则抱着国王的妻阿瑞忒的双腿。"王后，我请求你，"她说，"别让他们把我带到我父亲那里去！我跟这个人逃跑不是由于轻率，而是因为实在太怕我的父亲。他带走我，是把一个少女带回他的家里去啊！请你怜悯怜悯我吧，诸神将赐你长寿，让你多子多孙，保佑你的城地获得不朽的英名。"

她又跪在每一个英雄的脚下求救。每个人都鼓励她振作起来，他们摇着长矛，拔出宝剑，向她保证：一旦国王把她交出去，他们就坚决援助她。

夜里，国王和他的妻子商量怎样解决这个科尔喀斯的少女的难题。阿瑞忒请求帮助这个少女，她告诉他，伟大的英雄伊阿宋打算要美狄亚做他合法的妻子。阿尔喀诺俄斯本来就是心慈面善的人，他听妻子这么一说，他的心就变得更软了。"为了这些英雄和美狄亚，"他对妻子说，"我愿意刀枪相见，把科尔喀斯人赶走，但我们这样做会破坏宙斯的待客法律。再说，去惹恼强大的国王埃厄忒斯也不明智，因为即使他住得很远，他也有能力把一场战争强加给希腊。因此，你听着，我的决定是：如果这个姑娘还是处女，就应该把她还给她父亲；如果她已经成了那青年的妻子，我也不会把她从丈夫身边夺走，因为这时她已经属于这个青年，不再属于她父亲了。"

阿瑞忒听到国王做出这样的决定，非常惊慌。当夜她就派了一名使者到伊阿宋那里报告这一切，并劝他在天亮以前和美狄亚完婚。阿耳戈英雄们听到伊阿宋转达的意想不到的建议，都很高兴，于是在一个山洞里，俄耳甫斯奏起音乐，美狄亚便庄严地成为伊阿宋的妻子了。

第二天早上，全副武装的科尔喀斯人已经站在岛的另一端了。国王阿尔喀诺俄斯遵照诺言走出宫殿，他手持黄金的王杖宣布对这个姑娘的判决。他身后是成群养尊处优的贵族。女人也都聚拢来参观希腊的著名英雄，许多村民也聚集到这里来了，因为赫拉已把这消息广为传布了。一切都在城墙前边准备好了，献祭的烟气一直升到天穹，英雄们等待决断已经等了好长时间。国王在他的宝座上就坐以后，伊阿宋立刻走上前来，以发誓的语调断然宣布埃厄忒斯国王的女儿已经成为他合法的妻子。阿尔喀诺俄斯听完伊阿宋的声明，又见了见几个婚礼在场的证人，便以庄严的誓言判决道：不能交出美狄亚，而要把她作为客人保护起来。科尔喀斯人表示反对也毫无用处。国王宣称：要么他们作为和平的客人留居此地，要么乘船离开他的港口。他们害怕他们没把国王的女儿带回去，他们的国王暴怒，于是便选择了头一个方案。第七天，阿耳戈英雄们赠给了主人很多礼品，依依不舍地与国王阿尔喀诺俄斯告别，就又起程了。他们顺利地经历了几次冒险，驶进了他们的家乡伊俄尔科斯的港湾。

伊阿宋的结局

尽管伊阿宋经历了许多危险四伏的航行，把美狄亚从她父亲那里夺到手，卑鄙无耻地杀害了她的兄弟阿布绪耳托斯，伊阿宋也没得到伊俄尔科斯的王位。他不得不把王国让给珀利阿斯的儿子阿卡斯托斯，他本人则与他年轻的妻子逃到科林斯去了。在这里他和美狄亚居住了十年，美狄亚为他生了三个儿子。前两个是双生子，取名忒萨罗斯和阿尔喀墨涅斯；第三个儿子提珊得耳比两个哥哥要小得多。在这些年里，伊阿宋爱她，尊敬她，不仅仅是因为她美若天仙，而且因为她见解高尚和别的许多优点。

后来，伊阿宋为科林斯国王克瑞翁的女儿格劳刻的美色所动，迷恋上了这个年轻的少女。他背着他的妻子美狄亚向这个少女求婚。得到克瑞翁同意，婚期已定时，他才找到妻子劝她自动解除婚约。他又向她发誓说，他想缔结这门新的婚姻，并不是因为厌倦了对她的爱，而是为了孩子着想，他才力求与高贵的王室攀亲。

他的要求激起了美狄亚的极大的愤慨，她愤激地呼唤神明为他以前的誓言作证。伊阿宋对此不予理睬，仍然决意要娶国王的女儿为妻。美狄亚在她丈夫的宫殿里，绝望地四处游走。"我的命好苦啊，"她高声说，"但愿天火降到我头上把我烧死！我活下去还有什么意义呢？愿死神能可怜我！哦，父亲啊！哦，我可耻地逃离的故乡城啊！哦，我所杀害的兄弟啊，现在你的血正流在我的身上！但是，惩罚我的不应是我的丈夫，我是为了他才犯了罪的呀！正义的女神啊，请你把他和他年轻的恶毒女人毁灭吧！"

她正这样悲叹地徘徊时，伊阿宋的新岳父克瑞翁在宫殿里遇到了她。"你的目光里充满了敌意，"他招呼她说，"立刻带着你的孩子离开我的国家吧！不把你赶出我的国界，我是不会回宫的！"美狄亚强压着愤怒，语气镇静地说："克瑞翁，你为什么怕我作恶呀？我跟你有什么仇怨，你干吗做出这种对我不利的事？你把你的女儿许给了你所喜爱的人，许给了我的丈夫，这跟我有什么相干？我只恨我的丈夫，在我面前他是有罪的。不过，木已成舟，就让她与他作为夫妻生活下去吧！但还是让我住在这个国家吧，我虽然受到了很大的伤害，我还是愿意保持沉默，屈从于权势者的。"

尽管美狄亚抱着他的双膝，以她怀恨在心的克瑞翁的女儿格劳刻的名义向他发誓，但克瑞翁见她眼里射出暴怒的光，仍然不相信美狄亚。"走吧，"他回答说，"让我减少点烦恼吧！"于是，她便请求暂缓一天离境，好让她找一条逃亡的路，为他的儿子们选择一个避难地。"我不是一个狠心的人，"国王说，"过去，由于不恰当的畏缩不前，我做了不少愚蠢的让步。现在我也觉得我做得并不聪明，那就照你说的办吧，小女子！"

　　美狄亚获准了她所企盼的延期放逐，她的心就变得更加狂暴了。于是，她便着手实施她的毒计，尽管这个毒计在她头脑里还很模糊，而且自己也不完全相信它有实现的可能。但她还是想最后试探一下，看她的丈夫能不能承认他的不义和罪恶。她来到他面前，对他说："哦，你这个最坏的男人，我为你生了孩子，你还是背叛了我，要娶新人。如果我们没有孩子，我也许会原谅你，你倒还算有借口再娶。但现在你却是不可饶恕的。我不知道，是不是你以为当初你发誓忠于我时，统治世界的那些神不再管事了，还是人类又有了新的行动准则，允许你破坏你的誓言？我现在想把你当作我的朋友一样问问你，你告诉我，你打算让我到哪里去？为了爱你，我背叛了我的父亲，还谋杀了他的儿子，难道你要把我送回我父亲的家里去吗？或者你为我找到了别的可以安身的地方？是啊，你的前妻带着你的儿子在世上飘泊乞讨，你跟你的新人那才真的光彩呢！"

　　伊阿宋已经变得心如铁石，他答应给她和孩子们相当多的黄金，让她带着他写给朋友们的信去请求收容。但她鄙视地拒绝了这一切："走吧，去结你的婚吧！"她说，"你将举行一次使你痛苦不堪的婚礼！"

　　她离开她的丈夫以后，又有些后悔，觉得不该说出最后那句话。不过，这并不是因为她改变了主意，而是因为她担心他会注意到她的行动，阻挠她实施她的罪恶计划。因此，她又二次找他交谈。她以完

外国童话名篇精选

全不同于前一种的态度对他说："伊阿宋啊，请你原谅我刚才所说的话吧！是盲目的愤怒使我做了错事。我现在看清楚了，你所做的一切确实会给我们带来最大的好处。我们是在穷困潦倒中流落到这里来的。你是想通过新的婚姻庇护你自己，照料你的孩子们，也照料我。一旦他们远离你一段时间，你就会召回他们。让他们分享兄弟相互友爱的幸福。过来，过来，孩子们，拥抱你们的父亲吧，像我一样跟他和解吧！"

伊阿宋果真相信美狄亚不再怨恨他了，因此，心里非常高兴。他答应给她和孩子们最好的照顾。美狄亚则尽量让他更相信自已。她请求把孩子留在他身边，让她一个人离去。为了能够得到他的新妻子和他的亲岳父的准许，她吩咐从她的储藏室里取出几件珍贵的金袍·让伊阿宋送给国王女儿作为新婚礼物。考虑了好一阵子，伊阿宋才默许了，随即派一个侍从把这些赠品送到新娘那里去。但这些珍贵的衣服，都是靠魔力用毒汁浸泡过的长袍。美狄亚假惺惺地跟她丈夫告别以后，她便时时等待着她的一个可靠的传话人，为她带来公主接受礼品后的消息。

传话人终于回来了，他朝美狄亚喊道："赶快上船逃走吧，美孙亚！你的情敌和她的父亲都死了。你的儿子们随着父亲走进那个新娘的屋子里时，我们所有的仆人都很高兴，因为仇恨将不再存在，事情将完全和解。年轻的公主两眼含笑欣喜地迎接你的丈夫。但当她看见孩子们，她便用面纱遮住眼睛，掉过脸去，讨厌他们的到来。伊阿宋竭力平息她的愤怒，为你说好话，同时在她面前摊开你的礼物。她一看见这些华丽的长袍，就被它们夺目的光彩所吸引，情绪大变，于是她答应同意新郎的一切要求。你丈夫带着儿子们离开她以后，她急不可待地抓起赠品，披上那件金袍，把金花冠戴在头上，在明亮的镜子前面满意地欣赏自己。然后，她慢步穿过各个房间，高兴得像一个穿上新装的天真烂漫的小姑娘。但不一会儿，这一幕活剧就起了变化。

她突然脸上变了颜色，四肢颤抖，摇摇晃晃地往后倒退，还没来得及走到坐位，就倒在地上了。她脸色煞白，两眼直往上翻，口里吐着白沫，于是宫殿里发出一片哭叫声。几个仆人赶忙去找她的父亲，另外几个仆人跑去找她未来的丈夫。这当儿，她头上那顶有魔力的花冠燃烧起来，直喷火焰，毒药和火焰吞噬着她的皮肉。她父亲哀号着跑过来时，只看见女儿变了形的尸体，他绝望地扑在她身上。那件致人死命的长袍上的毒汁立刻浸入他的身体，他也很快死了，至于伊阿宋的情况我还不知道。"

关于这个恐怖事件的叙述，非但没有使美狄亚息怒，反而更加燃烧起她的怒火。于是，她变成了复仇的女神，快步如飞地跑去准备给她丈夫也给她自己致命的一击。夜色降临时，她匆匆奔向她的儿子们睡觉的房间。"我的心啊，你也应该武装起来，"半路上她对自己说，"在做这个可怕的但又必须做的事情时，你为什么犹豫不决呢？不幸的人呀，忘记他们是你的孩子吧！忘记是你生了他们吧！在这一刻，我要忘记这一切。以后你再用整个一生悲悼他们。你现在要做的，是为了他们好啊！假如你不杀了他们，他们也要死在敌人手里。"

当伊阿宋赶来，寻找杀死他年轻的未婚妻的女凶手，准备复仇时，竟听到他的孩子们的惨叫。他走进屋门洞开的房间，发现他的儿子都躺在地上死去了，但没有看见美狄亚。他绝望地离开他的屋子，听到头顶的空中发出隆隆的响声。抬头望去，他看见那个可怕的女凶手。正坐在她用魔法召来的由龙驾着的车上腾空而去，离开了她复仇的现场。伊阿宋知道，再也没有希望惩罚她的罪行了。绝望攫住了他的心，对阿布绪耳托斯的谋杀又在撞击他的灵魂。于是，他便举剑自刎，倒在他住房的门槛上。

外国童话名篇精选

661

赫剌克勒斯的传说

赫剌克勒斯的出生

赫剌克勒斯是宙斯与阿尔克墨涅的儿子。宙斯的妻子赫拉忌恨她的情敌阿尔克墨涅，也嫉妒她的这个被万神之父宙斯曾经宣布有伟大未来的儿子。自从阿尔克墨涅生下赫剌克勒斯，她相信他呆在王宫中不会安全，因此把他放到另外一个地方，这个地方后来被称做赫剌克勒斯之地。如果不是一个美妙的奇遇，这个孩子在此地肯定会被忽视的。一天，他的敌人赫拉在雅典娜的陪伴下路过这里，雅典娜惊讶这个孩子有如此美丽的外表，赫拉怜悯他，并把他抱在胸前，让他吸吮万神之母的乳汁，可是这个孩子吸吮得太用力，不是他同龄人可比的。赫拉感到痛疼，气愤得把孩子扔到地上。雅典娜无限怜悯地把他又抱了起来，把他带到离此最近的城市，把孩子当做是个可怜的弃婴，交给这里的皇后阿尔克墨涅，请求她仁爱的抚养他，这也就是说赫剌克勒斯是被他的敌人救起的，并且还成了他的继母。还有，赫剌克勒斯虽在赫拉的乳房上留下了一排牙印，但几滴神的乳汁的注入足以让他不死。

阿尔克墨涅一眼就认出了自己的孩子，欢喜地把他放入摇篮。但是，赫拉也发觉到在她怀里的是谁，并察觉到自己是如何粗心地错过了报复的机会，她马上就命令两条可怕的蛇去咬死这个婴儿。两条蛇爬过阿尔克墨涅卧室敞开的门，在熟睡的母亲和女仆们发觉以前，爬到摇篮里，缠住孩子的脖子。赫剌克勒斯被惊醒，哭叫起来，他抬起头，这是他第一次证明他超人的力量，他两只手各抓住一只蛇的脖子，只用力一捏就掐死了它们。

女仆们这时才发现两条蛇，但是由于巨大的恐惧，不敢上前。阿尔克墨涅被孩子的哭声惊醒，她从床上跳下来，没来得及穿鞋，就惊叫着冲了过去，发现她的儿子已经扼死了两条毒蛇。现在忒拜的贵族们听到呼救声，拿着武器冲了进来。国王安菲特律翁，这个把义子看作是宙斯给予的礼物，手拿着剑，也冲了进来，站在那里，看到和听到发生的事情，对这个新生儿的神力又高兴又惊惧。他把这件事当做是一个先兆，召来了宙斯赋予先知和预言能力的忒瑞西阿斯。他对国王、王后以及在坐的所有人预言，这个孩子将如何杀死陆地、海上的巨怪，如何战胜巨人，以及如何经历了人间的苦难最终享有神祇们永生的生命，并和永久青春的女神赫柏结婚。

赫剌克勒斯的教育

当安菲特律翁从先知的嘴中得知这个孩子将来的命运时，他决定让他接受成为一个英雄的教育。他聚集了所有的英雄，请他们教授赫剌克勒斯各种各样的知识和本领。安菲特律翁自己传授他驾驶战车的技术，欧律托斯教授他弯弓射箭，哈帕吕科斯教他摔跤术与拳击术，卡墨尔克斯教他歌唱和演奏乐器，卡斯托尔教他全副武装地在战场上作战，阿波罗的儿子利诺斯教他拼写文字。

赫剌克勒斯是一个好学的学生，但是他不能忍受折磨，利诺斯是个脾气暴躁的老师。赫剌克勒斯有一次被他不公正的责打，他于是抓起一把齐特尔琴掷向老师的脑袋，老师立刻摔倒在地死去。虽然他很后悔，可还是因为这起谋杀案上了法庭，但是著名而公正的法官剌达曼堤斯宣布他无罪，并为此制定了一条法律，由于自卫而致人于死不得判处死刑。

但安菲特律翁害怕他的具有超凡神力的儿子再犯类似的错误，把他送到乡下去放牧。他在这里长大，并由于他比所有其他人都高大和强壮

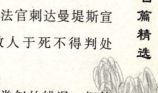

外国童话名篇精选

663

而出名。他高4码，两眼炯炯有神，在射箭和投掷标枪的比赛中他从没输过。当他十八岁时，成为希腊最漂亮和最强壮的男人。现在，该是看他用他的天赋在人间为善还是为恶。

赫剌克勒斯在十字路口

此时，赫剌克勒斯离开放牧的人们和牧群走到一个僻静的地方，思考着他应该选择哪条人生的道路。正当他坐着沉思的时候，看到有两个高大的女人向他走来。一个高贵而礼貌，洁净，目光纯朴，穿着一尘不染的白色长袍；另一个丰满，化的妆都遮不住她红里透白的皮肤，她身姿窈窕，看起来比实际高一些，她睁着双大眼睛，身上的衣服也遮不住她的妩媚，她时常注视着自己，然后又看看周围是否有人在注视自己，她也时常顾盼自己的影子。

当两个女人走近的时候，第一个仍然安详往前走，但第二个抢在另一个之前跑近这个年轻人，并跟他说起话："赫剌克勒斯！我看你还没决定你的人生之路。你愿不愿意选我做你的朋友，我可以让你过上舒适和安逸的生活：你不用花费精力去逃避麻烦，你不需要关心战争和交易，只要享受美酒佳肴；你的眼睛、耳朵，还有感觉会通过最舒适的感受而轻松愉快；你不用费力和工作，就可在任何一处睡觉和享受这所有一切。万一你缺少什么，不用害怕，我不会让你的身体和精神受到重负。相反，你将享受到别人辛勤的果实而不用付出，因为我付与我的朋友所有这样的权力。"

赫剌克勒斯听到这些诱人的建议，他诧异地问她："哦，女人，你叫什么名字？"

"我的朋友叫我幸福，"她回答，"不过我的敌人侮辱我，把我叫作'堕落的享受'。"

这时，另一个女人也走了过来。"我来了，"她说，"亲爱的赫剌克勒斯，我认识你的父母，了解你的秉赋和你所受的教育。这些给了我希望，如果你选择我为你指的道路，你将成为在一切善良和伟大事业中的杰出人物。但我不会用享乐来欺骗你，我将告诉你神祇要人们做的事情。要知道，人们不经过劳动和辛苦，神祇是不会让他有所收获的。如果你希望神仁慈地待你，你必须崇敬神，如果你希望朋友尊敬你，你必须帮助他们……让国家对你的死表示敬重，你必须对国家尽你的职责，如果你要全希腊赞美你的德行，你必须成为希腊的恩人。你要收获就要播种；你要战斗得胜，就要熟知战斗的技术；你要身体强壮，必须要通过辛勤的劳动。"

"享受"打断了她的话："你看，亲爱的赫刺克勒斯，"她说："这个女人带你走的是一条多么漫长艰难的道路，相反，我将引领你走是一条近便舒适的通往幸福的路。"

"可怜哟，""道德"反驳她说，"你怎能幸福呢？你享受了什么？你还没见到它们就满足了。你在还不饿的时候就吃饱了，你在还不渴的时候就喝足了。为了刺激食欲，你寻找厨师，为了加深酒瘾，你追求昂贵的美酒。在夏天你妄想下雪，没有一张床让你觉得足够柔软；你让你的朋友们在夜间穷奢极欲，白天睡觉。这就是为什么人们在年轻时享乐，年老时羞愧于他们的过去。而你自己虽然不朽，但是你却被神祇放逐，被善良人所鄙视。你永远听不到最美好的声音：赞美，你永远看不到最悦目的事物：美好的工作。

我则被神祇和所有的善良的人关注，对于艺术家们我是受欢迎帮助者，对于父亲们我是忠实的守护者，对于仆人们我是可爱的帮助者。我是和平忠实的支持者，是战争中忠实的盟友，吃饭、睡觉、喝酒对于我的朋友来说要比对懒惰者更有意义。年轻人受到老年人的夸奖，老年人受到年轻人的尊敬。他们回忆过去的行为感到很满足，也感到现在很幸福。通过我，他们受到神祇和朋友的喜爱，被祖国尊重。最后，他们不是死得默默无闻，而是受到后世的赞扬和纪念。赫刺克勒斯，选择这样的生活吧，幸福将属于你。"

赫剌克勒斯的第一次冒险

幻象消失了，赫剌克勒斯又是独自一人了。他决定选择"美德"的路，而且很快他就找到了做好事的机会。当时的希腊到处都是森林和沼泽，到处游荡着凶猛的狮子，粗暴的野猪和其它许多害人的野兽。古代英雄最大的目标，就是伏击这些漫游在荒野中的恶魔和怪兽，把它们从国土上消除。赫剌克勒斯也注定要做这项工作。

回到国内时，他听说，有一只可怕的狮子在喀泰戎山脚下，糟蹋了国王安菲特律翁的羊群。年轻的英雄听到这些后，马上做出了决定。他武装好自己，爬上山去，战胜了狮子，扒下了它的皮披在身上，并用它的巨颚当做战盔。

当他冒险归来时，遇到弥倪安斯的国王厄尔奎诺斯的一些使者，他们是来向忒拜人征收不义的和不公正的每年一次的贡品。赫剌克勒斯把自己作为一切被压迫者的斗士，迅速地解决了这些曾多次苛待过希腊的使者，并砍断他们的双足，把他们捆绑着送回到他们的国王那里。厄尔奎诺斯要求把闹事者交出来，忒拜的国王克瑞翁惧怕他的权力，准备服从他的命令。

赫剌克勒斯说服一些勇敢的年青人去反抗敌人，只是谁家也没有武器，因为弥倪安斯人解除了整个城的武装，这样忒拜人就不会反抗他们。这时，雅典娜召唤赫剌克勒斯到她的庙里，用自己的武器武装他，其他年青人则取用庙里挂着的武器，这些都是以前缴获并献祭的战利品。武装好的英雄们，组成一个小型的队伍与逼近的弥倪安斯人在一个峡谷相遇。在这里，敌人强大的兵力发挥不了作用。厄尔奎诺斯自己战死，他几乎全军覆灭。但是在战斗中，赫剌克勒斯的继父安菲特律翁也丧生了。赫剌克勒斯在打完这次战役后，很快开始进攻弥倪安斯的首都俄耳科墨诺斯，并攻入城里，烧毁国王的城堡，毁坏了这座城。

整个希腊都赞美他的勇敢，忒拜的国王克瑞翁为了向这个年青人表示敬意，把他的女儿墨伽拉嫁给赫剌克勒斯，她后来给他生了三个儿子。神祇也给了这个半神人许多礼物：赫耳墨斯送给他一把剑，阿波罗送给他神箭，赫淮斯托斯送他一个金箭袋，雅典娜送他一件盔甲。

赫剌克勒斯与巨人战斗

赫剌克勒斯很快就得到一个机会，来报答神祇们的高贵的礼物。大地女神唆使她的儿子们反对宙斯，这是些有着可怕的面孔，长发长须，并以鳞片斑驳的龙尾带足的巨大的怪物，因为宙斯曾经放逐她年长的儿子提坦们到塔耳塔洛斯。巨人们从地下冲到广阔的田野，从威萨利亚冲到佛勒格剌。天上的星星见到他们变得苍白，阿波罗也掉转他的太阳车的方向。

"去吧，为我和那些年长的神祇的子孙们报仇，"地母对他们说，"老鹰在啄食普罗米修斯，秃鹰在撕扯提提俄斯，阿特拉斯必须背负天空，提坦们在围栏里。去吧，报仇吧，去救他们！带着我的身体，用山当做天梯和武器！爬上闪耀光芒的殿堂！你，堤福俄斯，从宙斯手中攫取神杖和雷电；你，恩刻拉多斯，去征服海洋，赶走波寒冬！洛托斯去把太阳神的缰绳夺过来，波耳费里翁去夺取得尔福的神坛。

听到她的话，巨人们欢呼着，好像他们已经夺取了胜利，好像他们正拽着波寒冬或者阿瑞斯，好像正扯着阿波罗美丽的卷发。一个巨人在想阿佛洛狄忒已经是他的妻子，另一个想着阿耳忒弥斯，第三个又想着雅典娜。他们就这样向着忒萨利亚的山走去，要从那里暴风般地扑向天堂。

就在这个时候，天神的使者伊里斯召集所有的神祇们到一起：无论是住在水中和河里的，她甚至召来了地府里的命运女神。珀耳塞福涅离开她的冥土和她的丈夫——缄默者的国王，驾着怕光的马车来到光芒四射的奥林帕斯山。如同一个要被敌人袭击的城市，居民们从四面八方聚到一起来保护他城市一样，神祇们聚在万神之父的家中。"集合在一起的神祇们，"宙斯说："你们看到，地母是如何同她的孩子们阴谋反对我们。她派遣来多少个儿子，我们就还她多少具尸体！"当万神之父说完的时候，天上发出一声霹雳，地母该亚也用猛烈的地震回击他。大自然陷入了混乱，一切如同开天辟地时一样。因为巨人们将一座座的山连根拔起，他们把俄萨山，佩利翁山，俄塔山和阿托斯山拽到洛多珀山，并把它们叠到折断的洛多珀山上，往神祇们住的地方爬去，并开始用点燃的松树和巨大的岩石块向奥林帕斯山暴风雨般地猛击。

众神们曾被神谕告之，天神们消灭不了这些巨人，只有同人类一起作战才可以杀死他们。该亚获得这个信息，因此她想找一种药物可以让她的儿子们不会被人类伤害，确实真的生长着这种草药。但宙斯抢到了她的前面，他禁止黎明、月亮和太阳发光，当该亚在昏暗之中到处寻找这种药物时，他自己飞快地去割掉它，并让他的儿子赫剌克勒斯经过雅典娜的召唤来参加战斗。

此时，奥林帕斯山上，众神们已经投入到战火之中了。阿瑞斯驾驶着他的战车，冲到敌群之中，他的金色盾牌比火焰还要亮，钢盔上的缨子在风中飘动。他杀死了蛇足的巨人珀罗洛斯，然后驾车辗过他扭曲的身躯，但直到这个巨人看到刚登上奥林帕斯山最后一级台阶的赫剌克勒斯，他的三个灵魂才出窍而死。

赫剌克勒斯环视了一下战场，用箭射死了堤福俄斯，他立刻跌落下山顶，但当他一触摸到大地，马上又复活了。听从了雅典娜的劝告，赫剌克勒斯也跟着下山，他把堤福俄斯从他所出生的大地上举了起来，他一离开大地就死去了。

现在巨人波耳费里翁同时威胁着赫剌克勒斯和赫拉，要一个人与他们战斗。但宙斯马上就让他产生了要看一看这个女神漂亮的面孔的念头，当他拽下赫拉的面纱时，宙斯用雷电击中他，赫剌克勒斯补上一箭，结果了他的性命。接着，巨人厄菲阿耳忒斯的作战队伍出现，他们都睁着闪烁发光的眼睛。"对于我们的箭来说，这是多明显的目标啊！"

赫剌克勒斯大笑着对站在他身边的阿波罗说，阿波罗射中了巨人的左眼，赫剌克勒斯射中了巨人的右眼。狄俄倪索斯用神杖击倒了菲托斯，赫淮斯托斯掷出一阵如冰雹般的灼热的铁弹，将克吕提俄斯打倒在地，雅典娜则举起西西里岛向正在逃跑的恩刻拉多斯掷去。那个被波塞冬追击的巨人波吕玻忒斯逃到科斯岛，但是海神将这个岛屿撕下一块将他压住。赫耳墨斯头上戴着普路同的隐形战盔，杀死了希波吕托斯，命运女神们则用铜棒击毙了另外两个巨人。其他的则被宙斯的闪电击毙，或被赫剌克勒斯用箭射死。

由于他的这些功绩，众神们对于这个半神人心存好感。宙斯封所有参加这次战斗的神祇为奥林帕斯神，这个名称用来区别勇敢者与懦弱者。宙斯把这个称号出赐予了他两个人间的儿子：狄俄倪索斯和赫剌克勒斯。

赫剌克勒斯和欧律斯透斯

在赫剌克勒斯出生之前，宙斯曾当着众神宣布，珀修斯的长孙，将统治所有其他的珀修斯的子孙们。这个荣誉，本来是要给予他和阿尔克墨涅的儿子。但是阴险的赫拉，为了不让她情敌的儿子得到这个荣誉，让同样是珀修斯的孙子欧律斯透斯比赫剌克勒斯提前出生，因此欧律斯透斯成为了阿耳戈斯地区的密刻奈的国王，而后来出生的赫剌克勒斯则成了他的臣民。

欧律斯透斯担忧地注意到，他年轻的手足的越来越高的声誉，于是，向对待仆人一样派给他不同的工作去做。因为赫剌克勒斯不愿服从，宙斯于是命令他为阿耳戈斯的国王效力。但是赫剌克勒斯不愿意听命于人类，他来到得尔福请求神谕。神谕给了他这样的回答：被欧律斯透斯窃取的统治权会被神祇进行纠正，但是，赫剌克勒斯必须完成欧律斯透斯要他做的十件工作，然后才可升为神。

赫剌克勒斯由此陷入了深深的忧郁中：服从于一个低微的人，这违背了他的自尊以及他的尊严；但是不听从他的父亲宙斯，会带来灾祸，而且也是不可能的。这时赫拉觉察到这点，并使他的烦闷转变为野性的暴怒。赫剌克勒斯变得完全疯了，他甚至想谋杀他所珍爱的侄儿伊俄拉俄斯。当他的侄儿逃跑时，他射死了墨伽拉为他们生的儿子，他想像他是在射杀巨人。他疯狂了很久，直到他清醒过来，克服了所遭遇的巨大不幸。最终，时间缓解了他的苦闷，他决定接受欧律斯透斯的工作，并且来到了国王的领地提任斯。

赫剌克勒斯最初的三件工作

国王交给他的第一件工作，是要他把涅墨亚狮子的毛皮带回来。这个庞然大物栖身于珀罗奔尼撒的森林里，人类的武器不能伤到它。有些人说，它是巨人堤丰和巨蛇厄喀德那的儿子，还有些人说它是从月亮上掉下来的。

赫剌克勒斯出发到克勒俄奈去追捕狮子，在那里他受到了一个叫摩罗科斯的穷苦人的热情招待。他遇见摩罗科斯时，他正要为宙斯宰杀祭品。"好人，"赫剌克勒斯说，"让你的动物再多活30天吧！那时如果我幸运地打猎归来，你再为宙斯宰杀他们吧！如果我死了，你把我做为长眠的英雄祭祀神祇。"

剌克勒斯继续出发，他背着箭袋，一手拿着一张弓，另一只手拿着用连根拔起的野生油树做成的木棒，这是他遇见赫利孔并同他一起拔起的。一天后，他到达涅墨亚森林，赫剌克勒斯用目光视扫各个角落，要在狮子发现他之前找到这个巨大的动物。中午时分，他没有找到涅墨亚狮子足迹，也没有打听到通往它兽穴的小路，因为在森林里他没有遇到一个牧人，所有的人都由于害怕远远地躲在自己农庄里。

整个下午，他走遍了树叶茂盛的树林，他决定在他发现狮子时证实一下自己的力量，最后黄昏时分，这只狮子顺着林间小道跑了出来，在狩猎之后返回到它的峡谷。它已经饱餐一顿血肉。赫剌克勒斯躲在茂密的灌木丛后，远远地看到它，等狮子靠近，就向它的肋骨和胯之间射了一箭。但是这一箭并没有射到肉里，就像射到石头上，弹了出来，落到长满苔鲜的地上。狮子向上抬起子它的血淋淋的头，转动眼珠四处寻找，并且张开大嘴露出可怕的牙齿。现在，它的胸部正对着半神人赫剌克勒斯，于是他很快向它的心脏中心射出第二只箭。但这一次又没有射中它，箭被弹了出来落在巨兽的脚下。当狮子看到赫剌克勒斯时，他马上又向它射出第三支箭。狮子把它的长尾夹在两腿之间，脖子因恼怒而肿胀，它的鬃毛竖了起来，背部弓起。跳向它的敌人。赫剌克勒斯扔掉手中的箭和背上的兽皮，右手挥动着木棒打向狮子，当它从地上跳起一半时他击中了它的脖子。在它开始喘息之前，赫剌克勒斯抢先冲过来，他扔掉弓和箭袋，腾出手从后面扑向狮子，用手臂勒紧它的咽喉，直到它窒息而死，它可怕的灵魂回到冥王哈得斯那里。

他试了很久要把狮子的皮剥下来，可是它的皮不被铁器和石器所伤，最后，赫剌克勒斯终于想到用狮子自己的利爪来剥，狮子的皮被剥了下来。后来，他用这张狮子皮给自己做了面盾，用它的上下颚给自己做了一个新的头盔，而现在他穿起他来时的衣物，带着武器，把涅墨亚狮子皮扛在肩上，回提任斯去。

当他回到正直的摩罗科斯的家时，正是第 30 天。当英雄进入农庄时，摩罗科斯正准备祭祀赫剌克勒斯。现在，他们一起祭祀宙斯。之后，赫剌克勒斯高兴地与他们告别。当国王欧律斯透斯看到他带着这可怕的动物的皮归来时，赫剌克勒斯非凡的神力把他吓得躲在一只锅里，他通过科普柔斯把命令传达给城外的赫剌克勒斯。

英雄的第二件工作是杀死许德拉，许德拉正是堤丰和厄喀德那的女儿。它来到陆地上，撕碎牲畜，使田野成为荒野。许德拉是一只非常巨大的九头蛇，其中八颗头是可以杀死的，但中间的那一颗是杀不死的。赫剌克勒斯勇气十足的面对这次战斗，他马上架车和他的侄子伊俄拉俄斯向勒耳那出发。

外国童话名篇精选

终于，他们在阿密摩涅河的源头发现了许德拉，那是它的洞穴。赫刺克勒斯让伊俄拉俄斯勒住马，他跳下车点燃箭想把九头蛇从它的洞中逼出来。果然，许德拉喘着气冲了出来，它摇摆着九条细长的脖子，就好像狂风中摇摆的树枝。赫刺克勒斯无畏地向它走去，用力抓住它。但它却缠住他的一只脚，不打算正面交战。赫刺克勒斯试着用木棍打它的头，但是没有成功。因为打掉了一只头，就又长出了两只头。赫刺克勒斯叫伊俄拉俄斯来帮忙，伊俄拉俄斯用烧着的树枝点燃附近的树林，火焰烧灼巨蛇刚刚生出来的头，使它不能长大。最后，赫刺克勒斯砍下了许德拉不死的那颗头，把它埋在路上，并推了块巨大的石头压在上面。他把许德拉的躯干分为两段，并把他的箭浸在它有毒的血液中，从此以后，他射中敌人的箭无药可治。

欧律斯透斯的第三件任务，是要他生擒刻律涅亚山的赤牝鹿。这是一只非常漂亮的动物。它有金色的鹿角和铜脚，在阿耳卡狄亚的山上吃草。它是女神阿耳忒弥斯狩猎练习时五只鹿之一，只有它被留在森林中，因为命运决定赫刺克勒斯，辛苦地追逐它。他追逐它整整一年，经过许珀耳玻瑞俄和伊斯忒耳河的源头，终于在拉冬河追到了它。因为没有别的办法可以抓住它，所以他用箭使它瘫倒在地，并把它背起来。在那里，他遇到了女神阿耳忒弥斯和阿波罗。他们责备他要杀死她的祭祀物，并想夺走他的猎物。赫刺克勒斯为自己辩护说："我不是故意这样做的，伟大的女神，我是被逼无奈，否则，怎样才能完成欧律斯透斯的任务呢？"他这样平息了女神的愤怒，带着生擒的牝鹿回到密刻奈。

赫刺克勒斯的第四、五、六件工作

紧接着，他开始执行第四件任务：活捉厄律曼托斯山的野猪。它同样是阿耳忒弥斯的祭祀物，厄律曼托斯一带的地方一直受到它的祸害。在他开始这次冒险的路上，他遇到了西勒诺斯的儿子福罗斯，他同所有马人一样是半人牛马，他对待客人十分友好，把烤肉给客人吃，虽然他们自己吃生肉。但赫剌克勒斯向他要求美酒来佐食这顿佳肴。"亲爱的客人，"福罗斯说，"在我的地窖里正好有一桶酒，但它是属于所有的马人，我不敢打开它，因为我知道，马人们不喜欢客人。""勇敢地打开它，"赫剌克勒斯回答，"我向你保证，保护你不受任何人攻击，我现在很渴。"

这桶酒原是交给一个马人的，并命令他不要自己打开，直到120年后赫剌克勒斯来到这个地方。现在，福罗斯走到地窖，他刚刚打开罐子，所有的马人都闻到了这罐陈年葡萄酒的香味，他们蜂拥而来，向福罗斯的洞中扔石块和树枝。第一个冒险闯入者，被赫剌克勒斯用燃烧的树枝赶了出来。他边射箭边追赶其余的马人，直追到赫剌克勒斯的老朋友，善良的马人喀戎居住的玛勒亚半岛。马人们逃到喀戎这里，赫剌克勒斯弯弓向他们射了一箭，箭穿过另外一个马人的肩膀，不幸地射中喀戎的膝盖，钉在那里。现在，赫剌克勒斯认出了他童年时的朋友，他关心地跑上前，把箭拔出来，给他敷药，那药正是精通医药的喀戎亲手送给他的。但是，由于箭是在许德拉的毒血里浸过，所以伤口是不可治愈的。马人要他的兄弟们把他抬到他的洞中，希望在好朋友的怀中死去。可怜的喀戎忘记他是不死的。赫剌克勒斯挥泪告别被痛苦折磨的马人，并向他许诺，不惜任何代价要求死神，苦难的解脱者到这里来。

当赫剌克勒斯和其他马人回到他朋友的洞穴中时，他发现福罗斯死了。这是因为福罗斯一边把那只致马人于死地的箭拔出来，一边想为什么这样区区一支箭会射死巨大的生物？而这支有毒的箭从他的手中不慎滑落下来，刺伤了福罗斯的脚，毒发立即毙命。赫剌克勒斯非常悲伤，他为福罗斯举行了隆重的葬礼，将福罗斯埋在大山下面，后来这座山就被称为福罗山。

赫剌克勒斯继续出发，寻找野猪。他大声叫喊，把它从茂盛的灌木丛中赶出来，跟着它爬进雪山，他用绳索套住这只野物，把它活着带到密刻奈，完成了他的使命。

　　国王欧律斯透斯派他去做第五件工作，一件英雄不屑去做的工作。他需要在一天内把奥革阿斯的牛棚打扫干净。奥革阿斯是厄利斯的国王，他拥有非常多的牛，他的牛分年龄在宫殿前面用篱笆围起来，这三千只牛已经被养了很长时间，牛粪也就堆积很高。赫剌克勒斯要在一天内，完成这个不可能完成的工作。

　　而当这个英雄站在奥革阿斯面前，自愿提出这个请求时，没有提及欧律斯透斯国王的命令。奥革阿斯打量这个披着狮皮，有着健美身材的人，想到如此一个高贵的战士愿做奴隶做的工作，就忍不住要笑出来。但他又想：重赏之下必有勇夫，或者他来做这事是贪图厚利。他想给他重赏是无妨的，因为在一天内将牛棚打扫干净，这是无论何人都不能做到的。因此，他安慰赫剌克勒斯说："听着，外乡人，如果你能够在一天内把所有的牛粪打扫干净，我将把牛群的十分之一奖赏给你。"

　　赫剌克勒斯接受了这个条件，国王以为他将开始挖粪，但赫剌克勒斯先叫来奥革阿斯的儿子费琉斯来为此做证，然后在牛棚的一边挖了条沟，让阿尔甫斯河和珀涅俄斯河通过渠道流进来，把牛粪冲掉，又通过另一个出口流走。他就这样完成了一个侮辱性的工作，没有贬低自己去做一个神祇不屑做的工作。

　　当奥革阿斯得知赫剌克勒斯是奉欧律斯透斯的命令来完成这件事，他拒绝付酬金，并且否认他曾许下的诺言。但他解释说，他准备让法官来解决此事。当法官开庭裁判时，费琉斯出庭作证反对自己的父亲并且解释说，在赏金上他父亲确与赫剌克勒斯达成协议。奥革阿斯不等宣判结果，而是盛怒之下命令儿子放弃自己的地位和财富如外乡人一样离开。

　　经历了这次新的冒险，赫剌克勒斯回到欧律斯透斯那里。但欧律斯透斯却宣布他这次工作无效，因为赫剌克勒斯从中获得了报酬。于是，他马上派赫剌克勒斯去开始第六次冒险，驱赶斯廷法罗斯湖的怪鸟，这是一群硕大的隼鹰，像鹤一样大，有着铁翼，铁嘴和铁爪。它们栖身于阿耳卡狄亚的斯廷法罗斯湖边，它们的羽毛可以像箭一样射出，它们的嘴可以啄穿铜盾，它们在那里伤害了许多人畜。

赫剌克勒斯在经过短暂的旅程之后，到达了树丛中的湖。在这片树林里他刚好遇到一大群怪鸟，它们正在逃避狼群的袭击。赫剌克勒斯无措地站在那里，他望着这些怪鸟，不知该如何对付这一大群敌人。他感到有人轻轻地拍他的肩，回头一看，是雅典娜。她给他两面坚硬的铜钹，这是赫淮斯托斯为她铸造的，用它来对付斯廷法罗斯湖的怪鸟。赫剌克勒斯爬上靠近湖的一个小山上，敲击铜钹吓唬怪鸟们。它们由于忍受不了这种刺耳的呼啸声，恐惧地飞出树林。赫剌克勒斯抓起弓，一箭箭地将它们从空中射下来。逃走的怪鸟则离开这个地方，不再回来了。

赫剌克勒斯的第七、八、九件工作

克瑞忒的国王弥诺斯曾对海神波塞冬许诺，将海中最先浮出的东西祭献给他。因为，他强调他自己没有一个值得献给这样一个高贵的神的动物。波塞冬要考验一下他，让一只美丽的牛浮出海面。弥诺斯把这只体形美丽的牛藏在自己的牛群里，用另一只牛泉替代祭祀海神。海神因此非常愤怒，作为惩罚他让这只牛发病，并在克瑞忒岛上造成巨大的混乱。赫剌克勒斯的第七件工作就是驯服它，并把它带到欧律斯透斯这里。

当赫剌克勒斯带着这个命令来到弥诺斯这里，克瑞忒对可以除去这个破坏者而感到非常高兴，他亲自帮助赫剌克勒斯去捕捉这只发狂的动物。欧律斯透斯对这个工作结果十分满意，虽然在满心欢喜地看过这只动物后就把它给放了。当这只牛感到不再有赫剌克勒斯的控制后，它又开始发狂。它跑遍了整个拉科尼亚和阿耳卡狄亚，通过海峡跑到阿提卡的马拉松，把这里破坏得像以前在克瑞忒岛一样，一直到很久以后忒修斯才又驯服了它。

赫剌克勒斯的第八件工作，是要将特剌刻的狄俄墨得斯的牝马带回到密刻奈。狄俄墨得斯是阿瑞斯的儿子，他是好战的比斯托涅斯族的国王。他拥有这些狂野强壮的牝马，它们被人用铜槽和铁链锁住。它们的饲料不是燕麦，而是来到城堡的不幸的外乡人，他们被扔到马槽里，牝马用他们的肉作为食物。当赫剌克勒斯来到这里时，他首先抓住这个凶残的国王，把他扔进马槽里，然后制服了马厩中的看守者。牝马们饱餐之后，变得驯服了。赫剌克勒斯于是把它们赶到海边。但是，比斯托涅斯人拿着武器追了过来，赫剌克勒斯只得转身与他们战斗。他把这些牝马交给他的最好的朋友和追随者阿布得洛斯看守，他是赫耳墨斯的儿子。当赫剌克勒斯把比斯托涅斯人打跑回来时，他发现他的朋友被牝马已经撕裂。他深深地哀悼阿布得洛斯，并为纪念他建立了阿布得洛斯城。然后，他再次驯服牝马，平安地把它们带给欧律斯透斯。

最后一次工作，是对抗阿玛宗人。他的这次新历险，是要把阿边宗人的女王希波吕忒的腰带带给欧律斯透斯的女儿阿特梅塔。阿玛宗人住在蓬托斯的忒耳摩冬河畔。这是一个女人国，她们买卖男人，并且只养育她们的女儿。她们成群结队地去作战，希波吕忒是她们的女王。她戴着战神亲自送她的腰带，以显示她的荣誉。

赫剌克勒斯召集一些自愿前往的战友到一条船上，在经过许多的冒险后，他们到达了阿玛宗城的忒弥斯库拉海港。在这里阿玛宗的女王遇到了他，英雄的美貌引起了她的注意。当她探听到他来此的目的时，她答应把腰带给他。但是赫剌克勒斯的不可调解的敌人变成一个阿玛宗人的样子，混在其他人中间，传播谣言，说有个敌人要拐走她们的国王，即刻所有的人都骑上马到城外对赫剌克勒斯进行攻击。普通的阿玛宗人和赫剌克勒斯的随从战斗，高贵的阿玛宗人与赫剌克勒斯本人进行艰苦的战斗。第一个开始与他战斗的叫做埃拉或风娘，她以快速著称。但她发现赫剌克勒斯比她还要快，她不得不屈服，并在逃跑时被他抓住杀死。第二个敌人刚与他交手就倒下了。第三个叫普洛托厄，她曾在两人的战斗中七次获胜。在她的失败后，又有八个人倒下，其中三个曾在阿耳忒弥斯的狩猎中取胜。阿尔喀珀，她曾经发誓终身不嫁，也死了。此后阿玛宗人的首领墨拉尼珀也被捉住，赫剌克勒斯捉住了所有的逃跑者，女王希波吕忒把腰带交了出来，就像她在战前许诺过的那样，赫剌克勒斯把它当做赎金放了墨拉尼珀。

赫剌克勒斯的最后三件工作

当赫剌克勒斯把国王希波吕忒的腰带放到欧律斯透斯的脚下时，他不允许他休息，而是命他马上出发，把巨人革律翁的牛带来。这是在伽得伊剌的海湾上名叫厄律提亚岛上的一只漂亮的棕红色的公牛，它由另一个巨人和一只两个头的狗来看守着。革律翁长得无比的巨大，有三个身躯，三个脑袋，六条胳膊和六只脚，还没有一个人类来向他挑战过。

赫剌克勒斯为这次艰巨的工作做了许多准备。他要与著名的伊柏里亚国王克律萨俄耳，也就是革律翁的父亲作战。除了革律翁，还有克律萨俄耳的三个儿子与他作战，每个儿子都拥有由好战的男人们组成的人数众多的军队。由此可以看出，欧律斯透斯交给赫剌克勒斯的每件任务时，都希望他所憎恶的这个人的生命能够在这样一场战斗中结束。

但是，赫剌克勒斯并不惧怕所面对的危险，就像先前一样。他在克瑞忒岛上集结好他的军队，这个岛是他从野兽中解放出来的。他们首先到达利比亚，在这里他与该亚的一个巨人儿子安泰俄斯格斗，安泰俄斯一触摸到大地——他的母亲，他就可以重新恢复力量。赫剌克勒斯用强有力的手臂将他抱起，并把他举起来，在空中把他扼死。赫剌克勒斯把食人的动物从利比亚清除干净，在他去完成他的任务中，他遇见的都是由这些野兽和邪恶的人在进行残和不公平的统治，所以，他痛恨这些野兽和邪恶的人。

经过长时间的跋涉，赫剌克勒斯来到了大西洋在这里，他找到了两个有名的赫剌克勒斯柱子。

太阳可怕的燃烧着。赫剌克勒斯不能忍受，他瞄准天空，弯弓搭箭威胁要把太阳神射下来。太阳神钦佩他的勇气，借给他一只金碗让他可以继续前进，太阳神每晚用它从地面回到天上。赫剌克勒斯用这只碗和他的同伴们，向对面的伊柏里亚航行。

在这里，他发现了克律萨俄耳的三个儿子和三支庞大的军队，三支军队都在相距不远处扎营，但赫剌克勒斯只用两次战斗就杀死了他们的统帅，征服了这片土地。

然后，他来到了厄律提亚岛，革律翁和他的牧群居住在这里。当那只两只脑袋的狗发现赫剌克勒斯的到来时，它想逃跑。但赫利克勒斯还是用棒子打死了它，虽然当时巨大的牧牛人也来帮忙。赫剌克勒斯绑住那只牛，但是革律翁抓住他不放，开始一场恶战。赫拉现身亲自帮助巨人，但赫剌克勒斯一箭射中她的胸部，女神惊吓地逃走。他第二箭射中巨人的身躯，杀死了他。在经历了各种各样的冒险，赫剌克勒斯带着牛经过伊柏里亚、意大利，回到希腊和连接特剌刻与伊吕里亚的海峡。

现在赫剌克勒斯开始第十项工作。因为有两件工作欧律斯透斯不承认，所以他还要再多完成两件工作。

很久以前，在宙斯和赫拉的婚礼时，所有的神祇都带着礼物献给他们，就连地母该亚也不落后，她从海洋西岸带来一颗长满金苹果的树。夜神的四个女儿赫斯珀里得姊妹看守着这个圣花园，此外，还有生着百个头的巨龙拉冬也守在那里，它永远不睡觉。它的每个咽喉都发出不同的声音，所以一听到声音就知道它在附近。

欧律斯透斯的命令，就是让赫剌克勒斯摘圣花园的金苹果。这个半神人踏上了漫长、危险重重的旅程。首先，他到达了巨人忒墨洛斯居住的忒萨吕，忒墨洛斯遇到赫剌克勒斯，他要用坚硬的脑壳撞死半神人，但是，赫剌克勒斯的脑壳把巨人的头撞得粉碎。接着，在厄刻多洛斯河，英雄碰到了另一个怪物，阿瑞斯和皮瑞涅的儿子库克诺斯。当赫剌克勒斯向他询问去赫斯珀里得姊妹的花园的路时，他向这个过路人进行挑战，但被他杀死。这时阿瑞斯现身，战神要亲自为被杀死的儿子报仇。赫剌克勒斯被迫同他开战，但是宙斯不愿意他的儿子们自相残杀，一个突然的闪电在他们中间炸响，把他们分开。

赫剌克勒斯继续前进，经过伊吕里亚，跨过厄里达诺斯河，来到宙斯和忒弥斯所生的仙女处，她们就住在这条河岸上。赫剌克勒斯向她们打听去赫斯珀利得花园的路。"去找老河神涅柔斯，"她回答，"他是个先知，知道许多事情。在睡觉时袭击他，绑住他，这样他会被迫给你指出正确的方向。"赫剌克勒斯听从这个建议，制服了河神，虽然他像往常一样变换为不同的形象。他抓住河神不放，直到打听到赫斯珀利得的金苹果树花园在哪个地方，然后继续向利比亚和埃及进发。

在埃及，那里发生了严重的饥荒，波塞冬和吕西阿那萨的儿子部西里斯统治着那里。先知对他预言，如果每年为宙斯杀死一个异乡人可使贫瘠变为富饶。部西里斯为了感激他的神喻，先把这个先知杀掉。逐渐地这个野蛮人喜好上这种行为，把所有到埃及的外乡人都杀死。所以，赫剌克勒斯也被抓起来，他被拖到宙斯祭坛前。他挣断绳索，把部西里斯、他的儿子和祭司撕成碎片。

经历了另一些冒险后，赫剌克勒斯终于到达了阿特拉斯背负着天的地方，这里离赫斯珀利得看守的金苹果树很近。普罗密修斯建议他不要自己去抢金苹果，而是让阿特拉斯去摘它，赫剌克勒斯自己则替阿特拉斯背负着天空。阿特拉斯同意他的办法。于是，赫剌克勒斯用强有力的肩膀负起了天顶。阿特拉斯诱使巨龙盘在树下睡觉，并杀死了它，然后骗过了看守者们，摘下了三只金苹果，平安地带给赫剌克勒斯。他说："我的肩膀头一次感到没有黄铜天空的负担，我不愿再扛着它了。"他把苹果扔到赫剌克勒斯脚下，让他继续背负着不能忍受的重负。

赫剌克勒斯必须想个对策来获得自由。他对阿特拉斯说："让我往头上绑团棉花，不然，我的脑袋就会被这可怕的重物压碎了。"阿特拉斯认为这是个合理的要求，就又接过了重负。他想用不了一会儿，就不用背着天了。但要等到赫剌克勒斯重新接过重负，他就要一直等下去。

国童话名篇精选

这个骗子也被骗了。赫剌克勒斯从草地上捡起金苹果，把它们带给欧律斯透斯。欧律斯透斯以为他会因此丧命，但赫剌克勒斯却没有死，于是把金苹果赐给赫剌克勒斯。而赫剌克勒斯把它们供给雅典娜，但女神知道这些圣果是不可以放到别处的，就把金苹果带回到赫斯珀利得的花园。

最后一次冒险，狡诈的国王让他到他的英雄力量无用武之地的地方：与地府的黑暗力量搏斗。他要把冥王哈得斯的看门狗刻耳柏洛斯从地府里带出来。这只怪物有三个头，每只可怕的嘴都流着毒涎。身后是一条龙尾，头和背上的毛是盘着咝咝作响的毒蛇。

赫剌克勒斯为了给这次可怕的行程做准备，来到了厄琉西斯城，在那里一个见闻广博的祭司向他透露了上天和地府中的秘密。这样，赫剌克勒斯带着神秘的力量来到珀罗奔尼撒的泰那戎城，在这里他找到了地府的门。由灵魂的陪伴者赫耳墨斯引导，他下到幽深的山谷里，来到冥王哈得斯，即普路同的地府之城。那些在哈得斯城门前悲惨的徘徊的阴魂们，一看到活生生的有血有肉的人就逃跑了，只有墨杜萨和墨勒阿革洛斯的灵魂敢驻足。赫剌克勒斯想用剑杀死他们，可是赫耳墨斯拉住他的手臂，教授他，这些灵魂只是空壳，剑无法伤到他们。半神人同墨勒阿革洛斯的灵魂很友好地谈话，并答应他向他在人间的亲爱的姐姐问候。

在快到哈得斯大门时，他看到了朋友忒修斯和庇里托俄斯。忒修斯是陪庇里托俄斯到地府，向珀耳塞福涅求婚的。而这两个人，由于这次狂妄的大胆行为而被普路同锁在他们休息的大石头上。当他俩看到好朋友时，向他伸出求助的手，颤抖地期望可以依靠赫剌克勒斯的力量，重新回到上面的世界。赫剌克勒斯抓住忒修斯的手，解开他的锁链，把他扶起来。当他要释放庇里托俄斯时，却失败了，因为他脚下的地面开始摇动，打不开锁链。

死亡城市的门口站着冥王哈得斯，挡在那里。但英雄的箭却射穿了他的肩膀，他感到死亡般的痛疼。当赫剌克勒斯请求他把看门狗交出时，他很快答应了。但他有一个要求，赫剌克勒斯必须不用武器去制服这只狗。于是，赫剌克勒斯只穿着胸甲，披着狮子皮，去找寻这只怪物。他发现它蹲坐在阿刻戎的门口，他不管它的三个如钟一样大的头发出如雷声般的狂吠，用胳膊抱着它的脖子，腿夹住三个头，不让它跑掉。怪物的尾巴是条活着的蛇，它扑到前面，咬他的身体。他任由怪物咬他，死扼住它不放，直到把这个难以驾驭的怪物驯服。于是，他举起它，通过阿耳戈利斯的特洛，那儿有地府另一个出口，平安地又回来了人间。

这只狗看到地上的阳光，恐惧地开始口吐毒涎，于是，这里长出了有毒的乌头树。赫剌克勒斯马上锁上它，把它带到提任斯。当这个怪物被带到欧律斯透斯面前时，他惊讶得不敢相信自己的眼睛。他这才相信除掉他所恨的赫剌克勒斯是不可能的，这是命运安排的。他释放了英雄，让他把恶狗带回到地府。

赫剌克勒斯和欧律托斯

在经历了这些磨难之后，赫剌克勒斯终于从欧律斯透斯的工作中解脱出来，他回到忒拜。他和他的妻子墨伽拉不能再一起生活了，由于他在失去理智时杀死了他们的孩子。他遵从她的意愿，把她给了他喜爱的侄子伊俄拉俄斯做妻子。现在，他开始寻找一个新的妻子。

他爱上漂亮的伊俄勒，她是国王欧律托斯的女儿。在赫剌克勒斯童年的时候，欧律托斯曾经教他射箭。国王许诺，谁在射箭比赛中战胜他和他的儿子们就可以得到他的女儿。得到这个消息，赫剌克勒斯赶忙来到俄卡利亚，混在一大群竞争者中。在这次竞赛中，赫剌克勒斯战胜了国王和他的儿子们，证明了自己不愧为老欧律托斯的学生。国王很尊重地款待他的客人，但他心中对于他的胜利却很震惊，他想起了墨伽拉的遭遇，害怕他的女儿遭到同样的命运。他对英雄解释说：他还需要充分的时间来考虑这门婚事。

这时候，欧律托斯的最年长的儿子伊菲托斯与赫剌克勒斯同年，他对待这个强壮而有英雄气概的客人非常慷慨，他们成为亲密的朋友。伊菲托斯利用谈论各种技术的机会来使他父亲对这个外乡人产生好感，欧律托斯却固执地拒绝。赫剌克勒斯忧郁地离开了皇宫，在异地徘徊了很久。这时，有人来报告国王欧律托斯，有一个强盗偷了国王的牛群。这是狡猾的骗子奥托吕科斯干的坏事，他在许多地方偷窃并且因此成名。恼怒的国王却说："除了赫剌克勒斯，没有人敢做这件事。因为我没有答应把女儿嫁给这个杀死自己孩子的人，他卑鄙地报复我！"伊菲托斯婉转地为他的朋友辩护，并亲自去找赫剌克勒斯，请求同他一起把被偷的牛找回来。赫剌克勒斯友好地接待了国王的儿子，并表示准备和他一起去找丢失的牛。正当他们爬上提任斯的城墙，寻找丢失的牛时，赫拉使剌克勒斯失去了理智，他又一次疯病发作，把他的忠诚的朋友当作他父亲的同谋者，并将他从高高的城墙上扔了下去。

赫剌克勒斯和阿德墨托斯

当赫剌克勒斯离开俄卡利亚王宫，在异乡流浪时，发生了下面这件事。在忒萨吕的费赖城住着国王阿德墨托斯和他年轻漂亮的妻子阿尔刻提斯，她非常爱她的丈夫，他们有几个可爱的孩子，并为幸福的人民所爱戴。当国王阿德墨托斯的生命即将结束时，他叫来他的朋友阿波罗保护他。命运女神答应阿波罗，如果有人愿为阿德墨托斯死，代替他到地府里，那么他就可以逃脱死神的威胁。阿波罗离开奥林帕斯山来到阿德墨托斯身边，把死亡的消息带给他，同时，也告诉他怎样才能摆脱命运的安排。

阿德墨托斯是个诚实的人，但他热爱生命。当他的亲人和所有他的子民得知要失去家庭的顶梁柱、贤夫和慈父、贤明的君主时，都很吃惊。因此，阿德墨托斯四处找寻愿意替他死的朋友。但是却没有一个愿意替他死。虽然开始时他们悲叹将要遭受的损失，但当他们听到如何可以保住国王的生命时却沉默了。国王年老的父亲斐瑞斯和同样年迈的母亲虽然已是风烛残年，却也希望多活几日，而不愿替儿子去死。只有他青春并且充满活力的妻子，他美丽孩子们的母亲阿尔刻提斯纯洁无私地爱着她的丈夫，愿意为他去死。她刚说出这句话，死神塔那托斯的黑暗使者就来到了宫门口，要把牺牲者带到阴暗的地府。

当阿波罗看到死神的到来时，他飞快地离开了王宫，因为他是生命之神，不愿意被死神所沾污。虔诚的阿尔刻提斯把自己当作牺牲者，在清泉中沐浴，穿上节日的盛装，佩戴上珠宝。她装饰完毕后，在屋里的祭坛前向死神祈祷，然后她拥抱了她的孩子们和丈夫。她一天天地消瘦，直到最后的时刻。她被仆人们簇拥着，身旁站着她的丈夫和孩子们，迎接地狱的使者。

她与她的家人欢庆别离。"让我告诉你我的心里话，"她对她的丈夫说，"因为我把你的生命看作比我自己的还重要，我愿意为你去死，虽然我现在可以不去死。但没有你照看孩子们，我活不下去。你的父亲和母亲背叛了你，虽然他们可以光荣地去死，这样你也不会孤独地活着，我们的孩子也不会成为没有母亲的孤儿。不过神是这样安排的，所以我只请求你记住我做的善事，不要为你也所深爱的孩子们找继母，她可能会因为嫉妒而折磨我们的孩子。"她的丈夫流着泪向她发誓，她活着是他的妻子，死了也是她的妻子。然后，阿尔刻提斯把孩子们交给他，昏倒在地。

在人们为阿尔刻提斯准备葬礼时，四处流浪的赫刺克勒斯来觐了费赖城的王宫门前。他正和一个王宫的仆人聊天，国王阿德墨托斯刚好走了过来。他隐藏着自己的悲哀，热情地招待这个客人，赫刺克勒斯看到他穿着丧服，寻问他的不幸时，他不愿客人也悲伤或被吓跑，所以只是含糊地回答他，他的一个远亲死了。赫刺克勒斯没有改变快乐的心情，叫一个仆人到屋里，给他端酒。

当他注意到仆人悲哀的神情时，对他的过分悲哀不满。"你怎么看起来这么严肃庄重？"他说："一个仆人应该很热情地对待客人！一个外人死在这里，你就这样，你不知道这是凡人共同的命运吗？痛苦会让生命更加悲惨。去吧，在头上戴个花环就像我一样，和我一起喝酒！我知道，满溢的酒杯会很快抹去你额上的皱纹。"但仆人悲伤地走出去。"我们遭受了一个不幸！"他说，"这使我们失去欢笑和饮宴的心情，斐瑞斯的儿子真是一个好客的主人，他可以在心情如此悲伤的时候，招待一个心情这样快活的客人。"

"我不应该快活吗？"赫剌克勒斯愠怒地问道。"就因为一个不相识的女人死了？"

"一个不相识的女人！"仆人诧异地喊道，"对你来说她是个不相识的人，对我们可不是的！"

"这样说来，阿德墨托斯没有对我说实情，"赫剌克勒斯沉思着。仆人却说："随你去快活吧，只有她的朋友和仆人才会痛苦！"直到赫剌克勒斯了解到实情，他不再沉默。"这怎么可能？"他叫道："他失去了一个如此美丽善良的妻子，还可以殷勤地招待一个外乡人。进门的时候我还感到勉强，而现在我在一个哀伤的屋子里却头戴花环，饮酒作乐！告诉我，她葬在什么地方？"

"如果你顺着拉里萨大道一直走，"仆人回答道，"你就可以看到已经竖起的墓碑。"仆人边说边走了出去。

独自留下的赫剌克勒斯并不悲伤，而是迅速做出了一个决定："我一定要救活这个已死的妇人。"他对自己说，"让她重新活着，在她丈夫的屋子里。除此以外没有可报答他的礼遇。我要在她的墓碑旁等待死神。当他来饮祭祀给死者的血时，我从后面跳出来，迅速抓住他，用手臂勒住他。世上没有任何力量可以让我放走他，除非他把他的战利品交出来。"带着这个决心，他离开了寂静的王宫。

阿德墨托斯回到没有人的屋子，悲哀地看着他的孤独的孩子们，深深地哀悼他的妻子，没有人能够安慰他，减轻他的悲哀。此时他的客人赫剌克勒斯又回来了，他手牵着一个戴面纱的女人。他说："哦，国王，你不应该对我隐瞒你妻子的死。你在你的家里款待我，好像你只是在哀悼一个陌生人。因此，我在不明真相的情况下犯了错误，在你不幸的家里饮酒作乐。我希望你不要在不幸中继续悲哀。听我说，我之所以要再次回来，是因为我在一次比赛中赢了这个女人，现在我要去特拉西亚与比斯托涅斯人的国王作战，在我完成此事之前；我把这个女人作为仆人交给你，你要把她当作朋友的财产照顾。"

听到赫剌克勒斯这样说，阿德墨托斯很惊讶，"我并不是因为蔑视或看不起朋友而隐瞒我妻子的死，"他解释说，"而是我不愿意你到另外一个朋友家而增加我的悲哀。至于这个女人，我求你把她带到别人家吧，不要带到我这里，我的负担已经够重了。在这个城里，你还有很多别的朋友。我怎能在家里看到这个女人而不流泪呢？我怎能安排她住在我死去妻子的屋里？太过分了！我害怕费赖城人的闲话，我也害怕死者的指责！"国王这样拒绝赫剌克勒斯，但他好奇地盯住这个戴着厚厚面纱的女人。"哦，女人，你是谁？"他叹息道，"知道吗，你的高矮和体形与我的阿尔刻提斯非常相像。赫剌克勒斯，我对天神发誓，把她带走吧，我的痛苦会小一点；因为我一看到她，就像看到我死去的妻子，泪水就会涌出来，我就会陷入新的悲痛中。"

赫剌克勒斯隐藏起他真实的情感，悲哀地回答他："哦，要是宙斯给我力量把你勇敢的妻子救回到人间，来报答你的友情就好了！""我知道，如果能够，你会做的，"阿德墨托斯悲哀地说："但有哪个死人可以回到人间呢？""现在，"赫剌克勒斯愉快地走上前，"因为这不能发生，所以让时间来减轻你的痛苦吧，死者也不愿看到你的悲哀。不要忘了，你第二个妻子可以带来幸福愉快。为了我，接受我带到你家里的高贵的女子吧，至少试一试。"

阿德墨托斯看出他的客人不是要侮辱和纠缠他，因此命令仆人把这个女人带到里面去。"这个年轻的女人不相信仆人，你要自己带她进去!"赫刺克勒斯对他说。

"不!"阿德墨托斯说，"我不能碰她，不能破坏我对死者的誓育。我不会带她进去!"赫刺克勒斯还不放弃，直到要他牵住带面纱女人的手。"现在，"赫刺克勒斯高兴地说，"珍爱她吧! 仔细看看这个年轻的女人，是不是真的像你的妻子，结束你的悲哀吧!"

说着他揭开女人的面纱，把又活过来的妻子交给吃惊且怀疑的国王。当他抓住妻子的手，害怕而颤抖地看着她时，赫刺克勒斯向他述说他是如何在坟墓前抓住死神，把他的战利品夺了过来。阿德墨托斯拥抱妻子，但她沉默不语，不能回答他热情的话语。"你现在不会听到她的声音，"赫刺克勒斯解释，"直到第三天，死神的束缚完全结束，她才会说话。先把她带到你的房间，庆祝你们的团圆。因为你对一个外乡人高贵的款待，所以她又属于你了。我还要继续走我自己的路。"

"祝你平安，英雄!"阿德墨托斯在分别后喊道，"你带给我更美好的生活，相信我，我感谢老天赐福! 所有我的人民将以歌唱舞蹈来庆祝，让祭坛燃起香火! 让我们为你，宙斯伟大的儿子哟，用感谢和爱祈祷!"

赫刺克勒斯为翁法勒服役

虽然赫刺克勒斯是由于疯病而杀死伊菲托斯，但他仍感到心情沉重。他从一个国家走到另一个国家，为了净罪。首先，他来找皮罗斯的国王涅琉斯，然后到斯巴达拜见国王希波科翁。但两个国王都拒绝了他。最后亚密克莱的国王伊福玻斯接待了他，为他净罪。天神这回严厉地惩罚他，让他患了重病。这位向来健康有力的英雄，不能忍受突然的虚弱，他来到得尔福，希望皮提亚的神谕可以找到医治他的办法。但是女巫拒绝同这个罪犯说话。于是，赫刺克勒斯把三脚圣坛偷了出来，扛到旷野中，自己请求神谕。他这种大胆的行为激怒了阿波罗，阿波罗现身向赫剌克勒斯挑战。但宙斯不愿看到他们兄弟互相残杀，再次调停战斗，在两个人中间放了一块陨石。现在赫剌克勒斯终于得到了神谕，如果他卖身三年为奴，把所得的钱交给死者的父亲，就能赎罪。

赫剌克勒斯由于疾病缠身，听从了苛刻的神谕。他与几个朋友航海到亚细亚，在那里他把自己卖给翁法勒作奴隶。翁法勒是那时被叫做迈俄尼亚的女王，后来被称作吕狄亚。卖身的钱转交给了欧律托斯，他拒绝这些钱，钱又转送给伊菲托斯的孩子们。

现在，赫剌克勒斯的病痊愈了，他对自己重新获得的力量充满自信。开始展现他的英雄气概。虽然，他还是翁法勒的奴隶，他继续造福人类。他惩罚了他主人境内的所有强盗，使邻国恐慌。在厄斐索斯附近居住的刻耳科珀斯人，由于他们四处掠夺引起了人们的不安，赫剌克勒斯把他们一部分杀掉，一部分锁起来带给翁法勒。奥利斯的国王绪琉斯是波塞冬的儿子，他抓住往来的过客，逼他们为他耕种葡萄园。赫剌克勒斯用铲子挖平葡萄园，把葡萄树连根拔起。他毁坏了伊托涅斯城市，使所有的居民成为奴隶，因为绪琉斯经常侵犯翁法勒的领土。在吕狄亚，弥达斯的一个儿子利堤厄耳塞斯作恶多端，他是一个极富的人，邀请所有经过的客人，他对他们非常礼貌，在吃完饭后逼迫他们为他耕种，晚上他就砍下他们的脑袋。赫剌克勒斯也杀死了这个恶人，把他扔到迈安得洛斯河里。

翁法勒对她的奴隶的英勇行为很震惊，怀疑这个奴隶是一个闻名的英雄。此后，她得知赫剌克勒斯是宙斯伟大的儿子，她不但承认他的功绩，还还给他自由，并嫁给了他。赫剌克勒斯在这个东方国家过着奢华的生活，忘记了他年轻时在十字路口美德女神对他的教诲。他变得纵欲无度，他的妻子翁法勒也以羞辱他为乐。她披着赫剌克勒斯的狮子皮，而让赫剌克勒斯穿着女人的衣服。使他陷入盲目的爱，他

外国童话名篇精选

竟然坐在她的脚下纺线。那曾经替阿特拉斯支撑起天空的脖子现在戴着金项链，强壮英雄臂膀戴着镶着珠宝的手镯，他那被修剪的卷发上带着吕狄亚女人的发饰，身上披着女人的长服。他同其他爱奥尼亚的侍女坐在一起，用他的手指纺线，并害怕因完不成当天的工作而受主人的责骂。当女主人心情好时，这个男扮女装的英雄必须为她和她的宫女们讲述他过去的英雄事迹：如他婴儿时用手掐死两只大蛇；少年时杀死巨人革律翁；他如何把许德拉的不死之头割下；他如何把地府的看门狗带出来……这些故事吸引着这些女人，就如孩子们喜欢保姆讲故事一样。

最后，当他为翁法勒的服役期满时，赫剌克勒斯从迷惑中清醒过来。他憎恶地摔下妇人的服饰，他又成为宙斯那充满神力的儿子，充满英勇的决心。当他获得自由时，他决定向他的仇人们报仇。

赫剌克勒斯以后的英雄事迹

首先，他出发前往特洛亚，要惩罚那个凶暴而专制的国王拉俄墨冬。因为，当赫剌克勒斯结束阿玛宗人的战斗回来的时候，他救了拉俄墨冬那被恶龙威胁的女儿赫西俄涅。拉俄墨冬违背了许诺给他的报酬——阿瑞斯的快马，而且还辱骂他。

现在，赫剌克勒斯带着六只船和一小队战士，其中有希腊的第一勇士珀琉斯、俄琉斯、忒拉蒙。赫剌克勒斯身披狮子皮来到他们举行的盛宴上。忒拉蒙从桌后站起身，用一只盛满酒的金碗迎接主人，请他坐下并饮酒。赫剌克勒斯为他的盛情所感动，他举手向天请求道："父亲宙斯，如果你仁慈地听到我的请求，我现在恳求你，赐与没有子嗣的忒拉蒙一个勇敢的儿子。他将如披着涅墨亚狮子皮的我一样永远充满勇气！"赫剌克勒斯刚说完，天神就派来一只雄鹰。赫剌克勒斯满心欢喜，他像一个预言家般高声地说"是的，忒拉蒙，你将得到一个你所期望的儿子！他将如这只威严的雄鹰一样英勇。埃阿斯是他的名字，他将在战斗中取得声望。"

赫剌克勒斯然后与忒拉蒙和其他英雄出发远征特洛亚。当他们登陆后，他让俄琉斯看守船只，他自己和其他勇士向城市前进。此间，拉俄墨冬带着他匆忙召集的士兵攻击英雄们的船只。俄琉斯在战斗中被杀。但当他重新回到城里时，却被赫剌克勒斯包围了。忒拉蒙攻破城墙，首先冲进城里，赫剌克勒斯随后攻入。这是他生命中第一次落于人后，他嫉妒忒拉蒙，心中升起一个可怕的想法。他举起剑，砍向走在他前面的忒拉蒙，忒拉蒙看到他的举动，并从他的姿势中猜出他的图谋。他冷静地堆集他身旁的石头，赫剌克勒斯问他这是做什么，他回答："我为胜利者赫剌克勒斯建立圣坛！"这个回答消除了赫剌克勒斯由于嫉妒产生的恼怒，他们重新一起战斗。赫剌克勒斯用他的箭射死了拉俄墨冬和他的几个儿子，只有一个除外。

当他们征服了城市时，赫剌克勒斯把拉俄墨冬的女儿赫西俄涅送给忒拉蒙作为战利品。同时，许可她选择一个战俘释放，她选择了她的弟弟波达耳刻斯。"很好，他是你的了，"赫剌克勒斯说，"但他首先必须忍受耻辱，成为奴隶，然后你可以用钱赎回他！"当男孩被卖做奴隶时，赫西俄涅从头上扯下皇族的头饰用它赎回他的兄弟。以后他就改名叫普里阿摩斯，意为被卖的人。

赫拉嫉恨这半神英雄的胜利。在他从特洛亚回去时，使他遭遇猛烈的风暴。但他被愤怒的宙斯搭救。在经历了许多冒险后，赫剌克勒斯决定第二个报仇的人：国王奥革阿斯。他也是在以前拒绝给赫剌克勒斯报酬的人。他征服了厄利斯城，杀死了奥革阿斯和他的儿子们，除了费琉斯。由于他们的友情，他将厄利斯王国赠给了费琉斯。这次胜利后，赫剌克勒斯恢复了奥林帕斯竞技会，并给创始人珀罗普斯建立了圣坛。

现在该惩罚斯巴达的希波科翁，他是第二个在赫剌克勒斯杀死伊菲托斯后不为他净罪的国王。他对国王的儿子们也很仇恨，因为他们

外国童话名篇精选

用棍棒打死了他的朋友兼舅父俄俄诺斯。赫剌克勒斯召集了一队人，征服了勇敢善战的斯巴达人。他杀死了希波科翁和他的儿子们后，使卡斯托尔和波吕丢刻斯的父亲廷达瑞俄斯登上王位，但他保留着他交给廷达瑞俄斯的国家，这是他为他的子孙准备的。

赫剌克勒斯和得伊阿尼拉

赫剌克勒斯在珀罗奔尼撒做出了许多英雄事迹，随后，他来到了埃托利亚和卡吕冬的国王俄纽斯那里。他有一个漂亮的女儿名字叫得伊阿尼拉。由于一个讨厌的求婚者，她遭受到的苦恼比任何一个埃托利亚女人都多。她原来住在她父亲的另一个城市普琉戎。河神阿刻罗俄斯变成三种形象向她的父亲求婚。一次他变成一头牛，另一次他变成一只闪光的龙，最后一次他变成有牛头的人形，从多毛的下巴流着泉水。得伊阿尼拉深深地苦恼着，不能忍受这个可怕的求婚者，她请求神祇赐她一死。她长时间地拒绝这个求婚者，可是他却更加固执，他的父亲好像并不拒绝把她父嫁给古代神祇的后裔。

第二个求婚者赫剌克勒斯的出现虽然晚了点，却正是时候。他的朋友墨勒阿革洛斯在地府里曾经向他讲述得伊阿尼拉如何美丽，他知道要经过激烈地竞争才可赢得这个可爱的年轻姑娘。当他来到王宫时，微风吹动他披着的狮子皮，箭袋里的箭在摇动，他在空中摇动着木棒。当头上有角的河神看到他的到来时，牛头上的青筋暴胀，他企图用角撞赫剌克勒斯。国王不想因为拒绝而冒犯两个强大的求婚者。他应允将女儿许给两人中的胜利者为妻。

很快在国王，王后和他们的女儿得伊阿尼拉面前开始了一场激烈的争斗。赫剌克勒斯用拳头、弓箭袭击对方，但是却没有对巨大的牛头造成损伤。而河神试图用角撞死赫剌克勒斯。最后，这场战斗成为肉博，他们手臂扭着手臂，脚缠着脚，汗水从他们的头和身上涌出，两个都由于超人的力量而发出雷鸣的吼声。最后，宙斯的儿子占了优势，把河神摔到地上。他马上变成一条蛇，赫剌克勒斯抓住它，若不是阿刻罗俄斯突然又变成牛，他会杀死它。赫剌克勒斯没有因此张惶失措，他抓住它的角，用力把它摔到地上，角被折断了。河神承认失败，离开了胜利的新郎。

英雄的婚礼并没有改变他生活的态度，他又立即进行如同以前的一个接一个的冒险。当一次他与他的妻子和她的父亲在家中时，无意中杀死一个男仆，他又一次逃亡，并带着他年轻的妻子和他们的小儿子许罗斯。

赫剌克勒斯和涅索斯

他们来到达欧厄诺斯河，在那里他遇到了马人涅索斯，他背负过路人过河来赚取报酬。他说这是神相信他的忠诚而交给他这项特权。赫剌克勒斯自己不需要他的服务，他可以大力跨过河流不需要别人帮忙。他把得伊阿尼拉交给涅索斯，并给了涅索斯索要的报酬。马人把赫剌克勒斯的妻子背在肩上，驮着她过河，但到了河中间，由于被这个女人的美貌所迷惑，他冒险抚摸她美丽的手臂。在港口的赫剌克勒斯听到妻子的呼救声，急忙转身。当他看到这个多毛的怪物欺凌他的妻子时，毫不迟疑地从箭袋里掏出一只箭，射向正在上岸的涅索斯，箭射穿了他的胸膛。

得伊阿尼拉从倒地的涅索斯手中逃脱出来，想要奔向丈夫，这时濒于死亡还想要报仇的马人叫住她，欺骗她说："听我说，俄纽斯的女儿，因为你是我背的最后一个人，所以你应从我的服役中得到一些好处。你照我说的做，收集从我致命伤口中流出的新鲜的血液。在浸过许德拉蛇毒的箭射入的地方，血液凝结，容易拾取。这样，你就可以把它做为魔药来管束你的丈夫。把他的内衣涂上这种魔药，这样，他就永远不会爱上除你以外的女人！"他说完这些恶毒的劝告之后，马上毒发身亡。

得伊阿尼拉虽然不怀疑丈夫对她的爱，但还是照涅索斯所说，把凝结的血块收集到手中的小罐里保存起来。她没有让远处站着的赫剌克勒看到。两个人共同经历了其它的冒险，幸福地来到忒萨吕的达特剌喀斯，好客的国王刻宇克斯让他们在那里住下。

伊俄勒和得伊阿尼拉、赫剌克勒斯的结局

赫剌克勒斯最后的战斗是与欧律托斯做战，这是由于他与欧律托斯的旧怨：欧律托斯拒绝把他的女儿伊俄勒嫁给他。他在希腊组成一个庞大的军队，向欧玻亚出发，准备包围欧律托斯和他儿子们所在的首都俄卡利亚。他胜利了！巍峨的宫殿被夷为平地，他杀死了国王和他的三个儿子，毁灭了整个城市，依然美丽和年轻的伊俄勒成为了赫剌克勒斯的俘虏。

这时，得伊阿尼拉正在家中担心地等待着丈夫的消息。终于使者来报信："你的丈夫，啊，女王，他还活着，将带着胜利的荣誉归来！他的仆人利卡斯在宽阔的草地上向民众们宣布胜利。赫剌克勒斯由于要绕道到欧玻亚的刻奈翁半岛上祭祀宙斯，所以要晚一些到达。"很快利卡斯护送着俘虏出现了。"我的女王啊，"他对得伊阿尼拉说，"神嫉恶如仇，他们保佑赫剌克勒斯正义的事业。生活豪华而善于欺骗的人都被打到地府里去了，他们的城市已经被我们奴役。但我们带来的俘虏，你的丈夫希望你饶恕他们，尤其是跪在你脚边的不幸的女人。

得伊阿尼拉带着深深的同情看着这个漂亮年轻，有着可爱的身材和眼睛的女孩，她把她从地上扶起来说："是啊，可爱的人，当我一看到不幸的人流落异乡，自由的人遭到奴役时，我总是很心疼。啊，宙斯，啊，征服者，但愿你的手永不要将这样的忧愁加在我们身上！但你是谁呢，可怜的女子？你看起来还是个处女，诞生于高贵的家庭。告诉我，利卡斯，她的父母是谁？"

"我怎么知道呢？你为什么要问我？"使者掩饰着，推诿道。但是他的表情泄露了实情。"她是……"他犹豫了一下继续说，"她肯定不是来自俄卡利亚的小户人家。"

因为可怜的女孩只是叹息和沉默，得伊阿尼拉因此也不再追问，而是把她送到一间房间里，并慈爱地对待她。当利卡斯执行这个命令时，第一个到达的使者进来，靠近女主人，看到没有人偷听，就对她轻声说："不要相信你丈夫派来的人，得伊阿尼拉。他对你隐瞒了事实，我在市场中，当着许多见证人的面，听他说过你的丈夫赫剌克勒斯是为了这个年轻女人而摧毁俄卡利亚的宫殿。她是伊俄勒，你接纳的是欧律托斯的女儿，赫剌克勒斯在认识你之前曾狂热地爱着她。她来你的家不是做为奴隶，而是做为一个竞争者，一个情敌。"

这个消息使得伊阿尼拉大声地叹息，但她很快恢复了平静，并把她丈夫的仆人利卡斯叫来。他向宙斯发誓，他不知道这个女孩的父母是谁，也不认识她。他坚持了这个谎言很久。得伊阿尼拉对他悲叹："不要再嘲讽宙斯了。我的丈夫可能会由于坏心肠而对我不忠。"她向他哭喊道，"我还不至于卑贱到敌视她，因为她并没有侮辱我。我只是很可怜她，由于她的美丽不仅给自己带来不幸，还让她的祖国被奴役！"当利卡斯听到她深情的表白后，他承认了一切。得伊阿尼拉没有责备他并让他离开。

得伊阿尼拉遵照恶毒的马人的指示，把她所收集的箭伤处的毒血药膏保存在远离火焰和光线的隐秘地方。她要用她精心保存的魔药赢回她丈夫的心和忠诚。自从她小心地把它藏在柜子里以来，她第一次由于烦恼想到魔药。现在，该是用它的时候了。她偷偷地在房间里，用一簇羊毛浸上魔药，涂在送给赫剌克勒斯的一件华贵的内衣上，她小心翼翼地不让羊毛和衣服接触到阳光，然后把血红的衣服锁在一个小匣子里。最后，她叫来利卡斯，让他把它作为礼物交给她的丈夫。"带给我的丈夫，"她说，"这件贴身衣服是我亲手缝制的。除了他谁也不可以穿。在他举行祭祀前不能让这件衣服接近火焰或暴露在阳光中。因为我许下心愿,如果他胜利归来,一切都要这样做。你一定要把我的口信带给他,他看到这个指环,就会相信的。"

利卡斯答允一切按女主人的吩咐去做。他在王宫没有做片刻的停留,马上带着衣服到欧玻亚。几天过后,赫剌克勒斯与得伊阿尼拉的所生大儿子许罗斯赶去见他的父亲,将母亲的焦急等待转告赫剌克勒斯,催促他赶快动身回家。这期间,得伊阿尼拉偶然走进她给衣服涂药的房间,她发现地上有一片羊毛,是她不小心落在地上的。太阳照在上面,使它受热。她看到了可怕的景象,这片羊毛化得像灰尘或者说像锯末一般,还咝咝作响冒着有毒的气泡。可怜的女人有一种不祥的预感,她在王宫中痛苦不安地徘徊。

终于许罗斯回来了,但是没有和父亲一起。"哦,母亲,"他向她憎恶地喊道,"我希望这世界上没有你这个人,或者你不是我的母亲,或神赐与你另外一个灵魂!"女王本来已经焦躁不安了,现在儿子的这些话更让她大为吃惊。"孩子,"她对他说,"你为何这样仇恨我?"

"我从刻奈翁半岛回来,母亲,"儿子大声哭泣地回答她,"是你使我的父亲死在那里!"得伊阿尼拉脸色苍白,强做镇定说:"是谁告诉你的,我的儿子,是谁把这样可怕的罪名加在我身上呢?"

"没有别人告诉我,"年青人继续说,"是我亲眼见到可怜的父亲。我在刻奈翁半岛见到他,他正为全能的宙斯建立感恩圣坛,并且宰杀祭品。那时,他的仆人传令官利卡斯带着你的礼物出现,你的可憎的,杀人的衣服。照你的意思,父亲马上穿上那件衣服,然后开始献祭,做起祈祷。父亲对这件漂亮的衣服很喜欢,但当点燃祭品时,他身上流了很多汗。那件衣服看起来像用铁焊在他身上,他全身痛苦地抽搐,如同被毒蛇吞噬着身体一般。他痛苦地喊叫利卡斯,这个送来有毒衣服的无辜的人,他走过来,天真地重复你所说的话。父亲抓住他的脚,把他摔向海边的石头,他被摔得肢体破碎,血水飞溅。所有的人都被这种疯狂的举动吓坏了，没有人敢冒险接近他。他很快摇摇晃晃地倒在地上，但又很快哀号地跳了起来，使岩谷和山林发出回声。他咒骂你和给他带来巨大痛苦的婚姻，最后他看着我，对我说：'我的儿子，如果你同情你可怜的父亲，即刻带我上船，我不愿死在异乡。'我们把可怜的父亲抱到船上，他在喊叫和抽搐中到达了这里。一会儿你就可以看到他是活还是死。这所有的都是你的杰作，母亲，你可耻地谋杀了千古英雄！"

得伊阿尼拉沉默而绝望地离开儿子。她所信任的仆人告诉这个孩子，他的愤怒对母亲是不公平的，因为得伊阿尼拉曾经告诉他怎样用涅索斯的神奇药膏来保持丈夫的爱。他马上去追那不幸的女人，但是他来晚了，他的母亲躺在卧室里，死在丈夫的床上，胸前插着一把双刃刀。儿子双手抱起可怜的母亲的尸体。

他父亲的到来打破了痛苦的寂静。"儿子，"父亲喊道，"儿子你在哪里？拔出你的剑来杀死你的父亲吧，把我的喉咙刺穿，来医治由于你那不信神的母亲给我造成的癫狂！不要退缩，可怜可怜我，可怜我这个哭泣得像个女人的英雄吧！"然后，他转身向站在周围的人，伸出手臂喊道："你们还认识这双手吗？虽然它们已失去力量，这仍是那双手，那双曾经杀死牧羊的敌人涅墨亚狮子，曾经扼死巨大的许德拉，帮助解决了厄律曼托斯山的野猪，把刻耳柏洛斯从地狱中带出来的手！没有戈矛，没有山林野兽，没有巨人的队伍可以征服我，但我却死在妇人的手里！因此，儿子，杀死我并惩罚你的母亲吧！"

但当赫刺克勒斯从儿子许罗斯的神圣保证中得知，他的母亲无意害死她的丈夫并且以一死来弥补她的过错后，赫刺克勒斯从暴怒转为忧郁。他让儿子许罗斯娶他过去爱过的年轻的伊俄勒为妻，然后让人把他抬到俄忒山顶。依据他的吩咐，这里堆好柴堆，把他放到柴堆上。

他叫人从下面燃起柴堆，但是没有人愿意做这件事。最后，由于被疼痛折磨而绝望的他急切地请求他的朋友菲罗克忒忒斯来实现他的愿望。为了感谢他，赫剌克勒斯把他的无人可抗拒的弓箭赠给他。当柴堆刚被点燃时，天空中打起闪电，加速火焰的燃烧。然后，从天上降下云彩，在雷电中托起这不死的英雄升向奥林帕斯圣山。当伊俄拉俄斯和其他朋友靠近灰烬，拾取英雄的骨灰时，他们什么也没有找到。他们不再怀疑，神谕应验，赫剌克勒斯已从人间解脱，成为天神。他们祭祀他，所有的希腊人都把他当作神来崇拜。

在天上，雅典娜接待了成为神的赫剌克勒斯，把他引入诸神的团体。在他完成人间的历程后，赫拉自愿与他和解。她把她的女儿永久青春的女神赫柏，许给他为妻，赫柏为她在奥林帕斯山上生育永生的孩子们。

忒修斯的传说

英雄的出生和青年时代

伟大的英雄，雅典的国王忒修斯，是埃勾斯和特洛曾国王庇透斯的女儿埃特拉所生的儿子。在忒修斯出生以前，埃勾斯忧心忡忡，担心他的婚姻不能给他带来子嗣。他，当年的雅典国王，非常惧怕他兄弟帕拉斯的五十个儿子，因为他们都对他心怀敌意，蔑视他这个没有儿子的人。因此他就想秘密地瞒着他的妻子再娶，希望得一个儿子，成为他晚年的依靠和他王位的继承人。他把这个心思透露给了他的朋友——特洛曾小城的建造者庇透斯，幸运的是，庇透斯恰恰得到一个奇特的神谕，他被告知：他的女儿不会缔结一个很光彩的婚姻，但她将生出一个声誉卓著的儿子。

这个神谕促使庇透斯把他的女儿埃特拉秘密地嫁给一个有家室的男子。秘密地娶了埃特拉以后，埃勾斯只在特洛曾呆了几天就返回雅典了。当他在海岸与他新娶的妻子告别时，他把他的宝剑和鞋藏在一块巨石下面，对她说："我跟你结婚，不是因为我轻率，而是为了我的家族和王国造就一个继承人，如果是神明缔造了我们的婚姻，又保佑我们的结合，让你生一个儿子，那么，你就要秘密地把他抚养成人，千万不要告诉任何人他的父亲是谁。等他长大，有足够的力气搬开这块巨石的时候，你就把他领到这个地方，让他把剑和鞋取出，打发他到雅典去见我。"

埃特拉果真生了一个儿子。她给他取名忒修斯，让他在外祖父庇透斯的照顾下成长。遵照丈夫的叮嘱，她一直隐瞒着孩子的父亲的真名实姓他的外祖父则散布传言，说他是波塞冬的儿子。这个孩子长大后，不仅具有健壮美丽的身体，而且机智勇敢，意志坚强。这时他母亲埃特拉便把他带到那块巨石前，告诉他的真实出身，叫他取出他父亲埃勾斯留下的证物，乘船到雅典去。

忒修斯用身体顶住巨石，轻而易举地把它推到了后面。他穿卜鞋，把宝剑挎在腰间。虽然外祖父和母亲苦苦劝他，说从陆路走越过伊斯特摩斯地峡到雅典去很危险，因为到处都有强盗和歹徒出没。但他还是拒绝从海上走。忒修斯非常钦佩英雄赫刺克勒斯，一心向往做出同样的功绩，便不耐烦地说："要是我给父亲带去一双一尘不染的鞋和一把没有血迹的剑，人们传言是我父亲的那位神明将会怎样去想我在他安全的海水怀抱里这种怯懦的旅行？我的真正的父亲又将会说什么呢？"这一席话说得外祖父心花怒放，他当年也是一位勇敢的英雄啊！母亲为他祝福，忒修斯走上征程。

忒修斯投奔父亲的旅途

他在路上最先遇到的是拦路大盗珀里斐忒斯，此人手中的武器是一根铁棍。当忒修斯来到厄庇道洛斯地区时，这个大盗就从幽暗的树林里冲出，挡住他的去路。但这少年满怀信心地朝他喊道："可怜的强盗，你来得正是时候！你的铁棍正好可以成为世上第二个赫刺克勒斯手中的武器。"喊声未落，他便冲向强盗，交战片刻就把强盗杀死。他从死者手中拿起铁棍，作为胜利品和武器带走了。

他在科林斯地峡遇到了另一个恶徒，名叫辛尼斯，外号"扳松贼"。人们这么叫他，是因为每当过路人被捉，他就用他的大手扳弯两棵树的树枝，把他的俘虏绑在两边的树枝上，然后让树枝绷回去把人撕成两半。忒修斯挥起铁棍打死了这个恶魔。

忒修斯不仅沿途肃清坏人，而且认为必须勇敢地与害人的野兽搏斗。其间，他杀死了那头名叫菲阿的克罗米俄尼亚的猪，这不是一种普通的家畜，而是一个很难制服的好斗的野兽。

忒修斯一路奔走，最后到达了墨伽拉的边界。在这里他碰到子第三个臭名昭著的劫匪斯喀戎。此人总是伸出腿来，狂妄地命令外乡人给他洗脚，然后趁他们为他洗脚时，一脚把他们踢到海里去。现在，忒修斯对他本人实行同样的死的惩罚：忒修斯蹲伏等待，他一出现，便冲向他，把他撞到大海的波涛中。

忒修斯又走了一小段路，遇到最后一个最凶残的劫匪达玛斯忒斯，人称普洛克儒斯忒斯，意思就是"铁床匪"。这个歹徒有两张床，一张很短，一张很长。一个外乡人落入他手中，假如他很矮，这个邪恶的匪徒就把他领到那张长床上去睡觉，然后就说："你瞧，我的床对你太长了。朋友，让我把你弄得跟床一样长吧！"说着就把他拉长，直到他气绝身亡。如果来的是一个高个子的客人，他就把他带到短床旁边，对来人说："很抱歉，朋友，我的床不适合你，它太小了。倒是可以帮帮你！"于是，他就把来人超过床长的双脚剁掉。如今，忒修斯把这个身材高大的普洛克儒斯忒斯抛在短床上，用剑砍短他过长的身躯，致死他痛苦地死去。这样，忒修斯便以其人之道还治其人之身了。

直到这时，我们的英雄在整个旅途中都没有碰到一件开心的事。当他来到刻菲索斯河畔，他才终于遇到几个费塔利得斯族的男子，受到他们热情的接待。他们首先应他的要求，洗净喷在他身上的血污，然后把他留在家中作客。他稍事修整，便衷心谢过那些勇敢正直的人，动身到他父亲的家乡去了。

忒修斯在雅典

在雅典，这位年轻的英雄没有得到他所希望的和平与欢乐，全城一片混乱，市民四分五裂。他发现他父亲埃勾斯的家也处在不幸的境况里。美狄亚乘坐她的毒龙驾着的车子离开科林斯和绝望的伊阿宋，来到

国童话名篇精选

了雅典。她许诺用她的魔药使老埃勾斯重新获得青春的活力，便神不知鬼不觉地得到他的宠幸。因此，国王就跟她亲密地同居了。

美狄亚依靠她的魔力预先得到了忒修斯到来的消息，于是，她就蛊惑埃勾斯说，她认为这个青年是刺探他的一个危险的奸细，他千万不能把他当作自己的儿子，应该把他当作客人来款待，然后毒死他。

忒修斯进早餐的时候，并没有亮出自己的身世，他是想等父亲亲自认出他是谁时再满心欢喜一番。毒酒已经摆在他的面前，美狄亚焦急地等待着新来的人抿上头几口毒酒的时刻，因为她害怕被他赶出宫去。但是，忒修斯虽然很想饮酒，却更期望父亲的拥抱，他好像是想要切割眼前盘中的肉似的，抽出父亲放在巨石下留给他的宝剑，希望父亲能从这把宝剑上认出他来。埃勾斯一看见这把十分熟悉的宝剑，立刻把斟满毒酒的杯子打翻在地。他非常愉快地拥抱他的儿子。这位父亲立刻把忒修斯介绍给聚集起来的民众，民众热烈欢呼向他致意，嗜杀成性的美狄亚则被赶出了这个王国。

忒修斯和弥诺斯

现在，忒修斯作为阿提刻的王子和王位继承人生活在父亲的身边。

当时，雅典人是要向克里特的国王弥诺斯进贡的。据说，进贡的原因是：弥诺斯的儿子在阿提刻的山里被阴谋杀害了。弥诺斯为了给儿子报仇向雅典居民发动了毁灭性的战争，而众神也使这个地方遭到干旱和瘟疫。这时，阿波罗的神谕作出判决：只要雅典人能够平息弥诺斯的震怒，得到他的宽恕，神的愤怒和雅典人的灾难就可解除。于是，雅典人便向弥诺斯求和，而弥诺斯讲和的条件却是：雅典人每九年向克里特送去七个童男和七个童女作为贡品。据说，这些童男童女送去后，就被弥诺斯关在他的有名的迷宫里，任凭凶残的怪物弥诺陶洛斯杀害。

现在，第三次进贡的时间已经临近。有童男童女的父亲们都有可能使自己的子女遭到悲惨的命运，因此民众对埃勾斯的不满又抬头了。他们责备他，说他是整个灾祸的祸根，他本人却没有受到惩罚，竟然冷漠无情地眼看着别人的亲生儿女被夺去。这些怨言，使忒修斯的内心充满无限的痛苦。在民众的集会上，他毅然站出来表示不用抓阄，他愿意当贡品亲自送上门去，人民都赞美他的高尚品格和献身精神。他对他失去自制的父亲说，他保证他和那些抓阄决定前去的童男童女非但不会遭到毁灭，而且要制服弥诺陶洛斯。

抓完阄以后，年轻的忒修斯就带领那些中选的男孩和女孩先到阿波罗神庙去，以大家的名义向这尊神献上用白羊毛缠起来的橄榄枝作为祈求保护的献礼。念完祈祷词后，他就在众人陪同下，与选定的童男童女走下海岸，登上令人悲恸的大船。

得尔福的神谕曾劝他选择爱情女神作向导，并恳求她护送。忒修斯不明白这个箴言的意思，但他还是向阿佛洛狄忒献了祭礼。但结果证明了这个预示的良好意向。因为，当忒修斯在克里特登陆，出现在国王弥诺斯面前时，他的俊美和英姿吸引了美丽迷人的公主阿里阿德涅的注意。在跟他秘密交谈时，她向他表白了她的爱，并给了他一个线团。她教他把线的一头紧紧地拴在迷宫的入口处，然后放开线团继续向前走，一直走到那可恶的守卫弥诺陶洛斯的地方。她同时给了他一把能够杀死这个怪物的魔剑。

忒修斯和他的同伴都被弥诺斯送进了迷宫。他带头走在前面，在一场恶斗中用魔剑杀死了弥诺陶洛斯，十分幸运地靠着他松开的线团与他身边所有的人走出迷宫条条地狱般摸不着头脑的路。然后，他就与他的那些同伴和阿里阿德涅一起逃走了。但在临走前，他按照阿里阿德涅的主意凿穿了克里特人那些船的船底，让弥诺斯无法追捕他们。

忒修斯以为他和他可爱的胜利品阿里阿德涅彻底安全了，于是他就和她半途中无忧无虑地在狄亚岛上休息下来了。这时，狄俄倪索斯——巴克科斯神出现在忒修斯的梦里，声称阿里阿德涅已由命运女神定为他的未婚妻，并威胁说，如果忒修斯不把这个情侣留给他，他就会使忒修

外国童话名篇精选

斯遭遇一切灾祸。忒修斯早在外祖父那里接受过敬畏神明的教育，非常
害怕惹神愤怒。因此，他就把这位哀婉抱怨、灰心丧气的公主留在这座
孤岛上，自己乘船继续航行了。夜里，狄俄倪索斯到来，把阿里阿德涅
拐到了德里俄斯山。在那里，首先是神不见了，不久以后阿里阿德涅也
无影无踪了。

得知公主被劫，忒修斯和他的同伴都很悲伤。由于悲伤，他们都忘
了换下他们离开阿提刻海岸时升起的表示哀恸的黑帆，挂上白帆。坐在
海岸悬崖上瞭望的埃勾斯，看见船越来越近，从船帆的颜色上判断，认
为他的儿子死了。于是，他站起身来，满怀悲痛地跳到无底的大海里。
就在这时，忒修斯登陆了，并根据他出发时在海岸上向神许下的愿进行
献祭。当传令官给他带来他父亲的死讯时，他几乎悲痛欲绝。他带着他
的同伴走进雅典城，一路上放声痛哭，哀号震天。

忒修斯登上王位

做了国王的忒修斯，不久便以行动证实他不仅是进行战斗和平息世
仇的英雄，而且也有能力治理国家，使人民安享和平和幸福。在这方
面，他甚至胜过了他视为榜样的赫剌克勒斯。他执政以前，阿提刻的大
多数居民散居在城堡和雅典小城周围的农家庄院和小村落里，很难把他
们召集在一起讨论公共事务，他们甚至有时为了一些小事跟邻邦争战。
忒修斯把阿提刻地区所有的人民都联合在一个城市里，把分散的地区建
成一个共同的国家。这个伟大事业他不是像一个暴君那样通过暴力去完
成，而是巡视每一个地区，走访各个家族，试图通过各方的赞同而自愿
实现。

忒修斯废除各城镇的议会和独立政权，建立了一个共同的议会。这
时，雅典才成了一个公认的城市。为了扩大这个新的城市，他提出从各
地接纳新的移民，许诺给予他们同等的公民权利。为了不使大量涌来的
人群给新建的城市带来混乱，他把人民分为贵族、农民和手工业者三个

阶级，规定了每个阶级的权利和义务。他还削弱了国王的权力，使他的权力受到贵族会议和人民大会的约束。

和阿玛宗人的战争

当忒修斯正忙于加强国家安全的时候，雅典遭遇了一场超乎寻常的罕见的战争灾难。忒修斯在早年的一次征战中，曾登上阿玛宗人的海岸。阿玛宗的巾帼英雄并不害怕男人，她们把这个大的英雄当作客人，赠送了许多礼物。忒修斯不仅很喜欢这些礼品，而且喜欢上了送礼物来的那个美丽的阿玛宗女人。她的名字叫希波吕忒，英雄邀请她到船上小坐。但她刚刚登上他的船，他便扬帆开船把美人夺走。到了雅典，他就跟她结婚了，而希波吕忒也愿意做一个英雄和优秀国王的妻子。

好斗的阿玛宗妇女对这种肆无忌惮的掳掠大为愤怒，一直企图进行报复。一天，雅典人的城池好像没有设防，她们便突击登陆，包围了城市；她们甚至在市中心搭起一个营盘，使那些惊慌失措的居民退到城堡里去。起初，双方都不敢攻战。后来，忒修斯从城堡里冲下来开始了战斗。希波吕忒王后也跟丈夫站在一边，参加了反对阿玛宗人的战斗。一支投枪刺中了忒修斯身边的王后，她立刻倒地身亡。为了纪念她，后来在雅典建立了一座纪念石柱，战争和平解决后，阿玛宗人遵照条约离开雅典，撤回本国。

忒修斯和庇里托俄斯，拉庇泰人和马人的战斗

忒修斯以超凡的力量和勇敢，著称于世。古代最著名的英雄之一庇里托俄斯很想跟他比试一番，为了向忒修斯挑战他从马拉松赶走了忒修斯的牛群。当忒修斯听到消息，就拿起武器去追赶庇里托俄斯。但是，庇里托俄斯并不逃跑，他甚至迎着忒修斯走来。当这两个英雄彼此走近，相互一看，不禁都从心底里赞美起对方的英俊和勇敢，在震惊中两个人像同时得到一种信号似的，都把武器抛在地上向对方奔过去。庇里

托俄斯向忒修斯伸出右手，请求他裁决这次掠夺牛群的罪名，无论忒修斯决定怎样赔罪，他都自愿服从。"我所要求的惟一赔偿，"忒修斯眼睛一亮回答道。"是要你成为我的知己和战友！"于是，两个英雄拥抱在一起，发誓建立忠诚的友谊。

不久，庇里托俄斯与拉庇泰族的忒萨利亚国的公主希波达弥亚结婚，并请他的战友忒修斯参加婚礼。婚礼在拉庇泰人的辖区举行。拉庇泰人是忒萨利亚的一个著名的种族，是一些喜欢动物形象的山居野蛮人，他们是最先驯服马匹的人类。新娘虽然出身于这个种族，但她与这个种族的人没有一点相似之处。她身材优美，面貌靓丽，所有的客人都赞颂庇里托俄斯娶了她是他的福气，忒萨利亚的所有贵族都参加了婚宴。庇里托俄斯的亲戚，那些生活在忒萨利亚森林里的半人半马的野蛮造物马人也来了。他们长久以来就是拉庇泰人的敌人，但是这一次他们是新郎方面的亲属，便捐弃宿怨，前来参加欢宴。喜宴开始了。唱起了赞美新娘的歌，各个房间都热情洋溢，散发着酒菜的芳香。因为厅堂容纳不下所有的客人，拉庇泰人和马人交错地挤在树荫下待客山洞里的餐桌旁。

宴会长时间在无所顾忌的欢乐气氛中，吵吵嚷嚷地进行着。由于饮酒过量，马人中最野蛮的欧律提翁的心绪开始迷乱，他一看见美丽的少女希波达弥亚，就发狂地想把这个新娘抢走，谁也不知道事情怎么会是这样，谁也没有注意到这种荒诞的行为是怎样开始的：客人们突然看见狂暴的欧律提翁抓着希波达弥亚的头发在地上拖着她走，希波达弥亚拼命抵抗着，高声呼救。醉酒的马人把他的罪恶行径当作一种信号，也要大胆地干同样的罪恶勾当，在异乡的英雄和拉庇泰人还没来得及站起身来时，马人就各自抢了一个在国王宫中服务或作为客人参加婚礼的忒萨利亚少女作为战利品。宫廷和花园就好像变成了一个被占领的城池，女人的呼喊在大厅里震荡。

你头脑发昏了吗？竟然在我还活着的时候激怒庇里托俄斯，你惹恼一个人不就是侮辱两个英雄吗？忒修斯冲着欧律提翁喊看，便冲到这个狂暴强盗跟前夺回新娘。欧律提翁没有反驳，他举起手来，照着忒修斯的胸脯就是一拳。忒修斯一把抓起一个铜壶朝着对手的脸抛去，结果他被打得脸朝天倒在沙地里，血从他头上的伤口汩汩地流出来。"拿起武器呀！"马人从四面八方高喊、洒杯、酒瓶和碗盘在空中飞个不停。一场导致许多人丧命的恶斗开始了。到了夜里，马人才被击退。

庇里托俄斯合法地占有了他的新娘。第二天早上，忒修斯辞别了他的朋友。共同的战斗，使他们新结成的兄弟同盟迅速发展成至死不渝的友谊。

忒修斯和淮德拉

当忒修斯刚进入青春期，把他的情人弥诺斯的女儿阿里阿德涅从克里特拐走时，她的小妹妹淮德拉就陪伴着她。后来，狄俄倪索斯夺去了阿里阿德涅，淮德拉因为不敢回到专横的父亲那里去，便跟随忒修斯到雅典来了。她的父亲去世以后，这个可爱的女孩才回到她的故乡克里特岛。这时，他的哥哥即弥诺斯的长子丢卡利翁在这个岛上执政，她就在哥哥的王宫里成长为一个美丽聪颖的少女。忒修斯在他的妻子希波吕忒死后长时间没有再娶，他听到许多称赞淮德拉如何美丽动人的传言，希望她能像他的第一个情人阿里阿德涅一样漂亮可爱。克里特的新国王丢卡利翁并不敌视英雄忒修斯，不久，忒修斯就把这个几乎长得和他的妻子一模一样的少女从克里特岛娶回家去。他真是福上加福，结婚的头一年，她就为忒修斯国王生了两个儿子，阿卡玛斯和得摩福翁。

但是，淮德拉并不像她的美丽一样贤良忠贞。她喜欢上了国王年轻的儿子希波吕托斯。希波吕托斯和她年龄相同，她喜欢他胜过喜欢她的年老的丈夫。他美丽的身体和纯洁的灵魂在她心里点燃起不纯的欲火，但她把她的激情紧锁在胸中。最终，她还是把她的心思告诉给了她的老奶娘，一个狡诈阴险、盲目而愚蠢地爱她忠于她的女人。不久，老奶娘便受托向这个青年转达了他继母的罪恶的爱。但这个心地纯洁的青年听到这话十分厌恶，当他听到他的继母甚至鼓动他推翻父亲，和这个奸妇分享王权时，他都惊呆了！由于憎恶，他诅咒一切女人。他觉得，单单听到这卑劣的提议就有失圣洁了。因为忒修斯这时恰恰不在国内，而希波吕托斯又不愿意与淮德拉同在一个屋檐下相处片刻，便在恰如其分地把老奶娘打发走以后，迅速跑进旷野，到森林里狩猎去了。他希望在父亲回来以前，为他的可爱的女神阿耳忒弥斯服务。

淮德拉不能容忍她的罪恶的计划遭到拒绝。一种罪恶感和罕见的爱情在她心中展开了斗争，但是恶毒的阴谋最终占了上风。忒修斯归来时，他发现他的妻子已经自缢，在紧紧握着的右手里有一封她临死前写的信。信中写道："希波吕托斯想要玷污我的名节。要逃避他的纠缠，只有这样一条路。我宁可死，也不能损害对我丈夫的忠诚。"

由于惊愕和憎恨，他像脚底生了根似的久久站在那里。最后他举起双手向天祈祷："波塞冬，我的父呀，你爱我一直像爱你的儿子一样。你曾经答应可以满足我三个请求。现在我希望你信守诺言。只有一个愿望我想请你满足我：让我可恶的儿子不要活过今天！"他刚说出这句诅咒，希波吕托斯就走进宫来，发现他正在恸哭的父亲站在继母的尸体旁。他温和平静地回答父亲的辱骂："父亲，我的心是纯洁的，我没有罪。"但忒修斯只把他继母的信递给他看，二话没说就把他逐出国外了。

就在当天的傍晚时分，一名快使来见国王忒修斯，说："国王，我的主人啊，你的儿子希波吕托斯已经离开人世了！"忒修斯听到这个消息，态度十分冷淡，并苦笑着说："他是像污辱父亲的妻子那样污辱了别人的妻子，被情敌打死的吗？"——"不，我的主人！"使答道，"是他自己的马车和你亲口发出的诅咒杀害了他！"——"哦，波塞冬啊！"忒修斯说，"你答应了我的请求！使者，你告诉我，我的儿子是怎么死的？"

"我们这些仆从正在海边洗刷我们主人希波吕托斯的马匹的时候，"

使者说，"听说他已经被放逐了。不久，他本人就在一大群牢骚满腹的儿时朋友的陪同下走来，命令我们备好出行的马匹和车辆。当一切都准备停当时，他高举双手对天祈祷道：'宙斯呀，假如我是坏人，你就把我消灭吧！无论我是死是活，但愿我父亲知道他斥责我是不公正的！'说完他就跳上马车，抓起缰绳，在我们仆从陪同下，离开了那里。我们就这样来到了荒凉的海岸，右边是大海的波涛，左边是从群山向外凸出的巉岩。突然，我们听到深处传来一声巨响，如同地下的闷雷。往海上一瞧，我们看见一个巨浪蹿上天空，有塔楼那么高，紧接着就是排山倒海的波涛卷着白色的泡沫吼叫着冲向海岸，正好冲上马匹所走的那条狭路。随着轰鸣的海涛，从海里冒出一个怪物，一头巨大的公牛，它的吼声震响了海岸和山岩。一见这个怪物，马就全惊了。它们使劲咬着嚼子狂奔，希波吕托斯怎么也控制不住。这个海怪挡住它们的去路，逼着马车撞到巉岩上，车轮都撞得粉碎，你的不幸的儿子头朝下栽了下去，但他仍然同翻了的车子一起，被无人驾驭的马拖着生生磨死在沙石上这一切发生得特别快，我们这些仆从都来不及救他。"

听到这个报告以后，忒修斯久久地默默地呆望着地面。"对于他的不幸，我既不感到高兴，也不感到悲哀。"他若有所思地说，并深深地陷入怀疑之中，"但愿我能见到他还活着，我好问问他，跟他谈谈他的过失。"一个老妇人的悲号打断了他的话。她披散着灰白的头发，身穿一件撕破了的袍子，走过来跪在国王忒修斯的脚下。这是王后淮德拉的老奶娘，她受良心责备，再也不能保持沉默，便哭着喊着向国王说出了王子的无罪，揭露了王后的罪过。不幸的父亲还没有完全清醒过来，他的儿子希波吕托斯就躺在担架上被哀号的仆从抬进宫来，他遍体鳞伤，但仍有一口气。忒修斯万分懊悔和绝望地扑在将死的儿子身上。王子强挺着最后的残喘问站在周围的人："我的无罪大白了吗？"站在身边的人向他点了点头，并安慰了他。"不幸的被人欺骗了的父亲呀！"这个将死的青年说，"我不怨你！"说完，他就断气了。

忒修斯抢妻

忒修斯渐感衰老和孤独，与年轻的英雄庇里托俄斯结成的友谊，在他心中唤起进行一次大胆而卤莽的冒险的欲望。庇里托俄斯的妻子结婚后不久就死了，忒修斯如今又是鳏居，二人就一起去冒险，想各为自己抢一个妻子。

当时，宙斯和勒达所生的女儿，后来闻名遐迩的海伦，还很年轻。她是在他继父斯巴达国王廷达瑞俄斯的王宫里长大的。不过，她已经成为那个时代最美丽的少女，她的妩媚动人在全希腊尽人皆知。当忒修斯和庇里托俄斯远征到巴格达的时候，他们看见海伦正在阿耳忒弥斯神庙里跳舞。二人心中都燃起了对她的爱情。他们忘乎所以，从神庙抢走这位公主，首先把她带到阿耳卡狄亚的忒革亚。在这里，他们为她抓阄，双方友好地保证，谁赢了谁就要帮助对方去劫夺另一个美女。忒修斯抓阄得胜，他便把这个少女带回阿提刻地区的阿菲德那，交给他母亲埃特拉让另一个朋友保护。

随后，忒修斯就和他的战友继续远征，二人想要建立一桩英雄的业绩。庇里托俄斯决定从冥府里掳走普路同的妻子珀尔塞福涅，以补偿他没有得到海伦的损失。但是，这个计划失败了，忒修斯和庇里托俄斯被罚永囚冥府。赫剌克勒斯本想把两个人都救出来，但结果只把忒修斯救出了冥府，忒修斯的朋友则不得不永远留在那里了。

而在忒修斯被囚禁在冥府里的时候，海伦的哥哥，卡斯托耳和披吕丢刻斯，就动身来解救他们的妹妹了。他们到了雅典，要求以和平的方式接回海伦。但城里的人却说，他们那里既没有这位年轻的公主，也不知道忒修斯把她留在哪里了？这时兄弟二人大怒，威胁说要用武力解决。这时，雅典人都害怕了，于是一个曾探听到忒修斯的秘密的雅典人告诉这两兄弟说，隐藏海伦的地点是阿菲德那。卡斯托耳和波吕丢刻斯围困了那个城池，一举得胜，以疾风暴雨之势占领了那个地方。

同时，雅典城里也发生了动乱，珀透斯的儿子墨涅斯透斯企图夺取王位。他自立为人民的领袖，煽动暴民反对忒修斯。海伦的两个哥哥占领了阿菲德那，雅典人都吓破了胆。墨涅斯透斯趁机利用了人民的这种恐慌的情绪。他劝说市民打开城门，热情的迎接带着自己的妹妹的卡斯托耳和波吕丢刻斯，因为他们进行战争只是为了反对抢夺了海伦的忒修斯。两兄弟的行为证明了这话是真的。他们虽然从洞开的城门开进雅典，城里的一切都控制在他们武力下，但他们却没有伤害一个人。他们只要求，能像其他高贵的雅典人和赫剌克勒斯的亲属一样，参加厄琉西尼亚神秘习俗中的秘密的祭神仪式。祭神仪式完毕后，他们就带着被救出去的海伦重返故乡了。

忒修斯的结局

经过在冥府里的长期监禁，忒修斯终于认识到他最后行为的轻率和卑劣，并甚懊悔。他以一个神情严肃的老翁的身份回到雅典，得知海伦被她哥哥救走并没有表示不满，因为他为他的掳掠行为感到羞耻。他在国内遇到的仇视使他充满忧虑。虽然他再度执政，把墨涅斯透斯一派镇压下去，但他却没再长久享受到真正的安宁生活。当他想要严于治国时，反对他的暴动又重新爆发，领头的永远是墨涅斯透斯，他的背后有贵族党徒的支持。开始，忒修斯企图依靠暴力恢复秩序，但暴乱四起，他的一切努力全归于失败。于是，这位不幸的国王便失望地决定自动离开他的城市，乘船到斯库洛斯岛去。他在那里拥有父亲留给他的大宗财产，他把那里的居民当作自己要好的朋友。

当时，斯库洛斯的统治者是吕科墨得斯。忒修斯去见这位国王，请求把他的财产归还他，他打算在这里长住。但吕科墨得斯却心中盘算着，怎样毫不引人注意地把这个客人除掉。因此，他便把他带到岛上最高的岩峰，说是从那里可以让他看到他父亲在岛上占有的珍贵财产。走到山顶，忒修斯欣喜地放眼眺望周围美丽的风光。这时，那个背信弃义的国王从后边猛的一推，忒修斯就从悬崖上掉了下去，摔得粉身碎骨，沉入海底。

在雅典，他的忘恩负义的人民很快就把他忘记了。墨涅斯透斯当了国王，好像他的王位是从他的祖先那里继承下来的。

数百年以后，当雅典人不得不在马拉松平原抗击波斯人时，这位伟大英雄的神灵从地下站出来，领导他的不忠臣民的后代打败了敌人。因此，得尔福神谕要求雅典人找回忒修斯的遗骸。但他们到哪儿去找呢？就在这时，凑巧弥尔提阿得斯的儿子，即那个名声大振的雅典的喀蒙在一次新的远征中占领了斯库洛斯岛。他正在热心地寻找英雄的坟墓时，看见一只鹰在一座山上飞翔。他跑到那里停下，很快就看见那只鹰落了下去，用利爪刨开坟丘的泥土。喀蒙把这一幕看成一种神的安排，便让随从往下挖掘，果然在很深的地下找到一个巨人尸体的棺木，旁边还放着一枝矛和一把剑。喀蒙和他的随从谁也不怀疑他们找到了忒修斯的遗骸。喀蒙用一艘美丽的三橹战船把这神圣的尸骨运回。他们进入雅典城时，们欢声雷动，列队欢迎，并举行祭奠，那情景就像忒修斯本人凯旋归来一般。这位雅典的自由和公民宪法的缔造者，他的无知的同代人曾经愧对于他，现在他的人民的子孙在几百年之后，对他表示出由衷的谢意和崇敬。